ममता कालिया

की कहानियाँ

भाग-3

ममता कालिया

वाणी प्रकाशन

प्रकाशन के उत्कृष्टतम 60 वर्ष

vaniprakashan.com

सजिल्द पहला संस्करण : 2024

वाणी प्रकाशन

4695, 21-ए, दरियागंज, नयी दिल्ली-110 002

फ़ोन : +91 11 23273167, 23275710

शाखाएँ

अशोक राजपथ, पटना-800 004, बिहार

कॉफ़ी हाउस कैम्पस, महात्मा गांधी मार्ग, इलाहाबाद-211 001, उत्तर प्रदेश

महात्मा गांधी अन्तरराष्ट्रीय हिन्दी विश्वविद्यालय, दर्धा-442 001, महाराष्ट्र

36/ए, शेक्सपियर सरणी, रानी बिरला गर्ल्स कॉलेज के पास, कोलकाता-700 017, प. बंगाल

sales@vaniprakashan.in
vaniprakashan@gmail.com

Mamata Kaliya ki kahaniyan (Vol-3)
by Mamta Kaliya

ISBN : 978-93-5775-194-0
Collection of Stories

मूल्य : ₹ 795

सिटी प्रेस, दिल्ली-110 095 में मुद्रित

वाणी प्रकाशन का लोगो मक़बूल फ़िदा हुसेन की कूची से

अनुक्रम

काके दी हट्टी

ख़ुशक़िस्मत

थोड़ा-सा प्रगतिशील

ठसक

परिशिष्ट

काके दी हट्टी

- काके दी हट्टी
- एक रिश्ता तो था
- जाते हुए लोग
- सुरक्षा का आतंक
- इलाज
- दूसरी आज़ादी
- शक
- बीतते हुए
- शिष्या
- ज़ोरदार तालियाँ
- एक पति की मौत
- छोटे खिलाड़ी
- अनावश्यक
- फिर भी प्यार
- उनका जाना
- वारदात

काके दी हट्टी

होली आकर चली गयी थी। अपने निशान छोड़ गयी थी। सड़कों पर अबीर-गुलाल के धब्बे, रंगदार पानी के चहबच्चों के अलावा गुब्बारों की रबर बेशुमार चिथड़ों की तरह पड़ी थी। नगरपालिका के सफ़ाईकर्मी अभी काम पर नहीं आये थे। उनके लिए होली अभी ख़त्म नहीं हुई थी। कॉलोनी के हर घर के आगे की दो-तीन सीढ़ियाँ, चबूतरा और बालकनी की रेलिंग रंगीन हो रही थी। और तो और बहुत-सी कारों पर भी रंग के छींटे थे। सुबह के आठ बजे थे लेकिन सड़क पर आवाज़ाही कम थी। कभी कोई स्कूटर या बाइक से गुज़र जाता तो सड़क के कुत्ते सचेत होकर गर्दन उठाते लेकिन कान और दुम हिला-फटक कर, उसका पीछा करने का इरादा मुल्तवी कर, वापस होली के धुँधुआते कुन्दे की गुनगुनी राख के पास पसरे रह जाते।

यह आनन्द और आमोद-प्रमोद के बाद का प्रमाद था जो कॉलोनी में समाया था। होली के बहाने हफ़्ते भर से लोग छक कर खा-पी रहे थे। लोग पहले खेलते फिर खाते, अपने घर, दोस्तों के घर, फिर अपने घर। होली में धर्मपरायण लोगों ने भी अपनी लगाम ढीली कर दी और शंकर जी के नाम पर जमकर दारू सेवन कर लिया। काके अपनी कॉपी देख कर बता सकता है कि किस घर में कितनी बोतलें सोडा गया। इस हफ़्ते सोडे ने कोक को पछाड़ दिया। काके दी हट्टी का फ़ोन बजता ही रहा पिछले हफ्ते। बी ब्लॉक के हर नम्बर पर काके का सेवक बलदेव सोडे के क्रेट पहुँचाता रहा। बलदेव ने एक बार फिर अपनी माँग ताज़ा की "भ्राजी आप मोपेड या स्कूटर रख लो तो काम तेज़ी से हो जाये।"

काके ने अपनी पुरानी दलील दुहरा दी "सब नज़दीक के मकान हैं, बी ब्लॉक आख़िर कितना बड़ा है। तू देख रहा है जगह किधर है स्कूटर खड़े करने की।"

काके संयुक्त अक्षर नहीं बोल पाता। उसे कोई फ़र्क़ नहीं पड़ता। चॉकलेट लेने वाली छोटी लड़की ने ही यह बात उससे कही थी, "अंकल मेरा नाम आपने बिगाड़ दिया।"

"तू समिता है न अठत्तीस नम्बर।"

"नम्बर तो ठीक है नाम ग़लत है। मैं हूँ स्मिता।"

"की फ़र्क़ पैदा है" काके ने चॉकलेट और जवाब दिया।

दरअसल काके बहल को नामों की ज़रूरत ही नहीं पड़ती। कॉलोनी के परिवारों को वह नम्बरों से जानता है। नाम सिर्फ़ उनके कॉपी में लिखे जाते हैं जो सामान उधार मँगवाते हैं और महीने की पहली-दूसरी तारीख़ तक आकर पेमेंट कर जाते हैं। वैसे ज़्यादा लोग फ़ोन से सामान मँगाते हैं। काके दी हट्टी का फ़ोन बजता ही रहता है, घुँघरू की तरह। बड़ी तुरत-फुरत सेवा है हट्टी की। इधर फ़ोन उधर बन्दा हाज़िर। बलदेव के ही हाथ पैसे भिजवा देते हैं लोग। पता नहीं लोग आजकल व्यस्त हो गये हैं अथवा आलसी। या दोनों। सारे दिन दौड़-भाग करते हैं लेकिन नुक्कड़ की दुकान तक आना गवारा नहीं करते। एक टूथब्रश भी चाहिए तो फ़ोन खनखना देते हैं। बलदेव का ही बूता है जो पवन-पुत्र की तरह दौड़ जाता है कभी एक सौ इकतीस को दूध, डबलरोटी और अण्डे देने कभी तीन सौ बीस में डिटर्जेण्ट पाउडर देने। बेईमान बिल्कुल नहीं है बलदेव। सीधे-सीधे पूरा पेमेंट लाकर काउंटर पर रख देता है। हाँ, दिन में दो-तीन बार गुटके का पाउच ज़रूर माँगता है जिसकी बन्दनवार स्टोर पर लटकी रहती है। इतने पर भी महँगा नहीं पड़ता बलदेव। दिल्ली में आजकल टहलुए मिलते कहाँ हैं। जो आता है, साल भर में अपनी हट्टी डालकर अलग हो जाता है। बलदेव इलाहाबाद का है इसलिए टिका हुआ है। दुकान के बाहर कैम्प कॉट डालकर सो जाता है। अच्छी-भली चौकीदारी हो जाती है।

किसी के काम में मीन-मेख निकालने की काके की आदत नहीं। कभी-कभी लोग खुली ब्रेड या पका हुआ दूध वापस कर जाते हैं 'काके भैया नोट कर लो। ख़राब निकल गया।'

दो लेन छोड़कर मुख्य सड़क पर काके का घर है। घर में माँ-बाप हैं जिन्हें काके मम्मी जी डैडी जी कहता है। पिछले साल काके का ब्याह हो गया, जी ब्लॉक की पिंकी मलहोत्रा से। जी ब्लॉक की पिंकी बी ब्लॉक के रहन-सहन से समझौता नहीं कर पायी, वह ज़्यादातर जी ब्लॉक में ही रहती है। नाते-रिश्तेदारों को खटका है, कि अगर पिंकी बी ब्लॉक से ऐसे ही दूर रही तो भूगोल के साथ उसकी इतिहास से भी खटपट हो जायेगी। पिंकी कालका जी के कॉल सेंटर पर काम करती है, अठारह हज़ार तनख़्वाह पाती है और ड्यूटी के वक़्त सलवार-कमीज़ की जगह पैंट-शर्ट पहनती है। काके के माँ-बाप को इसकी

शिकायत है। शिकायतें उन्हें और भी हैं। पिंकी शाम चार बजे नौकरी पर जाती है, सुबह चार बजे लौटती है। टेबिल पर रखा खाना बिना गर्म किये खा लेती है और जो सोती है तो अगले दिन दो बजे तक चेत नहीं करती। उसे नहीं पता कब घर के बन्दे उठे, काम से लगे, कौन आया-गया, कितनी बार फ़ोन बजा, कितनी बार कॉल बेल बजी। इतवार शनिवार की छुट्टी हुई तो भी पिंकी को फुर्सत नहीं। सेंट्रल मार्केट में घूमना, ख़रीदारी करना, चाट खाना और लौटते टाइम दोनों हाथों में मेहँदी लगवाकर चले आना। अब करवा लो उससे क्या करवाओगे। कभी अपने शौहर को एक गिलास पानी नहीं पकड़ाया तिस पर उससे कहना, "चन्दर मेरे बालों में क्लिप लगा दो; चन्दर ज़रा कोक पिला दो।" काके हँसता-हँसता उसका हुक्म बजाता। मम्मी जी के ऐसा सिरदर्द शुरू होता कि आँख-कान मुँह दुपट्टे से लपेटकर बिस्तर पर पड़ जातीं। तीन-चार महीनों में मम्मी जी की शिकायतों की फ़ाइल इतनी मोटी हो गयी कि न पिंकी से उठाई गयी न काके से। चन्द्र प्रकाश, जो अपना नाम चन्दर परकाश समझता और जिसे पूरा बी ब्लॉक काके के नाम से जानता, के पास इतना भी अवकाश नहीं होता कि वह माँ या पिंकी को समझाये। दोनों के लिए अच्छा बनते-बनते वह किसी के लिए अच्छा न रहा। माँ ने कहा, "अरे इतना भी क्या अच्छा कि बोट्टी को कुछ कहना ही नहीं।" पिंकी ने कहा, "इतना अच्छा होना अच्छा नहीं होता। घर की चौधरी मम्मी जी, स्टोर का चौधरी बलदेव, चन्दर तो जैसे है ही नहीं।"

एक दिन अपने सारे कपड़े, सैंडिलें और पर्स सँभालकर पिंकी जी-ब्लॉक चली गयी। जाते-जाते चन्दर को बाँह दबाकर कह गयी, "मिलने की तड़प उट्ठे तो आ जाना जी-ब्लॉक।"

रात दस बजे काके दी हट्टी बढ़ाते वक़्त काके को कभी-कभी अपनी बाँह पर दबाव महसूस हो जाता पर वह मन मसोसकर बी ब्लॉक, अपने घर पहुँच जाता। उसे पता था पिंकी कॉल सेंटर गयी हुई होगी। ऐसे में सिर्फ़ शनि, इतवार की तड़प ही चैन पा सकती थी। लेकिन वह अपने स्टोर का क्या करे जो शनिवार, इतवार सर्दी-गर्मी चौमासा हमेशा यानी साल में 365 दिन खुला रहता। खुलने के घण्टे भी बारह से ज़्यादा, कुल चौदह। सुबह आठ से दस बजे तक ज़रूर डैडी जी स्टोर सँभालते। काके नहा-धोकर दस बजे जो स्टोर में घुसता तो रात दस बजे ही फारिग होता। पास में घर था, फिर भी घर तक जाना मुश्किल था; वह बलदेव को भेजकर अपना खाना स्टोर पर ही मँगा लेता। ग्राहक उसके इतने अच्छे कि अगर वह खाना खा रहा हो तो अपने आप आलू चिप्स की बन्दनवार में से पैकेट निकाल, दस रुपये का नोट काउंटर पर रख देते।

यों तो बी ब्लॉक में हर जगह मकान बने हुए थे, काके दी हट्टी के पास एक बड़ा-सा प्लॉट ख़ाली पड़ा था। पहले लोग अपने घरों का कचरा यहाँ डलवा देते। हवा के साथ जब दुर्गन्ध उड़कर पड़ोस के घरों में जाने लगी, लोगों ने शोर मचाया। जमादारों को धमकाया गया। बी ब्लॉक की कल्याण परिषद ने प्लॉट के मालिकों को ख़बर भेजी कि वे इस पर या तो मकान बनवाये नहीं तो चारदीवारी बनाकर ताला लगायें।

कुछ दिन की चुप्पी के बाद यकायक इस ख़ाली प्लॉट में खलबली नज़र आने लगी। एक दिन कूड़ा उठाने वाला डम्पर आ गया जो शाम तक मटक-मटककर कूड़ा उठाता रहा। मिट्टी गिराने वाली ट्रकें आ गयीं और देखते-देखते वहाँ गहरी नींव खुदने का काम शुरू हो गया। काके के कानों में ख़बर पड़ी कि यहाँ कोई मकान नहीं बनने जा रहा। ज़मीन के मालिकों ने ज़मीन का सौदा कर लिया है। ख़ाली प्लॉट पर रात-दिन काम चला। सारे समय घर्र-घर्र करते ट्रक आते, सिमेंट, बालू, कंकरीट और सरिये गिरा कर चले जाते। रात में हैलोजन लाइटों से प्लॉट जगर-मगर करता और इमारत बनने का काम चलता। जल्द ही वहाँ बढ़ई और बिजली मिस्त्री भी नज़र आने लगे। काके के स्टोर में भी पान-मसाले, कोक और चिप्स की बिक्री बढ़ गयी।

जिस तरह नयी इमारत की रूपरेखा उभरकर सामने आ रही थी, यह स्पष्ट हो रहा था कि इस प्लॉट में सुपर स्टोर खोले जाने की तैयारी चल रही है। रात के चौकीदार राणा ने बताया, "जी ब्लॉक के किसी सेठ ने इसे ख़रीदा है।"

उड़ती ख़बर के मज़बूत खम्भे खड़े होने लगे। अंडर ग्राउंड फूड बाज़ार बनाया गया। न जाने किस जादू से दोनों तरफ़ पौधों की क़तार भी उगा दी गयी। काके हक्का-बक्का-सा प्लॉट पर हो रही उखाड़-पछाड़ और निर्माण देखता और बार-बार अपने स्टोर की चीज़ों को झाड़न से साफ़ करता। कोई पूछता तो कहता, "सुपर स्टोर की धूल ने मेरी हट्टी का तो भट्ठा बैठा देना है।"

लोग हँसते, "काके तुम्हारी इतनी छोटी-सी दुकान, तुम्हें क्या फ़र्क़ पड़ना है।"

"पड़ना है जी, देखते जाओ। हम छोटे दुकानदारों को जीने देना भी है कि नहीं, रब जाने।"

इतवार को पिंकी से मिलने गया तब भी यह बात दोनों के बीच रह-रहकर मँडराई। पिंकी ने इतराकर कहा, "तुम्हारे बी-ब्लॉक में हमारा जी ब्लॉक घुस गया। हमारे घर से मक्कर लोगों का फ़्लैट दिखता है न, उन्होंने ही एबीसी सुपर स्टोर खोला है।"

"यह बताओ तुम किसकी तरफ़ हो, जी या बी?" चन्दर ने पूछा।

पिंकी कुछ भी कहने के समय अपने होठों को बटुए की तरह सिकोड़ती थी। उसकी यह अदा चन्दर को प्यारी लगती। पिंकी ने होठ सिकोड़कर कहा, "प्यारे तो मुझे जी और बी दोनों हैं पर बी तो और ज़्यादा समझो, वहाँ मेरा रांझा रहता है जो।"

"फिर तुम वहीं क्यों नहीं रहतीं?"

"सच बताऊँ वहाँ की मुझे हर बात ऊपरी लगती है। मम्मी जी डैडी जी का बर्ताव, बी ब्लॉक के फल-तरकारी, यहाँ तक कि छोले-भटूरे भी। और तो और वहाँ का पानी भी सीठा लगता है।"

"और मैं?"

"तुम तो जी मेरे हो। फिर भी रहना मैंने जी ब्लॉक में ही है। उधर रोज़ मम्मी जी कहती हैं नौकरी छोड़ दो। मैंने नहीं छोड़नी अपनी सर्विस।"

चन्दर समझ गया उसके जीवन में जी ब्लॉक खलनायक है। एबीसी सुपर स्टोर के वातानुकूलित हॉल में जाकर ख़रीदारी करना सबको अच्छा लगने लगा। जो कभी अपने वातानुकूलित कमरों से नहीं निकलते थे, वे लोग भी अब कारों में लद कर एबीसी आने लगे। सुपर स्टोर के अन्दर फूड बाज़ार था। चॉकलेट, पोटैटो चिप्स और कोला का चाव बच्चे वहीं पूरा कर लेते। एबीसी से ग्राहक हँसते-खेलते बाहर निकलते जिन्हें देख कर चन्दर का चेहरा रुआँसा हो जाता। उसके फ्रिज़ में कोला लगा रहता, डीप फ्रीज़ में आइसक्रीम पड़ी रहती, डबलरोटी की क़तारें सजी रह जातीं, ग्राहक जैसे उसकी हट्‌टी का रास्ता भूल गये थे। पहले उसके पिता बगल की बन्द पड़ी दुकान के आगे चादर बिछा सारा दिन ताश खेलते थे। अब बेटे की रोनी सूरत देख उन्हें ताश में आनन्द न आता। वे घर जाकर लेट जाते और ख़ुद भी सुस्त हो जाते।

एबीसी स्टोर को दिन पर दिन पार्किंग के लिए ज़्यादा जगह की ज़रूरत महसूस होने लगी। मक्कर साहब के मैनेजर ने बातचीत से जानकारी हासिल की कि सामने की दो बन्द पड़ी दुकानों के साथ अगर काके दी हट्‌टी वाली जगह भी वे हासिल कर लें तो उन्हें बढ़िया पार्किंग ज़ोन मिल जाय। बन्द दुकानों के मालिक थोड़ी-सी मान-मनौवल और सौदेबाज़ी के बाद अपनी जायदाद बेचने पर राज़ी हो गये। उन्हें अच्छा मुआवज़ा मिल रहा था। दोनों दुकानें दर्ज़ियों की थीं जिनके बच्चे तीन साल पहले यू.ए.ई. में जाकर बस गये और वहीं उन्होंने अपनी टेलरिंग शॉप जमा ली थी।

कोने पर चन्दर की दुकान फँसी थी। उसके बिना पार्किंग ज़ोन का भूगोल जम नहीं रहा था।

मैनेजर ने चन्दर से बात की। वह एकदम उखड़ गया, "आप ख़ुद सोचिये, कोई अपना चलता हुआ बिज़नेस बन्द करता है?" मैनेजर मन में हँसा। दुकान और मालिक की पस्त हालत और त्रस्त सूरत से साफ़ पता चल रहा था कि असलियत कुछ और है। पर रस्सी के कस-बल कम नहीं हुए थे।

मैनेजर ने कहा, "चन्द्र प्रकाशजी हम आपको एबीसी में एक सेक्शन का इंचार्ज बना देंगे, आपका सारा स्टॉक भी ख़रीद लेंगे और बाज़ार रेट से दुगना, दुकान का मुआवज़ा देंगे। सोच लीजिए और मुझे कल बताइये। मैं इसी समय आऊँगा।"

चन्दर काके ने अपने अगल-बगल देखा। वाकई काके दी हट्टी के हर सामान पर भूरी-भूरी खाक-धूल बैठी हुई थी। कोला वाली गाड़ी तीन बार बिना माल दिये लौट गयी थी। डबलरोटी और अण्डे उसने रखने बन्द कर दिये थे, उनकी खपत नहीं थी।

उसने घर पर माता-पिता से सलाह की। सब सोच में पड़ गये। कॉलोनी में यह स्टोर उसके पिता ने शुरू किया था। यह कॉलोनी का पहला स्टोर था। पिता ने अपने पुराने ग्राहकों से सलाह की। सब दुनियादार थे। सबने यही समझाया, "सुपर स्टोर तो चलना ही चलना है इससे जितना ऐंठ सको, ऐंठ लो और किसी और धन्धे में घुस जाओ।"

चन्दर और उसके पिता ने तिगुनी राशि की माँग रखी जो थोड़े विचार-विमर्श के बाद स्वीकृत हो गयी।

पिता अपने सलाहकारों से मशविरा करने लगे कि चालीस लाख में कौन-सी बिज़नेस शुरू की जाये।

चन्दर का मन उदास था।

जब से उसने होश सँभाला यही काम किया था। जब छोटा था वह दुकान पर आता तो पिता कहते, "काके हुण तू फड़ाईं सौदा, मैं तो काउंटर पे खड़ा-खड़ा थक गया।" वह लपक-लपककर सामान देता जाता। पिता पैसे वसूल करते जाते। उधार लेने वालों के लिए उसकी याददाश्त इतनी अच्छी थी कि पिता कहते, "काके नू पुच्छ लो जा कॉपी देख लो, एकोई गल है।" फ़ोन से सामान मँगाने का चलन अभी सात-आठ साल से शुरू हुआ था। उसके पहले लोग स्वयं दुकान तक आकर ख़रीदारी करते।

बलदेव ने धीरे-से बताया, “भ्राजी मेरे को एबीसी में डिलिवरी मैन की नौकरी मिल रही है—चार हज़ार पर। आपकी सलाह हो तो करूँ।”

“जा भई तू भी जा” चन्दर ने दुखी होकर कहा।

इतवार को पिंकी आयी। उसने देखा घर के तीनों सदस्य मुँह लटकाये बैठे हैं।

पिंकी ने बटुए की तरह होठ सिकोड़कर कहा, “डील हो गयी।”

माता-पिता उसी तरह बैठ रहे।

चन्दर ने गर्दन के इशारे से बताया कि डील हो गयी।

“फिर क्या! उस छोटी-सी हट्टी की इतनी अच्छी क़ीमत मिल गयी इसे तो लकी डील मानना चाहिए।”

अब पिता बोले। उनकी आवाज़ दर्द से सर्द थी “तैनूं की लकी दिसदा पैया। मेरी पच्चीस साल की मेहनत पर पानी फिर गया।”

माँ ने कहा, “यह जी ब्लॉक की है न, एनूं की समझ आनी साड्डी तकलीफ़? काके अपनी हट्टी का मालिक था, इसे पाँच हज़ार पर नौकर रखना चाहते एबीसी वाले।”

बजाय शर्मिन्दा होने के पिंकी चन्दर से मुखातिब हुई, “तुम तो नये ज़माने के हो। मेरी बात समझो। दुकान चलाने के ढंग अब बदल गये हैं। छोटा-सा पीसीओ भी हो तो लोग उसमें वीडियो गेम खेलना चाहते हैं, कोला पीना चाहते हैं। अब शॉप का मतलब सिर्फ़ शॉप नहीं एन्टरटेनमेंट शॉप हो गया है। आज नहीं तो कल ये बन्द होना ही था।”

“काके ने अब की करना, पकौड़े बेचने?” माँ ने गुस्से से पूछा।

“सोचते हैं, इकट्ठे मिलकर सोचते हैं।” पिंकी ने कहा।

पिंकी ने चाय बनायी। घर के ठप्प पड़े कामों को सँभाला—वॉशिंग मशीन में मैले कपड़ों की धुलाई, किचन की सफ़ाई और बैठक की झाड़-पोंछ।

चन्दर से पूछ-पूछ कर वह फ़ोन करती रही, मदर डेयरी, मॉडर्न बेकर्स, पार्ले डिस्ट्रीब्यूटर्स।

अगले दिन कॉलोनी के जो लोग सुबह की सैर पर निकले, उन्होंने देखा बी-51 की गैरेज में दो मेज़ों पर दूध के क्रेट और डबलरोटी की क़तारें लगी हुई हैं। कोला की गाड़ी अपना माल उतार रही थी। गैरेज के फाटक पर एक स्लेट लटकी हुई थी जिस पर रंगीन चॉक से लिखा हुआ था ‘काके दी हट्टी।’

एक रिश्ता तो था

सड़क के उस पार वाले फ़्लैट की खिड़की से इटर्निटी की ख़ुशबू उड़ती हुई इस पार आयी तो इति समझ गयी कि आदि नहा चुका है। बस पाँच मिनट में वह तैयार होकर घर से निकलेगा और अपने गेट पर पहुँचेगा। तभी उसकी स्टाफ़ कार आकर रुकेगी और उसे ऑफ़िस ले जायेगी।

यह कैसा रिश्ता बनता जा रहा है इति का? सबसे पहला तो बना नाम का। यह इति और वह आदि। दोनों युवा। दोनों अविवाहित। दोनों एक दफ़्तर में कार्यरत। 'दिल अपना और प्रीत परायी' फ़िल्म का गाना 'अजीब दास्तां है ये, कहाँ शुरू कहाँ ख़तम' इति के कानों में गूँजने लगता है जबकि उसके नाम में ऐसा कोई रोमांस नहीं है। तीन बहनों में वह आख़िरी थी। उसके बाद पापा ने अपनी नसबन्दी करवा ली। बेटी का नाम इति रख दिया गोया फ़िल्म के पर्दे पर लिख दिया 'द एंड।' उसकी माँ ने बहुतेरे तर्क दिये कि एक बेटा तो होना ही चाहिए, कि तीन बेटियों के बाद चौथा बच्चा बेटा ही होगा उन्हें ज्योतिषी ने बताया है पर पापा ने कहा इति तो इति ही हो गयी। वैसे माँ को इति शब्द से चिढ़ है। वे अक्सर उसे पुकारती हैं 'इत्ती'। स्कूल में तो कोई उसका नाम समझता भी नहीं था। अध्यापिकायें कहतीं, "इतना छोटा नाम, सिर्फ़ तीन हिज्जे। ऐसा कैसे हो सकता है।" इति अपने नाम से हताश हो जाती। आज इति को लगता है कि नसबन्दी जैसे विरूप शब्द का पर्याय, भारत-सरकार इति क्यों नहीं कर देती 'इति श्री।'

इस आदि के साथ उसका रिश्ता होते हुए भी कितना मौन और न होते हुए भी कितना मुखर है। आदि नायर उसी की कम्पनी में कई पायदान ऊपर मार्केटिंग मैनेजर है। इति इस कम्पनी में वार्षिक अनुबन्ध पर अनुवादक है। कम्पनी के समस्त मसौदों, नियमावलियों और बैठकों की कार्यवाहियों के विवरण का अनुवाद उसके ज़िम्मे है। अनुबन्ध के नवीनीकरण के लिए उसे राजभाषा

अधिकारी के कत्थई दाँतों और चितकबरे बालों को बर्दाश्त करना पड़ता है। राजभाषा अधिकारी डॉ. मुनीष सिंहल तीन चश्मे लगाता है। पहला चश्मा तो शायद वह पहनकर ही पैदा हुआ होगा, इस तरह वह उसके चेहरे से चिपका रहता है। उसके ऊपर वह दो काँच के लैंस एक क्लिप की टिच आवाज़ के साथ चिपका लेता है। इन दोनों के ऊपर वह एक गहरे रंग का बड़ा-सा चश्मा लगाता है। उसका ख़याल है कि आँखों की इस साज सज्जा से वह विशिष्ट विद्वान लगता है जबकि इति को वह जासूस दिखाई देता है। वह इति के अनुवादों पर लाल पेन से संशोधन कर देता है, इस बात से इति को नफ़रत है। उसे पूरी कॉपी फिर से तैयार करनी पड़ती है। शाम चार बजे चाय के वक़्त वह दोस्ताना अन्दाज़ में कहता है, "आइये कुछ चाय-नाश्ता हो जाये।" इति मना कर देती है तो वह चाय वाले लड़के से एक चाय उसकी मेज़ पर भिजवा देता है। मजबूरन चाय लेकर इति को उसकी मेज़ पर आना पड़ता है जहाँ वह उसे दो गोल बिस्किट पेश कर कहता है, "यू नो, टाइमपास।" दिन भर में वह बस इतनी अंग्रेज़ी बोलता है। एक दिन उसने बताया था, "मैंने डबल एम.ए. किया था दोनों फर्स्ट क्लास फर्स्ट। मैं इंग्लिश का प्रोफ़ेसर बन कर नाम कमा लेता मगर देश-प्रेम। देश-प्रेम ने मुझे कहीं का न छोड़ा। मैं हिन्दी में आ गया।" "इसमें क्या बुरा रहा, हिन्दी में भी अधिकारी तो आप हो ही गये" इति ने खुशामद में कहा तो डॉ. सिंहल ने प्रसन्नता में अपने सारे टेढ़े-मेढ़े कत्थई दाँत निपोर दिये। उन्होंने कहा, "इच्छा तो मेरी होती है आपको घर पर दावत दूँ लेकिन क्या बताऊँ, मेरी पत्नी बड़ी शक्की है। अपनी महिला-मित्रों को मैं घर लाऊँ यह उसे गवारा नहीं।"

"अच्छी बात है यह!"

"क्यों?"

"वह आपके और आपकी महिला-मित्रों के चरित्र की रक्षा करती है।" इति ने कहा और अपनी जगह पर आ गयी।

मूर्ख कहीं का, इति ने मन-ही-मन कहा, मेरी मजबूरी को मित्रता समझ रहा है।

इस नौकरी में इति तभी तक है जब तक उसे कहीं लेक्चररशिप नहीं मिल जाती। जीवन के बारे में उसके स्वप्न कहीं ज़्यादा रोमांटिक हैं। स्वप्न देखना उसे अच्छा लगता है क्योंकि स्वप्नों का संसार स्वाधीन, स्वायत्त और स्वयं-सिद्ध होता है। वहाँ न माँ-बाप की बन्दिशें हैं, न नगर-समाज की रस्सियों के घेरे। सपनों में वह मनचाहे साथी के साथ कितनी भी देर गुफ़्तगू कर सकती है जबकि

दफ़्तर में उसने देखा है लोगों के बीच संवाद की जगह विवाद ही चलता रहता है। साथ ही दफ़्तर में विवाहित स्त्रियाँ अविवाहित पुरुष सहकर्मियों के साथ नज़दीकियाँ बढ़ाने को बेचैन दिखाई देती हैं और विवाहित पुरुष अविवाहित महिला सहकर्मियों को घेरना चाहते हैं। इति दार्शनिक होकर सोचती है, समाज में केवल अर्थशास्त्र ही नहीं प्रेमशास्त्र भी असमान विभाजन पर खड़ा हुआ है।

फिर भी यह जीवन, छह महीने पहले के जीवन से कुछ बेहतर है। राजा कॉलोनी में उसका रहना इत्तेफाक के सिवा कुछ भी नहीं है। यह घर उसके मामा का है। मामा-मामी अपने बच्चों के पास दक्षिण अमेरिका चले गये और इति को घर की चौकीदारी के लिए छोड़ गये। यों तो इति के माँ-बाप भी मुम्बई में हैं पर मामी का स्पष्ट कथन था कि सारा कुनबा इस छोटे से घर में आकर क्या करेगा। साल भर में आप अपना मलाड वाला घर बन्द करके ख़राब कर लोगे। बस इति आ जाय। उसे यहाँ से दफ़्तर पास पड़ेगा। साल भर बाद हम वापस आ जायेंगे।

परिवार के बन्धनों से निकलकर नवी मुम्बई में आना इति के अन्दर नयी प्राण वायु भर गया। ख़राब नौकरी भी अच्छी लगने लगी। नींद में सपने और सपनों में सौदागर आने लगे।

इति को यह नहीं पता कि आदि नायर उसे पहचानता भी है या नहीं। दफ़्तर में उसका मेलजोल लोगों से कम और यन्त्रों से ज़्यादा है। आधे समय वह इंटरनेट से चिपका दिखाई देता है तो बाक़ी समय अपने सैलफ़ोन से।

फ़िलहाल इति के लिए यही काफ़ी है कि वह उसे पहचानती है। पास के फ़्लैट में रहने वाली विभावरी ने एक दिन कहा था, “तुम भी उसी कार से ऑफ़िस क्यों नहीं चली जातीं, वहीं तो जाना होता है तुम्हें?”

“वह अफ़सरों को ले जाने वाली कार है, उसमें ग़ैर-अफ़सर नहीं बैठ सकते।”

“इसके विरुद्ध आवाज़ उठाओ। यह भेदभाव की व्यवस्था है।”

“निजी फ़ायदे के लिए क्रान्ति का बिगुल नहीं बजाना चाहिए।”

“मैनेजरों को इतनी लम्बी तनखा मिलती है। वे अपने साधनों से दफ़्तर जायें। जूनियर कर्मियों को मिलता ही क्या है। फिर भी वे ही बस की क़तारों में खड़े हों, बसों के धक्के खायें, ब्लू लाइनों से कुचले जायें या देर होने पर अफ़सर की घुड़कियाँ खायें।”

“तुम नीति-नियम नहीं समझतीं।”

विभावरी को उसने चुप कर दिया लेकिन उसके अपने ज़ेहन में ये सवाल सिर उठा कर खड़े हो गये। वास्तव में यह सोचने की बात है कि सुविधाएँ उच्चाधिकारियों को मिलनी चाहिए या मातहतों को, जिनका वेतन नगण्य होता है और दिनचर्या, कठोर। इति तो अभी स्थायी कर्मचारी भी नहीं थी। स्टाफ़-रजिस्टर पर उसका हस्ताक्षर नहीं लिया जाता था। ऐसे सभी अनुबन्धित कर्मचारियों के पास एक अलग डायरी घुमाई जाती थी जिसमें वे अपने आने और जाने का समय और हस्ताक्षर दर्ज करते।

एक दिन दफ़्तर में हड़ताल हो गयी।

मुद्दा था ओवरटाइम।

सभी स्थायी तृतीय और चतुर्थ श्रेणी कर्मचारी इस प्रस्ताव से भड़के हुए थे कि कम्पनी ओवरटाइम की व्यवस्था ख़त्म कर, कार्य के घण्टे बढ़ाने जा रही है। यह इति का मुद्दा नहीं था।

मैनेजर ने उससे कहा, वह हड़ताल के प्रति निरपेक्ष रहे, और चेतावनी दी, "अपनी हाज़िरी दर्ज करना मत भूलना।"

मैनेजर के रुख़ से इति के दिमाग़ में अपनी सेवा-शर्तें कौंध गयीं। धरना, प्रदर्शन, हड़ताल, सब स्थायी कर्मचारियों के अधिकार थे।

शुक्रवार को उसे घर से निकलने में देर हो गयी। वह बेचैन हो रही थी कि अगर दस बजे तक दफ़्तर न पहुँची तो उसकी आज की हाज़िरी रद्द मानी जायेगी। वह बस-स्टॉप पर खड़ी घड़ी देख रही थी कि उसके पास एक टैक्सी रुकी।

यह आदि नायर था।

उसने कहा, "स्टैप इन, आय एम गोइंग टू ऑफ़िस" (अन्दर आ जाओ, मैं ऑफ़िस जा रहा हूँ।)

असमंजस में थी इति। चकरायी हुई वह टैक्सी में बैठ गयी। मन में उलझन थी। इस शख़्स ने कभी न पहचान जतायी न मुलाक़ात की। वह उसे पहचानता ज़रूर है। यह भी जानता है कि इति वहीं काम करती है और इस वक़्त दफ़्तर जाने के लिए निकली है। उसने धीमे से कहा, "आज दफ़्तर की गाड़ी का क्या हुआ?"

"ड्राइवर सब हड़ताल पर हैं।"

इति सिमटी-सी एक तरफ़ बैठी रही। आदि ने अपनी तरफ़ से कोई पहल नहीं की, बातचीत की।

टैक्सी लगातार चल रही थी। ट्रैफिक-लाइट्स की आज्ञा मानते हुए।

इटर्निटी की ख़ुशबू रह-रह कर इति तक आ रही थी। यह महक पिछले कई महीनों की कल्पना की कड़ी थी। जड़ नहीं था आदि।

उस तक संदल साबुन की महक उड़-उड़ कर आ रही थी। यह महक उसे सुबह नौ बजे कई बार बालकनी तक आने को मजबूर करती। एक रिश्ता था इस महक से।

एक सिम्फनी बन रही थी इति और आदि की। इसमें शब्दों का महत्त्व उतना नहीं था जितना बिन बोले लमहों का। ये लमहे बेशक़ीमती थे।

आदि सोच रहा था, इति अच्छी-भली लड़की है। दफ़्तर की बाक़ी महिलाओं की तरह मुँहफट भी नहीं लगती। क्या इससे दोस्ती की जा सकती है? लेकिन अगर मैं दोस्ती का हाथ बढ़ाऊँ तो यह शायद सोचे कि मैं बॉस होने का फायदा उठा रहा हूँ। इति सोच रही थी अच्छा-भला लड़का है आदि नायर। इतना गुमसुम क्यों है? क्या इसकी मुझसे बात करने की तबियत नहीं होती? अगर मैं बोलूँ तो यह सोचेगा मैं इसे पटा रही हूँ। काश यह इतना सीनियर न होता? उसने गहरी उदासी से सोचा। दफ़्तर काफ़ी दूर था। बीच में कई उपनगर पड़ते थे।

वे अँधेरी पहुँच चुके थे। पूर्व दिशा में बस साकी नाका तक जाना था उन्हें।

वामनपुरी पर टायरों की दुकानें थीं। सड़क-किनारे ही टायर की मरम्मत और रिट्रीडिंग का काम चलता रहता। न जाने वहाँ किस कोने से एक लड़का भागता हुआ दिखा। वह हड़बड़ी में सड़क पार कर रहा था।

ड्राइवर ने बहुत कस कर ब्रेक लगाया लेकिन रुकते-रुकते कार उछलकर बगल के पेड़ से जा टकरायी। लड़का तो बच गया लेकिन टैक्सी में पीछे की सीट पर बैठी दोनों सवारियाँ अपनी-अपनी खिड़की से टकराकर ठण्डी हो गयीं। उनकी कनपटी की नसें दब गयी थीं। सड़क पर भीड़ जमा हो गयी।

ड्राइवर हतबुद्धि-सा कभी अपने को देख रहा था कभी अपनी सवारियों को।

लोग पूछ रहे थे। ड्राइवर बता रहा था, "दोनों राजा कॉलोनी से चढ़े थे। दोनों को साकीनाका जाना था।" भीड़ ने कहा, "लैला-मजनूँ थे दोनों। देखा कैसे साथ-साथ जान निकली है।"

"खुश क़िस्मत थे। इकट्ठे जिये, इकट्ठे मरे, मेरे को पन पुलिस से निपटने कू छोड़ गये।" ड्राइवर ने कहा।

जाते हुए लोग

फ़िल्म या नाटक में अगर ऐसा दिखाया जाता तो मैं इस अतिरंजना पर मुँह बिचका देती। ऐसा कैसे हुआ कि ठीक सोलह दिन बाद उसी यशोदा अस्पताल के गहन चिकित्सा कक्ष नम्बर तीन के बेड नम्बर तीन पर पापा रात तीन बजे इस दुनिया से विदा हो गये। उन्हें भी उसी तरह बड़े टैम्पो में घर लाया गया। ठीक उसी जगह कमरे में लिटाया गया। रमतेराम रोड से वही हलवाई आया। उसी ने तेरही के भोज का इन्तज़ाम सँभाला।

यह क्या मम्मी ऊपर से बैठी-बैठी स्वर्गिक निर्देश दे रही थीं या जीवन में सभी के निधन पर ऐसा गणित-न्याय घटित होता है। बहुत पहले कभी सुना था कुमुद की माँ की मृत्यु हरिद्वार की हर की पैड़ी पर हुई थी। नहाते समय गोल पत्थर पर पैर फिसला और वे धारा में बह गयी। तीन साल बाद उसके पिता की मृत्यु भी वहीं हरिद्वार में हुई। कुशाघाट पर वे शाम के समय आरती का दीपदान कर रहे थे। अचानक ऐसे रपटे कि ढूँढे से मृत देह भी नहीं मिली। साथ गये लोग हाथ मलते हुए आ गये। मुकुन्द नगर की हमारी सहेली रजनी के यहाँ तो एक दिन में तीन मौतें एक साथ हुई थीं। उस दिन सलूनों का त्योहार था। स्कूल में छुट्टी थी। उन दिनों रजनी की बड़ी बहन भी आयी हुई थी। पिछले महीने ही विमला जीजी का ब्याह हुआ था। दो बहनों के बीच भाई था केवल एक, वह भी सबसे छोटा। विमला ने अपने अध्यापक पति से अनुरोध किया कि त्योहार पर वे भी साथ चलें। प्रमोद के आ जाने से रजनी-घर में रौनक़ आ गयी। कभी घण्टाघर जाकर चाट खायी जाती कभी मलाई बरफ़वाले को बुलाकर उसकी सारी मलाई बरफ़ ख़रीदी जाती। विमला जीजी मखमल के गोल टुकड़े पर कलाबत्तू और सलमे सितारे टाँक कर राखी बनाने में रम गयी। उसी दिन रजनी के मामा भी हापुड़ से आ गये कि अपनी बहन से राखी बँधवा लेंगे।

सलूनों की सुबह मौसम सुहाना हो गया। गर्मी कुछ कम थी। अंकल ने सुझाव दिया कि चल कर हिण्डन में नहाया जाय। वापसी में तरबूज, खरबूज और कमलगट्टे लाये जायें। आंटी बोलीं, "त्योहार के दिन घर में रहना चाहिए, आज मत जाओ।"

अब तो जैसे अंकल को ज़िद चढ़ गयी। वे इतराकर बोले, "प्रमोद, बंटू की माँ मुझे खूँटे से बाँध कर रखना चाहती है। मैं चौपाया नहीं दोपाया हूँ, जहाँ मेरी मर्ज़ी मैं जाऊँ, घूमूँ। तुम कभी विम्मी की अरदब में मत रहना।"

प्रमोद मुस्कुरा दिया। वैसे उसका घर से निकलने का कोई ख़ास मन नहीं था पर जब उसने मामाजी को भी अँगोछा गले में डालते देखा, वह उठ खड़ा हुआ। नन्हा बंटू भी अपनी निकर और तौलिया लेकर मचलने लगा, "मैं भी जाऊँगा।"

आंटी टुकुर-टुकुर देखती रह गयीं और घर के मर्दों की टीम कार में बैठकर फुर्र हो गयी।

आठ बजे के गये लोग बारह बजे तक भी नहीं लौटे तब आंटी हमारे घर आकर बोलीं, "भाईसाब मेरा जी बड़ा कटू-कटू कर रहा है। मोहननगर इत्ता दूर तो नहीं कि चार घण्टे लग जायें।"

पापा ने पहले आनाकानी की, "देखो जी साँवलदास की यह पुरानी आदत है। बैठ गये होंगे कहीं ताश की फड़ पर। दूसरे मेरे पास कोई चार पहिये की सवारी तो है नहीं। टिक-टिक अपनी साइकिल पर जाऊँगा तो घण्टा एक लग जायेगा। उतनी देर में वे फुर्र से अपनी फियेट से आकर पहुँच जायेंगे। बेवकूफ़ तो मैं बनूँगा, साफ़ बात है।"

माँ की हमदर्दी आंटी के साथ थी। वे बोलीं, "जाकर देख क्यों नहीं आते हो क्या हुआ। नयी गाड़ी है, क्या पता अटक गयी हो। तुम बब्बू के स्कूटर पर चले जाओ।"

पड़ोस का बब्बू बुलाया गया। दोनों को रवाना किया गया। अब तक घबराहट में विमला जीजी को उलटियाँ शुरू हो गयीं। इमरती दाई ने कहा, "मानो न मानो, छोरी को दिन चढ़े हैं। पूछ लो वासे, पन्द्रह दिन ऊपर हो गये कि नायं।"

हिण्डन घाट से कार तो क्या लौटती, पापा और बब्बू ज़रूर लौट आये। उन्होंने हाँफती साँस और फटी आँखों से जो हाल बताया तो घर में कोहराम मच गया। पता चला सवेरे हिण्डन नदी में नाव कर, रजनी-घर के लोग पल्लीपार पहुँचे। मामा ने कहा, पहले तुम सब नहा लो, मैं कपड़े ताकता हूँ। बंटू को भी नहला दो। बाद में मैं नहा लूँगा।

अंकल, प्रमोद और बंटू कपड़े उतारकर हिण्डन की धार में उतरे। अंकल के लिए जानी-पहचानी नदी थी। सैकड़ों बार यहाँ नहाये थे। बंटू को बार-बार ताकीद की गयी, "नाव पकड़कर नहाओ।"

पर बंटू एक बार पानी में उतरे तो मछली बन जाये। वह कभी दायें आगे बढ़े, तो कभी बायें। पानी के अन्दर बालू में खुड्ड बने थे या कि वहाँ भँवर था, कुछ पता नहीं चला। हिण्डन की महिमा। यकायक प्रमोद ने देखा बंटू गले-गले तक पानी में पहुँच गया है। उसे तैरना आता था। 'छपाक' से पानी काट कर वह बंटू तक बढ़ा कि सिर्फ़ बंटू का नन्हा-सा हाथ उसके पंजे में आया। दोनों के पैर, प्रतिकूल लहरों से गह्वर में उलझकर धँसते चले गये। दोनों के हाथ क्रमशः पानी में डूबते देख मामा घबराये। अंकल और मामा दोनों उधर चले कि मामा का पाँव भी उसी विवर्त में जा फँसा।

अंकल को नाव वाले ने वहाँ जाने से रोक लिया, "यहाँ जलभौंरा पड़ा है बाबूजी। गुनी-ओझा, मल्लाह कोई के बस में नहीं।"

अंकल छाती पीटकर क्रन्दन कर उठे, "अरे मेरा बेटा, मेरा जमाई, मेरा साला, सब डूब रहे हैं। ए नाववाले कृपा करो भाई, उन्हें निकालो। मेरी जान ले लो उन्हें बचा लो, तुम्हारे पैर पड़ता हूँ।"

नाववाले ने कई साथियों को गुहराया। अंकल को लगा सबने देर लगा दी। जलभौंरे के पास तक पहुँच सबने मिलकर रस्सा डाला। बंटू, प्रमोद और मामा, तीनों के शरीर पकड़ में नहीं आ रहे थे। अंकल छाती पीट-पीट कर बेहाल हो गये। जब पापा और बब्बू हिण्डन के पक्के घाट पर पहुँचे हर एक की ज़ुबान पर यही चर्चा थी, "आज जलभौंरे ने एक नहीं तीन-तीन बलि ले लीं।"

अंकल घर आने को तैयार नहीं थे। वे जैसे विक्षिप्त अवस्था में पहुँच गये। वे कभी बंटू का तौलिया आँखों से लगाते कभी प्रमोद की पैंट। वे देर तक पल्ली पार बैठे विलाप करते रहे, अपने सर के बाल नोचते रहे, अपने को लानतें देते रहे, "हाय सुमित्रा, मैंने तुम्हारी बात नहीं मानी। सलूनो के दिन घर के सारे चिराग बुझ गये। कोई राखी बँधवाने वाला नहीं रहा। मैं पापी हूँ। भगवान मुझे उठा ले। कौन मुँह लेकर जाऊँ मैं। मैंने अपनी बेटी का सुहाग उजाड़ दिया। मैंने अपना बेटा खा लिया। मैंने तीन-तीन घर उजाड़ दिये। मैं महापापी हूँ।"

पापा और बब्बू ने निःशब्द सान्त्वना देने की कोशिश की। अंकल नहीं उठे। तट पर सिर पर हाथ रख बैठे रहे। सान्त्वना देने वाले हार कर विदा हो गये, अंकल वहीं बैठे रहे।

शाम सात बजे, उसी घर में, उसी सलूनो के दिन तीन-तीन लाशें उतारी गयीं। चीरफाड़ के बाद लाशें मारकीन में सिलीं और सीलबन्द थीं। काग़ज़ों में लिखा था बंटू की श्वास नली में नीचे तक बालू जमी मिली; प्रमोद के दिमाग़ की नस तड़क गई; मामा के दिल की धड़कन रुक गयी थी। एक ही विवर्त में तीन मौतें, तीनों के कारण अलग-अलग। उस दिन का गगनभेदी विलाप सुन कर लगा था इस घर में अब कभी न चूल्हा जलेगा, न फूल खिलेगा न रेडियो बजेगा, न जीवन सजेगा। इस घर के बचे-खुचे लोग अभिशप्त प्रेत जीवन जियेंगे। पर साल बीतते न बीतते, वहाँ क्या हुआ। विमला जीजी की गोद में नौ महीने बाद एक गोलमटोल बेटा आ गया, उसके होठ, नाक और ठुड्डी ऐसी कि हर कोई गोद में लेकर कहे, "अरे यह प्रमोद कहाँ से आ गया।" विमला जीजी कन्या वैदिक विद्यालय में संस्कृत की अध्यापिका बन गयीं और उन्होंने माँ के घर को ही अपना आवास बना लिया।

आंटी ने भगवान के लड्डूगोपाल स्वरूप को बंटू का प्रतिनिधि मान लिया। लड्डूगोपाल की दिनचर्या में उन्होंने अपने को ऐसा खपाया कि उन्हें कोई गिला-शिकवा नहीं रहा। वे बार-बार भगवान को शीश नवातीं और कह उठतीं, "जो बिगड़े सो तेरा नाथ मेरा क्या बिगड़े।"

मामी ज़रूर साल भर बेहद परेशान रहीं पर उन्होंने आख़िरकार आंटी को माफ़ कर दिया। मामा की पीछे छूटी पुस्तकों से उन्होंने एक पुस्तकालय स्थापित किया। सारा दिन वे पुस्तकालय में एक कुर्सी पर बैठी-बैठी रजिस्टर में किताबों का आगत-निर्गत भरती रहतीं। इस काम में उन्हें बहुत सुख मिलता।

सुरक्षा का आतंक

अब तो राज्यों की भी जन्मपत्रियाँ छपती हैं। ज़्यादातर उनमें किसी न किसी राजनीतिक दल की पक्षधरता के हवाले से संकेत दिये जाते हैं कि इनकी सरकार बनने के योग हैं या उनकी गिरने के। इन दस वर्षों में पंजाब ने जितना उतार-चढ़ाव देखा किसी राज्य ने न देखा होगा। कोई छोटा-मोटा मरियल प्रदेश होता तो अब तक पिस गया होता। पर पंजाब आज भी हिन्दुस्तान के नक्शे पर धड़कता है। पंजाब के बहादुरों ने न कभी जीने में हौसला हारा न मरने में हिम्मत।

फिर भी यहाँ न जाने कहाँ से आ घुसा था आतंकवाद। हर तरफ़ से शक, शुबहा और शामत। कई बार अच्छे-भले परिवारों को सताया गया महज़ शक की ख़ातिर। कई बार न्याय हुआ तो ज़्यादा बार अन्याय। लोगों के मन में जानमाल की सलामती की चिन्ता, दुश्चिन्ता में बदल गयी।

जिस किसी ने पंजाब यूनिवर्सिटी के लॉन पर करीने से उगे गुलाब और गुलदाउदी देखे हैं, जिसने कैम्पस पर यूथ फ़ेस्टिवल और मुशायरे का लुत्फ़ उठाया है, जिसने ख़ूबसूरत छात्राओं के रंग-बिरंगे दुपट्टे हवा में लहराते निहारे हैं, वह कभी सोच भी नहीं सकता कि ऐसी चपल चंचल यूनिवर्सिटी में भी आतंकवाद का साया मँडरा सकता है।

पर ऐसा हुआ।

एक दिन शहर की एल.आई.यू. ने ख़बर दी कि उन्हें पता चला है यूनिवर्सिटी के हिन्दी और संस्कृत विभाग पर आतंकवादी हमले का ख़तरा है। शिकायत एक शुबहे पर आधारित थी। कुलपति ने शुबहे को निराधार बताया पर उनकी कौन सुनता। अगले ही हफ़्ते कुलपति को एक ख़ूनी दस्ते का खुला चिट्ठा डाक से मिला। इसमें धमकी, चेतावनी और तोहमत तीनों तरतीबवार दी गयी थीं।

विभाग के प्राध्यापकों से बात करने से पहले कुलपति ने ज़िलाधिकारी और कमिश्नर से सलाह करना उचित समझा लेकिन तब तक न जाने कैसे सारे कैम्पस में ख़बर फैल गयी कि हिन्दी और संस्कृत विभाग के प्रोफ़ेसरों, टीचरों को खाड़कू चुन-चुन कर गोली से उड़ाने वाले हैं। हालत यह हो गयी कि उस बुधवार अपने घर जाने के लिए, हिन्दी और संस्कृत विभाग का कोई अध्यापक या कर्मचारी स्टाफ रूम से नहीं निकला। जो हिन्दी और संस्कृत विभाग में नहीं थे, वे एक-दूसरे को बधाइयाँ दे रहे थे; कुछ अपने मरहूम माँ-बाप को दुआएँ दे रहे थे जिन्होंने उन्हें ज़बरन ज्योग्रेफ़ी या फ़िलॉसफी में एम.ए. करवाया।

आख़िर तय यह हुआ कि जब तक ख़तरा टल नहीं जाता इन विभागों के हर टीचर को एक-एक गार्ड दिया जाये। जल्द ही एक दिन कैम्पस में वर्दी और कारबाइनधारी तीन दर्जन सुरक्षा कर्मचारी भेज दिये गये।

हिन्दी-विभाग में डॉ. चन्दोला, डॉ. मधोक और मिसेज़ कथूरिया के पास कार थी। वे तो शान से अपने सुरक्षा कर्मचारी को बगल की सीट पर बिठाकर घर ले गये। मुश्किल थी उनकी जिनके पास चार पहिये का वाहन नहीं था।

डॉ. चन्द्रा की दो साल पहले नियुक्ति हुई थी। उनके पास अभी स्कूटर भी नहीं था। उनका घर मुश्किल से एक-डेढ़ किलोमीटर दूर था। कई बार टहलते-टहलते वे पैदल ही यूनिवर्सिटी आ जाते। आज वे चले तो उनके पीछे-पीछे साये की तरह उनका गार्ड भी चला। रास्ते भर उनका कलेजा धुक-धुक करता रहा। यह जानते हुए भी कि यह आदमी उनकी सुरक्षा के लिए तैनात है उन्हें यही लगा कि कहीं पीछे से वह उन पर वार कर दे तो वे यहीं तमाम हो जायेंगे। और भी कई अजीब अनुभूतियाँ उन्हें हुईं। उन्हें महसूस हुआ वे रातोरात वी.आई.पी. बन गये थे। दूर मेरठ में रह रहे उनके पिता और भाई को इस बात का कोई इल्म भी न होगा कि सरकार उनकी जानमाल के पीछे कितना ख़र्च कर रही है। अब तक उन्होंने यही देखा था कि संसद सदस्य और मिनिस्टरों को सुरक्षा गार्ड मिलते हैं। उनके मकान से सटी हवेली में रामपुर चुनाव क्षेत्र के संसद सदस्य आसिफ कमाल रहते थे। वे सुबह खादी का कलफ लगा कुरता-पाजामा पहनकर तैयार होते और ड्योढ़ी के पास आकर रोज़ एक ख़ास अन्दाज़ में पुकारा करते "अरे भई शैडो, तैयार हो।" उनका शैडो तुरन्त अपने कमरे से निकल सैल्यूट मारता और कारबाइन कन्धे पर टाँग साथ चल देता। उनके परिवार में बहुत दिनों तक यह कौतुक का विषय था कि कारबाइन लेकर चलने वाले इस आदमी का नाम शैडो कैसे हो सकता है या किसी भी आदमी का नाम शैडो कैसे हो सकता है।

इसलिए अपने शैडो का सबसे पहले डॉ. चन्द्रा ने नाम पूछ लिया। दिलेर सिंह नाम सुनकर वे थोड़े सकपका ज़रूर गये। घर जाते समय रास्ते के बाज़ार से वे कभी ब्रेड-मक्खन तो कभी फल ख़रीद लेते थे पर आज वे बिल्कुल ख़ाली हाथ पहुँचे।

पत्नी दीपा ने रोज़ की तरह हँसते हुए दरवाज़ा खोला। उनके पीछे एक अजनबी सिपाही को देख वह एकदम डर गयी और गम्भीर हो गयी। उसका चेहरा फीका पड़ गया।

"डरो नहीं, ये हमारी सुरक्षा के लिए हैं" डॉ. चन्द्रा ने पत्नी को ढाढ़स बँधाया।

"तुम्हें किससे ख़तरा है?" दीपा की दहशत कम होने की बजाय बढ़ गयी।

"सरकार सोचती है हमारी जान को ख़तरा है।"

"मैं कब से कह रही थी कहीं और अप्लाय करो। तंग आ गयी मैं तो। न रात को कहीं घूमने निकलते हैं न दिन को। न कोई किसी के घर आता-जाता है। जैसे कर्फ्यू में जी रहे हैं। ऊपर से यह तुम्हारा गार्ड।"

"धीरे बोलो, वह सुन लेगा। उसकी क्या ग़लती, वह तो अपनी ड्यूटी कर रहा है। अच्छा है, पड़ोस में रौब ही रहेगा।"

"पड़ोस में है ही कौन। सब तो मेडिकल लीव ले लेकर भाग खड़े हुए हैं।"

संस्कृत विभाग के डॉ. धर्मपाल शास्त्री की हालत तो और भी खस्ता थी। वे साइकिल से यूनिवर्सिटी आते-जाते थे। आज उन्हें साइकिल चलाकर नहीं घसीट कर ले जानी पड़ी। गार्ड के पास कोई वाहन नहीं था। वह अपनी कारबाइन कन्धे पर लटकाये उनके पास खड़ा रहा। जितनी बार वे उसकी तरफ़ नज़र उठाते वह अटेंशन की मुद्रा में सैल्यूट मारता। उतनी बार उनके मुँह से बरबस आशीर्वाद निकल जाता, "जीते रहो।"

उनके दोनों बच्चों ने गार्ड को देखा तो सारी शैतानी भूलकर किताब-कॉपी लेकर बैठ गये। पत्नी रसोई में घुस गयी। पूरे घर में चुप्पी और मनहूसियत तारी हो गयी। ख़ुद शास्त्रीजी का मन नहीं हुआ कि आज टी.वी. चलाया जाये। वे सुबह पढ़ा हुआ अख़बार फिर पढ़ने लगे। किसी तरह नौ बजे तो उन्होंने गार्ड से कहा, "भैया क्यों खड़े-खड़े हलकान हो रहे हो। जाओ घर जाकर सो रहो।"

"आप सुबह कितने बजे जायेंगे?"

"दस बजे।"

"ठीक है मैं हाज़िर हो जाऊँगा।"

शास्त्रीजी ने चैन की साँस ली। अब कम-से-कम दस-बारह घण्टे कारबाइन की मनहूस शक्ल तो नहीं देखनी पड़ेगी। लेकिन उन्होंने पाया बिस्तर का दृश्य आज बेतरह प्रतिकूल था। पत्नी तिनतिना रही थी, "क्या समझ कर लाये थे यह मुच्छड़ सिपाही? कि कॉलोनी की सारी औरतें तुम्हें वी.आई.पी. समझेंगी?"

वह क्या कहते कि यह उनके वश में नहीं था।

छह महीने में धीरे-धीरे हालात सामान्य हुए। रेडियो, दूरदर्शन से प्रचारित हुआ कि पंजाब में आतंकवाद ख़त्म हो गया। सबूत के तौर पर खेतों में भांगड़ा और घरों में शादी के जश्न टीवी पर दिखाये गये। पर यह तो वहाँ रहने वालों को ही पता था कि कितना नुक़सान हो चुका था। कैम्पस के कई होनहार विद्यार्थी शक की चपेट में आकर जेल पहुँच गये। उन पर आतंकवादियों के साथ मेलजोल का आरोप था। किसी की समझ में नहीं आ रहा था कौन आतंकवादी है कौन निरपराध। हर कोई शक के दायरे में। कई लड़कों ने दहशत में अपनी दाढ़ी और केश कटवा दिये। इससे भी बड़ा नुक़सान मानसिक स्तर पर हुआ। दोस्तियों में दूरियाँ आने लगीं, प्यार-मुहब्बत में परहेज़ नज़र आया और उन्मुक्त संवाद का सिलसिला तो जैसे टूट ही गया। कई प्राध्यापकों ने निजी सुरक्षा के लिए अपने पास पिस्तौल रखनी शुरू कर दी।

डॉ. मधोक हर समय पिस्तौल साथ रखते। घर में भी वे पिस्तौल अपने से अलग न करते। उनकी पत्नी खीझती "बाथरूम में तुम्हें किससे ख़तरा है जो पिस्तौल लेकर जाते हो। बिस्तर तक पर पिस्तौल साथ रही है। तुम्हारी हरकतें देखकर तो लगता है तुम्हें सबसे ज़्यादा मुझी से ख़तरा है।"

"तुम कुछ नहीं समझतीं तो चुप रहा करो।" वे पत्नी को डाँट देते।

यूनिवर्सिटी के हर विभाग को निर्देश मिले थे कि सांस्कृतिक गतिविधियाँ बहाल की जाय। यह देख लिया जायें कि उनमें कौमी एकता, भाईचारा और राष्ट्र प्रेम जैसी भावनाओं की प्रमुखता हो। उन्हीं दिनों यूनिवर्सिटी में मुशायरा आयोजित हुआ। कई बड़े शायरों के साथ कुछ उदीयमान शायर भी बुलाये गये। यूनिवर्सिटी में उर्दू मजलिस के इस प्रोग्राम के लिए छात्रों में इतना जोश इसलिए भी था कि बहुत दिनों बाद कोई आयोजन हो रहा था। यों तो आतंकवाद काबू में था, चौकसी अब भी बरती जा रही थी। प्रशासन की तरफ़ से कहलवाया गया कि पढ़ने वाली नज़्मों का पहले ही जायज़ा ले लिया जाये, कहीं कोई भड़काने वाली चीज़ न हो। ऐन मुशायरे के दिन जब यह सुझाव रजिस्ट्रार ने रखा तो आये हुए शायर भड़क गये। अख़्तर साहब ने कहा, "इसका मतलब है कि आपको हम पर भरोसा नहीं।"

नौजवान शायद परेदशी बोले, "हो सकता है जो शेर हम आपको दिखाएँ वे पढ़ें ही न।"

जाफरी साहब ने कहा, "मियाँ यों चलनी से छान-छान कर शायरी नहीं चाय चखी जाती है।"

कई शायर नाराज़ होकर चले गये।

लड़के भड़क गये। उन्होंने कहा, "यह खौफ़ तो गोली बन्दूक के खौफ़ से भी बुरा है।"

रजिस्ट्रार ने दो दिन की छुट्टी ली और बाहर चले गये।

लड़कों ने प्रोफ़ेसर से कहा, "सर आतंकवाद इस तरह कभी ख़त्म नहीं होगा। यह तो दफ़्तरों से उठता आतंकवाद है।"

लड़कियों ने कहा, "सर जब आला अफ़सरों और मिनिस्टरों में से कोई गुज़रता है तो दनदनाती हुई कितनी गाड़ियाँ एक के बाद एक निकलती हैं। वह आतंक नहीं तो और क्या है।"

प्रोफ़ेसर बत्रा ने कहा, "वह सुरक्षा का आतंकवाद है। आज़ादी के इतने बरसों में इसके साथ जीना सीखना होगा तुमको।"

छात्र भड़कते थे पर डिग्री और पढ़ाई की ख़ातिर खुल कर सामने नहीं आते। गुस्सा उनके अन्दर कचपच भरा रहता।

मार्च में डॉ. मधोक को कुछ छात्रों की मौखिक परीक्षा लेने जालन्धर जाना था। प्रोफ़ेसर बत्रा को भी जालन्धर से अपनी लैब के लिए उपकरण ख़रीदने थे। दोनों कार से चले! प्रोफ़ेसर बत्रा अलमस्त आदमी थे। उन्होंने जगजीत सिंह की ग़ज़लों का कैसेट लगा दिया और साथ-साथ गुनगुनाने लगे।

डॉ. मधोक को उनकी बेफ़िक्री डिस्टर्ब कर रही थी। उन्हें कार में बैठकर सीधे सामने सड़क पर ध्यान देना पसन्द था। हालाँकि सड़क एकदम साफ़ और सीधी थी, वे गड्ढे और स्पीड ब्रेकर की आशंका में बहुत सावधानी से ड्राइव कर रहे थे।

कुछ देर बाद उन्हें आभास हुआ कि कोई गाड़ी उनका पीछा कर रही है। उन्होंने स्टीरियो बन्द कर दिया और शीशे में देखा। सचमुच उनसे लगभग सौ मीटर दूर एक सफ़ेद रंग की कार आ रही थी।

"बत्रा अब समझो मारे गये, ज़रूर आतंकवादियों को हमारे जाने की ख़बर थी। वह गाड़ी सीधे हमारे पीछे-पीछे आ रही है।"

"तुम भी कमाल करते हो, तुम्हें कैसे पता उसमें आतंकवादी हैं?"

"शरीफ़ आदमी आजकल घर से निकलते ही कहाँ हैं?" उन्होंने कहा।

सफ़र की सारी मस्ती तबाह हो गयी। प्रोफ़ेसर बत्रा ने फिर से स्टीरियो चलाना चाहा तो मधोक ने हाथ से रोक दिया, "प्लीज़ बत्रा मुझे नॉर्मल तो हो लेने दो।" उन्होंने कमर से लटकती पिस्तौल छू कर तसल्ली की फिर बोले, "मैं तो अपनी बीवी को यह भी बता कर नहीं आया कि जी.पी.एफ. और बीमे के काग़ज़ कहाँ रखे हैं। वह ढूँढ भी नहीं पायेगी।"

"कैसी मनहूस बातें कर रहे हो। कल तक हम लोग वापस पहुँच जायेंगे।"

"बचेंगे तो पहुँचेंगे।"

उनका ध्यान हटाने के लिए बत्रा ने कहा, "वह देखो आगे महाशयां दा ढाबा। वहाँ रुककर चाय पी जाये। इतने में पीछे वाली गड्डी भी आगे निकल जायेगी।"

ढाबा हमेशा की तरह गुलज़ार था। दो-तीन ट्रक वहाँ खड़े थे। सामने पड़ी चारपाइयों पर ड्राइवर लेटे हुए थे। एक आदमी नहा रहा था।

तभी प्रोफ़ेसर मधोक चौंक गये। पीछे वाली कार भी उसी ढाबे पर आकर रुक गयी। उसमें से तीन नौजवान उतरे। उन्होंने भी चाय का ऑर्डर दिया।

बत्रा ने कहा, "देख लिया। तुम खामखा डर रहे थे। ये तो कॉलेज में पढ़ने वाले मुण्डे लग रहे हैं।"

तीनों नौजवान टी-शर्ट और जीन्स पहने हुए थे। उनमें से एक के हाथ में लोहे की मुड़ी हुई एक छोटी-सी छड़ थी।

"वह देखो हथियार", मधोक ने धीरे-से इशारा किया।

"अरे यह तो ढोल बजाने के काम आती है। हो सकता है कहीं भाँगड़ा डालने जा रहे हों।"

"अजब आदमी है तू। तुझे सारी तरफ़ हरा ही हरा नज़र आता है। छड़ हमारी नाक पर पड़ेगी तो सारा भाँगड़ा भूल जायेंगे।"

"मैं जाकर उनसे पूछ कर आऊँ।"

"ख़बरदार, फिर तो न मरते हों तो भी मारे जायेंगे।"

"यार, मुझे पता होता तुम इतने डरपोक हो तो कभी तुम्हारे साथ न आता। पिस्तौल लटकाये फिरते हो फिर भी चैन नहीं। हमें देखो, सीना तान कर जीते हैं।"

"सच तो यह है कि आजकल पंजाब में जीने से ज़्यादा मरने को कलेजा चाहिए। मेरे सारे काम अभी अधूरे पड़े हैं, इसी का फिकर है।"

"देखो, काम किसी के पूरे नहीं होते। फिर हमें मार कर किसी को क्या मिलेगा। जेब में मुश्किल से पाँच सौ रुपये हैं।"

"तुम जानबूझ कर नासमझ बन रहे हो", डॉ. मधोक ने कहा।

काले बादल का एक टुकड़ा आकाश में घिरा हुआ था। मौक़ा देख वह बरस पड़ा। ढाबे के महाशयां ने कहा, "बादशाहो अन्दर बैठ जाओ, अन्दर भी मंजे पड़े हैं।"

दोनों प्रोफ़ेसर अन्दर चले गये। प्रोफ़ेसर बत्रा को खाने की ख़ुशबू से भूख लग गयी।

खाना मँगाया गया। कुछ देर को वे सारी दहशत भूलकर साबत मा दी दाल और तन्दूरी रोटियों का स्वाद लेते रहे।

पेट में रोटी पड़ने पर मधोक का मूड कुछ ठीक हुआ। उसने कहा, "बत्रा, अब कार तुम चलाना। मैं पिस्तौल हाथ में लेकर ड्यूटी दूँगा।"

बाहर जब वे आये बारिश थम चुकी थी। तीनों नौजवानों समेत उनकी कार नदारद थी। प्रोफ़ेसर मधोक ने आशंका से महाशयाँ से पूछा, "वो लड़के कहाँ गये जो चाय पी रहे थे।"

"वे तो बारिश से पहले ही चले गये जी। सामने रोपड़ के कॉलेज में पढ़ते हैं। उनमें से एक बिन्दर ढोल बहुत शानदार बजाता है। बाक़ी दो इतना फर्स्ट क्लास नाचते हैं कि पूछो मत।"

"तुम उन्हें पहचानते हो?"

"बिल्कुल जी। रोज़ मेरे ढाबे पर आते हैं। उनका उधार मेरी कॉपी में लिखा रहता है।"

प्रोफ़ेसर मधोक ने बत्रा को पैसे नहीं देने दिये। वे अन्दर से एकदम हल्का महसूस कर रहे थे।

बत्रा ड्राइवर सीट की तरफ़ बढ़े तो उन्होंने रोक दिया, "तुम जगजीत सिंह की ग़ज़लें लगाओ। गाड़ी मैं चलाऊँगा।"

रास्ते में बत्रा ने कहा, "बताओ किसका अन्दाज़ सही निकला?"

प्रोफ़ेसर मधोक बोले, "मैं भी ग़लत नहीं था। आख़िर पेशेवर आतंकवादी भी ऐसे ही बीस-बाईस के लड़के होते हैं।"

"पर हम लोग तो सारा दिन लड़कों के बीच रहते हैं, हमें परख होनी चाहिए।"

"मुझे यह कहने में कोई शर्म नहीं कि मेरे बनाये गये सारे मानदंड ग़लत साबित हो गये हैं। क्या तुम अख़बार नहीं पढ़ते।"

"आँकड़े केवल आंशिक सच्चाई बयान करते हैं। कोई भी आतंकवादी पैदा नहीं होता, बनाया जाता है। हालात में फँसा आदमी हैवान बन जाता है। पुलिस की ज़्यादतियाँ, हमारे शक-शुबहे रातोरात एक अच्छे-भले लड़के को आतंकवादी बना डालते हैं।"

"दरअसल रही-सही कसर सुरक्षा के आतंक ने पूरी कर दी है। न यूनिवर्सिटी से हमें गार्ड मिलते न डर हमारे ज़ेहन में इस कदर उतरता।"

"यह भी एक सरलीकरण है।" बत्रा ने दूसरा कैसेट लगाते हुए कहा।

इलाज

मिंटो पार्क में शाम को घूमना कामशास्त्र की पुस्तक से गुज़रने जैसा अनुभव था। वहाँ घुमन्तुओं के लिए पार्क के चारों तरफ़ पक्की वीथी बनी हुई थी। हरियाली शुरू होने से पहले पत्थर की बेंचें पड़ी हुई थीं। सामने झील के बीचोबीच एक नाव खड़ी रहती। शाम छह बजे नाव के बीच से रोशनी और पानी का रंगीन फौव्वारा फूटने लगता। बेंचों तक उड़कर फुहारें आतीं और बैठने वालों को छू जातीं। यहाँ पैदल दो चक्कर लगाने से एक किलोमीटर की सैर हो जाती। लेकिन हर दो क़दम पर बेंच और बेंच पर बैठे जोड़ों की मौजूदगी अभिधा को संकोच में डाल देती। ये जोड़े निश्चल न होते। इनकी चंचलता और उफान सामने झरते फौवारे से टक्कर लेता। आलिंगन, चुम्बन से आगे की क्रियाओं का अभ्यास भी यहाँ होता रहता। कभी किसी लड़की के मुँह से निकली सिसकारी सुनायी आ जाती तो कभी लड़के के मुँह से निकली फुसफुसाहट। ये महानगर के लैला-मजनूं बग़ैर छत और दीवार के अपनी हसरतों पर अँधेरे का शामियाना लगाकर अपने को दुनिया के आगे महफ़ूज़ समझते। आठ बजते ही चौकीदार की सीटी बोल उठती। वह कई बार सीटी बजाता। उसके बाद वह डंडा लेकर हर बेंच के आगे ज़मीन पर प्रहार कर बोलता 'टाइम अप।'

मिंटो पार्क से मीनाक्षी आइ हॉस्पिटल की बिजलियाँ जगमगाती दिखतीं। हॉस्पिटल डिस्नेलैंड जैसा जादुई लोक लगने लगता। फाटक के आगे कारों की क़तार अस्पताल की कामयाबी का ऐलान करती और फाटक से सटी दवा की दुकान पर ग्राहकों की भीड़ जता देती कि कलकत्ते में आँख के मरीज़ दिन पर दिन बढ़ रहे हैं।

यह शहर का बहुत बड़ा अस्पताल था जिसकी मंज़िलें गिनना उसके लिए कभी आसान नहीं रहा। अस्पताल के दरबान ने बताया था कि यहाँ सत्रह मंज़िलें हैं। नेत्र-चिकित्सा के लिए इतना बड़ा अस्पताल और वह भी घर के इतने

नज़दीक, यह उसकी आँखों की ख़ुशक़िस्मती थी। उसके घर की चौथी मंज़िल से अस्पताल का परिसर, विस्तार और वैभव दिखता रहता। एकदम झक सफ़ेद इमारत में हल्के नीले रंग के पर्दे दूर से ही आँखों को शीतल कर देते।

शहर के नामी-गिरामी धन्ना सेठ की दानशीलता का प्रताप था कि उन्होंने इतना विशाल अस्पताल बनवाया और एक प्रकार से जनता को अर्पित कर दिया। अस्पताल का रखरखाव देखते हुए, मरीज़ से ली जाने वाली फ़ीस नगण्य ही थी, मात्र सौ रुपये। यही वजह थी कि अस्पताल मरीज़ों से भरा रहता। आँख के छोटे-मोटे इलाज से लेकर आँख का प्रत्यारोपण तक यहाँ उपलब्ध था।

आँख-कान और दाँत की ख़ासियत यह है कि जब तक ये अंग अपना काम करते चलें, इन पर ध्यान देने की, पैसे बहाने की कोई ज़रूरत नहीं पड़ती। ज़्यादा से ज़्यादा आँख पर चश्मा लग जाता है और हम सोचते हैं हमने आँख का उपचार कर डाला। कान पर तो इतना भी ध्यान नहीं दिया जाता। हाँ, जिनके कानों में छेद हैं उन्हें बुन्दे ख़रीदने का शौक़ हो सकता है। दाँत ज़रूर दो वक़्त मँजाई माँगते हैं और जब दुख देने पर आ जायें तो समूल उखड़वाने पड़ जाते हैं।

शाम के समय अपने कई मित्रों के साथ अभिधा मिंटो पार्क में घूम रही थी कि उसके मुँह से यों ही निकल गया, "जब इतना अच्छा अस्पताल पड़ोस में हो तो बीमार पड़ने की इच्छा होती है।" नियति ने उसी समय नेपथ्य में तथास्तु बोला था शायद।

अभिधा का काम कुछ ऐसा था कि हर वक़्त वह लिखती या पढ़ती रहती। कभी ग्रन्थ योजनाओं पर कार्य, कभी संस्था का इतिहास-संकलन, कभी लेखकों की परिचय-तालिका, उसके प्रतिष्ठान में अनुसन्धान के अनेक प्रकल्प थे। संस्थान के अनुसन्धान अधिकारी आँखों पर तीन चश्मे चढ़ा कर सारे दिन कोशों की छानबीन करते। बल्कि चार। एक तो वे बाइफोकल चश्मा लगाते। दूसरे उनके ऊपर एक अन्य लैंस का प्रत्यारोपण करते। तीसरे वे एक ऐसा लैंस लगाते जिसे बात करते समय वे फाटक की तरह ऊपर उठा देते। उस वक़्त वे किसी रहस्य-गाथा के खलनायक लगते।

उन्हें देखकर अभिधा डर जाती। क्या उसकी नज़र का भी यही हश्र होना है? व्याकरण या वर्तनी की भूल वे यों लपककर पकड़ते जैसे बिल्ला चूहा पकड़ता है। फिर वे भाषा की शुचिता पर एक छोटा-सा व्याख्यान देते। समापन वे इस घोषणा से करते कि उन्हें भाषा में हमेशा शत-प्रतिशत अंक मिलते थे।

अभिधा ने पाया किताबों के प्रूफ़ देखते, पांडुलिपि पढ़ते और लेखन कार्य करते समय उसकी आँखें गीली हो जातीं। पहले तो उसने इस पर ध्यान नहीं दिया। रूमाल से आँखें पोंछ वह फिर काम पर जुट जाती। लेकिन जल्द ही उसका चश्मा गीला होने लगा। वह चश्मा उतार देती तो अक्षर धुँधला जाते। कहाँ वह पचास पृष्ठ तक पढ़ और जाँच जाती थी, कहाँ उसके लिए पाँच पृष्ठ भी देख लेना यन्त्रणा बन गयी। उसने आँख की दवा डालकर कुछ दिन काम चलाया पर हर दवा बस दो-चार दिन प्रभाव दिखा कर निष्प्रभावी हो जाती। इसी घबराहट ने उसे मीनाक्षी आइ हॉस्पिटल में ला बैठाया। फ़ीस जमा करने के बाद उसने मुख्य हॉल में प्रवेश किया।

उसने देखा बहुत से मरीज़ उससे भी कम उम्र के थे। बल्कि स्कूली बच्चों की संख्या भी मज़े की थी। कुछ लोगों की आँख में दवा टपकाई जा चुकी थी, वे आँखें बन्द कर सन्त मुद्रा में बैठे हुए थे।

ज़्यादा इन्तज़ार नहीं करना पड़ा। उसका नाम पुकारा गया। जिस डॉक्टर के पास उसे भेजा गया उसकी आँखें बड़ी-बड़ी थीं, जामिनी राय के चित्रों में बनी आँखों जैसी लम्बी, चेहरे के फ्रेम से बाहर आती लगतीं। उसने बड़े ध्यान से अभिधा की आँखें जाँचीं। अभिधा उसे आँख में आते पानी के विषय में फिर से बता रही थी "डॉक्टर साहब बस मेरी आँखों से पानी का बहना बन्द कर दीजिए, लोग सोचते होंगे यह लड़की रो रही है।'

डॉक्टर मुस्कुराया, "आपको लोगों की परवाह है!"

"ग़लत समझे जाने की चिन्ता है। ख़ासकर ऑफ़िस में कितना बुरा लगता है, पोंछते-पोंछते, आँख का सारा काजल बह जाता है।"

डॉक्टर ने कहा, "हमारे पास ज़्यादातर मरीज़ ऐसे आते हैं जिनकी समस्या है सूखी आँखें। वे आँखों के निर्जलीकरण से त्रस्त रहते हैं।"

"सूखी आँखों को तो पानी के छींटों से नम किया जा सकता है।" अभिधा ने कहा।

"नहीं मैडम सूखी आँख का तनाव जल्द ठीक नहीं होता। लाख आइ ड्रॉप डालिये, कुछ नहीं होता।" अभिधा ने डॉक्टर की बड़ी-बड़ी आँखों की तरफ़ देखते हुए सोचा, अगर इन्हें आइ ड्रॉप डालनी हो तो एक की जगह तीन बूँद डालनी पड़े। प्रकट में उसने कहा, "तब आप क्या करते हैं?"

"यहाँ हर चीज़ का इलाज है।"

डॉक्टर उसके पर्चे पर अपनी टिप्पणी लिख रहा था।

"आप कक्ष संख्या पाँच में चली जायें" कहने के साथ उसने बज़र दबाया। सिस्टर के आने पर उसने उसे अभिधा के साथ कर दिया।

पाँचवें कक्ष में बैठा नेत्र-विशेषज्ञ शक्ल से ही वरिष्ठ और गरिष्ठ लग रहा था। उसने पर्चा पढ़ा, चश्मा उतारा, अपना और अभिधा का। डिजिटल मशीन पर उसने जाँच की। पर्चे में अपना टीप बैठाया।

फिर वह एक बेहद बारीक तार जैसी सूई अपने दस्ताने युक्त हाथ में लेकर अभिधा की आँख की तरफ़ बढ़ा।

इससे पहले कि वह कुछ समझे विशेषज्ञ ने आँख की कोर में सूई चुभा दी।

"आह!" अभिधा के कण्ठ से तीखी चीख़ निकली। उसने आँख की कोर से सूई बाहर निकाल खींची, "यह क्या कर रहे हैं डॉक्टर?"

"इलाज शुरू कर रहे हैं। आँख से पानी गिरता है न!"

"लेकिन इस तरह सूई चुभोने से तो ख़ून भी गिरने लगेगा।"

डॉक्टर क्रुद्ध और कुपित हो गया, "सर्जन को हत्यारा कहती हैं आप? मेरा समय नष्ट कर रही हैं।"

अभिधा ने अपनी दोनों आँखों पर हाथ रखते हुए पूछा, "मैं जानना चाहती हूँ आप क्या करने जा रहे हैं।"

"मैं आपको जवाब देना ज़रूरी नहीं समझता।"

"जानना मेरा अधिकार है।"

"लुक मैडम", डॉक्टर ने दीवार पर लगे एक चित्र की ओर उँगली की "आँख की ग्लांड से हम तरल पदार्थ निकालकर जाँच करेंगे कि वह संक्रमित द्रव है या आँसू या कुछ और?"

"नहीं, वह संक्रमित द्रव नहीं है, उसमें से कोई बू नहीं आती।"

"यह आप नहीं, हमारी लैब तय करेगी, तब आपका उपचार आरम्भ होगा।"

अभिधा ने अपना रूमाल दिखाया, "इससे जाँच कर लीजिए, यह आँख के पानी से भीगा हुआ है।"

"आप फिज़ूल की बातें कर रही हैं। आपको कोई संक्रामक रोग हो सकता है। हो सकता है आपकी नाक से भी द्रव बहता हो, दोनों की ग्लांड एक है।"

"मेरी नाक बिल्कुल नहीं बहती डॉक्टर।"

सर्जन ने एक बार फिर वह सूक्ष्म सूई उसकी आँख के आगे की "तो काम शुरू करें।"

"नहीं", अभिधा कुर्सी से उठ खड़ी हुई।

डॉक्टर ने बज़र दबाया। नर्स प्रकट हुई। डॉक्टर के इशारे पर वह अभिधा को बैठाने लगी।

अभिधा ने कहा, "सॉरी डॉक्टर, मुझे इलाज नहीं करवाना।"

"नॉनसेंस।" डॉक्टर ने कहा, और दस्ताने उतारते हुए अपनी कुर्सी की तरफ़ मुड़ गया।

अभिधा लिफ्ट की बजाय सीढ़ियाँ उतरने लगी जैसे लिफ्ट में से कोई उसे ज़बरन खींच कर पाँचवें कक्ष में भेज देगा। जब वह सात मंज़िलें उतरकर नीचे पहुँची दहशत के मारे उसकी आँखों से पानी की जगह अंगारे निकल रहे थे।

दूसरी आज़ादी

जब वे पहले-पहल इस घर में आये, तमन्ना भी नयी थी और कॉलोनी भी। जीवन भी नया था और अनुभव भी। शहर से दूर, गंगा के किनारे बनी इस कॉलोनी में खुले-खुले दुमंज़िले मकान थे जिनके आगे की कच्ची ज़मीन में बेला महकता और पिछवाड़े जामुन और अमरूद के पेड़ लहलहाते। मकान सब एक से थे, उनके नम्बर अलग-अलग थे। दरअसल यह मकान उन रुपयों से ख़रीदा गया था जो बेटों ने अरब से कमाकर माँ-बाप को भेजे थे। तमन्ना के शौहर वसीम के दो और भाई थे। वसीम की शादी पर तीनों भाई इकट्ठे हुए। उनके माँ-बाप प्रतापगढ़ से आये हुए थे और वे रिश्तेदारों को बड़े चाव से मक्का से लायी हरे रंग की तस्वीर तोहफे में देते कि यह सीधे वहीं से मँगाई है। घर का हर कमरा बच्चों की शरारतों से खिला-खिला रहता। दोनों भाइयों ने प्रतापगढ़ वाली ज़मीन पर अपने मकान बनवा रखे थे लेकिन इलाहाबाद के मकान में भी वे बराबर के हिस्सेदार थे।

सास-ससुर कुछ दिन साथ रहकर वापस प्रतापगढ़ चले गये जहाँ उनकी एक ट्रक और दो टूरिस्ट बसें दिहाड़ी पर चलतीं। खान साहब को आये दिन गाड़ियों की मरम्मत, सर्विसिंग और चालान के सिलसिले में गैरेज, मिस्त्रियों और थानों से रिश्ता रखना पड़ता। प्रतापगढ़ से ज़्यादा दिनों के लिए हटना उनके लिए मुमकिन न था। दोनों बड़े भाइयों के परिवार भी प्रतापगढ़ में रहते। भाभियाँ सिर्फ़ गर्मी-सर्दी की छुट्टियों में थोड़े दिनों के लिए आ पातीं जब उनके बच्चों के स्कूल बन्द होते।

जाते समय ऊपर के दोनों कमरों में, सम्बन्धी ताले लगा गये ये हमारे कमरे हैं। जब हम आयेंगे तो खुलवाकर सफ़ाई करवा लेंगे। इतना बड़ा मकान नयी दुलहन से सँभलेगा नहीं। रह गये बस निचली मंज़िल के तीन कमरे, रसोई और आगे-पीछे की जगह। वसीम और तमन्ना के लिए इतनी जगह काफ़ी थी। गैरेज

में नयी चमचमाती हुई गाड़ी खड़ी थी पर तमन्ना को ड्राइविंग नहीं आती थी। उसने कहा, "इतने ड्राइवर अब्बू के पास आते हैं, किसी से कहिये हमें गाड़ी चलाना सिखा दे।"

वसीम बोला, "क्या करोगी ड्राइविंग सीख कर, इससे अच्छा है अरबी सीखो, कुरान शरीफ़ पढ़ना रवां करो। जब कहीं जाना होगा, अब्बू अपने आप ड्राइवर भेज देंगे।"

महीने भर बाद वसीम को वापस अरब जाना था जहाँ वह सिलाई का काम करता था। वह बहुत हुनरमन्द कारीगर माना जाता था।

जाने से पहले उसने तमन्ना के लिए पूरे साल का टाइमटेबिल बना दिया। तमन्ना हँसने लगी "यह मुझ पर छोड़िये कि कब मुझे पीहर जाना है, कब ससुराल। अभी तो मैं बी.ए. पूरा करूँगी।"

वसीम उखड़ गया, "कोई नौकरी तो करवानी नहीं है हमें, फिर डिगरी से फ़ायदा।"

"आपने बी.ए. क्यों किया था?"

"अब पछता रहा हूँ। इण्टर के बाद ही टेलरिंग में लग गया होता तो अब तक बहुत तरक़्क़ी कर लेता।"

"पढ़ाई भी ज़रूरी है?"

"नेक औरत की तरह घर में रहना उससे ज़्यादा ज़रूरी है" वसीम ने कहा। तमन्ना चुप हो गयी पर मन-ही-मन उसने सोच लिया कि वह प्राइवेट परीक्षा का फॉर्म तो भर ही देगी। आख़िर इसमें बुराई क्या है।

वसीम अरब से बहुत क़ीमती, भारी और भूरे रंग का नकाब लाया था। उसका कहना था अव्वल तो बाज़ार के चक्कर लगाने का काम भैया कर देगा, फिर भी कभी बाहर निकलना ही पड़े तो तमन्ना नकाब डाल लिया करे।

एक दिन तमन्ना ने अपने लाल सूट के ऊपर यों ही नकाब पहना तो अपने आप को आईने में देख उसे हँसी आ गयी। नकाब इतना बड़ा और भारी था कि वह सिर से पैर तक ढँक गयी फिर भी वह ज़मीन पर लिथड़ रहा था। ऐसा लगा जैसे कमरे में तमन्ना नहीं, कोई भूरे रंग का भूत खड़ा है।

वसीम ने चाहा कि वह नकाब थोड़ा काटकर नाप का बना दे पर तमन्ना ने कहा, "आप छुट्टी पर आये हैं क्यों परेशान होते हैं। मुझे भी सिलाई आती है, मैं ख़ुद ठीक कर लूँगी।"

तमन्ना का बदन हलका था और रंग गुलाबी। दुबली होने की वजह से कई बार वह वसीम से थोड़ी लम्बी भी नज़र आती। वसीम उससे छह साल बड़ा था। वह हमेशा संजीदा सूरत बनाये रहता जबकि तमन्ना को बात-बात पर हँसी आती। कभी वह वसीम के पेट पर गुदगुदी कर उठती, "थोड़ा हँसा कीजिए न, जल्दी हँसिये।"

ऐसा लगा महीने भर की छुट्टी बहुत जल्द बीत गयी। तमन्ना को वसीम तमाम हिदायतें देकर भारी मन से वापस अरब चला गया। बस इतनी तसल्ली थी कि प्रतापगढ़ की उनकी पुरानी खिदमतगार शकीला घर का काम करने के लिए पहले से मौजूद थी और गाँव से चच्चू ने अपना छोटा लड़का भैया भेज दिया था। वसीम ने अम्मी को भी समझा दिया कि बीच-बीच में आकर तमन्ना की देखभाल कर लें।

शुरू-शुरू में अम्मी हर हफ़्ते प्रतापगढ़ से आ जातीं। उन्हें यह सुभीता था कि अपनी ही बस में बैठकर चली आतीं। कभी वे तमन्ना को प्रतापगढ़ लिवा ले जातीं पर इलाहाबाद वाले घर का दरवाज़ा खुला रखना भी ज़रूरी होता। उनकी दोनों बसों का रूट प्रतापगढ़-इलाहाबाद था। जो ड्राइवर इलाहाबाद का था वह आख़िरी ट्रिप पर, कमाई का हिसाब तमन्ना को सौंप देता। तमन्ना हिसाब-किताब में अच्छी थी। खान साहब को इस बात का फख्र था कि उनकी तीनों बहुएँ पढ़ी-लिखी हैं।

कभी-कभी तमन्ना उदास हो जाती। उसे लगता अभी वह बिन ब्याही है। अप्रैल का आनन्द मई-जून तक कसक भरी याद बन गया जैसे इसी वजह से उसका नाम तमन्ना रखा गया होगा। लेकिन उसके आस-पास सभी परिवारों में ऐसे रिश्ते हुए थे। रिश्ता तय होने में लड़के का साउदी में काम करना बड़ा अहम माना जाता। उसके अपने दो भाई आबूधाबी में काम करते और भाभियाँ यहाँ रहतीं। उनके समाज में साउदी शब्द कामयाबी का पासवर्ड था। वहाँ के पैसों के बल पर लड़कों के परिवार कहीं भी ठसक के साथ रहते। सासें अपनी बहुओं से प्रेम से बोलतीं क्योंकि उन्हीं के ज़रिये बेटों की कमाई माँओं तक पहुँचती। परिवार के लोग कोई धन्धा शुरू कर लेते। पन्द्रह-बीस साल में कमाऊ पूत साउदी से लौट आते और उस धन्धे से जुड़ कर उसे और भी चमका लेते।

सालाना छुट्टियों में वसीम के आने-जाने का प्रताप था कि तमन्ना तीन साल में दो बेटियों की माँ बन गयी। अधूरी पढ़ाई पूरी करने का वक़्त ही न मिला। देखते-देखते बच्चियों के दाँत निकले, उन्होंने पहला क़दम भरा और

नन्हे-नन्हे क़दमों से घर में चलना शुरू किया। यह सब देखने को वसीम कभी घर में नहीं था।

"आखिर ऐसे कब तक चलेगा?" तमन्ना वसीम से पूछती।

"थोड़ा और सब्र करो जानेमन। इतना पैसा कमा लूँ कि यहाँ सिविल लाइंस में बढ़िया शो रूम खोल लूँ।"

ताऊ-ताई के बच्चों की नक़ल पर नूर और रूही अपने पापा को चच्चू कहतीं तो वसीम को बड़ी शिकायत होती।

"अब इन बच्चों के लिए मैं चच्चू बन गया।"

"ये क्या जानें पापा और चच्चू का फ़र्क़। आप तो कभी-कभी मिलने वाली मिठाई हैं, जो कभी-कभी आयें वे चच्चू।" तमन्ना चिढ़ाती।

वसीम को ऐसे मज़ाक़ अच्छे न लगते। उसके हिसाब से ज़िन्दगी की यह कोई ख़राब शक्ल नहीं थी कि वह रियाद से साल में एक बार आये और एक महीने जी भर कर रह ले। वह तमन्ना को बाँहों में लेकर कहता, "तुम तो मेरे लिए हमेशा नयी रहती हो जानेमन। इतनी लपक तो माशूका के लिए भी नहीं होती जितनी मुझे बीवी की होती है, तुम कितनी लकी हो।"

तमन्ना को भी इस तरह रहने की आदत पड़ती जा रही थी। बहरहाल अपने को लकी मानने की उसकी वजहें दूसरी थीं। सूरत उसकी पहले ही सुहानी थी, बच्चों को जन्म देने के बाद बदन भी गदरा गया। वह आईने में अपने को देखती तो देखती चली जाती। उसे पता था वह कॉलोनी की सबसे सुन्दर लड़की है। हाँ, लड़कपन अभी पूरा मिटा नहीं था। शायद शौहर के हरदम पास न रहने की वजह से, ग्यारह महीनों का लावण्य बरक़रार था। ख़ाली वक़्त में वह जम कर शॉपिंग करती, पिक्चर देखती, सहेलियों के संग फ़ोन पर गप्प मारती। रिश्तेदारियाँ भी सब आस-पास थीं। कोई न कोई आता रहता।

वसीम यह सब जानता था। वह फ़ोन से परिवार की ख़बर लेता रहता। मोबाइल पर न करके वह फ़ोन हमेशा लैंडलाइन पर करता। अगर कभी फ़ोन न उठाया जाता वह चिढ़ जाता। मियाँ-बीवी में झड़प हो जाती। लैंडलाइन के और भी झंझट थे। तंग आकर तमन्ना ने लैंडलाइन फ़ोन कटवा दिया।

पता चलने पर वसीम बिगड़ा, "अच्छा भला लैंडलाइन था, क्यों हटवाया। कम-से-कम भैया ही उठा लेता था कभी।"

"भैया वापस गाँव चला गया।"

"तुम तो बिना मुझसे पूछे जो मर्ज़ी करती रहती हो। अब बच्चों को स्कूल छोड़ने कौन जायेगा। बाज़ार का काम कैसे होगा?"

"सब हो जायेगा, आप फ़िज़ूल फिक्र मत कीजिए।" तमन्ना ने कहा।

"अकेले रहोगी तो सौ परेशानियाँ हैं। भैया को वापस बुला लो।"

"उसे तो मैं कभी नहीं बुलाऊँगी। वह सारा दिन कॉलोनी में आवारागर्दी करता था। स्कूल भी कभी जाता कभी नहीं। ज़रा भी कहना नहीं सुनता था।"

"फिर भी, मदद तो करता था।"

"बाज़ आयी मैं ऐसी मदद से", तमन्ना ने कहा।

नूर ने फ़ोन लेकर बताया, "चच्चू पापा हम मम्मी के साथ स्कूल जाते हैं, बहुत मज़ा आता है।"

वसीम बौखला गया। उसने कहा, "बेटा मम्मी को फ़ोन दो।"

तमन्ना से उसने पूछा, "बुरका पहनकर जाती हो न।"

"हाँ, बुरका तो तुम दे ही गये थे, दो मैंने और मँगा लिए हैं। वाकई तमन्ना बच्चों को स्कूल छोड़ने और वापस लाने के लिए घर से बाहर निकलती। यह काम उसे बहुत अच्छा लगता। अन्य बच्चों की माँओं से परिचय भी होने लगा था। कुछ बच्चों के पिताओं से भी दुआ-सलाम हुई। तमन्ना के पास इतने सुन्दर कपड़े थे। तमाम सलवार-सूट पहनने का मौक़ा भी न आता। अब वह बच्चों को स्कूल पहुँचाते समय अपने रंग-बिरंगे सूट पहनती और ख़ुश होती। इतने ख़ुशगवार कपड़ों पर भूरे-काले रंग के नकाब पहनना, कपड़ों की तौहीन लगता उसे। कुछ दिन वह, तहाकर, नकाब को बाँह पर रख लेती। फिर उसने यह तकल्लुफ़ भी ख़त्म कर दिया। उसकी दोस्तों ने कहा, "बेहतर यह है जब शौहर आये तब नकाब में रहो।" तमन्ना ने कहा, "मैं तो नकाब सिर्फ़ उस सूरत में पहनती हूँ जब मुझे कपड़े बदलने में आलस आये।"

स्कूल पास ही था। सुबह-सवेरे का टहलना हो जाता। लौटते हुए तमन्ना गोश्त, सब्ज़ी, ब्रेड जैसी चीज़ें ख़रीद लाती। कॉलोनी के दुकानदार भी अब उसे पहचानने लगे थे।

देखते-देखते इधर कॉलोनी में एक नया चलन शुरू हुआ। जैसे ही घरों के मर्द काम पर चले जाते, बुज़ुर्ग नाश्ते के बाद की नींद में अलसाते, कॉलोनी में कुछ नौजवान लड़के कन्धे पर बड़ा-सा बैग उठाये या युवतियाँ हाथ में भारी-सा थैला लटकाये आ जातीं। ये आधुनिक क़िस्म के फेरीवाले थे जो घर-घर जाकर सामान बेचते। इनके पास प्लास्टिक के डिब्बे, फोल्डिंग चौकी, पर्स, टॉर्च, डोंगे, प्लेटें, परोसने वाले बड़े चम्मच, पानी की बोतलें जैसी चीज़ें होतीं। युवतियाँ

ज़्यादातर बिस्किट, नमकीन, टूथपेस्ट, साबुन, लिपस्टिक और अन्तःवस्त्र बेचतीं। एक सामान ख़रीदने पर अक्सर ये फेरीवाले एक सामान मुफ़्त देते। गृहिणियों को सबसे ज़्यादा आकर्षण इस मुफ़्त चीज़ का होता। ग्यारह से दो बजे का समय एक छोटी फुर्सत का समय था। तब घर में न पति होते न बच्चे। तमन्ना के साथ तो पति वाली बन्दिश भी नहीं थी। उसे अक्सर दो चीज़ों का इन्तज़ार रहता, डाकिये का और फेरीवालों का। कई फेरीवाले तो सचमुच स्मार्ट लगते। तमन्ना बेज़रूरत सामान भी ख़रीद लेती और प्रतापगढ़ वाले परिवारों में बाँट देती।

सर्दियों में ऊनी कपड़ों का गट्ठर लेकर पठान फेरीवाले घर-घर घूमते। वक़्त काटने के लिए तमन्ना किसी फेरीवाले को रोक लेती। वे शॉलों की तहें खोल-खोल कर बेशुमार बेलबूटे उसके आगे बिछाते। तमन्ना को ज़रूरत किसी चीज़ की न थी। वह पहले ही सिविल लाइंस से शॉपिंग कर चुकी होती। फिर भी वह कभी बच्चों की जैकेट या अपने लिए शॉल ख़रीद डालती।

एक दिन वह धूप में मूढ़ा डाल कर बैठी हुई चाय पी रही थी ठण्ड बेहिसाब थी। सूरज भी बारह बजे नमूदार हुआ था। तभी फेरीवाला कमाल खान आया।

"मैडम शॉल लेंगा, एकदम नया माल आया है।"

तमन्ना ने मना कर दिया पर कमाल थका हुआ था या उसे भरोसा था कि माल देखने पर ग्राहक को ज़रूर कुछ पसन्द आ जायेगा। वह वहीं चबूतरे पर बैठकर शॉल दिखाने लगा—कश्मीरी, जमावार, पश्मीना, कढ़ाई वाले—वह शॉल दिखा भी रहा था और देख भी। तमन्ना ने यों ही पूछ लिया, "चाय पियोगे।"

वह अन्दर से चाय का गिलास ले आयी।

दरअसल एक कप चाय बनाना उसे कभी न आया। जब भी वह चाय बनाती, एक कप चाय ज़्यादा बन जाती। बनी-बनायी चाय ज़ाया जाय, इससे अच्छा है किसी के मुँह लग जाय। यही सोच कर वह कभी शकीला को दे देती तो कभी ढँक कर रख छोड़ती। धीरे-धीरे यह रखा हुआ कप जैसे कमाल खान के नाम लिख गया। अब वह अपना गट्ठर नहीं खोलता, बस चबूतरे पर बैठ जाता। तमन्ना उससे बात कर लेती तो उसके पैरों की दिन भर की थकान जैसे कह उठती, "दो घड़ी सुस्ता लो कमाल, ऐसा ठिकाना भी कहाँ मिलेगा जहाँ न ले कोई सौदा, कम-से-कम इन्सानियत से तो पेश आये।" तमन्ना उसे अपनी कोई सगी लगने लगी, वह सोचता जैसे वह अपने बीवी-बच्चों से दूर है वैसे ही तमन्ना अपने शौहर से दूर है। फ़र्क़ यही है कि वह दो महीने बाद घर चला जाता है, तमन्ना साल भर इन्तज़ार में बिता देती है।

उसका जाना और आना दोनों ही तमन्ना के लिए मौसम का पैग़ाम बन गया। कमाल कहता, "कैसी मुश्किल है मैडम। घर में इज़्ज़त है पर कमाई नहीं। यहाँ कमाई है पर इज़्ज़त नहीं। कभी भी पुलिस वाले पकड़ लेते हैं। तब दो-एक शॉल मुफ़्त निकल जाते हैं। हर सीज़न में तीन चार शॉल चोरी चले जाते हैं। मैडम आप तो माल देखकर भी नहीं ललचातीं वरना कई बार अच्छे घरों की मालकिनों की भी नीयत पलट जाती है। ट्राइ करने के बहाने शॉल ओढ़ कर देखती हैं और अगर मैं ख़बरदार न रहूँ तो एकाध पार कर डालती हैं। हर साल सोचता हूँ कोई और धन्धा करूँ पर मेरे पास कोई हुनर भी नहीं। अब्बा का कहा मान कर पढ़-लिख लिया होता तो कहीं नौकरी करता। बीवी साल के तीन सौ पैंसठ दिन पहलू में रहती।"

तमन्ना के मुँह से आह निकल जाती। यही तो उसकी दशा थी। उसका शौहर तो शिक्षित था फिर भी दूर था। ऐसा लगता उसे लौटने की कोई जल्दी भी नहीं थी। वह जुम्मे की जुम्मे फ़ोन करता, घर-गृहस्थी का हालचाल पूछता, बच्चों से बातें करता, फ़ोन रखने से पहले वह तीन फ्लाइंग किस भेजता, तीनों के लिए। मोबाइल से किस की ध्वनि इतनी फट कर, फूट कर निकलती कि तमन्ना फ़ोन कान से दूर रखकर बच्चों को पकड़ा देती। वह हिसाब लगाती कि शादी के आठ साल में वह आठ महीने भी शौहर के साथ नहीं रही। कभी सिलाई फैक्टरी में काम ज़्यादा होता तो वसीम की छुट्टी मारी जाती। ऐसे में वह बीवी से कहता, "तसल्ली रखो जानेमन अगली बार आऊँगा तो सारी कसर पूरी कर दूँगा। फिर साल भर बस कराहती रहना।"

तमन्ना को खीझ उठती। वसीम के ज़ेहन में मियाँ-बीवी का बस एक ही रिश्ता दर्ज होता था जबकि जीवन से जुड़े न जाने कितने पहलू थे जहाँ मर्द की ज़रूरत थी।

नूर और रूही कॉलोनी की सड़कों पर, अपनी मिनी साइकिलों पर दौड़ लगाने लगी थीं। वे दिलीप स्टोर जाकर चॉकलेट भी ख़रीद लेतीं। कभी वे अपनी बार्बी डॉल के कपड़े बदलतीं, कभी कार्टून नेटवर्क चैनल लगाकर टीवी के आगे जम जातीं।

कमाल खान को वे खान चच्चू कहने लगी थीं। वे कमाल खान को अन्दर के कमरे से, चाय का गिलास हाथ में लिये, निकलते देखतीं। घर में शॉल का गट्ठर एक तरफ़ रखा रहता, कमाल घण्टों वहाँ रहता। बल्कि कभी-कभी वह गट्ठर छोड़ कर ख़ाली हाथ अपने डेरे पर लौट जाता, कि अगले दिन यह बोझ ढोना नहीं पड़ेगा, वह यहीं से उठाकर गोविन्दपुर का चक्कर काट लेगा।

इस बीच इलाहाबाद के ड्राइवर इमरान ने तमन्ना को कार चलानी सिखा दी। सामने इंजीनियरिंग कॉलेज की सड़कों पर उसने तमन्ना को अभ्यास करवा दिया। तमन्ना कार चलाकर नूर और रूही को स्कूल ले जाती। एक दिन स्कूल के मैनेजर निगम साहब ने तमन्ना को प्रस्ताव दिया कि वह नर्सरी क्लास को पढ़ाने का काम कर ले। तमन्ना बड़ी उत्तेजित हुई कि उसे सर्विस मिल रही है। लड़कियों का स्कूल था और उसके अपने बच्चे भी वहीं पढ़ रहे थे। उसने हाँ कर दी।

वसीम को उसने यह नहीं बताया लेकिन अपने माँ-बाप के ज़रिये यह ख़बर उस तक पहुँच ज़रूर गयी।

उसने बिगड़कर फ़ोन किया, "यह मैं क्या सुन रहा हूँ बेगम। आप चार पैसों के लिए टीचरी करने लगीं। अगर ख़र्चा ज़्यादा था तो मुझे बतातीं, मैं और पैसे भेज देता।"

तमन्ना ने कहा, "पैसों का सवाल नहीं है, यह भी सोचो मैं टाइमपास कैसे करूँ।"

"पाँच वक़्त नमाज़ पढ़ा करो, अपनी बच्चियों पर ध्यान दो, नेक औरतों के यही दो काम होते हैं।"

"मैं आपको नहीं गिनाती कि नेक मर्दों के कौन-से काम होते हैं?"

"तुम तो ज़्यादा बकबक करने लगी हो।" कहकर वसीम ने फ़ोन बन्द कर दिया।

इस बार वसीम छुट्टियों में घर आया तो और भी संजीदा सूरत बनाकर। उसने देखा तमन्ना सुबह शकीला की मदद से पूरे दिन का खाना-नाश्ता बनाकर मेज़ पर लगा देती। वॉशिंग मशीन चला देती। कपड़े फैलाने का काम शकीला के ज़िम्मे था। शाम को वह पहले घर का काम समेटती। उसके बाद नूर और रूही के बस्ते लेकर उनको होमवर्क करवाती। इसके बाद ही ख़बरें सुनना, खाना खाना और टहलने जैसे काम होते। एक रात टहलते हुए वसीम ने कहा, "लगता है मेरे बिना भी तुम्हारा काम मज़े में चल रहा है।"

"आपका भी तो चल रहा है, तभी तो लौटने की तबियत नहीं करती आपकी?"

"यह बराबरी का चस्का कुछ ज़्यादा नहीं पड़ गया तुम्हें?"

तमन्ना झगड़ा नहीं चाहती थी। वह चाहती थी शौहर की छुट्टियाँ सुख-चैन से बीत जायें।

बड़े अब्बा ने उसकी नौकरी पर टिप्पणी की "जितनी तनख्वाह मैं एक ड्राइवर को देता हूँ उतना भी नहीं पातीं तुम, फिर काम करने से फायदा?"

तमन्ना बोली "अब्बूजी आपकी बात दुरुस्त है लेकिन मुझे तो स्कूल वाले कुछ भी न दें, तब भी मैं काम करूँगी।"

अम्मी बोलीं "करने दीजिये न। सारा दिन घर में पड़े-पड़े जी घबरा जाता है।"

हफ़्ते के छह दिन तो नहीं पर सातवें दिन इतवार को फेरीवालों की भी आवाजाही देख कर वसीम टोक बैठा, "ये चोर-उचक्के यहाँ क्या करने आते हैं?"

तमन्ना को बुरा लगा। किसी को बेवजह चोर-उचक्का कहना उसे गवारा न हुआ। उसने गर्दन को झटका देकर कहा, "माल बेचने आते हैं। जहाँ जेब में दाम होगा वहीं तो जायेंगे। तुम अपनी छुट्टी मनाने आये हो, बेशक छुट्टी मनाओ और जाओ। यह घर मुझ पर छोड़ो यहाँ कौन आता है, कौन जाता है, मुझे सब समझ है।"

"बेगम घर यह मेरा है, मेरी मर्ज़ी के बग़ैर यहाँ चींटा भी नहीं घुस सकता।" वसीम ने एतराज़ किया।

तमन्ना को हँसी आ गयी, "घर उसी का होता है जी, जो उसमें रहता है। न रहो तो घर में चींटे तो क्या दीमक भी लग जाती है। मैंने और बच्चों ने बसा रखा है यह घर। फिर तो हमारा हुआ न!"

शक

वे सब यकायक ख़ाली होती जा रही थीं। अभी कुछ साल पहले तक, जब उनके बच्चे छोटे थे, वे दौड़-धूप में लगी रहती थीं—झबले पर लेस टाँकने से लेकर बच्चे का हाथ पकड़कर ए-बी-सी सिखाने तक। अब बच्चे इस लायक हो गये थे कि ख़ुद ही तैयार हो जायें, ख़ुद ही बस पकड़ लें और ख़ुद ही लौट आयें। कॉलोनी में सभी के बच्चे स्कूल जाने लगे थे, प्राइमरी की सीढ़ियाँ पार कर वे हाई स्कूल की विभिन्न स्टेजों पर थे। सुबह-सुबह बच्चे यूनिफ़ॉर्म पहन, भारी-भरकम बस्ते पीठ पर लादे निकल जाते और शाम सुस्त चाल से और भी लदे-फँदे लौटते। होम-वर्क का बोझ। पब्लिक स्कूलों का होमवर्क, जो बच्चों की शक्ति, क्षमता और धैर्य तीनों की अवहेलना कर उनका शरीर मेज़ पर ऐसा झुकाता कि रात दस बजे तक उठ पाता। एक ही कॉलोनी में रहने के कारण बच्चों में प्रतियोगिता की भावना बनी रहती। वैसे तो तय था कि सब बच्चे शाम छह से सात सामने अहाते में खेला करेंगे पर दीपक गुप्ता और संजय रस्तोगी कई बार बहाना कर घर खिसक जाते।

बच्चों की माँएँ कुछ समय तक काफ़ी परेशान रहीं। बच्चों पर जुल्म हो रहा है। चारु ने हफ़्ते भर से ठीक से खाना नहीं खाया, शलभ तो रोज़ पढ़ाई के बाद इतना थक जाता है कि मेज़ पर ही सिर रखकर सो जाता है। इधर वर्षों से न जाने क्या हुआ है बच्चों को सॉफ्टी के सिवा कुछ पसन्द ही नहीं आता। आलू-मटर बिल्कुल नहीं; गोभी-आलू हिश्; बैंगन-आलू बाप रे! जिस दिन कस्टर्ड बना तो उस दिन कस्टर्ड बेकार जाता है, जिस दिन अण्डा तल दो उस दिन अण्डा तबाह। अगली सुबह नौकर को नाश्ते में ये व्यंजन चटाओ और अपना ख़ून जलाओ। मिसेज़ रस्तोगी, मिसेज़ सरकार वगैरह ने तो इन बातों पर जी जलाना बन्द कर दिया। पर काफ़ी महिलाएँ तो ऐसी लापरवाह नहीं हो सकतीं।

बस इन्हीं चिन्ताओं में कैलेंडर पर कैलेंडर दीवारों से उतरते जा रहे थे। इस बीच कॉलोनी के पुरुषों में से कुछेक के प्रमोशन के अलावा कोई उल्लेखनीय

बात नहीं हुई। जिनका प्रमोशन हुआ उन्होंने मिठाई मँगा कर पड़ोसियों को खिला दीं; जिनका प्रमोशन नहीं हुआ, उन्होंने कुढ़ते-कुढ़ते खा लीं। ज़िन्दगी कुएँ की रस्सी-सी घिर्री पर से सरकती जा रही थी। पुरुष अमूमन समय पर घर से निकलते, समय पर घुसते। अगर वे ओवरटाइम करते तो बाकायदा बीवियों से पूछ कर। पर ओवरटाइम के मौक़े बहुत कम आते। अक्सर छह बजे शाम तक सभी अपने-अपने बरामदे में चाय का प्याला हाथ में लेकर पत्नी के साथ प्रेमपूर्वक बोर होते देखे जा सकते थे।

अस्थाना साहब रिटायर होकर ग्वालियर चले गये और उनका मकान ई-सत्तर ख़ाली हो गया। वे विधुर थे, अपना दो-तिहाई जीवन दफ़्तर में व एक-तिहाई क्लब में काटा था। उनका कॉलोनी में रहना-न रहना बराबर था। उनके चले जाने से किसी को कुछ नहीं खटका। बल्कि अगली ही सुबह जब ट्रक से नये किरायेदार का सामान उतरना शुरू हुआ तो सबको अच्छा लगा। अपनी-अपनी खिड़की से स्त्रियों ने सामान का मुआयना किया। नहीं, फटीचर लोग नहीं हैं, सलीक़ेदार लगते हैं। असबाब में एक भी रंग उड़ा, पुराना या टूटा ट्रंक नहीं उतरा, न अँगीठी, न बान की चारपाई। सामान है थोड़ा लेकिन बढ़िया। सामान उतरवाने का काम घर के मालिक नहीं कर रहे थे। मामूली पैंट-कमीज़ पहने एक सत्रह-अठारह साल का लड़का यह काम कर रहा था। वह न बेटा नज़र आ रहा था न नौकर।

कॉलोनी ने देखा, लड़के में ग़ज़ब की फुर्ती थी। उसने बिना किसी की मदद लिए सामान टिका लिया, मकान झाड़-पोंछ दिया, यहाँ तक कि दरवाज़े पर नेमप्लेट भी लगा दी—आर.सी. पाण्डे। कॉलोनी की जिज्ञासा का थोड़ा शमन हुआ। एकाध ने अपने नौकरों को ज़रूरी पूछताछ के लिए भेजा, जो फ़ौरन वापस लौट आये कि वह तो बात ही नहीं करता!

दरअसल कॉलोनी में नौकरों का भी एक अलग तबका था। हरेक के घर में तो नहीं, फिर भी बीस-पच्चीस घरों में छोटे, बड़े, मँझले साइज़ के नौकर थे। इनमें अद्भुत एकता और संगठनवृत्ति थी। दोपहर को ये पुलिया के नीचे सूखे नाले पर बीड़ी फूँकते गुफ़्तगू में मशगूल पाये जा सकते थे। अगर किसी घर की मालकिन जैसे गुप्तानी या अग्रवालनी दोपहर दो बजे के बाद नौकर को काम बताकर उसका अवकाश ख़त्म करने की कोशिश करतीं तो नौकर-समुदाय की इस दोपहर-कालीन बैठक में उसे भारी भर्त्सना का शिकार होना पड़ता, उसका बाकायदा चरित्र-हनन किया जाता। नौकरों की संख्या बढ़ती जाने के कारण

उनकी मण्डली एक यूनियन का रूप ले रही थी। पहले-पहल इसका अहसास मालिकों को तब हुआ जब नौकरों को हफ़्तावार साबुन की बट्टी देने के मसले को लेकर इस मण्डली ने आवाज़ उठायी। फिर तो काफ़ी बातें तय होती गयीं; कि नौकर दोपहर दो से चार तक आराम करेंगे, रात ग्यारह बजे के बाद नौकरों से काम नहीं लिया जा सकता, कि नौकरों को महीने में एक दिन सिनेमा जाने दिया जाय, कि नौकर बच्चों का गू-मूत साफ़ नहीं करेंगे, कि वे पैर दबाने या मालिश करने का कार्य नहीं करेंगे...। वैसे ये सभी नियम आम नियमों की तरह कठोर भी थे और लचीले भी। जब किसी छोकरे को नौकरी छोड़नी होती तो वह सख़्ती से इन नियमों का पालन कर किसी भी वक़्त नौकरी छोड़ देता। वैसे समझदार मालकिनें जैसे मिसेज़ डिसिल्वा, मिसेज़ चोपड़ा अपनी खुशमिज़ाजी और दरियादिली के कारण अपने-अपने नौकर से सभी तरह के काम ले लेतीं।

पाण्डे दम्पति चुपचाप कॉलोनी में स्थापित हो गये। पाण्डे साहब एक्साइज़ विभाग में सुपरिंटेंडेंट थे। विभाग की जीप हर वक़्त उनके दरवाज़े पर खड़ी रहती। शक्ल से वे सहृदय और स्नेही लगते थे लेकिन उनका अधिकांश समय अपने पाइप की देखभाल में बीतता। पाइप साफ़ करने के विभिन्न उपकरण, तम्बाकू के पैकेट और माचिस से उनकी जेब उटाउट्ट भरी रहती। उनके दाँत निकोटिन से पीले पड़ गये थे फिर भी उनकी हँसी आकर्षक थी। मिसेज़ पाण्डे ने हाल ही में रेडियो स्टेशन में अनाउंसर की नौकरी शुरू की थी। महीनों कॉलोनी को पता ही नहीं लगा कि उनके कोई बच्चा भी है। उनके बारे में कॉलोनी को बहुत कम जानकारी थी। वे दोनों अक्सर व्यस्त और बाहर रहते, जीप आती रहती, जाती रहती, नौकर सुबह-शाम टोकरी भर-भरकर सामान लाता और अगली सुबह ख़ाली टोकरी ले फिर नज़र आता। शायद यह इस परिवार का स्वभाव था कि जमने के दौरान एक भी बार पाण्डे दम्पति ने पड़ोस से कोई मदद नहीं माँगी, यहाँ तक कि कील-हथौड़ी भी नहीं। उनका सब काम कुछ ऐसे हो गया कि बग़ल में रहते जोशी-परिवार को एक भी बार खट-खट खुटुर-खुटुर सुनायी नहीं दी। बरसों से अन्योन्याश्रित जीवन बिताने वाले कॉलोनी के लोग इस बात से आहत हुए और अपमानित भी। ऐसा भी क्या! आख़िर इन्सान को इन्सान से काम पड़ता ही है। यह क्या कि सारा दिन बाहर रहे और शाम को घर के अन्दर घुस कर पट बन्द कर लिये। अभी तो वे ठीक से नवागन्तुकों को देख भी न पाये थे। सोचा तो यह था कि पहले रस्तोगी उन्हें चाय पर बुलायेंगे, फिर गुप्ता लोग रविवार को खाने पर। आने-जाने का सिलसिला इसी तरह शुरू

हो सकता है। इस छोटे से शहर में मिलने-जुलने के सिवा और किया भी क्या जा सकता है, टैस्ट मैच यहाँ नहीं होता, चौपाटी यहाँ नहीं होती, रैली यहाँ नहीं होती। क़स्बे और देहात के घालमेल से बना यह शहर वाकई एक कहर है। कहना मुश्किल है कि यदि यहाँ हाईकोर्ट, ए.जी. ऑफ़िस और विश्वविद्यालय न होते तो इसकी क्या दशा होती। फिर शायद यहाँ मेल तो मेल, पैसेंजर गाड़ी भी रुकने में एतराज़ करती। राजधानी में घटित चटपटे प्रसंग अख़बारों में पढ़ यहाँ के लोग दाँतों तले उँगली दबा लेते या शाम को मूढ़ों पर बैठ आपस में बातचीत करते।

"बताओ अब दिल्ली की लड़कियाँ बूढ़ों के पीछे पड़ गयीं। कहती हैं हमें बूढ़े छेड़ते हैं।"

और गंजे...।

इसका मुझे यक़ीन नहीं, "भटनागर साहब ने अपनी चाँद खुजाते हुए विरोध किया, गंजा आदमी और कुछ भी हो बदमाश नहीं होता। उसमें इतना आत्मविश्वास आ ही नहीं सकता कि बीवी के अलावा और किसी के पास भी फटके।"

वाह भटनागर साहब, अपनी भूल गये जब कॉलेज में आपने मिस मेयो को पोर्च में गुलाब पेश किया था और उसने लेने से इनकार कर दिया था। वह कोशिश नहीं तो और क्या थी।

भटनागर साहब थोड़े झेंप गये। अठारह साल की उम्र में ही उनके बाल झड़ने शुरू हो गये थे और पच्चीस के होते-होते तक उनके जीवन से कंघे का अस्तित्व समाप्त हो गया। उनका दृढ़ विश्वास था कि अगर बालों ने उनका साथ दिया होता तो शर्मा की तरह उन्होंने भी प्रेम विवाह किया होता। शर्मा उनके पुराने दोस्त थे। और दोनों पढ़ाई पूरी करके आगे-पीछे इसी विश्वविद्यालय में पहुँच गये थे। बोले, "डिटेल्ज़ छोड़िए, मैं तो एक जनरल बात कर रहा हूँ।"

रस्तोगी बोले, "जनरल बात तो यह है कि आजकल की लड़कियाँ भी कुछ ज़्यादा मुँहफट हो गयी हैं। कब टोपी उतारकर हाथ पर धर दें, कहा नहीं जा सकता।"

"और वह देखा, हाथ में चकला-बेलन लेकर बोटक्लब मैदान में प्रदर्शन।"

बड़ी दबंग औरतें हैं भई। बड़े और छोटे शहरों में यही तो फ़र्क़ होता है। वहाँ महँगाई होती है तो औरतें मुक्का तान कर चरण सिंह के दफ़्तर पहुँच जाती हैं। यहाँ महँगाई का सारा मातम ये हमारे सिर पर मनाती हैं—सिगरेट छोड़ दो, चाय ज़्यादा न पिया करो, मीठी चीज़ों की फ़रमाइश बिल्कुल छोड़ दो।

जोशी बोला, "कई बार तो मैं सोचता हूँ, मैं शौहर हूँ या नौकर। दफ़्तर से आते ही श्रीमती जी मुझे बाज़ार भेज देती हैं। एक प्याला ठण्डी चाय और दो टेढ़ी मठरियों के नाश्ते के बाद बॉबी का होमवर्क करवाती हैं। सारी शाम लदर-फदर जाने क्या-क्या काम करती फिरती हैं और जब बिस्तर पर आती हैं तो मुर्दे की तरह लुंज पड़ जाती हैं।"

"हटाओ यार, तुम्हें उनका कोई मददगार रखना चाहिए। यह भी एक क़िस्म की ज़्यादती है कि भाभी भी सारा दिन जुती रहें।"

जोशी जी की कंजूसी पूरी बस्ती में कुख्यात थी। यों तो उन्होंने घर में वे सब साधन जुटा लिए थे जो कॉलोनी के हर आदमी ने मर-गिर कर जुटाये हुए थे, फ्रिज, कूलर और रिकॉर्डप्लेयर। पर घर के काम के लिए उन्होंने महज़ एक महरी रखी हुई थी जो बर्तन रगड़ने और तनखा को लेकर हर माह हुज्जत करने के अलावा और कुछ नहीं करती थी। एक बार मिसेज़ जोशी के बहुत आग्रह पर हिम्मत कर जोशी जी ने एक लड़का घर में बतौर मददगार रख लिया लेकिन वह तीसरे ही दिन दूसरे घर में जगह ढूँढ़ कर चला गया और उसने यह राज़ भी खोल दिया कि जोशीआइन उसे पूरा खाना नहीं देती थीं और उन्होंने अचार का मर्तबान उससे छुपा कर कपड़ों की अलमारी में रख दिया था जिसके फलस्वरूप तेल फैल कर कपड़े ख़राब हो गये; कि उनका बच्चा रोज़ टोस्ट पर पीले मक्खन के लिए ज़िद करता है लेकिन जोशीआइन उसे मलाई चुपड़कर टोस्ट दे देती हैं।

जोशी जी की इसीलिए अग्रवाल साहब से तनातनी रही थी क्योंकि उनका नौकर आजकल अग्रवाल साहब के यहाँ काम कर रहा था और वहीं से बातें प्रसारित हुई थीं।

यों तो कॉलोनी में आमोद-प्रमोद का मुख्य साधन बतरस और कनरस था फिर भी कुछेक जोशीले लोगों के कारण वहाँ एक मनोरंजन क्लब की भी स्थापना हो गयी थी। यह क्लब होली के मौक़े पर होली मिलन का आयोजन करता और साल में दो बार कॉलोनी के सामने वाले मैदान में डच-डिनर। इसके अन्तर्गत हरेक परिवार एक-एक विशेष व्यंजन बनाकर लाता और सब मिल-जुल कर बुद्ध पूर्णिमा और रक्षाबन्धन की शाम खानपान करते। ये दोनों ही दिन बड़े चाव से मनाये जाते। सभी स्त्रियाँ एक से एक अच्छा व्यंजन बनाने में होड़ बदतीं। स्त्रियाँ रक्षाबन्धन पर वैसे ही प्रसन्न रहतीं क्योंकि उस दिन उनकी जेब गर्म रहती। सर्दियों में एक बार कॉलोनी के लोग पिकनिक पर जाते। क्लब के पदाधिकारियों

द्वारा हर साल बड़े मनोयोग से जाने लायक जगहों का अध्ययन किया जाता, फिर सर्व-सम्मति से जगह का चयन होता। अक्सर माह के दूसरे शनिवार अथवा किसी गज़टेड छुट्टी पर यह कार्यक्रम रखा जाता। चन्दा जमा कर कॉन्ट्रैक्ट पर एक बस कर ली जाती और हँसते-बोलते-गाते-बजाते सब घूमने निकल पड़ते। अन्य बस्तियों के लोग इस कॉलोनी की ज़िन्दादिली और मस्ती देखते और अपने मनहूस पड़ोसियों को कोसते। कॉलोनी में एक पत्रिका क्लब भी था। महज़ दो रुपये महीने प्रति घर से वसूल कर यह क्लब हिन्दी व अंग्रेज़ी की अधिकांश सचित्र पत्रिकाएँ उपलब्ध कराता।

इन मायनों में यह एक आदर्श बस्ती थी। इसमें कुल दो सम्प्रदाय थे—पुरुष वर्ग भाई-सम्प्रदाय व महिला वर्ग भाभी-सम्प्रदाय। शिष्ट-शालीन वातावरण था। जिन परिवारों में जवान लड़के-लड़कियाँ थीं उन्होंने भी आज तक शिकायत का मौक़ा नहीं दिया था। हँसी-मज़ाक़ का स्तर भी मर्यादापूर्ण था। ज़्यादा से ज़्यादा गुप्ता जी, श्रीवास्तव जी से इतना भर कह देते, 'आप तो भाभी जी से बेहद डरते हैं श्रीवास्तव जी', श्रीवास्तव जी बात की ताईद करते हुए पत्नी की ओर देखते जो फ़ौरन लाज से लाल हो जातीं। उनकी आँखों में चमक आ जाती। शादी के पन्द्रह साल बाद डर प्रेम का पर्याय ही था। महिलाओं में छोटे-मोटे मनमुटाव कभी-कभी होते पर जल्द दूर हो जाते। जिन परिवारों में घनिष्ठता थी उनमें बड़े व्यापक स्तर पर आपसदारी थी जिसके अन्तर्गत दही के जामन से लेकर टुल्लू पम्प और सिन्नी पंखे तक का आदान-प्रदान चलता।

मिसेज़ पाण्डे के आ जाने से कुछेक परिवर्तन सामने आये। सबसे पहली बात वह इस बस्ती की सबसे व्यस्त महिला थीं। महीनों तो कॉलोनी को उनका ड्यूटी-चार्ट ही समझ नहीं आया। अगर उनके घर सुबह जाओ तो पता चलता वे सुबह ड्यूटी पर हैं, शाम जाओ तो पता चलता, शाम ड्यूटी पर हैं। अक्सर देर रात में एम्बैसडर गाड़ी के रुकने की आवाज़ आती, दरवाज़ा खुलता, खट से बन्द होता। मिसेज़ पाण्डे रात दस पचास पर रेडियो पर—'हमारी तीसरी और अन्तिम सभा समाप्त होती है, अब हमें आज्ञा दीजिए, जयहिन्द।' कहने के पश्चात् रेडियो स्टेशन की कार से घर आतीं। बस्ती में कई जोड़े कान, कार की आवाज़ का इन्तज़ार करते रहते। आवाज़ के साथ ही कुछ आँखें खिड़की की ओर उठ जातीं, फिर निश्चितन्तापूर्वक नींद उन्हें घेर लेती। यह उनकी दिनचर्या का ही हिस्सा बनता जा रहा था। उनकी पत्नियाँ दिन में मुँह बिचकाकर कहतीं, हुँह, जाने कहाँ से लौटती है, इतनी रात में कौन-सा दफ़्तर छूटता है?

अब तक बस्ती में रेडियो एक उपेक्षित उपकरण था, जो केवल समाचार सुनने के काम आता था। अब कई घरों में रेडियो नियमित रूप से सुना जाने लगा। श्रोताओं में महिलाओं की अपेक्षा पुरुष ही थे। जो आवाज़ के पारखी थे वे मिसेज़ पाण्डे की माखन-मिश्री-सी वाणी पहचान लेते पर ज़्यादातर उन्हें सभी एनाउंसर्ज मिसेज़ पाण्डे लगने लगी थीं। मुख्य कार्यक्रम इतने ध्यान से नहीं सुना जाता था, जितने ध्यान से एनाउंसमेंट।

क्लब के पदाधिकारियों को आशंका थी कि अपनी अत्यधिक व्यस्तता के कारण मिसेज़ पाण्डे शायद बुद्ध पूर्णिमा को डच-डिनर में भाग न लें। भाटिया बोला, अगर ऐसा होगा तो डच-डिनर कैंसिल कर देंगे।

कोषाध्यक्ष अग्रवाल को यह बात बहुत बुरी लगी, क्यों, डिनर क्यों कैंसिल करेंगे, छह साल से परम्परा चली आ रही है, एक मेम्बर के लिए उसे ख़त्म कर देंगे।

रस्तोगी बोला, चल कर मिसेज़ पाण्डे से पूछ लेते हैं, उनकी सहूलियत भी देख लेंगे।

लेकिन अग्रवाल अडिग था, नहीं, डिनर हमेशा बुद्ध-पूर्णिमा को होता है, बुद्ध-पूर्णिमा को ही होगा। अग्रवाल को इस प्रकार से अड़ने से ख़ुशी हो रही थी। उसे लग रहा था क्लब के सभी पदाधिकारी लम्पट हैं, एक वही चरित्रवान् है।

मिसेज़ पाण्डे घर पर मिल गयीं। उन्होंने सबका शालीनतापूर्वक स्वागत किया और जब भाटिया की बात काट कर निहायत ठण्डे लहजे में अग्रवाल ने, आने का उद्देश्य क्लब की परम्परा और अपना अडिग निश्चय मिसेज़ पाण्डे को बताया तो न जाने कैसे कहाँ से उन्होंने तत्काल ऑरेंज स्क्वैश प्रस्तुत कर दिया। निहायत मीठी आवाज़ में उन्होंने अपनी सहमति प्रकट की।

उस दिन महिलाएँ सुबह से व्यस्त रहीं। मिसेज़ अग्रवाल को अपने बनाये दही-बड़ों पर हमेशा से नाज़ था। उन्होंने दही-बड़े बनाये। मिसेज़ रस्तोगी गुलाबजामुन बनाने में पटु थीं। उनकी विशिष्टता यह थी कि उनकी प्रत्येक गुलाबजामुन के बीच में से नये प्रकार का मेवा निकलता था। दस-बारह गुलाबजामुन तो रस्तोगी साहब ने बनते-बनते ही खा डाले। फिर मिसेज़ रस्तोगी ने उन्हें बरज दिया। कम पड़ जायेंगे। मिसेज़ गुप्ता ने वैजिटैबिल कटलेट बनाया, मिसेज़ वर्मा ने पिट्ठी वाली पूरियाँ। मिसेज़ भाटिया शादी के निष्फल चौदह साल बाद यकायक गर्भवती हुई थीं, आजकल उन्हें हर चीज़ से उबकाई आती थी। वे बहुत देर निढाल पड़ी रहीं। वे कुछ तय नहीं कर पा रही थीं कि क्या

बनाया जाय। अन्त में उन्होंने सिर्फ़ सलाद का जिम्मा ले लिया। सभी महिलाओं को भीषण उत्सुकता थी कि मिसेज़ पाण्डे क्या डिश बनायेंगी लेकिन मिसेज़ श्रीवास्तव के यह कहने पर कि वे क्या बनायेंगी उन्हें तो सजने-सँवरने से ही फ़ुरसत नहीं रहती वे सब निश्चिन्त हो गयीं। स्वादिष्ट भोजन बनाने के लिए जिस सूझबूझ, संयम, स्वच्छता, तसल्ली और त्याग की ज़रूरत होती है वह इन चटक-मटक आधुनिकाओं में कहाँ।

"मिसेज़ पाण्डे के पास तो तगड़ा बहाना है," मिसेज़ श्रीवास्तव ने कहा, "आख़िरी क्षण पर भागी-भागी आयेंगी और कह देंगी क्या करूँ सीधे ड्यूटी से आ रही हूँ।"

वह शाम कॉलोनी की समस्त स्त्रियों के लिए मोहभंग की शाम थी। परम्परा के अनुसार उस भोज में सबने एक-एक डिश तैयार की तो मिसेज़ पाण्डे ने दो। एक तो महज़ चावल थे, दूसरी पालक की सब्ज़ी थी जिस पर साबुत मिर्चों से मीनारें खड़ी की गयी थीं। दोनों चीज़ों की विशेषता यह थी पुरुष वर्ग ने दोनों ही बेहद चाव व उत्साह से खायीं। चावलों पर शाहजीरे का तड़का था। अग्रवाल साहब अपनी ख़ाली प्लेट लिए सीधे उस तरफ़ पहुँचे जहाँ ये दोनों व्यंजन रखे थे और पास ही मिसेज़ पाण्डे खड़ी सलाद से लेकर गाजर की कतरनें कुतर रही थीं। सफ़ेद साड़ी, सफ़ेद ब्लाउज़, सफ़ेद बिन्दी में गोरी, उजली सरिता पाण्डे पूरे चाँद के साये में हंसिनी-सी लग रही थीं। न उन्होंने अन्य औरतों की तरह जरी की साड़ी पहनी न उन्होंने मेकअप किया, न उन्होंने गहने पहने थे। उन्हें देखकर अग्रवाल साहब सोच रहे थे या तो यह सीधी स्नानघर से यहाँ आ गयी हैं या आसमान से। उन्होंने खाते-खाते मिसेज़ पाण्डे से कहा, "इतनी लजीज़ तरकारी मैंने आज तक नहीं खायी, कैसे बनाती हैं आप?"

दूर औरतों में खड़ी मिसेज़ अग्रवाल का कलेजा कोयला हुए जा रहा था। उनका मन हो रहा था, दोपहर मर-खट कर बनाये अपने दही-बड़ों का डोंगा अग्रवाल साहब के सिर पर फोड़ दें। घर पर इसी पालक के कारण कई बार युद्ध हो चुका है। पालक दाल में भी डाल दो तो अग्रवाल साहब थाली छोड़कर उठ जाते हैं और आज उँगली चाट-चाट कर नदीदों की तरह खा रहे हैं।

मिसेज़ पाण्डे हँसती-हँसती, बिजलियाँ गिराती कह रही थीं, "आलोक जी, पहाड़ में इसे कापा कहते हैं। ताज़े पालक के पत्तों को हाथ से दो टुकड़ों में तोड़ते हैं, न न चाकू नहीं लगाते, स्वाद बिगड़ जाता है। फिर साबुत लाल मिर्चों के साथ कड़ाही में धीमी आँच पर पकाते हैं, फिर..." अग्रवाल साहब मन्त्र मुग्ध

सुन रहे थे। बोलने का ढंग कितना आकर्षक है। तभी न रेडियो में काम करती हैं। दिमाग़ को कैसा सुकून मिल रहा है, जैसे कोई पेनबाम मल रहा हो माथे पर। शीला चाकू से काट कर सारी सब्ज़ियों का स्वाद गोबर कर देती है। इतनी छोटी-सी बात वह नहीं जानती कि काटने से सब्ज़ियों का स्वाद नष्ट हो जाता है। और चाकू भी कैसा भद्दा-मैला, लोहे का टुकड़ा। स्टील का चाकू उसने छुपाकर रखा हुआ है, वह मेहमानों के आगे सेब काटने के लिए है। अग्रवाल साहब का मन हो रहा था मिसेज़ पाण्डे इसी तरह बोलती रहें, बोलती रहें, उनके कानों में यह जलतरंग बजती रहें, बजती रहें, धीरे-धीरे इस मैदान से सब खलनायिकाएँ अपने-अपने डोंगे समेट कर रवाना हो जायें, सिर्फ़ वे रह जायें और मिसेज़ पाण्डे। काश ऐसा हो जाये, वे आजन्म पालक बनाने की विधि सुनते रहेंगे। पालक खाते रहेंगे, और तो और वे अपनी क्यारी में सिर्फ़ पालक की खेती शुरू कर डालेंगे। दरअसल वे इतने शुष्क और सख़्त थे नहीं जितने ऊपर से लगते थे। इस वक़्त उनके मन में आकांक्षाओं के झरने फूट रहे थे। लेकिन इसी बीच मेहता साहब पास आकर खड़े हो गये और बोले, "सरिता जी, यह नायाब व्यंजन आपके यहाँ पूरी के साथ खाते हैं या पराँठे के?"

"चावल के", मिसेज़ पाण्डे ने कहा और अपनी चमकीली आँखों व दमकीले दाँतों वाली मुक्त हँसी हँस दी।

जल्द ही ऐसा हुआ कि सभी पुरुष पालक के पागलपन में मेज़ के उस कोने तक खिंच आये जहाँ मिसेज़ पाण्डे खड़ी थीं। भाटिया साहब को इतनी भीड़ अच्छी नहीं लगी। वे लॉन की दूसरी तरफ़ से कुर्सी उठा लाये, "आप बैठिये सरिता जी थक गयी होंगी।" औरतों के लिए डिनर ज़हर बन गया। सभी स्त्रियों की प्लेटें तली-भुनी चीज़ों से उटाउट्ट भरी थीं, उनमें पालक के कापा और चावल के लिए कोई स्थान नहीं था।

उस रात कई घरों में कलह हुई। कई महिलाओं का रक्तचाप मन्द और कई का तीव्र हो गया। जाने कब की भूली-बिसरी बीमारियाँ फिर सक्रिय हो उठीं। मिसेज़ गुप्ता घर जाकर बिस्तर पर औंधी पड़ गयीं।

गुप्ता जी ने मस्ती में पूछा, "क्या बात है जी, अभी से सो गयीं!"

मिसेज़ गुप्ता बोलीं, "पेट बुरी तरह अफ़र रहा है।"

"तली-भुनी चीज़ें खा ली होंगी। तभी तो मैं कहता हूँ तुम्हें ज़्यादा से ज़्यादा हरी सब्ज़ियाँ खानी चाहिए। पर तुम्हें कड़ाही चढ़ाये बिना चैन कहाँ?"

मिसेज़ गुप्ता ने आग्नेय दृष्टि से पति को देखा। गुप्ता जी प्रभु जी मेरे अवगुण चित न धरो गुनगुनाते हुए हाजमोला की शीशी अलमारी में ढूँढ़ने लगे।

मिसेज़ गुप्ता का 'मन-वृन्दावन' 'मन-पानीपत' हो आया। कड़ुवाहट और खट्टी डकारें अलग तंग किये थीं।

भाटिया साहब पिछले सोलह साल से ए.जी. ऑफ़िस में काम कर रहे थे। कॉलेज के दिनों में कभी कविता करने का शौक़ था जो दफ़्तर में बैठे-बैठे ठण्डा हो चुका था। उन्हें क्या पता था जीवन की सान्ध्य वेला में कविता एक बार फिर उन्हें दबोच लेगी। वे पत्नी से बोले, "तुम आराम करो, मैं एक नायाब कविता लिखने जा रहा हूँ, मेरे ऊपर प्रेरणा के बादल मँडरा रहे हैं।"

उनकी अधेड़ गर्भवती पत्नी ने गिनगिनाते हुए कहा, "बत्ती जली हो तो मुझे नींद नहीं आती, तुम्हें पता है फिर भी परेशान करते हो।" भाटिया साहब ने बहस करना उचित नहीं समझा। वे बत्ती बुझाकर बरामदे में चले गये। बगल के फ़्लैट के श्रीवास्तव जी भी इत्तफ़ाकन अपने बरामदे में थे। भाटिया साहब ने उन्हें अपनी मनःस्थिति का परिचय दिया और बोले, "मैं एक महाकाव्य लिखने जा रहा हूँ, हिन्दी का पहला प्रामाणिक महाकाव्य। वह अठारह सर्गों का होगा। उसमें केवल दो पात्र होंगे, सागर और सरिता।"

श्रीवास्तव जी को बड़ी चिढ़ हुई। वे विज्ञान के आदमी थे, साहित्य का सहारा लेकर प्रेम निवेदन उन्हें हमेशा से एक घटिया हरकत लगी थी। उन्होंने कहा, "तुम सोचते हो महाकाव्य लिखकर तुम कवि कालिदास बन जाओगे भाटिया। तुम केवल देवदास बन कर रह जाओगे, वह भी फटीचर देवदास।"

"घर में कलह हो तो सलीके से प्रेम भी नहीं किया जा सकता", सिद्धान्त को मान कर कॉलोनी के कई पुरुषों ने अपनी पत्नियों से सन्धि कर ली। सन्धि की शर्तों में मिसेज़ पाण्डे की बुराई करना अनिवार्य रूप से शामिल था, जो कि कलेजे पर पत्थर रख पुरुषों ने की।

अगस्त में एक साथ तीन छुट्टियाँ पड़ने वाली थीं। क्लब के अनुसार पिकनिक के लिए यह आदर्श मौक़ा था। योजनाएँ तो नैनीताल तक की बनीं लेकिन अन्त में चित्रकूट चलने का ही कार्यक्रम बन पाया। बहुतों ने यह रमणीय स्थल देखा न था, जिन्होंने देखा था वे फिर देखना चाहते थे। एक और सुविधा यह थी कि रोडवेज की एक्सप्रेस बस आसानी से उपलब्ध थी। बारिश का अन्देशा था लेकिन उसे भी सबने एक सौन्दर्यवादी सम्भावना के रूप में स्वीकार कर लिया था।

जब बस चली तो मन प्रसन्न हो आया। मिसेज़ बजाज खिड़की से मुँह निकाल गुनगुनाने लगीं। भूख भी बढ़िया लगी, सबने मिल-बाँट कर खाया। बस के अन्य मुसाफ़िर कौतुक से इस टोली को देखते रहे।

पीपल वाली धर्मशाला में आसानी से जगह मिल गयी। सामान टिका सबने नहाया। मन तरोताज़ा हो आया, मन्दिरों में दर्शन किये गये और अन्त में तुलसी मन्दिर के पीछे हरे-भरे उद्यान में वे लोग बिखर गये। गाने का कार्यक्रम हुआ। मिसेज़ बजाज ने गाना सुनाया। मिस्टर भाटिया की भतीजी आभा ने, जो साथ आयी थी, 'रहना नहीं देश बिराना है' सुनाया। उसने अभी-अभी संगीत प्रभाकर पास किया था। इस भजन से वातावरण इतना निर्मल हो उठा कि इसके बाद जिसने भी गाया, भजन ही गाया। एक गाने और दूसरे गाने के बीच पड़े अन्तराल में आभा मिसेज़ पाण्डे से गाने के लिए अनुरोध करने लगी। पहले मिसेज़ पाण्डे ने गला ख़राब होने का बहाना किया किन्तु आभा नहीं मानी। बाक़ी लोग भी आभा के सहारे मिसेज़ पाण्डे से आग्रह करने लगे। अन्ततः मिसेज़ पाण्डे को गाना ही पड़ा पाण्डे साहब का भी अनुरोध था और उनका अनुरोध मिसेज़ पाण्डे टाल नहीं सकती थीं। 'लागा चुनरी में दाग, छुपाऊँ कैसे' मिसेज़ पाण्डे ने आरम्भ किया तो माहौल में ख़ामोशी तारी हो गयी। उनके गले की तैयारी और फनकारी ने सबके चुलबुलेपन पर सन्नाटा-सा खींच दिया। बस भजन ख़त्म होने से पहले मिसेज़ भार्गव ने फुसफुसाकर मिसेज़ चौहान से कहा, "मर्दों के बीच इतना बेपर्द गाना सुनाने का क्या तुक है?"

मिसेज़ चौहान बोलीं, "अरे भजन है।"

लेकिन आभा की फ़रमाइश थी ग़ज़ल की। मिसेज़ पाण्डे ने वह भी पूरी की। उन्होंने अमीर मिनाई का कलाम सुनाया—

करम कि तेरे करम का उम्मीदवार हूँ मैं, गुनहगार हूँ या रब गुनहगार हूँ मैं।

गहराती साँझ में बिना साज़ के उनकी आवाज़ का सोज़ दिलों में उतरा जा रहा था। यह आवाज़ नहीं गुनाह के मलाल का एक अहसास था जो रीढ़ की हड्डी को झनझनाता, जड़ों तक उतर रहा था। इस कलाम में पश्चात्ताप और प्रायश्चित्त अगल-बगल रखे थे। श्रोताओं में बैठे भाटिया साहब को सरिता पाण्डे की आवाज़ एक इतिहास लग रही थी जो सदियों की साँकलें खटखटाकर बाहर आने का प्रयत्न कर रही थी। इस ग़ज़ल के बाद चिरकुट गायकों के गाना सुनाने के हौसले पस्त हो गये और सभा बर्खास्त समझी गयी।

एक पवित्र भोजनालय में खाना खाया गया। रात का पहला पड़ाव पड़ चुका था। वापसी के लिए इस वक़्त कोई बस नहीं थी। लिहाज़ा रात धर्मशाला में काटने का निर्णय लिया गया। धर्मशाला के मुनीम जी ने आश्वासन दिया, "कोई कष्ट न होगा, चारपाइयाँ मिल जायेंगी, सुबह पहली बस से निकल जाइयेगा।"

बच्चों को कमरे में पंखा चलाकर सुला दिया गया। धर्मशाला कायदे से बनी हुई थी। दो ओर लम्बे-लम्बे बरामदे थे और बीच में विस्तृत आँगन। बारिश की आशंका से आँगन की बजाय बरामदों का ही चयन किया गया। चारपाइयाँ बिछते ही अपने आप जनानखाने, मर्दानखाने बन गये और दिन भर की चलगत से बेहाल सब बिस्तरों पर पड़ गये।

श्रीमती सक्सेना को नयी जगह, ढीली चारपाई और उठाऊ बिस्तर पर नींद नहीं आ रही थी। उन्होंने पिछले वर्ष अपने लिए डनलप के गद्दे ख़रीद लिए थे और अब उन्हें डनलप के अलावा हर क़िस्म का बिस्तर शर-शय्या लगता था। फिर खाना भी वे परहेज़ी खाती थीं। घर में उनके लिए खाना अलग से पकाया जाता। आज चटनी, अचार, आलू और मसाले मिलकर पेट में गड़बड़ मचा रहे थे। उन्हें बार-बार अपनी पुदीनहरा की शीशी याद आ रही थी जो ऐन चलते वक़्त वे रखना भूल गयी थीं। उनसे अगली चारपाई पर सरिता पाण्डे बेसुध सोयी पड़ी थीं। कुछ देर वे अँधेरे में उन्हें देखती रहीं। उन्होंने अपना चश्मा सोने से पहले, हिफ़ाजत के ख़याल से पति की कमीज़ की जेब में डाल दिया था इसलिए मिसेज़ पाण्डे का चेहरा धुँधला दिखाई पड़ रहा था पर साँचे में ढली उनकी देहयष्टि का आभास अच्छी तरह मिल रहा था। मिसेज़ पाण्डे की लड़कीनुमा देह पर चर्बी का नामोनिशान नहीं था, जबकि मिसेज़ कुमुद सक्सेना का चर्बी के मारे बुरा हाल था। कमर से क्रमशः कूल्हों तक वे बहुत भारी थीं। उनके बाल भी असमय सफ़ेद हो चले थे जबकि उनके पति अभी भी छरहरे, लम्बे, काले बालों वाले जोशीले नौजवान लगते थे। देखते-देखते वे अपने पति की चाची नज़र आने लगी थीं और आश्चर्य नहीं अगर वे जल्द ही अपने पति की माँ भी लगने लगतीं। उनके मन में सुडौल नवयौवनाओं के प्रति आतंक और आशंका का भाव हरदम बना रहता। उन्हें दिनोंदिन ऐसा महसूस होता मानो वे धीरे-धीरे लुटी जा रही हैं। उनके बच्चे कॉलेज में बी.एस.सी. और इंटर फाइनल में थे, पति की आला आमदनी थी, घर में आराम के समस्त साधन थे लेकिन वे अपने को वंचित ही पातीं। इधर जब से कैंसर के डर से डॉक्टर ने उनकी बच्चेदानी निकाल दी थी, वे और भी उद्विग्न रहने लगी थीं, गैस की शिकायत भी तभी से हुई थी!

कुमुद सक्सेना सोच रही थीं, चैन से सोती ये सब औरतें कितनी सुखी हैं, लगता है इनमें से एक को भी गैस की शिकायत नहीं है। उनका अपना जीवन कितना जानलेवा है, न पापड़ खा सकती है न पकौड़े, न ज़्यादा पानी पी सकती है न चाय। हर चीज़ से उन्हें गैस बनती है। उनके बच्चों और पति का मेदा ऐसा है कि पत्थर भी चबा लें तो हज़म हो जाये, लेकिन वे परवल और उबली मूँग की दाल के सिवा कुछ नहीं ले पातीं। बल्कि कई बार तो वे कुछ नहीं खातीं और गैस हो जाती है। इधर उनके पेट में अफ़रा आया, उधर पति-पत्नी में लड़ाई शुरू हो जाती है। सक्सेना साहब यह मानने को तैयार नहीं कि बिना कुछ खाये गैस बन सकती है। उनका ख़याल है कि पत्नी चोरी-छिपे तल-भुन कर नमकीन उड़ाती है। ऐसे आरोप सुन मिसेज़ सक्सेना के आँते-पीते जल उठते हैं।

बड़ी मुश्किल से आधी रात के बाद जब लगातार करवटें लेते रहने पर नीचे ऊपर से कुछ-कुछ हवा सरकी तब कहीं मिसेज़ सक्सेना की आँख लगी। लेकिन पेट पूरा दुरुस्त न होने की वजह से कम्बख़्त सपने आने शुरू हो गये। असम्बद्ध दृश्यचित्र—वे गोपेश खन्ना की दुकान से साड़ियों के सत्रह पैकेट लेकर निकल रही हैं; बब्बू को तेज़ बुखार चढ़ रहा है, वह बर्रा रहा है; बाज़ार में डालडा नहीं मिल रहा है, उनके छोटे भइया को शादी में कार मिल रही है, वे और सक्सेना साहब मस्त मौसम में जंगल में भटक रहे हैं, पेड़ों के बीच झाड़ियों के इर्द-गिर्द, वे शबाना आज़मी की तरह दुबली हैं और उनके सिर पर काली घटाओं से बाल छाये हैं, उन्होंने धानी साड़ी पहनी हुई है। सक्सेना साहब कभी उनका हाथ पकड़ लेते हैं तो कभी कमर से थाम लेते हैं; अचानक सक्सेना साहब एक कुएँ की तरफ़ बढ़ने लगते हैं। मिसेज़ सक्सेना उन्हें रोकती हैं, टोकती हैं, इस निकम्मी जगह पर क्या करने जा रहे हो जी; पर सक्सेना साहब नहीं सुन रहे। वे बढ़े चले जा रहे हैं। जंगल के बीचोबीच यह पक्का ख़ूबसूरत कुआँ बना हुआ है, क्यों बना है, कुमुद सक्सेना पति से पूछ रही हैं पर सक्सेना साहब बिना उत्तर दिये, कुएँ में छलाँग लगाने के लिए अपनी कमीज़ उतारकर एक तरफ़ फेंक देते हैं और कुएँ की तरफ़ लपकते हैं...मिसेज़ सक्सेना की नींद झटके से टूट गयी। वे घबराकर उठ बैठीं! सब चैन से सोये पड़े थे। रात अपने पिछले पंजों पर खड़ी थी। चाँद बहुत नीचे उतर आया था। सब तरफ़ सन्नाटा था। उन्हें यह सोच कर बड़ी तसल्ली मिली कि यह सब महज़ सपना था। सक्सेना साहब इतने मूर्ख कभी हो ही नहीं सकते।

कुमुद सक्सेना बाथरूम जाने के लिए नीचे अपनी स्लीपर टटोल रही थीं, तभी अपने बराबर की चारपाई पर उनकी नज़र पड़ी। वे बुरी तरह बौखला गयीं। सरिता पाण्डे अपनी चारपाई पर नहीं थीं। घबराकर मिसेज़ सक्सेना ने इधर-उधर देखा। उनका सिर चकरा रहा था। पैरों के नीचे से ज़मीन रेत की तरह खिसक रही थी, पूरी धर्मशाला आँखों के आगे गोल-गोल घूम रही थी। दूर-दूर तक चाँद की उजास में सब कुछ चमक रहा था पर मिसेज़ सक्सेना की नज़र चश्मे के बिना उनका साथ नहीं दे रही थी। नज़र क्या दिमाग़ भी साथ नहीं दे रहा था।

उन्होंने लगभग बुदबुदाते हुए चार-छह गालियाँ सरिता पाण्डे को निकालीं फिर उनका क्रोध पति की ओर मुड़ गया। धूर्त कहीं के, इसीलिए मेरा चश्मा इतनी घप्प से अपनी जेब में डाल लिया था। अब बात यहाँ तक पहुँच गयी है। इस औरत का तो कोई धर्म नहीं है लेकिन वे तो बाल-बच्चेदार आदमी हैं, उन्हें तो अपनी इज़्ज़त का ख़याल होना चाहिए।

उन्होंने थोड़ा उठकर दूसरे बरामदे में देखने की कोशिश की जहाँ मर्द सोये हुए थे लेकिन नज़र ने साथ नहीं दिया, उलटे लगातार दृष्टि जमाने से आँखों के आगे अँधेरा छा गया। थक-टूट कर वे अपनी चारपाई पर बैठ गयीं। उन्हें अपने दिल की पुक-पुक एकदम साफ़ सुनाई दे रही थी। वे आज आसमान से हवाई जहाज़-सी गिरी थीं। एक-एक पल उन्हें घण्टे-सा लग रहा था। अगर मिसेज़ पाण्डे बाथरूम जाने के लिए उठी होतीं तो अब तक क्या वापस न लौट आतीं; पानी पीने को उठतीं तो सामने ही सुराही रखी है, क्या पानी पीती नज़र न आतीं। इतनी गयी-गुज़री नज़र तो नहीं है कुमुद सक्सेना की कि सवा पाँच फ़ीट की औरत न दिखे। एक पल को उन्होंने सोचा बायीं तरफ़ सोयी मिसेज़ गुप्ता को उठा दें, फिर वे ज़ब्त कर गयीं। कहीं उनकी ढुँढाई में उस चुड़ैल के साथ सक्सेना साहब बरामद हुए तो क्या करेंगी, किस मुँह से कॉलोनी में नज़र आयेंगी।

उनका मन कड़वाहट से और पेट जलन से भर गया। इस आदमी से शादी कर सच, उन्हें एक दिन सुख नसीब नहीं हुआ। शुरू के आठ साल इनके माँ-बाप की कैसी कमरतोड़ सेवा कुमुद जी ने की, इनके भाई पढ़ाये, बहनें ब्याहीं। ख़ुद पुरानी साड़ियाँ पहनीं पर इनके बच्चों को कॉन्वेन्ट में पढ़ाया। अभी भी कितनी सेवा करती हैं। इनका क्या है, बैठे-बैठे हुक्म चलाना आता है। जूता-पॉलिश से तेल-मालिश तक—सब उनके ज़िम्मे है। इनके ऊदबिलाव जैसे बच्चों का होमवर्क कराना, बाज़ार के फेरे लगाना, कपड़े धोना, नाश्ता बनाना, क्या नहीं

करतीं वे! तबियत अलग ख़राब रहती है। फिर भी अपनी ड्यूटी की पक्की हैं। कोई कह दे कभी सक्सेना साहब को बग़ैर इस्त्री की हुई कमीज़ में देखा हो। मैंने क्या नहीं किया इनके लिए, अपना घर छोड़ा, शौक़ छोड़े, नाते-रिश्ते तोड़े, इनके माँ-बाप का गू-मूत तक उठाया और यह इन्सान एक मिनट में तोता-चश्म हो गया। वे हल्की-सी कराहीं, मुझे क्या चूल्हे में जाओ, भाड़ में पड़ो, जब तुम्हें अपनी इज्ज़त प्यारी नहीं तो मैं कहाँ तक तुम्हें बचाऊँगी। वाह रे मर्द बच्चे, अबला से भी अबला हो गये तुम। तभी न शाम को सिर हिला-हिलाकर भजन सुना जा रहा था...।

असीम थकान से भर वे बिस्तर पर गिर गयीं। पाटी में सिर गड़ा वे औंधी पड़ गयीं। अपने दुर्भाग्य के सन्दर्भ में उन्हें अपने पर अपार दया उमड़ी। जिस स्त्री का स्वामी दुराचारी निकल जाये उसे आत्मदाह के अलावा और क्या करना चाहिए। हे ईश्वर वे क्या करें, जलकर या कटकर मरना तो उनके बस का नहीं, तो क्या नींद की गोलियाँ खाकर सो रहें। पर उन्हें तो किसी गोली का नाम भी नहीं मालूम। अपने प्यारे-प्यारे बच्चे लेकर वे कहाँ चली जायें कि सक्सेना साहब लाख सिर पटकें, वे लौटकर न आयें। इसी जीते-जागते दुःस्वप्न को आँखों में लिये-लिये वे करवटें बदलती रहीं, सोती-जागती रहीं।

जब दिन हल्का-हल्का फूट रहा था और उन्हें अपने दारुण दुःख का कोई किनारा नहीं मिल रहा था, तब बायीं तरफ़ की तीसरी चारपाई से मिसेज़ गुप्ता किसी अनिवार्यतावश उठीं और फ़ारिग होकर वापस चारपाई तक आयीं। किसी और को जागता देख कुमुद सक्सेना की जान में जान आयी। वे उठकर मिसेज़ गुप्ता की ओर ऐसे भागीं जैसे बरसों से बिछुड़ी हों।

मिसेज़ गुप्ता ने चकित होते हुए कहा—"अरे बहन जी क्या रात भर सोयी नहीं।"

मिसेज़ सक्सेना झटके से वर्तमान में लौटीं। अपनी लज्जा ढँकते हुए बोलीं, "ऐसे ही पेट में बड़ी गैस हो गयी थी, नींद उचट गयी।"

मिसेज़ गुप्ता ने एक घाघ नज़र मिसेज़ सक्सेना पर डाली, "हाँ भाई साहब के बग़ैर नींद आती भी कैसे?"

कुमुद सक्सेना को मन-ही-मन रुलाई छूट गयी। सारी कॉलोनी उन्हें एक आदर्श दम्पति मानती आयी थी। किसी को क्या पता रात भर उन पर क्या बिजली गिरी है। उन्हें लगा वे अगर तुरन्त मुड़कर अपने बिस्तर पर नहीं गयीं तो वह बात उनके मुँह से आह की तरह फूट पड़ेगी। वे बहुत बीमार महसूस

करती हुई अपने बिस्तर की तरफ़ चल दीं। तभी बीच की चारपाई के पाये से उन्हें ठोकर लगी, वे चीख मारकर रो पड़ीं। मिसेज़ गुप्ता उनकी ओर लपकीं, "कहाँ लगी, कहाँ चोट आयी।"

"हाय राम मैं मर गयी, उह मैया उठा ले मुझे", मिसेज़ सक्सेना ऊँचे स्वर में रो पड़ीं। चोट उनकी चटली उँगली में लगी थी लेकिन वे अपना कलेजा दबाती विलाप कर रही थीं।

शोरगुल से सभी लोग एक-एक कर उठ गये। मिसेज़ सक्सेना का रोना-धोना सुन कुछ पल वे चौंके, फिर कारण जान कर इतमीनान से वापसी की तैयारियों में लग गये।

बीतते हुए

अचानक उसने पाया कि उनकी शादी को एक साल हो गया है। उसने यह बात अपने पति से, उसके दफ़्तर से लौटने पर, चाय पीते वक़्त कही।

पति ने कोई आश्चर्य नहीं दिखाया। उसने कहा, "मुझे तो लगता है, पाँच-छह साल हो चुके हैं।"

उसे अपने पर गुस्सा आया। कई बार उसने तय किया है कि वह नौ बजे से पहले पति से कोई निजी बात नहीं करेगी। नौ बजे के बाद उसे हर बात की रिस्पॉन्स मिलने लगती है। 'मैं भुलक्कड़ हूँ,' उसने सोचा।

"कल इतवार है", पति बोला।

"मुझे अपनी कई साड़ियाँ धोनी हैं," उसे याद आया और वह वार्ड-रोब खोल कर व्यस्त हो गयी।

पति ने रेडियो की सूई पर कई स्टेशनों की सैर की और तकिये को दोहरा मोड़कर लेट गया। थोड़ा-सा उचककर उसने पायताने देखा, फिर बेड-कवर का एक सिरा बदन पर लपेट लिया।

उसने कुछ साड़ियाँ छाँटकर वार्ड-रोब के अन्तिम खाने में रख दीं और अख़बार में सिनेमा के विज्ञापन देखने लगी। अंग्रेज़ी उसे नहीं आती थी, रोमन शब्द भी नहीं, पर चित्रों से वह अटकल लगा लेती थी। उसने सोचा, वह बाथ-रूम में जाकर मुँह धो आये। पर पति सो चुका था और जब वह उठेगा, तो सिर्फ़ खाना खाने के लिए, और उसके तुरन्त बाद वह बिजली बुझा देगा।

"मुँह धोना ज़रूरी नहीं," उसने निर्णय लिया और अख़बार के नुकीले कोने से उँगलियों की मैल निकालने लगी। उसने देखा, नेल-पालिश उतरने लगी थी और उँगलियों पर खुरंडों की तरह कहीं-कहीं जम गयी थी।

वह सारा दिन घर में रहती थी। उसे घर में रहने की ख़ूब आदत थी। माँ-बाप के घर में भी वह हमेशा अन्दर रही थी। कभी-कभी जूते ख़रीदने या

दर्ज़ी को ब्लाउज का माप देने के लिए माँ के साथ वह बाहर निकलती थी। उसे उस दिन सड़क की भीड़, चलते-फिरते, इतने सारे, इतनी उम्रों के लोग अजीब लगते और वह उन्हें घूरने लगती। उसकी माँ अक्सर उसे डाँटती, 'सिर झुका कर चला कर।"

पर सिर नीचा करते ही उसकी निगाह अपने पर चली जाती थी और उसने देखा था, आगे से सपाट रहने वाला ब्लाउज, धीरे-धीरे, सपाट नहीं रह गया था। सिर झुकाने पर उसका मन और भी झुक जाने को करता था, उसका मन चित लेट जाने को करता था।

"जिन बातों के लिए माँ डाँटती थी, उनके लिए पति क्यों नहीं डाँटता?" वह सवाल करती और इस आरामदेह स्थिति के लिए खुश हो जाती।

"इसे नाराज़ नहीं करना चाहिए, नहीं तो यह मुझे माँ-बाप के यहाँ भेज देगा।" उसने सोते हुए पति को लाड़ से देखा।

माँ-बाप के घर उसे दो वक़्त खाना बनाने के साथ-साथ कपड़े भी धोने होते थे और दोपहर में पापड़ भी बेलने पड़ते थे।

"और वहाँ अकेले सोना पड़ेगा जो मुझसे नहीं होगा", उसने तय किया, वह कभी पति को नाराज़ नहीं करेगी।

वह अभी कल ही उससे काफ़ी नाराज़ हो चुका था। उसने पास वाली दुकान से, दो रुपये दो आने में पेपरमैशी का बना एयर इंडिया का महाराजा ख़रीद कर दहेज में मिले रेडियो पर रख दिया था। उसके ख़याल से यह घर देवी-देवताओं के चित्र और मिट्टी के खिलौनों बग़ैर काफ़ी सूना लगता था। वह बड़ी उत्सुकता से पति का इन्तज़ार कर रही थी और बार-बार रेडियो तक जा रही थी।

जब पति आया, उसके साथ दफ़्तर के दो दोस्त भी थे।

उसने घूरकर महाराजा को देखा और पत्नी से चाय बनाने को कहा।

जब दोस्त चले गये, पति ने उसे ज़बरदस्ती पकड़कर पलंग पर नहीं लिटाया, वरन् वह महाराजा को बाथ-रूम में मैले कपड़ों की टोकरी में डाल आया। "कभी-कभी यह बहुत सख़्त हो जाता है", उसने उसकी ओर लगातार देखते हुए कहा।

कल मैं नाश्ते में इसे अच्छी-सी चीज़ बनाकर खिलाऊँगी—पर यह सोचने के साथ ही वह उदास हो गयी। अच्छी चीज़ें वह सिर्फ़ घी में तल कर ही बना सकती थी और तली हुई चीज़ों से पति को नफ़रत थी। पहले-पहल उसे यह देखकर काफ़ी दहशत हुई थी कि पति तीन साढ़े-तीन सौ ग्राम उबली सब्ज़ियाँ,

बिना मसाले-तेल के, सिर्फ़ नमक और कालीमिर्च के साथ खा जाता है। खाता वह था, उल्टी पत्नी को आती थी।

"अभी मेरे, उल्टी करने के दिन नहीं हैं," उसे उन सब चीज़ों का ख़याल आया जो पलंग पर चादर के नीचे रखी थीं और अभी तक ख़त्म नहीं हुई थीं।

"यह इतना ज़्यादा सोता क्यों है, मुझसे बात क्यों नहीं करता?" पत्नी को अफ़सोस हुआ।

शुरू में वह दफ़्तर से आकर कभी नहीं सोता था। वे दोनों चाय पीकर, बाहर घूमने जाते थे। "पर अच्छा है, हम घूमने नहीं जाते, मैंने पिछले छह महीनों में पचास-पचास करके काफ़ी रुपये जमा किये हैं।" पत्नी को सन्तोष महसूस हुआ।

पति उसे घुमाने नहीं ले जाता था, इसकी उसे शिकायत नहीं थी, पर वह उसे पड़ोसिनों से नहीं मिलने देता, इसकी शिकायत थी। पड़ोस में जाने की या उन लोगों को बुलाने की, उसे सख़्त मनाही थी। पति का कहना था कि आस-पास जान-पहचान हो जाने से जीना दूभर हो जायेगा। पर उसे जीना अब दूभर लगता था, जब एक हरी मिर्च के लिए उसे चार मंज़िल नीचे उतरना पड़ता था और लौट कर वह स्टोव बन्द कर, पहले आधा घण्टा लेटती थी।

"कितना अच्छा हो, अगर कल हम सिनेमा जायें", पत्नी की इच्छा हुई। फिर उसे ध्यान आया, कि कल इतवार है और पति दस बजे सोकर उठेगा, और फिर चाय के पॉट के साथ-साथ मोटी-मोटी बहुत-सी किताबें लेकर बैठ जायेगा।

पढ़ते समय वह उसे बिल्कुल भूल जाता है।

"सच तो यह है कि मुझे इसकी एक भी बात समझ में नहीं आती।" पत्नी ने हारकर सोचा।

शिष्या

"तुमने शादी क्यों नहीं की अब तक?"

इस सवाल तक आने में लोग ज़्यादा देर नहीं लगाते। ज़्यादा से ज़्यादा दूसरी या तीसरी मुलाक़ात। उनके ज़ेहन में अपनी गतयौवना सालियाँ और बहनें कौंधने लगतीं।

मैं भी जवाब देते-देते पारंगत हो गया हूँ।

मेरा जवाब प्रश्नकर्ता और श्रोता पर निर्भर करता है।

"क्या बताऊँ, जितनी अच्छी लड़कियाँ थीं, उनकी पहले ही शादी हो चुकी थी। बाक़ी लड़कियों को बेहतर लड़कों की तलाश थी।"

खिलखिल-खिलखिल-हँसी का झरना बह निकला।

सुनीता अवस्थी अपनी भूरी आँखों और सुनहले बालों के संग हँसती जा रही थी। उसकी ख़ुशी पर निसार राजेश अवस्थी ने व्हिस्की का अपना गिलास उसकी तरफ़ सरकाकर इसरार किया, "एक सिप ले लो डार्लिंग। तब इस पक्के बैचलर की बातों में और भी मज़ा आयेगा।" सुनीता अवस्थी ने अपनी पतली, कलात्मक उँगलियों से गिलास हटाया, कुछ इस तरह कि उसके सुनहले बालों ने उसका आधा चेहरा ढाँप लिया।

"नईं राजे, यू नो आई कांट", उसने कहा।

ओफ। क्या नज़ारा था। कभी आधी रात में आधा चन्द्रग्रहण देखा न था। आज रात नौ बजे यह भी घटित होना था। कुछ पल के लिए किसी का खुलेआम प्रेम प्रदर्शन दिख जाये तो अपना अकेलापन चिकोटी काटने लगता है—रहे तुम अहमक के अहमक। चालीस बरस में एक भी ऐसा मुकम्मल रिश्ता नहीं बना पाये जो तुम्हें सीरियसली ले। जितनी लड़कियाँ तुम्हें मिलीं, सब एक-एक कर शादी कर चलती बनीं। तुम सिर्फ़ उनकी शादी में तोहफ़े का पैकेट थामे, अपने फैब इंडिया के कुर्तों में खड़े रह गये। कारवाँ गुज़र गया गुबार देखते रहे।

इस वक़्त यह भी अफ़सोस हुआ कि मैं हिन्दी डेली का संवाददाता ही क्यों हुआ। होता मैं अमिताभ बच्चन तो जुल्फों के गिरते ही कह देता, "लॉक किया जाये।"

सुनीता अवस्थी के भरे-भरे होठ कत्थई लिपस्टिक से और भी भरे लग रहे थे। वह उन बेहद गोरी महिलाओं में से थी जिनके बारे में गुलज़ार लिख चुके हैं कि लगता था उनके कपड़ों के अन्दर कहीं ट्यूबलाइट जल रही है। उसके आगे हाल में बैठीं समस्त महिलाएँ मामूली लग रही थीं। यह तय करना मुश्किल था कि ख़ुद उसे अपने जादू का अहसास था या नहीं। सुनीता की नज़र एकदम स्थिर थी। उसकी निगाहें ज़्यादा समय राजेश पर टिकी थीं। जहाज़ी कम्पास की तरह वे उसकी दिशा में घूम कर वापस अपने नीबू-पानी पर टिक जातीं।

वैसे अब तक वह दो बार मुझसे मुखातिब हो चुकी थी पर वे नज़र के छोटे-छोटे सफ़र थे, हड़बड़ी में किये और समेटे गये। जब प्रत्यूष ने मेरा परिचय उससे करवाया, सुनीता ने कहा, "बाप रे, मुझे तो पत्रकारों से बड़ा डर लगता है।"

"आपको कैसा ख़तरा? न आप पॉलिटिक्स करती हैं, न व्यापार। उलटे डरना तो हमें चाहिए आपसे।"

प्रत्यूष ने कहा, "इनसे क्या ख़तरा हो गया तुम्हें?"

राजेश अवस्थी ने कहा, "इनसे तो घर के मक्खी-मच्छर भी नहीं डरते।"

मेरे मुँह से निकला, "जहाँ सुन्दर लड़कियाँ होती हैं, वहाँ वारदात की गुंजाइश बनी रहती है।"

"मैं हूँ न, इनका बॉडीगार्ड," राजेश ने कोने की मेज़ चुनते हुए कहा।

"बॉडी तो हो, गार्ड हो न हो," प्रत्यूष ने ठहाका लगाया और हम सब हँसने लगे। इस हँसी ने हमारे ऊपर से दफ़्तर की मनहूसियत धोकर हमें निर्मल बना दिया।

हम चमकने लगे, हाथ में थमे क्रिस्टल गिलासों की तरह। दारू के चन्द क़तरे हमारे हलक में उतरे तो हम राग-द्वेष से ऊपर उठ गये। हेस्टी टेस्टी बार की ख़ासियत यह थी कि अपने नाम के विपरीत यह बहुत आरामदेह अड्डा था। बेंत की कुर्सियों पर फोम की गद्दियाँ और पीठ पीछे सेमल के कुशन देह को ऐसा सहलाते कि हमें लगता हम बार में नहीं स्पा में आ गये हैं।

इस वक़्त प्रत्यूष अपनी भर्रायी आवाज़ में तीसरी बार कह रहा था, "राजेश जल्दी ड्रिंक ख़त्म करो, बहुत भूख लग रही है।"

मैंने थोड़ी चिढ़ से प्रत्यूष की तरफ़ देखा। अभी हमारा दूसरा पेग शुरू हुआ था। इसे क्या पता इतने ख़ूबसूरत माहौल में हिन्दी के ख़बरनवीस को दारू कब नसीब होती है। अभी तो अपनी ज़मीन तैयार हो रही थी।

सुनीता अवस्थी बार-बार सलाद की प्लेट उसके सामने करती जिसे वह हर बार वापस खिसका देता।

"जब मुझे भूख लगी हो तो सलाद ज़हर लगता है। यह क्या कि पेट तो माँगे मुर्गा और हम बकरी की तरह गाजर-मूली चबाएँ," उसने कहा। भूख की बार-बार घोषणा करना प्रत्यूष का तकिया-कलाम है। वह मुझे जब भी मिला है, खाने जा रहा होता है या खाकर वापस आ रहा होता है। उसका मुँह चलता ही रहता है, कभी पान तो कभी पान मसाला। और कुछ नहीं तो वह चूरन की गोली चूस रहा होता है। उसकी यह भर्रायी आवाज़ पान मसाले की ही देन है। हर घण्टे पर वह पान-मसाले का नया पाउच खोल कर मुँह में ऐसे उँड़ेल लेता है जैसे इंजन में ईंधन पहुँचा रहा हो। उसने आइनॉक्स जैसे सिनेमा हालों में फ़िल्म देखनी बन्द कर दी है क्योंकि वहाँ पान मसाला खाना या ले जाना मना है।

मेरा यह मानना है कि जीवन से हताश लोग ही पान मसाले की शरण में जाते हैं। एक बार कहीं एक फीचर छपा भी था कि हरदम खाना हताशा की निशानी है लेकिन प्रत्यूष में हताशा के अन्य कोई चिन्ह नज़र नहीं आते थे। तरह-तरह की योजनाओं से भरा वह एक गैस का गुब्बारा बना रहता, हमेशा ऊपर उड़ने वाला। उसके गदबदे शरीर को देखकर कोई भी कह सकता था कि यह भोजनभट्ट है। सोलहवें साल में ही वह द्विवेदी होने की दुविधाओं को पार कर भोजन तालिका की सामिष सूची तक पहुँच गया। वह बीहड़ से बीहड़ व्यंजन में दाँत गड़ा कर हमें विस्मित और चकित होने के लिए छोड़ देता। जहाज़ी सफ़र के दौरान उसने केकड़े और लॉबस्टर के अलावा शार्क के पकौड़े भी खा रखे थे लेकिन लाख कोशिशों के बाद भी वह अपनी पत्नी कृति को सामिष व्यंजन खिलाने में कभी कामयाब नहीं हो पाया। एक बार उसने कृति को धोखे से कबाब को कटलेट कहकर चखा दिया तो कृति मुँह के साथ-साथ नाक पकड़कर वॉशबेसिन की तरफ़ ऐसी भागी कि प्रत्यूष की फिर कभी हिम्मत ही नहीं हुई।

आश्चर्य की बात यह कि जब उसने दोस्तों के बीच यह घटना बतायी तो पता चला बहुतों के अनुभव इसी तरह के थे।

इस वक़्त राजेश अवस्थी कह रहा था, "मेरी भी कोशिश है कि सुनीता शाकाहार छोड़ दे तो कम-से-कम तसल्ली का खाना तो पके घर में।" प्रत्यूष ने

आँखों में शरारत भर कर कहा, "आज ही शुरू किया जाये। लीजिए आप फिश फ्राई ट्राई कीजिए।"

"शी नईं, कभी नईं", सुनीता ने उलटी हथेली से होंठ ऐसे ढँक लिए जैसे अगर न ढँके तो मछली सचमुच उसके मुँह में चली जायेगी।

शाम के खाने की मेनू तय करने में प्रत्यूष की दिलेर भूमिका रही। सुनीता के लिए पनीर मसाला और कड़ाही पनीर चुना गया तो राजेश और साथियों के लिए बोनलेस चिकन के दो-तीन व्यंजन। सुनीता के लिए प्लेट में बची हुई हड्डियाँ देखना सम्भव नहीं था। यह नागवारी वह दिल्ली से लेकर आयी थी। वहाँ जब भी कभी वह अपने माता-पिता और बहनों के साथ काके दा ढाबा में खाने गयी, उसने टेबल ख़ाली होने का इन्तज़ार करते हुए पाया कि खाकर उठ जाने वाले ग्राहक की टेबल का नज़ारा ऐसा होता जैसे जंगल का राजा शिकार के बाद उठ कर गया हो। हर प्लेट में हड्डियों का अम्बार होता। उसकी छोटी बहन भोली ने तो इस जगह को हाड़महल कहना शुरू कर दिया था। सुनीता कहती, "हमें मक्खनी दाल और पनीर कोरमा खाना है, कहीं और भी जाकर खा सकते हैं।"

उसके पापा बोलते, "ऐसी लज्जत कहीं नहीं मिलेगी। दाल हो या चिकन-मटन, यहाँ हरेक चीज़ असली घी में पकती है।"

सुनीता और भोली अड़तीं, "हमारे सामने ये हड्डी-पसली वाला खाना न मँगाना।"

उनके घर में सिर्फ़ पिता मांसाहारी थे। उनके लिए बाहर खाना खाने का आकर्षण सिर्फ़ मांसाहार था। वे बिगड़ जाते, "तुम दोनों भूतनियाँ ऐसे करोगी तो मैं चोरी-छिपे खाऊँगा। तब और स्वाद लगेगा।"

"क्यों?" वे पूछतीं।

"क्योंकि चोरी की चीज़ हमेशा ज़्यादा स्वादिष्ट लगती है, और क्या?" पापा कहते।

माँ डर जाती और कहती, "तुसी खाओ जी जो खाना है, बस बच्चों से बचाकर खाओ। इन्हें अभी घिन लगती है।"

सुनीता पापा की बात परखने के लिए कभी चोरी से चटनी चखती तो वाकई उसे चटनी बहुत सुस्वादु लगती।

शादी के बाद से सुनीता के जीवन में अनुभवों की रील तेज़ी से चल रही थी। पति उसे अनुरागी मिला था। दफ़्तर के तनाव वह कभी घर पर न लाता लेकिन उसके पास अवकाश नहीं था। काम के सिलसिले में उसे बहुधा दौरे

पर जाना पड़ता। ऐसी छोटी-छोटी जगहें जहाँ न कायदे का विश्रामगृह होता, न मनोरंजन के साधन। मन मारकर वह पत्नी को अपने बड़े से बँगले में छोड़ जाता। उसे पत्नी की बेहद फिक्र रहती। राजेश दिन में सात-आठ बार फ़ोन करता और उससे ज़्यादा बार एसएमएस।

"तुम बोर तो नहीं हो रही हो। नयी सीडी मँगवाकर देख लो।"

"तुम्हारी किटी पार्टी कितने बजे है, ड्राइवर को तुम बता दोगी या मैं फ़ोन करूँ।"

सुनीता हर बार जवाब देती, "नहीं राजे, मैं एकदम ठीक हूँ, फिक्र मत करो।"

राजेश मन मसोसकर रह जाता। वह सोचता, कहाँ हुआ है अभी टेक्नोलॉजी का विकास? बात करते हुए वह अपनी पत्नी का चेहरा देखना चाहता है पर ऐसा कहाँ होता है। हाँ, सर्किट हाउस के बायीं तरफ़ मैदान में चर रही गायों की तस्वीर वह लेना चाहे तो ले ले।

उसकी ग़ैरहाज़िरी में सुनीता को कहानी लिखने का शौक़ चर्राया। पढ़ने का चस्का तो पहले से था। हर कहानी पढ़ने पर वह सोचती, ऐसी तो मैं मिनटों में लिख दूँ। इसमें है ही क्या? बस रोज़मर्रा की बातें हैं।

उसने कहानी लिखने की कोशिश की तो पाया कि मिनटों के काम में घण्टों क्या, हफ़्तों लग गये पर कहानी का ओर-छोर नहीं मिला। उसे लगा इतना आसान नहीं यह काम।

उसने राजेश के लौटने पर कहा, "राजे मेरे लिए कोई उस्ताद ढूँढ़ दो।"

राजेश हँस पड़ा। हँसते-हँसते उसने पूछा, "क्यों कुश्ती सीखने का इरादा है या संगीत?"

जब असली ज़रूरत पता चली तो आला अफ़सर का बड़ा मनोरंजन हुआ। उसने कहा, "शायरी में तो हमने उस्ताद-शागिर्द के होने के क़िस्से सुने हैं। कहानी के महकमे में यह सब कहाँ चलता है?"

सुनीता बोली, "सारे दिन मैं घर पर बोर होती हूँ। जितनी मेरी सहेलियाँ हैं, सब कुछ न कुछ करती हैं। सुषमा और परवीन की कहानियाँ छपी भी हैं।"

"तो उन्हीं को बना लो उस्ताद।"

"आप बात टालिए मत। सुषमा और परवीन इतनी बड़ी लेखिकाएँ नहीं हुई हैं।"

ऐसे में राजेश को याद आया प्रत्यूष द्विवेदी जो कॉलेज के ज़माने से उसका साथी था। वह कोई स्थापित लेखक तो नहीं बन पाया लेकिन उसने जीवन के कई वर्ष साहित्य सेवा में बिता दिये। आजकल के कई दिग्गज रचनाकारों की प्रारम्भिक कहानियों का सलाहकार और सुधारक वही था। वह अपना वक़्त इस तरह साहित्य को सौंपता कि तमाम अच्छी नौकरियों के लिए वह ओवरएज हो गया। अपनी कहानियों का एक संग्रह 'खंडित स्वप्न' उसने अपने ख़र्च से प्रकाशित किया था जिसका वितरण वह ठीक से नहीं कर पाया। अब भी वह दोस्तों को 'खंडित स्वप्न' की प्रतियाँ बाँटता रहता था। प्रत्यूष का समग्र तेवर साहित्यकार का था। क़िस्से सुनाने में उसे महारत हासिल थी। जब वे विद्यार्थी थे, क्लास में हँसी-मज़ाक़ के लम्हे प्रत्यूष के ज़िम्मे थे। गणित विषय के टीचर मि. पाल ने एक बार उसकी कॉपी देख कर पटक दी और कहा, "ओ आई एम फेडअप।" प्रत्यूष ने तुरन्त जवाब दिया, "आई एम ऑलसो फेडअप।"

कुछ वर्ष प्रतियोगी परीक्षाओं में गँवाकर प्रत्यूष ए.जी. ऑफ़िस में अस्थायी नौकरी पर समझौता कर बैठा। वैसे सबको पता था कि उसका मन दफ़्तर में नहीं, कॉफ़ी हाउस में लगता है। न प्रत्यूष नौकरी को गम्भीरता से लेता, न नौकरी प्रत्यूष को। उसके जीवन में नौकरी की बस इतनी भूमिका रही कि उसकी शादी अच्छे घर की एक अच्छी-सी लड़की से हो गयी जिसने बड़ी समझदारी से पति के वेतन और महँगाई के बीच सन्तुलन बैठा लिया।

अब जब राजेश को दौरों से फ़ुरसत नहीं थी, वह यह देखकर प्रसन्न होता कि अन्य अधिकारियों की पत्नियों की तरह सुनीता हरदम शिकायतनामा लेकर बैठने के बजाय कोरे काग़ज़ और क़लम लेकर बैठती है। बड़े मनोयोग से वह रचना आरम्भ करती है। अगर प्रत्यूष गुरुजी कहानी नापास कर दें तो वह पूरी रचना फिर से लिखती है।

पहले-पहल जब उसने प्रत्यूष से सुनीता की सनक बतलायी, उसने मुँह बिचकाकर कहा, "आजकल अफ़सरों की बीवियों में यह नया चोचला चला है लेखिका बनने का?"

"क्या तुम्हारी कोई शिष्या है?"

"है तो नहीं, पर मैं देख रहा हूँ पहले लड़कियाँ संगीत सीखती थीं, पेंटिंग करती थीं पर आजकल क़लम के पीछे पड़ गयी हैं।"

"पर सुनीता में प्रतिभा है, मौलिकता भी है। तुम एक-दो बार बात करके देख लो कि वह सीख सकती है या नहीं।"

पहली मुलाक़ात में ही प्रत्यूष उत्साह में आ गया। उसने घोषणा कर दी, "देखना राजेश मैं इन्हें फर्स्ट क्लास लिखना सिखा दूँगा। महीने भर में इनकी रचनाएँ छपने लगेंगी।"

राजेश बोला, "अबे यह कार चलाना नहीं सिखाना है जो महीने भर में सिखा देगा। साहित्य में लम्बी साधना करनी पड़ती है।"

"लम्बी साधना वालों का जमाना लद गया। अब झटपट लेखन होता है।"

सुनीता ने अपनी कच्ची-पक्की रचनाएँ दिखाईं।

प्रत्यूष ने पढ़कर कहा, "हम तो चावल के एक दाने से दावत परख लेते हैं। इनमें रुझान है पर भाषा शैली ठीक नहीं है।"

"कब से आओगे तुम?"

"ऐसे नहीं, मेरी भी कुछ शर्तें हैं। एक तो मुझे यह काम अपने ढंग से करने देना। तुम बीच में अपनी अफ़सरी मत लगाना। रोक-टोक, मीन-मेख निकालना तुम करोगे तो तुम्हीं सिखाना फिर। दूसरे मुझे कोई फ़ीस या रिश्वत देने की कोशिश मत करना", प्रत्यूष ने कहा।

"रिश्वत तो राजे ख़ुद भी नहीं लेते, आपको क्या देंगे?"

"रही बात फ़ीस की। गुरु दक्षिणा तो देनी ही होती है", सुनीता ने हँसते हुए कहा।

"फिर मैं नहीं आऊँगा", प्रत्यूष उखड़ने लगा।

"अरे हमारी गुरु दक्षिणा में बस एक कप कॉफ़ी या एक पेग दारू होती है", राजेश ने बात समेटी।

अपनी व्यस्तता के बीच राजेश को कभी इस लेखन-अभियान का ख़याल आता तो सुनीता से पूछता, "कैसी चल रही है तुम्हारी कहानी-ट्रेनिंग?"

सुनीता मगन मन सिर हिला देती, "बहुत अच्छी।"

उसके चेहरे से ऊब की परत धीरे-धीरे हट रही थी। वह चीज़ों को बड़े ध्यान से देखती। ख़बरें बड़े ध्यान से सुनती। पत्र-पत्रिकाओं में डूबी रहती। अब वह सिरदर्द और जुकाम की भी उतनी मरीज़ नहीं रही जितनी पहले थी। अख़बार वह दो बार पढ़ जाती फिर भी उसमें से कुछ न कुछ और पढ़ना रहता। उसके बिस्तर पर दो-एक मोटे उपन्यास हरदम अधखुले पड़े रहते।

उसका कथा-गुरु हफ़्ते में एक दिन आता।

सुनीता अपने लिखे पृष्ठ उसे ससंकोच दिखाती। कभी प्रत्यूष एकदम ख़ारिज कर देता, कभी संशोधन सुझाता। कभी उसके पास अवकाश न होता। तब वह

पांडुलिपि साथ ले जाता। सुनीता को चैन न पड़ता। वह बार-बार उसके मोबाइल पर फ़ोन कर पूछती कि उसे कहानी कैसी लगी। प्रत्यूष उसे अपने साथ दो-तीन साहित्यिक-गोष्ठियों में ले गया जहाँ लोगों ने उसका स्वागत किया।

कथा-गुरु के प्रयत्नों से सुनीता अवस्थी की कहानी 'क़ीमत' रांची से निकलने वाले अख़बार 'प्रभात सन्देश' में प्रकाशित हो गयी। कहानी पर दो-तीन प्रशंसा-पत्र भी आये।

आज हेस्टी-टेस्टी बार एंड रेस्तरां में जश्न इसी सिलसिले में था।

राजेश अवस्थी ने टूर से लौटकर अख़बार देखा। वह प्रसन्न हुआ, "ऐसा करते हैं आज पार्टी रख लेते हैं, इससे गुरु-दक्षिणा भी चुकता हो जायेगी और मजा भी आयेगा।"

मैं अपनी भूमिका समझ रहा था। प्रत्यूष ने पहले ही मुझे फ़ोन कर दिया था, "अगर सुनीता की तस्वीर के साथ प्रेसनोट वगैरह तुम्हें अवस्थी दे तो ना करने की बेवकूफ़ी मत करना। बल्कि लोकल पेज पर छाप देना यार। शाम की पार्टी के बदले बुरा नहीं है सौदा।"

मैंने कोई पक्का जवाब नहीं दिया था पर पार्टी में चला आया। राजेश मेरा भी परिचित था। मुझे वह भला मानस लगता था। वह और सुनीता मिलकर सुखी दाम्पत्य की तस्वीर बनाते। मैं जब-जब उन्हें देखता मेरा इरादा होता कि इस साल शादी ज़रूर कर लूँगा।

काफ़ी गपशप, बधाई और मुबारकों के बीच शाम का अन्त हुआ। गुडनाइट, नमस्कार, फिर मिलेंगे के बीच हमने विदा ली।

राजेश और सुनीता अपनी कार में रवाना हो गये।

प्रत्यूष ने स्कूटर की किक लगाई और मुझसे कहा, "चलो तुम्हें छोड़ दूँ।"

"तुम जाओ। मेरा ऑफ़िस नज़दीक ही है, टहलते हुए पहुँच जाऊँगा।"

मैंने कहा और सिगरेट सुलगाने की तैयारी में लग गया।

तभी मुझे लगा जैसे मैं कुछ काग़ज़ कहीं गिरा आया हूँ।

मैंने जेबें देखीं। जेब में सुनीता अवस्थी का फ़ोटो परिचय और प्रेसनोट नहीं था।

मैं वापस बार में घुसा।

अँधेरे के बीच अपनी मेज़ पहचानने में थोड़ी-सी दिक़्क़त आयी।

पहले वेटर ने मुझे पहचाना।

"मेरे कुछ काग़ज़ यहाँ गिरे होंगे", मैंने कहा।

"कैसे काग़ज़ साब?"

"एक फ़ोटो और दो-एक काग़ज़।'

वेटर ने अपनी जेब से कुछ काग़ज़ निकाले और छोटा-सा फ़ोटो वाला लिफ़ाफ़ा।

"यहाँ कोई चीज़ खोती नहीं साहब। आप नहीं आते तो हम ये काग़ज़ मोटे साहब और मेमसाब को दे देते।"

"कौन?"

"जो आपके साथ बैठे थे। वे हर हफ़्ता आते यहाँ पर। यहाँ का बिल मेमसाब देती।"

"तुम किसी और की बात कर रहे हो।"

"नहीं साब, हम इनका ही बात करता। वह मोटे साब के साथ आतीं। दोनों कभी इधर में बैठते, कभी ऊपर के हाल में जाते। कुछ तो भी लिखते रहते साब। इनका नाम तो मालूम नहीं लेकिन इधर में सब इनको मोटे साब और माया मेमसाब बोलते।"

मेरा सिर घूमने लगा।

"गुडनाइट सर", वेटर ने कहा। वह बख्शीश की उम्मीद खो चुका था।

मैं पैरों में वजन बाँधकर वहाँ से लौटने लगा। मुझे लगा चीज़ों के बीच कार्य-कारण सम्बन्ध समाप्त होता जा रहा है। मेरा सुरूर उतर रहा था।

ज़ोरदार तालियाँ

उत्सव ख़त्म हो गया था। मेहमान जा चुके थे। मुख्य अतिथि, विशिष्ट अतिथि, अध्यक्ष और मन्त्री। उनके पीछे-पीछे ही दर्शक भी विदा हो गये थे। जाते-जाते सचिव ने घुड़ककर कहा था, "ए.सी., हैलोजन बन्द करो।"

आदेश का तुरन्त पालन किया गया था।

एक मद्धिम रोशनी वाली उदासी सभागार पर उतरने लगी थी। लल्लन ने एक नज़र हाल पर डाली और एक अपने सूजे हुए टखनों पर। मंच पर और हाल में फूलों की पंखुड़ियाँ जगह-जगह बिखरी हुई थीं। बीच की मेज़ पर उन मालाओं के ढेर थे जो महत्त्वपूर्ण मेहमान छोड़ गये थे। गोलार्द्ध में लगी कुर्सियाँ कुछ टेढ़ी-मेढ़ी रखी थीं। शुद्ध पानी की बोतलें इधर-उधर लुढ़की हुई थीं। लल्लन को यकायक बड़ी थकान महसूस हुई। सभागार को अभी साफ़ करना पड़ेगा। मैडम ने पहले ही बता दिया है कल सुबह आठ बजे हाल भाड़े पर उठा हुआ है शोक सभा के लिए। उसने बिरजू धर्मेन्द्र और रामदास को टोका, "फ़ौरन सीटों की पोंछाई करो नहीं सवेरे मैडम गुर्रायेंगी।"

बिरजू ने हथेली पर खैनी मलते हुए कहा, "करीत है, काहे जल्दियाने हो।"

धर्मेन्द्र ग्यारहवीं, फेल सही, उसकी चेतना काफ़ी जाग्रत थी। चुनाव में नेताओं के आगे-पीछे काम करके वह कई क़िस्म की बातें करना सीख गया था। उसने कहा, "एक बात है, इतना बड़ा जलसा हुआ। अपने कॉलेज के, शहर के दूसरे कॉलेज के टीचर लोगों का सम्मान हुआ। भाइयो और बहनो, किसी ने भी हमें धन्यवाद क्यों नहीं दिया। हम छह रोज़ से मार दौड़-दौड़ हैरान हुई गये। धर्मेन्द्र माला लाओ, धर्मेन्द्र छुट्टा फूल क्यों नहीं लाये, धर्मेन्द्र ट्रे सजाओ, दीपाधार माँजो। कौनो गिनती है, हमसे कितना काम कराई हैं बड़ी गुरुजी!"

सभी को अपनी भागदौड़ याद आ गयी। वाकई कॉलेज में पिछले एक हफ़्ते से शिक्षक दिवस समारोह का चक्कर कुछ ऐसा चला था कि सारे चाकर

चकरघिन्नी हो गये थे। कॉलेज के चालीस और बाहरी संस्थाओं के बीस शिक्षकों को आज महामहिम के हाथों सम्मानित किया गया था। सम्मान में उन्हें एक रेशमी अंगवस्त्र, एक प्रतीक चिह्न और एक फ़ाइल भेंट की गयी। फ़ाइल के अन्दर एक नोट पैड और एक क़लम भी थी। पहले यह सोचा गया कि इस सबके साथ एक नारियल भी दिया जाये। लेकिन जब नारियल का मूल्य पाँच की जगह दस रुपये सुना गया, नारियल का देना ख़ारिज कर दिया गया।

बिरजू ने अपनी आँखें कुछ देर ऊपर लगे शामियाने पर टिकाईं। फिर उसने मुँह ऊपर उठाकर कहा, "एक बात हम देखे हैं, जौन टीचरों को सम्मान दिया है, वो मुँह लटकाकर काहे आती रहीं। वो क्या कहते हैं सम्मान तो हँसते मुँह से लेना चाही।"

रामदास हँसा तो उसके टूटे दाँत की ख़ाली जगह खटकी। बोला, "नगदी तो कुछ हइयै नहीं, छूछा सम्मान का करेंगी बहन जी लोग।"

लल्लन ने कहा, "ज़्यादा नहीं तो सौ रुपये का शॉल ज़रूर रहा हुई हैं।"

बिरजू ने शॉल की ख़रीदारी में अहम भूमिका निभायी थी। वही दौड़ लगाता रहा था कॉलेज से कोठापार्चा तक। पहले ऊनी शॉल देने की बात थी पर अच्छे ऊनी शॉल की क़ीमत ऊँची थी। ये रेशम की कढ़ाई वाले अंगवस्त्र थोक के दाम काफ़ी सस्ते पड़े थे। बड़ी बहन जी ने बिल ऊनी शॉल का बनवा लिया था। इसी तरह से फ़ाइलों की क़ीमत दुकान पर पचास रुपये पीस थी मगर बाइंडर को नमूना दिखा देने पर कुल चौबीस रुपये में फ़ाइल तैयार हो गयी थी। प्रतीक चिह्न कॉलेज के स्टोर में रखे हुए थे। उन्हें सिर्फ़ पॉलिश से चमकाया गया था। इन तैयारियों में सिर्फ़ चपरासी, बाबू और सफ़ाई कर्मचारी शामिल रहे थे। जिनका सम्मान करेंगे, उनसे काम कैसे लेंगे हम, बड़ी बहनजी ने इन लोगों को समझाया था।

असली मेहनत साफ़-सफ़ाई में पड़ी थी। चारों ओर खुला मैदान होने से सभागार के अन्दर धूल बहुत जल्द बैठ जाती। यही हाल सीढ़ियों का था। लम्बे गलियारों में भी सफ़ाई रखनी पड़ती। उत्सव के समय पिछली ठप्प पड़ी सफ़ाई भी करनी पड़ जाती। हर रोशनदान से जाले निकालना, दरियाँ झाड़ना और जूट कार्पेट की गोट की मरम्मत करना ज़रूरी हो जाता। बिरजू ने खैनी का आनन्द लेते हुए कहा, "हाँ इत्ते का तो रहा होगा।" लल्लन ने कहा, "अगर हर टीचर को एक-सौ एक नगद दे देते तो वे ज़्यादा खुश होतीं।"

रामदास ने समर्थन किया "हाँ और क्या। इत्तन महँगाई में हाथ में कुछ नगदी आ जाये तो के न खुश होई," धर्मेन्द्र ने बागी तेवर अपनाया, "नहीं असल बात ये है कि सारे साल बड़ी बहनजी तीता बोलती हैं। एक दिन इज़्ज़त करने से क्या होता है जी!"

बिरजू ने दौड़-भाग के नाम पर दस-बीस रुपये अन्दर किये थे। वह नहीं चाहता था कि इस जलसे पर कोई सवाल उठे। उसने कहा, "मान का तो पान भी बड़ी चीज़ होता है, फिर यह तो बाकायदा शॉल और फ़ाइल है। फ़ाइल भी छूछी नहीं है। उसमें पार्कर पेन रखा है, चाहे देख लो।"

लल्लन को कुछ याद आया। वह लपककर विंग्ज़ में गया।

वह एक फ़ाइल और अंगवस्त्र ले आया। यह तय करना मुश्किल था कि यह सेट किसी अनुपस्थित अध्यापक का था अथवा किसी दिलजले का जो सम्मान-चिह्न यहीं पटककर चला गया था। कर्मचारियों ने पहली बार ध्यान से, छूकर अंगवस्त्र को देखा। झकाझक सफ़ेद रेशम पर काही रंग की कढ़ाई थी। अंगवस्त्र इतना लम्बा-चौड़ा था कि उसमें से एक दीवान कवर या फिरन आसानी से निकल सकता।

धर्मेन्द्र ने कहा, "गोली मारो जलसे को। असली जलसा हम अब करेंगे।"

फ़ोटोग्राफर नदीम की ढूँढ़ मची। दो ही मिनट में नदीम बरामद हो गया। वह अभी गया नहीं था। अपनी मोपेड में किक मार रहा था जो स्टार्ट होने का नाम ही नहीं ले रही थी।

असली फूलों को मात देते नक़ली फूलों की मालायें अभी पीछे के पर्दे पर टँगी हुई थीं।

मंच पर पड़ी ख़ाली कुर्सियों पर कर्मचारी आकर बैठते जा रहे थे। चौकीदार और सफ़ाईकर्मी ज़रा संकोच कर रहे थे, धर्मेन्द्र ने हाथ पकड़कर उन्हें भी बैठा लिया, "अरे बैठो यार, कुर्सी में काँटे नहीं लगे हैं, जो बैठ गया, कुर्सी उसके नाम की।"

धर्मेन्द्र ने बाकायदा माइक पर उद्घोषणा की, "अब श्री बिरजू प्रसाद गुप्त श्री लल्लन प्रसाद को सम्मानित करेंगे। श्री लल्लन प्रसाद की विशेषता है ये झाड़ू बहुत अच्छी लगाते हैं। कोई ज़्यादा गड़बड़ी करे तो झाड़ू से मार भी गिराते हैं। आइये लल्लन प्रसाद जी।"

मंचासीन कर्मचारियों ने ज़ोरदार तालियों से लल्लन और बिरजू का स्वागत किया। बिरजू ने पूरी गम्भीरता से लल्लन के गले में अंगवस्त्र डाला और उसे

फ़ाइल भेंट की। नदीम ने यह दृश्य अपने कैमरे में क़ैद किया। इसके बाद विंग्ज़ में इसी अंगवस्त्र को तहा कर फिर ट्रे में रखा गया। वही फ़ाइल उसके नीचे रख फिर वे सब तैयार हुए।

धर्मेन्द्र ने माइक पर कहा, "अब तइयाजी का सम्मान भैय्याजी करेंगे, ज़ोरदार तालियाँ।"

बहुत तालियाँ बजीं। तइयाजी उर्फ़ तिवारीजी बाईस साल से सुरक्षा कर्मचारी के पद पर कार्य कर रहे थे। कॉलेज बनने से पहले वे स्कूल के चौकीदार थे। जब कॉलेज बना उन्होंने सचिव से कहा, "हजूर हमें कॉलेज में रख लें" सचिव ने होठ टेढ़ा करके कहा, "आप खटिया पर बैठकर चौकीदारी करते हो। कॉलेज की ड्यूटी में खड़ा रहना पड़ेगा।" तिवारी भइया जिन्हें प्राइमरी के बच्चे तइयाजी कहते थे, बोले "ठाड़े रहेंगे हजूर।" सचिव ने पूछा "बन्दूक चलाना जानते हो?" तिवारीजी निरुत्तर होकर स्कूल की खटिया पर लौट गये। साल भर बाद फिर यह नाटक दोहराया गया। तइयाजी इसरार करें, सचिव इनकार। आख़िरकार एक बार जब सचिव ने पूछा, "बन्दूक चलाना सीख लिया कि नहीं?" तइयाजी ने आज़िज़ आकर कहा, "सब चलाना सीख लिया। बन्दूक क्या हम बम भी चलाना जानते हैं, कहिये तो कौनो दिन दिखायें।"

सचिव डर गये और तइयाजी की नियुक्ति कॉलेज में हो गयी। तब से तइयाजी कर्मचारियों के हीरो बन गये।

भइयाजी कॉलेज में कैंटीन चलाते थे और पैसे वाले समझे जाते थे। वे हर साल सचिव को नज़राना देकर ठेका उठाते थे और हर साल उन प्यालों का साइज़ छोटा होता जाता जिनमें वे छात्राओं को चाय पिलाते।

धर्मेन्द्र ने तिवारी के परिचय में कहा, "तइयाजी कॉलेज की सुरक्षा इतनी कुशलता से करते हैं कि कई चोर-डाकू इनके खर्राटों से डरकर भाग गये।"

हँसी और तालियों के बीच भइयाजी ने तइयाजी के गले में अंगवस्त्र डाला और फ़ाइल भेंट की।

सबको बारी-बारी से अलंकृत किया गया।

शकुन हाल के आख़िरी छोर पर सकुचायी हुई खड़ी थी। धर्मेन्द्र ने घोषणा की, श्रीमती शकुन का सम्मान—उसने पलटकर साथियों से पूछा, "कौन करेगा शकुन का सम्मान।"

"तुम करो, और के करिस।"

धर्मेन्द्र ने ट्रे अपने हाथ में ली और शकुन को डपटा, "लपककर आओ, जच्चा की तरह क्यों चल रही हो?"

शकुन उसी चाल से आधे रास्ते आकर फिर खड़ी हो गयी।

बड़ी हँसी चुहल रही।

नदीम फ़ोटोग्राफर बोला, "तुम्हारी फ़ोटो रह जायेगी। जल्दी चलो।"

ननकी के समझाने पर बड़ी मुश्किल से वह स्टेज की सीढ़ियाँ चढ़ी। जैसे ही धर्मेन्द्र उसके गले में अंगवस्त्र डालने आगे बढ़ा, वह पीछे हटकर मुँह मोड़कर खड़ी हो गयी। बिरजू ज़ोर से बोला, "चोचले की हद हुई गयी। कौन तुम्हारी लगन हो रही है जो सरमाय रही हो।"

नदीम बड़बड़ाया, "फ़िजूल एक घण्टा निकल गया। दुकान छोड़ कर आया हूँ।"

"जल्दी करो, जल्दी करो।" सबने शोर मचाया।

शकुन ने दाई के कान में कुछ कहा। दाई ने मुनादी की, "शकुनिया कहत हैं, मरदन के हाथ से माला नहीं डलवइएँ।"

धर्मेन्द्र ने भन्नाकर ट्रे पटक दी, "हमें क्या, ना करो।"

अब भइयाजी बोले "अरे ननकी तुम इनका सम्मान कर दो तनी।"

शकुन और ननकी ने आपस में एक-दूसरे का सम्मान किया। भइयाजी माइक पर आये, "अब हम अपने आयोजक श्री धर्मेन्द्र कुमार का सम्मान करते हैं।"

धर्मेन्द्र का मूड कुछ सँभला। वह नेता अन्दाज़ में आगे बढ़ा और अंगवस्त्र पहनते हुए उसने चेहरा कैमरे की तरफ़ कर लिया।

इसके साथ ही सम्मान समारोह ख़त्म हुआ। नदीम ने कैमरा पैकअप किया। सबको अपने हिस्से का काम निपटाने की हड़बड़ी मच गयी।

एक पति की मौत

उसके हाथ में सागर पार से जूडिथ का भेजा तार था, 'नमन पास्ड अवे ट्यूजडे नवम्बर फोर एट थ्री ए.एम. कॉन्डोलेन्सेज।'

सिया उस समय नहाकर गुसलखाने से निकली थी। उसने सिर्फ़ पेटीकोट-ब्लाउज़ पहना हुआ था। पैरों में स्लिपर्स भी गीली थीं। अंग-प्रत्यंग काँपने लगा, शायद ठण्ड से। डाकिया तार देकर हल्का-सा ठिठका, फिर वह चला गया।

इस तरह की ख़बर पाकर आमतौर पर कोई भी पत्नी चीख़ मारकर बेहोश हो जाती या अपना सिर दीवार से टकरा मारती। सिया ने ऐसा कुछ नहीं किया। उसने बिस्तर पर पड़ा पुराना शॉल उठाकर कन्धों पर लपेट लिया। जूम करती उसकी नज़र समूचे घर-आँगन पर पड़ी और सामने की ड्रेसिंग टेबिल पर जम गयी। हाँ, यह वही है—श्रीमती सिया मिश्रा जो इस घर में बाईस साल पहले नमन की वधू की तरह आई थी और परित्यक्ता की तरह रह रही थी, पिछले तेरह साल से।

इस वक़्त उसे क्या करना चाहिए, वह सोच नहीं पा रही थी। साड़ी पहनते हुए उसे लगा, आज कम-से-कम कॉलेज तो वह न जाय। कोई सुनेगा तो क्या कहेगा! पर किसी को पता कैसे चलेगा? वह बतायेगी, तभी न। तो न बताय वह! क्या कहेगी वह, कि एक आदमी जो उसका पति था और उसे छोड़ गया था, आज दुनिया छोड़कर चला गया। जिस तरह वह इस घर में मेज़-कुर्सी, तख़्त-तिपाई, पलंग-रज़ाई छोड़ गया, इस तरह उसे भी छोड़ गया था।

सिया को अपने कलेजे के पक्केपन पर हैरानी हुई। कम्बख़्त वैसे बर्तन खड़कने से भी धड़-धड़ करने लगता है पर इस ख़बर को जैसे उसने सुना ही नहीं है। उसने आँखें छुईं, वहाँ कोई गीलापन नहीं था। उलटे उसे लगा जैसे तनी हुई नसें ढीली हो रही हैं, पैर और हाथों की उँगलियों की गठिया की गिठानें

धीरे-धीरे खुल रही हैं। उसके कानों में अपना ही कहा जुमला गूँजने लगा, "किसी का आदमी मर जाये तो इत्ता दुख नहीं होता।" कॉलेज की उसकी कलीग्ज इस बात से हमेशा तिलमिला जाती थीं, "कैसी औरत हो तुम, अपने आदमी की मौत मनाती हो!" सिया अपनी बड़ी-बड़ी आँखें फैला कर कहती, "ना मैं सधवा ना मैं विधवा, जीते-जी मार गया वह मुझे!"

स्त्रियाँ मूर्खों की तरह उसके घर की चीज़ें छू-छूकर खुश होतीं, "हाय रे तुम्हारे घर में तो हर चीज़ विदेशी है। कद्दूकस तक विलायती! कित्ती लकी है रे।"

"सिया तुम्हारा बाथरूम बड़ा शानदार है। कमोड तो ऐसा कहीं नहीं देखा। बिल्कुल राजा-महाराजा का सिंहासन लगता है। उठने का मन ही नहीं हो रहा था मेरा।"

सिया कुढ़ जाती, "तो बैठी रहती उम्र भर!"

नमन को घर बनाने का क्रेज था। हर कमरा अलग रंग में सजाया गया था। वह किसी विदेशी पत्रिका से काटकर मकान के इंटीरियर डेकोरेशन की तस्वीर भेज देता और फरनिशर के लिए हिदायतों का कैसेट। सिया कॉलेज से लौट कर सारा समय मकान की साज-सज्जा पर लगा देती। यह एक बिडम्बना ही थी कि जब मकान नमन की योजना के मुताबिक पूरा हुआ, नमन के जीवन से उसकी ज़रूरत ही खत्म हो गयी। छुट्टियों में वह आया, शहर के सबसे सुन्दर होटल में ठहरा और एक शाम बाकायदा वकील को लेकर उससे मिलने आया। वकील ने उसके सामने तलाक के काग़ज़ रखे और छुटकारे की क़ीमत—नमन का यहाँ का पूरा बैंक बैलेंस और यह विशालकाय मकान!

सिया ने नमन की तरफ़ देखा कि शायद वह उसकी तरफ़ नज़र उठाये। नमन आत्मलिप्त-सा सिर्फ़ उन काग़ज़ों को देखता रहा जिन पर उसे हस्ताक्षर करने थे। उसकी आँखें इस घर आँगन पर नहीं उठीं जहाँ वह पैदा होकर जवान हुआ; उसके कानों ने चिड़ियों की चह-चह नहीं सुनी जो उस शाम भी आम के पेड़ पर शोर मचा रही थीं। वह बड़े बेमन से सोफ़े पर बैठा रहा जैसे वह किसी और का घर हो और सिया किसी और की घरवाली।

सिया के मन में नफ़रत और हिकारत की नीली-पीली लपट उठी। उसने काग़ज़ खींच कर दस्तख़त कर दिये।

यह तो उसे बाद में ही पता चला कि लन्दन में नमन लड़के-लड़कियों को हिन्दी भाषा पढ़ाते-पढ़ाते प्यार की भाषा भी पढ़ा चुका था। उसी से पढ़ने वाली लड़की थी जूडिथ जिसकी माँ मैक्सिकन थी और पिता अंग्रेज़। वह नमन से दस

साल छोटी थी हालाँकि क़द में दो अंगुल ऊँची। उसके बाल सुनहले थे, आँखें नीली और चमड़ी गोरी। वक़्ती क्रेज के मुताबिक उसे हर ब्राउन चीज़ अच्छी लगती थी, ब्राउन ब्रेड, ब्राउन कार, ब्राउन मर्द।

गली-गली होते कॉलेज का रास्ता ज़्यादा लम्बा नहीं था। सिया रोज़ की तरह पैदल आगे चलती रही पर स्मृतियाँ उसे वर्षों पीछे घसीटती रहीं। सम्बन्ध तो नमन ने तोड़ दिया था, माचिस की तीली की तरह दो टूक, पर उस पर अपना कब्जा कहाँ छोड़ा था। वह बार-बार उस क़ीमत की याद दिलाता जो उसने तलाक की ख़ातिर अदा की थी। कभी वह उसे अपने परिवार की प्रतिष्ठा समझाता। पिछले तीन सालों से उनकी बेटी तृप्ति ससुराल में थी और माँजी स्वर्ग में लेकिन उससे पहले ये दोनों सिया की पहरेदारी पर तैनात थीं। तृप्ति तो बाकायदा उससे जवाब-तलब करती, "कॉलेज में चार बजे छुट्टी हुई, आप छह बजे घर आ रही हैं माँ!" उसने स्कूल के पास के चाय वाले, पान वाले को बीस रुपये महीने देने शुरू कर दिये थे कि वे माँ के आने जाने का समय नोट कर लिया करें। फिर एक दिन तृप्ति ने दफ्ती के एक टुकड़े पर अपने हाथ से लिखकर एक तख़्ती घर के दरवाज़े पर लटका दी, "यहाँ पुरुषों का प्रवेश वर्जित है।" उन दिनों को याद कर सिया के होठ बिचक गये। लड़की का पालन-पोषण पिता ने कैसेट पर किया था। उन पत्र-कैसेट्स में सब कुछ रहता, पढ़ाई के लिए निर्देश, नवीनतम फ़ैशन की सूचना, ख़र्च की तमीज़ और सिया के लिए आचार-संहिता। जब तक तृप्ति की शादी नहीं हुई वह सिया की संरक्षक बनी रही। इस काम में माँजी का भी खूँखार सहयोग रहा। नौबत यहाँ तक आ गयी कि अगर कभी कॉलेज का चपरासी भी किसी काम से घर आया तो दादी-पोती ने जुगलबन्दी में चीख़-चीख़ कर घर सिर पर उठा लिया। बहू की शुचिता की जाँच-पड़ताल के तहत माँजी कभी सिया का पर्स खखोरतीं, कभी किताबें पलटतीं और कभी उसका मैला पेटीकोट सूँघतीं। ऐसे एक मौक़े पर सिया चीख पड़ी थी, "हमारी चौकीदारी करने की कोई ज़रूरत नहीं है, समझीं। अरे जब हमारा आदमी हमें छोड़ गया तो हम जैसे चाहे रहें, जहाँ मर्ज़ी जायें-आयें, चाहे गली के काले कुत्ते के साथ सोयें, तुमको क्या?" माँजी ने इस विस्फोट के प्रतिकार में उसे बेटी के हाथों पिटवाया था। एक बार तृप्ति का हाथ उठ गया, फिर तो वह उसे अक्सर मारने लगी। उन्हीं दिनों सिया ने बिन्दी और सिन्दूर लगाना छोड़ दिया। नौकरी का बन्धन न होता तो वह घर भी छोड़ देती पर उसका विवेक उसे समझाता रहा, "ये दोनों तो चार दिनों की हैं, उसके बाद एक जायेगी स्वर्ग तो दूसरी ससुराल। तुम अपना घर

क्यों छोड़ो?" उसका सूना चेहरा देखकर सास ने बहुतेरा शोर मचाया, "सुहागनों को सूनी माँग नहीं सोहती। तेरा सोने जैसा आदमी सात समुन्दर पार बैठा है, दिन-रात उसकी खैर मना, यही तेरा फ़र्ज़ है?" सिया ने कहा, "ना मैं सधवा ना मैं विधवा, फिर एक कर्मकाण्डी सुहागन की तरह क्यों सिंगार का स्वाँग भरूँ। प्यासी रहूँ, उपासी रहूँ किसके लिए! जो मेरा जनम बिगाड़ गया? तुम्हारा वह बेटा है, तृप्ति का बाप है पर मेरा तो कुछ नहीं रहा।"

माँजी ने घर के फ़ालतू गद्दे-रज़ाई सिया के डबलबेड पर एक तरफ़ रख दिये थे उतरती सर्दियों में एक बार। उन्हें एक पुरानी चादर से ढक दिया गया। रातों में जब सिया उनकी बग़ल में सोती उसे लगता वह नमन की क़ब्र के पास लेटी है। मुहल्ले में सुने मर्सियों की तर्ज़ पर उसके दिमाग़ में कुछ असम्बद्ध शब्द टक्कर मारते रहते, "मैं तुम्हारी कर्बला, तुम मेरे क़ब्रिस्तान।" कभी हवा से चादर फड़फड़ाती और सिया को लगता मानो अभी इस क़ब्र में से नमन का भूत निकलकर उसकी ओर बढ़ेगा। वह घबराकर अपना तकिया-कम्बल लेकर दीवान पर आ जाती। उसका दिल तेज़-तेज़ धड़कता मगर उसे लगता यह दिल नहीं दीवान धड़क रहा है। धीरे-धीरे दीवान एक जलयान बन जाता, उसे सात समुन्दर पार ले जाने के लिए।

तलाक़ की तिलमिलाहट भरे इन तेरह वर्षों में एक दुःस्वप्न सिया ने बार-बार देखा था। वह यकायक लन्दन में उस पते पर पहुँच गयी है जहाँ नमन रहता है। वह कॉलबेल बजाती है। एक सुन्दर गोरी मेम दरवाज़ा खोलती है, उसे देखती है और अन्दर की ओर मुड़कर पति से पूछती है, "डार्लिंग क्या तुमने इंडिया से डिश वॉशिंग के लिए मेड बुलायी है?" लाउंज में दो सुन्दर बच्चे खिलौनों से खेल रहे हैं। नमन उसकी तरफ़ अनजान नज़रों से देखते हुए कहता है, "नहीं तो, लगता है, कोई ग़लत पते पर आ गया है।" भड़ाक दरवाज़ा बन्द होता और सिया का दुःस्वप्न भी फुलस्टॉप पर आ जाता। कभी-कभी नमन की कोई मीठी याद उसे आ जाती और वह मतवाली हो जाती। एक आदमी कितनी तरह की गन्धों का गुलदस्ता होता है, सूखी, गीली, भीनी, तीती। सिया को अपने शरीर से वह गन्ध निकलती जान पड़ती। कभी उसे नमन की आवाज़ सुनाई देती, वह बौरा जाती। नमन की बोलने की शैली बहुत आकर्षक थी। वह अस्फुट स्वर में रुक-रुककर बोलता। उसके विराम-चिह्न ऐसे बिन्दु पर पड़ते कि सुनने वाले की उत्कण्ठा बनी रहती। ख़राब से ख़राब बात वह इसी मोहक अन्दाज़ में करता। रात-बिरात सिया कैसेट प्लेयर चला देती, कुछ देर सुनती फिर जहाँ उसके बारे में आक्षेप शुरू हो जाते वह प्लेयर बन्द कर देती।

कॉलेज में मिसेज़ चोपड़ा ने उसे देखते ही टोका, "यह कैसी उड़ी-उड़ी रंगत बना रखी है सिया, हज़ार बार समझाया है कि सर्दी के मौसम में गहरे रंग के कपड़े और गहरा मेकअप ज़रूरी है।" मिसेज़ चोपड़ा ख़ुद बड़े चटक कपड़े पहनती थी और अक्सर स्टाफरूम में उन्हें लिपस्टिक लगाते देखा जाता था।

सिया उन्हें तार की बात बताते-बताते रुक गयी। किसके बारे में बताये, जूडिथ के पति के बारे में या अपने? सिया से क्लास ठीक से नहीं ली गयी। लड़कियाँ ग़लत-सलत स्वर निकालती रहीं, उसने उन्हें टोका नहीं।

किसी तरह दिन तमाम हुआ और वह घर की तरफ़ चल दी। फाटक तक पहुँचकर उसकी इच्छा अन्दर घुसने की नहीं हुई। वह थोड़ी दूर पर रह रही अपनी परिचित नियति माथुर के यहाँ चली गयी।

उसी समय नियति के बच्चे स्कूल से लौटे थे। हालाँकि उसने बच्चों के साथ-साथ सिया पर भी पूरा ध्यान दिया, उसका मन उचाट हो गया। वह सोचती रही नियति को बताये, न बताये। यह उसकी अपनी त्रासदी थी। उसे क्या अधिकार है दूसरे पर इसे ज़ाहिर करे, एक हँसता हुआ माहौल बोझिल बनाये! नियति ने घड़ी की तरफ़ देखा। उसके पति का दफ़्तर से वापस आने का वक़्त हो रहा था। सिया उठ दी। नियति ने दो-चार बार उससे बैठने का आग्रह किया लेकिन सिया रुकी नहीं।

उस रात गैस जलाने की, खाना बनाने की इच्छा नहीं हुई। तार पर लिखे शब्द बार-बार पढ़े। कई प्रश्न मन में उठे। क्या वह बीमार था या दिल का मरीज़! दुर्घटना की चपेट में तो नहीं आया? कितना अजीब होता है एक आदमी को उसकी सारी कारगुजारियों के बीच जानना और उसके अन्त का समाचार सुनना। इसका मतलब उसने जूडिथ को उसके विषय में बतला रखा था। उसने अपना घर, पता और अतीत, कुछ छुपाकर नहीं रखा था। फिर उसे अपने ऊपर हँसी आयी। तृप्ति वहीं रहती है, पास ही, रगबी में। जूडिथ क्या जानती न होगी। बल्कि दोनों की मुलाक़ात भी होगी।

सिया ने सोचा था आज वह भर-नींद सोयेगी, लेकिन नींद आँख तो क्या बिस्तर तक भी नहीं आयी। वहाँ करवट-करवट नमन खड़ा था : कभी हँसता, कभी बिगड़ता, कभी बिस्तर पर, कभी बाथरूम में, कभी बालकनी पर। जैसे नौ के नौ साल उस एक रात में साकार हो गये। सिया को फिर वही गन्ध महसूस हुई जो नमन के सान्निध्य में आया करती थी, कानों में उसका अस्फुट स्वर

सुनाई दिया। उसे लगा उससे बिल्कुल सटकर नमन कह रहा है, "पास खिसको, ऐसे। बस ऐसे सोया करो।"

उसे उन दिनों की अपनी अनिच्छा भी याद आई। परिवार की दिनचर्या ने उसके जिस्म के कई हिस्से बर्फ़ बना दिये थे। जिन क्षणों में नमन को एक उत्कट प्रिया की सख़्त ज़रूरत थी, उसे मिली एक थकी, पिसी, झुँझलाई औरत। इन्हीं क्षणों में नमन ने उसे पाया और उसने नमन को खोया था। कभी आलस में, कभी थकान में, कभी संकोच में, उसने सुना नमन कह रहा है, "कपड़े उतार दो प्लीज़। नहीं तो ऐसा लगता है हम नहीं, हमारे कपड़े प्रेम कर रहे हैं, पाजामा पेटीकोट से, बनियान ब्लाउज़ से। मैं तुम्हें तुम्हारी त्वचा के आर-पार तक प्यार करूँगा।" सिया ने कभी नमन का इसरार नहीं माना। वह हर रात अपना पूरा यूनिफॉर्म धारण किये रही। ऐसी ही ज़िद भरी अँधेरी रातों में उसकी नाव मझधार में पहुँच गयी। करवट-करवट सिया को पति की प्रियता याद आती गयी। उसे बिल्कुल याद नहीं कब सोने-जागने के बीच वह निर्वस्त्र हुई कब रज़ाई उसका रंगमहल बनी, कब वह शिखर पर पहुँची और कब एक क्लान्त नींद में डूब गयी। जाने कितने दिनों बाद वह यों सोयी थी, एक मदभरी बेहोश नींद।

सुबह एक झटके के साथ वह जागी। महरी और दूध वाला दोनों तक़रीबन एक साथ ही आ गये थे। उनके घण्टी बजाने पर उसने दरवाज़ा खोला और भर्रायी आवाज़ में कहा, "आज हमें ना दूध चाही ना मदद, हमार मालिक खतम हुई गये रे।" दोनों इस घर में वर्षों से लगे थे। उनके चेहरे दुख से सिकुड़ गये। लड़खड़ाते हुए सिया ने दरवाज़ा थामा और भरपूर चीत्कार के साथ वह विलाप कर उठी।

आम के पेड़ पर आज भी चिड़ियाँ चहचह कर रही थीं लेकिन सिया को कुछ सुनाई नहीं दिया। पड़ोस के घरों से धीरे-धीरे स्त्रियाँ आकर आँगन में इकट्ठी हो गयी। आज इस घर का मालिक दिवंगत हुआ था।

छोटे खिलाड़ी

मई का महीना। यानी बैसाख। दिल्ली की सड़कों पर पीली आँधी चल रही है।

टीका लगवाने का निर्धारित समय है दोपहर दो से चार।

उन्हें येलो फीवर का टीका लगवाना है।

होटल के ठण्डे कमरे से निकलने की इच्छा नहीं हो रही। पर जाना तो पड़ेगा।

दिल्ली नगर निगम के अन्तर्राष्ट्रीय टीका केन्द्र पर पहुँचना है मन्दिर मार्ग पर।

लू और धूल के थपेड़े झेलते हुए वे गन्तव्य पर पहुँचे। बेचैन युवा कलाकार मुकेश, अरण्य सिंह और अपर्णा।

अभी थोड़ी देर पहले खाने के समय मुकेश ने अपनी जैकेट की दोनों जेबें पलटकर दिखा दी थीं "चन्द टूटे हुए सपनों के सिवा मेरे पास कुछ भी नहीं, कोई नहीं।"

यह सुनते ही अरण्य और अपर्णा पर उसके संरक्षण का नशा तारी हो गया। उसे साथ लेकर वे रवाना हो गये।

उनका निवेदन सुनते ही प्रभारी डॉक्टर ने गर्दन दायें-बायें हिलायी। "नहीं लग सकता, बिल्कुल नहीं, वापस जाइये।"

उन तीनों ने एक साथ अपने नियमों और दस्तावेजों का वज्र उसके ऊपर गिराया।

"ये देखिये विदेश मन्त्रालय का यह पत्र, यह हमारा पासपोर्ट और यह निर्देश पुस्तिका।"

डॉक्टर कुछ नहीं देखता। वह एक रजिस्टर देखने लगता है। तभी उसका फ़ोन बजता है। वह 'हलो, हलो' कहता है। कोई जवाब न मिलने पर अपना मोबाइल खोल कर चिप को रूमाल से रगड़ने लगता है। उसके पास दो कर्मचारी खड़े हैं। वे डॉक्टर के समर्थन में उन्हें तखलिया का इशारा करते हैं।

"शनिवार को आइये", वे कहते हैं।

"ऐसा कैसे हो सकता है। हमें तो आज वापस जाना है, टिकटें ले रखी हैं।"

"कितने लोग हैं आप?"

"तीन।" वे तीनों के ऊपर उँगली रखते हैं।

"देखिये हमें ऑर्डर है, जब तक पाँच मरीज़ इकट्ठे न हो जायें, तब तक वैक्सीन बाहर न निकाला जाये। एक साथ पाँच को लगाने वाली शीशी है हमारे यहाँ।"

"मरीज़ को इन बातों से क्या मतलब?"

"बिल्कुल है, बल्कि होना चाहिए। जाइये, दो और मरीज़ लेकर आइये।"

"हम तो यहाँ किसी को जानते तक नहीं, किसको लायेंगे।"

"तब शनिवार को आइये।"

आज बुधवार है। वे मन-ही-मन हिसाब लगाते हैं। तीन दिन और ठहरने का मतलब है होटल का किराया तीन हज़ार, वाहन, भोजन कम-से-कम दो हज़ार यानी पूरे पाँच हज़ार का ख़र्च। रेल-टिकटों की वापसी में भी कुछ चोट लगनी है। उन्हें अपने पर गुस्सा भी आ रहा है। अच्छे-भले अपने शहर के एक कोने में बैठे थे, कहानी-उपन्यास लिखते। क्या ज़रूरत थी हिन्दी सम्मेलन के बुलावे को इतनी गम्भीरता से लेने की। घूमने की ललक उठी कि हिन्दी की हुड़क, नीयत उनकी भी नीक नहीं थी। वे भली-भाँति जानते थे कि यहाँ से उड़कर सूरिनाम जाकर हाय-हाय हिन्दी चिल्लाने से हिन्दी का कोई कल्याण नहीं होगा। हिन्दी को अभी तक भारतवासी अपने ही देश में राष्ट्रभाषा घोषित नहीं करवा पाये तो विश्वभाषा किस दम पर बनवायेंगे। पर नहीं, दक्षिण अमेरिका घूमने का मौक़ा कब-कब मिलता है, सोचकर लपक लिया और अब दिल्ली की धूल, धूप, गर्मी और लू के थपेड़े झेल रहे हैं। सूरिनाम जाने के लिए येलो फीवर का टीका लगवाना अनिवार्य है। इसीलिए तो इन धूर्त डॉक्टर और कम्पाउंडरों के चंगुल में फँसे हैं जो इस वक़्त अपनी उँगलियाँ चटकाते हुए उठने की मुद्रा में हैं।

तीनों लेखक कुछ आज़िजी से कहते हैं, "देखिये सैकड़ों लेखकों को सूरिनाम जाना है। आप वैक्सीन निकालकर हमें टीका लगा दीजिए, जल्दी ही और लेखक आ जायेंगे, आपकी दवा काम आ जायेगी।"

"ऐसे कैसे क़ायदा तोड़ दें जी। खुलते ही शीशी बेकार हो जाती है। हम मरीज़ों की ज़िन्दगी से खिलवाड़ नहीं कर सकते।"

इस बहानेबाज़ी में तीन बज जाते हैं।

वे चारों तरफ़ नज़र डालते हैं। चार-पाँच बड़े-बड़े कमरों का टीकाकरण केन्द्र है यह। हर कमरे में एक तरफ़ डॉक्टर की कुर्सी लगी है जो ख़ाली पड़ी है। लगता है नगर निगम में लंच टाइम लम्बा चलता है।

वे एक और कोशिश करते हैं, “देखिये अगर घण्टे भर में दो मरीज़ और आ गये तो आप टीका लगा देंगे?”

“बिल्कुल, हमें क्या तकलीफ़ है? तब तक आप अतिथि-कक्ष में बैठकर आराम फरमाइये। बैठिये, गप्प लड़ाइये, ठण्डा पानी पीजिए पर हमें नियम तोड़ने पर मजबूर मत कीजिए।”

अपर्णा कहती हैं, “ये नियम इतने अजीब क्यों हैं और अगर ऐसे ही हैं तो इनकी जानकारी निर्देश-पुस्तिका में क्यों नहीं है।” डॉक्टर उठकर चल देता है। कर्मचारी जवाब देता है, “देखिये हर टीके का अलग नियम है। फिर जिन्हें मुफ़्त टीके लगवाने होते हैं, वे लोग तसल्ली से आते हैं।”

अन्य कमरों की तरह इस कमरे में भी सन्नाटा हो जाता है। लेखक अपनी गुज़ारिश सरकार की जगह भगवान से करने लगते हैं, “हे भगवान दो लेखक और भेज दो जिन्हें येलो फीवर का ही टीका लगवाना हो।”

धड़कते दिल से वे अतिथि-कक्ष में चले जाते हैं। वहाँ का फ़र्श जगमगा रहा है। इतना सफ़ेद संगमरमर ताजमहल का भी नहीं है। अपर्णा की नज़र अपनी धूल सनी, बदरंग बाटा की चप्पलों पर पड़ती है और वह मन-ही-मन फर्श के नाम एक क्षमा-याचना प्रसारित करती है।

फ़र्श ऐसा चमक रहा है कि तीनों के अक्स उस पर झिलमिला रहे हैं। अपर्णा छत की तरफ़ देखती है। कहाँ से आ रही है यह चाँदनी।

छत पर उतना ही साफ़ सफ़ेद रोग़न है।

कमरे में दो ए.सी. लगे हैं।

दो कर्मचारी बग़ल के सोफ़े पर बैठ जाते हैं, बल्कि पसर जाते हैं।

“कहाँ से आये हैं?” एक हमदर्दी से पूछता है।

“इलाहाबाद से।”

“बड़ी दूर है। कब वापस जाना है?”

“अरे आज ही। साढ़े नौ बजे की गाड़ी है।”

दूसरा कर्मचारी थोड़ा सक्रिय होता है, “बड़े सख़्त हैं डॉक्टर साब। सवेरे हरवंश सिन्हा का फ़ोन आया था। वह अपने मन्त्रीजी। उन्हें भी यही लगवाना था—येलो फीवर का टीका। डॉक्टर साब ने साफ मना कर दिया।”

"क्यों?"

"वही बात। पाँच मरीज़ इकट्ठे हुए बग़ैर टीका नहीं खोलते।"

"हरवंश सिन्हा क्या बोले?"

"क्या बोलते, फ़ोन रख दिया। येलो फीवर की बात है। मलेरिया-उलेरिया का तो किसी को लगवा दें पर येलो फीवर वाला कहाँ मिलेगा?"

मुकेश को तैश आ जाता है। वह पैर पटककर कहता है, "टु हैल विद हिन्दी कॉन्फ्रेंस लैट्स गो बैक।"

एक कर्मचारी उसे मुस्कुराकर देखता है, "झल्लाने की कौन बात है जी। आप तीन लोग हो। ख़ाली दो की तो बात है न।"

लेखक चकराते हैं। फाटक की ओर अपने चश्मे घुमाते हैं। शायद इन्हें दो लोग आते दिख रहे हों।

"ऐसा है, आप पाँच की फ़ीस जमा कर दो, मैं डॉक्टर साब को समझा देता हूँ।"

टीकाकरण की फ़ीस प्रति व्यक्ति डेढ़ सौ रुपये है। उन्हें सीधे-सीधे तीन सौ रुपये ज़्यादा देने होंगे। मामला साढ़े चार सौ से साढ़े सात सौ पर पहुँच रहा है। अरण्य तो इस झमेले में से भाग निकलने का रास्ता ढूँढ़ ही रहे हैं। वे कहते हैं, "हटाओ, जाना कैंसिल करते हैं। वैसे भी चार बजने वाले हैं।"

अपर्णा भी प्रतिध्वनि बनती है, "डॉक्टर भी अपनी जगह पर नहीं है।"

"पर अब तो चार बज गये।"

"सौ रुपया और भर दीजिए। काग़ज़ पर 3.50 लिख देते हैं।"

यहाँ आकर जान ऐसे फँसी है जैसे उँगली में बाँस की फाँस। जाना कैंसिल करते हैं तो इन तीनों के इरादों का जो होगा, दोस्तों के दिल ज़्यादा टूट जायेंगे। एक बार फिर वे लानतें भेजेंगे और इन्हें आलसी, बहानेबाज और लबड़धौंधौं ठहरायेंगे।

मुकेश में धैर्य नहीं है।

"बताइये, क्या करना है?"

अरण्य अपने आप से अन्दर ही अन्दर लड़-भिड़ रहे हैं। अपर्णा के अन्दर धैर्य कहाँ! पट से बोल पड़ती है, "रिश्वत तो हमने कभी न दी न देंगे।"

वह कर्मचारी तड़पकर बीच में आ टपकता है, "बहनजी यह रिश्वत नहीं है। यह तो नियम की भरपाई है। नियम भी बचा रहे और आपका काम भी हो जाये।"

जैसे-तैसे रुपये निकालकर उसे दिये जाते हैं।

कर्मचारी मुस्तैद हो उठता है।

मुकेश से कहता है, "आप बाहर जाकर यादव मेडिकल स्टोर से तीन डिस्पोवैन सूई लेते आइये।"

मुकेश बाहर लपकता है।

कर्मचारी दोनों को लेकर दवाखाने में आ जाता है। जैसे कोई विद्युत तरंग सबको संचालित किये दे रही है, डॉक्टर अपने परामर्श-कक्ष में बैठ गया है। नर्स फ्रीजर से गुलाबी रंग की शीशी निकाल रही है। कर्मचारी लम्बे पीले काग़ज़ों पर टीकाकरण-केन्द्र के ठप्पे लगा रहा है।

"टीके के बाद बुख़ार आयेगा।" अपर्णा डरती है।

"बिल्कुल नहीं, पता भी नहीं चलेगा। बस जैसे चींटी काटती है, ऐसा लगेगा।"

नर्स का स्पर्श बड़ा हल्का और नरम है। मुकेश सूई लगवाकर बहादुरी से कहता है, "अरे कुछ हुआ ही नहीं।"

अरण्य भी लगवा लेते हैं।

अपर्णा अभी भी बिदक रही है।

अतिथि कक्ष वाला कर्मचारी आकर अरण्य से कहता है, "ये बहुत डरती हैं सूई लगने से।"

"अरे आप तीन सौ और जमा कर दें, हम ऐसे ही इन्हें पीला काग़ज़ दे देंगे। अब आपका काम तो निपटना चाहिए न।"

अरण्य सख़्ती से एक बार अपर्णा को देखते हैं, एक बार कर्मचारी को।

वह तो नहीं डरता। अपर्णा ही डर जाती है।

डरते-डरते बाँह आगे कर देती है।

नर्स वाकई सिद्धहस्त है। सूई लगने में न दर्द होता है न आह निकलती है।

वाह कितना दिव्य जीवन है। वे समय पर प्रयागराज एक्सप्रेस पकड़ लेते हैं। स्टेशन आते समय न टैक्सी वाले से झड़प होती है न कुली से। एकदम क़ायदे से गाड़ी में बैठ जाते हैं। रात में चैन की नींद सोते हैं। सुबह, अपना शहर।

तीन दिन बाद लौटे हैं। पर महसूस हो रहा है जैसे तीन महीने लगे हों। वे घर की एक-एक चीज़ छूकर देखते हैं। "ये पौधे सूखे क्यों पड़े हैं? क्या पाइप चोरी हो गया?"

"पेपर वाले ने स्टेट्समैन और जागरण कैसे शुरू कर दिये। हमसे पूछना तो चाहिए।"

बेटा घर को वापस पटरी पर लाने के लिए सब झमेलों में फँसता रहा।

घर सँवारने के बाद किताबें सँभालीं, विश्व सम्मेलन में पढ़ा जाने वाला आलेख तैयार किया कि लो हफ़्ता तो बीत ही गया। जाने के दिन आ गये। एक बार फिर सूटकेस में कपड़े जमाने का कार्यक्रम शुरू हुआ कि आ पहुँचा आयोजक परिषद् का पत्र। पत्र का सूत्र-वाक्य यह था कि प्रतिनिधियों की बड़ी संख्या और धन की सीमा के कारण उन दोनों में से एक का व्यय-भार परिषद् उठायेगी और दूसरा अपने लिए प्रायोजक ढूँढ़े। इस चिट्ठी की लटपट भाषा और अटपटा आशय समझने के साथ ही अपर्णा अपनी असल दुनिया में लौट आयी। उसने सूटकेस से अपने कपड़े निकालकर अरण्य के कपड़े उसमें जमा दिये। आयोजक को उसने लिखा, "मैं टूथपेस्ट, शैम्पू या क्रीम नहीं हूँ जिसका प्रायोजक मिल जाये।"

भला एक लेखक अपना प्रायोजक कहाँ से लाये। होती वह पान मसाला, साबुन, जूता या मच्छरमार मलहम, उसका प्रायोजक मिल जाता। लेखन और लेखक का क्या तो माल और क्या उसकी मण्डी। वर्कशॉप में पड़े हैं कुछ अधूरे उपन्यास, कच्ची-पक्की कहानियाँ और ढेर-सा हिन्दी प्रेम। इनमें से एक भी चीज़ मण्डी में ले जाने लायक नहीं। मण्डी में वही माल उतरेगा जिसमें दस रुपये लगा कर पचास रुपये लौटें।

ज़्यादा देर अफ़सोस कायम नहीं रहा। अपर्णा बहुत जल्द छुट्टी के मूड में आ गयी। दो-तीन अख़बार पढ़े, दो प्याले चाय पी और टीवी के आगे एक दिनी क्रिकेट मैच देखने को जम गयी। अपने ठण्डे कमरे में नरम बिस्तर पर पड़े-पड़े क्रिकेट के छक्के-चौके ऐसी तरंग दे रहे थे जैसे सचिन, राहुल नहीं, वह ही है बल्लेबाज। टीवी पर मैच को इतना जानदार बना दिया जाता है। याद आये इन्दौर के वे दिन जब सब दोस्त क्रिकेट का सजीव मैच देखते थे। आधे समय तो समझ ही नहीं आता था पिच पर क्या हो रहा है। ऊपर से कड़ी धूप और प्यास की मार। अब कितना चैन है। कोई अच्छा शॉट लगा कि कैमरा छह कोणों से उसे दिखायेगा।

हंगामे की तरह अचानक लखनऊ से श्रावणी और मुकुल पधार गये। गर्मी में ड्राइव करके दो सौ मील तय करने में दोनों के चेहरे बन्दर की तरह लाल हो रहे थे।

"देखा, पति को परदेस भेज कर ऐश की जा रही है। नहाई भी नहीं है क्या?"

"नहाते ही छुट्टी नष्ट हो जाती है।"

"खट।" मुकुल ने टीवी बन्द किया।

"मैं मेच देख रही हूँ", अपर्णा ने ऐतराज़ किया।

"हमारे जाने के बाद देखना। मैच क्या, तुम विज्ञापन देख रही हो। एक-एक शॉट के इतने प्रायोजक।"

अपर्णा ने टीवी फिर चला दिया और आवाज़ ग़ायब कर दी। अब दृश्य थे, गति थी बस, आवाज़ नहीं थी। खिलाड़ी खेल रहे थे उनके साथ-साथ सिगरेट, शराब, पान मसाला, कंडोम, बिस्किट और शीतल पेय भी खेल रहे थे। नहीं ये खेल रहे थे, वे खिला रहे थे।

रशीदा को देखकर मुकुल ने कहा, "तुम तो क्रिकेट मैच नहीं देख रही हो, कुछ खिलाओ, चाय पिलाओ तो पता चले अपने दोस्त के घर आये हैं।"

फिर मुकुल ने अपर्णा की तरफ़ मुड़कर कहा, "पता है कल कॉलेज में क्या हुआ?"

"क्या हुआ, क्या हुआ?" अपर्णा और श्रावणी की भावभंगिमा ने पूछा।

"डॉ. दास की क्लास में न जाने कहाँ से एक मरगिल्ला कुत्ता घुस गया। वे उस उक्त मिल्टन के पैराडाइज लॉस्ट के महत्त्व पर व्याख्यान दे रहे थे। तुम्हें पता है दास साहब बीस बरस ऑक्सफोर्ड में रह कर लौटे हैं। कितने हाईक्लास आदमी हैं वे।"

"आगे जल्दी बोलो क्या हुआ?"

पहले तो कुत्ता इधर-उधर घूमता रहा, फिर उसने भौंकना शुरू कर दिया। डॉ. दास ने कहा, "ए यू डॉगी गो अवे, विल यू।" कुत्ते पर कोई असर नहीं हुआ। वह वैसे ही भौंकता रहा।

एक लड़के ने कहा, "सर कुत्ते को अंग्रेज़ी नहीं आती।"

डॉ. दास ने कहा, "यू आर राइट। कुत्तों को अंग्रेज़ी नहीं आती।"

सारी क्लास हँस पड़ी। तभी सामने की बेंच से एक लड़का उठा और उसने अपना रजिस्टर फेंककर कुत्ते पर वार किया। कुत्ता भाग खड़ा हुआ।

असली ड्रामा तो क्लास के बाद हुआ। डॉ. दास के चले जाने के बाद लड़कों में इस बात पर बहस छिड़ गयी कि डॉ. दास ने कुत्ते शब्द का बहुवचन क्यों इस्तेमाल किया।

कुछ हिन्दी वाले लड़के गुस्से में आ गये, "हमको ख़ूब पता है उन्होंने किसके लिए कहा।"

बाक़ी लड़के उन्हें तसल्ली देने लगे पर हिन्दी वाले उखड़ गये, "डॉ. दास हमेशा अंग्रेज़ की तरह सोचते हैं, वे अंग्रेज़ी क्या पढ़ाते हैं अपने को अंग्रेज़ की औलाद समझते हैं। वे क्या अपनी चमड़ी का रंग नहीं पहचानते?"

अरे बात ही बात में मामला इतना भड़क गया कि कॉलेज में दास साहब के विरुद्ध आन्दोलन छिड़ गया। सब लड़कों ने तय किया कि इंगलिश की कक्षाओं में कोई नहीं जायेगा।

श्रावणी बोली, "कब तक चलेगा बहिष्कार? आख़िर इम्तहान भी तो सिर पर हैं।"

अपर्णा ने कहा, "डॉ. दास ने हरकत तो बहुत गन्दी की। जब तक वे माफ़ी नहीं माँगेंगे, हड़ताल चलनी चाहिए।"

"तुम भी आख़िर हो एकदम हिन्दी वाली। बात-बात में तुनक जाना। इज़्ज़त को नाक की नोक पर लेकर बैठे रहते हो तुम लोग। मज़ाक़ को मज़ाक़ की तरह लेना चाहिए था।"

"इसे मज़ाक़ नहीं मज़ाक़ उड़ाना कहते हैं" अपर्णा ने कहा।

"अच्छा मारो गोली कॉलेज को। यह बताओ, अरण्य चले गये, तुम क्यों नहीं गयीं, सूरिनाम?" यह श्रावणी कोंच रही थी।

"क्या करती मुझे कोई प्रायोजक ही नहीं मिला? मेरा वे लोग क्या करते, अचार डालते।" अपर्णा ने कहा।

"अपने प्रकाशकों से कहतीं।"

अपर्णा के दिमाग़ में ज़ीरो पावर का बल्ब जला। यह क्यों नहीं याद आया। लेखक का प्रायोजक प्रकाशक तो हो ही सकता है। इतनी किताबें हैं, सभी का कोई न कोई प्रकाशक है। सौभाग्य से सभी बड़े आदमी हैं। सब हिन्दी-प्रेमी भी हैं।

"मैं तो उस दृश्य की कल्पना से ही लोटपोट हो रहा हूँ" मुकुल ने चाय में एक और चम्मच चीनी डालते हुए कहा, "तुम बोलने खड़ी होतीं : तुम्हारी एक बाँह पर राजकमल लिखा होता दूसरी पर वाणी। तुम्हारी साड़ी की पटली से पेंगुइन चिपकी होती और कमर से काली। ऐसे में तुम क्या बोलतीं और क्या नज़ारा होता।"

वे सब हँसने लगे। श्रावणी ने कहा, "अरे किसी क़लम की कम्पनी से बात करतीं। लेखक से ज़्यादा और कौन क़लम इस्तेमाल करता है।"

अपर्णा ने कहा, "अब जब सारे पंछी उड़ गये, तुम अक्ल छाँट रही हो। तुम्हें क्या पता कि आजकल क़लम-पेन्सिल का विज्ञापन भी फ़िल्मी सितारों के हाथ में चला गया है। ऐसा लगता है वे ही सबसे बड़े लिक्खाड़ हैं।"

मुकुल बोला, "काग़ज़ मिल भी तुम्हें प्रायोजित कर सकती थी।"

अपर्णा ने कहा, "मेरी किताबें गिनकर देख लो। अब तक कुल कितने रीम काग़ज़ काला किया होगा मैंने? सीधे काग़ज़ मिल की बात कर रहे हो जबकि मुझे स्टेशनरी की दुकान भी कोई छूट नहीं देती।"

वे दोनों समझ गये अपर्णा के मामले में ज़रा भी दम नहीं है। पता नहीं बाक़ी हिन्दी वालों को किसने सूरिनाम भिजवाया। अपर्णा तो कच्ची खिलाड़ी निकली।

उन्हें महसूस हुआ पिच पर खेल रहे ये ग्यारह खिलाड़ी सचमुच बड़े खिलाड़ी हैं। इनके कन्धे, कॉलर, घुटने, पीठ, पेट सब प्रायोजित हैं फिर भी ये न सिर्फ़ खेल रहे हैं बल्कि प्रतिद्वन्द्वी टीम के छक्के भी छुड़ा रहे हैं।

अनावश्यक

बच्चा गोद में पड़ा चिल्ला रहा था। वह पाँच दिन से लगातार चिल्ला रहा था। पाँच दिन पहले मैं चिल्लाती रही थी। अब मैं शान्त थी, हल्की, निश्चिन्त और कमज़ोर। नहीं मैं ग़लत कह रही हूँ। मैं न हल्की थी न निश्चिन्त। मैं कुढ़ रही थी। मेरा मन हो रहा था, अभी, इसी क्षण बच्चे के लम्बे-लम्बे नाखून उग आयें और पैने-पैने नुकीले दाँत जिनसे वह सबको बकोट डाले या काट खाये। मैं चाहती थी वह अचानक जिन्न की तरह बड़ा हो जाये, हृष्ट-पुष्ट और विशाल और इस कमरे में बैठे इन सारे लोगों को कान पकड़कर बाहर निकाल दे—ये लोग, जो, जबसे वह पैदा हुआ, उसे किर्च-किर्च बाँट रहे हैं : उसकी शक्ल उसके बाप पर, उसका रंग उसके ताऊ पर, उसकी उँगलियाँ उसकी बुआ पर, उसकी आँखें उसकी ताई पर, उसकी हगनी-मूतनी...यहाँ तक कि मेरे पास उसका कुछ भी नहीं बचा है जिसे मैं अपना कह सकूँ। सिर्फ़ जब वह चिल्लाता है, अनुभवी लोग मुँह बनाकर सिर हिलाते हैं कि हाँ उसका स्वभाव मेरे ऊपर गया है। अगर बड़ा होकर यह नगरवाला या माधोसिंह निकला तो लोग क्या कहेंगे। मुझे बेफ़िक्र रहना चाहिए, लोग कुछ न कुछ कह लेंगे। लोग हमेशा कहते रहते हैं।

बहरहाल मुझे उसके बड़े होने का बेसब्री से इन्तज़ार है। उसे बड़ा होने में वर्षों लगेंगे। मुझे इन्तज़ार से चिढ़ है। मैंने ये पिछले महीने एक सख़्त चिढ़ में गुज़ारे हैं। उन दिनों मैं एक बेडौल इन्तज़ार थी। उन दिनों शहर भर की औरतें मेरे पास आतीं, सद्भावना और सह-अनुभूति के बोझे ले। वे बतातीं उन्होंने अपने-अपने पप्पू कितनी मुश्किल से पैदा किये, डॉक्टर ने कितनी फ़ीस ली और मुहल्ले में कितने किलो लड्डू बँटे। इन बातों में मेरी कोई दिलचस्पी नहीं थी। मेरी दिलचस्पी बच्चा पैदा करने में भी नहीं थी। मैं अपना बाक़ी जीवन फेमिना पढ़ते, कोज़ी नुक में कॉफ़ी पीते, सिविल लाइंस में शॉपिंग करते गुज़ारना चाहती थी। मैं नहीं चाहती थी यह तमाश-देखू भीड़, ये नर्सें, ये पेट पर पड़े टाँके और

यह क़ैद। पर ये सब मेरी मूर्खता के पुष्ट प्रमाण थे और मैं जो अपने को बड़ी तेज़, बड़ी चतुर मानती थी, एक औसत बेवकूफ़ औरत की तरह खाँसती हुई बिस्तर पर पड़ी थी।

इन पाँच दिनों में अस्पताल में सैकड़ों बच्चे पैदा हो चुके थे। कहते हैं जिस रात यह पैदा हुआ, उस रात सबसे ज़्यादा बच्चे पैदा हुए। पैदा होते ही औसतपन में शरीक हो जाना कैसा लगता होगा। अब ये सब बच्चे चींटी की चाल से बड़े होंगे और जब तक ये दोस्त बनने की हैसियत पर पहुँचेंगे, इनके माँ-बाप बूढ़े हो चुके होंगे।

लोग मुझसे पूछ रहे हैं इसका नाम क्या है। मैंने कहा, मैंने इस बारे में अभी सोचा नहीं। लोग उलाहना दे रहे हैं, मैं अब तक क्या करती रही। मुझे कम-से-कम नाम सोच कर तैयार रखना चाहिए था और दो-एक स्वेटर। मेरा मन होता है ज़ोर से चिल्लाऊँ—"भाइयो और बहनो, इसका नाम बबलू है, इसका वज़न दो किलो पचास ग्राम है, इसे हम अमूल पिलायेंगे। बड़ा होकर यह सेंट जोजफ़ में जायेगा। यह हमें बाबा ब्लैकशीप सुनायेगा जिसे सुन-सुन कर हम निहाल हुआ करेंगे। यह अपने माँ-बाप को ममी-डैडी कहा करेगा, यह अपनी सालगिरह पर मोमबत्तियाँ बुझायेगा। यह पहली गाली अंग्रेज़ी में देना सीखेगा। यह बाटा के जूते पहनेगा, यह टाटा का तेल लगायेगा; यह...आप लोग सब्र रखिये, यह ये सब करेगा।"

मैं निश्चय करना चाहती हूँ कि मैं इसे स्कूल नहीं भेजूँगी; मैं इसे 'द रेनबो', कविता याद न होने पर नहीं पीटूँगी; मैं इसे नौकरियों के लिए अर्ज़ियाँ नहीं भेजने दूँगी। पर मेरा चालाक विवेक कहता है मैं इससे यह सब करवाऊँगी और जब खूसट बुढ़िया हो जाऊँगी तो सारा दिन टर्र-टर्र कर इसका और इसकी बीवी का जीना हराम करूँगी। इसी सन्दर्भ में मैं इस नतीजे पर पहुँचना चाहती हूँ कि हिन्दुस्तानी औरत कभी सौम्यतापूर्वक बूढ़ी होना नहीं सीखेगी। पचास पार करते ही वह घर में एक असभ्य उपस्थिति हो जायेगी।

बिना चाय के छोटे-छोटे स्टूलों पर बैठे-बैठे लोग ठण्डे पड़ गये हैं। वे खिसकने की ताक में हैं। उनके चेहरों पर, उठते समय, एक हल्की उदासी है—अपने बच्चे बड़े हो जाने की—और एक ख़ुशी—हमारे फँस जाने की। इससे पहले हम इस शहर के सबसे सैलानी दम्पति माने जाते थे। जेबों और पर्स में ज़्यादा से ज़्यादा सिगरेटें भर हम निकल पड़ते थे शिकार पर : ग़लत-सही सड़कों का, आलसी दोस्तों का, समय का और चाय की दुकानों का। मैं इन्हें रोक कर

कहना चाहती हूँ कि अगले हफ़्ते मैं बदस्तूर कोज़ी नुक में मिलूँगी पर मेरे बोलने से पहले ही वे 'तुम भी भुगतो' के अन्दाज़ में विदा ले कमरे से बाहर हो जाते हैं।

हे ईश्वर! अब हमारे उन सपनों का क्या होगा जो हमारे बिल्कुल आपस के थे और जिनमें यह बच्चा किसी भी तरह फिट नहीं हो सकता। हम अगली गर्मियाँ पहाड़ पर बिताना चाह रहे थे। उससे अगली छुट्टियों में हम कमलेश से मिलने इंग्लैंड जाने वाले थे। हम फ्लाइंग सीखना शुरू करने वाले थे; हम गजधर में बियर पीने वाले थे। अब हम क्या कर सकेंगे। अब हम ग्राइप वॉटर ख़रीदते नज़र आया करेंगे। मेरा गणित कहता है यह तीन साल पहले आ गया है। उसका गणित कहता है यह बिल्कुल सही समय पर आया है। वह कहता है यह चाकलेट चूसता हुआ हर जगह हमारे आगे-आगे दौड़ता चलेगा। पर यह सब तभी होगा जब मैं, मेरे अन्दर का हिस्सा, साबुत, घर पहुँचेगा। नहीं, मेरे अन्दर का हिस्सा अब खंडहर हो गया है, वह मुझे कभी वापस नहीं मिलेगा। मैं तो हवाई जहाज़-सी गिरी हूँ। अब मुझे सब कुछ भूल जाना है—यह, कि हमारे घर सुबह-सुबह अख़बार आता है; यह कि मुझे नौ बजे तक सोना पसन्द है; यह कि मैं चाय एकदम गर्म पीती हूँ और यह कि मुझे साड़ी की इस्त्री और कलफ़ विशेष प्रिय हैं। मुझे अब स्त्रियोचित गुणों से मण्डित होना है। यानी मुझे कुछ प्रतिशत यशोदा मैया और कुछ प्रतिशत ललिता पवार बनना है।

यहाँ से जाकर मैं तुरन्त अपने को किसी मनश्चिकित्सक को दिखाना चाहती हूँ। पर इस छोटे शहर में वह मिलेगा कहाँ। यहाँ तो गली-गली, हकीम और होमियोपैथ का बोलबाला है। ख़ैर तय है कि मुझमें ज़रूर कोई नैसर्गिक कमी है। क्यों नहीं मैं इस घटना से विभोर हो उठती, क्यों नहीं मेरा मन लोरी गाने को करता, क्यों नहीं मेरी छातियों में दूध दौड़ आता, क्यों नहीं मैं पालना अपने पास रखवा लेती! शायद मेरा स्वभाव ही ख़राब है। मैंने प्रसन्न होना कभी सीखा ही नहीं। तब भी नहीं जब पहली ही कोशिश में मैंने पहले दर्जे का पति प्राप्त कर लिया था जो अपनी कुल जान-माल समेत मुझ पर फ़िदा हो गया था। यह मेरे अन्दर, हर समय हाय-हाय क्यों मची रहती है। इधर मैं सोचने लगी हूँ, यह ज़रूर कोई सृजनात्मक हाय-हाय है। लिहाज़ा मैंने बावन रुपये साठ पैसे की बॉम्बे डाइंग की साड़ी ख़रीदी और फेब्रिक-पेंट्स। खाने की मेज़ पर मैंने साड़ी फैलाकर लाल पेन्सिल से नमूने बनाये। मैं जानती थी मैं फूल-पत्तियाँ नहीं बना पाऊँगी। मैंने स्टोर में से स्पिरिट की बोतल उठाई और सारी साड़ी पर एक ही झोंक में नरमुण्ड और आपस में क्रॉस करती दो हड्डियाँ उतार लीं। तीन घण्टों

में मैंने पूरी साड़ी रंग डाली; फिर एकदम पस्त हो बिस्तर पर पड़ गयी। बाद में वह साड़ी न मैं कभी पहन पायी न किसी को भेंट दे पायी। मुझे लगता रहा जैसे मुझसे कोई अमानुषिक कृत्य हो गया हो। मैं खोज कर रही हूँ वे कौन तत्त्व हैं जो मुझे ऐसी बातों के लिए प्रेरित करते हैं। मसलन किसी की नौकरी छूट जाये, किसी के साथ दुर्घटना हो जाय, किसी का पर्स खो जाय तो मेरे मन में एक चू चू चू सहानुभूति क्यों नहीं पैदा होती; क्यों कहीं अन्दर से आवाज़ उठती है 'अच्छा हुआ।' पर अगर ऐसा ही हो गया है तो क्यों मैं 'आपका बंटी' पढ़ते हुए हिचकियों से रोयी।

पर यह सारे समय अपने अन्दर मैं अपने आप से क्यों परेशान रहती हूँ। क्यों नहीं सोचती मैं अपनी गली के बारे में जहाँ भिखारियों से भी ज़्यादा विपन्न और बेचारे लोग रहते हैं। क्यों नहीं सोचती मैं उन बच्चों के बारे में जो कड़कती ठण्ड में गली में बिठा दिये जाते हैं क्योंकि उनके घर पाखाने नहीं हैं। क्यों नहीं मैं सोचती कमाल धोबी के बारे में जिसे अपना धन्धा सिर्फ़ इसलिए बन्द कर देना पड़ा क्योंकि उसके पास कोयला ख़रीदने को साठ पैसे नहीं थे। क्यों नहीं मैं सोचती अपनी महरी के बारे में जिसके पास बाल सीधे करने के लिए एक कंघा तक नहीं। ज़रूर मैं असामाजिक होती जा रही हूँ। मुझे अपने भविष्य की पड़ी है। गली जाये भाड़ में, देश जाये भाड़ में, बस मैं नाम कमा लूँ। पर इन्दिरा गांधी के सिवा हिन्दुस्तान की कौन औरत नाम कमा लेगी। हिन्दुस्तानी औरत तो आलू-प्याज़ ख़रीदते, स्वेटर बुनते, चवन्नियाँ बचाते नष्ट हो जायेगी। कमरे में चिल्लाता यह बच्चा, ये भीतर-बाहर सूखते पोतड़े, ये लोगों की मुबारकें, सब मुझे लगातार जता रहे हैं, मैं भी वही हूँ, मैं भी वही हूँ।

फिर भी प्यार

हम जिस गेस्ट हाउस में ठहरे हैं उस पर कई बारिशों की मार पड़ चुकी है। पहली, दूसरी, तीसरी ही नहीं, अनेक बारिशें, जिनके पानी की ओक छत की नालियों के रास्ते उसकी दीवारों पर निशान छोड़ती गयी है। गेस्ट हाउस के द्वार पर स्वागतम् लिखा है। लेकिन वहाँ स्वागत जैसा कुछ नहीं है। बाहर बेतरतीब क़तारों में पौधे हैं, एक कार पोर्च में खड़ी है जिसके अगले दोनों टायर पिचके हुए हैं। अन्दर झाड़ू लग रही है। अख़बार के स्टैंड पर खड़े दो लड़के अख़बार पलट रहे हैं।

कमरा देखकर कोठरी की याद आती है। कोठरी से भी छोटे इस कमरे में दो बिस्तर, एक मेज़-कुर्सी, एक पंखा काफ़ी कौशल से फिट किया गया है। बाथरूम कुछ बड़ा है लेकिन हमारे लिए कष्टदायक। यही एक समय है जब भारतीय पद्धति रास नहीं आती। मेरे घुटने मुड़ना भूल चुके हैं।

दूसरे कमरे की व्यवस्था हो जाती है। यह बेहतर है, साफ़, सुविधाजनक और ठण्डा।

— किसी को वंचित कर तो नहीं मिला है यह?

— नहीं।

मैनेजर की आँखों में पिछली रात की नींद भरी है। रजिस्टर में नाम लिखते हुए वह उबासियाँ ले रहा है।

कुछ लड़के-लड़कियाँ मिलने आते हैं। उनकी बातों में पूरा शहर देख लेती हूँ। वे कहते हैं।

— आँचल मिलने आयेगी। उसने कहा है।

— अभी क्यों नहीं आयी?

— खाली नहीं थी।

यह तो सुना था दिल्ली जाकर उसने नाम बदल लिया है। यह नहीं सुना था कि क्या रख लिया है। मुझे लगा पहला नाम ज़्यादा अच्छा था।

अपने शहर की लड़की थी वह्निशिखा। थोड़ी-थोड़ी हर चीज़ में कुशल। पढ़ाई, अभिनय, नृत्य, संगीत और खेल। थोड़ी सुन्दर। ज़्यादा स्मार्ट। माता-पिता के निषेधों से आक्रान्त। बीस साल की उम्र में क्रान्ति कर डालने की इच्छुक। छुट्टी की दोपहरों में हमारे घर बैठ कर माथापच्ची करती। किस तरह सबसे जल्द और आमूलचूल बदली जा सकती है दुनिया।

हम कहते—इतनी जल्दी क्या है। दुनिया रोज़ थोड़ी-थोड़ी बदलती है। इसे देखो और प्रतीक्षा करो। वह्निशिखा कहती—नहीं आंटी मैं इतनी देर इन्तज़ार नहीं कर सकती। आप साहित्य में बदलाव की बातें करते हैं लेकिन जीवन में अपने टूथपेस्ट का ब्राण्ड भी नहीं बदलना चाहते।

उसकी जुमलेबाज़ी से हमारा मनोरंजन हो जाता।

कभी वह पूछती किस चीज़ का असर समाज पर सबसे अधिक पड़ता है, कहानी, कविता या नाटक? उसे बहुत-सी कविताएँ कण्ठस्थ थीं।

हम रस्मी जवाबों से उसे शान्त करना चाहते कि समाज समग्रता में ही प्रभाव ग्रहण करता है।

और विद्यार्थियों से हमें ख़बर लगी थी कि बी.ए. के बाद उसने लखनऊ विश्वविद्यालय में प्रवेश ले लिया था।

हमारे जीवन में विद्यार्थी पंछियों की तरह आते और उड़ जाते। हम अपनी पुरानी आरामकुर्सियों से उठकर कहाँ जाते। वे ही जब-तब लौट आते। खैरियत लेते, खैरियत देते।

बहुत दिनों बाद नवीन के पास आकाश का पत्र आया था कि 'दुनिया में सिर्फ़ दो अच्छी लड़कियाँ थीं। एक से आपने बहुत पहले शादी कर ली, दूसरी से मैंने पिछले दिनों की है। वह्निशिखा आपको हलो कह रही है।'

हमें एक झटका जैसा लगा। हमें तो यह भी नहीं पता था कि कहानी के इलाक़े में इतने लम्बे समय से जमा हुआ रचनाकार आकाश अभी तक अविवाहित था।

— उम्र का फ़र्क़ कोई चीज़ नहीं होता। संसार के जितने महानायक हैं सबकी प्रेमिकाएँ उनसे बहुत छोटी थीं अथवा बहुत बड़ी, आकाश कहता और वह्निशिखा कायल हो जाती।

— शादी के बाद लड़कियों का जीवन एकदम बदल जाता है। मैं नहीं चाहती कि मैं ऐसी बनूँ। वह्नि कहती और आकाश कायल हो जाता।

आकाश के परिवार ने उन दोनों को स्वच्छन्द छोड़ दिया। वे क्यों बनें खलनायक।

लड़की के माँ-बाप आशंकित और आतंकित थे। प्रेम विवाहों की आकस्मिकता उन्हें स्वीकार्य नहीं थी। पर उनकी राय कौन पूछता था। वह्नि तो घर आना भी नहीं चाहती।

वह बताती, आजकल वे एक कहानी पर काम कर रहे हैं। मैं आस-पास रहती हूँ लेकिन उन्हें डिस्टर्ब नहीं करती। टीवी भी चलाती हूँ तो उसकी आवाज़ गुम करके। और तो और मैं ज़ोर से साँस भी नहीं लेती। लिखने की तपस्या भंग न हो।

जानकार दोस्त पीठ पीछे हँस देते—अकेले यही लेखक है क्या। हम तो प्रेम-कहानी भी घर की बमचख में लिख लेते हैं। बच्चे सिर पर नगाड़ा बजाते हैं, नौकरानी बाथरूम में कपड़े कूटती है, पत्नी फ़ोन पर गुटर-गूँ करती है, सब झेलना पड़ता है। युवतर लेखकों में आकाश सबसे ज़्यादा मूडी और मनमौजी था। कई बार महीनों कुछ न लिखता। कभी दिन-रात इस कदर लेखन में डूबता कि जो पत्रिका खोलो, आकाश की कहानी या उपन्यास अंश।

एक बार मिला। दवा की दुकान से सुआलिन की गोलियाँ ख़रीद रहा था।

वह्नि को खाँसी आ रही है। थियेटर वर्कशॉप में उसे कल से हिस्सा लेना है।

आकाश ने वह्नि की महत्त्वाकांक्षाएँ पूरी करने के लिए कई कोशिशें कीं। हज़ारे अकादमी की फ़ीस भर कर उसकी अधूरी पड़ी नृत्य की ट्रेनिंग पूरी करवायी। शास्त्रीय गायन सिखाने के लिए असीम गुरुजी घर आने लगे। अभिनय के क्षेत्र में वह्नि का नाम अब तक जाना जाने लगा था। कई बार उसका रंगमंडल शहर से बाहर भी प्रस्तुतियाँ देता। आकाश, पत्नी की सफलताओं पर मगन हो जाता।

ज़रूर आगे की कहानी टुकड़ों में घटित हुई होगी। लोगों को टुकड़ों का ज्ञान नहीं।

आकाश जितना संवेदनशील था उतना ही फक्कड़ भी। जिन दिनों उसका दिमाग़ किसी रचना में जुटा रहता वह घर और शहर में रहता लेकिन अन्य दिनों में उसकी यायावरी जाग जाती। वह अपना झोला उठाकर चल पड़ता, जाने-अनजाने क़स्बों की ओर। किसी मित्र का ध्यान आ जाये तो वह फ़ोन करने की बजाय ख़ुद ही पता लगाने निकल जाता। माता-पिता भाई और भाभी

उसके स्वभाव से वाक़िफ़ थे लेकिन वह्नि चिन्तातुर हो जाती। पहले वह मित्र मण्डली को फ़ोन करती, "आकाश कहीं चले गये हैं। मेरा जी घबरा रहा है। कोई अनहोनी न हो जाये।"

आठ-दस बार ऐसा होने पर मित्र जगत निश्चिन्त हो गया। उन्हें लगा आदत के मुताबिक़ आकाश जाता है तो आ भी जाता है। ड्रामा करते-करते वह्नि हर बात को ड्रामाई बनाने की अभ्यस्त हो गयी है।

वह्नि को लगने लगा जैसे आकाश उसी से बचने के लिए बार-बार घर से निकलता है।

वह अपने को कमरे में बन्द कर लेती। घर की दिनचर्या में उसकी भूमिका ऐसे दिनों में शून्यांक पर पहुँच जाती।

माँ समझातीं—जब शादी की है तो तुम्हारा सम्बन्ध सिर्फ़ आकाश से नहीं सारे परिवार से है। हम सब हैं न तुम्हारे पास।

वह्निशिखा रुआँसे चेहरे से माँ की बात सुनती। उसे घर बियाबान नज़र आता।

फिर शुरू होता फ़ोन का सिलसिला। अपना मोबाइल कान से सटाये वह कहीं न कहीं अपने जीवनसाथी की टोह लेती रहती।

आकाश लौट कर खीझता—तुमने मुझे पिंटू समझ रखा है जो समस्त भारतवर्ष में फ़ोन खटखटा देती हो।

आकाश का भतीजा पिंटू साढ़े चार साल का था और उसे हिदायत थी कि वह जहाँ जाये विपतराम सेवक को साथ लेकर जाय।

साथी की सूरत देखते ही वह्निशिखा खिल जाती। उसे सारी शिकायतें भूल जातीं। उसे अपने नृत्य के आगामी कार्यक्रम याद आते। वह अगले नाटक में अभिनय करने के लिए हामी भर देती।

माँ कहतीं, "जब यह नहीं होता तू बिसूरती फिरती है। जब यह आता है तुझे पंख लग जाते हैं। अब तो घर बैठ।"

वह्नि को जैसे पासपोर्ट मिल जाता। यहाँ जा, वहाँ जा। मासूमियत से हँस देता आकाश उसकी चपलताएँ देखकर। वह्नि के प्रति उसके मन में प्रेमी, पति और पिता की मिली-जुली अनुभूतियाँ होतीं। जब वह रात में अपने नाटक के संवाद याद करती, आकाश उसके सिर पर अपने चार कहानी-संग्रह रखकर उसे स्टेज पर चलने का अभ्यास करवाता। कभी वह उसे मैकफर्सन लेक के ढलान पर ले जाता और ज़ोर-ज़ोर से डायलॉग बोलने के लिए उकसाता।

आकाश में उपस्थित चन्द्रमा की कलाओं की तरह जीवन में भी शुक्ल पक्ष और कृष्ण पक्ष मँडराते रहते हैं।

यकायक कब क्या हुआ कि राजधानी के एक थियेटर ट्रुप के बुलावे पर वह्निशिखा निकली तो ऐसी कि उसका अता-पता भी नहीं मिला। बरसों।

वह आकाश जो हमेशा घुमन्तू बादल बना रहता था, वह्नि की प्रतीक्षा में पर्वत की तरह निश्चल हो गया।

वह रोज़ अलमारी खोलकर उसकी साड़ियों और सलवार-सूटों को स्पर्श करता और अपने आप से कहता, 'जैसे मैं बिना बताये चला जाता था, वह भी चली गयी है ताकि मैं उसकी तड़प जान सकूँ। वह लौट आयेगी।'

उन्हीं दिनों उसे बम्बई की एक संस्था ने सम्मानित करने के लिए बुलाया। मन बिल्कुल नहीं कर रहा था। अन्दर गहरा पराजय बोध था। ऐसे समय अपनी जय-जयकार सुनने का कोई औचित्य नहीं था।

भाई बोले, "तुम्हें यहाँ डॉक्टर कुन्दनलाल ने कहा है कि एड़ी की चोट की जाँच बम्बई या दिल्ली में करवाओ। चले क्यों नहीं जाते। एक पन्थ दो काज हो जायेंगे।"

बड़े भाई की बात की अवमानना आकाश ने कभी नहीं की।

हृदय में प्रतीक्षा की रागिनी बजती रही। वह बम्बई मेल में सवार हो गया। वहाँ नये प्रशंसक तो मिले ही, पुराने दोस्तों ने भी गले लगाया। ओह कितना सुकून है इन स्पर्शों में। काश वह्नि भी यहाँ मेरे साथ होती, उसने दुगनी प्यास से सोचा।

जब उसने सभागार में कहानी-पाठ किया उसे निरन्तर लगता रहा, वह्नि यह कहानी पाठ करती तो ज़्यादा सार्थक और प्रभावी होता। उसने आयोजकों से कहा, "आज के कार्यक्रम की प्रेस विज्ञप्ति दिल्ली के अख़बारों में अवश्य भेजियेगा।"

मन के कोने में उम्मीद थी कि उसके सम्मान की ख़बर पढ़ते ही वह्निशिखा दौड़ी आयेगी। उसके एक-एक शब्द पर कैसी निहाल होती थी।

कई दोस्तों ने मिलकर एलिफेंटा केव्ज़ देखने का कार्यक्रम बनाया। गया तो बेमन से आकाश लेकिन अरब सागर ने अद्भुत छवि-चित्र छोड़े मन पर। कुछ देर को उदासी तिरोहित हो गयी।

एलिफेंटा पहुँचकर सब मोटर बोट में खड़े हो गये, उतरने के लिए। तभी मोटर बोट को हल्का-सा झटका लगा एक दूसरी मोटर बोट का। आकाश थोड़ा

लड़खड़ा गया और सीट पर लुढ़क गया। सीट के पीछे का उखड़ा हुआ लोहा कुहनी पर चोट कर गया। एक इंच लम्बी घिरीट लग गयी उसे।

आकाश एकदम बिखर गया। उसने पाया, हालाँकि वह सम्माननीय अतिथि था, किसी का ध्यान उस पर नहीं था। सभी पिकनिक की मस्ती में थे।

"देखिये कुहनी से ख़ून छलछला रहा है। किसी के पास दवा होगी क्या?" उसकी ओर सरसरी तौर पर देख, सब मुस्करा दिये। उनकी नज़र में चोट गम्भीर नहीं थी। हल्का-सा छिल गया था।

आकाश ने आयोजन के प्रतिनिधि से कहा, "आप फर्स्ट एड बॉक्स लेकर नहीं आये?"

तभी एक महिला ने अपना पर्स खखोरकर वेसलीन की नन्ही-सी डिब्बी ढूँढ़ निकाली।

उसने आकाश को वेसलीन पकड़ायी। आकाश से डिब्बी खुल नहीं रही थी। उसने असहाय नज़र से महिला की ओर देखा।

महिला अपने पति की ओर ध्यान दे रही थी जो बड़े कठोर ढंग से उसे देख रहा था।

आकाश ने बिना लगाये वेसलीन वापस कर दी, "इससे कुछ नहीं होगा। बैंडएड मिल जाती तो अच्छा था।"

एलिफेंटा के प्रवेश मार्ग पर सिर्फ़ खाने-पीने और छोटी मूर्तियों की उठवाँ दुकानें थीं।

गुफाओं की सैर में ख़ासा हो-हल्ला रहा। लेकिन आकाश इस सबसे असम्पृक्त बार-बार अपनी कुहनी सहलाता रहा। उसकी आँखों में बुद्ध से भी गहरी उदासी थी। पत्नी का ध्यान एक भी मिनट उसके ज़ेहन से नहीं उतरता था। वह्नि साथ आकर कितना ख़ुश होती यही उसे बार-बार लगता।

नवीन सहित चन्द हितैषियों ने उसे सुझाया कि वह अपना मन अगली कहानी, अगली योजना या भविष्य के प्रेम-प्रसंग पर लगाये।

आकाश ने कहा, "भविष्य हमेशा प्रसन्न और प्रफुल्ल लोगों का होता है। मेरे हिस्से में तो बस रात भर करवटें हैं और यह चिलकती चोट।"

उसे सुनने वाली लड़कियों का मन बड़ा गीला हो रहा था।

गीतांजलि ने कहा, "अगर मैंने साड़ी पहनी हुई होती तो शरत् की नायिका की तरह अपना आँचल फाड़कर तुम्हारे पट्टी बाँध देती। पर क्या करूँ मैं तो जीन्स पहनकर आ गयी।"

सब हँसे लेकिन आकाश तड़प गया।

"मुझे किसी के आँचल की चाह नहीं मैं तो जीते-जी आग की लपटों में घिर जाना चाहता हूँ।"

साथियों ने कहा, "साला ध्यान खींचने के लिए स्टंट कर रहा है।"

जब तक वे वापस लौटे शाम झुक आयी थी। गेटवे ऑफ़ इण्डिया बिजली के बड़े हण्डों की रोशनी में नहाकर, परिचित होते हुए भी पराया लग रहा था। उसकी दीवार से सटे बहुत से जोड़े बैठे थे।

ऊपर पहुँचते ही आकाश ने कहा, "अरे मेरे कमरे की चाभी! गिर गयी कहीं, लगता है।"

चाभी क्या, उस लांच को भी ढूँढ़ना आसान नहीं था जो इन लोगों को लेकर गया था।

"आप ठहरें, मैं अभी आया।"

आकाश फिर सीढ़ियाँ उतर गया। सब ऊपर से देखते रहे। सब थके हुए थे। मोटर बोट अथवा मोटर बोट में चाभी ढूँढ़ पाना दुष्कर कार्य था। अन्य बहुत से लोग उसमें सवार थे।

काफ़ी देर आकाश का कोई पता नहीं चला।

सभी साथी ऊबने लगे। देशमुख ने हेमन्त से कहा, "तुम उसे ढूँढ़कर लाओ। कहना चाभी की डुप्लिकेट होटल में होती है।"

नवीन ने कहा, "जितना परेशान वह लग रहा था, कहीं जल-समाधि ही न ले ली हो।"

सिंह बोले, "जिसकी पत्नी उसे छोड़ जाती है उसकी कैसी दशा हो जाती है, आकाश इसका आईना है।"

तभी हेमन्त आकाश को लिए वापस ऊपर आया। सबको तसल्ली हुई।

"कहाँ रह गये थे" नवीन ने चिढ़कर पूछा।

जवाब हेमन्त ने दिया, "कहीं नहीं थे, आख़िरी सीढ़ी पर बैठे सिगरेट पी रहे थे। देखिये पैंट के पाँयचे गीले हो रहे हैं।"

"और चाभी?"

आकाश का मूड कुछ अच्छा था। मुस्कुराया और कहा, "चाभी मेरी जेब में ही मिल गयी। आजकल मेरी चीज़ें बहुत जल्द गुम हो जाती हैं।"

गीतांजलि ने कहा, "उतनी ही जल्द मिल भी जाती हैं।"

आकाश ने पास जाकर उसके हाथ थाम लिए, "गीताजी आपके मुँह में घी-शक्कर। काश मेरी सब खोई हुई चीज़ें वापस मिल जायें।"

वापसी में एक जगह केमिस्ट शॉप में जाकर आकाश ने बैंडएड की पूरी पाँच पट्टियाँ ख़रीदीं। बाहर टोली के लोग कुछ आगे बढ़ गये थे। थोड़ी देर बाद ही उन्हें पता चला कि आकाश तो साथ है ही नहीं। झुँझलाते हुए लोग वापस मुड़े। हेमन्त ने कहा, "ज़रूर केमिस्ट के यहाँ ही होंगे।" बीच फ़ुटपाथ पर ही आकाश मिल गया। कुछ देर पहले का सहज भाव तिरोहित था। उसके पीछे मिडी पहनी हुई एक लड़की लगातार बोल रही थी, "ए मैन प्लीज़। हम तुमको बोला न।"

ग्रुप के लोकल साथी फ़ौरन माजरा समझ गये।

उन्होंने आकाश से पूछा, "क्या हुआ?"

आकाश ने परेशान हाल बताया, "हमने तो इनसे सिर्फ़ बैंडएड चिपकाने के लिए कहा था। यह शॉप के बाहर खड़ी थीं। ये हमें कहीं ले जाना चाहती हैं।"

गीतांजलि ने आगे आकर लड़की से कहा, "तुम्हें ग़लतफ़हमी हुई है। अपना समय ख़राब न करो।"

लड़की ने हताश नज़रों से सबकी ओर देखा और वापस मुड़ी। आकाश ने पैंट की जेब में हाथ डालकर सौ का नोट निकाला और उस अजनबी से कहा, "सुनिये, यह आप रख लीजिए।"

गीतांजलि ने एतराज़ किया, "यह तुम क्या कर रहे हो।"

आकाश ने एक तरह से लड़की के हाथ में नोट ठूँस दिया।

होटल तक सब इस बात पर लोट-पोट होते रहे कि आकाश लूटे बिना ही लुट गया।

आकाश ने कहा, "ऐसी बेजा बातें मत कीजिए आप। उसने हमारी नर्सिंग की थी। आप तो हमारे लिए ठहरे भी नहीं। आपको बतायें। उसके हाथों का स्पर्श इतना कोमल था, लगा जैसे तितली ने हमारी कुहनी को छुआ।"

"फिर तुम्हारे पीछे कैसे पड़ गयी वह?"

"हमसे ग़लती हुई।" हमने शुक्रिया करते हुए कहा, "तुम्हारा स्पर्श बिल्कुल हमारी प्रिया जैसा है।" उसने पूछा, "आपकी प्रिया कहाँ है?" हमने कहा, "पता नहीं कहाँ गयी। हमसे पूछ कर भी नहीं गयी। बस चली गयी। अपने सपने पूरे करने। इसके बाद वह लड़की कहने लगी आप मेरे साथ चलिये। मेरा घर पास ही है।"

"साले आज तो तुम्हारा उद्धार अपन कर दिये, कौन कब तक बचायेगा तुम्हें।" सिंह ने कहा।

इतने क़रीब से आकाश की बौखलाहट देख लेने के बाद जब-तब उसकी चिन्ता हो जाती। दोस्तों से ख़बर मिलती कि वह अभी भी बेचैन है। बहुत कम बोलता है, लिखता तो और भी कम है। दाढ़ी बढ़ा ली है, बाल जटाओं जैसे रूखे और लम्बे हो गये हैं। उसे देखकर यही लगता है, "पहले फिराक़ को देखा होता। अब तो बहुत कम बोले है।"

एक बुधवार आँचल हमारे यहाँ आयी। हमें अपना चश्मा साफ़ करना पड़ा। इस बीच वह थोड़ी स्थूल हो गयी थी और थोड़ी सम्भ्रान्त। चेहरा चमक रहा था पर आँखें उदास थीं। कपड़ों में कलफ़ था पर चप्पलों पर धूल।

कमरा बेतरतीब था। मैंने सुझाव दिया कि अतिथि कक्ष में बैठा जाय।

उसने मना कर दिया, "बहुत दिनों से किसी घर में नहीं बैठी। यहीं बैठेंगे।"

मुझे लगा मेरे साथ-साथ उसकी स्मृति में वे पुराने कमरे भी लौट रहे हैं जिनमें दरवाज़ों पर तौलिये लटके होते और मेज़ पर किताबें फैली होतीं। अख़बार के पन्ने खुल कर यहाँ वहाँ फड़फड़ाते और चाय के प्याले तख़्त के नीचे मिलते।

उसने अपने माता-पिता की खैरियत ली।

मैंने उसके माता-पिता की खैरियत दी।

उसने शहर का हाल पूछा।

उसने अपने कॉलेज के प्रोफ़ेसरों को याद करना शुरू किया।

चटाख। मेरी सहनशक्ति टूट गयी, "मैं तुम्हें इलाहाबाद का पंचांग नहीं दिखा सकती। जिस एक की तुम्हें याद आनी चाहिए, बस उसी का ज़िक्र तुम्हारे फसाने में नहीं है।"

आँचल खड़ी हो गयी, मेरी तरफ़ पीठ करके, "क्यों आनी चाहिए मुझे याद उस एक की जिसने मेरी इच्छाएँ नहीं समझीं। उसने यह जानना नहीं चाहा मैं कैसा जीवन चाहती हूँ। उसने मुझे घर में डाल लिया फ़र्नीचर की तरह। कहानियों में परिवर्तन की बातें करता रहा और घर की किसी रंग उड़ी दीवार को बदलना नहीं चाहा उसने।"

स्टेज पर मैं चाहे जितने नाटक देखूँ, असल ज़िन्दगी में कोई डायलॉगबाज़ी करे तो मेरा मन कहता है 'शट अप।' डायलॉग मारना हम भी जानते हैं पर दूसरों पर रहम करते हैं।

"बैठ जाओ, चाय पियो और स्वस्थ मन से सोचो तुम क्या चाहती थीं?"

"मैं एक ख़ुशहाल घर चाहती थी; कायदे का पति और करीने का जीवन।"

"ऐसा क्यों है कि हर लड़की प्रेमी तो बेकायदा चाहती है और पति बाकायदा। आकाश वही था जिससे तुमने प्रेम किया।"

"आंटी शायद यह भी ग़लत है। सही तो यह है कि उसने मुझसे प्रेम किया।"

"और तुमने?"

"मैंने प्रेम होने दिया। दरअसल मैं एकदम कच्ची थी। मैं उसकी कहानियाँ पढ़कर समझती रही इन सबकी नायिका मैं हूँ। मैं उससे चमत्कार की उम्मीद रखती रही।"

"इसमें उसका तो कोई कसूर नहीं था। सजा तो वह पा गया।"

मैंने उसे संक्षेप में बम्बई वाले प्रवास की बातें बतायीं। वह हँसने लगी। इस हँसी में वह ख़ुशी शामिल थी जो तब होती है जब हमें पता चलता है कि कोई अब भी हमारे प्रेम में बँधा है। स्वयं बन्धनमुक्त होकर भी हम अपने प्रिय के प्राण बाँधे रखना पसन्द करते हैं।

न चाहते हुए भी मैं उद्धव की भूमिका निभा रही थी। मुझसे किसी ने कहा नहीं था।

"तुम्हारे बिना वह खैरियत से नहीं है। हो सकता है वह किसी खतरे में पड़ जाये। उसके साथ कोई हादसा हो सकता है। उसका रक्षाकवच एकदम खुला हुआ है।"

"और मेरा। आप उसकी पैरवी कर रही हैं। कभी सोचा आपने मैंने कैसे काटा यह समय। किसने मेरी रक्षा की। इस शहर में रहना आसान नहीं था।"

"तुम किसी थियेटर ग्रुप में थीं?"

"वह तो पुरानी बात है। वहाँ का अतिचार देखकर जी घबरा गया। ठीक है, बड़ा ग्रुप था वह। साल में तीन शो तो विदेश में होते थे। लेकिन वह ड्रामे की दुकान ही था। अपनी स्त्री कलाकारों के बारे में वहाँ निर्देशक ऐसे बोला करते थे कि तबियत भड़भड़ा जाये। वे कहते, 'विदेश यात्रा में इन कलाकारों का मीटर हरदम डाउन रहता है।'"

"तुम्हें इन ख़तरों का अन्दाज़ रहा होगा।"

"मुझे अपने दरवाज़ों पर ज़्यादा भरोसा था। मैंने ग्रुप छोड़ दिया। नया ग्रुप ढूँढ़ना आसान नहीं होता। बीच के दिनों में मैंने बी.एड. पूरा कर लिया। नोयडा के स्कूल में पढ़ा रही हूँ। अपना छोटा-सा रंगमण्डल बनाया है। अभी सिर्फ़

ग्यारह कलाकार हैं। सब मेरी तरह अंशकालिक। हम शनिवार और इतवार को थियेटर करते हैं।"

"यह सब तुम वहाँ भी कर सकती थीं। इतने साधारण परिवर्तन के लिए तुमने बेचारे आकाश को ज़्यादा सज़ा दे डाली।"

"आप इतने रवायती ढंग से मत सोचिये। ठीक है यह मेरी सीमा थी। इससे ज़्यादा परिवर्तन मैं नहीं कर पायी। पर आकाश की सामर्थ्य तो अपार थी। उसने क्यों नहीं किया परिवर्तन जो मुझे अच्छा लगता? क्यों वह घर के खूँटे से बँधा रहा। क्यों उस छोटे शहर में मगन रहा? वह कहानी लिखने का दम भरता है क्या उसे नहीं पता लड़की सुरक्षा के साथ थोड़ा जोखिम भी चाहती है, घर के साथ थोड़ा बाहर भी।"

आँचल बोले जा रही थी। वह्निशिखा भी चुप नहीं थी।

सिर्फ़ मैं चुपचाप सोच रही थी ऐसा क्यों होता है कि दो लोग आपस में प्रेम करते हैं पर इकट्ठे नहीं रह पाते। हालात ऐसे होते हैं कि या तो वे रहेंगे या प्रेम!

उनका जाना

क्या सब परिवारों में ऐसा होता है। वर्षों सब ठीक-ठाक चलता रहे। यकायक कोई एक सदस्य एतराज़ की कंकड़ी उछाल दे और सारी व्यवस्था पुराने कनस्तरों के टीले-सी धड़ाम गिर जाय।

पापा-मम्मी को इकट्ठे हर जगह देखा जा सकता था। घर के अलावा डॉक्टर, केमिस्ट, शाह किराना स्टोर और फ्रंटियर फ्रूट मार्ट में। कॉलोनी के लोग उन्हें 'एक हंस का जोड़ा' कहा करते। वे अविवाहित लोगों के बीच आदर्श दम्पति और विवाहितों के बीच सदाबहार जोड़ी के नाम से जाने जाते। उम्र के साथ-साथ उनकी एक-दूसरे पर निर्भरता बढ़ती जाती। हालत यहाँ तक थी कि पापा मम्मी से कहते, "इनी, तुम नहाते समय बाथरूम बन्द न किया करो। एक तो तुम देर लगाती हो दूसरे मुझे कभी भी किसी चीज़ की ज़रूरत पड़ सकती है।"

जैसे बच्चों को समझाते हैं, मम्मी उन्हें कहतीं, "अच्छा मैं चिटखनी नहीं लगाऊँगी पर दरवाज़ा तो उढ़क लेने दो। और अपनी फरमाइशें ज़रा क़ाबू में रखे रहो।"

ऐसी हिदायत इसलिए कि मम्मी के बाथरूम में जाते ही पापा को दीवार पर कोई टेढ़ी कील नज़र आ जाती जिसे निकालने के लिए प्लास की ज़रूरत पड़ जाती अथवा टीवी का रिमोट उन्हें ढूँढ़े न मिलता। कभी-कभी तो मम्मी को नहाते-नहाते, बीच में उठ कर आना पड़ता, पापा इतना हंगामा मचा देते।

यही हाल दोपहर की नींद का था। जैसे ही 'सारिका' पढ़ते-पढ़ते मम्मी की आँख लगती पापा उन्हें जगा देते, "इन्दु मेरी गुटका डिक्शनरी कहाँ रख दी तुमने। और पहले तुम छोटे-छोटे मुँगौड़े बनाती थीं चाय के साथ, अब क्यों नहीं बनातीं?"

मम्मी खीझने को होतीं तो उन्हें थपक देते, "मैं तो यों ही पूछ रहा था, तुम पाँच मिनट सो लो।" पर मम्मी को चैन कहाँ। उनकी नींद उड़ जाती और वे

रसोई में जाकर मूँग की दाल भिगोने लगतीं। मैं और मुन्ना उनका जीवन देखते और वृद्धावस्था की उनकी जुगलबन्दी पर निहाल होते रहते। कभी-कभी मम्मी कहतीं, "मेरा बड़ा मन है मुन्नी, कुछ दिन तेरे साथ चल कर रहूँ। ज़रा अपनी आँख से देख तो लूँ कैसे तू एक सपाटे में कॉलेज, घर, बच्चे और लिखना-पढ़ना सँभाल लेती है।"

"रहने दो मम्मी, पापा घर छोड़ कर जायेंगे नहीं और तुम उनके बिना हिलोगी नहीं", मैं बात निपटा देती।

मुन्ना का भी यही हाल था। वह सर्दियों में घर आता। मम्मी के लिए ब्राउन साड़ी और ब्राउन शॉल लाता। पापा के लिए ब्राउन स्वेटर। पापा को ब्राउन शेड पसन्द था। अब माँ लाख कहें "बेटे मेरे पास तीन शॉल हो गये ब्राउन रंग के।" मुन्ना उनके एतराज़ पर ध्यान ही नहीं देता। ब्राउन रंग देखते ही माँ का मुँह बन जाता। पापा कहते, "अच्छा तो है। और क्या तुम छोकरियों वाले रंग पहनोगी अब?" मम्मी की सूरत खिसियानी हो जाती। चुपचाप कपड़े अपनी अलमारी में डाल देतीं। पापा को उड़द की दाल पसन्द थी, माँ को अरहर की। अरहर की दाल बस तब बनती जब पापा कहीं बाहर जाते। हमें इसमें कुछ भी अजीब न लगता कि घर पापा की मर्ज़ी से चलता है।

कभी हम अपने शहर से फ़ोन करते। पापा से बात होती। जब मम्मी से बात होती तब भी पीछे से पापा के निर्देश सुनाई आते रहते। मम्मी की सादगी सँभालकर रखना, पापा की बड़ी पेचीदा ज़िम्मेदारी थी। छुट्टियों में बच्चे और मैं ग़ाज़ियाबाद जाते। रात में हम माँ-बेटी और बच्चे टी वी देखने के बहाने कमरे में देर तक चह-चह करते। पापा खाना खाते ही सोने चले जाते। लेकिन वे एक कान से सारी बातें सुनते रहते। सुबह की चाय पर उनका संशोधन कार्यक्रम शुरू हो जाता। वे मम्मी से कहते, "इन्दु तुमने ऐसा क्यों कहा? इसे ऐसे कहना था। उसे वैसे कहना था।" तंग आ कर मम्मी मुझसे कहतीं, "मुझसे मत बोला कर मुन्नी। जो पूछना है अपने बाप से पूछ।" "अपने बाप से" कह कर वे हम सब को एक अलग जमात बना देतीं और स्वयं नदी का द्वीप बन कर हमारी पहुँच से दूर छिटक जातीं।

जिस दिन हम ऊटी में घूम रहे थे, पापा का यकायक फ़ोन आया, 'मुन्नी तू कहाँ है, जल्दी आ। तेरी माँ मर रही है।'

"क्या हुआ, क्या हुआ?" हमारी बदहवासी ने पूछा।

"पहले पागलों जैसी बातें कर रही थी। अचानक चुप हो गयी पाषाण-प्रतिमा की तरह। फिर तो बस बेहोशी में चली गयी। डॉक्टर कहता है रक्तचाप बढ़ने से ब्रेन हेमरेज हुआ है। अब कितने दिन कोमा में रहेगी, कुछ नहीं पता।"

हम लोग ऊटी से सीधे ग़ाज़ियाबाद भागे।

अस्पताल के गहन चिकित्सा कक्ष नम्बर 3 में माँ बिस्तर नम्बर 3 पर पड़ी हुई थीं, लकड़ी के लट्ठे की तरह सीधी, निस्पन्द और अचल।

सब परिचित और हितैषी एक-एक बार आकर कर्त्तव्य निभा गये। अपने-अपने फ़ोन नम्बर दे गये। मेरी डायरी में हितैषियों के इतने नम्बर टँक गये कि सारे पन्ने रंग गये। अस्पताल के लाउंज में बस हम दो बैठे रह गये, पापा और मैं।

डॉक्टर दिन में तीन बार राउंड लेने आते। पापा लपककर बात करने के लिए उठते। डॉक्टर हर बार आश्वासन देते, "हम पूरी कोशिश कर रहे हैं। आप भगवान से प्रार्थना करते रहिये कि ये ठीक हो जायें।" पापा उखड़ जाते, "मैं भगवान से नहीं, आपसे पूछ रहा हूँ। मुझे निश्चित जवाब चाहिए ये कब ठीक होंगी।"

डॉक्टर एक बार फिर अस्पष्ट से कुछ शब्द बुदबुदाकर अपने छात्रों की टीम के साथ आगे बढ़ जाते।

मम्मी की देह में नलियों और सुइयों की संख्या बढ़ती जाती। दूर से देखने पर वे प्रयोगशाला का नमूना नज़र आतीं।

एक दिन मस्तिष्क-परीक्षण के लिए उनके सिर के पीछे छिद्र बनाकर द्रव निकाला गया। हालाँकि उन्हें सूई लगा दी गयी थी, बेहोशी में भी वे कराहने लगीं। एक क्षण को उनकी कराह सुन हम उम्मीद से भर गये। लेकिन दूसरे क्षण वे फिर वैसी ही निस्पन्द हो गयीं। उनकी बन्द आँखों में आँसुओं की बूँदें चुपचाप अटक गयीं।

मैंने पापा से कहा, "कोमा में जाने से पहले क्या हुआ था? क्या बातचीत चल रही थी आपकी?"

पापा भड़क गये, "तू थाना है या कचहरी! मैं स्पष्टीकरण दूँ, यह चाहती है तू? तेरा स्टाफ नहीं हूँ मैं, समझी।"

"पापा मेरी भी चिन्ता समझें। सोलह दिनों से माँ बेहोश पड़ी हैं।" मैंने दबे स्वर में कहा।

पापा बोले, "तू तो पहाड़ पर मज़े कर रही थी। झेला तो सब मैंने है। कभी ब्रेड खाकर सो गया, कभी बिस्कुट-चाय पर सारा दिन निकाल दिया।"

मन में उठा, मम्मी को तो यह भी मयस्सर नहीं। सुबह-शाम उन्हें नाक की नली के रास्ते फलों का रस दिया जाता, बस। पापा अपना ऑफ़िस बैग थाम कर उठ खड़े हुए, "मैं ज़रा बैंक हो आऊँ।"

अस्पताल में बैठना मुझे नागवार लग रहा था या मैं अकेलेपन से बचना चाहती थी।

"कितनी देर में आयेंगे आप?"

"दिल्ली आना-जाना है। बस मिल गयी तो दो घण्टे में लौट आऊँगा। वैसे तुझे कुछ करना नहीं है। तू चैन से बैठकर अख़बार पढ़। डॉक्टर कहते हैं कोमा के मरीज़ के साथ बैठे रहने का कोई मतलब नहीं होता।"

पापा चले गये।

मेरे मन में उनके लिए नाराज़ी थी। कैसे वे मम्मी की बीमारी के प्रति तटस्थ हो सकते थे। अथवा यह आगामी एकाकीपन की तैयारी थी।

लाउंज की तकलीफ़देह कुर्सी पर बैठना, वह भी देर तक, कोई सुविधाजनक अनुभव नहीं था।

मैं लॉन में आ गयी।

वहाँ दो-तीन मरीज़ व्हीलचेयर में बैठे दिखाई दिये। स्वास्थ्य और बीमारी के विभिन्न चरणों की जानकारी इन मरीज़ों के बैठने और देखने के ढंग से ही मिल रही थी। इनके अभिभावक भी पास ही घास पर सुस्ता रहे थे। लॉन में एक तरफ़ एक महिला बहुत परेशान बैठी थी। कुछ दूरी पर दो बच्चे इंजेक्शन की शीशियों से खेल रहे थे।

गहन चिकित्सा कक्ष का वॉर्डब्वॉय लपका हुआ मेरे पास आया। उसने बताया, "आपके मरीज़ को होश आ गया।"

मैं अन्दर भागी।

मम्मी आँखें घुमा-घुमाकर कक्ष का जायज़ा ले रही थीं। मुझे देखते ही बोलीं, "बहुत भूख लग रही है मुन्नी।"

उनकी आवाज़ अस्पष्ट और क्षीण थी।

भावुक अश्रुओं का ज्वार अन्दर दबाते हुए मैंने उनके लिए थोड़ी-सी सूजी बनायी। सही बर्तन के अभाव में सूजी भूनी नहीं जा सकी। उसे वैसे ही दूध में डालकर उबाल लिया और चीनी मिला दी।

इतने दिनों से उनका उपचार कर रहे डॉ. दुबे प्रसन्नचित्त कमरे में आये। माँ का गाल थपथपाकर कहा, "वी आर बैक टु स्क्वेयर वन।"

मम्मी के बाल सुलझाते हुए मुझे लगा पापा भी कैसे समय बाहर गये हुए हैं। उनकी ग़ैर-मौजूदगी की बात मम्मी को बतायी जाय या नहीं।

सिस्टर ने आकर रक्तचाप जाँचा। दो दवाएँ खिलाईं और उनकी हथेली पर अपना हाथ फेरकर बोली, "अब सोना नहीं माँगता अम्माजी।"

मैंने डरते-डरते मम्मी से पूछा, "पापा को बुलाऊँ।"

माँ के मुख पर तनाव के चिह्न दिखे, "रहने दे।"

मैंने मन-ही-मन ख़ैर मनायी। पापा तो इस वक़्त बाहर थे।

"पूरे सोलह दिन सोती रहीं तुम! पापा एक पैर पर खड़े रहे तुम्हारे पास। मैं तो बाद में आयी जब ख़बर मिली।"

मम्मी ने आँखें बन्द कर लीं।

मैं डर गयी। कहीं वे फिर बेहोश न हो जायँ।

"मम्मी, मम्मी" मैंने उन्हें हिलाया। वे थक गयी थीं। मैंने चम्मच से उनके मुँह में जूस डाला। वे गटकती रहीं। शायद उनका गला सूख रहा था।

पापा होते तो मम्मी को जगा देखकर कितने खुश होते, मैंने सोचा या मेरे मुँह से निकला या दोनों के बीच की स्थिति रही।

मम्मी ने मेरे मन की स्लेट अपनी बन्द आँखों से पढ़ ली। आँखें हल्की-सी खोलकर बोली "ख़बरदार जो उन्हें बुलाया। मैं इनकी चिक-चिक से तंग आ गयी हूँ। इत्ती उमर मेरी हो गयी। अपनी मनमर्जी का कुछ नहीं किया। तू और तेरा भाई भी उन्हीं का राग अलापते रहे। अपनी मनमर्जी मर तो लेने दे मुझे।"

मेरे मन में फिर वही सवाल उठा, ब्रेन हेमरेज से पहले इनमें क्या बात हो रही थी।

पूछकर मैं उनकी तकलीफ़ ही बढ़ाती।

मम्मी कुछ देर चुप रहकर ख़ुद ही बुदबुदाने लगीं, "चुप बैठूँ तो चैन नहीं, बोलूँ तो ये बरसें। एक ही घर में मैं कहाँ चली जाऊँ। तेरे पापा तो झक्की हो गये हैं। सारा दिन सैर। सैर करें। कभी कहें मथुरा चलो वहीं रहेंगे, कभी कहें मुन्ना के यहाँ रहेंगे।"

"उनकी बातों को थोड़ा अनसुना किया करो मम्मी। तुम्हीं ने उन्हें सिर पर चढ़ाया है।"

तभी सिस्टर ने आकर दवाओं की एक लिस्ट मेरे हाथ में थमायी।

"अभी लाना माँगता" कहकर सिस्टर चली गयी।

मैं बाहर की तरफ़ लपकी। अस्पताल के ही परिसर में दवाओं की दुकान थी।

दवाएँ लेकर मैं वापस मुड़ी ही थी कि फाटक से पापा भी आते दिख गये। वे काफ़ी थके-हारे लग रहे थे।

मैं दौड़कर उनके पास पहुँची, "पापा, मम्मी होश में आ गयीं, सच्ची।"

"हैं, होश आ गया?" पापा के शिथिल क़दमों में रफ़्तार आ गयी। मैंने उनका ऑफ़िस बैग थाम लिया।

"मम्मी ने मुझसे बात की पापा" मैं कह रही थी पर पापा को सुनने का होश कहाँ। "इन्दु, इनी!" पापा गलियारे से ही पुकारने लगे। उनकी आवाज़ पूरे गलियारे में गूँजी "इन्दु, इनी ऽ ऽ ऽ।"

मैं उन्हें रोक नहीं पायी। पापा गहन चिकित्सा कक्ष की तरफ़ बढ़ गये।

मैं पीछे-पीछे गयी। आज किसी ने मुझे नहीं टोका वरना हममें से केवल एक व्यक्ति अन्दर जा सकता था।

बेड नम्बर तीन के चारों ओर छोटी-सी भीड़ लगी हुई थी—डॉक्टर, सिस्टर और वॉर्डब्वॉय की।

पापा को देखते ही डॉक्टर दुबे ने गर्दन लटकाकर कहा, "सॉरी सर, हम इन्हें नहीं बचा सके।"

मैं हक्का-बक्का।

पापा क्रोध में मेरी तरफ़ घूमे, "तू तो कह रही थी मम्मी बोल रही हैं। पागल है क्या?"

डॉक्टर दुबे ने जवाब दिया, "ऐसा कभी-कभी होता है। कोमा पेशेंट के अप और डाउन की कोई गारंटी नहीं होती।"

"सिस्टर आपके सामने मम्मी ठीक-ठीक बोल रही थीं।" मैंने कहा।

सिस्टर ने चुपचाप हामी भरी।

दवाएँ मेरे हाथ में उपहास की तरह लग रही थीं।

मम्मी को घर पहुँचाने का काम इतना जटिल था कि हमारे पास रोने की भी गुंजाइश नहीं थी।

तभी पड़ोसी, वर्माजी, रोज़ की तरह, अस्पताल आये मम्मी का हाल पूछने। उन्हें ख़बर से धक्का लगा। आगे के काम बड़ी रफ़्तार से करने पड़े। अस्पताल और कैंटीन के बिलों का भुगतान, दवाओं की वापसी, सामान का सिमटाव, एम्बुलेंस। वर्माजी ने भी मदद की।

एम्बुलेंस ने शव ले जाने से मना कर दिया। हर्स का एक टायर ख़राब था। मजबूरन माँ को बड़े टेम्पो में घर लाना पड़ा।

आगे के दिनों में मित्र, हितैषी, दो-चार सम्बन्धी और पड़ोसी काम आये। शब्दों के शहंशाह पापा एकदम मौन धारे सब कर्त्तव्य पूरे करते गये।

घर का हर कमरा ख़ाली लग रहा था। मैं जहाँ भी घर में खड़ी होती, मुझे लगता, रसोईघर से माँ पुकार रही हैं, 'मुन्नी।'

उठावनी तक भैया भी सपरिवार आ गया।

एक बार फिर रोआराट मचा और भीगा, भारी सन्नाटा छोड़ गया।

मेरे ज़िम्मे इतने काम थे जिनकी गिनती भी नहीं थी। मैंने भाभी को भी अपने साथ लगा लिया।

पापा ने कहा, "रंजना पहले मेरे लिए चाय बना दे।" हममें से किसी को यह ग्राह्य नहीं था कि शान्ति हवन से पूर्व चूल्हा जले। आख़िर वर्माजी काम आये। उन्होंने अपने घर से चाय बनवाकर पापा के लिए भिजवायी।

एक घूँट पीते ही पापा ने चाय वापस कर दी, "कड़वी है, ठण्डी है। इन्दु ऐसी चाय पिलाती थी कि कलेजे में लकीर खिंच जाय।"

हवन-स्थल पर मम्मी की प्यारी-सी फ़ोटो मेज़ पर रखी थी, चारों ओर फूलों से घिरी, दुल्हन की तरह सुन्दर और सुसज्जित।

पापा थोड़ी-थोड़ी देर में जाते और तस्वीर पर कोई हार या पुष्प ठीक कर देते।

मुझसे और बर्दाश्त नहीं हुआ। मैंने बक दिया, "अब सेंटी (सेंटिमेंटल) होने से क्या मतलब है! उनके जीते-जी आपने उन्हें सिर्फ़ सेविका माना, एन अपर सर्वेंट।"

भाभी मेरा हाथ दबाने लगीं। उन्होंने आँखों से रोका मुझे। भैया बोले, "तू एकदम पागल हो गयी है क्या?"

पापा रोनी आवाज़ में बोले, "मैं अकेला रह गया। मुझे समझने वाला कोई नहीं रहा। पर तुम लोगों के बर्ताव से मैं और अकेला रह जाऊँगा।"

मैं चिल्लाने लगी, "आपने मम्मी को मार डाला। काम करा कर, डाँट-डपटकर, टोक-टोककर मार डाला। उन्होंने मुझसे शिकायत की थी, मुझसे।"

भैया बोले, "अच्छा तमाशा खड़ा कर रही है मुन्नी। अभी सारे लोग आयेंगे, तूने यह क्या शोर मचा दिया है।"

"बोलने दे इसे। माँ तो सिर्फ़ इसकी मरी है, मेरा तो कोई नुक़सान नहीं हुआ न।"

"आपने बस फ़ायदा-नुक़सान देखा अपना। आपने उन्हें मार डाला।"

पापा थकान से चूर-चूर हो धम् से बैठ गये। उसके बाद वे उस जगह से उठे नहीं। लोग आये। उन्होंने संवेदना प्रकट की। पापा ने हाथ जोड़कर मौन-भाव से ग्रहण की। घर का माहौल नागवार हो गया।

एक भाभी के सिवा कोई मुझसे बोल नहीं रहा था। उस एक बार मैं घर से बिना विदा-आशीष के निकली। पापा से कैसे मिला जाय। वे अपने कमरे से निकलते नहीं। हिम्मत कर उनके कमरे में गयी।

वे दीवार की तरफ़ मुँह करके लेटे थे।

'पापा' मैंने धीरे-से कहा। सोचा था उनसे माफ़ी माँगूँगी। वे मेरी तरफ़ पलटे। उन्होंने कहा, "यू हैव हर्ट मी वेरी डीपली मुन्नी। आइ लव्ड हर इन माय ओन वे" (तुमने मुझे बड़ा गहरा आघात पहुँचाया है। मैं अपनी तरह से उसे चाहता था।) पापा ने दुबारा दीवार की तरफ़ मुँह कर लिया।

कोई मुझे छोड़ने स्टेशन चलेगा, यह अन्त तक पता नहीं था।

जब मैं अकेली गाड़ी के इन्तज़ार में खड़ी थी, हड़बड़ी में भैया अचानक पहुँच गये। सीढ़ी चढ़ने-उतरने के कारण हाँफ रहे थे वे।

"मैंने कभी नहीं सोचा था तू इतनी बेवकूफ़ है।" भैया ने कहा। मैंने उनको देखा, कन्धे पर बैग उचकाकर ठीक किया, सिर के ऊपर लगी रेलवे की घड़ी देखी।

"बैठे ठाले ततैया छेड़ दिया। अब वे सबको काटेंगे। मेरा क्या है। इतवार की जगह कल ही वापस चला जाऊँगा।"

गाड़ी आने की उद्घोषणा हो रही थी।

"सच नहीं बोलना चाहिए?" मैंने मुन्ना से पूछा।

"जानलेवा सच तो नहीं" भैया ने कहा, "और फिर तू कैसे कह सकती है पापा ज़ालिम थे।"

मैंने अन्तिम अस्त्र इस्तेमाल किया—नारीवाद।

"तुम भी तो पुरुष हो, पापा की तरफ़दारी करोगे ही। मम्मी ने मुझसे शिकायत की थी।"

"वे तो होश में नहीं थीं। पापा ने फ़ोन पर बताया, पागलों की तरह बात कर रही थीं।"

"नहीं, मम्मी का दिमाग़ बिल्कुल ठीक था।"

"बेवकूफ़ सुन। हर आदमी अपनी पत्नी को अपनी तरह से प्यार करता है, बच्चों की मर्ज़ी से नहीं।" मैं वाकई बेवकूफ़ की तरह भैया को ताक रही थी। गाड़ी आ गयी।

सीट पर बैठने के कुछ देर बाद भैया अन्दर आये। उनके हाथ में रेल-नीर की बोतल थी।

"भैया अब क्या हो?"

"चुप रहना सीख। बच्चों की मर्ज़ी तो ओपी जी भी नहीं सुनते होंगे।"

"गाड़ी चलने वाली है" मैंने कहा। मेरा चेहरा अपराध बोध से सफ़ेद पड़ रहा था।

परिवार में जैसे सोलह-सोलह दिन का पैकेज बना हुआ था। मैं घर लौटी उसके ठीक सोलहवें दिन, पापा की मकान मालकिन का फ़ोन आया। "तुम्हारे पापा को दिल का गम्भीर दौरा पड़ा है। यशोदा अस्पताल में हैं। तुम तुरन्त आ जाओ।"

सफ़र भर आँखें बहती रहीं।

सीधे अस्पताल पहुँची। उसी गहन चिकित्सा कक्ष नम्बर तीन के बेड नम्बर तीन पर पापा पड़े हुए थे। उनके मुँह पर ऑक्सीजन मास्क रखा हुआ था पर आँखें उनकी खुली और सचेत थीं।

मुझे देखते ही उन्होंने मास्क हटाकर परे कर दिया और कहा, "आ गयी मुन्नी।" तुरन्त बाद उनके चेहरे पर शिकायत का एक साया दिखा।

सिस्टर ने इशारे से मुझे बाहर बुलाया, "ज्यादा बातचीत करना नहीं। बहुत बोलता है आपका पेशेंट। एक बार मिलकर आप चुपचाप बाहर बैठना।" अन्दर आकर पापा के पैर छुए फिर सिर।

मन में कई तरह के माफ़ीनामे घुमड़ रहे थे पर भाषा साथ नहीं दे रही थी।

पापा बोले, "कै रोज़ को आयी है?"

"आपको साथ लेकर ही जाऊँगी अब।"

"मैं तो उड़ जाऊँगा अनन्त में। तेरी माँ इन्तज़ार कर रही होगी।"

अस्पताल में रोना नहीं है मैंने मन-ही-मन सुबकते हुए फ़ैसला किया।

पापा बोले, "मुन्नी तू सही थी शायद। मैंने इन्दु के बारे में कभी सोचा ही नहीं। उसे अपनी छाया समझता रहा। अब उससे सॉरी कहने तो जाना ही पड़ेगा न।"

वारदात

स्वागत तो उन्होंने गर्मजोशी से किया। इरादा सुनने में उन्हें कोई तकलीफ़ नहीं हुई। बल्कि उन्होंने इरादे की सराहना की, "यह तो बहुत अच्छा होगा। एक बड़ा नक्शा यहाँ लग जायगा तो लोगों को मकान ढूँढ़ने में दिक़्क़त नहीं होगी। यहाँ ए बी सी डी का ठिकाना नहीं है, कहाँ शुरू कहाँ ख़त्म।" दादा ने कहा, "मैंने पाँच तीर भी बनवाये हैं सीमेंट के। यहाँ पाँच गली हैं, हर गली के नुक्कड़ पर तीर लगवा देंगे, उस पर ब्लॉक और फ़्लैट नम्बर लिखे रहेंगे।"

"बढ़िया!"

"ऐसा है सिंह साहब इस काम में कुछ पैसा भी ख़र्च होगा। अठारह सौ बोर्ड का दाम है और तीर बनवाने में भी पाँच एक सौ लग जायेंगे। अगर हर घर से पचास-पचास रुपये इकट्ठे हो जायें तो किसी पर वज़न भी न पड़े और कायदे का काम हो जाये।"

वे मूढ़े में पीछे होकर बैठ गये, "पर यह काम तो विकास प्राधिकरण का है।"

"उन्होंने शुरू में नक्शे का बोर्ड लगाया था। वह चोरी चला गया। अब वहाँ जल्दी सुनवाई नहीं होगी। वे लोग नयी बस्तियों को देखेंगे कि पुरानी!"

"ऐसा है दादा हम तो रिटायर हो गये हैं। जो अभी नौकरी में हैं, मोटी-मोटी तनख़ाहें काट रहे हैं, उनसे माँगिये।"

"वे भी देंगे। हर एक घर से चन्दा होगा।"

"अच्छा यह बताइये, बोर्ड अगर फिर चोरी चला गया तो?"

"नहीं, इस बार उसकी देखभाल का ज़िम्मा रहेगा। नक्शे का बोर्ड दो तरफ़ ज़ंजीर से बाँध देंगे।"

सिंह साहब ने अख़बार उठा लिया, "अगर चोर ज़ंजीर भी ले गये तो?"

"ले जाने को तो वे आपको भी ले जा सकते हैं, आपके अगल-बगल तो ज़ंजीर भी नहीं है" दादा ने उठते हुए कहा।

"आप तो ख़ामख़ाह नाराज़ हो गये। बात यह है, हमारी कोई आमदनी तो है नहीं, रिटायर्ड लाइफ़ है। पैंसठ की उमर हो चली। कब भगवान के यहाँ से बुलावा आ जाये, कह नहीं सकते।"

"अगर ऐसे हौसला छोड़ेंगे तो जल्दी ही आयेगा", मुँह ही मुँह में कह, दादा ने दाँत पीसे और बाहर चले।

"गेट बन्द करते जाइये," सिंह साहब ने दादा की पीठ से कहा।

चन्द्रप्रभा सिंह का चौके का काम निपट गया तो वह बाहर आकर बेंच पर बैठ गयी। घर के बाहरी बरामदे में सीमेंट की दो बेंचें बनी हुई थीं। चन्द्रप्रभा अक्सर देर शाम, रसोई की गर्मी से बौखला कर पसीना सुखाने यहाँ आ जाती। कभी वह रसोई से सटे हुए कमरे का पंखा चला लेती कि डाइनिंग टेबिल तक आते-जाते कुछ हवा लगेगी पर सिंह साहब अगर देख लेते तो पंखा बन्द कर देते। वे जैसे अपने आप से कहते, "हमारी तो रिटायर्ड लाइफ़ है। हम नवाबों की तरह हर कमरे में पंखा चलाकर कैसे छोड़ सकते हैं।"

सुनते-सुनते चन्द्रप्रभा को रिटायर्ड शब्द से ही चिढ़ हो गयी थी। न वह रसोई में कोई व्यंजन बना सकती थी न बाज़ार से ख़रीद सकती थी। बाज़ार में बेशुमार चीज़ें दिखाई देतीं। मौसम के फल तरकारी और दुकानों में सजे सामान देखकर उसका मन मचलता। बाज़ार से लौटकर वह और उदास हो जाती। सिंह साहब उसे घर-ख़र्च के नाम पर सिर्फ़ दो हज़ार रुपये देते। महीने के अन्त में वे दाँत कुरेदते हुए पत्नी से पूछते, "चन्दा तुम्हारे पास कुछ रुपये बचे हैं क्या?"

चन्द्रप्रभा कुढ़कर कहती, "तुम्हारे पैसे तो पच्चीस तारीख़ को ही खत्म हो गये। यह तो मैं रद्दी और कबाड़ बेच कर काम चला रही हूँ।"

सिंह साहब बोलने में देर न लगाते, "वाह भई वाह, अख़बार का बिल मैं भरूँ और उसकी रद्दी का पैसा तुम्हारी जेब में।"

सिंह साहब को पान के अलावा कोई लत नहीं थी। जब से पान डेढ़ रुपये का एक बीड़ा मिलने लगा वे अपने इस व्यसन पर बहुत अफ़सोस करते। वे पत्नी से कहते, "सस्ते के ज़माने में पान चबाने की आदत पड़ गयी। दरअसल डाक दफ़्तर में इतनी लम्बी ड्यूटी होती थी कि बैठे-बैठे नींद आने लगती। बस नींद रोकने के लिए पान चबाना शुरू किया तो एकदम लत ही पड़ गयी। अब पछताता हूँ। तुम्हीं बताओ, डेढ़ रुपया मुँह में डाल कर कोई थूकता है?"

"ऐसे तो तुम रोटी भी न खाओ, चाय भी न पियो" चन्द्रप्रभा कहती।

"अच्छा है बुढ़ापे में भूख-प्यास कम हो जाती है, नहीं तो ये भी दुख देते।"

चन्द्रप्रभा सिंह चिढ़ जाती, "इतना बुढ़ापा आया नहीं है जितना तुम उसे बुला रहे हो। कल तक अच्छे-भले दफ़्तर जाते थे, अब तुम हाय-हाय करने लगे।"

"अरे मशीन भी थक जाती है चलते-चलते। मनुष्य की क्या बिसात। भगवान के यहाँ से चिट्‌ठी आने की देर है।"

चन्द्रप्रभा हँस पड़ती, "चिट्‌ठी तो कानपुर से आने में बीस दिन लग जायें, भगवान के यहाँ की चिट्‌ठी पहुँचाने में डाकिया पचास बरस लगायेगा।"

सिंह साहब उखड़ जाते, "तो तुम मना रही हो कि मेरी चिट्‌ठी जल्दी आये।"

"तुम तो सनक गये हो, मज़ाक़ भी नहीं समझते।' चन्द्रप्रभा सिंह उठकर अन्दर चली जाती।

दोनों के स्वभाव बदल रहे थे।

होना तो यह चाहिए था कि इतने वर्षों के साथ में दोनों को एक-दूसरे की भिन्नता की आदत पड़ जाती लेकिन हो यह रहा था कि वे अक्सर एक-दूसरे पर किचकिचा पड़ते।

सिंह साहब को उच्च रक्तचाप, मधुमेह और साँस फूलने की शिकायत थी। इन तीनों बीमारियों की रोकथाम के लिए डॉक्टर ने उन्हें तीन दवाएँ नियमित लेने को कह रखा था। साथ ही विटामिन बी कॉम्पलेक्स और कैल्शियम की गोलियाँ लेना भी ज़रूरी था। चन्द्रप्रभा को गठिया और गैस की तकलीफ़ थी। इन दोनों बीमारियों की दवाएँ भी डॉक्टर ने लिखकर दी थीं। साथ ही चन्द्रप्रभा के अकड़े घुटनों के लिए तेल और क्रीम बतायी थी।

महीने के आरम्भ में सिंह साहब अपनी दवाओं के चार-चार पत्ते लाते किन्तु पत्नी की दवाओं के सिर्फ़ दो-दो पत्ते लाते। चन्द्रप्रभा तुनककर कहती, "क्यों महीना तो दोनों के लिए तीस दिन का होता है। मेरी दवा कम क्यों लाये?"

सिंह साहब कहते, "कई रोज़ तो तुम दवा खानी भूल जाती हो। फिर कभी-कभी तुम्हारे दर्द नहीं होता।" चन्द्रप्रभा मुँह फुला लेती।

सिंह साहब कहते, "यह दवाई है, कोई मिठाई नहीं कि तुम इसके लिए झगड़ा करो।"

चन्द्रप्रभा झींकती, फिर थोड़ी देर बाद सामान्य हो जाती क्योंकि इसके सिवा कोई चारा नहीं था। सिंह परिवार के दोनों बच्चे अपनी नौकरियों में अलग शहर में तैनात थे। बड़ा बेटा बम्बई में था तो छोटा दिल्ली में। दोनों की शादियाँ हो चुकी थीं। नौकरी से बँधे होने के कारण वे माँ-बाप के पास इलाहाबाद बहुत कम आ पाते। हर इतवार वे घर पर फ़ोन कर उनकी खैरियत पूछ लेते।

सिंह साहब ने विजेता की तरह पत्नी को बताया, "दादा चन्दा लेने आया था, मैंने भगा दिया। अगर फिर आये तो तुम दे मत देना।"

"मेरे पास कहाँ पैसे धरे हैं? वैसे कितना माँग रहा था?"

"पचास।"

"काहे के?"

"कहता है कॉलोनी में नक्शा लगवायेगा। पहले वाला चोरी हो गया। मैं कहता हूँ यह दूसरा भी चोरी हो गया तो अपने पैसे मिट्टी में मिलेंगे कि नहीं। दस साल में समाज में चोरों की जनसंख्या भी तो बढ़ी है।"

चन्द्रप्रभा ने अपने होंठों पर चुप्पी की चिमटी लगा ली। उसे मन-ही-मन बुरा लगा।

आस-पास के पाँच-दस घरों में उसका उठना-बैठना था। जब चन्दे की कॉपी वहाँ घूमेगी लोग देखेंगे, सिंह के घर का नम्बर ग़ायब है। उन लोगों के लिए सिंह साहब की कंजूसी पहले ही मखौल का विषय है। मिसेज़ खान, यादव और त्रिपाठी ज़रूर इस पर चर्चा करेंगी।

दादा इस कॉलोनी के सबसे पुराने बाशिन्दे थे। चारों तरफ़ उनकी इज़्ज़त थी। वे कोई पेशेवर नेता नहीं थे। यहीं के स्कूल से अवकाश प्राप्त किया था और अब अपने आपको कॉलोनी के विकास कार्य में झोंक दिया।

दादा की कोशिशों से ही पिछले साल कॉलोनी में एक चौकीदार भी रखा गया था। कॉलोनी की कल्याण-समिति ने अपनी बैठक में तय किया कि हर घर से चौकीदार को पचास रुपये महीने दिये जायँ। ढाई हज़ार रुपये महीने उसे नियम से मिलने लगें तो चौकीदार टिक कर काम करे। यह इन्तज़ाम तीन महीनों मे टैं बोल गया। हर घर को शक रहता कि दूसरे घर ने उसे पैसे नहीं दिये हैं, फिर वह क्यों दे। तंग आकर चौकीदार ने दूसरी कॉलोनी में चौकीदारी शुरू कर दी।

कई लोगों को अफ़सोस हुआ। उन्हें लगा कल्याण-समिति को दूसरा चौकीदार ढूँढ़ना चाहिए। कम-से-कम रात में सुरक्षा बनी रहती है।

कल्याण-समिति ने इस काम में दुबारा दिलचस्पी नहीं ली। कोई भी सदस्य, समिति के काम को वक़्त नहीं देना चाहता था। उनका कहना था चौकीदार को तनख़ाह देने में हीलाहवाला हुआ तो वह फिर भाग जायगा। सिंह साहब ने कहा, "वैसे भी चौकीदार करता क्या था। रात दस से बारह तक सीटी बजाकर, डण्डा पटककर नींद ख़राब करता था। असली ख़तरा तो बारह से चार के बीच होता है। उस समय वह ग़ायब रहता था।"

"आपको कैसे पता?" सक्सेना जी ने पूछा।

सिंह साहब बोले, "मुझे तो रात में नींद आती नहीं। एक-एक घण्टे की ख़बर रहती है मुझे।"

अंसारी ने कहा, "बिल्कुल ठीक कह रहे हैं सिंह साब, मैंने भी देखा है, रात में सन्नाटा पड़ा रहता है, चौकीदार अपनी ड्यूटी ठीक से करता कहाँ है?" मित्तल बोले, "दस दिन पहले हमारी लेन से सबके कूलर के पम्प चोरी चले गये, बताइये अन्धेर है न!" दादा ने कहा, 'मित्तल साब कूलर के पम्प दिन में चोरी गये। दिन की चौकीदारी का इन्तज़ाम कब किया गया था।'

"असली बात है कि चौकीदार ही चोरों से मिले रहते हैं, बड़ा ख़राब ज़माना आ गया है।"

सक्सेना जी ने कहा, "साफ़ बात कहिये न। कॉलोनी में चौकीदार रखें या नहीं। सर्वसम्मति भी कोई चीज़ होती है।"

काफ़ी देर बहस चली। चौकीदारी के पक्ष में जितने तर्क रखे गये उतनों की काट भी रखी गयी। अन्त में तय पाया गया कि अपने घर की चौकीदारी हर परिवार खुद करे। न किसी को तनख़ाह देने का झंझट न निगरानी का बन्धन।

बात दरअसल यही थी। जिस भी घर में एक बुज़ुर्ग था, वहाँ घर-द्वार की सुरक्षा कोई गम्भीर समस्या नहीं थी। ऐसे घरों में कभी ताला नहीं लगता। घर के युवा सदस्य आने-जाने, दौड़-भाग में लगे रहते, उनके बुज़ुर्ग टाइमकीपर बने तख़्त पर बैठे रहते। उनकी खाँसियों में ही होशियार, ख़बरदार जैसी चेतावनी शामिल रहती।

चौकीदार की समस्या से निजात पाकर सिंह साहब अपने को बहुत शक्तिशाली समझने लगे। सर्दियों की धूप में कई घरों के लोग बाहर बने तिकोने पार्क में बैठकर गप्प मारते। वे कभी सिंह साहब को शामिल होने के लिए नहीं बुलाते। सिंह अपने बरामदे में बैठ अख़बार पढ़ते रहते। चन्द्रप्रभा के आने पर वे कहते, "जैसी धूप यहाँ वैसी वहाँ, क्या रखा है फिज़ूल की बातचीत में।" चन्द्रप्रभा कहती, "तुम बैठकर घर ताको, मैं तो चली। आज पाण्डेय जी के यहाँ सब जनी इकट्ठी होंगी।"

माघ के महीने में ठण्ड और बढ़ी। कोहरा शाम छह बजे से ही धावा बोल देता। सुबह आठ-नौ बजे तक कोहरा छँटने में न आता। सूरज निकलता मगर सहमा-सहमा, मरियल-सा। धूप के तेवर ग़ायब रहते। कॉलोनी की सामाजिकता भी मौसम की तरह ठिठुरने लगी। लोग कमरों के अन्दर दुबके रहते। जिन्हें

दफ़्तर जाना होता, वे कोट, मफलर, दस्ताने पहनकर ऐसे तैयार होते जैसे लाम पर जाने को लैस हों। उन्हें स्कूटर में किक लगाते देख, सिंह साहब को ख़ुशी होती कि उनके सामने ऐसी कोई मजबूरी नहीं। वे चाहें तो दिन भर रज़ाई में पड़े रह सकते हैं। चन्द्रप्रभा कभी-कभी खीझ उठती, "यह क्या कि सारे दिन बिस्तर में पड़े रहना। कभी उठकर बैठक में भी जाया करो।"

सिंह साहब कहते, "बैठक मेहमानों के लिए होती है।"

"कौन मेहमान आता है अब!" चन्द्रप्रभा बड़बड़ाती।

ऐसे ही एक कोहरे भरे दिन सुबह-सुबह फाटक पर बड़ी ज़ोर की खट-खट सुनाई दी। पहले तो रज़ाई में दुबके पति-पत्नी को लगा कि पड़ोस के किसी घर का शोर है। थोड़ा सजग होकर सुना तो अपना ही फाटक खटक रहा था।

सिंह साहब ने कहा, "लो, तुम्हीं मेहमानों को याद कर रही थीं, जाकर देखो, कौन चला आया है।"

दिन के नौ बजे थे लेकिन लग रहा था जैसे दिन अभी ठीक से निकला नहीं है।

अपने सिरहाने से फाटक की चाभी लेकर चन्द्रप्रभा बरामदे में आयी। घने कोहरे में ताला भी दिखना मुश्किल था। फाटक खोलते ही उन्होंने देखा उनका छोटा बेटा अनुराग और बहू दिव्या ठण्ड में काँपते हुए खड़े हैं। वे दिल्ली से आये थे और तभी रिक्शे से उतरे थे।

माँ के पैर छूकर अनुराग ने कहा, "माँ हम आध घण्टे से बाहर खड़े खट-खट कर रहे हैं, आप घोड़े बेचकर सोते हो क्या? हमें आपके फाटक पर खड़े-खड़े कोई लूट कर चला गया है, कुछ मालूम है आपको? मेरा तो पर्स छिन गया। आप जल्दी से रिक्शे वाले को बीस रुपये देकर रवाना करो।"

"हैं, ऐसा कैसे हो गया।" चन्द्रप्रभा को यक़ीन नहीं हुआ। बहू बोली, "सच्ची माँ, हमारा रिक्शा जैसे ही घर के फाटक पर पहुँचा, एक मोटरबाइक दन्न से इनके पास आकर रुकी। उस पर दो आदमी थे। उन्होंने इनकी जेब से सब कुछ निकलवा लिया, पर्स, पेन, मोबाइल। सब छीन कर चले गये।"

अनुराग ने कहा, "मैंने तो सोचा किसी का पता पूछने के लिए मेरे पास आये हैं।"

सिंह साहब अब तक उठकर आ गये थे। अनुराग ने उनके पैर छुए।

उन्होंने आशीर्वाद देते हुए कहा, "बब्बू बेटे तूने आने की कोई ख़बर, फ़ोन, कुछ नहीं किया। कैसे हो गया, क्या हो गया?"

अनुराग भन्नाया, "अपने ही घर आकर लुट गये और क्या हुआ। क्या कॉलोनी है यह, हमें घर के दरवाज़े पर लूट कर गुण्डे चले गये। आपका क्या मतलब ख़बर करने का। आप कौन-सा स्टेशन आते हो। अपने घर आने की ख़बर कौन करता है?"

"यह बताओ, गुण्डों ने पर्स छीना तो तुमने शोर नहीं मचाया?"

"मिनटों में काम कर गये पापा। एक बाइक वाले के हाथ में चाकू था, मेरी तो बोलती बन्द हो गयी देखकर।"

चन्द्रप्रभा बहू के बदन पर प्यार से हाथ फेर रही थी, "तुमसे तो कोई ज़बरदस्ती नहीं की गुण्डों ने?" "नहीं माँ, मैं तो चोरी के डर से कोई गहना पहनकर ही नहीं आयी।" दिव्या ने कहा।

"अजब बात है पापा। सड़क पर आस-पास चार-पाँच लोग दूध, ब्रेड वग़ैरह लाते दिखे भी पर कोई मदद को सामने नहीं आया। पहले तो ऐसा नहीं था।" अनुराग अब तक हैरान था।

"ऐसा ही है बेटे, आजकल लोग बहुत मतलबी होते जा रहे हैं," सिंह साहब ने अफ़सोस में सिर हिलाया। वैसे मन-ही-मन उन्हें बेटे के नुक़सान से ज़्यादा इसकी तकलीफ़ हो रही थी कि उनकी आँख जाने कब लग गयी!

ख़ुशक़िस्मत

- एक अकेली तस्वीर
- ख़ुशक़िस्मत
- कौवे और कोलकाता
- चोरी
- सूनी
- बगिया
- छोटे गुरु
- परदेसी
- पण्डिताइन

एक अकेली तस्वीर

हुँह, बड़े होंगे तो हों! कोई इस तरह सबके सामने डाँटा जाता है? जगह, समय कुछ देखते नहीं। बस, कह दिया जो मुँह में आया।

तनिया को बेहद ग़ुस्सा आ रहा था। उसे पापा से हमेशा की यह शिकायत थी। वे उसे अभी भी चार साल की बच्ची समझते हैं जो जब चाहा चाँटा मारा और जब चाहा पुचकार लिया। दुकान के सारे सेल्समैन कैसे देखने लगे थे उसे; और वे ग्राहक दम्पति भी, जो लट्ठा ख़रीद रहे थे।

वह साड़ी ले भी लेती, पर क्या मन से पहन पाती? माना, ग़लती उसकी भी है, पर यह ग़लती नहीं उसकी कमज़ोरी है, जिसे पापा अच्छी तरह जानते हैं। शो केस में लटकी चारख़ाने की हैण्डलूम साड़ी देख वह ही मचली थी, "पापाऽऽ यह साड़ी...।" दुकान में उसका एक ही पीस था। पापा ने अपने सामने नपवायी, क़ीमत पूछी और आदत से विपरीत बिना एक भी पैसा कम किये दाम चुका दिये। सेल्समैन तह जमा कर लिफ़ाफ़े में डालने लगा तो तनि पापा के कान में डरते-डरते फुसफुसायी, "पापा, यह हम पर खिल जायेगी?" पापा बोले, "तनु, बेकार की बात नहीं करते; पकड़ो पैकिट!" तनि बिखर गयी, "क्या करेंगे ले कर इसे! कलरस्कीम भी ख़ास नहीं है और 'चैक्स' का डिज़ाइन अब तो पुराना होने आया। रहने दो!" पापा ने डाँटा, "डोंट बी फ़ुलिश, ले चुकी हो तुम इसे।" "पापा चाहे कुछ भी हो जाये, हम तो पहनेंगे नहीं इसे। ले लो तुम!" पापा बेहद चिढ़ गये, "तनिया!" उत्तर में तनिया की आँखों में आँसू छलक आये, उन्हें न छुपाने का प्रयत्न किये, पोंछती हुई वह बाहर चल दी।

पापा दुकानदार से ख़ूब-ख़ूब माफ़ी माँग तनिया पर झल्ला पड़े—"बेअक्ल लड़की है। ख़रीदने का शऊर नहीं तो घुसती क्यों है दुकान में? बेवकूफ़, मेरी पोज़ीशन कितनी गिराती है इस तरह! पैसे लौटवाने में भिखारी तो मैं बना। बाईस साल की है, कोई बच्चा तो नहीं!"

सारे रास्ते पापा इस बाईस साल की सुबकती लड़की पर झींकते, खीझते आये। और अब उनका क्या है, मूड ठीक करने क्लब चले गये हैं, रात-बिरात कभी भी लौटेंगे। पूरे लम्बे-चौड़े घर में तनिया अकेली है। नाम को आया छोड़ जाते हैं, जो सात बजे से ख़र्राटे भर सोती है। एक, दो, तीन... पाँच, पाँचों कमरे बिल्कुल सूने हैं। कहीं जीवन का कोई चिह्न है नहीं। सोफ़ासेट, डाइनिंग टेबिल, पलँग, किताबों, इन सब से कभी घर आबाद हुआ है?

अकेलापन व्यथा की कथा का एक नया परिच्छेद खोल देता है। तनिया कितनी ऊब गयी थी, अपने इस सूने-सूने घर से! हर कमरा जैसे काटने दौड़ता था। उसे याद आया—उन्हीं उदासी भरे दिनों में उसने नीचे वाले घर में जाना शुरू किया था। कितना मन लगता था कभी-कभी, स्नेह भाभी के बच्चों भरे परिवार में! पापा के ऑफ़िस जाते ही वह पहुँचती—"भाभी।" भाभी रसोई से कहतीं—"बैठ तनि, मैं अभी आयी।" बेसिर-पैर की गप्पों में कैसे समय गुज़र जाता था। कभी भाभी काम में लगी रहती तब भी वह बैठी रहती। बच्चों का शोर-शराबा ही देखना भला-सा लगता। भाभी थाली में मटर भर, बच्चों के बीच रख जातीं; दस मिनट में सारी मटरें नुक जातीं। कभी दूध बिल्ली पी जाती, भाभी झट चुन्नू को तीन आने और गिलास दे कर दौड़ा देतीं। उस घर में जैसे जीवन हमेशा उत्ताल तरंगें भरता रहता। मदन भाईसाहब जब लौट कर आते तब तो विद्युत गति भर जाती सब में। कहीं भाभी कमीज़ पकड़ा रही हैं, कहीं हाथ धुला रही हैं, कहीं चाय थमा रही हैं। एक बच्चा जूते ला कर रखता, दूसरा मफ़लर ढूँढ़ कर लाता। वह भाभी से कहती, "भाभी, तुम्हारे दिन और रात तो जैसे फिसलते हैं...।" और भाभी शरमा जातीं, "हाँ हाँ, तेरी हो जायेगी न जब, तब पूछूँगी..."

वही समय तो था जब तनि ने हौले-हौले, किन्हीं झीने-झीने तारों से सपने बुनने शुरू किये थे। वह बार-बार एक ही कहानी को फिर-फिर दुहराती, "उसका घर होगा, अपना घर। जहाँ वह होगी, वे होंगे।" जैसे सब कुछ यों ही होना था, ऐसे ही घर में पापा ने उसका रिश्ता तय कर दिया।

तनि दिन-रात बस स्वप्निल-स्वप्निल घूमती : इंजीनियर की तो ड्यूटी भी ख़ास नहीं होती। दोपहर में वे आ जाया करेंगे, साथ लंच खाएँगे, शाम को घूमने जाया करेंगे। यों छोटी-छोटी जगहों में ट्रांसफ़र बहुत होता है, पर अच्छा है... ज्यादा एकान्त मिलेगा।

और तनिया ने दिन के हर पहर, रात की हर घड़ी जैसे यह सपना देख-देख अपनी इन्द्रियों को कण्ठस्थ करा दिया।... जनवरी में विवाह हो जाना था...।

फिर अचानक उसके स्वभावानुसार उसमें एकदम शैथिल्य भर गया। यही तो मुश्किल रही तनिया के साथ। जब उसे जो मिलना होता और जैसे ही उसे भान होता 'यह सुख मेरा है', उसके मन से उस सब का सारा महत्त्व जैसे समाप्त हो जाता। पा लेने की स्थिति ही उसे प्राप्ति से वितृष्णा दिला जाती। तनिया को लगा : "कौन-सा सूनापन भर लेगी वह यों! एक अजनबी कौन उसे इतना प्रभावित कर लेगा! उसके इस सारे विस्तृत व्यक्तित्व को अपनी बाँहों में कौन ऐसे बाँध लेगा कि फिर कभी उसे कोई प्यास न सताये! अगर उसके बाद भी असन्तोष ही उसकी पूँजी रही!" आस-पास के परिवारों पर दृष्टि डाली तो तनिया का संशय बोला, "तुम्हें क्या पता, इनकी खिलखिलाहटों के पीछे कितने सुबकते सपने हैं! हृदय से कौन किसका कितना है!" परायी इच्छाओं के कटघरे में वह बन्द होना चाहेगी?

तनिया ने पापा से कहा, "पापा, हम सोचते हैं, शादी वग़ैरह हमें सूट नहीं करेगी।" पापा हँस दिये : "हाँ-हाँ शादी न हुई काले बुन्दे हो गये, तुम्हें सूट नहीं करेंगे।" तनिया गम्भीर हो गयी : "सच कह रहे हैं पापा, आप कलकत्ते मना लिख दीजिए।"

"लाड़ लड़वा रही है बिटिया! अरे, वह ज़माने लद गये जब तुम्हें मनाते थे। पता है तनि, अब हमें चाय बनानी आ गयी है, टोस्ट भी बिना जलाये सेंक लेते हैं। फिर बताओ, तुम्हें यहाँ क्यों बनाये रखें? अपने ठौर-ठिकाने बैठो। छुट्टी पा कर हम भी तीर्थ-वीर्थ करें।" पापा मज़ाक़ को फैलाते रहे। तनिया भन्ना उठी, "मुझे पता है आपका तीर्थ! अब आधी रात तक क्लब से लौट भी आते हो, तब वह भी नहीं रहेगा। ऐसे आपको बिगड़ने नहीं दूँगी। क्या समझा है? बस, मना लिख दो उन्हें। हमें नहीं जाना आपको छोड़ कर।"

कलकत्ते वालों ने बेहद बुरा माना था। खुसफुस कहना भी शुरू कर दिया था अब : 'अजी, पढ़ी-लिखी लड़की है। पड़ गयी होगी किसी चक्कर में, मना कर दिया। बड़ी तेज़ होती हैं ये आजकल की लड़कियाँ!' पापा ने ज़्यादा दुःख नहीं मनाया। बेटी को हृदय से लगाये रखने का उन्हें कम मोह न था।

इस सब के बाद जैसे तनिया बहुत सहज हो गयी। जीवन जिस तरह अब तक था, वैसे ही चल पड़ा। वैसे ही पापा के देर से लौटने पर रूठना, स्नेह भाभी के पास बैठना, साँझ को सितार का रियाज़ करना और रात दस बजे तक अपने कमरे में नीला बल्ब जला कर सो जाना। जीने की इस व्यवस्था में कोई नूतन

प्राप्ति नहीं थी, इसलिए इसमें वितृष्णा का भय नहीं था। यह तो जैसे उसकी चर्या थी। इसके प्रति कोई शैथिल्य नहीं था मन में, उत्साह भी नहीं। स्वयं पर बिताने को बहुत समय था, स्वयं के बारे में सोचने को ख़ूब-सा अवकाश था, स्वयं को महत्त्व देने की अनेक सुविधाएँ थीं। तनिया अपने आप में बड़ी सन्तुष्ट थी।

मकर संक्रान्ति आने वाली थी। तनिया स्नेह भाभी से लड्डू बनाने का तरीक़ा पूछने गयी तो देखा, भाभी जूते साफ़ कर रही थी, "यह काम भी शुरू कर दिया भाभी?" हाथ पल्ले से पोंछ कर भाभी उठीं, "अरे तनि, आज इतने नाराज़ हो कर गये हैं। जूते साफ़ नहीं थे, सो उन्हें चप्पल पहननी पड़ीं। तू कैसे आयी इतनी जल्दी?"

तनि को लगा, वह भाभी की अपेक्षा कितनी सुखी है! विवाह कर लेती तो उसे भी जीवन में यही मिलता : कमीज़ के काज, मोजों की मरम्मत, झाड़ू बुहारी, जूतों की पॉलिश। उससे निभता यह सब! भाभी की ज़िन्दगी में अब शेष भी क्या रहा है? उन्माद का आवेग तो कब का उतर चुका। चुन्नू, किकी और रूनु के आगमन के बाद तो अब 'आँ-आँ, ऊँ-ऊँ' के सिवा और हो भी क्या सकता है। इस सब से वह दूर रही, यह उसने ठीक ही किया। उत्साह के नाद के बाद अब की मरघटी उदासी वह तो नहीं सह सकती थी।

विचारों को सँभाल कर बोली—"कुछ नहीं, लड्डू बनाना पूछना था। तुम काम करो, मैं फिर आ जाऊँगी।"

"बैठ, बता दूँगी अभी, झाड़ू और लगा लूँ इस कमरे की।"

"भाभी," जैसे तनिया की उलझन उससे कहलवा रही थी, "सच बताना, ऐसे... इस तरह तुम ख़ुश हो अपने में?"

स्नेह-भाभी ने आश्चर्य किया, "अपने में क्यों? ख़ुशी तो सबके साथ बाँटी जाती है। मैं तो इनमें, बच्चों में, घर में ख़ुश ही ख़ुश हूँ।"

"न भाभी, झूठ मैं सुनूँगी नहीं। अपने मन के अन्तर्तम कोने में तुम सन्तुष्ट हो जीवन के इस दौर से... जब... जब सब चुक गया है—पीने वाले का उत्साह और पिलाने वाले का आग्रह? तुम्हें खीझ नहीं होती इस बोध से कि तुम्हारी कामनाएँ अब ऐसी हो गयी हैं जैसे ताक पर रखे धूल भरे ग्रन्थ; भूले-भटके जिनके अस्तित्व का आभास तो कभी रहा हो, पर अनुसरण का अभ्यास न हो।

"तुम्हारा यह दर्शन तो मेरी समझ में आता नहीं। इतना जानती हूँ, यह जो तुम ख़ामख़्वाह आठों पहर सोचती रहती हो न, यह तुम्हें कोई सही राह नहीं ले जा रहा है, तनि! हम कोई बवण्डर नहीं हैं जो चलें, थमें और चुक जायें। मेरे

आस-पास जीवन की जो गति है, वह तो एक-सी चलती रहने वाली हवा है, जिसका वेग-अवेग पता न चले, पर वह अनिवार्य है।"

तनिया ने सहानुभूति की हल्की-सी मुस्कराहट से पूछा, "तुम्हारे ब्याह को कितने साल हो गये, भाभी?"

"यह तो मुझे याद नहीं। उन्हें भी शायद ही याद हो। अगर तारीख़ पूछो तब तो निश्चित ही मैं न बता सकूँ। हम तो पुराने चल्ला के हैं तनिय! ये ब्याह की वर्षगाँठें मनाना हमें आता नहीं। न मैं इसे ज़रूरी समझती हूँ। यह कोई सशरीर चीज़ नहीं है, जिसका आज अब जन्म हुआ है और कल मरण होगा। तुम तो सम्बन्ध के प्रारम्भ की एक घड़ी मानती हो और अन्त की भी। सम्बन्धों ने कभी कोई कल, परसों नहीं जाना, आज भी नहीं। वे तो बस हैं और उनका होना ही स्वयं में सत्य है।"

तनिया बैठी एकटक भाभी के इस नये रूप को तक रही थी या शायद मन-ही-मन कुछ तौल रही थी। रौशनदान से छन कर आती धूप उन पर पड़ी तो सिर में कुछ चमक आयी। तनि ने ग़ौर से देखा : "अरे भाभी, सफ़ेद बाल!"

भाभी उठती हुई बोलीं, "एक नहीं, काफ़ी हैं भई। किसी दिन अपने भैया के देखना, सिर में चाँदी बिछ गयी है। क्या है तनि, आधी से ज़्यादा तो गुज़र गयी, बाक़ी बची भी बस यों ही गुज़र जायेगी। हमारी तो तस्वीरें भी साथ-साथ धुँधली होंगी।"

आँखों तक आती सूर्य की किरण के साथ-साथ तनिया को जैसे कुछ बिंध गया। आत्म-साक्षात्कार के दर्पण के आगे उस क्षण उसे लगा, उसकी मणि झूठी है। प्राप्ति के बाद की वितृष्णा से पलायन करते-करते आज वह इतनी दूर आ गयी है कि अब उसके साथ-साथ धुँधली हो कर मिट जाने के लिए कोई तस्वीर ही नहीं है।

ख़ुशक़िस्मत

इन दिनों ख़ुदा अपने ख़िलाफ़ कुछ .ज्यादा ही चल रहा है। चाहे सीधी करवट सोओ, चाहे उल्टी, दिन बुरा ही बीतता है। अपन भी .ज्यादा दुःखी नहीं होते। शुरू से लश्टम-पश्टम जीने के आदी जो हुए। देह, दर्द का दुतल्ला बनी हुई है। अब अगर घुटने नहीं चलते, पीठ में दर्द है, नींद नहीं आती, तो क्या हुआ। अपन अपने से कहते हैं, ज़रा याद करो, चार साल पहले का वह दिन जब कॉलेज में अच्छी-भली बैठी फ़ीस का हिसाब मिला रही थीं कि एक अभिभावक ने तुम्हारी ही मेज़ से उठा कर तुम्हारा पेपरवेट तुम्हारे सिर पर मार दिया था। कैसे ख़ून फल्ला पड़ा था। एक हाथ से सिर से गिरती ख़ून की मोटी धार रोकते, दूसरे हाथ से घण्टी कस कर दबाते तुम कैसी तिलमिलाई थीं। चोट से कम, अपमान से .ज्यादा कि तुम्हारे ही दफ़्तर में, तुम्हारे ही सामने बैठा, तुम्हारी छात्रा का बड़ा भाई, तुम्हें तुम्हारे ही पेपरवेट से मार गया। उसने मैदान से उठा कर ईंट का अद्धा मारा होता तो तुम्हें इतना बुरा न लगता। तुम सोचतीं, गुण्डा था। जेब में अद्धा ले कर न चले तो क्या गुलाब का फूल ले कर चले। 'मियाँ की जूती मियाँ के सिर, वाला मुहावरा क्या इसी तरह समझ में आना था। बुरा इस बात का भी लगा था कि उस लड़के की एक नहीं, तीन-तीन बहनें तुम्हारे कॉलेज में पढ़ती थीं। प्रथम, द्वितीय और तृतीय वर्षों में तीनों की उम्र थी उन्नीस, बीस और इक्कीस। लड़के की उम्र थी सवा बाईस, लेकिन अभिभावक के खाने में तीनों बहनों ने विवेक सिंह नाम लिख रखा था। लड़कियों के दाख़िले के वक़्त भी तुमने एतराज़ किया था कि उन्नीस, बीस और इक्कीस की देखभाल बाईस कैसे कर सकता है। इस पर लड़कियों ने मुँह बना कर कहा था, "बिल्कुल कर सकता है।" तुम चुप हो गयी थीं, क्योंकि तुम्हें तजुर्बा था कि लड़कियों की देखभाल तो चार साल के भाई के हाथों में भी सौंपी जाती थी।

विवेक सिंह के औचक घात की वजह यह थी कि तीन में से एक बहन का द्वितीय वर्ष का परीक्षाफल घोषित नहीं हुआ था। अघोषित परीक्षाफलों के लिए तीन बार छोटे बाबू यूनिवर्सिटी दौड़ चुके थे, निष्फल। अभिभावक ने कई चक्कर लगाये थे। अब जब परीक्षा फ़ॉर्म जाने वाले थे उसने ज़िद पकड़ ली थी। "मेरी बहन का बी.ए. कैसे पूरा होगा? कल को इसकी शादी नहीं होगी तो कौन ज़िम्मेदार होगा? मैडम, आप इसे फ़ॉर्म भरवाइए। इसका साल ख़राब न जाये, ज़िम्मा आपका है।"

"इसे किस क्लास में डालूँ, दूसरे या तीसरे साल?" तुमने पूछा था। "तीसरे में डालिए, यूनिवर्सिटी की फलाने की। वी.सी. को हम देख लेंगे।"

तुम्हें लड़का असभ्य लगा था, उसका बोलने का तरीक़ा नागवार। तुमने ज़रा तन कर कहा था, तुम नियमों के ख़िलाफ़ कोई काम नहीं करोगी। फिर तुम रजिस्टर में छात्राओं के नाम गिनने लगी थीं। लड़का बैठा रहा था। तुम्हें कुछ भी खटका नहीं था। अभिभावक अक्सर उठने में देर लगाते थे। तुम्हें नहीं पता कब उस लड़के ने तुम्हारी ही मेज़ से तुम्हारा पेपरवेट उठाया और निशाना लगाया।

उससे भी ज़्यादा हैरानी की बात है कि तुम्हारे आस-पास मँडराने वाले चपरासी और दाई, टीचरें और बाबू सब कहाँ बिला गये थे। बारह बजे की धूप में सब कहाँ चले गये, जबकि सुबह दस बजे भी किसी बाबू या चपरासी को काम पर बाहर भेजना तुम्हारे लिए कभी आसान नहीं रहा। अक्सर चपरासी कहते—हमारी साइकिल टूटी हुई है। कहें तो रिक्शे से चले जायें। बाबू पेट पकड़ कर पेचिश का बहाना करते। तुम खलबलाती, बिलबिलाती शेरनी की तरह उन्हें घूरतीं, पर उनका कुछ बिगाड़ न सकतीं।

उस ख़ूनी दिन तुमने घण्टी तब तक बजाई जब तक वह ख़राब न हो गयी। कोई नहीं आया। तुम लपक कर गलियारे के सामने वाली कक्षा में गयीं। लड़कियाँ और प्राध्यापिका तुम्हारा रक्तरंजित चेहरा देख कर चीख़ पड़ीं। उन्हें लगा, तुम्हें गोली लग गयी है। तुम वापस भाग कर अपने दफ़्तर में पहुँच फ़ोन मिलाने लग गयी थीं। तुम्हें अपने बहते ख़ून की परवाह नहीं थी। तुम्हें बैरहना इलाक़े की पुलिस चौकी पर ज़्यादा यक़ीन था। कॉलेज का पुस्तकालय प्रभारी तुमसे ज़्यादा समझदार था। वह भाग कर पड़ोस का डॉक्टर बुला लाया। डॉक्टर ने ख़ून से लिथड़े तुम्हारे बाल, चेहरा और गर्दन साफ़ की और सलाह दी कि तुम्हें तत्काल अस्पताल जाना चाहिए। चोट गहरी थी और उसमें टाँके लगाये जाने थे। किसी ने तुम्हारे घर पर ख़बर कर दी। तुम्हारे पति और बेटे ने आ कर दफ़्तर

से गलियारे तक ख़ून की लकीरें और धब्बे देख कर सोचा कि तुम्हें पुलिस से पहले चिकित्सा की ज़रूरत है। वे तुम्हें अस्पताल ले गये।

तुम भी अजीब चीज़ हो कि जब तक कॉलेज की हद में रहीं, तुम घायल हो कर भी चौधराहट दिखाती रहीं। तुमने फ़ीस के रुपये अपने सामने बड़े बाबू से गिनवाये, रजिस्टर की गिनती से मिलवाये, यूनिवर्सिटी के प्रपत्र सौंपे और अपनी डायरी पर्स में डाली। जैसे ही तुम कार में, बेटे की बग़ल में बैठीं, कार कॉलेज के फाटक से बाहर निकली कि तुम निढाल हो कर लुढ़क गयीं। अस्पताल पहुँच कर तुम्हारे अन्दर पहिया कुर्सी पर बैठने लायक भी ताक़त शेष नहीं थी। तब तुम लोगों को एक गन्दा-सा स्ट्रेचर दिखाया गया, जिसे पकड़ने वाला सहायक नदारद था। घर के लोग न होते तो तुम अस्पताल के अहाते में संज्ञाशून्य पड़ी रहतीं। यह शहर का सबसे बड़ा प्रतिष्ठित अस्पताल था जो मेडिकल कॉलेज से सम्बद्ध था। अस्पताल में फैली गन्दगी, लापरवाही और लीचड़पन का वहाँ के डॉक्टरों की अनुपस्थिति, नर्सों के अनमनेपन और सहायकों की कामचोरी से अद्‌भुत सामंजस्य था। इन्हीं सब के बीच वह आपात कक्ष था, जिसमें तुम डॉक्टर के इन्तज़ार में लेटी थीं। तुम एक सरकारी कॉलेज में कर्त्तव्य पालन के दौरान घायल हुई थीं, लेकिन सरकारी डॉक्टर की गिनती में ये सब बातें गौण थीं। उसका कहना था, पहले घायल को थाने ले जा कर प्रथम सूचना रपट लिखाइए, उसकी नक़ल यहाँ जमा करवाइए, उसके पहले हम इन्हें न देखेंगे, न छुएँगे। डॉक्टर की लल्लो-चप्पो करने का कोई नतीजा नहीं निकला था। उसने गर्म चाय पीते और दाँतों में दबा कर बिस्कुट तोड़ते हुए ठण्डे लहजे में कहा कि वह किसी मरीज़ के लिए अपने नियम नहीं तोड़ सकता। बेटे को बेक़ाबू गुस्सा आया और वह डॉक्टर को मारने के लिए लपका था। तुम्हारे पति ने उसे लपक कर पकड़ लिया, अन्यथा उस दिन दो पुलिस रपट लिखी जातीं।

हारना तुम्हीं को था, यह तुम सब को पता था। घरवालों के सहारे से तुम एक निजी क्लिनिक में पहुँची थीं, जहाँ रात के दस बजे तुम्हें शल्य चिकित्सा उपलब्ध हुई। तुम्हारे सिर पर छब्बीस टाँके लगे थे। सिर पर पट्टियों का मुकुट लगाये तुम घर लौटी थीं। रात भर लेटना मुहाल था, सोने की कौन कहे। घर के लोग पूरे दिन की दौड़-भाग और दुश्चिन्तता से निढाल हो कर लेटते ही सो गये। तुम्हारे मस्तिष्क में वही दृश्य रिवाइण्ड हो-होकर घटित होता रहा। लड़के का तुम्हारे सामने बैठना, इसरार करना, तुम्हारा इनकार करना और उसका आक्रमण। तुम्हारी स्मृति में वे क्षण भी आते रहे जब इतने बड़े कॉलेज में तुम्हारी

घण्टी बजाने से कोई पास नहीं फटका। तुम्हारे पास इस वक़्त गर्व करने योग्य कुछ नहीं था। तीस साल की नौकरी में तुमने यह ततैया हार कमाई थी। तुम्हें इस बात की अकड़ थी कि तुम विद्यार्थी वर्ग को पूरी तरह समझती हो। तुम्हारी दूसरी अकड़ थी कि कॉलेज पर तुम्हारा पूर्ण नियन्त्रण है। दोनों दावे पिलपिले निकले।

यह दुर्घटना सुबह के अख़बारों में तीसरे पृष्ठ की सचित्र ख़बर बनी। ख़ून के धब्बों से भरी तुम्हारी शक्ल, कार्यालय का फ़र्श और मेज़ हादसे का हौलनाक बयान पेश कर रहे थे। परिचित, अपरिचित सभी चिन्ता में दौड़े आये। कॉलेज के वे कर्मचारी जो उस दिन पास नहीं फटके थे, घर पर आये। थाना प्रभारी आ कर वचन दे गया कि अपराधी को चौबीस घण्टों में पकड़ कर आपके क़दमों में बिठा दूँगा। मित्र-हितैषी पूरे दिन दिलासा देते रहे।

मित्रों ने कहा, "बड़ी ख़ैर हुई कि उस लड़के के पास कट्टा नहीं था। आजकल तो स्कूली बच्चे भी रखने लगे हैं।" कुछ और मित्रों ने कहा, "वह आप पर तेज़ाब भी डाल सकता था। जगह-जगह मिलते हैं एसिड बल्ब।" एक हितैषी सुलतानपुर के थे। वे विस्तार से बताने लगे कि कैसे वहाँ 'ग' वर्ग की नियुक्ति को लेकर एक असफल अभ्यर्थी ने कॉलेज प्राचार्य को तलवार से काट कर मार डाला था। उस कॉलेज में दो हज़ार छात्र पढ़ते थे, सौ से ऊपर प्राध्यापक काम करते थे, दोपहर बारह बजे यह घटना घटी, जब सब मौजूद थे।

मित्रों ने फ़ैसला सुनाया, "आप बहुत ख़ुशक़िस्मत हैं। लड़का चोट कर भाग गया। न गोली चली न बम।" यह दुर्भाग्य के बीच से निकलता हुआ सौभाग्य था, बदली के बीच से चाँद की तरह। तुम्हें लगा कि तुम्हारी हालत उन दरिद्र बच्चों जैसी है जो सारा दिन अपनी शक्ति लगा कर कूड़े में से काम की चीज़ ढूँढ़ निकालते हैं। इस लिहाज़ से बचे-खुचे अस्तित्व को ही सौभाग्य कहा जा सकता है।

टाँके टूटने तक बिस्तर पर पड़े रहना था, पर दिमाग़ कहाँ पड़ा रहता। वह तो भटकता रहता। कभी किसी सवाल का जवाब पाने तो कभी किसी अधूरी बात को पूरा करने। रह-रह कर मन में यह जिज्ञासा उठती कि पुलिस की पकड़ में वह हमलावर लड़का आया या नहीं? थाना प्रभारी वचन देने के बाद सिरे से ग़ायब था। इस बीच तुम तक ख़बरें उड़-उड़ कर आती रहीं। वह लड़का सिविल लाइंस में कॉफ़ी पीता दिखा, वह लड़का विश्वविद्यालय में अपनी कक्षा में बैठा मिला, उस लड़के ने हाईकोर्ट के जज के यहाँ शरण ले रखी है और जज उसका

मामा है। यद्यपि तुम महात्मा बुद्ध और महात्मा गाँधी के देश में पैदा हुई थीं, तुम्हारे अन्दर इन दिनों क्षमा जैसी किसी भावना का संचार नहीं हुआ था। तुम्हें अपनी तर्क क्षमता पर भरोसा था। तुम उसे क़ानून के हाथों में नहीं अपने हाथों सौंपना चाहती थीं। तुम चाहती थीं कि सिर पर पट्टियाँ खुलने से पूर्व वह एक बार तुम्हारे सामने लाया जाये कि तुम उससे पूछ सको, क्यों विवेक, तुमने ऐसा क्यों किया? मेरी जगह तुम होते तो क्या करते।

बहरहाल, ये सब ख़याली पुलाव हैं और बिस्तर पर पड़े-पड़े जी भर कर खाये जा सकते हैं। एक क्या, कई विवेक सिंह छुट्टे घूम रहे हैं। शिक्षकों के पिटने और मरने की ख़बरें पृष्ठ तीन का भी मैटर नहीं बनतीं। अख़बारों को इससे अधिक चटपटी हिंसा चाहिए, जिससे रात ग्यारह बजे का सनसनीपूर्ण समाचार सजाया जाये।

मित्र-हितैषियों का आना अभी थमा नहीं था। सिर के तेरह बाहरी टाँके टूट गये और अन्दर के तेरह अपने आप घुलने के लिए छोड़ दिये गये। केश विन्यास हमेशा के लिए बिगड़ गया, लेकिन हार्दिक बधाई मिलती रहीं। "कितनी लकी हो तुम, सिर पर चोट खाकर भी बच गयीं। तुम्हें याद आती रहीं इससे भी बड़ी ख़ुशक़िस्मतियाँ जब तुम बच गयीं; डेढ़ साल की उम्र में तीन जानलेवा बीमारियों से लड़ कर बच गयी थीं। चेचक, गर्दन तोड़ बुख़ार और डिप्थीरिया को पछाड़ तुम तभी ख़ुशक़िस्मत की जमात में शामिल हो गयी थीं।

कौवे और कोलकाता

बायें वक्ष पर बँधी चिपकन पट्टी को महसूस करती हुई हेमा जोशी सोच रही है अगर वह पार्क स्ट्रीट से थियेटर रोड को जोड़ने वाली लाउडन स्ट्रीट पर निकल जाय तो क्या आज भी वही महसूस कर सकेगी जो कल तक किया करती थी।

कल तक भी कोलकाता उसके लिए नया था, यहाँ तक कि कोलकाता नामोच्चारण भी। अच्छा-भला कलकत्ता था जिससे क़ाफ़िया बिठा कर कविता लिखने में भी ग़ज़ब सहूलियत थी, कलकत्ता, अलबत्ता, सत्ता, भत्ता, कुकुरमुत्ता। पर अब यह जो कोलकाता है तो नये सिरे से सब कुछ सोचना पड़ेगा। फ़िलहाल दिमाग़ की बैटरी एक़दम डाउन। आह! यह चिलक। चोट चस चस कर रही है।

कल तक यहाँ नये साल की रौनक़ थी। रात भर आतिशबाज़ियाँ छोड़ी गयीं, रेस्तराँ के बाहर सान्ता क्लॉज ने टॉफियाँ बाँटी, रेस्तराँ के अन्दर ग्यारह बजे के बाद गरम आइटम 'पोल डांस' हुआ और रात भर शहर सोया नहीं। जिन्हें नये साल का कोई महत्त्व नहीं पता था, वे भी दाँत निपोर कर सारे दिन कहते घूमे 'हैप्पी न्यू यर।' शेक्सपियर सरणी की दुकानें अपनी विशिष्ट सज-धज के साथ रात भर खुली रहीं। हर दुकानदार ने अपने घर से ज़्यादा दुकान को सजाया, सँवारा। चाय के अड्डे रात भर खुले रहे। समोसों की कड़ाही रात भर चढ़ी रही। बड़ा बाज़ार, धरमतल्ला के परिवार भी घूमने, रौनक देखने थियेटर रोड, पार्क स्ट्रीट पर मँडराते रहे। सबने अपनी तरह से जश्न मनाया, जिसकी जैसी जेब। कहीं लोगों की टोलियाँ सिर्फ़ झाल-मूड़ी (चटपटा चुरमुरा) खाकर मगन थीं तो कहीं ताज बंगाल में पाँच पेग के बाद भी तृषित थीं। और तो और जिन्हें पहली को वेतन नहीं मिला, वे भी दफ़्तर में ख़ुश थे। मौसम उनके मंसूबों का साथ दे रहा था। उन्होंने आपस में चन्दा इकट्ठा कर बेकर्स पॉयंट से बड़ा-सा केक मँगवा कर मिल-बाँट कर खाया।

अभी पिछले महीने अपनी नीली स्ट्रॉली रिड़काते हुए हेमा जब दीदी के घर जा पहुँची थी, दीदी के विस्मय का ठिकाना नहीं था। अजब यह कि दीदी के दिमाग़ में एक भी अच्छा विचार नहीं आया। या विचार नहीं थे, आशंकाएँ थीं।

"अचानक कैसे? ख़ैरियत तो है?"

"नौकरी चल रही है? कोई गड़बड़ तो नहीं है?"

"फ़ोन करने का शऊर अभी भी नहीं सीखा तूने।"

दिन में चार बजे भी दीदी हाउसकोट में थी, पर मेकअप किया हुआ था। बाल भी चमक रहे थे। हेमा ने अपने बिखरे बालों पर हाथ फेरा।

जब वह पानी का गिलास लेकर बैठी, दीदी ने कहा, "किस देहात से आ रही है तू? बाप रे, इतने कपड़े लाद रखे हैं, मोज़े भी पहने हैं। यहाँ तो औरतें स्वीलेस कपड़ों में घूमती हैं।"

"हमारे यहाँ नवम्बर से ही सर्दियाँ शुरू हो गयीं। मैं बहुत जल्द जुकाम पकड़ लेती हूँ।"

"फिर भी कोई हद होती है। ज़्यादा गर्म कपड़े लादने से शरीर बेडौल दिखाई देता है।"

तकलीफ़ हुई। आठ साल बाद मिली है बड़ी बहन। न सिर पर हाथ फेरा न घपची में लिया। बस, हुलिया को लेकर हुलिया-टाइट कर दिया।

"अगर मैं यह कहूँ कि तुम्हें देखने का मन किया तो यह झूठ होगा। लेकिन यह ज़रूर है कि मैं अपने शहर से ऊब कर यहाँ पहुँची हूँ। हर साल मेरी छुट्टियाँ बरबाद चली जाती हैं।"

"कितनी छुटिटयाँ हैं?"

हेमा हँस दी, जवाब नहीं दिया। दीदी का फँसाव वह पहचान रही है।

विज्ञापन-जगत् की सबसे व्यस्त मॉडल, अब भूतपूर्व सुन्दरी नहीं चाहती कि उसके पराभव में कोई उसे देखे। चार महीने पहले तक वह चार इंच ऊँची एड़ी की सेंडिल पहन कर रैम्प पर वह लचक कर चलती थी कि सारा हॉल सीटी मारता और सिसकारी लेता था। यों तो वह अड़तीस की हो चली थी, उसकी देहयष्टि अभी अठारह से अट्ठाईस वाली थी। मॉडलिंग की दुनिया में वह एक करिश्मे की तरह मानी जाती थी। देश से ज़्यादा उसके कार्यक्रम विदेश में आयोजित होते। हेमा को अक्सर वह आधी रात में फ़ोन खनखना देती, "मैं हीथ्रो से बोल रही हूँ, यहाँ लंदन स्टेज शो में आयी थी। अब ऑस्ट्रेलिया के लिए निकल रही हूँ।" कभी हांगकांग से चित्रयुक्त कार्ड आ जाता तो कभी शारजाह से एस.एम. एस.।

हेमा दीदी की अन्तर्राष्ट्रीय व्यस्तता की अभ्यस्त हो चली थी। जब कुछ दिन कहीं से फ़ोन न आता, हेमा समझ जाती कि दीदी आजकल कलकत्ते में है।

यह जो अचानक उसे अभूतपूर्व से भूतपूर्व बनना पड़ा, इसमें न कोई युवा प्रतिद्वन्द्वी ज़िम्मेदार थी न कोई कुटिल प्रायोजक। इसमें उसका बेहद अपना, सपने जैसा सुन्दर बाथरूम खलनायक था। एक दिन दीदी ने नहाने के बाद जैसे ही उठने की कोशिश की, उसका पैर साबुन की टिकिया पर पड़ा और वह सट्ट-से फिसल गयी। फ्रेक्चर, प्लास्टर और बिस्तर-क़ैद में छह हफ़्ते बीते। जोड़ ठीक नहीं बैठा। चार हफ़्ते और बीते। दस हफ़्तों में दीदी की दुनिया लुट गयी। नयी-नयी लड़कियाँ आकर रैम्प पर छा गयीं। फ़ोटोग्राफ़रों के एलबम में नये चेहरे चिपक गये। प्रायोजकों ने उसे फ़ोन पर सलाह दी, "मिस बहार, आप बिल्कुल जल्दी न कीजिए। हमारा काम तो चल ही रहा है। आप बेफ़िक्र होकर आराम कीजिए। आपने बहुत काम किया है, अब आपको आराम की ज़रूरत है।"

बहार हक्की-बक्की रह गयी। मॉडलिंग की दुनिया में आराम हराम है। यों रुपये-पैसे की ख़ास किल्लत नहीं, पर एकदम ठुल्ली बैठना क्या उसे गवारा होगा?

तीन महीनों में उसके फ़िगर पर चर्बी की एक परत चढ़ गयी। पहले के कपड़ों में घुसना नामुमकिन हो गया। उसने उबला खाना बनवाना शुरू किया, कोई राहत नहीं। पुरानी सेविका दुलारी ने कहा, "बेबी, खाने से नहीं पानी से मोटा होता है देही।" दीदी ने पानी पीना कम कर दिया। निर्जलीकरण की शिकार, मरते-मरते बची, पर वह अदा कि किसी सगे-सौतेले को ख़बर नहीं लगने दी।

वह तो दुर्घटना की तरह पहुँची छोटी बहन हेमा जोशी। हेमा का घर का नाम 'छोटी' है। बहार चिढ़ती है, छोटी कहाँ है, पैंतीस की हो गयी। वह तीन साल पीछे अपने को देखती है, उसे रंग-बिरंगा संसार दिखाई देता है। इतनी जल्द सूर्यास्त हो जायेगा, उसने कब सोचा था।

दो-चार दिन हेमा ख़ूब उत्साह में रही। सुबह उठी "उई दीदी, इत्ते ठण्डे कमरे में सोती हो, मेरी तो घिग्घी बँध गयी।" उछलकर दिखाया बहन को, "वह देखो, डाइनिंग रूम की दीवार पर कौवा। आज कोई आने वाला है।"

"कौवे तो रोज़ आते हैं। एक नहीं, कई-कई, पर कौन आता है? अब यहाँ कोई नहीं आता।" बहार की उसाँस निकल गयी।

रविवार की सुबह 'टाइम्स' पढ़ते समय बहार भड़क गयी, "बहार, क्यों छोटी यह वैवाहिक विज्ञापन तूने दिया है क्या?"

हेमा सन्न!

इत्ती भेद की बात दीदी को पता चल जायेगी, कब सोचा था उसने। नहीं, बिल्कुल नहीं।

"पर मोबाइल नम्बर तो तेरा ही है। क्या कोई और भी लड़की तेरा मोबाइल नम्बर इस्तेमाल करती है?"

"मैंने तो नहीं दिया।"

"पर ब्योरे तो सब तुझसे मिलते हैं। पैंतीस साल की सुन्दर प्राध्यापिका दिल्ली कार्यरत। वर जाति बन्धन नहीं। ई-मेल पता भी तेरा ही है।"

अब और झूठ नहीं बोला जा रहा हेमा से। विज्ञापन देते समय उसने कब सोचा था कि दीदी इतनी फुरसत में होगी कि वैवाहिक पृष्ठ भी खुर्दबीन से पढ़ती होगी। क्या अपने लिए पढ़ती है दीदी?

सैकत ने एक दिन कहा था, "तुम सब भाई-बहन बहार दीदी को अभिभावक बनाये दे रहे हो। अभी तो उनकी फर्स्टक्लास शादी हो जाये।" "तुम लोग शादी के चौखटे से अलग रखकर लड़कियों के बारे में सोचते ही नहीं।" हेमा ने वार किया।

"जब तस्वीर मुड़ने-तुड़ने लगे और चौखटे के भी क़ाबिल न रहे, तब की सोचना, हेमा।" सैकत ने कहा।

क्या तभी से हेमा के अन्दर अकुलाहट पैदा हुई?

उसके आस-पास के सभी पुरुष विवाहित थे। सहेलियाँ भी एक-एक कर विवाह के बाद साथ छोड़ती जा रही थीं। नयी आनेवाली प्राध्यापिकाओं के बीच हेमा स्वयं को बहुत प्राचीन दिखाई देती। कुछ हफ़्ते उसने 'शादी डॉट कॉम' पर अपना बायोडाटा डाला। एक भी प्रस्ताव न आने पर वह परेशान हो गयी। उसे लगा, वह ज़िन्दगी में ऐसे बस स्टॉप पर खड़ी है जहाँ अब बसें नहीं आतीं। 'टाइम्स' में विज्ञापन उसके भग्न हृदय की हताश हुंकार थी।

इसके लिए ही वह बहार के पास आयी थी कि अगर कोई प्रस्ताव आ जाये तो मध्यस्थ की भूमिका बहन निभा दे।

बहार ने पहले व्यंग्य और फिर विनोद से मामला निपटा देना चाहा।

"उम्र तुमने पहले ही लिख दी। कोई क्यों आना चाहेगा? और सब तो ठीक है, यह 'सुन्दर' शब्द कहाँ से आ गया?" हेमा दुःखी हो गयी। दिवंगत माता-पिता पर गुस्सा आया जो बिना अपने काम पूरे किये चटपट चले गये। जीवन में छोड़ गये उसके लिए एक बड़ी बहन, जो इतनी आत्मलिप्त रही कि

उसके लिए हेमा जैसे है ही नहीं। उसे नहीं आना चाहिए था यहाँ। दीदी उसका मनोविज्ञान बिगाड़ती है। दीदी की निगाहों में वह बेडौल, बदसूरत, भैंगी और क्रैक है। चार दिनों से ये चार विशेषण सुन-सुन कर हेमा को लग रहा है, वाक़ई यही सही है। तंग आ कर उसने कह दिया, "दीदी यह विज्ञापन तो मैंने तुम्हारी शादी के लिए दिया था।"

"तुम्हें यह हक़ मैंने कब दिया?"

"पापा-मम्मी नहीं हैं, कोई तो सोचे तुम्हारे बारे में। फिर तुम क़तार में आगे बढ़ो तो मेरा भी नम्बर लगे।"

"तुम्हें कोई आँख का अन्धा मिले तो कर लो। मुझसे उम्मीद मत रखना।"

"और तुम?"

दीदी की आँखों में शरारत की सुनहरी चमक छा गयी।

जिन का एक और पेग बना कर वह पुरानी यादों में खो गयी, "दो साल पहले जब मैंने आबूधाबी में शो किया था, एक अमीर मेरे पीछे ही पड़ गया। जब मैंने नानुकुर की तो बोला, अभी क़ाज़ी को बुला कर निकाह पढ़वा लें, फिर तो मेरी बेगम बनोगी।"

"नशे में रहा होगा।"

"बिल्कुल नहीं। तू क्या जानती है? तू मूर्ख है। मुझसे शादी का प्रस्ताव रखने वालों में एक क्रिकेट खिलाड़ी, एक पंजाबी फ़िल्मों का हीरो और एक शेख़ रहा है।"

यादों के साथ दिक़्क़त यही है कि वे मौजूदा समय में हमें बहलाने के सिवा और कोई काम नहीं आतीं। हेमा ने बड़े तरस के साथ दीदी की तरफ़ देखा। अब यह बारह बजे तक पीती रहेगी, फिर खाने के नाम पर कै करेगी और धुत्त सो जायेगी। जितनी देर पियेगी उतनी देर अपने प्रेम प्रसंगों और रैम्प शो के क़िस्से सुनायेगी। सुबह उठकर नहा-धोकर झूठ और पाखण्ड को फिर हैलमेट की तरह सिर पर रख लेगी। हेमा को लगता है, उसकी बहन का विकास सत्रह साल के बाद रुक गया। शर्म आ जाती है जब वह अभी भी कपड़ों, शृंगार-प्रसाधन और अन्तर्वस्त्रों पर ललकती है, जैसे किसी वयस्क मनुष्य के जीवन में विचार और सोच के लिए कोई जगह ही नहीं है। जितनी बार हेमा दीदी को कोई पुस्तक या पत्रिका दिखाने की कोशिश करती है, वह उसे बिस्तर पर एक तरफ़ सरका कर कभी अपने नाख़ून तराशने लगती है तो कभी लिप ग्लॉस लगाने लगती है।

दीदी का अकेलापन देखती है हेमा। इतने बड़े शहर में उसका एक भी दोस्त नहीं जो बिना फ़ोन, बिना सूचना धड़धड़ाता हुआ चला आय। कोई सगी सहेली नहीं जो उसकी शिथिल देह और मोच खाई टाँग के बावजूद, शाम चार बजे चाय पीने, गप्प मारने चली आये।

आख़िर तो हम बहनें हैं, हेमा ने सोचा। संवाद का सिरा मैं ही पकड़ूँ तो क्या? सुबह बात करूँ या शाम?

दुलारी ने कहा, "सुबह में बेबी का माथा बहुत गरम रहता। ज़्यादा बातचीत करना नहीं।"

शाम को ही ठीक रहेगा, हेमा ने सोचा।

दिन भर दीदी अपनी देह की रगड़ाई, धुलाई और चमकाई में लगी रहती। शाम तक वह अपने को कमनीय बना लेती जबकि हेमा सुबह साफ़-सुथरी लगती और शाम तक धीमे होते जाते बल्ब जैसी हो जाती।

उस घर में शाम की शुरुआत उत्सव की तरह थी। फ्रिज के ऊपर रखी ट्रे में सभी क्रिस्टल गिलास नेपकिन से रगड़-रगड़ कर चमकाये जाते। मिनी बार में वोदका, जिन और वाइन की बोतलें काउंटर पर रखी जातीं। क्या पता, कब कौन आ जाय? दुलारी छोटी प्यालियों में सलाद, नट्स और नमकीन सजा देती। दीदी टैली पर फ़ैशन चैनल लगा देती और आवाज़ गुम कर देती। फिर वह अपनी व्याख्या शुरू कर देती, "यह लड़की सुन्दर नहीं है। वह तो एकदम बेकार है। इसके बाल नक़ली हैं। इसके फ़िगर में सिलिकॉन भरा है।"

हेमा के मुँह से निकल पड़ा, "दीदी, कभी तो देह से हट कर सोचा करो।"

"क्यों? क्यों सोचूँ? देह से अलग स्त्री कुछ नहीं है। तू ज़्यादा वैदेही बनेगी तो तेरे पास भी कोई नहीं फटकेगा।"

"मेरी फ़िक्र छोड़ दो, दीदी। तुम्हें देखने के बाद मुझे लग रहा है कि अपनी फ़िक्र मुझे आप करनी होगी। अपनी सोचो। दस साल बाद जब शरीर झुर्राने लगेगा, तब क्या करोगी?"

"कैसे झुर्रायेगा?"

"मैं इसे बादाम के तेल में डुबो कर रखूँगी, चार घंटे योगाभ्यास करूँगी, खाने के नाम पर सिर्फ़ सलाद खाऊँगी।"

"उम्र का क्या करोगी?"

"कैसे पता लगेगी उम्र? मैंने अपनी जन्मपत्री, हाईस्कूल सर्टिफ़िकेट सब फाड़ फेंके हैं। बस, एक तू महारानी अपनी उम्र का सही मैनेजमेंट करे तो मैं अभी दस साल 28 की रही आऊँ।"

"वह क्या है दीदी, सर्विस बुक से लेकर हर जगह दर्ज है मेरी सही उम्र।"

दीदी के चेहरे पर शैतान की शरारत और चमक उभरी। उसने जिन का एक और पेग बना कर कहा, "ऐसा कर तू मेरी बड़ी बहन बन जा।"

"यह बात मुश्किल तो है, नामुमकिन नहीं है," मैंने कहा और कहती गयी, "मैं तुझसे यह कहना चाहती थी कि क्या तुम्हें ऐसा नहीं लगता अब तक जो जीवन तुमने जिया, वह दिशाहीन था? ऐसे में हम आज से शुरू करते हैं अपना सार्थक जीवन। इस जीवन में न्यूनतम सामान हो, थोड़ी-सी ज़रूरतें हों, दो-चार पक्के दोस्त हों, एक शेल्फ भर किताबें हों, कोने में एक मेज़ हो जिस पर काग़ज़ और क़लम हो।"

"ऐसी बोर ज़िन्दगी तुझे मुबारक, मेरे लिए तो वह सज़ा है।" दीदी ने मेरी बात को व्यर्थ करते हुए कहा।

'यारब न वो समझे हैं न समझेंगे मेरी बात' जैसी लाचारी में हेमा ने बात मुल्तवी कर दी।

बायें वक्ष में टीस हो रही थी। दीदी को बताने का कोई लाभ नहीं था। वह हँसी उड़ाती या उसके दर्द की धज्जियाँ। हेमा ने घुमा-फिरा कर पूछा, "तुम्हारा फ़ैमिली डॉक्टर कौन है?"

"जब मेरे फ़ैमिली नहीं है तो फ़ैमिली डॉक्टर कैसे हो सकता है?"

"कोई पर्सनल डॉक्टर?"

"क्या बात है? तुझे पीरियड्स तो वक़्त पर आ रहे हैं न?"

"हाँ, उसकी कोई समस्या नहीं है। कोई लेडी डॉक्टर बता न?"

फँस गयी न तू भी? कितने हफ़्ते ऊपर हुई है? शादी करेगा या अबॉर्शन के पाँच हज़ार दे कर छुट्टी करेगा।" दीदी की आवाज़ में चुनौती, व्यंग्य और विनोद—तीनों थे।

"कुछ नहीं, पेट दर्द रहता है, इसीलिए।"

"तो फिज़ीशियन को दिखा। लेडी डॉक्टर जैसी बीमारी कहाँ है तुझे?"

अन्दर उबलते गुस्से से हेमा खलबला उठी। अपने तमाम आधुनिक सोच-विचार के बावजूद मन में संकोच बैठा हुआ था कि अन्तरंग का अनावरण पुरुष डॉक्टर के सामने कैसे करे? चोट किसी बाहरी अंग पर होती तो वह किसी के भी दवाख़ाने में जा कर उपचार करवा लेती। यह तो अन्तःवस्त्र उतार कर दिखाने वाली चोट थी। मन में और भी कई ऊहापोह थे। क्या डॉक्टर विश्वास करेगा कि यह परिन्दे का दिया हुआ आघात है? क्या भरोसा, वह इसे दरिन्दे

की करतूत समझे? जब वह उसे बतायेगी कि इसमें उसका कोई कसूर नहीं है, तो मगन मन नहा रही थी। उसके चेहरे पर साबुन लगा था, आँखें बन्द थीं। पता नहीं चला, कब वह कौवा खिड़की के रास्ते अन्दर घुस आया और सीधे वक्ष पर हमला बोल दिया। उफ़! उसके पंजों की खरखरी पकड़ अभी तक ज़ेहन में मौजूद है। वह यह भी नहीं कह सकती कि घाव और खरोंचें सिर्फ़ पंजों की हैं या चोंच की भी? साबुन लगी आँखें खोलते न खोलते कौवा तो फड़फड़ा कर उड़ गया, उसे चीख़ता छोड़ कर। बायें उरोज की त्वचा जैसे चिथड़ा हो गयी। कुछ देर को तो बस अंग-प्रत्यंग काँपता रहा। हेमा हाथ वक्ष पर दबा कर रोती रही, सिसकारी भरती रही। भय और नफ़रत ने कुछ देर को अपंग कर दिया। "शी, इत्ती गन्दी घटना वह भी मेरे साथ?" हेमा को यही लगता रहा। काँपते हाथों से उसने बाथरूम केबिनेट से सेवलॉन की शीशी निकाली और काफ़ी सारा एंटीसेप्टिक चोट पर उँडेल लिया। कुछ देर तक वह इसी काम में लगी रही। एक बार घाव पर पानी डालती, दूसरी बार एंटीसेप्टिक। दर्द से चेहरा विदीर्ण हो आया। किसी तरह उसने शरीर पर ड्रेसिंग गाउन लपेटा और बाहर आयी।

कमरे में दीदी टेबिल लैम्प जला कर अपने नाख़ून रंग रही थी। उसने हेमा की तरफ़ देखा ही नहीं। जब उसने बिसूरते हुए कहा, "दीदी—"

बहार बोली, "डिस्टर्ब मत कर, एक और कोट लगाना पड़ जायेगा।"

हेमा अन्दर के कमरे में लेट गयी। आँखें घुमाकर देखा। सब खिड़कियाँ बन्द थीं। उसने धीरे-से ड्रेसिंग गाउन का हिस्सा हटा कर देखा। रक्तस्राव बन्द हो चुका था, किन्तु चोट पर अन्तःवस्त्र किसी भी तरह नहीं पहने जा सकते थे। हेमा ने तय किया, वह बहार को इस हादसे के बारे में कुछ नहीं बतायेगी। अव्वल तो उसकी जानने में दिलचस्पी ही न होगी। दूसरे, अगर सुन भी लिया तो वह इस बात पर उसकी हँसी उड़ायेगी कि वह खिड़की खोल कर क्यों नहायी? हेमा अभी से दीदी की प्रतिक्रिया अपने कानों में सुन सकती है, जब पता है, बाथरूम की खिड़की पार्क में खुलती है, पार्क में बड़े-बड़े पेड़ हैं। सारे दिन बाथरूम में उड-उड़ कर सूखे पत्ते आते रहते हैं। वह तो रौशनदान नहीं है, इसलिए थोड़ी देर खिड़की खुली रखनी होती है। मैं तो नहाते समय खिड़की बन्द रखती हूँ। वह अकल छाँटेगी और डाँटेगी। वह झुककर हेमा को घपची में भरकर यह नहीं पूछेगी प्यारी मुन्नी, बता तो क्या हो गया। कहाँ लगी है चोट। ला, मैं दवा लगा दूँ।

हेमा का मन यकायक उखड़ गया। कलकत्ते के इस पते-ठिकाने पर, जहाँ कोई अपनापन नहीं, जहाँ सगे भी सौतेले बने हुए हैं, वह क्या करने आयी हुई

है? अगर वह धर्मशाला में ठहरी होती और किसी अनजान अपरिचित से सहायता माँगती तो उसे ज़्यादा सहारा मिल जाता। इससे अच्छी तो उसकी दिल्ली है, जहाँ खिड़की के रास्ते चोर भले आ जायें परिन्दे नहीं आते। उसे लगा, बेगाने घर के कौवे-कोयलें भी बेगाने होते हैं, दुश्मन पंछी।

उसने तय कर लिया, वापस जाना है, आज ही। अपने शहर, अपने जीवन और जंजाल-संजाल के शहर। वहीं वह डॉक्टर के पास जायेगी, वहीं अपनी छुट्टी के शेष दिन बितायेगी। किराये का सही, वहाँ उसका अपना घर है, अपनी नौकरी अपना संसार। यह शहर उसके लिए बस स्मृति बन जायेगा, छाती में उठती चिलक की तरह। शेष जीवन जब भी उसे कहीं कौवे दिखेंगे, कोलकाता याद आयेगा।

चोरी

रोज़ ही किसी-न-किसी घर की बाड़ ऊँची करवाई जाती। फिर बाड़ के ऊपर लोहे के त्रिशूल के आकार के काँटों की ग्रिल लगवाई जाती। देखते-देखते घर की सारी हरियाली छिप जाती। उसकी जगह जेल जैसे सीख़चे और छुरे जैसे सिरे दिखते। जिन घरों में चारदीवारी ऊँची करने की गुंजाइश नहीं थी, उनमें सुरक्षा का दूसरा उपाय था। इलाक़े के सौ-पचास घरों के दोनों तरफ़, गली के बीचोंबीच, लोहे के जंगी फाटक लगा दिये गये थे। ये फाटक ठीक दस बजे बन्द कर दिये जाते। सुबह छह बजे खोल दिये जाते। मोहल्ले का ख़याल था कि शरीफ़ लोग वापस आने में इससे .ज्यादा देर नहीं करते। वे इससे जल्दी उठना भी उचित नहीं समझते। वैसे चौकीदार को उनकी जगह शरारती लोगों का .ज्यादा इन्तज़ार रहता क्योंकि वे दस के बाद फाटक खुलवाने के दो या पाँच रुपये उसके हाथ पर रख देते।

इतने उपाय के बावजूद चोरी, डकैती और छिनैती का बोलबाला था। अगर आप अपना स्कूटर खड़ा कर लघुशंका जैसी संक्षिप्त कार्यवाही भी सम्पादित करते, आपका स्कूटर उड़ा लिया जाता। चारों ओर राम-नाम की धूम मची थी फिर भी रामराज क़ायम नहीं हुआ था। लोग अपने घर के सभी दरवाज़ों पर पक्के ताले ठोक कर सोते, पर सुबह उठकर पाते कि चोरों ने तालों को कोई तवज्जो न देकर सीधे चिटखनी ही काट डाली है। बचपन में पढ़ी कहानियाँ दिमाग़ में ताज़ा हो आतीं, जिनमें ऐसे चतुर चोरों का वर्णन होता कि आपकी आँख का काजल चुरा ले जायें और आपको ख़बर न हो। चोर और पुलिस में छत्तीस का रिश्ता इस क़दर था कि पुलिस चोर को पकड़ने में कम ही कामयाब होती। चोर हमेशा .ज्यादा चुस्त, चालाक और चौकन्ना साबित होता। कई बार माल की औनी-पौनी बरामदगी हो जाती, पर चोर के नाम का तब भी खुलासा न होता।

फिर भी शहर में पुलिस थी, इसलिए सुरक्षा के लिए लोगों की गुहार थी। सुबह से शहर की हर सड़क पर गश्त लगाते, डण्डा बजाते, ठेलेवालों से हफ़्ता वसूलते पुलिस के सिपाही ख़ाकी वर्दी में नज़र आते। जगह-जगह थाने और चौकी बनी थी। लुटा हुआ आदमी सबसे पहले रपट लिखाने लपकता।

यही डॉक्टर उमंग सक्सेना ने करना चाहा। शहर के बाहरी रईस इलाक़े ड्रमंड रोड पर उसके पिता का बंगला था। एक हज़ार वर्ग मीटर के प्लॉट में बना यह पुराने ढंग का स्थापत्य था जिसमें चारों ओर चौड़ा बरामदा, हॉलनुमा कमरे, बड़े गुसलख़ाने और शीशेदार लम्बे दरवाज़े थे। उसके पिता बताते थे, पहले हमारे घर के सोलह दरवाज़े बाहर की ओर खुलते थे। तेरी माँ बहुत थक जाती थी देखभाल करते। सो, मैंने छह दरवाज़े चिनवा दिये। अगर कभी बिजली चली जाती तो हम दोनों टॉर्च जलाकर देखते कि दरवाज़ों की ऊपर-नीचे की चिटखनी लगी हुई है या नहीं? बंगले के अहाते में तीन कोठरियाँ सेवकों के लिए बनी थीं। बंगले के पिछवाड़े की खिड़कियाँ कभी खोली नहीं जाती थीं। वे बन्द और जाम ही नहीं पड़ी थीं, उन पर धूल और जालों का सुरक्षा जाल भी तना था। सभी खिड़कियों में खड़े सीख़चे जड़े थे।

दिसम्बर की एक ठुरठुराती रात, जब कोहरा महुए की तरह टप-टप चू रहा था और सब अपनी रज़ाई में दुबके सो रहे थे, सक्सेना भवन में चोर बाथरूम की खिड़की के सीख़चे उखाड़ कर घुस आये। वहाँ से बॉक्सरूम पहुँचकर उन्होंने बड़ी तसल्ली से सामान, ज़ेवर और पैसा समेटा। घर में जहाँ-जहाँ रुपया रखा जाता था, सब पर उन्होंने हाथ साफ़ किया। अजीब बात यह कि उन्होंने भोजन-कक्ष में मेज़ पर रखे न सिर्फ़ लड्डू खा लिए, वहाँ रखा हीटर भी चला दिया और जलता छोड़ गये।

सुबह सक्सेना परिवार, घर में हुई चोरी और सीनाज़ोरी देख अवाक् रह गया। उमंग ने पहली झुँझलाहट पिता पर निकाली, "कितनी बार आपसे कहा पापा, यह पुरानी कोठी बेचकर फ़्लैट ख़रीद लो, पर नहीं। मच्छर की तरह चिपके हैं आप इन लोना खायी दीवारों से।"

बबिता ने मुँह फुला लिया। आँसू आने से पहले उसने आँचल आँखों से लगा लिया और बोली, "मेरी माँ के दिये चारों सेट चोर ले गये। मैं तो नंगी-बुच्ची हो गयी।"

सक्सेना साहब ने कभी ग़ौर नहीं किया था बहू के पास कितने सेट गहने हैं और कहाँ से आये हैं। पत्नी की मृत्यु के बाद से सभी अलमारियों का ज़िम्मा बबिता का था। इतना उन्हें पता था कि बहू गहने बैंक के लॉकर में

रखने के विरुद्ध थी। वह कहती, "बाबूजी, यह पुराने ज़माने के ज़ेवरों के लिए हर साल लॉकर का किराया देना बेवक़ूफ़ी होगी। आये दिन बाहर जाना पड़ता है, कहाँ तक बैंक भागूँगी?"

आज की क़ीमत के हिसाब से चोरी चार लाख की लिखवायी गयी। यह भी तय किया कि जल्दी ही इस कोठी को बेचकर वे किसी सुरक्षित कॉलोनी में बड़ा-सा फ़्लैट ले लेंगे।

पुलिस कुछ दिन सक्रिय रही, फिर निष्क्रिय होती गयी। सक्सेना परिवार मन मसोस कर बैठ गया कि हर चोरी में यही होता आया है।

एक रात जब खाना खाने के बाद सक्सेना परिवार 'आज तक' और 'स्टार' न्यूज़ के बीच चैनल बदल-बदल कर समाचार देख रहा था, घर की घण्टी बजी। खिड़की से झाँकने पर दो आदमी दिखे।

"डॉक्टर साब से मिलना है।" उन्होंने बताया।

"बड़े वाले या छोटे वाले?" नौकर ने पूछा।

"दोनों से," आदमियों ने कहा।

दरवाज़ा खोला गया। नौकर को निर्देश था कि वह हमेशा साथ में खड़ा रहा करे। वह आदेश का पालन कर रहा था हालाँकि उसकी नज़र टी.वी. पर जमी थी। अजनबियों पर शक्की नज़र डाल बबिता भी अन्दर के कमरे में चली गयी। एक अजनबी ने कहा, "डॉक्टर साब, आपके घर चोरी हुई थी, उसका कुछ पता चला?"

उमंग ने सशंकित नज़र प्रश्नकर्ता पर डाली। वह धुली मगर बग़ैर इस्त्री की कमीज़ और पजामा पहने हुए मझोले क़द का शिक्षित आदमी नज़र आता था। उसके साथ आया नौजवान बेपरवाह और निरुत्साही लग रहा था।

"तुम्हें किसने भेजा है? यहाँ तुम्हें क्या काम है?" उमंग ने कहा, "मैं अपराध-मनोविज्ञान पर ए.एम.यू. में रिसर्च कर रहा हूँ। कावल नगरों में दो-दो महीने लगा कर पढ़ाई करने का इरादा है। यहाँ पिछले दो महीने की रपटें देखीं तो उसमें आपका ज़िक्र मिला।"

"पर मैं आपको नहीं जानता। यह कोई समय भी नहीं है आने का।"

"ठीक है, मैं सुबह आ जाऊँगा। नमस्ते।"

उमंग उलझन में पड़ा, उन दोनों को जाते देखता रहा। सुबह पिता से बात करके दोनों ने यह निष्कर्ष निकाला कि आज उस लड़के से ए.एम.यू. का शोध-स्वीकृति पत्र देखा जाये।

"वह ठग भी हो सकता है," सक्सेना साहब बोले।

"ठग तो नहीं लग रहा था वह।" उमंग ने कहा।

सक्सेना साहब चिढ़ गये, "आजकल कौन क्या हो सकता है, तुम क्या जानते हो? नाक, कान, गला, देख लेते हो, इसका मतलब यह तो नहीं कि तुम आदमी के अन्दर भी झाँक लेते हो? अभी पिछते हफ़्ते बत्रा साहब तहसील का मैदान पार कर रहे थे। दो लड़कों ने सामने आकर उन्हें प्रणाम किया और उनकी जेब में रखा पाँच सौ का नोट निकाल लिया। वे ठग नहीं लगते थे, पर उन्होंने ठगी की।"

"तब आप ही तय कीजिए पापा, उन लोगों से कैसे निपटा जाये?"

"पुलिस को ख़बर करें?"

"पुलिस ने पहले भी कुछ नहीं किया।"

"अच्छा मुझे बोलने दो। तुम साथ बैठ जाना।"

नौ बजे के क़रीब वह आदमी आया। आज वह ठीक से तैयार होकर आया था। उसे अकेले देखकर पिता-पुत्र कुछ आश्वस्त हुए। उसके हाथ में फ़ाइल थी। आते ही उसने फ़ाइल खोल कर ए.एम.यू. का पंजीकरण-पत्र और गाइड का निर्देश-पत्र दिखाया। विद्यार्थी का नाम राशिद हुसैन था।

सक्सेना साहब ने कहा, "अपने विषय के लिए तुम्हें अपराधियों के पास जाना चाहिए। यहाँ क्या करने आये हो?"

"मैं उनके पास भी जाता हूँ। आपको यक़ीन नहीं होगा, पर हर बड़े शहर के आस-पास ऐसे कई ठिकाने हैं जहाँ केवल चोर-उचक्के रहते हैं।"

"यहाँ भी?"

"बेशक शंकरगढ़, नैनी और पूरामुफ़्ती में ऐसी बस्तियाँ हैं जहाँ सब अपराधी रहते हैं। कोई किसी को बुरा नहीं समझता। उनके बच्चों से बाप का अता-पता पूछो तो बच्चे कहते हैं, बापू काम पर गये हैं, सुबह आयेंगे। आये दिन इन घरों में पुलिस का छापा पड़ता है। आदमी जेल में ठूँसे जाते हैं। सज़ा काट कर ये फिर उसी काम में लग जाते हैं। पूछो तो कहते हैं—हाँ, पिछले दिनों ज़रा नैनी चले गये थे। अब काम पर लौट आये हैं।"

बबिता जो अब तक दूसरे कमरे से ये बातें सुन रही थी, हैरान थी कि यह मामूली-सा छात्र चोरों के बारे में इतना कुछ जानता है।

राशिद हुसैन ने कहा, "आपके पास एक ख़ास मक़सद से आया था। क्या आपके पर्स से आपका कार्ड वग़ैरह भी चोरी हुआ था?"

उमंग ने कहा, "हाँ, मेरे दो क्रेडिट कार्ड ग़ायब हैं। क्यों?" राशिद हुसैन ने जेब से कई क्रेडिट कार्ड निकाल कर मेज़ पर रखे। "शनिवार को शंकरगढ़ में एक आदमी ने ये निकालकर दिये मुझे। कह रहा था, चोरी के धन्धे में कुछ नहीं रखा है। लोगों के खीसे में पैसा होता ही नहीं है। सब प्लास्टिक मनी रखने लगे हैं।"

उनमें एक कार्ड उमंग सक्सेना का था। एक कार्ड के नाम और फ़ोटो की जगह कैंची से काटा हुआ था। वैसे उमंग अपनी बैंक को सूचित कर अपना कोड नम्बर बदलवा चुका था। सक्सेना साहब बोले, "आप पुलिस को यह सब बताइए। इससे चोरों को पकड़ने में मदद मिलेगी।"

राशिद ने कहा, "पुलिस की दिलचस्पी चोर पकड़ने से ज़्यादा हिस्सा वसूलने में होती है। आधी से ज़्यादा चोरियों में पुलिस की मिलीभगत होती है।"

"इन सब बातों से हमें क्या मतलब? हम तो इतना जानते हैं कि हमारे यहाँ की चोरी का अभी तक खुलासा नहीं हुआ। आप यह क्रेडिट कार्ड लाये हैं, इसका सीधा मतलब है आप हमारे चोर तक पहुँच गये और पुलिस नहीं पहुँची। बताइए?"

"पुलिस भी पहुँची। इसीलिए मैं यहाँ आया हूँ। पुलिस ने शंकरगढ़ में दबिश देकर इन लोगों को पकड़ा। थाने में उन्हें इतना मारा कि उन्होंने जुर्म कुबूल कर लिया।"

"और हमारे माल का क्या हुआ?" बबिता ने तेज़ आवाज़ में कहा।

"यही मैं अर्ज़ कर रहा था। उन दोनों की बीवियाँ रो रही थीं कि चोरी में पचास हज़ार का भी माल नहीं निकला और आपने चार लाख की रपट लिखा दी।"

"झूठ, बिल्कुल झूठ," बबिता भड़क गयी, "चार तो मेरे ही सेट थे।"

"देखिए, जितनी अब तक मैंने खोजबीन की है, मैं बता रहा हूँ। डिटेल नहीं बता सकूँगा। हाँ, शाम को मैं उस आदमी के भाई को साथ लाया था। उसी ने आपका पता-ठिकाना बताया।"

"आप चोर के साथ आये थे?" बबिता चीख़ी।

"नहीं मैडम, उसके भाई के साथ। वह आदमी तो पुलिस की गिरफ़्त में है।"

"हमसे क्या चाहते हैं आप?" उमंग ने तंग आकर पूछा।

राशिद ने कहा, "उसकी फ़ैमिली का कहना है, आप केस वापस ले लें तो...।"

"हमें बिल्कुल बेवकूफ़ समझते हैं आप?" सक्सेना साहब उठ खड़े हुए।

राशिद हुसैन फ़ाइल समेटकर चलने को हुआ। फिर ज़रा ठिठका, "मैं तो महज़ उन लोगों की गुज़ारिश आप तक लाया था। उसके भाई का कहना है कि गहने सिर्फ़ अठारह हज़ार में बिके। नक़द मुश्किल से बाईस एक निकला था। आप अपना चालीस हज़ार ले लें और बराय मेहरबानी केस वापस ले लें।"

"पर वह तो पुलिस की चंगुल में आ चुका। यह नहीं तो कोई और जुर्म उस पर चिपका देगी वह।" सक्सेना ने कहा। वैसे उनका दिमाग़ तेज़ी से हिसाब में लगा था। जब उन्होंने पुलिस को बताया था कि क़रीब चालीस हज़ार का नुक़सान हुआ है, पुलिस ने ही उन्हें सुझाया था कि वे केस को वज़नदार बनाने के लिए नुक़सान ज़्यादा का दिखाएँ।

"देखिए हर चोरी में पुलिस का आधमआध का हिस्सा होता है। अब पुलिस बदरू को मार रही है और दो लाख भी माँग रही है।"

परिवार हक्का-बक्का राशिद हुसैन की तरफ़ देख रहा था।

जाते-जाते राशिद ने कहा, "मैं शाम को आऊँगा। तब तक आप सोच लें। वैसे मुझे इस सबसे कोई मतलब नहीं है। मेरी रिसर्च तो अपनी जगह है।"

सूनी

नाम था उसका सुनन्दा, लेकिन उसे ज़्यादातर लोग सुनी या सूनी कहते थे। शुरू में इस सम्बोधन की विशिष्टता उसे महसूस नहीं हुई। लेकिन धीरे-धीरे जैसे-जैसे बरस खिसकते गये, सुनन्दा स्वयं अपना असली नाम भुला बैठी और अपने आप को सूनी ही समझने लगी। नाम, व्यक्तित्व और जीवन में। ऐसा नहीं था कि वह कोई असफल जीवन जी रही थी। बाक़ायदा एम.ए., डी.फिल. तक की शिक्षा पाकर उसने इस महिला कॉलेज में प्राध्यापिका के पद पर ग्यारह साल बिताये थे। हिन्दी विभाग में अब उसकी गिनती वरिष्ठ सदस्यों में थी। उसे बी.ए. ऑनर्स के लेक्चर भी मिले हुए थे जो एम.ए. से भी ज़्यादा प्रतिष्ठित ज़िम्मेदारी माना जाता था। सूरत-शक्ल से वह औसत से ज़्यादा सुन्दर थी लेकिन उसके व्यक्तित्व में ग्लैमर का अभाव था। उसकी कपड़ों की पसन्द भी कुछ ज़्यादा गम्भीर और सादी थी। लिहाज़ा, जो उसे जानते थे, वे सुन्दर मानते थे लेकिन जो नहीं जानते थे, वे परिचय और सम्पर्क के लिए बेताब भी नहीं थे। वह क्लास लेती, स्टाफ़रूम में बैठकर चाय पीती, लाइब्रेरी में कुछ वक़्त बिताती और जब क्लास ख़त्म हो जाती तब भी घर जाना स्थगित करती रहती। जब से माँ नहीं रही, घर बेहद सुनसान हो गया था। कुछ महीने उसने माँ से जुड़ी चीज़ें यादगार की तरह सँभाल कर रखीं। फिर नये सिरे से जीने के इरादे से उसने वे सब चीज़ें अपने आत्मीयों में बाँट दीं—पूजा की स्टील की चौकी, मखमल के जम्पर, रुद्राक्ष की माला और चाँदी का लोटा। माँ की सफ़ेद धोतियाँ उसने पहले ही फ़क़ीरों को दे दी थीं। अब उसके घर में गिना-चुना सामान था। एक अविवाहित लड़की जैसा घर बनाती है, वैसा। यह दो कमरों का फ़्लैट था। नम्बर चार। इस इमारत में सिर्फ़ छह फ़्लैट थे। नीचे के कुछ बड़े, बीच वाले दो कमरों के और सबसे ऊपर एक कमरे के साथ छत का हिस्सा। सूनी के घर में सबसे ज़्यादा संख्या किताबों की थी। दोनों कमरों में किताबें ही किताबें नज़र आती थीं, बेतरतीब,

जगह-जगह। वह रोज़ सोचती, इन्हें उठाकर रखेगी, ठीक से जमाएगी लेकिन रोज़ रात होते-होते वह ऐसी उदासी और जड़ता से जाम हो जाती कि यह काम कल पर टाल देती। अच्छे वेतन के बावजूद सूनी एक संन्यासी-सा जीवन व्यतीत कर रही थी। उसकी वार्डरोब में एक भी चटख रंग की साड़ी नहीं थी। उसे पसन्द ही आते थे मटमैले, दबे रंग—काले, स्लेटी, भूरे, ऊदे, सफ़ेद।

महिला कॉलेजों में जीवन कितना एकाकी हो सकता है यह वहाँ काम करने वाले ही जान सकते हैं। छुट्टी की घण्टी बजते ही मिनटों में कॉलेज ख़ाली हो जाता। कहाँ कॉलेज के बाहर रिक्शों की क़तार खड़ी होती, कहाँ सारी ग़ायब हो जाती। जिस स्पीड से क्लासरूम ख़ाली होते उसी स्पीड से चौकीदार उनमें ताला डालता रहता। देखते-देखते सब तरफ़ सन्नाटा छा जाता, बस पीछे के मैदान का एक नल, पड़-पड़ आवाज़ करता अपनी मौजूदगी बताता रहता। माली अपनी कोठरी में पहुँचकर मगन हो जाता। थोड़ी देर में चौकीदार भी चाबियों का बड़ा-सा गोल तार झनझनाता हुआ मेन गेट बन्द करने के लिए चल पड़ता। ऐसे में अगर कोई टीचर या लड़की घर जाने में देर लगाती तो चौकीदार, माली बड़ी हैरानी और बेसब्री से उसे देखने लगते।

रिक्शे में घर की तरफ़ जाते-जाते सूनी सोचती—आज कौन-सा दिन था—मंगल या बुध? कौन-सी तारीख़ थी—इक्कीस या बाईस? वह अपनी घड़ी देखती और पाती उस दिन न इक्कीस थी न बाईस, बल्कि तेईस तारीख़ थी, दिन था गुरुवार। सूनी को दुःख होता, कैसे वह इतनी मामूली बातें भी भूल जाती है जबकि जिन बातों को वह भूलना चाहती थी, वे बार-बार याद आतीं।

एक बार सूनी माँ को लेकर हरिद्वार गयी थी। वहाँ माँ बड़ी ख़ुश और व्यस्त रहतीं। मुँह अँधेरे स्नान के बाद वे इस मन्दिर से उस मन्दिर पैदल जाती रहतीं। हरिद्वार उनका देखा-भाला था, इसलिए सूनी को सोते से न जगाकर वे कई बार अकेले निकल जातीं। एक दिन सूनी धर्मशाला के चबूतरे पर बैठी पढ़ रही थी कि 'खी-खी' की आवाज़ सुनकर उसने सिर ऊपर उठाया। धर्मशाला की मुँडेर पर एक बन्दर बैठा गुस्से में खोंखिया रहा था। बन्दर नीचे कुएँ के पास आया, उसने इधर-उधर पानी टटोला। फिर वह हैण्डपम्प की तरफ़ कूद गया। वहाँ भी पानी नहीं था। बन्दर फिर खोंखियाने लगा। सूनी ने उसकी दिक़्क़त समझी और पास जाकर हैण्डपम्प चला दिया। बन्दर ने अपना मुँह पानी की बहती धार के नीचे लगा दिया और देर तक पानी पीता रहा। सूनी फिर पढ़ने बैठ गयी। इसके बाद वह बन्दर जब-जब आता और अगर सूनी वहाँ होती तो पहले ही नल के

नीचे मुँह खोल कर बैठ जाता। बन्दर को पानी पिलाकर सूनी को बड़ा सन्तोष मिलता। दस दिन बाद जब उनके जाने का वक़्त आया, सूनी ने माँ से कहा, "माँ हम लोग बन्दर को भी ले चलें?"

"छिः," माँ ने कहा, "इस गन्दगी को कहाँ उठाये फिरेगी? बन्दर किस काम का जानवर? बन्दर जात को न डर, न तमीज़, फेंक इसे।"

सूनी चुप हो गयी। वह माँ से बहस नहीं करना चाहती थी, लेकिन कुछ महीने बाद जब वे दोबारा वहाँ गयीं तो सूनी को यह जानकर बेहद तकलीफ़ हुई कि उस बन्दर को मदारी पकड़कर ले गये। उसे लगा कि उस दिन अगर उसने बन्दर को साथ ले लिया होता तो वह बच सकता था। सूनी ने एक कार्यक्रम में देखा था कि मदारी बन्दरों को कितनी तकलीफ़ें देते हैं।

बन्दर तो महज़ एक प्रसंग था। असली कष्ट सूनी को माँ की संवेदनहीनता से हुआ था। सूनी के मन में माँ की एक पारम्परिक तस्वीर थी। माँ के इस पारम्परिक रूप में उसके ज़ेहन में एक त्यागमयी, करुणाशील और कोमल हृदय की स्त्री आती थी, लेकिन न जाने कितनी बार सूनी को अपनी माँ ठीक इसके विपरीत लगती थी। जिस तरह वे घर की महरी को झिड़क देतीं, रिश्तेदारों को कड़वी चिट्ठियाँ लिखवातीं और छोटी-छोटी बातों में झूठ बोल देतीं, सूनी बेहद आहत हो जाती। जब वह विरोध करती, माँ अपना सबसे अचूक अस्त्र आँखों के रास्ते निकालतीं और आँचल से पोंछ लेतीं। सूनी सब समझते भी हारने और माफ़ी माँगने में अपनी ख़ैर समझती।

सही समय पर उसकी शादी न होने के पीछे भी माँ की बड़ी अहम भूमिका थी। जब भी किसी ने सूनी में ज़रा ज़्यादा दिलचस्पी ली और घर आना-जाना शुरू किया, माँ ने अपनी शर्तें बताकर उसे इतना डरा दिया कि वह तभी भाग खड़ा हुआ। माँ का कहना था कि वे सूनी के लिए ऐसा वर चाहती हैं जो उन्हीं के साथ आकर रहे, कभी ऊँची आवाज़ में न बोले, माँ के लिए सेवा भाव रखे और सूनी और माँ के बीच में दीवार बनने की कोशिश न करे। कई बार तो यही समझ नहीं आता था कि माँ वर सूनी के लिए खोज रही हैं या अपने लिए? सूनी को बड़ा बुरा लगता, पर माँ की मुख़ालफ़त का हश्र वह जानती थी, इसलिए चुप रहती... उसे लगता, उसके सारे इरादों पर माँ एक लाल बत्ती की तरह टिकी हुई हैं। इनके रहते उनसे मुक्त होना उसके बस की बात न थी।

अब अन्ततः जब सूनी वाक़ई सूनी रह गयी थी, उसने पाया, एक-एक कर उसके सारे कुलीग शादी कर चुके थे। उसकी ज़्यादातर दोस्तियाँ परिवारों से थीं।

वहाँ प्रेम या विवाह की गुंजाइश नहीं थी। सूनी विवाह को लेकर स्वयं सक्रिय होना हास्यास्पद मानती थी। पैंतीस की वह हो चुकी थी और अकेले जीने की काफ़ी अभ्यस्त भी। ऐसे में कुछ बड़े ही दार्शनिक क़िस्म के प्रेम उसके व्यक्तित्व में विकसित होने लगे थे, जैसे किसी साल उसे लाइब्रेरी के एक ख़ास कोने से लगाव हो जाता और वह वहीं बैठ कर पढ़ती। किसी साल कोई छात्रा उसे बेहद ज़हीन लगती और उस पर वह अपनी सारी शक्ति और समय ख़र्च कर पढ़ाती। किसी साल उसे घर के पास की कोई ख़ास सड़क अच्छी लगने लगती और तो और अपनी कॉलोनी में सामने के मकान का एक बेरोज़गार नौजवान, जिसका नाम भी उसे मालूम नहीं था, उसे अच्छा लगने लगा था। वह रोज़ सुबह उसे अपने कमरे को ताला लगाकर फ़ाइल हाथ में लेकर निकलते देखती और रोज़ शाम वापस आते भी। उसकी सुबह और शाम की चाल में काफ़ी अन्तर होता। कई बार ऐसा हुआ कि जिस वक़्त सूनी लौटी उसी वक़्त नौजवान भी लौटा। सुनन्दा को अच्छा लगा, लेकिन ऐसे लम्हे बहुत थोड़े थे। अक्सर समय के विस्तार और व्यूह के आगे वह अपने को परास्त खड़ा देखा करती और सोचती, इस निराकार शत्रु से वह कैसा सुलूक करे?

गर्मियों की छुट्टियों में सुनन्दा बाहर घूमने जाना चाहती थी, पर कोई साथी नहीं मिल रहा था। उसकी उम्र की सभी महिलाएँ घर-गृहस्थी वाली थीं। उससे छोटी उम्र की कुलीग अपनी चुहल में उसे शरीक़ करने में संकोच करती थीं। मई में लाइब्रेरी खुली रही। सुनन्दा ग्यारह बजे तक लाइब्रेरी पहुँच जाती। कई पढ़ाकू क़िस्म के छात्र लाइब्रेरी आबाद किये रहते। कई छात्राएँ सुनन्दा को घेर लेतीं और वह उन्हीं के साथ कैंटीन हो आती। पर जून आते-आते लाइब्रेरी में भी छुट्टियाँ हो गयीं। सुनन्दा की यह व्यस्तता भी अब समाप्त हो गयी। एक रात अपनी छोटी-सी रसोई में खाने के नाम पर मैगी पका कर सुनन्दा कमरे में आयी तो उसने पाया, उसके बिस्तर पर एक बड़ा-सा कत्थई रंग का कॉक्रोच आराम से बीचोबीच पड़ा है। कॉक्रोच निश्चित था पर उसकी मूँछें सचल थीं। एक क्षण सूनी को हँसी आयी। उसके बिस्तर का यही हश्र होना था? एक अकेला बिस्तर, एक अकेला तकिया, एक अकेला कम्बल कितना मनहूस होता है? क्यों जी, क्या सुहागरात मनाने आये हो तुम? मन-ही-मन सूनी ने कहा। फिर बिस्तर देखते-देखते उसे रुलाई आ गयी। उसे लगा, यह भद्दा कत्थई कीड़ा उसकी नियति है, उसका भविष्य, उसका वर्तमान। सुनन्दा ने अपने हाथ की प्लेट की तरफ़ देखा। मैगी उसे केंचुओं से भरी प्लेट लगी। वह घबराकर प्लेट रसोई में

पटक आयी। कॉक्रोच और केंचुए, रात में यही जीव रह गये उसका साथ देने के लिए? उस रात बिना कुछ खाये देर तक सूनी बिस्तर पर पड़े-पड़े सोचती रही। इन्सान कब कैसे अपनी ज़िन्दगी का ग़लत नक़्शा खींच लेता है, एक मडेल से निकलते हुए दूसरे मडेल में पड़ जाता है। उसके साथ भी यही हुआ था।

जब वह इंटरमीडिएट में थी, वह नहीं जानती थी उसे क्या बनना है? तब पिता ज़िन्दा थे। भाई यूनिवर्सिटी में एम.कॉम. के फाइनल में था। माँ तब ख़ुश और हँसमुख थी। सूनी हँसती-खिलखिलाती इंटर पास कर गयी। उसकी प्रथम श्रेणी से प्रेरित हो पिता ने उसे शहर के सबसे अच्छे कॉलेज में बी.ए. में प्रवेश दिला दिया। यहाँ एक से एक बुलन्द हौसले और इरादे वाली लड़कियाँ थीं। किसी से पीछे न रहने की होड़ में सुनन्दा के हौसले भी बुलन्द हुए। उन दिनों उसे अपनी प्राध्यापिकाओं का जीवन बहुत आकर्षक लगता था। रोज़ उनका नयी क़ीमती साड़ियाँ पहनकर क्लास में आना, अपनी वक्तृता से छात्रों को उद्वेलित करना और ख़ाली समय में स्टाफ़ रूम से उनके खिलखिलाने का स्वर, सब मिला कर सुनन्दा के लिए एक स्वप्न-जाल की रचना करते। उसे लगता, जीवन में अगर वह कुछ बनना चाहती है तो बस यही। इसी एक लक्ष्य की ओर वह बढ़ती गयी थी।

एम.ए. पूरा होते-होते उसके घर का नक़्शा एकदम बदल गया। पिता यकायक हार्टअटैक में चल बसे और माँ को एक बदहवास तनाव में छोड़ गये। भाई उसी वर्ष इग्लैंड के एक प्रतिष्ठान में नौकरी पाकर चला गया। सुनन्दा जीवन की समस्याओं के बीचोबीच अकेली खड़ी रह गयी। पिता के चले जाने के बाद माँ की बच्चों से अपेक्षाएँ बहुत बढ़ गयी थीं। वे अपना अधिकतम भार सूनी पर डालकर भी अपने को हमेशा निरीह और निराश्रित दिखातीं। भाई घर की समस्याओं से बड़े आश्चर्यजनक ढंग से तटस्थ होता गया था, वह कभी-कभार ख़त भेजता और कभी-कभार पच्चीस-पचास पाउंड। इस सारे संघर्ष में भी सूनी ने किसी तरह रिसर्च पूरी की। माँ की भूमिका इस दौरान नेगेटिव ही रही। उनके लिए अपना वर्तमान ही महत्त्वपूर्ण था। सूनी को वह अपनी नर्स या नौकरानी की तरह मानती थीं। कभी उन्होंने उसके सिर पर हाथ फेरकर नहीं पूछा, "तुझे क्या चाहिए?" उनके प्यार का स्रोत ही मानो शुष्क हो गया था।

अब सुनन्दा को करवटों के बीच यह ख़याल आ रहा था कि अवसर आने का भी एक मौसम होता है। उसके जीवन में एक महत्त्वपूर्ण मौक़ा रिसर्च के दौरान आया था। उस वर्ष एम.ए. में एक लड़का आया था गम्भीर शुक्ला।

उन दोनों की पहचान लाइब्रेरी में ही फली-फूली और दोस्ती में बदल गयी। हालाँकि गम्भीर सूनी से डेढ़ साल छोटा था, इसका कोई फ़र्क़ उनकी दोस्ती पर नहीं पड़ा था। काफ़ी पास आ जाने के बाद एक दिन गम्भीर उसके घर आया। पहली मुलाक़ात में ही माँ ने उससे जैसा बर्ताव किया, वह मानो चौकन्ना हो गया। उसने बाद में सूनी से कहा, "तुम्हारी माँ न्यूरॉटिक लगती हैं। इन्हें किसी क्लिनिक में क्यों नहीं डाल देतीं?" सुनन्दा को बहुत बुरा लगा था यह सुनना। यों वह ख़ुद माँ के रवैये से क्षुब्ध रहती लेकिन गम्भीर से ऐसा बेरहम कमेंट उसे बुरा लगा। उस एक दिन ने उनकी दोस्ती के शेष दिनों को जैसे पीछे खींच लिया। अन्ततः एक बात ऐसी हो गयी, जिसने हमेशा के लिए उन दोनों को विमुख कर दिया।

एक सेमिनार के सिलसिले में सुनन्दा और गम्भीर, दोनों को इलाहाबाद विश्वविद्यालय जाना था। उन्होंने बड़ी मेहनत से अपने पेपर लिखे और साथ जाने की योजना बनायी। माँ को जब सुनन्दा ने बताया, पहले तो उन्होंने उसे हतोत्साहित किया, "क्या करेगी इतनी दूर जाकर?" जब सुनन्दा नहीं मानी तो वे ख़ुद साथ चलने को आमादा हो गयीं, "तू अपनी मीटिंग करना, मैं संगम नहा लूँगी," उन्होंने कहा।

इस अकाट्य सुझाव की कोई काट नहीं ढूँढ़ पायी सुनन्दा।

वह गम्भीर को भी खुल कर नहीं बता पायी कि माँ उसके साथ चलेंगी।

यात्रा की रात जब वह माँ को ले कर स्टेशन पहुँची, गम्भीर का चेहरा उन दोनों को देख कर बेहद तन गया। माँ का आरक्षण नहीं था। वे गम्भीर की बर्थ पर लेट गयीं। गम्भीर को अगले डिब्बे में जाना पड़ा। उसके चेहरे पर झुँझलाहट और खिंचाव था।

वापसी में उन तीनों का एक साथ ही आरक्षण था। माँ और गम्भीर के बीच अनकहा तनाव रहा। रात बीतने के बाद सुबह गाड़ी के रुकते ही माँ ने शोर मचा दिया, "मेरे चार सौ रुपये कहाँ गये?" बहुत ढूँढ़ा गया, ऊपर-नीचे यात्रियों से पूछा गया, पर माँ की तसल्ली नहीं हुई। वे कहने लगीं, "ज़रूर रात में किसी ने निकाल लिए, मैं तो ब्लाउज़ में रख कर सोयी थी।"

जब यह चख-चख चल रही थी, गम्भीर ने इसमें कोई हिस्सा नहीं लिया और जल्द ही एक औपचारिक-सा नमस्कार कर चला गया। माँ ने स्कूटर पर घर लौटते वक़्त मुनादी कर दी, "रुपये तेरे उसी छोकरे ने निकाले हैं। बाक़ी तो सब शरीफ़ लग रहे थे। उसी को पता था बुढ़िया के पास रकम होगी।"

"तुम तो बस माँ ऐसा बतंगड़ बनाती हो, वह तुम्हारी चार सौ रुपल्ली का क्या करेगा? वह कोई चोर है?"

"तुझे क्या पता? अकेली औरत को सब लूटना चाहते हैं, मैं ऐसे लड़कों को अच्छी तरह जानती हूँ। कहीं तुझे फाँस लिया तो मुझे तो एक पंखिया थमा कर बाहर कर देगा।"

सुनन्दा को माँ के शक्कीपन पर बहुत गुस्सा आया। गम्भीर से अलग दरार पड़ गयी। अब उसकी कम्पनी में उसके चेहरे पर ऊब के लक्षण आने लगे। एक दिन उसने साफ़ कह दिया, "मुझे बुद्धिजीवी लड़कियाँ नागवार लगती हैं। उनसे अगर साबुन की भी बात करो तो पहले उसकी हिस्ट्री बताने लगती हैं। जीवन इतना बोर नहीं है जितना तुम इंटैलेक्चुअल्स ने बनाया है।"

सुनन्दा आहत हुई और पीछे हट गयी। माँ ने चैन की साँस ली। बाद के वर्षों में वे रुपये खोने वाली घटना को नमक-मिर्च लगा कर सुनाती रहीं। इसी तरह माँ ने हर अविवाहित मित्र के साथ सुलूक किया। उन्होंने अपनी सुरक्षा की फ़िक्र में सूनी के जीवन को अकेला कर डाला।

अब सुनन्दा को माँ याद नहीं आती थी। सम्बन्ध की ऊष्मा उनके व्यवहार ने सुखा डाली। जीवन में सभी सम्बन्धों के प्रति वह सशंकित रहने लगी।

जाड़े की धूप में कॉलेज के लॉन में बैठना बहुत प्रिय लगता था। सूनी अपनी कुलीग के संग बैठी थी। उसकी कुलीग बुनाई जैसे कामों में भी लगी थीं। तभी नीम के पेड़ से एक गिलहरी उतरी और ऊन में उलझ कर पलट गयी। एक नन्ही हलचल मची। सूनी ने बड़े प्यार से गिलहरी के पाँव ऊन से आज़ाद किये कि वह चपल गति से उड़न-छू हो गयी। सूनी को लगा, उसने एक सार्थक काम किया। जीव-जन्तुओं के प्रति उसकी चेतना हमेशा सजग रही थी, अब वह और ज़्यादा हो गयी।

न मालूम वह वही गिलहरी थी या और, अब वह बरामदे तक में चक्कर काटने लगी थी। एक दिन सूनी ने उसे अपने आँचल में पकड़ लिया और सहलाया। फिर तो यह क्रम बन गया। अब जब सूनी लॉन में बैठती, गिलहरी आकर उसके पैरों को गुदगुदा देती। कोई साथी प्राध्यापिका उसे देखते ही 'श' कह देती तो गिलहरी फ़ौरन भाग खड़ी होती, लेकिन सूनी को अकेले देखकर वह देर तक खेलती।

धीरे-धीरे सुनन्दा उसे घर लाने लगी। बड़े मज़े से उसके पर्स के सहारे लटक कर वह रिक्शे में आ जाती। सुनन्दा के घर में अखरोट रहने लगे, एक कटोरी

में चुग्गा, दूसरी में पानी, सूनी ने उसे नाम भी दे डाला 'कट्टो'। कट्टो अपनी झबरी दुम उठाकर जैसे पिछवाड़े से आदाब फ़रमाती।

जीवन का एक स्पन्दन था, जो घर में झंकृत होने लगा था। दिलचस्पी की एक हल्की शुरुआत। पड़ोस के फ़्लैट के बच्चे कभी-कभी झाँकने आते, "सूनी दीदी, अपनी कट्टो दिखा दो।" एक टोकरी में मुलायम-सी गद्दी रखकर सूनी ने कट्टो का बिस्तर बना दिया था अब कट्टो रात में बाहर नहीं भागती, अपनी टोकरी में सो जाती। सुबह जैसे ही सूनी नहाकर कॉलेज के लिए तैयार होती, वह पर्स पकड़कर लटक जाती। बरसात में पेड़ों के नीचे कट्टो कुकुरमुत्तों की तलाश में भागती रहती। लगता तो ऐसा था, उसे सूनी का टाइमटेबिल याद है। छुट्टी की घण्टी बजते ही वह स्टाफ़ रूम में दौड़ी आती और सूनी के पर्स के सहारे लटक जाती। सहेलियों के मज़ाक़ करने पर सूनी ने स्वयं कट्टो को नया नाम दे दिया था—जीवनसाथी। शादी और परिवार से अघाई अधेड़ लेक्चरर कहतीं, "यह तुमने अच्छा जीवनसाथी ढूँढ़ निकाला। न कोई झंझट न कोई बन्धन।"

सूनी कट्टो में ही क्यों, जीव-मात्र में मानो विश्व का कोमल रूप देखती थी। पहले के वर्षों की उग्रता अब तक सौम्यता में परिमार्जित हो गयी थी। वह अपना हृदय करुणा से भरा महसूस करती। माली जिस तरह एक-एक पौधे को सींचता, पोसता, वह ध्यान से देखती और सोचती, ज़रूरी नहीं कि मनुष्य सिर्फ़ अपने बच्चे को पालकर बड़ा करे। पेड़-पौधे, फूल-फल, किसी को भी पाला-पोसा जा सकता है। उनके बड़े होने पर कम ख़ुशी नहीं होती।

रविवार की दोपहर सूनी ने एक अच्छी कन्नड़ फ़िल्म देखी, उसके बाद उसी फ़िल्म की मूलकथा 'घटश्राद्ध' पढ़ते-पढ़ते वह अलसा गयी। कट्टो भी कहीं गमलों के बीच में दुबकी पड़ी थी। जब सूनी की आँख खुली, शाम पूरी तरह झुक गयी थी। कमरे में हल्का अँधेरा था। बिजली जलायी, चाय बनायी और थोड़ी-सी चाय एक तश्तरी में डाल कट्टो के लिए ठण्डी करने रख दी, तभी सुनन्दा की नज़र अपने बिस्तर पर गयी।

"आह।" उसकी चीख़ निकल गयी। बिस्तर पर कट्टो बेजान पड़ी थी। सूनी ने उसे उलटा-पुलटा। उसकी झबरी दुम बिल्कुल लुंज हो चुकी थी, आँखें छोटी रत्तियों की तरह निस्पन्द थीं। सूनी ने साड़ी का पल्लू देखा, उस पर हमेशा की तरह कट्टो के रोयें चिपके थे। उसकी समझ में काफ़ी कुछ आ गया। उसे सोता देख कट्टो ज़रूर उसके पास सरक आयी होगी। कुछ देर खेलकर वह वहीं सटकर सोयी होगी। सूनी की करवट में उसकी कोमल गर्दन दब गयी होगी। नन्ही-सी

जान निकलते देर क्या लगी होगी? सुनन्दा फूट-फूटकर रोयी। उसे लगा, उससे शिशु-हत्या हो गयी है। कमरा मनहूस हो उठा। बहुत देर तक निश्चल बैठी रही। नीचे के फ़्लैट से काम करने के बाद उसकी नौकरानी शीला कमरे में आयी तो उसने पाया, सूनी एक सफ़ेद रूमाल में कट्टो को लपेट रही है।

"मर गयी आपकी कट्टो!" शीला ने कहा। एक आघात की तरह लगा शब्द 'मरना'।

"मैंने ऐसा जान-बूझकर नहीं किया। यह अपने आप दब गयी। मुझे सच कोई होश नहीं था।" सूनी बार-बार अपना आँचल झाड़ रही थी।

"नहीं दीदी, आप क्यों मारतीं इसे? चलिए, इसे नीचे मिट्टी में दबा दें।" वे दोनों उस सफ़ेद रूमाल को थामकर नीचे आयीं। सामने तिकोने पार्क में दो पेड़ थे। अँधेरा हो चुका था। शीला ने एक छोटा-सा गड्ढा बनाया, पतला, एक फ़ीट के क़रीब और उथला। सूनी ने झुककर उसे कुछ गहरा किया, आहिस्ते-से उसने रूमाल समेत गिलहरी को गड्ढे में लिटा दिया। एक क्षण जैसे वह प्रार्थना में झुकी रही। शीला ने धीरे-से गड्ढा मिट्टी से ढक दिया।

पता नहीं, यह सुनन्दा की कल्पना थी या सच, दूर कहीं शोक धुन-सी बजती सुनाई दे रही थी। ऊपर जाते हुए उसे लग रहा था वह वाक़ई एक शवयात्रा से लौट रही है। आज वह सचमुच सूनी थी।

बगिया

पहले उसे झींकने की इतनी आदत नहीं थी। अच्छा-ख़ासा ख़ुशमिज़ाज शौहर और बाप था वह। बच्चे ऐन सिर पर शोर करते तब भी वह गुस्सा न करता। बीवी की हर बात को ग़ौर से सुनता था, लेकिन जैसे-जैसे परेशानियाँ बढ़ीं, उसकी ख़ुशमिज़ाजी घटती गयी।

कई छोटी-मोटी अस्थायी नौकरियों के लगने और छूटने के बाद पिछले सात साल से कुन्दन इस कपड़े के विशाल स्टोर में नौकरी कर रहा था। शुरू में उसका काम बस इतना था कि डिलिवरी काउंटर पर खड़े रहो और ग्राहकों को कैशमेमो दिखाने पर उनका सामान पकड़ा दो, लेकिन बाद में एक-दो सेल्समैन के चले जाने से बिक्री में दिक़्क़त पैदा होने लगी तो उसके मालिक सेठ हीरालाल ने उसे सेल्समैन की हैसियत से सूटिंग-शर्टिंग के काउंटर की ज़िम्मेदारी दे दी। शुरू-शुरू में उसे अच्छा लगा। इस काम में एकरसता नहीं थी। हर बार काउंटर पर नया ग्राहक आता, हर ग्राहक की अलग और मौलिक पसन्द होती। नये कपड़े का थान खोलने और दिखाने, नापने और काटने की अपनी उत्तेजना थी। विशाल स्टोर में सबसे ज़्यादा बिक्री इसी काउंटर पर होने लगी।

विशाल स्टोर वास्तव में विशाल था। सेठ हीरालाल की निजी इमारत के निचले हिस्से का पूरा एक भाग इस स्टोर ने ले रखा था। सिर्फ़ साड़ियों के छह काउंटर थे, क्योंकि सूती, रेशमी सिंथेटिक साड़ियाँ अलग-अलग काउंटर पर मिलती थीं। एक हिस्से में सिर्फ़ परदे और क़ालीन की बिक्री होती। सेठ हीरालाल नाटे, मोटे, प्रौढ़ आदमी थे, जो हरदम पान चबाते और बैठी आवाज़ में किसी-न-किसी कर्मचारी को टोकते रहते। वे दुकान में हमेशा मौजूद रहते। कई बार तो बैठे-बैठे उनकी टाँग सो जाती और वह उसे मलने लगते। उनका छोटा भाई अपेक्षाकृत कुछ नरम स्वभाव का था। वह भी दुकान का हिसाब-किताब देखता, लेकिन अपने बड़े भाई की तरह हर वक़्त कर्मचारियों के सिर पर सवार

नहीं रहता। सेठ हीरालाल तो हमेशा हिदायत देते रहते और चौकन्नी नज़र से हर काउंटर के कार्यकलाप को घूरते रहते। हर समय प्रसन्न दिखने वाले कर्मचारियों को वे शक़ की निगाह से देखते और उन्हें बेवजह टोक देते।

कुन्दन बहुत जल्द अपने काम में मुस्तैद हो गया था उसे यह भी अभिमान था कि वह स्टोर के सबसे व्यस्त काउंटर पर तैनात है, लेकिन उसके साथी कर्मचारी उससे जलने लगे। हालाँकि उन सबको समान वेतन मिलता था, फिर भी उनमें मालिक से प्रशंसा पाने की बेवजह प्रतियोगिता बनी रहती। कुन्दन के ख़िलाफ़ स्टोर में एक माहौल तैयार होता गया। एक सुबह जब वह रोज़ की तरह ख़ुश-ख़ुश अपने काउंटर पर आकर खड़ा हुआ, सेठ हीरालाल ने अपनी जगह पर बैठे-बैठे, बैठे गले से कहा, "कुन्दन, तुम आज से हिसाब मिलाने में मुनीम जी की मदद किया करोगे। इस काउंटर पर अब बद्री काम करेगा।"

कुन्दन हक्का-बक्का रह गया। उसे अपने काउंटर से लगाव-सा हो गया था। उसने पूछा, "क्यों सेठ जी?"

सेठ हीरालाल भड़क गये, " 'क्यों-क्यों' न करो। बस, मैंने कह दिया, नहीं करवाना तुमसे इस काउंटर का काम। तुम कपड़ा ज़्यादा नापते हो, कम बताते हो। कोई चार आने मीटर का कपड़ा तो है नहीं जो तुम्हें मनमानी करने दें। तुम तो हमें बेच खाओगे।"

"लेकिन सेठ जी, यह एकदम झूठ है। मैंने आज तक ज़्यादा कपड़ा नहीं नापा, आप ख़ुद जाँच सकते हैं।"

"मेरी तो आँखों में मीटर लगा है, कुन्दन लाल। काम करना है तो होश में करो।"

कुन्दन ने देखा, बद्री मुस्कराता हुआ हिसाब की मेज़ से अपना झोला उठा कर उसके काउंटर की तरफ़ बढ़ रहा था।

उस शाम पहली बार कुन्दन ने घर पर छोटी-सी ग़लती के लिए अपने बच्चे को पीटा। जब पत्नी बेटे को बचाने दौड़ी तो कुन्दन उस पर भी बरस पड़ा। यह एक नयी बात थी। परिवार हैरान हो गया। उसकी आठ साल की लड़की गुड़िया बोली, "लगता है, पापा का किसी से झगड़ा हो गया है।" कुन्दन फिर भी नहीं खुला, बस अन्दर-अन्दर धधकता रहा।

मुनीमजी के साथ बैठकर सारे दिन लम्बा-चौड़ा हिसाब लिखना और मिलाना शुरू में उसे एकदम नागवार लगा, पर यह भी एक चौखटा था, जिसमें कुन्दन को फ़िट बैठना ही था। इसके अलावा कोई चारा भी न था। जल्दी ही कुन्दन

ने लम्बे-लम्बे जोड़ करना, बाक़ी करना और प्रतिशत निकालना सीख लिया। मुनीमजी ने उसे रोकड़ पुस्तक लिखना सिखाया। अब कुन्दन को यह काम उतना नागवार नहीं लगता था, जितना पहले। उसे मालूम हुआ कि इन्सान के आपसी व्यवहार से परे भी एक दुनिया होती है—हिसाब की दुनिया, जिसमें गिनती और गिनती का जोड़ ही सबसे बड़ी चीज़ होती है। इसी गणित के लिए इन्सान सारा दिन खटता है और अपने बूते के बाहर मरता-खपता है।

दुकान का हिसाब सीखने के बाद कुन्दन ने अपने घर के हिसाब पर भी ध्यान दिया। उसने एक अलग रजिस्टर बनाया, जिसमें रोज़ हुए ख़र्च का हिसाब लिखने लगा। पहले वह घर वालों की नज़र बचाकर यह काम करता था। जल्द ही उसने यह संकोच छोड़ दिया और ख़ाली वक़्त में बैठा सिर्फ़ हिसाब मिलाता रहता। उसके बच्चे और पत्नी मिलकर कैरम खेलते या लूडो, पर वह उनके लाख कहने पर भी साथ न खेलता। अपना आय-व्यय का रजिस्टर बग़ल में दबा कर वह दूसरे कमरे में चला जाता। पप्पू और गुड़िया ने इस रजिस्टर को 'पापा की पोथी' कहना शुरू कर दिया। जब रसोई से पत्नी पूछती, "पप्पू, पापा क्या कर रहे हैं?" पप्पू कहता, "पापा पोथी बाँच रहे हैं।"

सभी हिसाबी लोगों की भाँति कुन्दन को भी पक्का यक़ीन था कि हिसाब लिखने से ख़र्च में कटौती की जा सकती है। इससे पहले कुन्दन घर ख़र्च में कभी दखलन्दाज़ी नहीं करता था। अब उसने बात-बात पर पत्नी को टोकना शुरू कर दिया, "ये रोज़-रोज़ अण्डे क्यों मँगाये जाते हैं?"

—क्या पराँठे का नाश्ता नहीं कर सकते बच्चे?

—तुमने तेल पर दो सौ रुपये कैसे ख़र्च कर डाले?

—साबुन पर पच्चीस रुपये से ़ज़्यादा ख़र्च नहीं होना चाहिए।

पत्नी परेशान हो गयी। वह खुद कभी फ़िज़ूलख़र्ची नहीं करती थी, फिर भी कुन्दन हर वक़्त उसे टोकता। यह तो वह जानती थी कि चीज़ें दिनोदिन महँगी होती जा रही हैं और आमदनी उस रफ़्तार से नहीं बढ़ रही, पर यह हर पल का हिसाबीपन उसकी बर्दाश्त से बाहर था। पप्पू और गुड़िया दोनों स्कूल जाते थे। उनके दस ख़र्च थे। हालाँकि दोनों बच्चे बेहद सीधे और समझदार थे, उनकी पढ़ाई सम्बन्धी ज़रूरतें तो पूरी करनी ही होतीं। पत्नी कोशिश में रहती कि कुन्दन को इन ज़रूरतों का कम-से-कम पता चले।

पप्पू और गुड़िया के स्कूल में अक्टूबर-नवम्बर के महीनों में कई जलसे और सांस्कृतिक कार्यक्रम रखे जाते। दोनों बच्चे पढ़ाई में तेज़ होने के साथ-साथ

अन्य कार्यक्रमों में भी भाग लेते। टीचर ने दोनों बच्चों को समूह गान कार्यक्रम के लिए चुना और प्रिंसिपल ने ताक़ीद की कि जितने बच्चे समूह गान के लिए चुने गये हैं, वे सब बालदिवस पर नये सफ़ेद कपड़ों में स्कूल आयें। पप्पू और गुड़िया ने जोश में थिरकते हुए घर पर बताया :

—मम्मी, हमें नयी सफ़ेद फ्राक चाहिए, मिस ने कहा है।

—और मुझे नयी निकर-कमीज़।

"पुराने कपड़े धो देने से काम नहीं चलेगा?" माँ ने कहा।

"नहीं माँ, फिर मिस ने कहा है कि ये कपड़े ख़राब नहीं जायेंगे। हमीं लोगों के काम आयेंगे बाद में।"

"वह तो ठीक है, पर कपड़ा?"

"ओफ़्फ़ोह मम्मी, पापा शहर के सबसे बड़े कपड़े के स्टोर पर काम करते हैं और तुम्हीं हमारे लिए कह रही हो—कपड़ा!"

"ज़रा सोचो, बाक़ी बच्चे भी बनवायेंगे।"

बच्चों की ग़ैरहाज़िरी में पत्नी ने कुन्दन से ज़िक्र किया। कुन्दन एकदम बिगड़ गया, "स्टोर में क्या मुफ़्त मिलता है कपड़ा? तनख़्वाह में से कटेंगे दाम। कोई ज़रूरत नहीं है गाना-वाना गाने की।"

पत्नी पहले से ही जानती थी कि कुन्दन यही जवाब देगा। उसे ज़्यादा हैरानी नहीं हुई, उसे सिर्फ़ दुःख हुआ कि हिसाब-किताब ने एक अच्छे-भले इन्सान को पुर्ज़ा बना कर रख दिया।

ऐसे संकट में पत्नी का मनोबल बेहद बढ़ जाता था। उसने तय कर लिया कि बच्चों के जोश पर पानी नहीं फेरेगी। उसने पैसा-पैसा जोड़ कर सौ रुपये बचाये हुए थे। बिना पति को बताये वह बाज़ार जाकर कपड़ा ले आयी और रातों को जाग-जाग कर उसने आख़िरकार कपड़े तैयार कर ही लिये। जब वह पप्पू की निकर में बटन लगाकर उठी, उस वक़्त घड़ी रात के दो बजा रही थी।

सुबह बड़े मनोयोग से उसने दोनों बच्चों को नये कपड़ों में तैयार किया। बच्चे आज उत्साह से उछल रहे थे। वे अपने पापा के सामने जाकर बोले, "देखिये पापा, जो कपड़ा आपने लाकर दिया, ममी ने उससे कैसा जादू कर डाला?"

कुन्दन उस वक़्त रजिस्टर में हिसाब मिला रहा था। त्योरी चढ़ाकर उसने कहा, "कैसा कपड़ा?"

पत्नी ने हँसते हुए कहा, "तुम न लाओगे तो क्या कपड़ा बाज़ार में भी न मिलेगा। यह सब मेरा काम है। तुम्हारे हिसाब-किताब से इसका कोई ताल्लुक़ नहीं है।"

"कैसे नहीं है?" कुन्दन बोला, "यही पैसा अगर जमा किया जाता तो...?"

"तो ये बच्चे आज इतने ख़ुश कैसे होते? देख रहे हो, दोनों पर नये कपड़े कैसे खिल रहे हैं, जैसे फूल।"

कुन्दन ने उस बार भरपूर आँख से बच्चों की ओर देखा। उसे लगा, सिर्फ़ फूल ही क्यों, पूरी बगिया ही हँस रही है, एक वही रोनी शक्ल बनाये जोड़-बाक़ी में लगा है। उसने हिसाब का रजिस्टर एक तरफ़ पटक दिया और बच्चों की तरफ़ हाथ बढ़ाकर बोला, "इधर आकर पापा से प्यार तो कर लो एक बार।"

छोटे गुरु

शहर में छोटे-बड़े मिलाकर बीस-पच्चीस गुरु थे। हालाँकि शिष्य एक भी नज़र नहीं आता था। कृपालु गुरु, भजमन गुरु, आदि गुरु, अनादि गुरु, छोटे गुरु वग़ैरह-वग़ैरह। इन्हें 'गुरु' का ख़िताब कब, किसने दिया, शहर को यह याद नहीं। नये-नये आने वाले यही अनुमान लगाते कि अपने ज़माने के ये धुरन्धर पहलवान रहे होंगे। अखाड़े में किसी प्रतिद्वन्द्वी को पछाड़ा होगा और हमेशा के लिए गुरु बन गये या किसी आश्रम टाइप विद्यालय के अध्यापक रहे होंगे। नौकरी छोड़ दी, पर नाम चिपका रह गया। किसी ने इन्हें पहलवानी या अध्यापकी करते नहीं देखा, लेकिन इस इतिहास के सर्वेक्षण की हिम्मत किसी में नहीं थी। हर एक गुरु की अपनी ख़ासियत थी। कृपालु गुरु का शहर के सारे सिनेमाघरों पर दबदबा था। उनके आदमी ही ये थिएटर संचालित करते थे। सिनेमाघर के साइकिल अड्डे भी उन्हीं के अधीन थे। पुलिस का महीना, प्रशासन को फ्री-पास और फ़िल्म के पोस्टर सम्बन्धी फ़ैसले कृपालु गुरु के आदमी करते।

आदि गुरु का अड्डा दारागंज का नाग वासुकि मन्दिर था जहाँ वे रोज़ शाम चार बजे के बाद बूटी छानते हुए देखे जाते। उनके भक्त समुदाय में चौबे-दुबे की भरमार थी।

शहर के मन्दिरों पर इनका एकछत्र राज्य था। इनके अड्डे पर कोई फ़ोन नहीं था, फिर भी इन्हें हर मन्दिर की राई-रत्ती ख़बर रहती—कहाँ अगले हफ़्ते चोरी होने वाली है तो कहाँ अखण्ड पाठ; किस मन्दिर पर कितना चढ़ावा आता है, किस मन्दिर का पुजारी कितना गुणी या कितना ऐबी है। भजमन गुरु का भजन पूजा से कोई नाता नहीं था। देशी शराब की हौलियों पर इनकी बड़ी इज़्ज़त थी। बड़े से बड़ा झगड़ा उनके आ जाने से तुरत-फुरत सुलट जाता। उनके समर्थकों को भी नहीं पता था कि भजमन गुरु का गुज़ारा कैसे चलता है क्योंकि कभी किसी ने उन्हें रुपये-पैसे को हाथ लगाते नहीं देखा।

इन सबसे अलग और अनोखे थे छोटे गुरु। न तो उनका कोई अड्डा था, न तिलिस्म। अन्य गुरुओं की तरह ये धोती या तहमद नहीं पहनते थे। इनके ऊपर नेताओं की पोशाक ख़ूब फबती थी। जब छोटे गुरु जैकेट और टोपी भी पहन लेते, एकदम मन्त्री दिखाई देते। जीवन में उन्हें सिर्फ़ एक लगन थी—महिला जाति का कल्याण। इसके लिए वे दिन-रात एक किये रहते। धीरे-धीरे इस क्षेत्र में उनकी इतनी ख्याति फैल गयी कि उनके दरवाज़े पर लुटी-पिटी, दीन-दुःखी स्त्रियों की हमेशा भीड़ लगी रहती। पति से मनमुटाव हो या सास से कलह, स्कूल की प्रधानाचार्य से टकराव हो या दफ़्तर से छँटनी, महिलाओं से जुड़े हर सवाल की सुनवाई छोटे गुरु के यहाँ थी। वे ध्यान से पूरी बात सुनते, पता नोट करते और अगले दिन उस ठिकाने जा धमकते। फ़रियादी की आधी समस्या तो इसी बात से हल हो जाती कि छोटे गुरु ने उस मामले में दिलचस्पी दिखाई। बाक़ी मामले का धीरे-धीरे निपटारा होता रहता।

छोटे गुरु का पारिवारिक जीवन सुखी नहीं था कि उसकी कोई शक्ल नहीं थी, दोनों ही बातें सच थीं। छोटी उम्र में माँ-बाप दोनों को एक-एक कर खो देने के बाद छोटे गुरु का संघर्ष बहुत अधिक बढ़ गया। अध्यापकों के घर पानी भरने जैसे कामों के ज़रिये उन्होंने मैट्रिक तक पढ़ाई की। कई तरह के कामों में असफल होने के बाद उनका मन नौकरी और व्यापार, दोनों से उचट गया और उन्होंने अपना सारा वक़्त समाज सेवा को देने का निश्चय कर लिया। अनवरत सेवा का नतीजा यह हुआ कि इसी कार्य से उनकी दो वक़्त की रोटी निकलने लगी। परिस्थितियों ने उन्हें सर्वहारा वैसे ही बना रखा था, उन्होंने थोड़े को बहुत समझा।

उनकी ज़िन्दगी अच्छी-ख़ासी चलती रहती अगर पिछले दिनों उन्होंने एक दुःखी महिला से हमदर्दी का इज़हार न किया होता। रेखा गुप्ता नाम की इस महिला का दर्द यह था कि सन् 1980 में इसका विवाह मेरठ निवासी शिवकुमार गुप्ता से हुआ जो कैनेडा के एक स्कूल 'सेंट माइकेल' में शिक्षक था। सात समुद्र पार कर वह शादी करने आया और दस दिन रेखा के साथ बिताकर वापस चला गया। पत्नी को आश्वासन दे गया कि जल्द उसे बुला लेगा। इस बात को दस साल गुज़र गये, उसने अपनी पत्नी की कोई खोज-ख़बर नहीं ली। साल भर के अन्दर सास-ससुर ने उसे धक्के देकर बाहर कर दिया। अन्याय और अपमान के दोहरे आक्रमण से रेखा वास्तव में रेखा जैसी क्षीण और व्यक्तित्वहीन हो चली।

इतने वर्ष उसने अपने माता-पिता के साथ काट लिए, किन्तु अब वह एक स्थायी नौकरी चाहती थी जिसके सहारे शेष जीवन कट सके।

वह छोटे गुरु के यहाँ एक दिन गयी, दो दिन गयी और फिर अक्सर जाने लगी।

ऐसी ही एक अँधियारी शाम जब वह आयी, पानी मूसलाधार बरस रहा था। रेखा के पास छाता भी नहीं था। छोटे गुरु ने डाँटा, "घर से निकलते बखत बादल नहीं दिखा था?"

रेखा ने परेशानी से आसमान की तरफ़ देखा और साँस खींची, "जौन मनई के भगवान भी ख़िलाफ़ हो जायें, उसके लिए क्या आँधी और क्या पानी?" वह वहीं बरामदे में पड़े तख़्त पर एक किनारे बैठ गयी।

छोटे गुरु कुछ देर असमंजस में दरवाज़े बीच खड़े रहे। फिर उन्होंने कहा, "जैसे ही पानी धीमा हो, चली जाना।"

अन्दर आकर उन्होंने किवाड़ बन्द कर लिए। छोटे गुरु स्वपाकी थे। इस वक़्त वे अपने हाथ से अपने लिए भोजन बनाते थे। कभी काम ज़्यादा होता तो वे भोजन के बाद रात ही में अर्ज़ियाँ बाँच लेते। कई बार अर्ज़ियों का काम सवेरे अख़बार पढ़ने के बाद करते।

छोटे गुरु ने धीमे-धीमे सब काम निपटाये, लेकिन जब उन्होंने सोचा लाओ, अर्ज़ियाँ भी देख डालें, यकायक बिजली चली गयी। घर में घुप्प अँधेरा और लालटेन में तेल नदारद। छोटे गुरु ने माचिस और पैसे कुर्ते की जेब में डाले और बुझी लालटेन हाथ में थामे बाहर निकले कि बग़ल की दुकान से उसमें तेल भरवा लें। बारिश अब तक बन्द हो चुकी थी, लेकिन गली से अभी पानी नहीं उतरा था। छोटे गुरु ने बग़ल की दुकान वाले सैफ़ी को आवाज़ दी, "सैफ़ी भाई ज़रा लालटेन भर दो आ कर।"

जलती लालटेन लेकर जब वे मुड़े तो यकायक चौंक गये। सैफ़ी, जो अपना तेल वाला पउआ सँभालकर ले जाने वाला था, एक मिनट को ठिठक गया।

तख़्त पर रेखा सिमटी सिकुड़ी सोयी पड़ी थी।

हड़बड़ाकर छोटे गुरु ने आवाज़ दी, "अरे, क्या नाम है तुम्हारा? उठो और अपने घर जाओ। बरखा थम गयी है।" फिर वे सैफ़ी से बोले, "कोई अर्ज़ी देने आयी थी, यहीं औंघाई लग गयी।"

रेखा हड़बड़ाकर उठ बैठी और बैठते ही खड़ी हो गयी, "क्या बजा है?" उसने पूछा।

छोटे गुरु अन्दर गये घड़ी देखने। पौने दस बजे थे। उन्होंने बरामदे में आ कर बताया।

"आज तो अम्मा हमें मार डालेगी। अब हम घर कैसे जायें?" रेखा ने काँपती आवाज़ में कहा।

"तो हम का करें? देख के औंघियाना चाही। ये नहीं कि जहाँ मर्ज़ी पसर गये," छोटे गुरु ने डाँटा।

रेखा के शरीर से पसीने की नमकीन गन्ध छोटे गुरु तक आ रही थी। वे घबराकर परे खड़े हो गये, मन-ही-मन 'हनुमान चालीसा' पलटने लगे।

रेखा तख़्त पर धम्म-से बैठ गयी, "छोटे गुरु, आप ही बतायें हम का करें, कहाँ जायें? अभी तक तो कामौ नहीं रहा, अब ठिकानौ भी उठ जाइ।"

"हम तो तुम्हारी मुश्किल निपटा रहे थे। मिशन स्कूल की बड़ी गुरु जी से कइयो चक्कर तुम्हारी नौकरी बदे मिले, पर तुम तो हमैई मुश्किल में फँसा रही हो। हटो हमारे दरवाज़े पर से।"

रेखा ने कातर नज़र से उनकी ओर देखा। छोटे गुरु दरवाज़े की तरफ़ मुड़ चुके थे।

उसे माँ का चिन्ताग्रस्त चेहरा याद आने लगा। पिछले साल उसके पिता बिना इलाज के कमज़ोरी जैसी अस्पष्ट तकलीफ़ से चल बसे थे। तब से माँ-बेटी एक-दूसरे की पतवार बने हुए थे। काम और कमाई, दोनों का अभाव उनका मनोबल तोड़ रहा था। एक दूर जाये तो दूसरे को भय, आशंका और विमूढ़ता हो जाती। किसी भी तरह उसका घर पहुँचना निहायत ज़रूरी था। गली में पानी भरा था। जो इक्का-दुक्का लोग वहाँ से गुज़र रहे थे, उनकी पैंट घुटने-घुटने तक गीली थी। रात के अँधेरे ने गली को रहस्यमय बना दिया था।

रेखा ने निरुपाय संकल्प किया। उसने साड़ी का आँचल कमर में खोंसा, चप्पलें एक हाथ में उठाईं और साड़ी की पटली दूसरे हाथ से ऊँची की। वह निपट अँधेरे में घुटना-डुबान पानी में उतर गयी।

छोटे गुरु कमरे की चौखट से लगे-लगे उसे जाते देखते रहे। तभी बिजली आ गयी। लालटेन बुझाते हुए उन्हें सन्तोष हुआ कि रेखा कम-से-कम सड़क के अँधेरे से तो बच जायेगी, पर जल्दी ही उन्हें दूसरी चिन्ता ने आ घेरा। क्या वह सन्नाटे से बच पायेगी? उन्हें लगा कि उनसे भारी भूल हुई। वे रेखा के साथ उसके घर तक जा सकते थे। उसकी माँ को बता सकते थे कि बारिश के कारण रेखा उनके यहाँ फँस गयी थी।

उस दिन अर्ज़ियाँ पढ़ने में उनका मन न लगा। बिजली बन्द कर अपने तख़्त पर लेटे, पर नींद नहीं आयी। उन्हें रेखा के पसीने की गन्ध लौट-लौट कर आ रही थी। वे मन-ही-मन, करवट-करवट अपने को समझा रहे थे, 'छोटे गुरु, धीरज धरो। तुम्हारे नाम को बट्‌टा लग जायेगा। उसे रोकते तो सुबह तक बदनाम हो जाते। शहर के लोग थुड़ी-थुड़ी करते।'

छोटे गुरु ने अपने को कामों में झोंक दिया। एक दिन यकायक मिशन स्कूल की बड़ी बहन जी ने उनसे कहा, "छोटे गुरु, कोई अच्छी-सी टीचर बताइए जो टिक कर आठ घंटे पढ़ाई करवाये। आजकल की लड़कियाँ नौकरी लपकने के लिए तो बड़े हाथ-पैर मारती हैं, मिल जाने पर इनकी लियाक़त को लकवा मार जाता है।" छोटे गुरु को यकायक रेखा गुप्ता का ध्यान आया। वे उसी शाम हमाम गली में 198 नम्बर मकान ढूँढ़ते हुए पहुँचे।

उनके एकाकी जीवन में विवाह का योग शायद ऐसे ही लिखा था। रेखा गुप्ता की माँ ने उन्हें एकदम से घेर लिया। उनके उद्‌गारों से छोटे गुरु को पता चला कि उस रात रेखा का देर से आना मोहल्ले में अभी तक टीका-टिप्पणी का विषय बना हुआ है। छोटे गुरु के सच्चरित्र पर माँ को सन्देह नहीं, पर धर्म की बात है। जिसके कारण रेखा की बदनामी हो रही है, वही उसे ब्याह ले जाये। पहली शादी की छूट-म-छूट हो चुकी है। अपनी ब्याहता से फिर छोटे गुरु नौकरी करवाएँ या चाकरी, वे जानें उनका काम जाने। छोटे गुरु ने लाख दलील रखी, रेखा की माँ सब काटती गयी। रेखा ऊपर के कमरे में थी, उसे नीचे बुला कर समझा दिया गया कि छोटे गुरु नौकरी का ठिकाना लेकर आये हैं इनकी ख़ातिरदारी करो।

उस रात छोटे गुरु ने कई साल बाद, औरत के हाथ की सिंकी रोटी का स्वाद पाया। घर को लौटे तो लगा, तबीयत पर नशा छा रहा है।

मिशन स्कूल में रेखा गुप्ता को नौकरी मिल गयी। अब तक माँ से उसे भनक मिल चुकी थी कि माँ ने छोटे गुरु से उसके पुनर्विवाह की बात चलाई थी। उसे अचरज हुआ कि माँ ने विपत्ति में से विकल्प की राह ढूँढ़ निकाली। प्रस्ताव विचित्र था, पर विसंगत नहीं। इसमें सबसे बड़ा आश्वासन सुरक्षा का था।

रेखा के जीवन में बीस साल बाद बसन्त-बहार आयी। हालाँकि बहुत कुछ बदला नहीं जा सकता था, कोशिश की जा सकती थी। जैसे दुःख निराशा और चिन्ता में कनपटी पर बाल सफ़ेद हो गये थे, उन पर सिर्फ़ मेहँदी लगाई जा सकती थी, उन्हें वापस काला नहीं किया जा सकता था। रात-बिरात रोते रहने

से आँखों के नीचे गड्डे पढ़ गये थे, उन्हें कुछ देर के लिए पाउडर से ढका जा सकता था। इस सबसे ऊपर एक और चेतना थी। इतनी आकस्मिकता से मिले सुख-सुहाग ने उसे सुरक्षा के साथ नये असुरक्षा-भाव से भी भर दिया।

छोटे गुरु हमेशा की तरह अब भी सारा दिन समस्याग्रस्त स्त्रियों से घिरे रहते। इस क्रम में कोई व्यतिक्रम नहीं आया था। रेखा ने कई बार स्त्रियों को उनके सम्मुख रोते, सिसकते भी देखा। 11 से 5 बजे शाम तक छोटे गुरु कार्य क्षेत्र में रहते। रेखा स्कूल से 4 बजे घर आ जाती। वह महिलाओं की अर्ज़ियाँ लेने के बहाने उनसे गुपचुप वार्ता करती, "वैसे तुम काग़ज़ दे जाओ, पर छोटे गुरु ने यह काम बन्द कर दिया है। दरअसल है तो यह नेक काम, पर इसमें बदनामी बहुत है।"

दुःखी स्त्रियाँ अफ़सोस से कहतीं, "ऐसी तो कोई बदनामी की बात नहीं है और फिर अब छोटे गुरु गृहस्थी वाले भी हो गये।"

रेखा कहती, "वे कहते हैं, बहुत कर लिया मैंने स्त्री-विमर्श। अब कोई क़ायदे का काम करूँगा जो फ़ायदे का भी हो।" महिलाएँ जितनी दुःखी आतीं उससे कहीं ज़्यादा दुःखी होकर लौट जातीं। वे आपस में कहतीं, "जब छोटे गुरु का इस काम से जी ही भर गया तो क्या किया जाये।"

छोटे गुरु को कानो-कान ख़बर नहीं हुई और उनकी फ़ाइल में अर्ज़ियाँ आनी कम होती गयीं।

फ़िलहाल छोटे गुरु फिर बेरोज़गार हैं।

परदेसी

अजब परिवार है हमारा, तीन भाई-बहन तीन देशों में बसे हैं। सब एक-दूसरे के लिए तरसते हैं, जब हुड़क तेज़ उठती है तो एक-दूसरे को लम्बे-लम्बे फ़ोन कर लेते हैं, प्यार-भरे कार्ड भेजते हैं, अगले साल मिलने का वादा करते हैं, कुछ दिनों को जी ठहरता है।

पहले सब इकट्ठा रहते थे। कोट लखपत का वह बड़ा मकान भी छोटा पड़ जाता। वहीं शादियाँ हुईं। वहीं नौकरी लगी। बड़े भाई केन्द्रीय विद्यालय में शिक्षक नियुक्त हुए। बहन ट्रेनिंग कॉलेज में प्रशिक्षक, नीरद कपूरथला कॉलेज में लेक्चरर हो गया।

भाई अख़बारों का गहन अध्ययन करते थे। अमरजीत अख़बार की तरफ़ ताकती भी नहीं थी। नीरद कॉलेज जाकर कई अख़बारों की सुर्ख़ियाँ देख लेता। उसकी दिलचस्पी का क्षेत्र साहित्य था।

उन्हीं दिनों भाई को कनाडा जाने का रास्ता नज़र आया। अख़बार में वहाँ स्कूलों के लिए दर्जनों पद निकले थे। भाई-भाभी ने चार फ़ॉर्म मँगा लिये। घर में बड़ा बावेला मचा। बौजी और बीजी ने कहा, "दोनों भाई इकट्ठे चले जाओगे, हम किसके सहारे जियेंगे?"

भाई ने कहा, "अमरजीत है, पंकज है और आपकी सारी कबीलदारी यहीं है।"

"बेटों का हाथ लगे बिना तो सरग भी नहीं मिलता," बीजी रोने लगीं।

भाई बोले, "एक बार हम वहाँ जम जायें तो आप दोनों को भी बुला लेंगे, बल्कि अमर और पंकज को भी वहाँ काम दिलवा देंगे।"

शाम को नीरद कपूरथला से लौटा तो बीजी ने उससे कहा, "तू तो बड़ा मीसना (घुन्ना) निकला। अपने आप बाहर जाने का प्रोग्राम बना लिया?"

नीरद हक्का-बक्का। सारी बात जानते ही वह भड़क गया, "मेरे लिए फ़ैसला लेने का हक़ किसी को नहीं है। चाहे कनाडा हो, चाहे टिम्बकटू, मैं कहीं नहीं जाऊँगा।" भाई ने समझाया, "यहाँ से चालीस गुना तनख़्वाह मिलेगी। घर का दलिद्दर धुल जायेगा।"

"आप धोओ अपना दलिद्दर, मेरा फ़ॉर्म कोई जमा न करे।"

"बेवकूफ़, तू भरकर दस्तख़त करेगा, तभी जमा होगा फ़ॉर्म।"

"कहाँ है फ़ॉर्म? लाओ फाड़ दूँ," नीरद उठा।

अमरजीत ने फ़ॉर्म बीच में लपक लिया। पंकज भी उस दिन वहीं आया हुआ था।

"तुम्हें नहीं जाना तो हमें दे दो। हम भी निकलकर देखें इस नरक से।"

नीरद उलझ पड़ा, "किसे नरक कह रहे हो? इस घर को या उस घर को या अपनी नौकरियों को? हद है। ज़रा-सी सेंध क्या मिली, तुम्हें यहाँ नरक दिखाई देने लगा?"

"क्या है यहाँ पर? सारे दिन मेहनत करो, गिने-गिनाये रुपये हाथ आते हैं। चार ट्यूशन न करें तो घर का ख़र्चा नहीं चलता। आये दिन लूट-खसोट का आतंक।"

"जा बच्चा, तू गोरों का देश देख ले," बौजी ने कहा।

इस तरह एक-एक कर वे चारों चले गये। हम भी बहुत दिन पंजाब नहीं रह पाये। नीरद को इलाहाबाद विश्वविद्यालय में नौकरी मिल गयी और हम सब इलाहाबादी बन गये।

इसी बीच बच्चे छोटे-से बड़े हो गये। भाई की तीनों बेटियाँ और अमर के चीनू-मीनू हमारे ताक पर फ़ोटोग्राफ़ बन कर रखे रहे। उनके बारे में ख़बर मिलती रही कि सैंडी बहुत अच्छा पियानो बजाती है, नीता ने सोशल वर्क में ग्रेजुएशन किया है और साधना की शादी वहीं के एक गोरे बाशिन्दे से तय हो गयी है। हमारी स्मृतियों में वे अभी भी बच्चियाँ थीं, जो यहाँ से जाते वक़्त रो रही थीं और कहती थीं, "हमें नहीं जाना इतनी दूर, हम वापस आ जायेंगे।"

इस बार भाभी ने फ़ोन पर कहा, "भावना, हमारा बहुत अच्छा दोस्त रिचर्ड भारत जा रहा है। एक हफ़्ते राजस्थान घूमकर वह इलाहाबाद पहुँचेगा। एक हफ़्ते वहाँ रहेगा। उसके आराम का पूरा ध्यान रखना। घर की सफ़ाई कर लेना। कहीं भी गन्दगी, मच्छर, छिपकली न दिखने पाये। रिचर्ड डॉक्टर है। तुम्हारे भाई उसे साथ लेकर आते, पर उन्हें अभी छुट्टी नहीं मिल रही है। हमें तुम पर भरोसा है जैसे हमारे आने पर मेहमाननवाज़ी करती हो, वैसी ही करना।"

इस फ़ोन के बाद काम के ताम-झाम में मैं बस चकरघिन्नी-सी हो गयी। एक नज़र घर पर डाली, दूसरी परिवार पर। लगा, दोनों गड़बड़ हैं। घर तो बिल्कुल अजायबघर बना हुआ था।

खाने के कमरे में बीजी का तख़्त बिछा हुआ था। ड्राइंगरूम का पलस्तर उखड़ा पड़ा था। अन्दर बच्चों ने अपने कमरे में कम्प्यूटर रूम बना रखा था। पढ़नेवाले कमरे में कपड़े बिखरे रहते। ड्रेसिंग टेबिल सीढ़ियों पर रखी थी और रसोई इतनी घिचपिच थी कि ख़ुद मुझे ही उसमें सामान ढूँढ़ने में गश आ जाता। छोटे-से आयतन में बना यह फ़्लैट ऐसा था कि इसमें मुहब्बत या मजबूरी के अलावा साथ रहने का कोई औचित्य नहीं था।

मैंने बच्चों से कहा, "देखो, ताईजी के मेहमान तीन दिन बाद आ रहे हैं। तुम अपना कमरा साफ़ कर लो। बग़लवाले कमरे में उन्हें ठहरायेंगे। वे तुम्हारा कमरा देखकर क्या सोचेंगे?"

बच्चों ने कोई ध्यान नहीं दिया। दूसरी बार टोकने पर मन्नू अपने कमरे में पड़ी सारी किताबें, सीडी और तौलिये हमारे कमरे में पटक आया।

मैं घर-भर का कबाड़ छत पर डालती, अलमारियों के ऊपर चढ़ती बेलों, पौधों को छाँटती, पगलायी डोलती रही।

नीरद ने कहा, "क्यों परेशान होती हो? जैसा घर है, वैसा ही रहने दो। अगर यहाँ उसे तकलीफ़ होगी तो अपने आप होटल में चला जायेगा।"

मेरे लिए यह तर्क ग्राह्य नहीं था, वह क्या सोचेगा कि पढ़ी-लिखी लड़कियाँ हिन्दुस्तान में ऐसे घर चलाती हैं? भाभी अलग ख़फ़ा होंगी।

तीन दिन में घनघोर परिश्रम से मैंने अध्ययन कक्ष में रद्दोबदल कर उसे अतिथि कक्ष में तब्दील कर दिया। चुन-चुन कर घर की सारी नायाब चीज़ें यहाँ पहुँच गयीं।

बिस्तर पर चार इंची का फ़ोम का गद्दा, दीवारों पर पिकासो और विंशी की बनायी हुई तसवीरों के फ़ोटोप्रिंट, नया टर्किश तौलिया, विदेशी बाथरूप स्लिपर्स, नया जग और एक अदद फ्रिज भी कमरे में बाहर वाली जगह में रखवा दिया।

अन्नू ने इतनी तैयारियाँ देखकर कहा, "वाह मम्मी! यह कमरा तो बिल्कुल विदेशी लग रहा है। बस, एक मेम की कसर है यहाँ पर।"

मैंने कहा, "अन्नू, प्लीज़ तुम अपना म्यूज़िक सिस्टम इस कमरे में लगा दो। अगले हफ़्ते तक की बात है।"

आश्चर्य कि बिना हुज्जत के दोनों बच्चों ने अपना जान से प्यारा म्यूज़िक सिस्टम अतिथि-कक्ष में फिट कर दिया। मैंने चुन-चुन कर बाख, बिथोविन, मोजार्ट के कैसेट्स टेबिल पर रखे। बच्चों ने कहा, "हम थोड़ा पॉप भी रख देते हैं, नहीं तो उसका हाज़मा ख़राब हो जायेगा।"

साढ़े छह फ़ीट लम्बा रिचर्ड पार्कर जब नीरद के साथ घर में घुसा तो कमरा उसकी उपस्थिति से एकदम भर गया। वह सभी से गर्मजोशी से मिला। बीजी को उसने हाथ जोड़कर कहा "नमस्ते!"

मैंने उसके लिए चीज़ सैंडविचेज़ बनाकर पहले से ही रख लिए थे। जल्दी से चाय बनायी। पुरानी सेविका मालती का मन नहीं माना। इतनी दूर से आये मेहमान को सिर्फ़ एक चीज़ के साथ चाय पिलाते हैं कभी? उसने आलू-प्याज़ के पकौड़े बना डाले और पापड़ तल दिये। रिचर्ड इतना सब देखकर भौचक्का रह गया। उसने गप-से एक पकौड़ा मुँह में रखा, "ऊ औ आ।"

पकौड़ा बहुत गर्म था। रिचर्ड कुर्सी से उछला और पकौड़ा मुँह से बाहर निकला। बच्चों की तरफ़ देखकर हँसा, 'सॉरी' उसने कहा। फिर पकौड़े को फूँक-फूँककर मुँह में डाला।

"डेलिशयस," उसने कहा और तीन चौथाई प्लेट चट कर गया। उसे चाय भी बढ़िया लगी। यह कहना मुश्किल था कि हमारी मेहनत रंग दिखा रही थी या उसका मूड?

शाम को हम उसे नदी किनारे घुमाने ले गये। उसकी आदत थी, वह एक-एक चीज़ के इतिहास में जाने का प्रयत्न करता।

"यह घाट किसने बनाया? कौन-से सन् में बना?"

"ये मूर्तियाँ कौन-से भगवान की हैं?"

"इतने सारे भगवानों से आप लोग कन्फ़्यूज़ नहीं होते?"

"यह मल्लाह कब से नाव चलाता है? इसकी उम्र क्या है?"

ज़ाहिर था कि हम उसके सभी सवालों के जवाब नहीं दे पाये। घर आकर हमें यह भी लगा कि हम अपने परिवेश के विषय में कितने कम तथ्य जानते हैं।

बीजी ने कहा, "नीरद, रिचर्ड से कह कि निकर-बनियान में बाहर न निकले। कपड़े पहनकर जाया करे।"

पर रिचर्ड को बहुत गर्मी लग रही थी। वह कनाडा के एलबर्टा इलाक़े से आया था, जहाँ तापमान हिमांक से कई डिग्री नीचे रहता है।

अंग्रेज़ी जानते हुए भी उसका लहजा समझने में हमें थोड़ी दिक़्क़त हो रही थी। किसी तरह काम-चलाऊ बातें हो जातीं, पर मैंने पाया, बीजी और बच्चों

को ऐसी कोई परेशानी नहीं थी। वे सब मिलकर घण्टों टीवी देखते। भाभी ने अपने ऑफ़िस और घर के अन्दर-बाहर का एक वीडियो टेप भी भेजा था। उसे वीसीआर पर लगाकर वह बताता जाता, क्या हो रहा है। जो बात शब्दों से स्पष्ट न होती, वह अभिनय करके पूरी करता। सब ठहाके लगाते। बिना भाषा के वह बीजी को भाई के हाल बता देता। थोड़ी देर को मैं दोनों के बीच दुभाषिया बनी, फिर बीजी ने मुझे उठा दिया।

"इसकी बातें मुझे समझ में आ रही हैं।" उन्होंने कहा।

पहली रात मैं मनाती रही कि कमरे में कहीं कोई छिपकली, चूहा अपनी दैनिक गश्त पर न आ जाये। मच्छरों के ख़िलाफ़ कई इन्तज़ाम पहले से कर रखे थे।

खाने का समय सकुशल बीता। सीधा-सादा शाकाहारी भोजन था। उसे अच्छा लगा। पानी उबला हुआ था। फिर भी उसने नहीं पिया। उसने मालती से कहा, "चाय"।

हिन्दी के दो-तीन शब्द वह वहीं से सीखकर आया था। 'अच्छा', 'हाँ', 'नहीं' का उच्चारण और अर्थ वह जानता था।

यह सोचते हुए कि हर विदेशी को खजुराहो जाने की बेताबी होती है, हमने उसके लिए टूरिस्ट बस से वहाँ जाने का आरक्षण करवा दिया। उसे बताया। उसने गर्दन हिलाई, "नो, आई प्लान टु गो टु सारनाथ।" (नहीं, मेरा इरादा सारनाथ जाने का है।)

"सारनाथ हम सब किसी भी दिन कार से चलेंगे," नीरद ने कहा, "पहले तुम वह जगह तो देख लो, जिसके लिए भारत आये हो।"

उसने कहा, वह ट्री ऑफ़ नॉलेज, 'बोधिवृक्ष' देखेगा। उसकी बहन ने उससे बौद्ध उपासना के उपकरण मँगवाये हैं, वे ख़रीदेगा।

हमारे लिए अपने काम से छुट्टी लेना मुश्किल था। उसने कहा, "मैं अकेले चला जाऊँगा। आप मुझे गाड़ी में बिठा दें।"

अच्छे मेज़बान की तरह हमने कहा, "अभी जल्दी क्या है? आये हो तो दो-चार दिन रह लो।"

उसने अपनी डायरी दिखाई, जिसमें उसके एक महीने के प्रवास का पूरा टाइम-टेबिल बना हुआ था।

"अनजान जगह में अकेले जाते हुए तुम्हें डर नहीं लगता?" मैंने पूछा।

"इन्सान तो हर जगह का एक-सा है।"

"पर तुम्हारे पास हमारी भाषा नहीं है। अपनी ज़रूरत कैसे बताते हो?"

"काम चल जाता है।"

"देखो," नीरद बोले, "इस देश में जितने अच्छे लोग हैं, उतने बुरे भी। कोई दुश्मन जैसा मिल गया, तब?"

"मुझे आपके भाई ने बताया था कि भारत में पानी के सिवा तुम्हारा कोई दुश्मन नहीं होगा।" रिचर्ड ने हँसते हुए कहा।

खजुराहो का आरक्षण रद्द करवा दिया गया। अगले दिन का समय उसने ज़्यादातर घर में बिताया। दोपहर में वह 'आनन्द भवन' देखकर आया। रात के खाने पर हम सब इकट्ठे बातें करते रहे।

परिचय का प्रथम संकोच टूटने के बाद अन्नू-मन्नू अपनी पुरानी बुलन्दी पर थे। मन्नू ने पानी अपने गिलास में डालने के चक्कर में मेज़ पर फैला दिया। मैं परेशान हो गयी।

"कितनी बार कहा है, तुम दोनों छोटी मेज़ पर खाया करो," मैंने भुनभुनाते हुए झाड़न की तलाश की, जो नहीं मिला।

"तुम्हें कनरस पड़ा हुआ है। बड़ों के बीच घुसकर बैठना क्या बच्चों को शोभा देता है?" मैं और भी बोलती। दिन भर की भड़ास निकालने को थी। वैसे भी परिवार का ख़याल है कि डाँटते हुए मुझे नशा चढ़ जाता है। ग़ुस्से में मैं जनम-जनम की ग़लतियाँ गिनाने लगती हूँ। दुःखी होकर मन्नू ने खाना ही छोड़ दिया। रिचर्ड ने इशारा किया, "मन्नू, मैं तुम्हारा दोस्त हूँ। मेरे कहने पर खा लो, प्लीज़।"

"हमें भूख नहीं है।" उसने कहा।

उसके छोड़ते ही अन्नू ने भी प्लेट सरका दी, "हम भी नहीं खायेंगे।"

बीजी बोली, "इधर तो आ, मैं तुम दोनों को खिलाऊँगी। भगतिन बिल्ली की कहानी सुननी है?"

जब ये छोटे थे, दादी से कहानी सुनते हुए उन्हीं के हाथ से खाना खाते थे। अव बच्चे कुछ बड़े हो गये थे, पर खाने के समय कभी भी छोटे बन जाते।

दोनों के मुँह फूले रहे।

बीजी ने कहा, "जो मेरे पास पहले आयेगा, उसे एक रुपया मिलेगा।"

मेरा मूड अभी भी उखड़ा हुआ था। हमारे घर में दो दिन भी सभ्यता से रहना दूभर है। बच्चों को अक्ल सिखाओ तो बड़े बोलने लगते हैं। इसीलिए शायद रिचर्ड जल्दी जा रहा है।

रिचर्ड ने भोजन के बाद चाय पीते हुए हम दोनों से कहा, "आपकी मेहमाननवाज़ी को मैं कभी भुला नहीं पाऊँगा। आपके परिवार में मुझे बहुत अपनापन मिला है।"

"और यहाँ की गड़बड़ियाँ भी कभी नहीं भुला पाओगे!" मैंने कहा।

"जिन्हें आप गड़बड़ियाँ कह रही हैं, उनके लिए हमारे देश में तरसते हैं लोग। कहाँ मिलती है घर-परिवार की गर्मी? मुझे देखिये, बारह साल की उम्र से अकेला हूँ। माँ-बाप का तलाक़ हो गया। पहले माँ के साथ रहा। दो साल बाद उसने दूसरी शादी कर ली। फिर पिता के साथ रहा, उसके साल भर बाद पिता ने भी दूसरी शादी कर ली। मेरे लिए कहीं जगह नहीं बची थी।"

"अब तो आप वयस्क हैं।" मैंने कहा।

"पर कितना अकेला! एक बात बताऊँ? वहाँ अलबर्टा में हम सब अकेले हैं। आपके भाई कभी-कभी कहते हैं, नीरद ने ठीक किया, जो परदेस नहीं आया।"

नीरद को अपने पर नाज़ हुआ। बोला, "रिचर्ड, मैं तो तभी जानता था कि रोटी के लिए कोई अपनी मिट्टी नहीं छोड़ता। मेरा तो लिखने-पढ़ने का काम है। शोहरत, बदनामी जो मिलनी है, यहीं मिले। सात समुन्दर पार चला गया तो कौन सुनेगा मेरी आवाज़? मेरे शब्दों में से सारी ख़ुशबू निकल जायेगी।"

"राइट," रिचर्ड ने कहा, "तुम्हारे भाई को इसका अहसास है। आपके घर में अभी डिनर के समय तीन पीढ़ियाँ एक साथ खाना खा रही थीं। अरे, दुर्लभ सुख है। ऐसा दृश्य देखे मुझे बरसों हो गये कि बच्चों के माँ-बाप अपने माँ-बाप के सामने आज्ञाकारी बच्चे बन जायें। तीन पीढ़ियाँ एक छत के नीचे, एक कमरे में प्रेम से बैठी हैं। कहीं कोई तनाव नहीं। आपके बच्चों को एक नॉर्मल लड़कपन मिल रहा है। बहुत बड़ी बात है यह! इसे कभी कम करके मत देखियेगा।"

रिचर्ड सुबह बनारस चला गया, पर मुझे जीवन भर के लिए शिक्षित कर गया। वह अलमस्त परदेसी सिर्फ़ सैलानी नहीं था।

पण्डिताइन

हालाँकि वे हमारे घर के ठीक सामने रहते थे, हमें उनका नाम मालूम नहीं था। कॉलोनी की संस्कृति यही है। अगर गेट पर नेमप्लेट लगी है तो अवगत हो जाइए अन्यथा अपनी अनभिज्ञता में मस्त रहिए। सिर्फ़ घरों में आने-जाने वाले धोबी, जमादार और नौकरों के ज़रिये छिट-पुट जानकारी का आदान-प्रदान हो जाता है।

वे सी.डी.एफ. पेंशन में छोटे-मोटे अधिकारी थे। उनके दो बेटे साथ में रहते थे। एक लड़का हाईस्कूल में पढ़ रहा था और दूसरा प्रतियोगितात्मक परीक्षाओं की आड़ में अपनी बेरोज़गारी ढकने का वर्षों से प्रयत्न कर रहा था। अभी पिछले साल सुनने में आया कि उम्र अधिक हो जाने से अब वह प्रतियोगी परीक्षाएँ देने की स्थिति में भी नहीं है।

कॉलेज में चतुर्थ श्रेणी की कुछ रिक्तियों के लिए विज्ञापन छपने पर जो कई सैकड़ा आवेदन पत्र प्राप्त हुए, उनमें एक अवधेश राय का भी था। उसका पता पढ़कर जिज्ञासा हुई कि अपनी कॉलोनी का आख़िर यह कौन आदमी है जो दफ़्तरी, चपरासी, बुक लिफ़्टर जैसे पद के लिए कोशिश कर सकता है? नम्बर मिलाकर देखा, सामने वाले मकान का था। मैंने उसे बुलाकर समझाया कि यह पद उसके योग्य नहीं है। मुझे लगा, उसने हताशा के किसी क्षण में एप्लाई कर दिया है। मुझे बड़ा विस्मय हुआ कि उसने अपनी अर्ज़ी वापस लेने में कोई दिलचस्पी नहीं दिखाई। उसने कहा, "जब अच्छी नौकरी नहीं मिलेगी तो ख़राब नौकरी करेंगे ही। फिर आजकल चपरासियों को कौन काम होता है? शान से धूप में खड़े होकर बीड़ी पीते हैं या स्टूल पर बैठे रहते हैं। कॉलेजों में तो बस काग़ज़ इधर-उधर करने का काम होता है, सो कर देंगे।" लड़के की यथार्थवादिता पर मैं अवाक् रह गयी।

ये लोग मूल रूप से बलिया के थे, वहीं इनकी सात बीघा ज़मीन बटाई पर जुतती थी। लड़के की माँ कभी-कभी यहाँ आती थी। उसकी ग़ैर-हाज़िरी में दोनों

लड़के घर का कुल काम सँभालते थे। आगे के दो दाँत टूटने और बालों में सफ़ेदी आ जाने से माँ अपने पति से ज़्यादा बुज़ुर्ग लगती थी। पति को वहाँ के लोग 'पण्डितजी' कहते थे। शायद उसकी वजह यह होगी कि वे रोज़ गंगा स्नान के बाद चन्दन की पड़ी और रोली की खड़ी रेखा से अपना भाल चर्चित करते थे। वैसे दूधवाले का कहना था कि वे कुण्डली बनाना और बाँचना भी जानते थे। त्यौहारों पर उनकी पत्नी यहाँ आती। दीवाली पर उसे अपनी छत पर बड़ी-मंगौड़ी तोड़ते देखा जाता और होली पर आलू के पापड़ बनाते।

पण्डितजी का तबादला शिलांग हो गया। एक दिन वे ट्रंक और छोटे थैले के साथ विदा हुए। घर की कमान बेटों ने सँभाल ही रखी थी। वे वहाँ से नियमित काफ़ी रुपये इलाहाबाद के अपने खाते में ट्रांसफर करते। बच्चों के पास हर महीने सात से दस तारीख़ के बीच चेक आ जाता।

शिलांग की जलवायु पण्डितजी को रास नहीं आयी। उन्हें पहले पीलिया हुआ और बाद में उनका जिगर बढ़ गया। जिसने जो उपचार बताया, वे गाहे-बगाहे करते रहे। परदेस में रहकर परहेज़ का खान-पान मयस्सर नहीं हुआ। वे दुर्बल होते गये। अन्ततः मेडिकल लीव पर अपने घर वापस आ गये।

उनकी बीमारी की ख़बर पाकर पत्नी गाँव से यहाँ आयी। उसका सोचने का तरीक़ा पुरातन और पारम्परिक था। उन्हें कमज़ोर देखकर वह देसी घी का हलवा बना देती या उन्हें दूध-बादाम खाने को देती। डॉक्टर की हिदायत थी कि उन्हें एकदम हल्का चिकनाई रहित भोजन दिया जाय, पर पत्नी को समझ में नहीं आता। वह कहती, "ये सूख रहे हैं। थोड़ा घी-दूध लें तो चंगे हो जायेंगे।" जब बेटे आस-पास होते, पिता को पपीता काटकर खिलाते। कभी-कभी छोटा बेटा बाज़ार से मुसम्बी का रस ले आता। बड़ा लड़का उन्हें इधर-उधर के समाचार सुनाता रहता। उसके जीवन में सबसे बड़ा समाचार किसी बेरोज़गार की नौकरी लगना होता। उसी से सुनकर पण्डिताइन ने एक दिन कहा, "ऊ पाण्डेजी चल बसे। उनके बेटवा की तोहार दफ़्तर में नौकरी लग गयी। जौन श्रीवास्तव बाबू रहे, ओहू की बिटिया जावे लगी दफ़्तर।" झल्ला कर पण्डितजी बोले, "तो का हमहु मर जाई?"

जैसे काल बैठा था उनकी ज़ुबान पर। अगले ही हफ़्ते वे नींद में सोये-सोये ही चल बसे। परिवार के सदस्यों को ख़बर तक न हुई। सुबह पण्डिताइन ने उठ कर दरवाज़े खोले, गंगाजी जाने के लिए प्लास्टिक की डोलची में अंगोछा, धोती रखी और उन्हें पुकारा, "चलो जी, अबेर हुई रही है।"

पण्डितजी न हिले न डुले। पण्डिताइन ने पास जाकर उन्हें हिलाया। पंछी उड़ गया था, देह पड़ी थी।

फिर वह सब हुआ, जो देखने का अभ्यास हम लोगों को इतना हो गया है कि अब कॉलोनी के क़रीब श्मशान का होना जीवन का अनिवार्य सत्य और नियति मालूम देता है। बेटे भर आँख रोये, माँ काठ की मूरत बन बैठी। उसी दिन पण्डितजी की वृद्धा माँ को भी देखा जो अन्दर के कमरे में निर्वस्त्र रहती थी। माँ बार-बार कह रही थी "मुनुआ को बलिया ले चलो। वहाँ परसादीलाल की दवा खाकर जे ठीक हो जाइ।" बड़े बेटे की पत्नी भी दो छोटे बच्चों के साथ अगले रोज़ बलिया से आ गयी। दफ़्तर के सहयोगियों ने दौड़-भाग कर छह माह के भीतर पण्डिताइन की पेंशन और बेटे की नौकरी की व्यवस्था करवा दी। कदाचित् यही जीवन का नैरन्तर्य है कि बेटा पिता के स्कूटर पर, पिता की कमीज़ पहनकर ऑफ़िस जाने लगा। बड़े बेटे की साइकिल छोटे बेटे को मिल गयी। जिस कमरे में पण्डित-पण्डिताइन सोते थे, अब बड़े बेटे-बहू के काम आने लगा।

कई दिनों तक पण्डिताइन नज़र नहीं आयी। पहले अनुमान हुआ कि वह गाँव चली गयी हैं। अचानक वह एक दिन हमारे घर आकर रोने लगी। उसे सवा इक्कीस रुपये की ज़रूरत थी। सवेरे बेटे से माँगे तो उसने साफ़ इनकार कर दिया। अन्दर के कमरे में पण्डितजी की फ़ोटो लगी थी। जाले निकालते हुए फ़ोटो गिर पड़ी और उसका शीशा तिड़क गया। कई बार उन्होंने बेटे को याद दिलाया कि फ़ोटो का शीशा बदलवा दे, पर वह 'आजकल-आजकल' करता रहा। वे रोज़ सब्ज़ी लेने जाती थीं। वहीं बाज़ार में तस्वीर मढ़ने वाली दुकान पर वे फ़ोटो दे आयीं। आज फ़ोटो वापस मिलने की बात थी। दुकानदार को बीस रुपये देने थे। फिर एकादशी भी थी। एकादशी को पण्डितजी अपने पण्डे को सवा रुपया दक्षिणा देते थे। वह नियम भी कई महीनों से निभाया नहीं गया था। पण्डिताइन कलप रही थीं, "वो बीच बजार दुकान पे गिरौ परे हैं, बचवा बीस ठो रूपैया में छुड़ाऊ न लइते। उन्हीं का खायं, बखेरें, उनहि को बिसरायं।" रुपये हमारे घर से तत्काल दे दिये गये, पर उनकी व्यथा ने मनुष्य स्वभाव का जटिल अध्याय खोल कर दिखा दिया।

पण्डिताइन लगभग अनपढ़ थीं, बस नाम-साक्षरता उनके पास थी अर्थात् किसी तरह अक्षर-अक्षर जोड़कर अपना नाम काग़ज़ पर उतार लेतीं। पण्डितजी का बैंक खाता, राष्ट्रीय बचत पत्र सब संयुक्त था, पर दोनों बेटों का उन्होंने नॉमिनी में नाम दे रखा था। बड़े बेटे ने माँ से कहा, "नाम लिखे आवे के सौ

खतरे हैं अम्माँ। तुम कुछ जानो न बूझो। कहीं बैंक मां कोई तुमसे दस्तख़त करवा ले तो लुट जावो।"

पण्डिताइन डर गयी, "बेटा, हम समझै न बूझैं। तुम करो हिसाब-किताब।" बेटे ने उनसे दो काग़ज़ों पर दस्तख़त ले लिए, "अब तुम चैन से बइठ दोनों जून चुपड़ी खाओ।"

बेटे ने बैंक और डाकघर खाते के सभी अधिकार अपने क़ब्ज़े में ले लिये। उसने अपनी माँ को जीवन के धुर पिछवाड़े में डाल दिया। अब लुटी-पिटी पण्डिताइन बीस रुपये के लिए दर-दर भटक रही है। कैसे कहे कि वह अपने पेट के जाये से ठगी गयी है।

थोड़ा-सा प्रगतिशील

- जी
- कामयाब
- मुहब्बत का मौसम
- ख़ुशियों का लौटना
- वह लड़का जिसे गर्मी लगती थी
- संस्कृति
- प्रेम
- परली पार
- बाज़ार
- फ़रवरी की एक शाम
- चाभी
- थोड़ा-सा प्रगतिशील
- पटकनी

जी

कनॉट प्लेस के बाहरी गोलार्द्ध में पहले ही ब्लॉक में स्टोर का नामपट्ट उन्हें दिख गया। दौड़ते वाहनों की परवाह किये बिना वे दोनों लगभग चीख़ पड़ीं, "यहीं जाना है, रोको ड्राइवर।" पार्किंग की जगह ढूँढ़ने में कार कुछ आगे सरक गयी। उतरते हुए उन्होंने आस-पास कोई निशानी तलाश करनी चाही ताकि वापसी में कार ढूँढ़ने में परेशानी न हो। ड्राइवर ने अपना सेलफ़ोन दिखा दिया, "मैडम, फ़ोन कर दीजियेगा, हम आ जायेंगे।"

फ़ोन को लेकर जितना नवयुवक ड्राइवर चुस्त था, उतना ही वे दोनों सुस्त। फ़ोन उनके पर्स में बजता रहता, जब तक वह पर्स का बकल खोलकर, फ़ोन निकालकर उँगली से दबातीं, स्क्रीन पर लिखा आ जाता, "वन मिस्ड कॉल।" दिन भर में अधिकांश कॉलों के साथ यही सलूक होता। हालाँकि उनकी उम्र इतनी पकी हुई नहीं थी, पर फ़ोन की घण्टी बजते ही दौड़ना उन्हें चपरासियोंवाला काम लगता। वे हर काम मद्धम गति से करना पसन्द करतीं।

दोनों सहेलियों ने पिछले हफ़्ते ही इस दक्षिण भारतीय साड़ी शो-रूम से काफ़ी महँगी साड़ियाँ ख़रीदी थीं। घर पहुँचने तक वे उत्साह में रहीं। आईने के सामने साड़ी बदन से सटाकर देखी तो उतनी मनभावन नहीं लगी जितनी शो-रूम पर लगी थी। तीन दिन में पसन्द का ज्वार उतरते-उतरते भाटा बन गया। लक्ष्मी ने कहा, "मैं तो अपनी साड़ी बदलकर लाऊँगी। यह भी कोई रंग है, गाय के गोबर और गधे की लीद जैसा।"

वन्दना तो पहले ही कुढ़ी हुई थी, "मेरी साड़ी तो और भी ख़राब है। बॉर्डर और पल्लू का साड़ी की ज़मीन से कोई तालमेल नहीं है। ऐसा लगता है, यह अलग से चिपकाया गया है।" बस, तय हो गया कि साड़ियाँ बदली जायेंगी।

वे पैसे तो वापस माँग नहीं रहीं, बस ज़रा ज़िन्दादिल रंग की साड़ियाँ लायेंगी, यह सोचकर उन्होंने अपने संकोच पर विजय पायी।

इसीलिए वे दोबारा उस शो-रूम में थीं। उनके पास स्टोर का दिया हुआ लिफ़ाफ़ा और नक़द पेमेंट की रसीद भी थी।

इस बार दुकानदार, मौसम से भी ज़्यादा ठण्डा पेश आया। उसने घोड़े-जैसा मुँह बना कर कहा, "बदल लीजिए, पर हम यह पसन्द नहीं करते। आपको अपनी पसन्द पर दृढ़ रहना चाहिए।"

दुकानदार की उपेक्षा को झटककर वे विभिन्न काउण्टरों पर व्यस्त हो गयीं जहाँ अन्य ग्राहकों के आगे तरह-तरह की साड़ियों की तहें खोली जा रही थीं। शो-रूम की चौतरफ़ा रौशनियों में रेशम और रंगों के झरने झिलमिला रहे थे। इस चकाचौंध में उन द्वारा लौटायी गयी साड़ियाँ भी लशकारे मार रही थीं। लगभग वैसी ही दो अन्य साड़ियाँ उन्होंने पसन्द कीं, लेकिन क़ीमत पता करने पर मालूम हुआ कि एक की क़ीमत 1,900 रुपये ज़्यादा है तो दूसरी की 2,100। क़ीमत उनके लिए इतनी बड़ी समस्या नहीं थी कि वे बिदकें बल्कि लक्ष्मी और वन्दना को यही लगा, जैसे उनका रुतबा दुकानदार की नज़रों में बढ़ा। दुकानदार ने नयी नक़द रसीद सहित पैकेट उन्हें पकड़ाया तो उन्होंने उसकी 'हैं-हैं' की तरफ़ ज़रा भी ध्यान न देकर अपने डेबिट कार्ड कैशियर को पकड़ा दिये।

बाहर निकलने पर चाय की तलब उठी। ठण्ड बढ़ गयी थी, उसके साथ अँधेरा भी। सड़क पर आगे भागती हुई कारों की सफ़ेद चीरती हुई रौशनी थी तो पीछे जाती हुई कारों की लाल रौशनी।

लक्ष्मी ने कहा, "हमें मुश्किल से घण्टा भर लगा होगा, लेकिन इस बीच कनॉट प्लेस की सूरत बदल गयी।"

"पहले सात बजे तक इतना सन्नाटा कहाँ होता था? लगता है, अब लोग घर-घुस्सू हो गये हैं।"

"चाय के बिना मेरी तो बैटरी डाउन हो रही है।" वन्दना ने अपने पैर जाम कर दिये।

"चलो, इसी ब्लॉक में कोई जगह ढूँढ़ते हैं जिससे कार ढूँढ़ने में आसानी रहे।"

थोड़ा-सा पीछे जाने पर उन्हें कॉरीडोर के मुहाने पर दिखा एक सुसज्जित रेस्तराँ : 'जी आतिथ्य।' यह हिन्दी भाषा का 'जी' नहीं था। यह 'ज़ी' टी. वी. वाला 'ज़ी' भी नहीं था। यह विशुद्ध अंग्रेज़ी का 'जी' था। हॉल के अन्दर रौशन अँधेरा था। दीवारें आलोकित थीं, कैश काउंटर चमक रहा था लेकिन मेज़ें अँधियारी थीं। उन तक पहुँचने के लिए अशर (मेज़दर्शक) अपनी जेब से

नन्ही-सी पेन-टॉर्च निकालकर राह रौशन करते। लड़खड़ाने के डर से वन्दना हॉल की पहली ही मेज़ पर बैठ गयी। लक्ष्मी ने भी सामने बैठकर राहत की साँस ली। ख़रीदारी की उत्तेजना से रक्तचाप कुछ बढ़ गया लगता था। पैदल चलने से साँस भी फूल रही थी। वेटर ने मैन्यू पेश किया और मेज़ पर रखी मोमबत्ती जलायी। लक्ष्मी को प्यास लगी थी। उसने पानी माँगा। वेटर ने पूछा, "मिनरल या रेग्युलर?" इतनी पूछताछ की लक्ष्मी अभ्यस्त नहीं थी। चालीस वर्षों की नौकरी में अधिकतर ऐसा रहा कि प्रश्नकर्त्ता वह स्वयं होती थी और जवाब देनेवाले अन्य।

"मुझे पानी चाहिए, बहस नहीं।" उसने ज़रा सख़्ती से कहा। वन्दना ने उसे सामान्य करने की गरज से कहा, "यह बताओ लकी, 'जी' से क्या याद आता है?"

लक्ष्मी के पीले गालों पर हल्की गुलाबी रंगत पड़ी, लेकिन वह तुरन्त सँभल गयी और कहा, "और क्या याद आयेगा? अरे, गाँधी याद आते हैं।"

"महात्मा गाँधी या राजीव गाँधी?"

"वैसे 'जी' तो इन्दिरा गाँधी के लिए प्रयुक्त होता था। है न!" लक्ष्मी ने अपने भोलेपन में इज़ाफ़ा किया।

"यह तो मैं भी जानती हूँ। डॉम मोरेस अपनी पत्नी लीला नायडू से बात करते हुए मिसेज़ गाँधी को 'मिसेज़ जी' कहते थे। उन्होंने उनकी जीवनी भी लिखी थी।"

"मैडम, ये सब बातें कौन नहीं जानता? मेरा मतलब है, क्या 'जी' से और भी कुछ याद आता है?"

लक्ष्मी चौंक उठी, "अरे तुम्हें अभी तक वह बात याद है?"

विद्यार्थियों के एक दल के साथ वे गोवा गयी थीं कुछ साल पहले, यह तब की घटना है।

समुद्र-तट पर तैरनेवालों का, नहानेवालों का और पानी में क्रीड़ा करनेवालों का रेला था वहाँ। उस दिन अच्छी धूप निकली थी और समुद्र शान्त था। गाइड ने इनसे कहा, "मैडम, आप भी समुद्र स्नान का आनन्द उठा लें।"

लक्ष्मी ने कहा, "हमें तैरना नहीं आता, पॉल।"

वन्दना बोली, "मैंने बेलगाम में सीखा था थोड़ा-थोड़ा, लेकिन बस डूबने लायक़। बिल्कुल अभ्यास नहीं किया।"

पॉल डिकोस्टा गाइड ने कहा, "अरे मैडम, यहाँ नहानेवालों में पचास प्रतिशत का यही हाल है जबकि तैरने में कुछ भी नहीं है। मैं भी सिखा सकता हूँ आपको।"

दोनों अविवाहिताएँ कानों तक लाल हो गयीं।

वन्दना ने सँभलकर कहा, "फिर हमारे पास स्विम सूट भी तो नहीं है।"

पॉल ने पास से गुज़रते एक आदमी से कोंकणी में कुछ कहा। थोड़ी ही देर में वह होटल से दो स्विम सूट ले आया।

पॉल ने कहा, "ये लीजिए मैडम, स्विम सूट भी आ गया।" पैकेट से निकालने पर कुछ देर तो दोनों महिलाओं को तनियों के सिवा कुछ नज़र ही नहीं आया। उठाकर देखा तब समझ में आया कि यह बिकिनी है जिसमें ब्रा और जी-स्ट्रिंग का जोड़ा होता है।

लक्ष्मी ने चुहल की, "वन्दी, तुम यह पहन लोगी?"

वन्दना ने कानों को हाथ लगाया, "सवाल ही नहीं उठता, वह भी इतने लोगों के सामने?"

पॉल उनका संकोच ताड़ रहा था। उसने कहा, "मैडम, यहाँ कोई किसी को नहीं देखता। सब अपने में मगन हैं।"

यह क़रीब सन् 2000 की घटना होगी अर्थात् तेरह साल पहले। तब ये दोनों रिटायर नहीं हुई थीं। तन्वंगी नहीं तो कम-से-कम सुडौल तो थीं ही। लक्ष्मी मैनन का रंग गोरा था और नैन-नक़्श बाँके। वन्दना का रंग-रूप थोड़ा दबा हुआ था, फिर भी कुल मिलाकर आकर्षक थी। प्रेम और विवाह के कई अवसर जान-बूझ कर गँवाकर अब लक्ष्मी और वन्दना 'ओल्ड गर्ल्स' के वर्ग में पहुँच गयी थीं।

समुद्र-तट पर उन्होंने ब्रा और जी-स्ट्रिंगवाला स्विम सूट पहनना ख़ारिज कर दिया, किन्तु रात में वे देर तक इसके सैद्धान्तिक विवेचन में लिप्त रहीं। उन्होंने निष्कर्ष निकाला कि यह पाश्चात्य परिधान नहीं वरन् प्राचीन भारतीय परिधान का ही परिवर्तित रूप है।

वन्दना ने कहा, "मन्दिरों के भित्ति चित्र देखो तो तुम्हें पता चलेगा कि वल्कल का ही बदला हुआ रूप है ब्रा।"

"और जी-स्ट्रिंग?" लक्ष्मी ने पूछा।

"अरे हनुमान जी जो कौपीन धारण करते हैं, वही थोड़ी कतर-ब्योंत के बाद जी-स्ट्रिंग बना होगा।"

उन्हें याद आया, मथुरा प्रवास में उन्होंने पण्डों को लँगोट लगाये देखा था। यह जी-स्ट्रिंग कुछ ऐसी ही चीज़ थी, उससे पतली और रंगीन।

वन्दना की यादों की डिब्बी में ये सब घटनाएँ सँभालकर रखी हुई थीं। जब भी वह डिब्बी में से कोई याद निकालकर उलटती-पुलटती, लक्ष्मी स्पन्दित हो

जाती। उन दोनों को हर स्मृति कल-परसों की लगती चाहे उसे घटित हुए बरसों हो चुके हों। वर्तमान घटना-क्रम उन्हें थका देता, किन्तु अतीत उन्हें स्वप्न की तरह स्फूर्ति देता।

जी की अन्य मेज़ें भी अब ख़ाली नहीं थीं। बीच की लम्बी मेज़ पर काफ़ी गहमागहमी थी जबकि अगल-बग़ल की मेज़ों पर कई जोड़े बैठे थे। बीच की मेज़ पर विवाह के बाद की पार्टी का जश्न मनाने मित्रगण नव विवाहित दम्पती के साथ आये हुए थे।

तभी प्रवेश-द्वार का दाहिना हिस्सा आलोकित हो गया। यह एक छोटा-सा स्थान था जहाँ क़ालीन, गावतकिये और माइक्रोफ़ोन के सहारे स्टेज का आभास बनाया गया था। आलोक थोड़ा और फैला तो पता चला स्टेज निर्जन नहीं था। उस पर उन्नावी शेरवानी पहने गायक और हरे सलवार-सूट में गायिका नमूदार हुई। उनके पीछे दो साज़िन्दे ज़रा बायें होकर बैठे थे। चार लोगों के बैठने के लिए यह जगह वाक़ई कम थी। स्टेज के आख़िरी कोने में रौशनी ज़रा कम थी, इसलिए स्पष्ट नहीं था कि वहाँ क्या था?

जब से देश में जगजीत सिंह और चित्रा सिंह के स्टेज शो कामयाब हुए थे, हर बड़े होटल और बार ने अपने यहाँ संगीत का लाइव शो आयोजित करना शुरू कर दिया था। इसमें पाश्चात्य संगीत से कम झमेला था और यह कमोबेश कम ख़र्चीला पड़ता। कुछ आनेवालों को तो मानो झख सवार हो जाती। वे रोज़ एक निश्चित समय पर आते और उसी गाने की फ़रमाइश करते जो पिछले दिन सुन कर गये थे। ऐसे में गायकों का काम आसान हो जाता और वाहवाही जम कर मिलती। आशुतोष मुखर्जी और मिलन मुखर्जी का यह जोड़ा फ़िलहाल तीस दिन के अनुबन्ध पर 'जी' में रखा गया था। एक लाख के मेहनताने पर यह तय हुआ था कि साज़िन्दों का ख़र्च होटल के ऊपर नहीं है। इन कलाकारों को प्रतिदिन शाम 8 से 11 बजे रात तक गाने सुनाने होते। जब 'जी' का अन्तिम ग्राहक विदा होता तभी यह दम्पती अपनी बैठक बर्ख़ास्त करते। कार्यक्रम के दौरान दो बार उन्हें कॉफ़ी पेश की जाती। इन कलाकारों का अभ्यास था कि वे प्रोग्राम प्रस्तुत करते समय कुछ खाना पसन्द नहीं करते। चाहे कितनी भी देर हो जाय, खाना वे घर जाकर ही खाते।

थोड़ी देर नमस्कार, आदाब-अर्ज़ के बाद आशुतोष ने शाम का पहला गाना शुरू किया "देर लगी आने में तुमको, शुक्र है फिर भी आये तो।" उसकी आवाज़ में रोमान और सोज़ का संगम था। उसकी साँवली सूरत दिलकश थी और कलाकारों की तरह उसके हाव-भाव हल्की नज़ाकत भरे थे।

लोग अपनी पसन्द के गाने सुनना चाहते थे। वेटर ने आ कर मिलन मुखर्जी को चिट थमा दी। चिट पढ़कर मिलन हौले-से मुस्करायी। यही गाना पिछले दिन उसने सुनाया था। आशुतोष के ख़त्म करने के बाद उसने अपनी डायरी का एक पृष्ठ खोला। बायें झुककर उसने साज़िन्दों को निर्देश दिये। हारमोनियम का ज़िम्मा आशुतोष का था। मिलन मुखर्जी ने गाने के बोल उठाये "आजकल पाँव ज़मीं पर नहीं पड़ते मेरे।"

मंच के नीचे, मुख्य हॉल में मेज़ों की स्थिति से पहले थोड़ी-सी ख़ाली जगह थी। वन्दना की नज़र वहाँ पहले पड़ी। वहाँ एक छोटी-सी कुर्सी पर तीन-चार साल की एक बच्ची बैठी हुई टकटकी लगाकर मंच की ओर देख रही थी। उसने लाल स्वेटर पहन रखा था, जिससे उसके बाक़ी कपड़े नज़र नहीं आ रहे थे।

"यह छोटी-सी बच्ची यहाँ क्या कर रही है?" वन्दना ने लक्ष्मी से कहा।

लक्ष्मी मैनन ने ध्यान से देखा, "शक्ल-सूरत से यह इन कलाकारों की बच्ची लगती है। देखा नहीं, कैसे मगन होकर माँ-बाप को देख रही है?"

"बेचारी अकेली बैठी है।"

"अकेली नहीं है, माँ-बाप उसे देख सकते हैं।"

थोड़ी देर और बैठने की गर्ज़ से वन्दना राव और लक्ष्मी मैनन ने चाय का एक और पॉट मँगाया। वेटर उनकी तरफ़ कौतूहल से देखने लगा। फिर 'यस मैडम' कहकर चला गया।

लक्ष्मी को अपने पिता के साथ क्लबों में जाने का अनुभव था। वह समझ गयी कि जी की संस्कृति में रात आठ बजे का वक़्त चाय का नहीं है। अन्य मेज़ों पर व्हिस्की और वोदका का दौर था।

इस बार की चाय में कुछ कम लज़्ज़त मिली। अब पुरुष स्वर में गाना चल रहा था, "होंठों से छू लो तुम मेरा गीत अमर कर दो।"

वन्दना राव ने कहा, "लकी, आज क्या वार है?"

लक्ष्मी चिहुँक पड़ी, "अरे बाप रे, मैं तो भूल ही गयी। आज शुक्रवार है। 'कौन बनेगा करोड़पति' रह जायेगा मेरा, जल्दी चलो वापस।"

वन्दना ने वेटर को इशारे से बुलाया और बिल मँगाया। बिल का भुगतान कर वे फ़ौरन उठ लीं। गाने के बीच में उठना अभद्रता की निशानी थी, पर उन्होंने इसकी परवाह नहीं की। आख़िर उनका पसन्दीदा प्रोग्राम 'कौन बनेगा करोड़पति' छूट जाता।

नोट—पाठको, हम वन्दना राव और लक्ष्मी मैनन से यहीं विदा लेते हैं। वे कनॉट प्लेस के बाहरी गलियारे की बायीं तरफ़ अपनी गाड़ी ढूँढ़ रही हैं, देर-सवेर वह मिल ही जायेगी।

'जी' के मुख्य हॉल में माहौल उठान पर था। कलाकारों के पास बार-बार फ़रमाइश आ रही थी। इस बीच वेटर उनके लिए कॉफ़ी रख गया था। नन्ही बच्ची के आगे एक छोटी-सी तिपाई लगाकर वेटर ने सैंडविच की प्लेट रख दी थी। बच्ची के हाथ में अधखायी चॉकलेट थी। उसने चॉकलेट प्लेट में रखी और सैंडविच खाने लगी। वेटर ने पेपर नैपकिन का स्टैंड भी तिपाई पर रख दिया गोया नन्हे मेहमान का पूरा आतिथ्य कर रहा हो। अब बच्ची का ध्यान सैंडविच से हटकर नैपकिन पर चला गया। उसने अधखाया सैंडविच प्लेट में रखा और नैपकिन से मुँह पोंछने लगी। उसने उठने की कोशिश की। वेटर तुरन्त उसकी मदद को आया। वह उँगली पकड़कर उसे वॉशरूम की तरफ़ ले गया। गायिका थोड़ी विचलित हुई। उसे पता था, बच्ची अपने आप टॉयलेट का इस्तेमाल नहीं कर पायेगी। वह भी उठकर टॉयलेट की तरफ़ गयी, बिना किसी भी मेज़ की तरफ़ ध्यान दिये, आत्मकेन्द्रित-सी। वॉशरूम के अन्दर पहुँचते ही उसने बेटी को कसकर अपने से चिपका लिया, "मेरी तितली, मेरी पुतुल। चलो, मैं तुम्हें मुत्ती कराऊँ।" बच्ची एक क्षण को मिलन से चिपकी फिर नीचे उतर गयी, "ममा, आप जाकर गाना गाओ, मैं आपे आ जाऊँगी।"

मिलन का जी भर आया। उसकी यह इकलौती बच्ची चार साल की उम्र में इतनी समझदार हो गयी थी कि उन्हें तकलीफ़ होती। जब यह और भी छोटी थी तब आशु की माँ उनके साथ रहती थीं और पुतुल उनसे ख़ूब हिली हुई थी, लेकिन साल भर पहले माँ कलकत्ते चली गयी अपने छोटे बेटे के पास, क्योंकि छोटी बहू के बच्चा होनेवाला था। जब 'जी' का यह अनुबन्ध मिला था, मिलन ने कहा था, "सुनो, आशु तुम अकेले सँभालो। मैं पुतुल को छोड़कर नहीं जाऊँगी।"

आशुतोष ने बताया, "यह काम हम दोनों को मिला है, दोनों को उपस्थित रहना होगा। ऐसा हो सकता है कि हम बारी-बारी से एकल गीत गायें, लेकिन बैठना दोनों को पड़ेगा।"

बड़ा सवाल यह था कि पुतुल को किसके भरोसे छोड़ें? बर्तनवाली बाई आठ घरों का काम करती थी। उसके पास दम मारने की फुर्सत नहीं। अपार्टमेंट में रह रहे पड़ोसी सब अजनबी और कामकाजी। आशुतोष बोला, "इतना बड़ा मौक़ा हाथ से निकल जायेगा। कहाँ मैं सोच रहा था कि 'जी' के बल पर हमें 'हयात' और 'अशोका' में भी काम मिलेगा।"

पुतुल जो रोज़ माता-पिता का वाद-विवाद सुन रही थी, बोली, "पापा, आप बाहर से ताला लगा देना, मैं घर में बैठी रहूँगी। मैं बहुत बहादुर हूँ।"

मिलन को रोना आ गया, "तुम रोज़ अख़बार में पढ़ते तो हो, दिल्ली में छोटी बच्चियों को कैसे मारकर फेंक देते हैं। मैं बिल्कुल नहीं गानेवाली।"

आशुतोष ने 'जी' के मालिक से बात कर रास्ता ढूँढ़ा कि उनके कार्यक्रम के दौरान बच्ची एक तरफ़ बैठी रहे। मालिक जी.एस. सूरी ने कहा था, "शो के समय आपका फ़ोकस बच्चे पर नहीं, मेहमानों पर होगा। आपकी पत्नी हॉल में बच्चे के पास नहीं जायेंगी। हमें आप दोनों की आर्टिस्ट इमेज़ चाहिए, पैरेंट इमेज़ नहीं चलेगी।"

आशु ने पुतुल को समझाया, "देखो, हम तुम्हें रोज़ बढ़िया जगह ले चलेंगे, तुम चुपचाप बैठना। बीच में 'ममा-पापा' कहकर के पुकारना नहीं। शू शू, पॉटी आये तो वेटर को बोलना, वह तुम्हें टॉयलेट ले जायेगा।"

पुतुल ने सिर हिलाया।

यह अभ्यास आसान नहीं था। अपने बच्चे को सामने देखते हुए भी न देखना, उसके बैठने से अनजान बने रहना मिलन के लिए यन्त्रणादायी था। प्रकट में वह माइक के आगे गाती रहती, आधी नज़र से वह देख लेती कि बच्ची क्या कर रही है? माता-पिता पुतुल की जेबों में चॉकलेट, छोटे बिस्किट वग़ैरह रख देते।

'जी' में खाने-पीने की कमी नहीं थी। वेटर दरियादिली से बच्ची के आगे कभी पेस्ट्री, कभी सैंडविच, कभी आलू के चिप्स रख देते। पुतुल को दस बजे से नींद आने लगती जबकि मुखर्जी दम्पती को 'जी' से उठते-उठते ग्यारह बज जाते। पुतुल तिपाई पर अपनी बाँहों का तकिया बनाकर ऊँघ जाती। मिलन का मन होता, वह माइक से लोरी सुना दे, लेकिन तभी कोई मेहमान फ़रमाइश की चिट भेज देता, "कोई हॉट गाना सुनाइये।" मुखर्जी जोड़ी का नियम था वे सस्ते फ़िल्मी गाने नहीं गाते। वे इशारे से बताते, उनकी डायरी में यह गीत है ही नहीं, लेकिन अच्छे फ़िल्मी गानों से उन्हें परहेज़ नहीं था, ख़ासकर उन्हें साहिर, गुलज़ार के गीत रटे रहते। उनका अनुभव था कि लोग बहुधा सातवें-आठवें दशक के फ़िल्मी गाने सुनने पसन्द करते।

पुतुल पेपर टिशू को आड़ा-तिरछा मोड़कर कुछ बनाने की कोशिश कर रही थी। उसकी क्राफ़्ट क्लास में आज बच्चों को नाव बनाना सिखाया गया था, लेकिन यह टिशू पेपर बहुत पतला था। चार से ज़्यादा तह लगाने पर फट जाता।

टिशू पेपर फटते ही पुतुल दूसरा टिशू पेपर उठा लेती। उसके हाथ घुमाने के ढंग से लग रहा था जैसे वह ऑरिगेमी जानती है। उसने अधमुँदी आँखों से माँ-बाप की तरफ़ देखा। वे इस वक़्त एक-दोगाना सुनाने में मगन थे।

आख़िरकार ग्यारह बजकर दस मिनट पर 'जी' के समस्त मेहमान विदा हुए। इस दिन 'जी' की अच्छी कमाई हुई थी। शुक्रवार को कॉरपोरेट जगत् के वी.आई.पी. ज़्यादा आते थे, थैंक गॉड इट्स फ्राइडे वाले।

गायक दम्पती ने अपनी उनींदी बिटिया को उठाने का प्रयत्न किया। वेटर दयाराम ने कहा, "आप गाड़ी लेकर आइए, मैं बेबी को बाहर लाता हूँ।"

मुखर्जी दम्पती के पास पीले रंग की 'नैनो' थी जो 'जी' के पिछवाड़े की पार्किंग में खड़ी रहती।

घर पहुँचते साढ़े ग्यारह बज गये। मिलन को पता था, बच्ची इस वक़्त कुछ खायेगी नहीं। उसने बोतल में दूध डालकर उसके मुँह में लगा दिया। कच्ची नींद में पुतुल आराम से दूध गटक लेती थी। सब काम समेटकर मिलन बेबी के पास आकर लेटी। उसने उसे रज़ाई ठीक से उढ़ायी। पुतुल ने करवट ली। मिलन उसे धीरे-धीरे थपकने लगी। तभी पुतुल के कान पर नज़र पड़ी उसकी।

"हैं, यह काग़ज़ कहाँ से आया?" मिलन ने अचरज से कहा और काग़ज़ कान में से निकालने लगी।

आशुतोष भी उठ बैठा। उसकी तरफ़ बच्ची का जो कान था, उसमें भी टिशू पेपर भरा हुआ था।

दोनों कानों में पुतुल ने टिशू पेपर गुड़ी-मुड़ी करके घुसा रखा था।

पुतुल की नींद में ख़लल पड़ा। उसने माँ की तरफ़ एक बार आँख खोलकर देखा और नींद-ही-नींद में बोली, "ममा, और गाना, गाना नहीं।"

कामयाब

हमारा घर उनके घर से सटा हुआ था। दोनों घरों के बीच दीवार थी, जिसमें कोई खिड़की नहीं थी।

काफ़ी दिन सियासत में पापड़ बेलकर अब वे विधान परिषद् के सदस्य बन गये थे। उनका एक पैर लखनऊ और एक इलाहाबाद रहता। दोस्ताना तबीयत पायी थी। अगर एक दिन को भी घर आते, हमसे ज़रूर मिलते। कई बार ऐसा भी हुआ कि दोपहर में हमारे ही घर पर एक लम्बी झपकी मारकर आराम कर लिया।

"घर में कोई चैन नहीं लेने देता। आख़िर कब सोये इन्सान?" हाफ़िज़ इलाहाबादी कहते।

दरअसल, उनके ऊपर लखनऊ की बेगम कुछ इस क़दर मेहरबान थीं कि हाफ़िज़ भाई की अपनी बेगम हरदम तिनतिनायी रहतीं। बेगम लखनपुर ने रुपया-पैसा ख़र्च कर उन्हें लखनपुर से विधायक बनवा दिया। हाफ़िज़ भाई लखनपुर ख़ास से एक छोटा-सा रिसाला 'आवाज़' निकालते थे, जिसकी बिना पर उन्हें पत्रकार मान लिया गया। बेगम लखनपुर जानती थीं कि दो-चार नेता जेब में रख कर ही वे नाम कमा सकती हैं। उनके शौहर, नवाब लखनपुर, लम्बे अरसे से बायीं तरफ़ के फ़ालिज़ की चपेट में थे। वे अपने कमरे में पड़े रहते या सुबह के वक़्त पहियाकुर्सी में अपने बग़ीचे की सैर करते दिखाई देते। उनके शरीर का दायाँ हिस्सा ठीक था, पर वे दिन-भर में अपने एक पाँव और हाथ पर ज़ोर डाल कर उस हिस्से को भी थका डालते। मालिशवाला दिन में दो बार आ कर उनकी मालिश कर जाता लेकिन उनके अंग-अंग में हर वक़्त दर्द रहता।

बेगम लखनपुर शौक़ीन महिला थीं। उन्हें क़िस्से, कहानियाँ, लतीफ़े और पुराने गाने सुनने का शौक़ था।

हाफ़िज़ भाई ने उनकी यह नब्ज़ पकड़ रखी थी। आलम यह था कि अगर बेगम लखनपुर को रात में नींद न आती तो वे फ़ौरन हुक्म करतीं, "हाफ़िज़ साहब को बुलाया जाय।"

नवाब लखनपुर बिस्तर पर लेटे-लेटे कान खड़े कर लेते। उन्हें नींद बहुत कम आती और जब आती तो नींद से ज़्यादा ख़र्राटे आते। जैसे ही ख़र्राटे टूटते, उनकी नींद भी खुल जाती। उन्हें घर में मेहमानों का या बाहरी आदमियों का आना पसन्द नहीं था, पर हाफ़िज़ भाई के आने पर वे नहीं भड़कते। हाफ़िज़ थे भी बड़े व्यवहार कुशल। सबसे पहले वे नवाब साहब के पास बैठकर उनकी ख़ैरियत पूछते, फिर बड़ी मुहब्बत से कहते, "नवाब साहब, क्या लीजिएगा, पानडली या सिगरेट?"

हाफ़िज़ के पास चाँदी की डिब्बी में मगही पान के बीड़े, जोड़े में लगे होते और जेब में 120 नम्बर का जर्दा। जोड़ा पान मुँह में रखते ही नवाब साहब की तबीयत मस्त हो आती। इसके बाद दीवानख़ाने में हाफ़िज़, बेगम लखनपुर के लिए क़िस्सों की पिटारी खोलकर बैठ जाते। बेगम लखनपुर हँसते-हँसते लोटपोट हो जातीं। कई बार के सुने हुए क़िस्से भी वे उसी शिद्दत से सुनतीं। आख़िरकार हाफ़िज़ की आँखें झँपने लगतीं। वे उठ जाते, "चलते हैं बेगम साहिबा, शब्बा ख़ैर।"

हमने भी हाफ़िज़ भाई से बेशुमार लतीफ़े सुन रखे थे। सुनाते वक़्त वे ख़ुद भी अपनी बात का ख़ूब लुत्फ़ उठाते। उनकी बुलन्द आवाज़ में मामूली बातें भी ग़ैर-मामूली लगतीं। शाम के वक़्त, कभी-कभी वे हमारे घर में व्हिस्की के दो-एक पेग भी ले लेते। ऐसे दिन वे अपने क़िस्सों में ख़ुद को शहसवार बना लेते। वे भूल जाते कि एक बार पहले भी ये क़िस्सा वे दूसरी तरह से सुना चुके हैं। इन्दिरा गाँधी को लोकनाथ की जलेबियाँ पसन्द थीं, यह क़िस्सा वे एक बार फिर शुरू कर देते, जिसका अन्त इस तरह होता, "और आप यक़ीन करेंगे मैंने सुबह आठ बजे, अपने लोकनाथ के भैरव जलेबीवाले को 7 रेसकोर्स रोड पहुँचा दिया, कड़ाही, पौनी, कनस्तर समेत। मैडम भौचक्की रह गयीं, उन्होंने कहा, "हाफ़िज़ भाई, आपका भी जवाब नहीं।"

ऐसे ही किसी लम्हे में उनके घर से बुलावा आ जाता। उनका मूड उखड़ जाता। वे झुँझलाकर अपने होंठों से हटाकर सिगरेट कुचल देते। वे कहते, "पता नहीं क्यों बेगम के सामने जाकर मेरी सारी शराब पानी बन जाती है।"

हाफ़िज़ की बेगम उनका विलोम थीं। कहने को तहमीना हमारी पड़ोसन थी, उनसे हमारा मिलना-जुलना नहीं के बराबर था। उनका .ज्यादा वक़्त अपनी बेटियों की या अपने रक्तचाप की देखभाल में कटता। बग़ल की धोबी गली में उनकी बहन सईदा रहती थी। ख़ाली वक़्त वे वहाँ काटतीं।

हम इस मुहल्ले में नये आये थे। अल्पसंख्यकों से भरी इस बस्ती में हमारा .ज्यादा ज़ोर इस बात पर था कि हम सबको बता दें कि हम छाप तिलकवाले हिन्दू नहीं हैं और हमारा सबसे पसन्दीदा शायर ग़ालिब है तो सबसे अज़ीज़ गायक मुहम्मद रफ़ी और तलत महमूद। दिलीप और मीना कुमारी हमारे दिलों पर राज करते रहे हैं और इन दिनों हम कुरान पाक का हिन्दी तर्जुमा पढ़ रहे हैं।

हाफ़िज़ हमसे कहते, “अमाँ, तुम कट्टर नहीं हो, यह साबित करने में अपनी जान क्यों हलाकान करते हो? यह क्यों नहीं साबित करते कि तुम भी हम जैसे इन्सान हो।” हम उनकी बातों के क़ायल हो जाते।

इधर जब से मुल्क़ में आतंकवाद बढ़ा, हर विधायक को एक-एक अंगरक्षक मिल गया था। उसका काम था, परछाईं की तरह विधायक के पीछे-पीछे रहना। हाफ़िज़ को भी शैडो मिला। जब वे इलाहाबाद आते, शैडो उनके साथ आता।

सुबह के वक़्त हाफ़िज़ अपनी भारी-भरकम आवाज़ में पुकारते, “शैडो भई, अन्दर जाकर देखो। चाय बन गयी हो तो हमें भी ला दो और ख़ुद भी पी लो।”

सभी विधायक अपने शैडो का इस्तेमाल अर्दली की तरह करते। कुछ तो शैडो से खाना भी बनवाते। हाफ़िज़ कहते, “अरे, यह पण्डत हमें दाल-भात के सिवा क्या पकाकर खिलायेगा? खाना तो हम अपनी बेगम के हाथ का ही खायेंगे।”

उनकी प्यारी बेगम तहमीना के माथे की त्योरियाँ इस बात से ज़रा भी सीधी न होतीं। वह बावर्चीख़ाने में पसीना पोंछती हुई बुड़बुड़ाती, “मुफ़्त की नानबाई मिली हुई है इन्हें। ख़ुद दुनिया-जहान में घूमें, हमें बेटियों की आया बनाकर डाल दिया है।” उनके घर में पैसों की खींच-तान नहीं थी। अक्सर तहमीना रानीमण डी के सुनारों की दुकानों पर दिख जातीं। अगर कभी हमारी नज़र पड़ जाती, वे फ़ौरन कहतीं, “दो बेटियाँ ब्याहनी हैं। इनके लिए तो दो टोकनी ज़ेवर भी कम पड़ेंगे।”

हाफ़िज़ दो-एक दिन से .ज्यादा घर में न टिकते। जाते हुए हमसे कहते, “घर के बिस्तर पर नींद नहीं आती। रेल की ऐसी आदत पड़ गयी है कि गाड़ी में सवार होते ही सो जाता हूँ।”

हाफ़िज़ की दोनों बेटियाँ, सना और सुबूही बेहद शोख़ और ख़ूबसूरत थीं। सना इतनी गोरी थी कि उसके माथे की नीली नस हमेशा झलक मारती रहती। सुबूही भी आकर्षक थी, लेकिन कुछ कम गोरी। सना चुप्पा थी तो सुबूही बातूनी। वह कहती, "पापा-मम्मी सना आपा की चाहे जितनी तारीफ़ करते रहें, दुनिया की दौड़ में अव्वल तो मैं आऊँगी।"

उसकी इस तेज़ी का थोड़ा अन्दाज़ तो हमें भी था क्योंकि वह अपने दोस्तों से बातचीत, अपने घर के फ़ोन से न कर, हमारे घर के फ़ोन से करती।

उसने मुझसे कहा, "आंटी, अगर पूनम का फ़ोन आये तो मुझे ज़रूर बुला दीजिएगा। बस, छत पर से आवाज़ दे दीजिए, मैं फ़ौरन आ जाऊँगी।"

कुछ दिनों की बातचीत सुनने के बाद मुझे यह अहसास हुआ कि जिसे वह पूनम का फ़ोन कॉल बताती थी, दरअसल वह पूनम के भाई का फ़ोन था। पूनम फ़ोन मिलाकर, अपनी आवाज़ मुझे सुनाकर, फ़ोन अपने भाई क्षितिज को दे देती।

मेरा ख़याल था, हमें यह राज सुबूही के माँ-बाप को बता देना चाहिए। कुल दसवीं कक्षा में पढ़नेवाली बच्ची अपना भला-बुरा कैसे पहचान सकती है, लेकिन राजेश ने मुझे बरज दिया।

"दूसरों की ज़िन्दगी में झाँकना ग़लत काम है। 16 साल की लड़की अपना भला-बुरा समझ सकती है। फिर वह हम पर भरोसा करती है जो टूट जायेगा।" राजेश का तर्क था।

मन-ही-मन कसमसाकर रह गयी मैं।

अपनी तरफ़ से बस इतना किया कि कई बार जब पूनम का फ़ोन आया तो झूठ ही कह दिया, "मैं अभी नहा रही हूँ या बाज़ार जा रही हूँ।"

घर से दूर और अलग रहते-रहते हाफ़िज़ आज़ाद परिन्दे हो गये थे। वे बाहर ख़ूब ख़ुश रहते। उन्हें दारुलशफ़ा में एक फ़्लैट मिला हुआ था। लखनपुर में 'आवाज़' दफ़्तर के पीछे ही दो कमरों में उनकी रिहाइश का इन्तज़ाम था। वे लगातार दौरा करते। बीच-बीच में इलाहाबाद आते, लेकिन घर में मेहमान बने रहते।

उनसे मिलनेवालों की तादाद काफ़ी थी। सभी का सरकार में कोई-न-कोई काम फँसा रहता। हाफ़िज़ सब के साथ मुहब्बत से बोलते। काम हो न हो, फ़रियादी उनके पास से ख़ुश होकर लौटता। उनकी लोकप्रियता तहमीना के गले न उतरती। वह बेटियों को सुनाकर कहती, "तुम्हारे पापा सारी दुनिया से प्यार से बोलते हैं। बस बीवी के ऊपर तोप ताने रहते हैं।"

सना-सुबूही चुप मार जातीं। उन्हें अपने पिता से कोई शिकायत नहीं थी। पिता के सिर पर उनके सारे ऐश-ओ-आराम थे। हाफ़िज़ बेटियों को दिल खोल कर जेब ख़र्च देते।

हाफ़िज़ तरक़्क़ी करते-करते विधायक से सांसद बन गये और दिल्ली पहुँच गये। उन्हें फ़िरोज़शाह रोड पर एक शानदार बँगला मिल गया। हमारे पड़ोस का उनका छोटा-सा घर मंज़िल-दर-मंज़िल ऊँचा होता गया। उनकी बीवी अधेड़ होती गयी, उनकी बेटियाँ जवान होती गयीं।

हाफ़िज़ भाई की कामयाबी का चर्चा जिस वक़्त चलता, लोग पहले उनकी तारीफ़ों के पुल बाँधते, फिर आवाज़ दबाकर कहते, "उनकी क़िस्मत अच्छी थी, उनकी पीठ पर लखनपुर की बेगम सलमा का हाथ रहा। उन्हीं की बदौलत उनका यह टूटा-फूटा खपरैला मकान आज तिमंज़िली इमारत बन गया। लखनपुर ख़ास की हवेली, सलमा बेगम ने पूरी तुड़वाकर नये सिरे से बनवायी। हाफ़िज़ भाई ने रातोंरात ट्रकों में भरवाकर सारा संगमरमर, फ़र्नीचर, यहाँ तक कि बाथरूम का हौज और टंकियाँ भी रानीमण्डी पहुँचवा दीं। अन्दर किसी को जाने की इजाज़त नहीं है, पर सुना है कि उनका मकान एकदम महल बन गया है।"

जितना यह सच था, उतना यह भी सच था कि उस महल में रानी और दो राजकुमारियाँ, क़ैद में पड़ी बुलबुलें थीं। तहमीना का अपनी बड़ी बहन सईदा के घर उठना-बैठना था। सईदा के शौहर की तीन साल पहले तपेदिक से मौत हो चुकी थी। उसके दोनों बेटे मिलकर धोबी गली में ही पतंगें बेचने का काम करते। इस काम में कमाई ख़ास नहीं थी, पर उनका दिल लगा रहता। सईदा को वहम था कि ज़्यादा मेहनतवाले कामों में फँस कर कहीं नदीम और फ़हीम भी अपने बाप की तरह तपेदिक के मरीज़ न हो जायें। नदीम और फ़हीम अपने हाल पर ख़ुश थे। मुहल्ले भर के लड़के उन्हें 'छोटे मियाँ बड़े मियाँ' कहकर इज़्ज़त बख़्शते और सलाम करते। शाम के वक़्त वे अपनी दुकान पर कैरम के जवाबी मैच करवाते। मुहल्ले की लड़कियों की जासूसी करना, लखन पानवाले के अड्डे पर खड़े रहना और नये लड़कों को पतंग के दाँव-पेंच समझाना उनके अहम काम थे। उनकी पढ़ाई नवीं क्लास से आगे नहीं बढ़ पायी क्योंकि तभी प्रदेश भर में नक़ल विरोधी अध्यादेश जारी हो गया। नदीम और फ़हीम ने खत्री पाठशाला से दसवीं का परीक्षा फ़ॉर्म तो ज़रूर भरा, लेकिन ऐन इम्तेहान के दिन दोनों घर बैठ गये। माँ को समझा दिया, "बड़ा ख़राब क़ानून पास हुआ है इस बार। हॉल में बैठकर जो दायें से बायें देखा तो हथकड़ी पड़ जायेगी। ज़मानत भी नहीं होगी,

सीधे हवालात।" सईदा आपा घबरा गयीं। उन्होंने दोनों बेटों की बलाएँ उतारीं और कहा, "चलो, हमें कौन-सी नौकरी करवानी है? हमारे चिराग़ सलामत रहें।"

सईदा की हार्दिक अभिलाषा थी कि नदीम का ब्याह हाफ़िज़ की बड़ी बेटी सना से हो जाय, लेकिन एक तो सना नदीम से आठ माह बड़ी थी, दूसरे, बी. ए. के आख़िरी साल में बैठनेवाली थी। फिर तहमीना भी इस रिश्ते को नकार चुकी थी। उसका ख़याल था सना का रिश्ता किसी शाही ख़ानदान में होगा।

सना इस बार हमारे घर आयी तो तिनतिना रही थी। उसने कहा, "आंटी, नदीम भाई ने हमारे ऊपर फ़तवा जारी किया है कि हम खुले मुँह यूनिवर्सिटी नहीं जा सकतीं। उनके हिसाब से हमारा हिज़ाब पहनना ज़रूरी है। दूसरे, जींस पहनने पर भी पाबन्दी लगायी है। आप बताइये आंटी, आज के ज़माने में इन दकियानूसी हिदायतों का क्या मतलब है? मैंने अम्मी से कह दिया, जींस इतने मोटे कपड़े की होती है, इसमें कोई फ़ैशन नहीं है। फिर दो जींस में दस दिन आराम से निकल जाते हैं। सबसे बड़ी बात, ये पाबन्दियाँ लगानेवाले नदीम भाई आख़िर होते कौन हैं?"

"तुम्हारे रिश्तेदार हैं और तुम्हारी अम्मी इस रिश्ते को निभाती भी है।"

"तो अम्मी पर लगायें न पाबन्दी। पापा ने हमें कभी नहीं रोका। पापा कहते हैं, चाहे जो करो, बस पढ़ाई में अव्वल आओ।"

इन लड़कियों के पापा को कभी इतनी फ़ुर्सत न मिली कि उनकी शादी की फ़िक्र करें। उनका बहुत-सा वक़्त संसद के सत्रों से बँधा रहता। बाक़ी वक़्त उन्होंने बेगम लखनपुर के हवाले कर दिया।

सना और सुबूही और उनकी माँ तहमीना के अपने-अपने तहखाने बनते गये।

पहले मोहर्रम और चेहल्लुम पर ये माँ बेटियाँ ख़ाली वक़्त में मर्सिये और नौहों का रियाज़ किया करती थीं। इन्हीं के इमामबाड़े से जुलूस उठा करता। जुलूस अब भी उठता, लेकिन अब वे स्टीरियो पर मर्सिये का कैसेट लगाकर, खुद अन्दरवाले कमरे में इकट्ठी बैठकर पाकिस्तानी धारावाहिक देखती रहतीं।

हाफ़िज़ के आने पर तहमीना फिर पाँच वक़्त की नमाज पढ़ने लगतीं। हालाँकि जां नमाज़ कहाँ पड़ा है, यह ढूँढ़ने में काफ़ी मशक़्क़त पड़ती।

अगर लड़कियों को यूनिवर्सिटी में देर हो जाती, तहमीना घर आये शौहर को सफ़ाई देती, "आजकल दोनों बहनें लाइब्रेरी में बैठकर पढ़ाई करती हैं। आप ही सोचिये, ऐसी मोटी-मोटी किताबें कैसे तो उठाकर लायें?"

हाफ़िज़ भाई के आने की ख़बर अक्सर पहले ही अख़बारों में छप जाती। तरह-तरह के फ़रियादी घर के चक्कर काटने लगते। फल, मेवा, मिठाई की डालियाँ पहुँचने लगतीं। लड़कियाँ अपने रंग-बिरंगे कपड़े और जींस जैकेट, सब उठाकर रख देतीं और एकदम दकियानूसी सलवार-कमीज़ धारण कर लेतीं। तहमीना अपने बाल मेहँदी से रंग लेती। नसीबन और हाज़रा तीनों ड्योढ़ियों का रगड़-रगड़कर पोछा लगातीं। दो दिन की मेहनत में उनका मकान इंस्पेक्शन बँगलो जैसा सँवर जाता।

हम भी अपने कमरे के तख़्त की चादर बदल लेते, बिखरे हुए एल.पी. समेट कर एक जगह चिन देते और स्टीरियो को झाड़-पोंछकर चमका देते।

कभी-कभी हाफ़िज़ भाई राजेश को समझाते, “अमाँ, तुम अदीब हो, पत्रकार हो, यह सब तो ठीक है। पर तुम्हें थोड़ा प्रैक्टिकल भी होना चाहिए। अफ़साने लिखने से पेट नहीं भरता, तुम्हें कोई रोज़गार करना चाहिए। कल को घर में बाल-बच्चे होंगे तो ख़र्चे बढ़ेंगे, ज़िम्मेदारियाँ बढ़ेंगी।”

राजेश के अन्दर अपनी आलोचना सुनने की बरदाश्त बिल्कुल नहीं थी। वह पलटकर कहता, “हाफ़िज़ भाई, आप पैसे को बहुत बड़ी ताक़त समझते हैं और कामयाबी को दौलत। मैं क़लम की ताक़त को इन सबसे ऊपर मानता हूँ।”

“तुम्हारी उमर में मेरे भी ऐसे ख़यालात थे, पर हालात ने मुझे काफ़ी सबक सिखाये। जब मैं सिर्फ़ ख़बरनबीसी करता था, मेरी बच्चियाँ दूध को तरस जाती थीं। मैंने तभी तय कर लिया कि कामयाबी हासिल करके रहूँगा।”

“कामयाबी और तसल्ली के बीच मैंने तसल्ली चुनी है।”

“तसल्ली बड़ी तकलीफ़देह होती है। आप पत्थर की तरह एक ही जगह जमे पड़े रह जाते हैं। बरखुरदार, अपनी पिटारी से बाहर निकलकर देखो, दुनिया किस रफ़्तार से बढ़ रही है।” ऐसे बहसवाले दिन हमें नागवार लगते। हाफ़िज़ अपने आपको बेहद कामयाब इन्सान मानते। उनकी नसीहत पर तहमीना ने यह टोटका अपना रखा था कि जब भी वे घर आते, वह तेल का भरा, चौड़ा कटोरा उनके सामने पेश करती। वे तेल के कटोरे में झाँककर अपना चेहरा निहारते और आँखें बन्द कर एक दुआ बुदबुदाते। उसके बाद कटोरे का तेल किसी फकीर को दे दिया जाता। अगर कभी हाफ़िज़ भाई को खाँसी भी हो जाती, उनकी बेटियाँ कहतीं, “हमारे पापा को दूसरों की नज़र झट लग जाती है।”

सना और सुबूही लखनऊ जाकर शीलाज़ ब्यूटी पार्लर में अपने बाल सेट करवातीं। उनकी सलीक़े से तराशी गयी भवें और रोमरहित रेशमी बाँहें जता

देतीं कि वे अपने रख-रखाव पर काफ़ी धन और समय ख़र्च करती हैं। दो-एक बार उनके शैक्षिक प्रमाण-पत्र और अन्य काग़ज़ात सत्यापित करते समय मैंने देखा था कि पिता की मासिक आय के कॉलम में वे मात्र 1,000 रुपये लिखतीं। विधायक की यही निर्धारित आय होती होगी। इतनी आय में हाफ़िज़ दो घरों और दो बेटियों का ख़र्च कैसे उठा रहे थे जबकि इतने पैसे में एक घर चलाना भी आसान नहीं था। ये और कुछ अन्य सवाल ऐसे थे, जो हमेशा हवा में लटके रहते। ये पूछे नहीं जा सकते थे। इनमें लोगों के दिमाग़ी मिर्च-मसाले मिल जाने पर तरह-तरह की अफ़वाहें पैदा होतीं। एक अफ़वाह थी कि लखनपुर ख़ास की हवेली टूटने के वक़्त वहाँ का शाही ख़ज़ाना हाफ़िज़ के हाथ लग गया, उसी के जलवे नज़र आते हैं। दूसरी अफ़वाह थी कि हाफ़िज़ की बेगम तहमीना की माँ ने अपने गाने-बजाने की तमाम कमाई अशर्फ़ियों की शक्ल में अपनी दोनों बेटियों को बाँट दी, उसी की बरक़त दिखाई दे रही है। रानीमण्डी की ख़ासियत यह थी कि यहाँ हर मकान और परिवार के साथ कोई-न-कोई पुराना क़िस्सा नत्थी था। यहाँ के बाशिन्दे अपने बाप-दादा की शान बान के क़िस्सों के सहारे अपनी मौजूदा बदहाली काट लेते। बहुतों को यहाँ 'नवाब' कहकर पुकारा जाता जबकि इस गली में कोई नवाब परचून की दुकान चलाता तो कोई चाय-बिस्कुट की।

अच्छे-भले हम यहाँ रह रहे थे कि एक दिन हमें ख़बर मिली कि हमारे मकान का मालिक बदल गया है। हमारे मौजूदा मकान मालिक ने यह मकान मय किरायेदार उनके एक दत्तक पुत्र ओमप्रकाश के नाम कर दिया। उन्होंने अपने बीवी-बच्चों को उलाँक कर यह वसीयत कर डाली क्योंकि उनकी बीमारी में बीवी-बच्चे उनके काम नहीं आये जबकि ओमप्रकाश उन्हें हर पल हाज़िर मिला। वसीयत के चन्द महीनों बाद ही मकान मालिक की मौत हो गयी।

अगले ही हफ़्ते ओमप्रकाश ने हमें मकान ख़ाली करने का नोटिस दे डाला। अच्छा नहीं लगा। हमने तय कर लिया कि हम यहाँ नहीं रहेंगे। कुछ ही दिनों की दौड़-धूप से हमें शहर की घिचपिच से हटकर एक बेहतर मकान मिल गया। यह घर बड़ा और हवादार था। सामने पब्लिक पार्क था और पीछे गंगा का कछार। बाज़ार कुछ फ़ासले पर था, पर फेरीवाले और ठेलेवाले भी दिन भर गुज़रते। कुछ एक आदतें हमारी ऐसी थीं जो हमें पुराने घर की याद दिला देतीं। नये बाज़ार में मिलनेवाले मसाले हमारे मुँह नहीं लग रहे थे। कभी हमें अपने पुराने बाज़ार का गरम मसाला और पिसा जीरा याद आ जाता, कभी वहाँ के पापड़ और बड़ी की हुड़क उठती। हम तय करते, एक दिन चौक जाकर यह सब लाया जाये।

ऐसे ही एक दिन जब हम चौक में ख़रीदारी कर रहे थे, हमारा मन हुआ कि हाफ़िज़ भाई के यहाँ चला जाये। अपना पुराना घर देखने की भी ललक थी। राजेश बोले, "आजकल संसद का सत्र नहीं है। हो सकता है, हाफ़िज़ भाई आये हुए हों।"

मेरी मुखमुद्रा को ताड़कर उन्होंने जोड़ा, "नहीं हुए तो बस दुआ-सलाम करके खिसक लेंगे।"

हम बड़े चाव में अपने मुहल्ले की तरफ़ मुड़े। नुक्कड़ के पानवाले लखन के यहाँ ही हमें नवाब दिख गये। वे पान की गिलौरियाँ अपनी डिब्बी में सजा रहे थे।

"आज कैसे रास्ता भूल पड़े?" उन्होंने कहा।

"कई बार सोचा, आना ही नहीं होता। सब ख़ैरियत तो है न?"

"मत पूछिये, आपका मकान तो बिजलीघर वाले कबाड़ी ने ख़रीद लिया। आजकल उसे पूरा गिरवाकर मार्केट बनवा रहा है।"

हमारा जी धक्-से रह गया। पता नहीं क्यों हम सोच रहे थे वह वैसा का वैसा हमें मिलेगा। बस, उसके छज्जे पर किसी और के कपड़े सूखते होंगे।

इसका मतलब यह हुआ कि हमारे ख़ाली करते ही हमारे मकानमालिक के दत्तक पुत्र ने इसे हाथोंहाथ बेच डाला।

मन उखड़ गया। सोचा वापस चले जायें, लेकिन नवाब हमें इसरार के साथ गली में ले आये, "हाफ़िज़ भाई भी आये हुए हैं आजकल। उनसे तो मिलते जाइये।"

जहाँ हमारा घर था, वहाँ मशीनों से बहुत गहरा गड्ढा बनाया हुआ था। गली में चारों तरफ़ मलबा और गन्दगी दिख रही थी। हाफ़िज़ भाई की ड्योढ़ी पर एक सुरक्षाकर्मी कारबाइन लिए तैनात था। हम अन्दर घुसने ही लगे थे कि उसने टोका। साथ का सामान अपने पास के रैक में रखवाया, तब आगे बढ़ने का इशारा किया। अगली ड्योढ़ी में वही शैडो खड़ा मिला। उसने हमें पहचान कर 'नमस्ते' की और कमरे के द्वार तक ले आया।

हाफ़िज़ तीन-चार आगन्तुकों से घिरे हुए थे। दिन के वक़्त भी कमरे में तीन ट्यूबलाइट जल रही थीं। इतने रौशन कमरे में हाफ़िज़ भाई बुझे हुए लग रहे थे। "आइए भाभी, आइए राजेश भाई" कहकर उन्होंने इस्तक़बाल तो किया, लेकिन उनके चेहरे पर कोई चमक नहीं आयी। आगन्तुकों से वे गर्दन की हरकत से बतियाते रहे। उनके चले जाने तक हमारा भी इरादा उठने का हो गया। मैंने कहा, "मैं ज़रा अन्दर जाकर बहन जी और बच्चों से मिल लूँ।"

हाफ़िज़ ने जल्दबाज़ी में कहा, "लड़कियाँ तो मुम्बई चली गयी हैं पढ़ाई करने और बेगम सईदा आपा के यहाँ गयी हैं।"

"अरे, सना-सुबूही दोनों चली गयीं? कौन-सा कोर्स पढ़ रही हैं वहाँ?"

"हमें कहाँ याद रहता है? इतने मसले याद रखने पड़ते हैं। आप बताइये, कैसे आना हुआ?" हाफ़िज़ भाई ने थोड़ी अधीरता दिखाई।

"कुछ नहीं, बस यहाँ से गुज़र रहे थे तो आपका ख़याल आ गया।"

"बताइये साब, दो साल में आपको एक बार हमारा ध्यान नहीं आया और आज आप चले आ रहे हैं कि हमारा ख़याल आ गया?"

अब तक राजेश भी थोड़े खिंच गये, "मैं भी हैरान हूँ कि मुझे कैसे ख़याल आया?"

हाफ़िज़ भाई ने अपनी कुर्सी से उठने की कोशिश की। वे उठ नहीं पाये। उन्होंने आवाज़ लगायी "शैडो"। शैडो ने अन्दर आकर उन्हें खड़ा किया। उन्होंने शैडो से पूछा, "और कोई फ़रियादी है बाहर?"

"जी नहीं।"

शैडो की मौजूदगी में ही हाफ़िज़ ने हमसे कहा, "कहिये, आपकी क्या ख़िदमत करें। आपको अपना तबादला या तरक़्क़ी करवानी है तो काग़ज़ दे जाइये। बच्चे का दाख़िला हो तो अगली बार मिलना मुनासिब होगा। और भी दो एक केसेज़ हैं।"

राजेश का मूड पूरी तरह उखड़ चला।

"हमें अफ़सोस है, हम अपने पुराने दोस्त से मिलने चले आये। आप तो कोटा, परमिट, तबादला, तरक़्क़ी की दलदल में फँस गये हैं।"

"मियाँ, देखना पड़ता है, हर तरफ़ देखना पड़ता है," हाफ़िज़ शैडो की तरफ़ मुख़ातिब हुए, "हम आराम करने जा रहे हैं। कोई आये तो कहना हम घर पर नहीं हैं।"

खिन्न मन से हम बाहर आये। 'बड़े बेआबरू होकर तेरे कूचे से हम निकले' जैसे शे'र की चोट समझ आ गयी। पुराने घर के खुदे हुए गड्ढे की तरफ़ ज़रा भी न देखकर हम गन्दगी से बचते-बचाते चलने लगे।

धर्मशाला के सामनेवाले घर से नवाब साब की आवाज़ आयी, "हमारे ग़रीबख़ाने को भी रौशन करें, भाईजान!"

हम ठिठक गये। नवाब बड़े इसरार से हमें अन्दर ले आये। शरारा कुर्ती के ऊपर शोख़ सुर्ख़ दुपट्टा ओढ़े उनकी बेगम, बारां ने हमें आदाब किया और चाय

बनाने चली गयी। नवाब साहब ने हमारी नस पर उँगली रख दी, "एम.पी. साहब से मुलाक़ात हो गयी?"

राजेश के मुँह से निकला, "एम.पी. होकर क्या इन्सान, इन्सान नहीं रहता? वे तो पहचान में ही नहीं आते।"

"उनके ऊपर ज़लज़ला ही कुछ ऐसा आया। आपको पता है राजेश भाई, उनकी दोनों बेटियाँ घर छोड़कर चली गयीं।"

अब चौंकने की बारी हमारी थी, "अरे, कब, कैसे, कहाँ?"

"सुबूही का तो किसी से अफेयर था।" मेरा इतना बोलना था कि राजेश ने मुझे घुड़का, "तुम्हें बीच में ज़रूर बोलना है? नवाब साब, बड़ी हैरानी की बात है, इतने पहरे के बीच से लड़कियाँ चली गयीं। हाफ़िज़ भाई कह रहे थे, वे पढ़ाई करने मुम्बई गयी हैं।"

"और क्या कहें? उनकी इज़्ज़त का तक़ाज़ा है कि चुप रहें। उन्होंने पुलिस में रिपोर्ट तक नहीं लिखवायी।"

तभी बारां चाय की ट्रे लेकर आ गयी। साथ में मेवे, मिठाई और नमकीन था।

बारां ने कहा, "सना तो संजीदा लगती थी, सुबूही के रंग-ढंग अजीब थे। मैंने तो एक बार तहमीना आपा से कहा भी था, पर वे उलटे मुझ पर ही बिगड़ने लगीं।"

"हमारे यहाँ भी उसके फ़ोन आया करते थे," मैंने कहा।

"फ़ोन आने से कोई भाग नहीं जाता?" राजेश ने टोका।

"उसकी अलग दास्तान होगी।"

नवाब साब ने कहा, "देखिये भाईजान, जब बाप घर से दूर रहे और माँ बावर्चीख़ाने में, तो बच्चों के भटकने में देर नहीं लगती। कई बार हमारे घर भी ये लड़कियाँ आतीं। बेगम से कहतीं, आप कितनी ख़ुशक़िस्मत हैं, बिना पर्दे आती-जाती हैं। हमारे ऊपर तो बन्दिशें-ही-बन्दिशें हैं।"

"लेकिन बन्दिशें उन्होंने मानी कहाँ? सना का तो पता नहीं, पर सुबूही" जैसे ही मैंने इतना कहा राजेश फिर बमक गये, "तुम बीच में फ़तवे क्यों दे रही हो? क्या जानती हो तुम उनके बारे में?"

बारां ने कहा, "आपा तो अपना ख़याल बता रही हैं। हम सब हैरान हुए। मुश्किल यह है कि हाफ़िज़ भाई इस हादसे की पूरी ज़िम्मेदारी भाभी पर डाल रहे हैं।"

"एक तरह से बनती तो है। आख़िर बेटियाँ उन्हीं के पास रहती थीं।"

"भाभी की तबीयत तो बड़ी ख़राब रहती थी। वे बेचारी रात को नींद की गोली लेकर सो जातीं। उन्हें क्या पता, बेटियाँ क्या कर रही हैं?"

"क्या हो गया उन्हें?"

"ऐंग्ज़ायटी न्यूरोसिस", बारां ने बताया, "उन्हे हर वक़्त दो फ़िक्रें खाये जातीं। पहली यह कि उनके शौहर दूसरी शादी न कर लें, दूसरी यह कि इन लड़कियों की शादी कैसे होगी?"

"इतनी ख़ूबसूरत और ज़हीन लड़कियों की शादी में क्या दिक़्क़त थी?"

"आप नहीं जानते। हमारे सैयदों में पढ़े-लिखे, नयी रौशनीवाले लड़के ढूँढ़ना आसान नहीं। ऊपर से हाफ़िज़ भाई की मसरूफ़ियत। बस, भाभी साहिबा को हर वक़्त तनाव रहता।"

"मुम्बई कोई इतनी दूर भी नहीं। वहाँ जाकर पता किया था।"

"सब किया राजेश भाई, पर कोई सुराग नहीं मिला। फिर मुम्बई तो लड़कियों के मामले में मगरमच्छ है।"

बारां ने धीरे-से कहा, "यह भी पक्का नहीं पता कि सना और सुबूही मुम्बई गयीं या कहीं और?"

बड़े भारी मन से हम वहाँ से वापस आये। मेरे मन में रह-रहकर यही सवाल टक्कर मारता रहा, हाफ़िज़ भाई अपने को क्या समझते होंगे, कामयाब या ग़ैर-कामयाब?

मुहब्बत का मौसम

एक साथ तीन छुट्टियों का जुगाड़ बैठा तो तबीयत मस्त हो आयी।

"कहो, घूमने चला जाय?" आदिल ने कहा।

"चलो, नैनीताल चलते हैं। पास भी है और परिचित भी।"

"तुम पहले जा चुकी हो?"

"एक बार, पर तुम्हारे साथ तो यह पहली बार होगा।"

"तुमने 'नदी के द्वीप' पढ़ा है?"

"बिल्कुल पढ़ा है। चलो, चलकर ढूँढ़ेंगे, तुलियन झील कहाँ पर है?"

शाम की गाड़ी से हम काठगोदाम के लिए निकल पड़े। काठगोदाम पहुँचे रात दस बजे। वहाँ एकदम सोता पड़ा हुआ था। स्टेशन भी ऊँघ रहा था और कुली भी। किसी तरह एक को जगाकर मिन्नत की कि हमारा सामान डाक बँगले पर ले चले। डाक बँगला चढ़ाई पर था। ऊपर पहुँचकर सर्दी की जगह गर्मी महसूस होने लगी।

डाक बँगले हमेशा मुझे छठे दशक की याद दिलाते हैं, जिनमें नायिका तपेदिक से ग्रस्त, सेनेटोरियम में मरती रहती और नायक उसे देखने के लिए आ कर डाक बँगले में ठहरता। कॉलेज की पढ़ाई के दिनों में ऐसी कहानियाँ हमारी कल्पना को पंख लगा देतीं। हम लड़कियाँ मन-ही-मन मनातीं कि हमें भी ऐसी कोई बीमारी हो जाये तो जीवन में नायक मिले।

मैं कहती, "मैंने इतनी इमली खायी पर मुझे कभी खाँसी तक नहीं हुई यानी मैं तो कभी नायिका बनूँगी ही नहीं।"

दीप्ति कहती, "लगता है, उस ज़माने में कैंसर और एड्स किसी को नहीं होता था, जिसे देखो, तपेदिक ही होता था।"

पिछली बातें याद कर हँसी आने लगी। कैसी अजीब बात है कि बीमार भी नहीं हुई और नायक भी मिल गया और अब डाक बँगले में मेरे पहलू में बैठा है।

यहाँ कमरा गरम था, बिस्तर नरम और खाना स्वादिष्ट। चैन की नींद ले कर सुबह नैनीताल के लिए निकल पड़े। रास्ते में ठण्डी हवा के झोंकों ने तन-मन में तरावट और ताज़गी भर दी। एक मोड़ पर ठहरकर चाय की गुमटी से चाय पी और पकौड़े खाये।

आदिल ने कहा, "तुम्हें यह सब कुछ रिपीट एक्सपीरियंस लग रहा होगा, फ़रीदा।"

"मुझे लग रहा है, यह पहली बार जा रही हूँ मैं नैनीताल। जो सन् 2007 में गया था वह कोई और था, मैं नहीं।"

"किसके साथ गयी थीं तुम?"

"कॉलेज की लड़कियों और साथी प्राध्यापिकाओं के साथ। तब लड़कियों की इतनी ज़िम्मेदारी थी सिर पर, कहीं ये भटक न जायें, चोट न लग जाये इन्हें। हमारी सीनियर डॉ. उपमा जोशी तो लड़कियों को इधर-से-उधर नहीं होने देती थीं। लड़कियाँ सुबह सैर पर जाना चाहतीं तो उपमा जी कहतीं, सुबह यहाँ शेर भी सैर पर निकलता है।"

अभी हमारी बातें ख़त्म भी नहीं हुई थीं कि लो, आ पहुँचे नैनीताल— रंग-बिरंगी तस्वीर की तरह ख़ूबसूरत। हर तरफ़ ताल-ही-ताल नज़र आये। यहाँ तक कि सूखा ताल में भी पानी भरा था, लबालब। उसमें छोटी-छोटी डोंगियाँ तैर रही थीं, हरी, गुलाबी, पीली, लाल। कुछ डोंगियाँ हंस की शक्ल में थीं, जिससे मुसाफ़िर को लगे कि वह मानसरोवर के हंस की सवारी कर रहा है। झील से सटकर सड़क भी साथ-साथ चल रही थी।

मन हो रहा था, टैक्सी से उतरकर डोंगी में बैठ जायें, लेकिन सामान का क्या करते? मैं एक ही टूरिस्ट होटल का नाम जानती थी जहाँ पहले कॉलेज समूह के साथ आकर ठहरी थी। अफ़सोस हुआ कि इंटरनेट से जानकारी क्यों नहीं ली।

टैक्सीवाले से पूछा, "ऐवरेस्ट व्यू कैसी जगह है?"

"एकदम फ़र्स्ट क्लास जी। बस, पहुँच गये हैं वहाँ।"

पिछले चार बरसों में होटल में काफ़ी रद्दोबदल हो गयी लगती थी क्योंकि एकबारगी उसे पहचानना मुश्किल लगा।

स्वागत-कक्ष में शीशे की दीवारें लगी थीं जो पहले नहीं थीं। होटल परिसर में हरियाली इस क़दर छायी थी कि यहाँ बरामदे भी बग़ीचे लग रहे थे। अतिथि रजिस्टर में अपना नाम दर्ज करते हुए आदिल ने ऊपर के दो-चार नामों पर नज़र डाली तो चौंक गया। मुझे दिखाया, "इसमें लिखा है, डॉ. उपमा जोशी।"

"वे ही होंगी। उन्हें पहाड़ पर आना बहुत पसन्द है।"

"लेकिन उनका पता इसमें अल्मोड़ा का है। कोई और भी हो सकती है।"

"पता करना पड़ेगा। चलो अच्छा हुआ, उनसे पूछ लेंगे कि भीमताल, नौकुछिया ताल वग़ैरह कैसे देखें?"

स्वागत-कक्ष के कर्मचारी ने कहा, "मैडम, हमारे यहाँ हर जगह के लिए टैक्सी उपलब्ध है।"

मैंने मिस जोशी का कमरा नम्बर देख लिया, 110। जब हमें 117 नं. कमरा मिला तो मैं समझ गयी कि हम एक-दूसरे से ज़्यादा दूर नहीं होंगे।

कमरे में पहुँचकर आदिल ने कहा, "देखो डियर, तुम्हारी कुलीग यहाँ विराजमान हैं, इसका मतलब यह नहीं कि तुम हमारी छुट्टी बरबाद कर दो।"

मैं हँस दी। आदिल की यही बेसब्री मुझे पागल बनाती है। उसका बस चले तो मैं कॉलेज भी न जाऊँ। कभी-कभी मैं कहती भी हूँ, "तुम्हारा बस चले तो काम पर न तुम जाओ न मैं। जनाब, घर कैसे चलेगा ऐसे?"

"फ़रीदा टीचर जी, हमसे घर है, घर से हम नहीं। समझीं आप?"

किसी भी नसीहत से चिढ़ता है आदिल। फ्री लांसर आदमी, हफ़्ते में दो दिन काम करता है, बाक़ी सब को इतवार कहता है।

नाश्ते के बाद मैंने कहा, "चलो, घूम कर आते हैं।"

आदिल ने कहा, "मैं तो सोऊँगा।"

"इतना अच्छा मौसम सो कर गँवाने के लिए नहीं है। चलो उठो।"

"मौसम और नींद का रिश्ता तुम्हें समझाऊँ" कहते हुए आदिल ने मुझे बिस्तर पर खींच लिया।

जब हमारी आँख खुली अँधेरा घिर आया और बारिश शुरू हो चुकी थी। सुबह से हम कमरे में बन्द थे। मैंने कहा, "मैं घूमने जा रही हूँ।"

"इस बरसते पानी में कहाँ जाओगी?"

"बरामदे में। अपनी सीनियर का पता भी लेना है।"

"बहुत देर मत लगाना। बस, हाय-हलो करके मामला ख़त्म करना।"

सुनकर बुरा लगा। अपने आने-जाने पर बन्दिश मुझे बर्दाश्त नहीं। मैंने तकिये के नीचे दबा अपना दुपट्टा खींचकर निकाला और बाहर चल दी।

ऐवरेस्ट व्यू के गलियारे बड़े ख़ुशनुमा लग रहे थे। हर खम्भे से लटकी रौशनी पौधों को इतना चमकीला बना रही थी कि वे प्लास्टिक के लग रहे थे।

रिसेप्शन लाउंज में उपमा जी बैठी टी.वी. देख रही थीं। मुझे देखकर खुल कर मुस्कुरायीं। इस तरह से वे कॉलेज में कभी नहीं खुलतीं।

मैं बैठने ही वाली थी कि वे उठ खड़ी हुईं। "चलो, कमरे में बैठकर चाय पियेंगे।" उन्होंने कहा।

हम 110 में आ गये। सब कमरे एक-से थे। फिर भी कुछ नया लग रहा था। मैंने पाया, इस कमरे में बिस्तर की जगह अलग थी। एक बिस्तर खिड़की की तरफ़ था।

"यहाँ से हवा आती होगी!" मैंने खुली खिड़की की तरफ़ इशारा किया।

"हाँ, लेकिन पहाड़ और रौशनी भी।" उपमा जी हँसीं।

"आपको अकेले आना अखरता नहीं?" मेरे मुँह से अचानक निकल गया। कहते ही अफ़सोस हुआ कि यह क्या कह डाला?

"जब शादी नहीं की तो कौन साथ आयेगा?"

"मेरा मतलब कोई दोस्त या सहेली।"

"नहीं फ़रीदा, मैं अपने और पहाड़ के बीच और किसी को बर्दाश्त नहीं कर सकती।"

तभी हथेली में दबा मोबाइल चमका। यह आदिल होगा, मैंने मन-ही-मन कहा।

"तुम अभी छोटी हो, जवान हो। धीरे-धीरे पता चलेगा कि जब हम अपनी चालीसवीं वर्षगाँठ मनाते हैं, दोस्तों की गिनती चार भी नहीं बचती।" उपमा जी ने जैसे अपनी जन्मपत्री मेरे सामने खोली।

मेरी हथेली में मोबाइल फिर कसमसाया। देखा, आदिल का एस.एम.एस. था "बेक़ाबू, बेक़रार, चली आओ।"

मैं उठने लगी। उपमा जी ने मुझे रोका, "चाय तो ख़त्म करती जाओ।"

मैं बैठ गयी। वैसे मुझे उनका साथ अच्छा भी लग रहा था। ऐसा लग रहा था, उपमा जी आज खुलने के मूड में हैं। मैंने कुछ और ताले तोड़ने की कोशिश की, "गुस्ताख़ी माफ़ करें तो एक सवाल करूँ? आपने शादी क्यों नहीं की?"

उपमा जी अपना प्याला लेकर उठीं और उसे बग़लवाली छोटी मेज़ पर रख दिया। फिर वे खिड़की से बाहर का अँधेरा देखने लगीं।

मेरी समझ में नहीं आ रहा था, मैं कमरे में ठहरूँ या चली जाऊँ? वे मेरी तरफ़ मुड़ीं, "हाँ, तुमने कहा कि मैंने शादी क्यों नहीं की? इस मामूली मध्यवर्गीय सवाल का मामूली मध्यवर्गीय जवाब तो यही है कि वक़्त ही नहीं मिला अपने बारे में फ़ैसला लेने का। मुझसे छोटी तीन बहनें और एक भाई की पढ़ाई करवाते, परीक्षाएँ दिलवाते मेरे सारे मौसम बीत गये।"

"इतनी सुन्दर हैं आप, पैग़ाम तो बहुत आये होंगे?"

उपमा जी की आँखों में थोड़ी चमक बढ़ी, "सच तो यह है कि उस समय मुझे कोई अपने क़ाबिल नहीं लगता था।"

तिलू, निरू और अनू मुझे अलग चढ़ा देतीं, "दीदी यह तो तुम्हारी सैण्डिलें उठाकर चलने लायक़ भी नहीं है। तुम्हारे लिए दूर देश से कोई राजकुमार आयेगा।"

मेरे मोबाइल का बटन चमका। मैंने बेसब्री से कहा, "मेरे शौहर बार-बार बुला रहे हैं उपमा जी, मैं चली।"

उपमा जी के चेहरे का रंग फीका पड़ गया। उन्होंने अपनी पीठ के पीछे हाथ ले जाकर आँखें बन्द कीं। एक छोटी-सी आह उनके मुँह से निकल गयी।

"क्या बात है, आप ठीक तो हैं न?"

"फ़रीदा, वह मेज़ पर तेल की शीशी पड़ी है। ज़रा मेरी पीठ पर थोड़ा-सा तेल लगा दो, बड़ी जलन हो रही है।"

मैंने अपने को फँसा हुआ महसूस किया। अब तक आदिल का पारा बहुत चढ़ चुका होगा। उससे मैंने कहा था, मैं बस गयी और आयी।

उपमा जी ने सफ़ेद लिबास पर स्वेटर भी सफ़ेद ही पहन रखा था। कॉलेज में भी वे अपने सफ़ेद कपड़ों में अलग पहचान में आतीं। ऊपर से उनकी आँखों पर सुनहरे फ्रेम का चश्मा उनके व्यक्तित्व को कुछ और रहस्यमयी बना देता। विभाग में हम तीन नयी सदस्य थीं—मैं, लक्ष्मी मैनन और कामना कपूर। चाय के वक़्त हमारी चर्चा में कभी-कभी यह सवाल उठ जाता, "मिस जोशी कौन से साबुन से कपड़े धुलवाती हैं?"

"मिस जोशी कितने साल की हैं?"

"मिस जोशी का पक्का दोस्त कौन है?"

ज़ाहिर है, हम तीनों सवालों के जवाब देने में ग़ैर-कामयाब होते और मिस उपमा जोशी का रहस्य गाढ़ा होता जाता। मुझे लगा, इसमें से एक आध सवाल का जवाब तो आज मिल ही सकता है।

मैंने उनकी प्रशंसा करने के लिहाज़ से कहा, "उपमा जी, आप रंगीन कपड़ों में और भी ख़ूबसूरत लगें। ठण्डी जगह में सफ़ेद कपड़ों में और ज़्यादा ठण्ड लगती होगी।"

"नहीं, मुझे सफ़ेद रंग पसन्द है। कई बार तो लोग मुझे ब्रह्मकुमारी समझ लेते हैं।"

"आप अपने ऊपर कुछ ज़्यादा ही सख़्ती करती हैं।"

"लगता है, तुम अपने साथ नरमी बरतती हो," उपमा जी हँसीं।

"लाइये, तेल लगा दूँ," मैंने बातचीत को अर्द्धविराम दिया।

उपमा जी ने अपनी पीठ मेरी तरफ़ करके अपना स्वेटर ऊँचा किया।

ओफ़, ऐसा लगा, जैसे किसी ने सफ़ेद चट्टान पर दुनिया भर का नक़्शा मेरे सामने उघाड़ दिया हो। उपमा जी की गोरी-चिट्टी पीठ पर सीधे, आड़े, तिरछे खरोंचों के लाल-नीले निशान पड़े थे। मैंने अपना बढ़ा हुआ हाथ पीछे खींच लिया।

उपमा जी बोलीं, "फ़रीदा, कुछ ग़लत मत समझना।"

मैंने कहा, "माफ़ कीजिए, पहले इसका इलाज करवाइये, नहीं तो ये घाव बन जायेंगे।"

उपमा जी हँसीं, "मेरी पीठ में खुजली बहुत चलती है। अब पीठ पीछे हाथ तो पहुँचता नहीं। जो चीज़ हाथ आ जाय मैं उसी से पीठ खुजा लेती हूँ। पेंसिल, फुटरूलर, कंघा, इन्हीं के निशान हैं ये। कभी बहनें देखती हैं तो क्रीम या तेल लगा देती हैं।"

मैंने डरते-डरते, खरोंचें बचाते हुए उनकी पीठ पर तेल लगाया, शीशी जगह पर रखी और वापस चल दी।

आदिल कमरे में समस्त बल्ब बुझाकर लेटा हुआ था। उसका मुँह फूला हुआ था। मैं अचक-से बिस्तर पर लेटने लगी।

आदिल ने मेरी तरफ़ करवट ली, "फ़रीदा, तुम्हारे लिए कॅरियर इतना अहम है, यह मुझे आज पता चला।"

मैंने उसका कन्धा छूना चाहा। उसने मेरा हाथ झटक दिया।

"पागल हो? वे मेरी सीनियर सहकर्मी हैं, अकेली हैं, उदास हैं, ऐसे में मेरा फ़र्ज़ भी बनता है।"

"ठीक है, उन्हीं की ख़िदमत करो तुम।"

नाराज़ आशिक़, जैसे फैला हुआ दूध। उसे समेटने में बड़ा वक़्त लग गया। जब मैंने उपमा जी की घायल पीठ के बारे में उसे बताया, वह सन्न रह गया। उसने कहा, "तुम्हारा मतलब है इतने लम्बे-चौड़े जहान में कोई ऐसा नहीं है जो उनकी पीठ पर मुहब्बत का हाथ फेर सके।"

"कौन हो सकता है, जब उनका कहना है, उन्होंने किसी से मुहब्बत की ही नहीं।"

“यह मानना मुश्किल है। कड़ी से कड़ी बर्फ़ भी कभी तो पिघलती है। तुम क्या कम कड़ी बर्फ़ थीं?”

“हटो, झूठे।”

“सच एकदम बर्फ़ की सिल्ली थीं। मैंने भी सोच लिया, कोई तो ऐसा कोना होगा जहाँ से यह सिल्ली टूटेगी।”

याद आने लगे वे सुहाने दिन जब दिल्ली की सड़कें हमारी सैरगाह बनीं। हम मीलों मील पैदल चलते; एकान्त ढूँढ़ने के चक्कर में पार्कों और मक़बरों में मँडराते और आख़िर किसी सिनेमाघर की पिछली सीट में पनाह पाते। आदिल हर रोज़ इसरार करता कि मैं रात भर को ठहर जाऊँ। मैं हर रोज़ उसका दिल तोड़ती। यह सिलसिला तो तब ख़त्म हुआ जब हम दोनों के माँ-बाप ने तंग आ कर हमारी शादी के लिए हामी भर दी।

अगली सुबह आसमान साफ़ था। नाश्ते के बाद हम चल दिये नौकुछिया ताल की तलाश में। रास्ते में बहुत बड़ा एक और ताल पड़ा। टैक्सी ड्राइवर ने बताया, “यह भीमताल है। यह नैनीताल से भी बड़ा ताल है। वह थोड़ी दूर पर सात छोटे-छोटे ताल हैं, इन्हें सात ताल कहते हैं।” भीमताल और सात ताल के बीच पहाड़ी बाज़ार था, जहाँ रंग-बिरंगे नामपट्टवाले ढाबे थे। हर ढाबे पर लिखा था, ‘यहाँ कढ़ी चावल खीर और डबका मिलता है।’ मैं जानना चाहती थी, डबका क्या होता है, पर आदिल वहाँ रुकना नहीं चाहता था। बाहर सड़क पर भुट्टे बिक रहे थे। ग़ज़ब के मीठे, दूधिया भुट्टे जो सिंकने पर भी कचिया लगें।

तभी बिना किसी भूमिका के बूँदा-बाँदी शुरू हो गयी। बदन पर फुहारों की छुअन अच्छी लगी। टैक्सी में ज़रा और दूर गये होंगे कि एक किनारे ड्राइवर ने गाड़ी रोकी और दिखाया, “वह देखिये नौकुछिया ताल। बड़ा गहरा ताल है यह। कहते हैं, यहाँ हाथी-डुबान पानी है।”

हमारी कल्पना को पंख लग गये हैं। हम सोच रहे हैं, जाने कहाँ भटके घूमे होंगे भुवन और रेखा? ताल के पास या सड़क पर। कानों में ड्राइवर की वार्त्ता सुनायी पड़ रही है, “यह नौ कोनोंवाली झील है साब? कहते हैं कोई इसके नौ के नौ कोने एक साथ देख ले तो उसे मोक्ष मिल जाये। फिर मानसरोवर जाने की कोई ज़रूरत नहीं।”

हमें क्या मतलब इस बक-बक से? हम तो ऊबड़-खाबड़ रास्ते पर चल पड़ते हैं। चारों तरफ़ नाम अनाम पौधे और झुरमुट हैं। नौकुछिया ताल का हरा-नीला पानी झलक मार रहा है।

बैकग्राउंड में ड्राइवर की आवाज़ सुनायी पड़ रही है, "ताल यहाँ से बहुत दूर है।"

जहाँ पेड़ कम हैं वहाँ रास्ता सुगम है। काफ़ी भटकते हैं, इतना कि मेरे पाँव दुःखने लगे।

"वापस चलो, आदिल," मैंने कहा।

आदिल ने इशारा किया, "वह देखो थके राही, इस मंज़िल का नाम है नौकुछिया ताल।"

मैं एक जगह साफ़-सा पत्थर देखकर वहाँ टिक गयी। आदिल बोला, "इत्ती-सी ताक़त पर निकली थीं घूमने, रेखा और भुवन का लोकेशन ढूँढ़ने?"

"कुछ भी कहो, मैं और चलने से रही।"

"बेगम, आप मेरी पीठ पर बैठिये, आपको टैक्सी तक तो पहुँचा दूँ।"

मैं हँस दी, "थके-से-थके राही में लौटने की ताक़त बची होती है सरकार।"

वापसी में गाड़ी फुर्र-से होटल पहुँच गयी। अपने कमरे में पहुँचकर तुरन्त चाय की केतली ऑन की।

"भुवन और रेखा की लोकेशन नहीं ढूँढ़ पाये इससे क्या, हम नौकुछिया ताल तक तो पहुँच गये।" मैंने कहा।

"लोकेशन ढूँढ़ने का ख़याल ही ग़लत है। दरअसल, पूरा नैनीताल ही भुवन और रेखा के नाम है। देखे नहीं, यहाँ कितने जोड़े आये हुए हैं?" आदिल ने याद दिलाया।

सच में हम इकलौते नहीं थे। नैनीताल की हर सड़क पर रेखा और भुवन छाये हुए थे। तभी मुझे ध्यान आया, उपमा जी पर क्या बीतती होगी जब वे इतने प्रेमियों को देखती होंगी। उनका एकाकीपन कई गुना बढ़ जाता होगा।

मैं बाहर निकली कि एक बार 110 में झाँक लूँ। कमरा बन्द था। घण्टी बजाने पर भी दरवाज़ा नहीं खुला।

मैंने स्वागत पटल पर जाकर पूछा, "110 की मेहमान कहाँ हैं, अन्दर या बाहर?"

"वे तो कल ही चेक आउट कर गयीं, मैडम।" सूचना मिली। मैं हतप्रभ-सी कमरे में लौटी, "आदिल, उपमा जी तो चली भी गयीं, हमें पता ही नहीं चला।"

आदिल ने कहा, "यह उनके लिए अच्छा ही हुआ। वे पहाड़ की होंगी, पर पहाड़ उनके लिए नहीं।"

ख़ुशियों का लौटना

काग़ज़ के कैलेंडर नये-पुराने होते रहते हैं, स्मृतियों के कैलेंडर में समय हरदम हरा रहता है।

कार में बैठते ही डैशबोर्ड पर रखे उस छोटे-से नीले गुलाबी जूते पर नज़र पड़ी। आठ साल पहले सुनी-पढ़ी ख़बर दिल-दिमाग़ में फड़फड़ा उठी। उसने मुकुल से पूछा, "कुछ पता चला?"

"नहीं।"

"कितनी बड़ी होती अब?"

"ग्यारह" मुकुल के चेहरे पर उम्मीद की चमक छा गयी, "वैसे हरिद्वारवाले बाबा का कहना है बिबिया है और सकुशल है। बस, थोड़ी ओट में हो गयी है।"

"यह बाबा बताता क्यों नहीं कि कहाँ पर है?"

बाबा कहते हैं, "बिबिया उसकी चेतना में आती है, चक्षुओं में नहीं आती। जिस दिन आ जायेगी, बस यों हँसती-खेलती सामने आ जायेगी।"

"एकदम फ्रॉड है यह बाबा, उसे पुलिस में दे देना चाहिए।"

मुकुल चोट खा गया, "ऐसा मत कहिये। एक ये ही बाबा हैं जो पॉज़िटिव बोलते हैं।"

सूरजकुण्ड तक का लम्बा रास्ता चुपचाप बीता। प्रेरणा को बार-बार अख़बार के तीसरे पन्ने पर छपी ख़बर दिखाई दे रही थी– 'हरिद्वार से बदरीनाथ जा रही चार्टर्ड बस, चमोली के आगे एक घुमावदार मोड़ पर असन्तुलित होकर अलकनन्दा की उफनती धारा में जा गिरी। किसी भी यात्री के जीवित बचने की सम्भावना कम। बस में कुल पचपन यात्री सवार थे।'

इसी चार्टर्ड बस में भाभी, बिबिया और शम्भू थे।

मुकुल की उम्मीद का आधार कुल इतना था कि नदी के तूफ़ानी बहाव में बाक़ी यात्रियों के शव तो बरामद हुए, बिबिया का नहीं मिला। ढूँढ़नेवालों ने

कहा, "अरे, तीन साल की बच्ची का क्या तो वज़न, क्या शरीर? उसे तो खिलौने की तरह, लहरों ने उठाकर सैकड़ों मील आगे पटक दिया होगा।"

शव तो भाभी और शम्भू का भी नहीं मिला था। तीसरे दिन गोताख़ोरों और रिवर पुलिस की कोशिशों से बस का क्षत-विक्षत ढाँचा नदी से निकाला गया। भाभी की निष्प्राण देह दो सीटों के बीच की जगह में फँसी पड़ी थी। एक-दो शव और बस में मिले, पर उनमें बिबिया और शम्भू नहीं थे।

"सामान के नाम पर ये दो चीज़ें मिली थीं वहाँ। एक तो मम्मी का चश्मा, दूसरा यह बिबिया का जूता।" मुकुल ने बताया।

प्रेरणा के न चाहते हुए भी उसके मुँह से निकल पड़ा, "तुम इतने पढ़े-लिखे समझदार हो मुकुल, तुमने भाभी को इस बेवकूफ़ी भरे ऐडवेंचर से क्यों नहीं रोका?"

"आंटी, यह ऐडवेंचर नहीं तीर्थ यात्रा थी। मम्मी ने जाने कहाँ-कहाँ जाकर मन्नत माँगी थी। हिन्दुस्तान का कोई कोना नहीं छोड़ा जहाँ उन्होंने माथा टेक कर, झोली फैलाकर सितू और मेरे लिए औलाद न माँगी हो। जब नौ साल बाद बिबिया हुई, मम्मी ख़ुशी से बिल्कुल बौरा गयीं। तभी से उन्हें फ़िक्र पड़ गयी कि जहाँ-जहाँ मानता माँगी, वहाँ मानता उतारने भी जाना होगा। दिल्ली और आस-पास के मन्दिर-दरगाहों के उन्होंने पहले साल ही बिबिया को दर्शन करवा दिये। बिड़ला मन्दिर, हज़रत निज़ामुद्दीन औलिया, शनिदेव, कालीबाड़ी, मथुरा का द्वारकाधीश, वृन्दावन के बाँके बिहारी।"

प्रेरणा ने टोक दिया मुकुल को, "तुमको तभी यह नहीं लगा कि इतने छोटे बच्चे को लेकर जगह-जगह की धूल फाँकना ठीक नहीं है। बाप रे, इन मन्दिरों के आस-पास कितनी गन्दगी भी होती है।"

मुकुल की सास-भक्ति में कोई अन्तर नहीं आया, "आंटी, आपने हमारी वह निराशा नहीं देखी जो नौ साल हमने झेली। परिवार और मित्रों के बीच हँसी के पात्र बने, डॉक्टरों की झाँसा-पट्टी के शिकार हुए। सितू ऐसे डिप्रेशन में चली गयी कि उसे नौकरी से लम्बा अवकाश लेना पड़ा। आप सोच रही हैं कि एक अरब जनसंख्या वाले मुल्क़ में एक परिवार में नहीं होगा बच्चा तो क्या हो जायेगा, पर उस परिवार को अलग रखकर सोचो आप?"

"नहीं मुकुल, मैं ऐसा नहीं सोचती। मेरी बातों में निहितार्थ नहीं, प्रकटार्थ ढूँढ़ो। तुम सुप्रीम कोर्ट के वकील, स्मिता केन्द्रीय विद्यालय की अध्यापिका, तुम दोनों के माता-पिता भी उच्च शिक्षित, ऐसा नहीं लगता कि तुम्हें कोई ताने मारता होगा। आज समाज में बच्चा न होना इतना बड़ा आक्षेप नहीं है।"

"नहीं आंटी, मैं आपकी बात से सहमत नहीं हूँ। हम दोनों स्वस्थ और जवान हैं। हमें बच्चे की ज़बरदस्त आरज़ू थी।"

प्रेरणा को याद आया, उसकी गोद में भी शादी के पाँच साल बाद शिशु आया, लेकिन इसका कारण शारीरिक की बजाय आर्थिक था। वे परिवार नियोजन कर रहे थे। जुगल की माँ उसे साथ लेकर चिन्तपूर्णी और ज्वाला जी गयी थीं। उसके हाथ में उन्होंने लाल चुनरी और नारियल देकर कहा था, "देवी माँ के आगे मत्था टेककर मन्नत माँग कि अगले साल तू बेटेवाली हो कर यहाँ आये।"

प्रेरणा को माँ के भोलेपन पर रुलाई और हँसी, दोनों आयी थी। उसे लगा था, सबसे पहले तो उसे पर्स से निकालकर उन गोलियों का पत्ता बाहर फेंकना पड़ेगा जो उसे नियम से रोज़ खानी होती थीं। वह गर्भवती होने का जोखिम नहीं उठा सकती थी। जुगल और वह अलग-अलग शहर के हॉस्टल में रहकर नौकरी कर रहे थे। बच्चा पालने की गुंजाइश किसी के पास नहीं थी। अकस्मात् एक षड्यन्त्र के तहत उसकी नौकरी न छूटी होती तो वह पाँच क्या, दस साल तक भी बच्चा पैदा करने की छूट नहीं लेती। लेकिन मुकुल दम्पती के सामने तो ऐसी कोई मजबूरी नहीं थी। "मन्नत उतारने भाभी अकेली जा सकती थीं। छोटी-सी बच्ची को ऐसी दुर्गम जगहों में साथ घसीटने का क्या मतलब था?"

"अकेली मम्मी नहीं, हम सब का ख़याल था कि किसी अनुष्ठान में कोई दोष न रह जाये। हम दिन-रात बिबिया की सलामती की दुआ माँगते थे। उसको एक छींक भी आये तो हम दोनों काम छोड़कर घर में बैठ जाते।"

"और फिर उसे इतनी दूर भेज दिया। बदरीनाथ की यात्रा बड़े-बूढ़े करते हैं, छोटे बच्चे नहीं।"

"क्या बतायें आंटी, हरिद्वार तक हम सब साथ गये। हमें भी मम्मी के संग जाना था, लेकिन स्मिता के स्कूल सत्र का आख़िरी दिन था। उसमें हाज़िरी लगाना बहुत ज़रूरी होता है। फिर बिबिया नानी से ऐसी चिपट गयी। ज़िद करने लगी, "हम नानी के साथ जायेंगे।" हमने बिबिया के लिए एक छोटा-सा सेवक रखा हुआ था शम्भू। वह हमारे साथ ही था। हमने उसे मम्मी का हाथ बँटाने को भेज दिया। बिब्बी कभी भी गोद में चढ़ने की ज़िद करती। शम्भू ही उसे लटकाये फिरता था। मम्मी पैदल चलने में हाँफ जाती थीं।" मुकुल की आँखों के सामने एक-एक ब्योरा आता जा रहा था।

"बच्ची के बचने की बात कैसे उठी? अख़बार में ऐसा कुछ नहीं छपा," प्रेरणा ने मुकुल को कुरेदा।

"अख़बार के रिपोर्टर पुलिस के आदमियों से सूचना इकट्ठी करते हैं। मौक़ा-ए-वारदात पर पहुँचनेवाले चन्द जाँबाज़ ही होते हैं। आंटी, पुलिस तो दुर्घटना-स्थल पर दो घण्टे बाद पहुँची। लोग बताते हैं वहाँ एक सन्त स्नान कर रहे थे। उन्होंने नदी की उफ़नती लहरों पर एक छोटी-सी बच्ची को उछलता-तैरता देखा। आगे बढ़कर उन्होंने उसे लोक लिया। उसके बाद वे कहाँ अन्तर्धान हो गये, किसी को नहीं दिखे।"

मुकुल की आवाज़ में विश्वास का दम था। इतनी देर में वे घर पहुँच गये। स्मिता गले मिली। कमरे के कोने-कोने में बच्ची की दुनिया धड़क रही थी। सोफ़े कुर्सियों के साथ बिबिया की प्रैम और वॉकर रखे थे। अन्दर की लॉबी में बिबिया के पालने में उसके बेशुमार खिलौने बिखरे पड़े थे। कहीं कील पर एक मोजा अटका हुआ था, कहीं उसके हेयरबैंड चोटी की शक्ल में लटके थे। घर देखकर लगता था, वहाँ बच्चों की भरमार होगी। स्मिता की आँखें सूनी और सूखी थीं।

ऐसे समय में उससे स्कूल और ससुराल की रस्मी बातें करना मुश्किल था। बैठक में भाभी की बड़ी-सी खिलखिलाती तस्वीर लगी हुई थी। प्रेरणा ने पूछा, "बिबिया की फ़ोटो नहीं लगी?" कहने के साथ ही वह शर्मिन्दा हो गयी। दीवारों पर तो दिवंगतों के चित्र लगाये जाते हैं। "वह अलबम में है," स्मिता ने एक बड़ा-सा अलबम उठाया और शुरू से दिखाने लगी। बच्ची की पैदाइश से ले कर हादसे से एक दिन पूर्व के फ़ोटो। 30 अगस्त, 1997 से 30 अप्रैल, 2001 की अवधि में यह दम्पती देश के कोने-कोने में घूमा था। हर जगह भाभी-भाई साथ-साथ थे। ख़ास बात यह थी कि सभी घूमने की जगहें प्रसिद्ध उपासना केन्द्र थीं। बिबिया एकदम बबुए की तरह सजी-धजी कभी नाना-नानी की गोद में तो कभी माँ-बाप की बाँहों में हर जगह प्रसन्न दिखी। दुर्घटना से एक दिन पहले हरिद्वार में, लक्ष्मण झूले पर नानी और शम्भू के बीच झूलती, इठलाती वह बिबिया ही तो थी। प्रेरणा का मन अभी भी इस बात को स्वीकार नहीं कर पा रहा था कि जीवन से लबालब भरी इस बच्ची को क्या समस्त तीर्थ और धाम ले जा कर मन्नत उतारना ज़रूरी था? बिबिया का नाम शाम्भवी था। वह साक्षात् देवी रूप थी। फिर उसका जन्म कात्यायनी मन्दिर के सान्निध्य में हुआ था। उस पर समस्त देवी-देवताओं का वरदहस्त पहले से था।

भाभी के पराक्रम से प्रेरणा का पुराना परिचय था। जब वे इलाहाबाद में थीं, प्रेरणा ने उन्हें अथक परिश्रम करते देखा। जिन योजनाओं में प्रेरणा अपनी छोटी उँगली भी उठाना न चाहे, भाभी उसमें सिर समेत घुस जातीं। उनके हाथ पसीने के सिवा कुछ न लगता, पर उनका उत्साह था कि कभी कम न होता।

उनकी दरियादिली के कारण कई अपात्र और कुपात्र भी उनकी कृपा पाते रहते। प्रेरणा सहित दोस्तों का एक समूह था जो भाभी के इस सर्वस्व लुटाऊ व्यक्तित्व से परेशान था।

मुकुल ने शकुबाई से बाक़ायदा चाय बनवायी। चाय पर बैठते ही उसने स्मिता से कहा, "बाबा का फ़ोन आया था। छब्बीस तारीख़ को बुलाया है।"

स्मिता की आँखें एक पल को चमकीं, फिर बुझ गयीं, "क्या फ़ायदा, कितनी बार उसके बुलाने पर जा चुके हो।"

"इस बार उसे पक्का है कि बिब्बी मिलेगी।"

जब मुकुल उठकर अन्दर गया, स्मिता ने कहा, "इसी तरह ये नौ साल से भागे-भागे फिर रहे हैं। इन्हें यक़ीन है कि बिबिया है। मैं कहती हूँ, अगर वह बच भी गयी है तो हमें पहचानेगी थोड़े ही? तीन साल की बच्ची का स्मृति-कोष कितना बड़ा हो सकता है, लेकिन मुकुल कुछ नहीं सुनते। ये कहते हैं, अरे, मेरी छाती से चिपके बिना वह सोती तक नहीं थी। कैसे भूल जायेगी अपने पापा को?"

"तुम्हें क्या लगता है?"

"मेरा ख़याल है, हर बात के लिए बहुत देर हो चुकी है। बच्चे के बारे में सोचकर मुझे थकान आती है।"

प्रेरणा उठ खड़ी हुई, "तुम कहो तो मैं उत्तराखण्ड की पहाड़ियों की खोज करवाऊँ। वहाँ के मुख्यमन्त्री साहित्यकार हैं।"

"नहीं आंटी, ज़रूरत पड़ी तो आपसे कहेंगे। अभी ये किसी के कहने से रुकेंगे नहीं। मैं भी पहले साथ जाती थी, अब मैंने छोड़ दिया है। इन्होंने तो अपनी अच्छी-भली प्रैक्टिस चौपट कर ली, मैं भी नौकरी छोड़कर बैठ जाऊँ तो घर कैसे चलेगा? साधु-सन्तों का भी पूरा ख़र्चा सिर पर है।"

स्मिता और मुकुल परिवार की त्रासदी याद कर प्रेरणा का मन भर आता रहा। प्रेरणा को इस बात का क्लेश सता रहा था कि उसने चारधाम यात्रा अथवा बदरीनाथ धाम की यात्रा का जब भी कोई जत्था देखा, उसमें जर्जर, बूढ़े, मृतप्राय लोग ही दिखे। तीन-चार साल की बच्ची को ऐसी विकट यात्रा पर ले जाने की मूढ़ता कोई नहीं करता। देखा जाये तो भाभी की उम्र भी अभी बदरीनाथ यात्रा की नहीं थी। हमारे ग्रुप में उन्हें 'चटपटी भाभी' समझा जाता था। वहाँ जब इस दुर्घटना की ख़बर पहुँची, किसी को विश्वास ही नहीं हुआ। हम सबको हैरानी हुई कि कैसे, जीवन से लबालब भरी गगरी जैसी भाभी को मौत ने अपनी मनहूस छड़ी से छूने की जुर्रत की। बच्ची की ख़बर को लेकर वहाँ अटकलें चलती रहीं। किसी ने कहा, भाभी के साथ उनकी नातिन भी थी;

किसी ने कहा, नहीं, भाभी अकेली गयी थीं। नातिन अपने माँ-बाप के साथ लौट गयी थी।

दिल्ली आकर ही पुष्टि हुई कि इस दुर्घटना में प्रेरणा के दो आत्मीय परिवार उजड़ गये। स्मिता के पिता, सब-कुछ होते हुए, कुछ ऐसे ख़ाली हाथ ठगे, खड़े रह गये कि सान्त्वना के शब्द भी शर्मिन्दा हो जायें। वे एक तरफ़ बेटी-दामाद के घर का सन्नाटा देखते, दूसरी तरफ़ अपने घर का। दुर्घटना के तत्काल बाद के दिनों में वे बच्चों के साथ कई बार हरिद्वार, चमोली, रुद्रप्रयाग, नन्दप्रयाग गये, लेकिन साधु और ज्योतिषी बाबाओं के धूर्त अनुमान और मक्कार वचन सुनकर उनका इनसे मोह भंग हो गया। उन्होंने अपने एकान्त को लेखन में झोंक दिया।

देखा जाये तो यह नौ वर्ष का समय स्मिता के लिए सबसे कठिन था। अपनी आँख की पुतली गँवाने के साथ-साथ उसने अपना मायका भी गँवा दिया। जब वह पिता के घर जाती, अजीबोग़रीब सच्चाइयों से उसका साक्षात्कार होता। जीते जी सारे सुख देकर उसकी मम्मी ने उसके पिता को अचानक एकदम दुखिया बना दिया। वे अपने बिस्तर की बग़ल की मेज़ पर नोटपैड पर छोटी-छोटी बातें लिखकर रख लेते कि स्मिता आयेगी तो उससे पूछेंगे।

—खिचड़ी बनाने को दाल और चावल को साथ भिगोते हैं या अलग?

—खिचड़ी जले नहीं और पतली भी न हो, इसके पानी का अनुपात क्या हो?

—आलू उबालने के लिए कुकर में कितनी सीटी लगायें?

—बाई की माहवारी तनख़ा कितनी है?

वे बेचारे तो कुछ भी नहीं जानते थे। वहाँ जाकर स्मिता कुछ देर घर का संचालन करती, फिर उसे अपने घर लौटना ही पड़ता।

पिता के घर में माँ की भूमिका निभाते हुए स्मिता थक जाती। अपने घर में पति के काल्पनिक सत्यों से तालमेल बिठाना उतना ही प्रलयंकारी था। मुकुल कभी ऐसा दिखाते जैसे बिबिया उनके साथ लौट आयी है। वे उसकी आवभगत में लग जाते।

स्मिता बार-बार याद दिलाती, "मुकुल, बिबिया ने माँ के साथ ही जलसमाधि ले ली, यह क्यों भूल जाते हो।"

मुकुल चिढ़ जाता। उसे लगता, स्मिता में संवेदनशीलता का अभाव है। वह उठकर बैठता और ज़ोर से पुकारता, "बिबिया, जल्दी से इस कमरे में आ जा। तेरी मम्मी दरवाज़ा बन्द करनेवाली हैं।"

माहौल इतना भारी हो जाता कि रात का खाना मेज़ पर रखा रहता, अनछुआ, और सुबह फेंका जाता। बेचैनी का बवण्डर उठता, घूमता और किसी कमज़ोर-सी उम्मीद पर टिककर थोड़ी देर सुस्ता लेता।

छब्बीस तारीख़ को कलाई पर घड़ी बाँधते हुए प्रेरणा को तारीख़ दिखी तो स्मिता-मुकुल का ध्यान आ गया। उस वक़्त कॉलेज पहुँचने की हड़बड़ी थी। शाम को फ़ोन किया। स्मिता ने बताया, "हाँ आंटी, ये सुबह पाँच बजे ही चले गये। बिबिया के लिए कपड़े भी लेकर गये हैं। कहते हैं, क्या पता, किस हाल में हो? मुझे तो कोई उम्मीद नहीं, फिर भी इनकी निराशा की कल्पना से मैं थर्रा जाती हूँ। भगवान करे उसकी कोई अच्छी ख़बर ही मिले इन्हें। मेरी तबीयत ठीक नहीं है, नहीं तो मैं भी साथ जाती।"

प्रेरणा दूसरे-तीसरे दिन फ़ोन करती रही।

इस बार मुकुल को हरिद्वार और रुद्रप्रयाग में पाँच दिन लग गये। छठे दिन वह लौटा—थका, टूटा और परास्त। उसने बताया, जिस चादरवाले बाबा ने उसे पक्का आश्वासन दिया था कि इस बार वह बच्ची से मिला देगा, अपने साथ एक तेरह-चौदह साल की लड़की लाया था और बार-बार कह रहा था कि उसके गुरुजी को यह अलकनन्दा की लहरों के ऊपर मिली थी। बाबा ने उस लड़की को गेरुआ धोती में, एक मन्दिर में चौकी पर खड़ा कर रखा था। लोग बाल-संन्यासिनी समझ उसके दर्शन करते और दक्षिणा देते। हर बार वह लड़की हाथ उठाकर कहती 'कल्याण भव।' मुकुल ने उस लड़की से बात करने की बहुत कोशिश की, लेकिन लड़की ने हर सवाल के जवाब में कहा, 'कल्याण भव।'ऐसा लगा, जैसे इसके सिवा वह और कुछ बोलना ही नहीं जानती। हद तो तब हो गयी जब चादरवाले बाबा ने कहा, "जजमान, कन्या तुम्हें प्राप्त हो जायेगी, पर इसका कुछ ख़र्चा पड़ेगा। मेरी आमदनी का यही एक ज़रिया है। आप इसे ले जाना चाहो तो दस लाख रुपये मेरे मन्दिर के नाम जमा कर दो।"

मुकुल ने कहा, वह दान दे भी देता अगर उसे उस लड़की में अपनी बच्ची की ज़रा-सी भी छवि नज़र आती। उसे लगा, जैसे बाबा संन्यासी न होकर व्यापारी हो। मुकुल ने हताश होकर कहा, "स्मिता, तुम ठीक कहती थीं, बिबिया नहीं मिलेगी अब।"

स्मिता की तबीयत आज कुछ सँभली हुई थी। उसने मुकुल से कहा, "मुकुल, बिबिया तो मिल गयी!"

"हटो, झूठ। अभी तो मैं ढूँढ़कर आ रहा हूँ, तुम्हें कहाँ मिलेगी?"

स्मिता ने पास आकर मुकुल के दोनों हाथ अपने पेट पर रख लिये, "यहाँ मिली बिबिया, सच! मैं आज ही डॉक्टर से जाँच करवाकर आयी हूँ। मैं फिर से माँ बननेवाली हूँ।"

वह लड़का जिसे गर्मी लगती थी

इस बार भीषण गर्मी पड़ रही थी। सुबह हो या शाम, पेड़-पौधों का एक भी पत्ता हिलता न दिखता। पंखे के नीचे बैठकर भी लोग पसीने से तर-ब-तर रहते। तबीयत घबराने लगती तो लोग कमीज़ उतारकर खूँटी पर लटका देते और बनियान को पर्याप्त परिधान मानकर घर में कमरे से बरामदे के चक्कर लगाते। स्त्रियाँ इतनी ख़ुशक़िस्मत नहीं थीं। ज़्यादा-से-ज़्यादा वे अन्तर्वस्त्र उतार देतीं पर साड़ी, पेटीकोट, ब्लाउज़ का अनुशासन तो मानना ही पड़ता। हालत यह थी कि रसोई में चार रोटी सेंकने में ही स्वेद-स्नान हो जाता। नये सिरे से कपड़े बदले जाते। पसीने से भीगे कपड़ों का अम्बार लग जाता, लेकिन उन्हें धोने के लिए नल में पानी नदारद। यों तो पानी हमेशा नख़रे से आता, किन्तु गर्मियों में तो उसके दर्शन और स्पर्श दुर्लभ हो जाते। चोर की तरह पानी रात में आता, कुछ देर नलों को गीला करता। लोग आँखें मलते हुए उठते, बाल्टियाँ वग़ैरह भरते, कुछ कर्मठ लोग नल की बहती धार के नीचे, उस कुबेले में नहा भी डालते, लेकिन जब तक कपड़े धोने का कार्यक्रम शुरू होता, नल से पानी कूच कर जाता। सबकी नींद ख़राब हो जाती। सुबह जम्हाइयाँ लेते लोग दफ़्तर पहुँचते। चुलबुले नौजवान कह उठते, "हमारे शहर के नल तो हनीमून की रातों का मज़ा दे रहे हैं।"

ऐसी पसीना छाप गर्मी मई-जून में पड़े, तब समझ में आती है। जुलाई-अगस्त में इसे कैसे बर्दाश्त किया जाय? अब आषाढ़ में प्रथम मेघ के दर्शन भी नहीं हुए। लगता है कालिदास के साथ ही सिधार गये।

शाहगंज भी शहर के अन्य मुहल्लों जैसा था। जॉन्सनगंज की मुख्य सड़क से बायें हाथ को दो-तीन पतली लम्बी गलियाँ समानान्तर अन्दर जातीं। गली के दोनों तरफ़ ऊँचे नीचे मकानों की क़तारें, उन्हीं की निचली कोठरियों में दो-चार दुकानें। एक तरफ़ लम्बी-सी इमारत, लाला जी की धर्मशाला। जहाँ गली मुड़ती,

वहाँ मस्जिद और जहाँ कटकर मुख्य सड़क में वापस मिलती, वहाँ प्राइमरी स्कूल। शाहगंज की पहली गली में बिजली और इलेक्ट्रॉनिक सामानों की दुकानों की भरमार थी। संसार का कोई ऐसा ब्रांड नहीं था जो यहाँ न बिकता हो। फ़र्क़ बस इतना कि शाहगंज में दुकान के पिछवाड़े ही इन उपकरणों की वर्कशॉप होती। खजला हाल गृहस्थों और देहाती ख़रीदारों के सपने यहीं पूरे होते जब वे हज़ार रुपये में सान्यो का ट्रांजिस्टर या पच्चीस रुपये में आयातित बैटरी लेकर वापस घर जाते। शाहगंज की सामाजिकता का सबसे बड़ा अड्डा था वह नीम का पेड़, जो लाला जी की धर्मशाला के आगे लगा था। यह पेड़ इतना विशाल था कि इसके चबूतरे पर पचास लोग इकट्ठा बैठ सकते। घर में जब गर्मी और मच्छर सताते, लोग हाथ में एक पंखा लेकर नीम तले डेरा जमाते। इस स्थल को निमतल्ला क्लब कहना भी ग़लत न होता।

इस गली की कुछ और भी ख़ूबियाँ थीं जो पकड़ में नहीं आतीं, लेकिन जिनका फ़ायदा यहाँ के बाशिन्दों को मिलता रहता। पहली तो यही कि सूरज यहाँ सिर्फ़ छतों पर टँगा रहता, गली में नहीं उतरता। भरी दोपहर में भी यहाँ छाया होती। आड़े-तिरछे, ऊँचे-नीचे मकानों की महिमा कुछ ऐसी अजब थी। बच्चे आराम से क्रिकेट, जिसे वे किरकिट कहते, खेलते रहते। धर्मशाला का अहाता बहुउद्देशीय परिसर था। ठुल्ले लड़कों की बैठकी, बूढ़ों की सभा और बैंड-बाजा पार्टी का ठहराव, सब यहीं होता।

दूसरी ख़ास बात थी, शाहगंज का माहौल। यहाँ रहनेवालों को लगता कि शाहगंज, शहर का सबसे सुरक्षित स्थान है। यहाँ सभी जाति के लोग थे, लेकिन कोई किसी का रास्ता नहीं काटता।

तीसरी ख़ासियत थी कि शाहगंज सिर्फ़ नाम से ही नहीं, वरन् काम से भी अपने को स्वायत्त और सम्पूर्ण मानता। यहाँ कुछ न करके शान से रहनेवाले नेता भी बसते थे और दलाल भी। ऐसे भी घर थे, जिनके यहाँ का बच्चा-बच्चा शाहगंज की बिजली गली में काम पर लगा था। शुरू में जिसे झाड़ू लगाने के काम पर रखा जाता, तरक़्क़ी करते-करते वह बल्ब में तार फ़िट करना सीख जाता। नौजवान लड़के, जिनके पास कोई तकनीकी डिप्लोमा या डिग्री नहीं थी, जाने कैसे पेचीदा सर्किट की भूलभुलैया सीखकर बढ़िया से बढ़िया रेडियो, ट्रांज़िस्टर या टी.वी. बना डालते। योगी भी उन्हीं में से एक था। वह छोटा-सा था जब इस गली में रहने आया। उसके पिता 'वैरायटी लैम्प कम्पनी' में सेल्समैन थे। जब वह चौदह साल का हुआ, दयाराम ने उसे अपने मालिक से कहकर

बिजली का काम सीखने बैठाया, लेकिन योगेश कुमार का इस काम में बिल्कुल मन नहीं लगा। निराश होकर दयाराम ने उसे पास की दुकान 'वर्मा कूलर्स' में रखवा दिया जहाँ वह सारे दिन कूलर की दीवारों में घास भरने का काम करता। वर्मा कूलर्स का मालिक झक्की और कंजूस था। पहली तारीख़ को तयशुदा सौ रुपये देने में भी उसकी जान निकलती। हार झख मार कर योगेश को स्कूल में डाल दिया गया। ताज्जुब कि पढ़ाई उसे इन समस्त कामों से सबसे आसान लगी और साल-दर-साल वह पास होता गया।

योगेश कुमार को घर में और गली में सब 'योगी' कहकर पुकारते। यहाँ तक कि हाईस्कूल का फ़ॉर्म भरते हुए उसे याद ही नहीं आया कि उसका नाम योगेश कुमार है। उसने अपना नाम लिखा—योगीराम। हाई स्कूल परीक्षा का जब परिणाम निकला, बहुतों ने समझा, योगेश कुमार तो रह गया। ख़ुद दयाराम ने गजट की कॉपी स्कूल के बोर्ड पर लगी देख, मुँह लटका लिया। बेटा पीछे खड़ा था। वहीं, भरी भीड़ में उसका कान उमेठकर कहा, "सूअर कहीं का फ़ेल हो कर धर गया न?"

योगी ने रुआँसा मुँह और आँसुओं से धुँधली आँखों से एक बार ख़ुद परीक्षा-फल के लम्बे-लम्बे पन्ने देखे तो उसे अपना अनुक्रमांक और नाम 'योगीराम' अंकित दिखा। "देखो, पास तो हूँ मैं," उसने पिता को दिखाया। दयाराम बेटे के साथ-साथ ही सूची दुबारा देख रहा था। अब उसने दूसरी बार योगी का कान उमेठा, "यह नाम किससे पूछ कर बदला है, बोल?" इतने दोस्तों और अभिभावकों के सामने बाप से पिटना योगी को नागवार गुज़रा। वह रास्ते भर मुँह फुलाकर वापस आया। दयाराम ने नुक्कड़ के हलवाई से आधा किलो लड्डू ख़रीदे। हलवाई को सगर्व बताया, "योगी दसवीं पास कर गया है।" हलवाई पैसे लेने से इनकार कर रहा था, पर दयाराम ने उसके पटरे पर रख दिये, "ख़ुशी का दिन है, ले लो।"

माँ बहुत ख़ुश हुई परीक्षा-फल जानकर। उसने तुरन्त छोटे बेटे लोकेश को घुड़का, "देख ले, भैया ने हाईस्कूल कर लिया। तू दो साल से सातवीं में पड़ा है।"

"नहीं पढ़ेगा तो जनम भर इसी गली में बैठा तार जोड़ेगा और क्या?" बाप ने कहा।

दयाराम को फिर ध्यान आ गया। उसने योगेश को फिर डपटा, "नाम क्यों बदला था बे?"

"कहाँ बदला? यई तो बोलते हैं आप सब।"

"बोलने की बात अलग है, लिखने की अलग। कल को तेरा ब्याह होगा तो कार्ड में क्या लिखेंगे, योगी या योगेश कुमार? और सिर्फ़ योगी लिखता तो कोई बात थी। यह 'राम' कहाँ से लाया तू?"

"आपके नाम में से निकाला मैंने—दयाराम, योगीराम।" दयाराम निरुत्तर हो गया। हालाँकि बेटे से निरुत्तर होना उसे पसन्द नहीं था।

योगी का मन खट्टा हो गया कुछ इस तरह कि उससे मीठा लड्डू भी नहीं खाया गया। किसी तरह घर के चंगुल से छूट वह धर्मशाला पर आ गया। यहाँ सुकून था, दो-चार यार-दोस्त थे, थोड़ी-बहुत हवा भी चल रही थी।

परीक्षा-फल की ख़बर का खुलासा होने पर लड़कों ने योगी की ख़ूब पीठ ठोंकी। इस साल वह इस गली का इकलौता हाईस्कूल उत्तीर्ण लड़का था। अभी लड़कियों का परीक्षा-फल पता करना बक़ाया था।

गली में लड़के और लड़कियों के बीच संवाद नहीं था, पर परोक्ष पहचान अचूक थी। फ़िल्मों की तर्ज़ पर सबने अपने नायक-नायिका यहीं ढूँढ़ लिए थे। 355 नम्बर वाले मकान की लड़की उन्हें सोनाक्षी लगती तो 470 वाली प्रियंका। लड़कियों के सलमान और आमिर भी इसी गली के अन्य नम्बरों में रहते थे। एक बार किसी सिने कलाकार से जोड़ बैठाया जाता तो हू-ब-हू वही चेहरा नज़र आने लगता।

सूफ़ी पूछता, "सोनाक्षी स्कूल चली गयी क्या?"

अजय जवाब देता, "अभी कहाँ? ठीक दस बजे अब्दुल का रिक्शा आयेगा, तभी तो जायेगी।"

गली का आमिर ख़ान शिक्षा विभाग में क्लर्क था तो सलमान डॉ. वर्मा की पैथोलॉजी लैब में सहायक। वह अक्सर खीझता रहता, "साला अपने को यही काम मिलना था, लोगों के गू-मूत, थूक और ख़ून को खुर्दबीन के शीशे से ताके जाओ, ताके जाओ।"

योगी की शक्ल किसी फ़िल्मी हीरो से नहीं मिलती थी, लेकिन दोस्त उसे पसन्द करते। योगी को यह अच्छा लगता कि उसकी जो बातें घरवाले दोहराने पर भी नहीं समझते, ये दोस्त अपनी सीमित स्कूली शिक्षा के बावजूद खट्-से समझ लेते।

तभी तो घर की समस्या सुनकर सूफ़ी ने उसे समझाया, "मेरी भी पढ़ाई इसी मारे छूटी थी कि अब्बा बोले, मेरे पास नईं है देनें को फ़ीस।"

शक़ील बोला, "मेरी फ़ीस माफ़ थी, फिर भी अब्बू ने स्कूल से उठा लिया। चार हाथ न हों तो दुकान सँभलनी मुश्किल। तब से दुकान का ही हो गया मैं तो।"

"हमारे यहाँ तो दुकान भी नहीं है, फिर भी घर बैठा रहे हैं बाबू।"

योगी को अफ़सोस हो रहा था।

परेशानियों ने योगी को बहुत जल्द वयस्क बना दिया। उसने अख़बार में नौकरी के इश्तेहार पढ़ने शुरू कर दिये। दयाराम भी आये दिन बेटे को सुझाव देता, "अच्छे भाई के गोदाम पर आदमी की कमी है। जाकर उनसे हाथ जोड़, तो रख लेंगे तुझे।"

योगी चिढ़ जाता, "अच्छे भाई सिर्फ़ नाम के अच्छे हैं। आये दिन उनके गोदाम पर छापा पड़ता है।"

दयाराम भड़कता, "तुझे इससे मतलब? तुझे तो मज़दूरी से मतलब है न?"

योगी और भी अड़ियल हो जाता।

साल से भी कम समय में, अख़बार के ही ज़रिये, योगी को नौकरी मिल गयी। कोई ऊँची नौकरी नहीं, लॉ बुक कम्पनी में चपरासी का काम। सिविल लाइंस में इसकी मुख्य दुकान थी, जिसे मालिक लोग 'ऑफ़िस' कहते थे। क़ानून की किताबों और नियमावलियों की पाण्डुलिपियों का चयन, टंकण, मुद्रण और प्रकाशन इसी दफ़्तर के अधीन था। यहाँ से हर महीने क़ानून का जर्नल भी निकलता। योगी के ज़िम्मे विविध काम थे। उसका शिक्षित होना भी काम आ रहा था। अनेक प्रेसों से प्रूफ़ लाना, प्रूफ़ वापस ले जाना, तैयार किताबों के बण्डल गोदाम में गिनकर सहेजवाना और ट्रॉलीवालों का हिसाब रखना योगी के हिस्से के काम थे। हफ़्ते भर में वह काफ़ी काम समझ गया। वह अपना काम इतनी ईमानदारी और रफ़्तार से करता कि स्वभाव से चिड़चिड़े मैनेजर मिश्रा बाबू भी उसमें कमी न निकाल पाते। दौड़-भाग से बचे समय में योगी बड़े साहब टण्डन जी के ठण्डे कमरे के बाहर प्लास्टिक की कुर्सी पर बैठा, उनकी घण्टी का इन्तज़ार करता।

जहाँ बाक़ी चपरासी टण्डन साहब के कमरे में जाने से कतराते, योगी लपक कर जाता। अन्दर का केबिन वातानुकूलित था। कुछ ही पल को सही, वहाँ खड़े होना योगी को अच्छा लगता। उसे लगता, यह केबिन इलाहाबाद में नहीं कश्मीर में है। दफ़्तर के बड़े हॉल में भी एक कूलर हर वक़्त घर्र-घर्र चलता रहता, लेकिन उसमें दोपहर तक पानी ख़त्म हो जाता। तब वह गर्म हवा फेंकने लगता। जब

तक मिश्रा बाबू चिल्लाकर आदेश नहीं देते, कोई भी कर्मचारी कूलर में पानी नहीं भरता। क़ायदे से दफ़्तर शाम सात बजे बन्द होने का समय था, पर अक्सर देर हो जाती। कभी कोई नामी वकील आकर बैठ जाते तो कभी लॉ कॉलेज के प्रोफ़ेसर। कभी बिक्री का हिसाब ठीक न मिलने से सबको रुकना पड़ता।

योगी को कौन-सी जल्दी होती? घर वैसे भी उसके लिए नागवार होता जा रहा था। हाँ, देर होने पर वह अपने दोस्तों के साथ होनेवाले हँसी-ठट्ठे से वंचित रह जाता, लेकिन घर की याद बिल्कुल नहीं सताती।

इधर कुछ दिनों से एक और दिक़्क़त पेश आ रही थी। योगी को रात में नींद न आती। अँधेरे में वह बिस्तर से उठकर बैठ जाता। कभी माँ की नींद खुल जाती तो पूछती, "क्या बात है, बेटे?"

"बहुत गर्मी लग रही है, मच्छर अलग काट रहे हैं।"

माँ हँसती, "तेरे सिर के ऊपर फर्र-फर्र पंखा चल रहा है, गर्मी कहाँ है? कितने ही ऐसे लोग हैं जिन्हें पंखा भी नसीब नहीं।"

योगी झुँझला जाता। अजब मिट्टी के बने हैं घर के लोग। गर्मी में इन्हें गर्मी नहीं लगती और ठण्ड में ठण्ड। एकदम भोर में उसकी नींद लगती कि तभी माँ चौके में बर्तन ठनकाने लगती। उसके बाद झाड़ू-बुहारू शुरू हो जाती तब सबको अपना बिस्तर समेटकर रख देना होता।

कई बार दफ़्तर में योगी अपनी प्लास्टिक की कुर्सी पर बैठा-बैठा सो जाता। घण्टी की आवाज़ पर वह चौंक कर जागता और अन्दर पहुँच जाता। ठण्डी हवा के स्पर्श से उसकी सुस्ती एकदम भाग जाती और वह दौड़ जाता—कभी प्रूफ़ लाने, कभी ले जाने तो कभी चाय बनाने। वैसे भी मालिक का आदेश था कि दफ़्तर में कोई आदमी यह नहीं कहेगा कि यह मेरा काम है, यह मेरा नहीं है। सबका सब काम है। इसी बात की अच्छी तनख़ा देते थे वे। उनका बेटा सन्दीप टण्डन योगी के काम से इतना ख़ुश था कि उसने साल भर में उसकी तनख़ा दुगुनी कर डाली। योगी दो हज़ार पर नियुक्त हुआ था। दिन भर की उसकी अथक दौड़ और काम के प्रति समझदारी पहचान कर सन्दीप की सिफ़ारिश पर सीनियर टण्डन साहब ने उसकी तनख़ा चार हज़ार कर दी। एक-दो बार ऐसा हुआ कि प्रूफ़ पढ़नेवाला नहीं आया। योगी ने शाम तक इन्तज़ार किया। उसे लगा यह सामग्री छपेगी कैसे जब प्रूफ़ नहीं पढ़े गये। उसने शाम को दफ़्तर में ही रुककर प्रूफ़ पढ़ डाले। इस काम में आनन्द आया उसे। शब्दों को देखना, पढ़ना, जाँचना अच्छा लगा। दफ़्तर में ए.सी. आठ बजे बन्द हो गया था, फिर भी ठण्डक बाक़ी थी। योगी घर की घुटन और घिचपिच से वैसे भी घबराता।

लॉ बुक कम्पनी का काम दिन पर दिन बढ़ रहा था। यह शहर की ही नहीं प्रदेश की सबसे बड़ी प्रकाशक कम्पनी बन रही थी। एक गोदाम पुस्तकें रखने को कम पड़ रहा था। सिविल लाइंस के पिछवाड़े एल्गिन रोड पर मालिकों ने एक और गोदाम किराये पर लिया। उनके चौकीदार बहादुर ने हाथ खड़े कर दिये, "साब, मैं अकेला दो गोदाम कैसे सँभालेगा?"

"तुम्हें और पैसे देंगे बहादुर" टण्डन साब ने चारा फेंका।

"नईं, मैं नईं करने सकता। एक गोदाम यहाँ ऑफ़िस के बाजू में है, दूसरा दो रोड आगे है।"

बहादुर के ऊपर किसी प्रलोभन का असर नहीं पड़ा। वह क़ायदे का आदमी था। सुबह आठ से रात आठ तक की ड्यूटी मुस्तैदी से करता। रात में सड़क का चौकीदार गश्त लगाता। सुबह चार बजे बहादुर एक बार ऑफ़िस और गोदाम के तालों पर टॉर्च मार कर तसल्ली कर लेता।

ताबड़तोड़ एक और चौकीदार की ढुँढ़ाई हुई। एक नेपाली कांछा मिल गया, लेकिन उसका कहना था कि वह तैयार बण्डल रखने और निकालने की ज़िम्मेदारी नहीं लेगा।

सीनियर टण्डन साहब बिगड़ने लगे। उन्हें लगा, जितना स्टाफ़ बढ़ेगा, उतना ही ख़र्च और ख़तरा भी।

बाइंडिंग हाउस कभी सुबह, कभी देर शाम किताबों के बण्डल रवाना करते।

टण्डन साहब ने बेटे से कहा, "तुम्हीं बताओ बेटे, क्या करें? दफ़्तर चौबीसों घण्टे तो खुला नहीं रख सकते।"

सन्दीप पहले ही काम के बोझ से झुँझलाया हुआ था। उसने कहा, "आप बोलो तो मैं घर जाया ही न करूँ, यहीं डेरा जमा लूँ।"

योगी ने डरते-डरते कहा, "एक बात बोलूँ भैया जी, जब तक आपका कोई इन्तज़ाम नहीं होता, मैं यहीं दफ़्तर में रुक जाया करूँ।"

सन्दीप टण्डन ने अभी तक इस सम्भावना पर ग़ौर नहीं किया था।

टण्डन साहब को भी लगा, योगी ने उनके लिए बड़े फ़ायदे और क़ायदे की बात की है। वह दफ़्तर में बना रहेगा तो वक़्त-बेवक़्त उन लोगों को घर से उठ कर आना नहीं पड़ेगा।

सन्दीप ने टटोला, "योगी, तुम्हारे घरवाले तुम्हें घर छोड़ने की इजाज़त कैसे देंगे?"

योगी ने कहा, "जी, उन्हें मनाना पड़ेगा। मेरे पिताजी ज़रा गुस्सेवाले हैं। मैं बात करके देखता हूँ जी।"

मालिकों के जाने पर घर की तरफ़ जाते हुए योगी को लगा, उसकी परेशानी का ताला मालिकों की परेशानी की चाभी से खुल सकता है। क्या है उसके लिए घर में? नसीहतें और घुड़कियाँ। ऊपर से गर्मी और गन्दगी।

घर जाकर उसने माँ-बाप से अनुमति नहीं माँगी, सीधे ऐलान कर दिया, "मालिकों ने कहा है, महीने भर दफ़्तर में रहना एकदम ज़रूरी है। यही किताबों का सीजन है। किताबों की उठा-धराई सब मेरे ज़िम्मे है।"

माँ ने कहा, "अरे तू कहाँ रहेगा, क्या खायेगा? तुझे तो कुछ बनाना भी नहीं आता।"

"माँ, सिविल लाइंस में दसियों ढाबे हैं। एक दिन तुम आना, ख़ुद देख लेना।"

माँ निहाल हो गयी, "सच बेटा, तू मुझे सिविल लाइंस घुमायेगा? मैंने तो आज तक नहीं देखी सिविल लाइंस।"

"अब तो वहाँ बहुत बड़ी-बड़ी इमारतें बन गयी हैं। चारों तरफ़ रौशनी रहती है।"

माँ-बेटे की बातचीत पर पिता की गुर्राहट हावी हुई, "ढाबे में खायेगा तो पैसे नहीं ख़र्च होंगे?"

"टण्डन साहब ने पहले ही कह दिया है कि खाने की पर्ची मैनेजर को दे कर ख़र्चा ले लेना।"

"नवाब साहब बन रहे हो। हमें देखो, सारे दिन दुकान पर खड़े रहो। बस, शाम चार बजे एक प्याला चाय और कुछ नहीं।"

"चलो, बेटे की तरक़्क़ी पर तुम्हें ख़ुश होना चाहिए कि नहीं?"

"काहे की तरक़्क़ी? ओहदा तो उन्होंने चपरासी का ही दे रखा है।"

"नहीं पिताजी, छोटे मालिक ने कहा है कि इंटर का प्राइवेट फ़ॉर्म भर दो। तुम इंटर पास कर लोगे तो तुम्हें छोटे बाबू बना देंगे।" योगी के पास हर सवाल का जवाब था। योगी ने घर से सिर्फ़ दो जोड़ी कपड़े लिए और मंजन-ब्रश। माँ बिस्तर देने लगी तो उसने मना कर दिया, "रहने दो माँ, दफ़्तर में कहाँ बिछाऊँगा?"

माँ बेचैन हो गयी, "रात में क्या कुर्सी पर सोयेगा तू?"

"तुम नहीं मानतीं तो चलो, एक चादर ले लेता हूँ।"

योगी ने लोकेश को प्यार किया जो अब तक रुआँसा होकर खड़ा हुआ था, "तू मन लगाकर पढ़ना। कोई बात हो तो शाम के वक़्त मेरे पास आ जाना। वैसे मैं भी आता रहूँगा।"

सबसे मुश्किल था, निमतल्ला क्लब के दोस्तों से विदा लेना। एक तरफ़ वे सब ख़ुश थे कि योगी शाहगंज की तंग गलियों से निकल रहा है, दूसरी तरफ़ उन्हें ग़म था कि अब उनके साथ कैरम और क्रिकेट कौन खेलेगा? दोनों ही खेलों में योगी तेज़ था।

योगी ने हँसकर कहा, "मैं कोई दूर थोड़े ही जा रहा हूँ? बस, निरंजन का पुल पार करते ही सिविल लाइंस। मन करे तो कभी आ जाना तुम सब। पर हाँ, दिन भर तो मुझे भाग-दौड़ रहती है, शाम को ही आना।" दोस्त ख़ुश हो गये। उनके जीवन में सिविल लाइंस एक दुर्लभ दिवास्वप्न की तरह थी।

योगी दफ़्तर के मोर्चे पर तैनात हो गया। उसका आत्मविश्वास भी पहले से बढ़ गया। टण्डन साहब ने उसके लिए एक फोल्डिंग कैम्पकॉट और छोटी दरी मँगवा दी। कैम्पकॉट इतनी पतली और छोटी थी कि योगी के पाँव बाहर लटके रहते, पर ऑफ़िस में पूरी खाट के लिए जगह भी नहीं थी। दिन में कैम्पकॉट को मोड़कर दरवाज़े के पीछे रख दिया जाता। योगी का काम पहले से ज़्यादा बढ़ गया था। रोज़ दस से सात तक भाग-दौड़ रहती। सात बजे के बाद जैसे ही दफ़्तर बन्द करने का वक़्त होता, कभी बाइंडिंग हाउस से किताबों के बण्डल आ जाते, कभी कोई निहायत ज़रूरी ऑर्डर आ जाता। सन्दीप बाबू ने योगी का इंटरमीडिएट परीक्षा का प्राइवेट फ़ॉर्म भरवा डाला। कहीं से मँगवाकर सेकेंड हैंड किताबें भी उसे दे दीं। सच्चाई यह थी कि समस्त कामों से फ़ारिग़ होकर जब वह पढ़ने बैठता तो उसकी आँखें मुँदने लगतीं। दिन भर की ठण्डक का थोड़ा-सा स्पर्श दफ़्तर में बसा होता। कई बार खाना खाने भी बाहर न जाता योगी। बस, मेज़ पर सिर रखकर सो जाता।

एक दिन लोकेश उससे मिलने आया। तब भी उसकी ऐसे ही आँख लग गयी थी। उस दिन उसने अभी दफ़्तर का मुख्य दरवाज़ा भी बन्द नहीं किया था, यह सोचकर कि वह एक पाठ पढ़कर बाहर खाना खाने जायेगा।

उसकी नींद तब खुली जब लोकेश ने उसे झँझोड़कर उठाया, "भैया उठ, माँ ने तेरे लिए आलू के पराँठे भेजे हैं।"

योगी हक्का-बक्का-सा उठा। लोकेश को अपने से चिपकाते हुए उसे समझ आया कि दफ़्तर खुला पड़ा था और वह सो गया।

उसने लोकेश को वॉटर कूलर दिखाया और ठण्डा पानी पिलाया। लोकेश बहुत ख़ुश हो गया, "भैया तू तो अच्छा छूट गया। पिताजी का सारा लाल-पीला सहने के लिए मैं और माँ रह गये।"

"अभी भी वैसे ही गुस्सा करते हैं?"

"और भी ज़्यादा। कहते हैं, चले जाओ तुम सब, मैं अकेला रह लूँगा।"

"तू पढ़-लिखकर बड़ा आदमी बनना, लोकी। मुझे तो बाबू ने पढ़ने नहीं दिया। फ़ीस के लिए बाबू चिकचिक करें तो मुझे बताना, मैं भर दूँगा।"

"भैया, खाना कैसा है?"

"बहुत स्वाद है। अरे, मैं तो सारा खा गया, तुझे पूछा भी नहीं।"

"नहीं भैया, मैं खाकर आया था। ठण्डा पानी पीकर मज़ा आ गया। एक गिलास और पी लूँ?" लोकेश ने सफ़ाई से झूठ बोला। योगी की सुस्ती खुल गयी थी। उसने बाहर ले जाकर लोकेश को समोसे खिलाये और जाते हुए उसे दस का नोट दिया।

बड़ी देर तक योगी को भाई के आने की पुलक होती रही।

इसी तरह एक दिन योगी के पाँच दोस्त मिलने आ गये। शाहगंज से वे दो साइकिलों पर निकले, एक पर तीन सवारी बैठीं, दूसरी पर दो। तीन सवारी देख कर लाल बत्ती पर पकड़े जाने का ख़तरा था। वहाँ वे कुछ दूर पैदल चले, आगे बिजलीघर से वे फिर साइकिलों पर चढ़ चले।

शाम के साढ़े सात बजे थे। दफ़्तर अभी बन्द हुआ था। हॉल में ठण्डक थी, लेकिन योगी बाहर निकलना चाहता था। सारे दिन दफ़्तर की सूरत देखकर जी घबराने लगता। दोस्तों ने वॉटर कूलर का ठण्डा पानी पिया और बोले, "हमें इत्ता अच्छा दफ़्तर मिले तो कभी बाहर न निकलें। बस, यहीं बैठे रहें।"

उस दिन योगी की जेब में पैसे थे। उसे आज ओवर टाइम मिला था। उसने कहा, "बाहर लल्ला की दुकान पर तुम्हें ऐसी चीज़ पिलवाऊँगा कि याद रखोगे।"

सूफ़ी ने कहा, "हम तुम्हारा ख़र्चा करवाने थोड़े ही आये हैं, योगी, चलो, यहीं बैठते हैं।"

योगी नहीं माना। लल्ला पान शॉप में कोला के अन्दर चटपटा मसाला डाल कर, नीबू निचोड़कर एक स्पेशल ठण्डा पेय मिलता था, जिसकी शोहरत सारे शहर में थी। कोला के रेट में सिर्फ़ दो रुपये ज़्यादा लेकर लल्ला पानवाला एक गिलास कोला देता। दुकान के पिछवाड़े उसकी कोठरी में ही मसाला तैयार करने का काम होता। उसकी पत्नी और किशोरी बेटी पुनीता मिलकर मसाला बनाने का काम करतीं। लल्ला पानवाले का दावा था कि इस मसाले का नुस्ख़ा उसके सिवा और किसी के पास नहीं है, कोला कम्पनी के पास भी नहीं। वह कहता, "दो बार कोला कम्पनी के लोग उसकी दुकान पर आकर लल्ला ब्रांड कोला

पीकर देख गये।" एक आदमी ने तो हिन्दी बोलकर लल्ला पानवाले से नुस्ख़ा भी माँगा। लल्ला ने मुँह नहीं खोला।

इलाहाबाद ठहरा क़िस्से-कहानियों का गढ़! इस घटना के पंख लगे और यह भी तो मशहूर हुआ कि जब लल्ला किसी तरह भी नुस्ख़ा बताने पर राज़ी नहीं हुआ तो अमेरिकी कम्पनी के नुमाइन्दों ने लल्ला के सामने यह प्रस्ताव रखा कि वह उनके साथ अमेरिका चले। वे उसके नाम से ही नया ब्रांड शुरू कर देंगे। वे उसका घर डॉलरों से भर देंगे, उसकी बेटी की आगे की पढ़ाई का ज़िम्मा लेंगे। लल्ला बोला, "सरकार, हम बीस साल से इस गुमटी पर, इसी तख़त पर बैठे हैं। एक-एक ग्राहक को उसकी आवाज़ से, बतियाव से पहचानते हैं। हम यह ठीया छोड़कर कहूँ नहीं जायेंगे।"

अमेरिकी ऐजेंटों को गुस्सा आ गया। उन्होंने कहा, "मिस्टर लल्ला, अगर तुम्हें नहीं चलना तो समझ लो, हमारा भी हुकुम है, तुम कल से हमारे कोला में मसाला मिलाना बन्द करो। हम तुम्हारी शिकायत थाने में कर देंगे। पुलिस तुम्हें पकड़कर ले जायेगी।" वे अपनी लम्बी कार में वापस चले गये।

लल्ला को कोई फ़र्क़ नहीं पड़ा। वह एजेंटों की घुड़कियों से ज़रा भी नहीं डरा। उसने ग्राहकों को सुनाकर कहा, "ये गोरे बन्दर हमको हमारे ही थाने की धमकी दे रहे हैं। अरे, थाने के जितने हुक्काम और सिपाही हैं, सब के मुँह मेरा शर्बत लगा है। बिना मसाले के यह मीठा पानी किस काम का?"

ऐसे क़िस्से के बाद लल्ला कोला में लोगों को और भी लज़्ज़त आने लगी। कोला की मिठास में मसालों और नीबू की तुर्शी तथा खटास का मिश्रण एक तरफ़ स्वाद का जादू जगाता, दूसरी तरफ़ पाचक का काम करता। अक्सर लोग रात का खाना खाने के बाद लल्ला पान शॉप का रुख़ करते। कोला पीते ही उन्हें लगता कि खाया-पिया हज़म हो गया है। वे सन्तुष्ट डकार भरते वापस जाते।

ऐसा नहीं था कि लड़कों को इन क़िस्सों की ख़बर नहीं थी। योगी के आतिथ्य में वे अटपटा महसूस कर रहे थे।

अजय ने कहा, "ऐसा है योगी, कटिंग चाय की तरह कटिंग कोला पी लेंगे। तीन में छह बन जायेंगे।"

योगी नहीं माना, "क़ायदे से तुम सबको खाना भी खाना चाहिए। मैं यहाँ चुन्नीलाल के ढाबे पर खाता हूँ। वहीं चलो।"

"नहीं नही" "भूख नहीं है" "घर में अम्मी इन्तज़ार करेंगी" जैसे प्रतिवादों से खाने का इरादा छोड़ना पड़ा।

लल्ला पान शॉप पर हमेशा की तरह भीड़ थी।

योगी ने छह कोला माँगे।

बड़ी फुर्ती से लल्ला की बीवी ने गिलास पकड़ा दिये। साइकिलों के सहारे टिककर वहीं कोला पिया गया।

'बहुत बढ़िया है', 'मान गये योगी', 'मुझे तो नशा चढ़ गया, यार' 'वाह योगी, वाह' जैसे उद्‌गार दोस्तों के मुँह से निकलते रहे।

योगी ने पैसे चुकता किये और दोस्तों को छोड़ने उनके साथ चल दिया।

अलग होने का मन नहीं हो रहा था। इस वक़्त योगी के लिए भोजन से भी ज़रूरी यह दोस्ती की खुराक थी। उसे लगा, न जाने कब से वह इन सबको देखने के लिए तरस रहा था।

दोस्तों को सिविल लाइंस का खुला आसमान, चौड़ी सड़कें और झिलमिल रौशनी लुभा रही थी। उन्हें लग रहा था, वे किसी और शहर में आ गये हैं।

फ़ैज़ी ने कहा, "योगी यार, हमें भी यहीं कहीं काम दिला दे तो दिन-रात सिविल लाइंस में रहें। खाना खायें न खायें बस लल्ला शॉप का मसाला कोला पिया करें।"

अजय ने उसकी पीठ पर धौल मारा, "यों बोल, कोला के साथ कुछ और पी लिया क्या?"

फ़ैज़ी ने कहा, "वो मारा, तूने भी देखा न यार।"

"क्या देखा?" योगी ने पूछा।

फ़ैज़ी ने सीने पर हाथ रखा और कहा, "पानवाली तो शर्बत बाद में देती है, पहले पर्दे के पीछे से दो गोरी कलाइयाँ उसे गिलास थमाती हैं। इस मसाला कोला का असली मसाला पर्दे के पीछे है।"

"अरे, वह पानवाले की लड़की पुनीता है, आठवीं में पढ़ती है।" योगी ने बताया।

"तूने पटाया क्या?" फ़ैज़ी ने पूछा।

योगी घबरा गया, "यार, ऐसी बातें मत कर, पिटवायेगा क्या? देखा नहीं, लड़की का बाप कैसा ज़ालिम छाप है?"

"मज़ा तो तभी है कि जालिम की नाक के नीचे से तू लड़की ले उड़े।" अजय ने जड़ा।

"यार, तुम लोगों को मसाला कोला का मसाला चढ़ गया है। पहली बार ऐसा ही असर होता है। मैं क़सम खाकर कहता हूँ, मैंने उस लड़की की कभी शक्ल भी नहीं देखी।"

"क्या लड़की बुरका पहनकर स्कूल जाती है?" सूफ़ी ने पूछा।

"सुबह झुण्ड-की-झुण्ड लड़कियाँ यूनिफ़ॉर्म में निकलती हैं। उनमें क्या पता लगता है, कौन पुनीता है कौन सुनीता?" योगी ने बताया।

"हमसे उड़ रहे हो गुरु।" फ़ैज़ी ने कहा और चलने के लिए साइकिल सीधी की।

योगी ने विदा देते हुए कहा, "गली-पड़ोस में चक्कर चलाना मतलब नौकरी से हाथ धो बैठना होता है, समझे यार?"

दोस्तों की बैठकी से आनन्द तो बहुत आया, लेकिन अब योगी को महसूस हुआ कि बाहर उमस बहुत ज़्यादा है। खाना खाने की ख़ास इच्छा नहीं हुई। वह दफ़्तर यानी अपने घर की तरफ़ बढ़ने लगा। दूर से ही उसे दिख गया कि दफ़्तर के फाटक पर दो ट्रॉलियाँ लदी खड़ी हैं। नयी छपी किताबों की खेप आयी थी।

योगी ने लपककर फाटक खोला। दफ़्तर में मेज़ की दराज़ से गोदाम की चाभी ली और ट्रॉलीवालों के साथ गोदाम चल दिया।

किताबों के बण्डल गिनकर उतरवाते-धरवाते रात के नौ बज गये। योगी को ट्रॉलीवालों से कम मेहनत नहीं पड़ी। तीनों पसीने-पसीने हो गये। ट्रॉलीवालों ने कहा, "जोगी बेटवा, अब तनी ठण्डी टंकी का पानी पिलवा दो तो हम जायें।"

वापस दफ़्तर आकर योगी ने ट्रॉलीवालों को ठण्डा पानी पिलाकर, उनका हिसाब किया।

वह बेतरह थक गया। पसीने से कमीज़ तर-ब-तर थी, उतारकर एक तरफ़ रखी। योगी को लगा, वह साहब के केबिन में एयरकंडीशनर चलाकर थोड़ी देर पसीना सुखा ले।

उसने अपनी हिन्दी की पाठ्य पुस्तक ली और केबिन में ए.सी. चलाकर बैठ गया। दो-चार मिनट तो कोई फ़र्क़ नहीं लगा, फिर ठण्डक आनी शुरू हुई।

किताब के दो पन्ने पढ़ गया योगी, पर कुछ समझ में नहीं आया। दोस्तों का हँसी-ठट्ठा कानों में गूँज रहा था। फ़ैज़ी की बात दिल-दिमाग़ के दरवाज़ों पर खट्-खट् करने लगी। पुनीता की कलाइयाँ उसने भी देखी थीं, पर उसकी सूरत का दीदार कभी नहीं हुआ। योगी झेंपू क़िस्म का लड़का था, जिसमें ताका-झाँकी करने का साहस नहीं था। दो-एक बार उसने स्कूल की छुट्टी पर खड़े होकर ग़ौर करने की कोशिश की कि कौन लड़की लल्ला पान शॉप में घुसती है, पर वह कभी कामयाब नहीं हुआ। दफ़्तर का काम कभी इतनी इजाज़त भी नहीं देता कि वह अपनी खोज पर ज़्यादा वक़्त लगाये।

जितनी बार वह पाठ पढ़े, उसे समझ में ही न आये। किताब पर सिर झुकाये-झुकाये ही वह गहरी नींद में चला गया। नींद के साथ सपने भी आये। एक के बाद एक कई। सपने श्वेत-श्याम नहीं, रंगीन थे। इनमें फ़िल्मों में देखी नायिकाएँ योगी के आगे-पीछे नृत्य कर रही थीं। आश्चर्य कि किसी की भी सूरत साफ़ दिख नहीं रही थी। हाँ, उनकी कलाइयाँ ज़रूर दिखीं। कुछ देर को सही, योगी भूल गया अपना शाहगंज, अपना बदरंग मकान और पुरपेंच गलियाँ।

संस्कृति

एक बार सूर्यसिंह को उत्तर प्रदेश के मुख्यमन्त्री पद की कुर्सी से हटना पड़ा। हटना नहीं चाहते थे, पर मैडम ने हालात ऐसे बना दिये कि मजबूरन उन्हें इस्तीफ़ा देना पड़ा। पद से हटने के बाद सूर्यसिंह यह लतीफ़ा सुनाया करते थे—

पता है प्रधानमन्त्री रोज़ सुबह नाश्ते में क्या खाती हैं?

प्रधानमन्त्री नाश्ते में रोज़ सुबह एक मुख्यमन्त्री खाती हैं।

साहित्य-संस्कृति भवन का भी बहुत कुछ यही हाल था। कोलकाता के बीचोबीच मुख्य सड़क पर स्थित भवन की विशाल इमारत और व्यापक परिसर ऊपर से पक्का लगते हुए भी अन्दर से खोखला होता जा रहा था। साहित्य-संस्कृति भवन से दिन पर दिन साहित्य और संस्कृति, दोनों ग़ायब होती जा रही थीं। बस, भवन ही भवन बचा था, वह भी इसलिए क्योंकि यहाँ के कर्मचारी स्वभावतः आज्ञाकारी थे। दरअसल, ये हालात के मारे चन्द शरीफ़ लोग थे। इनमें निदेशक, सम्पादक, मैनेजर और लेखपाल के अलावा सहायक सम्पादक, स्टेनो, विक्रय अधिकारी और पुस्तकालयाध्यक्ष तो थे ही, एक दर्जन चपरासी और सुरक्षा कर्मचारी भी थे। कार्यकर्त्ता और सेवक वर्ग की संख्या से प्रतीत होता, जैसे यह काफ़ी बड़ा प्रतिष्ठान है। सेवक वर्ग बाक़ायदा गणवेश में ड्यूटी पर आता और संस्कृति भवन सप्ताह में सातों दिन खुला रहता। पहली बार देखनेवाले की पकड़ में इसका पिलपिलापन नहीं आता, इसी पर इसकी छवि टिकी हुई थी। साहित्य-संस्कृति भवन का रख-रखाव अत्यन्त उच्चस्तर का था। फाटक के अन्दर प्रवेश करते ही अजन्ता-एलोरा साथ-साथ चलते। प्रांगण में चोल वंश। सभागार, सभाकक्ष में राजा रविवर्मा से लेकर जे. स्वामिनाथन और हुसैन तक, सब अद्‍भुत और अपूर्व था। कला और संस्कृति की मंजूषा था यह संस्कृति भवन। आपादमस्तक भारतीयता में डूबा हुआ। जगह-जगह रखे टैराकोटा के घोड़े, हाथी और मोर देखकर आगन्तुक अभिभूत हो जाता। अपने घर के ताक

पर रखे प्लास्टिक के डोनाल्ड डक और मिकीमाउस याद कर वह गहरी ग्लानि में डूब जाता। उसे लगता, उसका ही नहीं, उसके बच्चों का भी दिमाग़ प्रदूषित हो चुका है। उसने कभी क्यों नहीं सोचा घोड़े, हाथी और मोर के विषय में!

बायें हाथ को लम्बी कला दीर्घा के बीचोबीच अतिथि-कक्ष बने हुए थे। उनमें ठहरने के लिए तगड़ी सिफ़ारिश लगवानी पड़ती। अतिथि को शपथ-पत्र भरना पड़ता, जिसके नियम कुछ इस प्रकार थे—अतिथि भारतीय साहित्य का प्रसिद्ध विद्वान् हो। यहाँ आवास करते हुए वह न तो सामिष भोजन कर सकता था न मद्यपान। धूम्रपान की मनाही के बोर्ड भवन की हर दीवार पर लगे थे। पान मसाला और तम्बाकू खाने पर भी प्रतिबन्ध था। ऐसे संयत, सात्त्विक और अनुशासनप्रिय साहित्यकारों को ये कमरे पहले निःशुल्क मिला करते थे, किन्तु अब बिजली-पानी के भीषण कर और महँगाई को देखते हुए कुछ किराया निर्धारित कर दिया गया था। लेकिन इतने शरीफ़ कलाकार व साहित्यकार विरले ही होते। कोई पान का शौक़ीन होता तो कोई सुरापान का। किसी का गुज़ारा गोश्त के बिना न चलता तो कोई अपनी लैला के बग़ैर ठहरना गवारा न करता। इस पर भी बन्दिश थी। शपथ-पत्र में यह भी लिखा था कि पत्नी के अतिरिक्त आपके साथ भवन के अतिथि कक्ष में अन्य कोई महिला नहीं रह सकती।

साहित्य-संस्कृति भवन के अध्यक्ष बाबूलाल महेश्वरी पेशे से व्यवसायी और प्रकृति से समाज सुधारक थे। ये लड़कपन में ही राजस्थान छोड़कर कलकत्ते आ गये। इनके बारे में प्रसिद्ध था कि इनके पिता और चाचा जब राजस्थान से चले तो पूँजी के नाम पर इनके पास सिर्फ़ लोटा और डोर थी। एक और चीज़ उनके पास थी—दसवीं तक की शिक्षा और मेहनत की लगन। इन्हीं के कारण वे बड़े नगरसेठों की मुनीमी कर व्यापार के गुर सीखते गये। उस ज़माने में अंग्रेज़ों की बड़ी-बड़ी कम्पनियाँ पाट का व्यापार करती थीं। हिम्मत कर इन्होंने स्वयं निर्यात का काम हाथ में लिया। इनका खरा व्यवहार व्यापारियों को पसन्द आया और ये शहर के प्रमुख पटसन व्यवसायी बनते गये।

बाबूलाल ने कॉमर्स से मास्टर्स डिग्री पाने के बाद कुछ वर्ष व्यवसाय किया। उन्होंने देखा, व्यापार का संजाल पिता और चाचा ने बख़ूबी सँभाल रखा है। उन्होंने सुझाव दिया कि कलकत्ते में फैले हिन्दी समाज की संस्थाओं का विकास करना भी एक ज़रूरी काम है।

"धन आप कमाओ, यश मुझे कमाने दो" बाबूलाल ने कहा।

उनके घरवाले जानते थे कि जितना धन उन्होंने कमा लिया है, वह उनकी सात पीढ़ियों तक भी ख़त्म न होगा। उन्होंने अपने इकलौते पुत्र को स्वाधीन छोड़ दिया था। बाबूलाल ने पहले कार्यकर्ता की हैसियत से और बाद में संरक्षक के पद से, छोटी-बड़ी उनचास संस्थाओं का ज़िम्मा अपने ऊपर ले रखा था। समाज में उनकी प्रतिष्ठा थी। किसी बात में लाग-लपेट उन्हें पसन्द नहीं थी। वे सीधे काम की बात पर आते। संस्थाओं की निधि को वे पावन मानते। किसी को अमानत में ख़यानत करते देखते तो उन्हें बहुत गुस्सा आता। वे भरपूर प्रतिकार करते और अगर उनका प्रतिकार कारगर न होता तो संस्था से अपने को अलग कर लेते। उनके अन्दर तेजस्विता के साथ-साथ हठधर्मिता थी। पिछले निदेशक से उनकी इसी बात पर ठन गयी थी कि वे उन्हें संस्कृति भवन में होनेवाली गतिविधियों की अग्रिम जानकारी देने से परहेज़ करते। महेश्वरी जी कहते, "अक्टूबर में गाँधी जयन्ती पर कोई व्याख्यान रखवाइये।" निदेशक मान्धाता जी कहते, "व्याख्यान सुनने कौन आता है? फिर आप कहेंगे, हॉल ख़ाली क्यों पड़ा है?" महेश्वरी जी तमक जाते, "वह तो मैं अवश्य कहूँगा। आप बीस हज़ार महीना वेतन भी लेंगे और हॉल भी नहीं भरेंगे।" वे अपनी तर्जनी मान्धाता जी की नाक के सामने नचाते हुए कहते, "ऐसा मैं हरगिज़ बरदाश्त नहीं करूँगा।" महेश्वरी जी कैलेंडर के हिसाब से गतिविधियों का आयोजन चाहते। मान्धाता जी सुविधानुसार आयोजन करते। साहित्य-संस्कृति भवन की मासिक पत्रिका 'प्रतिभा' को लेकर भी खींच-तान मची रहती। 'प्रतिभा' साहित्य-प्रधान पत्रिका थी। उसमें सामान्य रुचि की सामग्री नहीं खप पाती। कार्यकारिणी समिति के सदस्य प्रायः भुन-भुन करते कि भवन की पत्रिका नीरस और उबाऊ है। मान्धाता जी की हेकड़ी थी कि वे दोयम दर्जे की रचनाएँ नहीं छापेंगे। महेश्वरी जी कभी किसी बाँग्ला कहानी का अनुवाद भेजते तो कभी राजस्थान कहानी का। मान्धाता जी बिना पढ़े उसे लौटा देते। इन्हीं बातों से कुपित होकर महेश्वरी जी ने संस्कृति भवन आना बन्द कर दिया।

कहा जाता है कि पिछले निदेशक को मन्त्री की शह थी, इसलिए वे अध्यक्ष की उपेक्षा करते थे। साहित्य-संस्कृति भवन की मन्त्री सुषमा अग्रवाल का यों तो अध्यक्ष से अच्छा सम्बन्ध था, पर सभी मन्त्रियों की तरह उन्हें राजनीति के खेल में मज़ा आता। इसीलिए वे अपने लिए 'सचिव' की बजाय 'मन्त्री' सम्बोधन पसन्द करतीं। 'मन्त्री' शब्द से उनकी कल्पना सीधे प्रधानमन्त्री बनने का सपना देखने लगती।

साहित्य-संस्कृति भवन की मन्त्री सुषमा अग्रवाल असाधारण आकर्षण और अग्रगामिता से भरी महिला थीं। तन्वंगी इतनी कि लगता मानो उनका वज़न 100 ग्राम से अधिक न होगा। अलग-अलग देखने पर उनके नयन-नक्श सुन्दर नहीं कहे जा सकते थे, पर समग्र रूप से वे इतने सुन्दर थे कि वे आदर्श लगतीं। वर्षों से मंच पर बोलने के कारण उनकी आवाज़ में सहज नाट्य का पुट आ गया था। वार्ता में कहाँ पॉज देना है, कहाँ आवाज़ ऊँची करनी है, कहाँ दबानी है, वे बख़ूबी जानतीं। उनके काले, चिक्कन केशों से उनकी उम्र का ज़रा भी अन्दाज़ा नहीं लगता। लम्बे बाल आगे से घुँघराले थे, लेकिन कमर से नीचे नितम्बों तक जाते हुए सीधे हो जाते। उनका शृंगार सादगी भरा होता। साड़ियाँ हल्के रंगों की, क्रीम, स्लेटी, टैन और नीलाभ। ढाकाई साड़ियों की नज़ाकत सुषमा की नज़ाकत से स्पर्द्धा करती दीखती। ये साड़ियाँ किसी भी दुकान में उपलब्ध नहीं होतीं। सुषमाजी की साड़ियों की सप्लाई सीधी उन कारीगरों बुनकरों के पास से आती जो साल में दो बार अपनी कलात्मक चीज़ें बेचने भवन पर आते। इन्हीं बुनकरों से भवन में वे अंगवस्त्रम् भी ख़रीदे जाते जो उत्सव आयोजन में कलाकारों, रचनाकारों को ससम्मान उढ़ाये जाते। कुछ क्षण को कलाकार का सिर विनम्रता में नबता, फिर गर्व से तन जाता। रेशम की माला, चन्दन का तिलक, चाँदीमण्डित श्रीफल, प्रशस्ति पत्र, प्रतीक चिह्न, फ़ाइल, फ़ाइल के अन्दर पार्कर पेन, क़ीमती अंगवस्त्रम्—मंच पर एक-एक कर जब यह सम्पदा, नगर के नामी-गिरामी उद्योगपतियों के हाथों कलाकार अथवा रचनाकार को अर्पित की जाती, एकबारगी उसे लगता, भाग्य का खुल जा सिमसिम इसी को कहते हैं। मंच को पुष्प, अगरु और चन्दन की शोभा-सुगन्ध से नहला दिया जाता। सुषमाजी माहौल बनाने में निष्णात थीं। उन पर जैसे नशा छा जाता। वे अपने मरियल-से मैनेजर से शीरीं ज़ुबान में कहतीं, "बोस दा, बस आज के जलसे की इज़्ज़त रख लीजिए। कल आप जो कहेंगे, मैं कर दूँगी।"

बोस दा रिटायर होने के बाद यहाँ काम पर लगे थे। जैसे सभी रिटायर्ड लोगों की आदत होती है, वे भी दौड़-दौड़ कर आदेशानुसार काम करते। दिन के किसी टुकड़े में अगर उनके पास काम न होता तो वे बड़ा असुरक्षित महसूस करने लगते। व्यस्त दिखने की ख़ातिर वे दो चपरासियों को साथ लेकर, हॉल में जाकर पर्दे उतरवाने और फिर से लगवाने लग जाते। अधेड़ हो जाने के बावजूद वे चालाकी नहीं सीख पाये थे। सुषमा अग्रवाल के हर निर्देश पर वे सरपट दौड़ जाते। रातों में उन्हें स्वप्न भी कुछ ऐसे ही आते। वे देखते, मन्त्री जी ने उन्हें

पुकारकर कहा है, "बोस दा, ज़रा हिमालय पर्वत के शिखर से मुझे भोज-पत्र ला दीजिए। इस बार मैंने सोचा है, विद्वानों को भोज-पत्र पर लिखकर प्रशस्ति पत्र प्रदान करूँगी।" बोस दा अपना पिट्ठू-थैला लेकर चले गये हैं और महज़ चार दिन में भोज-पत्रों से भरी ट्रक लेकर लौटे हैं। कभी उन्हें सपना आता कि भवन के तरणताल में तैरते हुए मन्त्री डूबने लगी हैं। वे छप् से पानी में कूदकर उन्हें बचा लेते हैं। कभी सपने-ही-सपने में बिस्तर में ज़्यादा उचक जाते तो उनकी सुन्दर, सलोनी पत्नी उन्हें कन्धे से हिलाकर पूछती, "की हौलो, केमन आच्छो?" (क्या हो गया, कैसे हो?) वे पत्नी को थपककर मुस्कुरा देते और करवट बदल कर सोने की कोशिश करते।

सुषमा की शख़्सियत का जादू इसी तरह सिर चढ़कर बोलता। प्रतिवर्ष भवन देश के चुने हुए साहित्यकारों को सम्मानित और पुरस्कृत करता। कलकत्ता महानगरी की भव्यता और भवन के आयोजन की अद्वितीयता, फिर थोड़ी-बहुत नगद राशि, भवन का अतिथि-सत्कार मिलकर साहित्यकार को जीते जी स्वर्ग की झलक दिखला देता। ऊपर से सुषमाजी की भुवनमोहिनी मुस्कान, उनकी दबी-दबी सेक्सी आवाज़ साहित्यकार पर चार पेग का नशा चढ़ा देती। साहित्यकार ठहरे भोले-भाले जीव! उन्हें लगता, साहित्य की इस पारखी के लिए वे अपनी समस्त पुस्तकें अर्पित कर दें। पुरस्कार की अगली सुबह वे अपनी पुस्तकों का बण्डल लेकर भवन के विशेष कक्ष में जाते, मन्त्री से मुलाक़ात करने।

सुषमा अग्रवाल अगले आयोजन की रूपरेखा बनाने में व्यस्त मिलतीं। वह अपने द्वारा सम्मानित लेखक को पहचान भी न पातीं। वे किंचित् रुक्ष स्वर में कहतीं "बैठिये।" फिर वहीं से दहाड़ती। "बोस दा, यहाँ कॉफ़ी और सन्देश भिजवाइये।" मन्त्री को कोई ज़रूरी काम याद आ जाता। वे बाँग्ला में बोस दा को निर्देश देतीं कि वे उनके कार्यालय में बैठकर विद्वान के साथ कॉफ़ी पियें और उन्हें शीघ्र विदा करें। इस सबके बावजूद अगर लेखक अपनी पुस्तकें उन्हें पकड़ा ही देता, वे खड़ी होकर श्रद्धा से पुस्तकों को मस्तक से छुआतीं, आभार व्यक्त करतीं और कहतीं, "मैं अवश्य पढ़ूँगी, आज ही शुरू करूँगी।"

लेखक के विदा होते ही वे अपने कार्यालय में पुनः प्रकट होतीं। मेज़ पर किताबों का ढेर देख उनके नाज़ुक माथे पर दो त्योरियाँ पड़तीं। वे चिढ़ी हुई आवाज़ में कहतीं, "तारकेश्वर को बुलाकर कहो, मेरे ऑफ़िस से सारा कचरा हटाये। मेरी मेज़ एकदम साफ़ होनी चाहिए।"

किताबों को लेकर वे इतनी ईमानदार थीं कि भेंट में मिली हर किताब पुस्तकालय में भिजवा देतीं। नगर के बड़े सेठ भी जब-तब भवन-पुस्तकालय में पुस्तकें भेजते। कई बार उनके मकानों की आन्तरिक गृह-सज्जा में परिवर्तन करते समय पुरानी किताबों का विस्थापन किया जाता। भवन-पुस्तकालय इस क्रम में समृद्ध होता जाता, लेकिन पुस्तकालयाध्यक्ष तारकेश्वर फिर भी नाराज़ बना रहता। वह निदेशक से कहता, "भवन में बारह साल से एक भी पैसे की किताब नहीं ख़रीदी गयी है। लोग अपना कूड़ा यहाँ भेज देते हैं। सब बेकार माल है।"

नवीन गम्भीर मुखमुद्रा बना लेता, "मैं पता लगाऊँगा, ऐसा क्यों है। आख़िर पुस्तकालय के लिए तो अलग बजट होगा?"

तारकेश्वर अपना सोने का इकलौता दाँत चमकाकर हँस देता, "यहाँ किसी मद में कोई भजट नहीं है। आप क्या पता लगायेंगे? आप आज हैं, कल नहीं हैं। मेरी बाईस साल की सरभिस है। अब तक मैं अगारह निदेशक देख चुका हूँ। मगरमच्छ से बचकर रहिये, यही मेरा आपको एडभाइस है।"

यह भी भवन की फ़ितरत थी। यहाँ सब कर्मचारी प्रबन्ध तन्त्र के ख़िलाफ़ खुलकर बोलते, लेकिन कोई भी उत्सव, आयोजन होने पर भाग-भाग कर काम करते। उनका कर्त्तव्य-पक्ष उनके तर्क-पक्ष पर हावी रहता। इसीलिए भवन का कार्य-व्यापार चल रहा था।

दरअसल साहित्य-संस्कृति भवन का न्यास काफ़ी शक्तिशाली था। नगर के प्रसिद्ध उद्योगपति, पूँजीपति और भूपति इसके न्यास-मण्डल और कार्यकारिणी के सदस्य थे। नगर का यह वणिक-वर्ग पूँजी के साथ प्रतिष्ठा अर्जित करने का भी अभिलाषी था। मन्त्री के बुलावे पर जब वे बैठक में आते, उन्हें अपने पर सहज अभिमान होता कि देश का न केवल पटसन, लोहा, सूत, रेशम और कार्बन बल्कि साहित्य, संस्कृति और कला भी उनकी मुट्ठी में है। उनकी राय के बिना यहाँ न कोई पुरस्कृत होता है न सम्मानित। उनके पास समय और धैर्य का नितान्त अभाव था, लेकिन इक्कीसवीं सदी की हवा वे पहचान रहे थे, जिसमें विभिन्न कलाएँ भी बाज़ार में अपने पैर जमा रही थीं। पुरुषोत्तम कानोडिया हैरानी प्रकट करते, "लो बोल्लो, सन् 1965 में मक़बूल फ़िदा हुसैन हज़ार रुपये में पूरी दीवार रंग देता था, आज ज़रा-सी तस्वीर के बीस लाख लेने लगा।"

सुषमाजी संशोधन करतीं, "भाईजी, विदेशों में तो एक करोड़ मिलता है उन्हें।"

"बाप रे, इसका मतलब और भी दाम चढ़ सकता है इसका?"

"बिल्कुल!"

पुरुषोत्तम जी ठान लेते कि अगला काम हुसैन को हासिल करना है। वैसे भी यह पूँजी निवेश का समय था। सब धन्ना सेठ इस उम्मीद में छोटी कम्पनियों में निवेश कर रहे थे कि भविष्य में इन कम्पनियों को पूरी तरह निगल लें। बड़े आदमियों के पास इफ़रात पैसा था। वे देश की हर जिंस पर क़ब्ज़ा करना चाहते। उन्होंने बड़े-बड़े स्टोर, भवन, होटल, सिनेमा और अन्य व्यवसाय तो अपनी कुर्सी की गद्दी के नीचे दाब ही लिए थे, अब वे साहित्य, संस्कृति और कला पर भी हक़ चाहते थे। यह क्या कि ये तीन दुनियाओं के जीव अपने को स्वायत्त, स्वतन्त्र और समर्थ समझते रहें।

उनके सलाहकारों ने समझाया, "इन तीनों पर क़ब्ज़ा करना उतना आसान नहीं। पहली बात तो इनकी कोई यूनियन नहीं, जिसे आप ख़रीद डालो। दूसरे, इनमें .ज्यादातर बड़े मरजीवड़े क़िस्म के कलाकार हैं। मिट जायेंगे, पर बिकेंगे नहीं। इस दुनिया में आप न घुसो तो अच्छा।"

धन्ना सेठों को ऐसी सलाह गवारा न हुई। मामला उनकी अकड़ या अहम् का नहीं था। उन्हें लगता, हमने अपने पैसों से यह साहित्य-संस्कृति भवन बनाया है। फिर हम नहीं तो कौन तय करेगा कौन चीज़ कै पसेरी। नाच-गाना, तस्वीर, मूर्ति, काठ के खिलौने, काँसे के बर्तन विश्व बाज़ार की मण्डी में ऊँचे दाम हासिल कर रही थीं। कौन जाने, कल को साहित्य का इससे भी ऊँचा दाम लग जाय? इसी उम्मीद में वे अपनी पूँजी का एक छोटा हिस्सा इस संस्कृति भवन में लगा देते।

भवन की मासिक पत्रिका 'प्रतिभा' को विज्ञापन इसी तर्क से मिल रहे थे। 'प्रतिभा' के अन्तिम आवरण पृष्ठ पर कभी सीमेंट, कभी साबुन, कभी चायपत्ती और कभी घी का बहुरंगी विज्ञापन छपा मिलता क्योंकि बारी-बारी से सभी सदस्य अपने प्रतिष्ठान के विज्ञापन के प्रकाशनार्थ दस हज़ार रुपये का चेक भवन को देते।

नया निदेशक जिसका नाम ही नवीन पाण्डेय था, सेठों के दिल-दरिया से अभिभूत हो जाता। वह बहुत परिश्रम से पत्रिका के लिए बेहतरीन सामग्री जुटाता। नवीन की कोशिश रहती कि समकालीन लेखन की समस्त प्रवृत्तियों को पत्रिका में मंच मिले। इधर युवा लेखक कहानी में कुछ बोल्ड क़िस्म के प्रयोग कर रहे थे। कहानी में सिने पटकथा के प्रभाव भी देखने को मिल रहे थे। लेखों में पश्चिम के विचार समावेश पा रहे थे। इकहरा लेखन बड़ी तेज़ी से ख़ारिज

होता जा रहा था। इन सब धाराओं पर नवीन अपनी पकड़ रखता। 'प्रतिभा' उल्लेखनीय बनती जा रही थी। अन्य पत्रिकाएँ उसका नोटिस लेने लगी थीं।

सुषमाजी 'प्रतिभा' की ख्याति और लोकप्रियता से प्रसन्न होतीं लेकिन 'प्रतिभा' के साथ-साथ उसके सम्पादक का भी नाम हो, यह उनकी बर्दाश्त से परे था। बचत के ख़याल से उन्होंने निदेशक को ही सम्पादक बना रखा था। लिहाज़ा, नवीन पाण्डेय का नाम पत्रिका में जाता। मेहनत भी वही करता। अध्यक्ष और मन्त्री का सुझाव था कि पत्रिका एक व्यक्ति के नाम से नहीं, एक टीम के नाम से जानी जाये। कार्यकारिणी में यह प्रस्ताव पारित कर उन्होंने कुछ सदस्यों के नाम सम्पादक-मण्डल में डलवा दिये। नवीन को कोई फ़र्क़ नहीं पड़ा। काम अभी भी उसे ही देखना था। मन्त्री हर माह आन्तरिक बैठक में यह बताना न भूलतीं कि 'प्रतिभा' के प्रकाशन, विक्रय और वितरण से भवन को प्रतिवर्ष दो लाख का घाटा होता है। इसमें से एक लाख बीस हज़ार वह विज्ञापनों से पूरा करती हैं, तब भी अस्सी हज़ार के नीचे उनका हाथ दबा रहता है। नवीन पाण्डेय हर मीटिंग के बाद कुछ और असुरक्षित होकर निकलता। वह दुगुनी मेहनत से भवन के काम में लग जाता। इस घाटा-बैठक का एक परिणाम यह था कि नवीन कभी ज़ोर देकर लेखकों का मानदेय बढ़ाने की बात नहीं कर सका।

साहित्य-संस्कृति भवन जैसी हर संस्था की नींव में कुछ शाश्वत क़िस्म के मूल्य और आदर्श लगे हुए होते हैं, जिनके कारण वे वर्तमान सुनामी झटके झेल जाते हैं। शहर में कुछ वयोवृद्ध लोग अब भी मिल जाते हैं जो संस्कृति भवन के संस्थापक-द्वय अजुध्याप्रसाद और मनोरथ को याद कर लेते हैं।

अस्सी साल की उम्र में एक दिन अजुध्याजी को सूझा कि हिन्दी के लिए कुछ किया जाये। राजस्थान से आकर इस अनजाने देश में उन्होंने रेशम और चाय के व्यापार में अरेरन कमाया। तीन अट्टालिकाएँ बनवा लीं—बड़ा बाज़ार, लॉर्ड सिन्हा रोड और अलीपुर में। दो कार्यालय जमा लिए चौरंगी और चौबीस परगना में। इतना पैसा बैंक में डाल लिया कि बच्चे कुछ भी न करें तो भी ठाठ से रहें। अजुध्याजी ने देखा, कलकत्ते में बाँग्ला भाषा और साहित्य के लिए बाँग्ला सरकार ने भरपूर विकास कार्य किया। अंग्रेज़ी के लिए अंग्रेज़ सरकार पहले ही बहुत कुछ कर गयी थी। सिर्फ़ हिन्दी थी जो इस महानगर में रिक्शेवालों, टैक्सीवालों, पानवालों और कुलियों की बोली के रूप में व्याप्त थी। उसे साहित्यिक महत्त्व देने का काम अभी बाक़ी था।

अजुध्याजी ने अपने अभिन्न मित्र मनोरथ से बात की। मनोरथ बोले, "यह काम हवा में तो होगा नहीं। पहले एक ठोस आधार बनाओ तो लोग बात सुनें।" अजुध्याजी ने विचार किया, "संस्था का आधार दो बातों पर होता है—संकल्प और साधन। संकल्प तो मैंने ले लिया। साधन तो भैया मिल-जुलकर ही जुटेंगे।"

"कहो, क्या करने को कहते हो? वही किया जाय।"

अजुध्याजी बोले, "जो महामना मदन मोहन मालवीय ने बनारस विश्वविद्यालय बनाने के लिए किया, वही करें यानी हर घर से एक-एक रुपया माँगना शुरू करें। साल भर में भवन की नींव पड़ जाय।"

अजुध्याजी की बड़ी बहू और बेटे ने समझाया, "अब आपकी उमर हो गयी। काँपते पैरों से घर-घर जाकर झोली फैलाकर भीख माँगते अच्छा लगेगा क्या?"

अजुध्याजी तमक गये, "उसमें से हम चवन्नी भी बचायें तब कहना।"

बच्चों ने मनोरथ को समझाया, "चाचाजी, आप ही मान जाइये। न आप साथ दें न ये हिम्मत करें।"

मनोरथ अपनी तरह के अड़ियल थे। उनके घरवालों ने जितना समझाया, उतना ही उनका संकल्प पक्का होता गया।

नगर के आम और ख़ास ने दिल खोलकर दान देना चाहा। अजुध्या और मनोरथ ने कानों को हाथ लगाया, "बस, एक रुपया लेंगे। न ज़्यादा न कम।"

ज़मीन की मुश्किल ऐसे हल हुई कि एक और हिन्दी-प्रेमी आ मिले इनसे। बोले, "मेरी बिल्डिंग के आगे इतनी ज़मीन पड़ी है। एक कोने में तुम भी डाल लो हिन्दी की कुटिया। हिन्दी का भला तो सबका भला।"

आरम्भ से अन्त तक, सारी योजना ईंट-दर-ईंट पूरी की गयी। केवल इतना संशोधन किया कि विद्वानों के सुझाव पर साहित्य-संस्कृति भवन को सिर्फ़ हिन्दी तक सीमित न रख, समस्त भारतीय भाषाओं के लिए उसका द्वार प्रशस्त कर दिया। 'हिन्दी' शब्द के प्रयोग का सन्तोष उन्हें इस प्रकार मिला कि बाक़ी बचे कोष से उन्होंने पाँच सौ रुपये शान्ति निकेतन में हिन्दी-भवन के निर्माण के लिए गुरुदेव रविबाबू के हाथ में रख दिये। इस प्रकार बंगाल में हिन्दी-बाँग्ला में बहनापा पड़ गया। संस्कृति भवन में जितने कार्यक्रम होते, उनमें बाँग्ला, उड़िया, असमिया, मणिपुरी और अन्य भाषाओं के कार्यक्रमों की संख्या कम न होती।

जीते जी अजुध्याजी और मनोरथजी भाषा, साहित्य और संस्कृति के विकास में लगे रहे। दोनों ने अच्छे साहित्य के लिए वार्षिक पुरस्कारों की स्थापना की।

ये सब स्वाधीनता से पहले की घटनाएँ थीं। इनमें हिन्दी की प्रमुखता इस वजह से थी कि हिन्दी आज़ादी की लड़ाई का अहम हथियार थी। संस्कृति भवन परिसर में अजुध्याजी अंग्रेज़ी का एक भी शब्द इस्तेमाल न होने देते। अगर किसी के मुँह से कभी अंग्रेज़ी का शब्द निकल जाता तो वे भड़क जाते, "मैं कहता हूँ भलेमानस, क्या हिन्दुस्तान की इतनी बोली-बानियों में तुझे एक भी शब्द नहीं मिला जो अपनी ज़ुबान गन्दी की?" फिर वे शब्दकोश लेकर बैठ जाते। अगर अपनी ज़ुबान से कभी अंग्रेज़ी का इस्तेमाल हो जाता तो पूरे दिन का मौनव्रत रखते। वे बार-बार महात्मा गाँधी को याद करते, "यह डेढ़ पसली का आदमी हर भारतवासी के दिल में घुसकर बैठ गया, इस हिन्दी के सहारे।"

उनके जीवनकाल में साहित्य-संस्कृति भवन ने बहुत प्रतिष्ठा अर्जित की। भवन द्वारा प्रकाशित ग्रन्थों, पत्रिकाओं और शोध-पत्रों का अच्छा-ख़ासा संग्रह हो गया। विश्व भर की भाषाओं के कोश वहाँ के पुस्तकालय में पाये जाते थे। दोनों संस्थापकों की कामना रहती कि देश-विदेश के विद्वान् संस्कृति भवन में आ कर रुकें और अपने अध्ययन और अनुसन्धान से संस्था का नाम रौशन करें।

उनके जीवनकाल में ही संस्कृति भवन की कार्यकारिणी समिति का गठन और नियमावली का निर्धारण हुआ था। राजस्थान के कई प्रमुख पूँजीपति इस कार्यकारिणी में संकटमोचक की भूमिका में रखे गये। नीयत यह थी कि अगर संस्कृति भवन की न्यास-निधि में कभी टोटा पड़ जाय, दान-राशि के स्रोत सूख जायें अथवा संस्कृति भवन का व्यय भार बढ़ जाये तो ये बड़े लोग इन छोटे-बड़े गड्ढों को सँभाल ले जायें। इनमें एक चाय सम्राट् था तो दूसरा चीनी सम्राट्। एक पूँजीपति इस नगर और भारत के अन्य नगरों में सिर्फ़ उड़नपुल बनवाता था। एक सेठ का चावल निर्यात करने का व्यवसाय था और एक कला-वीथी का मालिक था। दो-तीन महिलाओं का चयन भी कार्यकारिणी में हुआ था, जिनमें केवल सुषमा अग्रवाल नियमित आती थीं क्योंकि शेष दो मधुमेह और गठिया से ग्रस्त थीं।

यह बात सबकी समझ में आने लगी थी कि कार्यकारिणी का प्राण-तत्त्व दो सदस्यों से निर्मित हो रहा था। एक, सिद्धान्तवादी बाबूलाल महेश्वरी तो दूसरी, सुषमा अग्रवाल। बैठकों में विचार-विमर्श के दौरान यह स्पष्ट हो जाता कि दोनों अपने सोच-विचार में दो ध्रुव हैं, लेकिन अजुध्याजी का मानना था कि संस्था को दोनों ध्रुवों की ज़रूरत है। परिणाम यह था कि किसी भी कार्यक्रम की सैद्धान्तिकी बाबूलाल देखते और व्यावहारिकी सुषमा। कभी दोनों में खटक

जाती। ऐसे में सुषमा तुरन्त कमर तक झुककर बाबूलालजी को प्रणाम कर क्षमायाचना कर लेतीं। उनकी विनम्रता उनकी व्यावहारिकता का एक हिस्सा थी अथवा संवेदनशीलता का, यह तय नहीं किया जा सकता था। कार्यकारिणी के बाक़ी सदस्य संस्था के सभी झमेलों को इनके सुपुर्द कर चैन से व्यापार करना चाहते थे। वे संस्था से जुड़े रहना चाहते थे, पर विवादों से दूर। साहित्य-संस्कृति भवन का अस्तित्व उनके जीवन में एक भुनगे के समान था।

समस्त योजना का यही प्रस्थान बिन्दु था। बाबूलाल महेश्वरी और सुषमा अग्रवाल के लिए साहित्य-संस्कृति भवन जीवन का ज़रूरी सवाल था। दोनों के दृष्टिकोण में यह अन्तर था कि महेश्वरीजी सोचते कि अगर साहित्य-संस्कृति भवन न रहा तो नगर में भारतीय भाषाओं और साहित्य का क्या होगा जबकि सुषमा अग्रवाल सोचतीं, अगर साहित्य-संस्कृति भवन न रहा तो मेरा क्या होगा? वे सुबह से लेकर आधी रात तक संस्कृति भवन की चिन्ता में अपने मोबाइल फ़ोन से चिपकी रहतीं। वे देश-विदेश के विद्वानों से सम्पर्क साधतीं। उन्हें लगता साहित्य-संस्कृति भवन बिग बाज़ार की तरह 24 x 7 खुला रहे, इसका स्टेज कभी सूना न रहे, इसका सभागार अतिथियों से भरा रहे, इसका नाम दिग्-दिगन्त में गूँजता रहे। महेश्वरीजी चाहते, संस्कृति भवन का नव नियुक्त निदेशक खटाखट विद्वत्तापूर्ण साहित्यिक ग्रन्थ सम्पादित करे, अखिल भारतीय व्याख्यानमालाएँ आयोजित कर उनके संकलन निकाले और संस्कृति भवन के पुरस्कारों की प्रतिष्ठा सातवें आसमान पर पहुँचा दे।

साहित्य संस्कृति भवन में संगोष्ठियाँ होती रहतीं। बाहर का कोई साहित्यकार नगर में पधार रहा है तो संगोष्ठी, नगर का कोई साहित्यकार बाहर जा रहा है तो संगोष्ठी। शनिवार अड्डा हर सप्ताह। भवन का सभागार अपने और बाहर के कार्यक्रमों के आयोजन में प्रतिदिन चार बार रिज़र्व रहता। हर साल सभागार के किराये में वृद्धि कर दी जाती, फिर भी उसकी बुकिंग में कोई कमी न आती। लोग ख़ुशी-ख़ुशी किराया चुकाते और तीन घण्टों के लिए सभागार लेते। कई बार भवन को अपने आयोजन छोटेवाले सभाकक्ष में करने पड़ जाते क्योंकि सभागार आरक्षित रहता।

देश के किसी भी कोने में, किसी भी भाषा का कोई साहित्यकार दिवंगत हो जाता तो साहित्य-संस्कृति भवन उसकी स्मृति में श्रद्धांजलि सभा का आयोजन करता। कभी ऐसा दुर्योग पड़ता कि एक महीने में तीन-चार श्रद्धांजलि सभाएँ करनी पड़ जातीं। इन आयोजनों से नवीन के दिल-दिमाग़ पर उदासी की परत

चढ़ जाती। संस्कृति भवन के सदस्यों की भागीदारी श्रद्धांजलियों में विस्मयकारी रहती। कई बार तो उनकी शत-प्रतिशत उपस्थिति हो जाती। अगर ऐसी सभा में काफ़ी भीड़ आ जाती, सदस्य निदेशक को बाक़ायदा शाबाशी देते, "ऐसी मीटिंग किया करो आप जिसमें हॉल भरे। लेक्चरबाज़ी सुनने कौन आता है?"

पंजाबी भाषा की रचनाकार अमृता प्रीतम का निधन छोटी दीवाली को हो गया। बड़ी दीवाली को सुबह-सुबह अख़बार पढ़ते ही बाबूलाल महेश्वरी ने निदेशक को फ़ोन मिलाया, "इतनी बड़ी लेखिका का अवसान हो गया, फ़ौरन श्रद्धांजलि सभा बुलाइये।"

नवीन को भी अमृता जी के निधन से कम धक्का नहीं लगा था, किन्तु उसके मुँह से अकस्मात् निकल गया, "आज सभा करेंगे तो कौन आयेगा, त्योहार का दिन है।"

महेश्वरीजी किचकिचाये, "आपका मतलब? हम आयेंगे। जिस-जिस ने अमृता को पढ़ा है, वे सब आयेंगे।"

"ठीक है, लेकिन लोगों का साल भर का त्योहार है और फिर श्रद्धांजलि सभा, दो हफ़्तों के बीच कभी भी रखी जा सकती है।"

"कैसी बात करते हैं आप? कोई आज मरा है और आप अगले साल श्रद्धांजलि-सभा करेंगे? सभा-संगत करवाने के सिवा और काम ही क्या है आपका?" अधिक बहस की गुंजाइश नहीं थी। नवीन अपने काम में जुट गया।

सुषमाजी का फ़ोन आया, "नवीन भैया, हमारी सबसे प्रिय रचनाकार चली गयी। इनकी श्रद्धांजलि-सभा बहुत क़ायदे से कीजिएगा। आप उनका बड़ा-सा चित्र फ्रेम करवाइये। पहले पता कर लीजिए। उनके इतने प्रशंसक हैं। किसी-न-किसी के पास उनका चित्र ज़रूर होगा। सुन्दर भी कितनी थीं वे। और हाँ नवीन भैया, आप काली को भेजकर सौ फूल-मालाएँ मँगा लें। लोग इतनी दूर से, शोक सन्तप्त आयेंगे, बग़ल में फूल दबाकर थोड़े आयेंगे। आप क्या सोचते हैं, कॉफ़ी के साथ बिस्किट भी रखें तो कैसा रहेगा?"

नवीन से बोले बिना नहीं रहा गया, "यह कोई ख़ुशी का मौक़ा तो है नहीं, सुषमाजी। चाय-कॉफ़ी का प्रयोजन एकदम नहीं बनता।"

मन्त्री उखड़ गयीं, "इसका क्या मतलब है, भैया? लोग इतनी दूर से संस्कृति भवन तक आयेंगे। उनको थकान लगेगी। भूख-प्यास भी लग सकती है। अपने भवन की परम्परा है, अतिथि देवो भव। मेरे भवन से कोई भूखा-प्यासा न जाये। जैसा मैं कह रही हूँ, आप कीजिए।"

जब सारा शहर लक्ष्मी-गणेश की मूर्तियाँ और चित्र ख़रीद रहा था, नवीन पाण्डेय अमृता के चित्र की तलाश करता रहा। एक बुद्धिजीवी मित्र के पास इमरोज़ का बनाया अमृता का चित्र मिल गया। उनसे बात करने पर पता चला कि भवन के अध्यक्ष ने आज की श्रद्धांजलि सभा का संयोजन उन्हीं को सौंप दिया है। शर्माजी ने सदाशयता से कहा, "मैं सब सँभाल लूँगा। क़रीब तीन सौ लोगों को मैं फ़ोन करवाता हूँ। आप दो सौ एस.एम.एस. कर डालिये। अगर तीस परसेंट लोग भी आ गये तो शान बन जायेगी। आप चाय और पानी का इन्तज़ाम देखिये।" असन्तोष से खलबलाता नवीन वापस भवन लौटा। उसने अध्यक्ष को फ़ोन मिलाया "भाईजी, मैं सब इन्तज़ाम कर तो रहा था, आपने श्रद्धांजलि सभा का भी संयोजक बना डाला।"

"आपका चित्त इसमें नहीं था। आप हीला-हवाला कर रहे थे। आप घर जा कर दीये जलाइये, लक्ष्मी को पूजिये। सरस्वती की चिन्ता हम कर लेंगे।"

नवीन के लिए दोनों अवसर नागवार हो गये। पत्नी दीपा ने झुँझलाकर कहा, "त्योहार के दिन मुँह लटकाकर क्यों बैठे हो? क्या कभी खुश होना नहीं आता?"

शाम की सभा के लिए नवीन दोपहर में ही दफ़्तर चल दिया। अभी बहुत-से काम देखने थे। परिसर में रहनेवाले कर्मचारी अपने कामों में निष्णात थे। उन्होंने कॉफ़ी की मशीन ऊपर पहुँचायी, मेज़ पर चादर बिछाकर प्लेट-प्याले उलटाकर लगाये, मिनरल वॉटर का कंटेनर पास ही रखी मेज़ पर रखा और उसके ऊपर प्लास्टिक के गिलासों की मीनार खड़ी कर दी।

दिवंगत रचनाकार के चित्र के आगे इतनी अगरु-धूप और पुष्प-सज्जा कर दी गयी कि उनका चेहरा पूरा ढँक गया।

लोग आये और ख़ूब आये। अमृता, उनके लिए वर्षों से पढ़ा-सुना नाम था। वे किसी एक भाषा की न होकर हर भाषा की थाती थीं क्योंकि उनकी रचनाएँ सभी भाषाओं में अनुवादित हो चुकी थीं। श्रद्धांजलि सभा के अध्यक्ष मिश्रजी नगर के सबसे वरिष्ठ विद्वान् और तेजस्वी साहित्यकार थे। अपने जर्जर स्वास्थ्य के बावजूद वे आये। इस उपक्रम में वे बेहद थक गये।

सभी अतिथियों ने रचनाकार के चित्र पर फूल-माला चढ़ायी। सबके पास अमृता से जुड़ी कोई-न-कोई स्मृति थी जो वे सबके साथ बाँटना चाहते थे। बोलनेवाले ़ज्यादा थे, अतः हर एक को ढाई मिनट का समय दिया गया। फिर भी सभा समाप्त होते-होते नौ बज गये।

जब नवीन सभा-कक्ष से उतरकर अपने कार्यालय में आया उसने देखा, काली और प्रमोद कार्यालय कक्ष का फ्रिज ख़ाली कर रहे हैं। उन्होंने पानी की समस्त बोतलें, जूस के कार्टन, ब्रेड, दूध की बोतलें—सब मेज़ पर रख दी थीं।

"यह क्या हो रहा है?" नवीन ने पूछा।

"मैडम ने कहा है, सारी फूल-मालाएँ फ्रिज में रखनी हैं।" प्रमोद ने बताया।

"छिः कितनी गन्दी बात है!" नवीन बोला।

तब तक अपनी बाँहों पर फूल-मालाएँ लटकाये बहादुर और शिवराम आ गये। उन्होंने फ्रिज के तीनों खानों में मालाएँ रखकर उन्हें पतले कपड़े से ढक दिया। मन्त्रीजी जा चुकी थीं। भवन के दरवाज़े बन्द किये जा रहे थे।

नवीन का दिमाग़ भन्ना रहा था। उसने सुषमाजी को फ़ोन मिलाकर कहा, "सुषमाजी दफ़्तर के फ्रिज में आपने फूल-मालाएँ रखने को कहा है?"

"हाँ, बात यह है भैया कि इतने साहित्यकार, कलाकार पकी उम्र के हैं। देख लेना, कल तक कोई न कोई बोल जायगा। अपन कल फिर श्रद्धांजलि सभा कर लेंगे। फूल-मालाएँ काम आ जायेंगी।"

प्रेम

युवाकाल की समस्त असहमतियों को धता बताते हुए मध्य आयु में यह कैसी मुहब्बत पैदा हो गयी है, जुगलबन्दी जैसी। दोनों एक-दूसरे के आरोह-अवरोह समझने लग गये हैं क्या? जब दोनों अपने कामों में गले तक फँसे थे तब एकदम पूरब-पश्चिम चलते थे। आधी ऊर्जा रूठे को मनाने में ख़र्च हो जाती। और अब इसी को प्रेम का पुनर्जागरण कहेंगे क्या कि परसों वितस्ता के टखने की हड्डी सरकी और आज विवेक बाथरूम में फिसल गये।

घबरा गयी वितस्ता। न उसने बाथरूम जाकर हाथ-मुँह धोने की ज़िद पकड़ी होती न यह मुसीबत आती। उसे भी बस सनक चढ़ जाती है। जितनी संकटग्रस्त होती है उतनी ही दिलेरी दिखाती है। नहीं, यह तो वृन्दावन की बूढ़ियों की तरह शुचिता और शौक़ चर्राया उसे।

"मैं तो नहाऊँगी," पहले उसने ज़िद पकड़ी।

विवेक ने रोका, "प्लास्टर पर पानी पड़ जायेगा। डॉ. बनर्जी ने क्या कहा था, भूल गयीं?"

"अच्छा, मुझे बाथरूम तक ले चलो। मैं बस खड़े-खड़े हाथ-मुँह धो लूँ।" वितस्ता ने उसकी तरफ़ अनुरोध से देखा। विवेक का मन हुआ, पत्नी को गोद में उठाकर ले चले। आज भी ज़िद करती है तो बच्ची मालूम होती है। उम्र के साथ उसकी आवाज़ न खरखरी हुई है न चिड़चिड़ी। यह शायद पहली बार वितस्ता असमर्थ होकर बिस्तर से लगी है। नहीं तो उसने हमेशा इसे सिपाही की तरह तत्पर और तैनात देखा है। ऐसी हमदम को कैसे इनकार कर दे विवेक!"

वितस्ता एक पैर घसीटकर कुछ क़दम चली, फिर थक गयी। विवेक पीछे-पीछे चल रहा था। कन्धों से थामकर बोला, "मना किया था न?"

वितस्ता ने अपना भार विवेक पर डालते हुए कहा, "तुम्हारे साथ तो मैं हिमालय पर भी चढ़ जाऊँ।"

गुसलख़ाने में उसने खुले पानी से हाथ-मुँह धोकर, खूँटी पर से तौलिया खींचना चाहा कि पैरों का सन्तुलन गड़बड़ा गया। विवेक ने बहुत सँभाला। वह इतने क़रीब न खड़ा होता तो वितस्ता गिर जाती।

दीवार के सहारे वितस्ता बाहर निकली।

नल बन्द करने के लिए जैसे ही विवेक ने हाथ बढ़ाया कि उसका पाँव फिसल गया और वह गुसलख़ाने के फ़र्श पर चारों खाने चित।

वितस्ता को पता नहीं चला।

वह कुर्सी, मेज़, दरवाज़े और दीवार पकड़कर अपने बिस्तर तक पहुँच गयी थी। रसोई में काम कर रहे रतन ने विवेक के गिरने की धमक सुनी तो भागा आया।

"क्या साब, आप भी गिर गये आज!" रतन हैरान हो गया। विवेक की लम्बी, दुबली काया थी, उसकी चाल एकदम सधी हुई और सीधी थी।

रतन ने विवेक को उठाकर अपने कन्धे का सहारा दिया।

वितस्ता ने उसे लँगड़ाकर चलते देखा तो समझ गयी कि चोट ज़्यादा लगी है।

उसे बड़ा अफ़सोस हुआ। न वह गुसलख़ाने तक जाने की ज़िद करती न विवेक के चोट लगती।

एक्स-रे के बाद विवेक के टखने पर भी प्लास्टर चढ़ गया। दोस्तों को पता चला तो हैरान रह गये। एक ने कहा, "मुहब्बत में ऐसे क़दम लड़खड़ाये" आप लोगों के लिए ही लिखा गया नग़्मा लगता है।

अब आलम यह था दोनों एक कमरे में अगल-बग़ल के बिस्तर पर पड़े थे। सात साल पुराना सेवक रतन उन दोनों की देखभाल के साथ घर का कुल काम सँभालता।

विवेक कहता, "रतन, समझ लो तुम्हारी आजकल छह टाँगें हैं।"

वितस्ता कहती, "लेकिन उसके हाथ तो दो ही हैं। कितना भी करे, काम पूरा कहाँ होता है?"

विवेक कहता, "तुम अपने दिमाग़ को शान्त रखा करो, वह अपनी बिसात कर तो रहा है।"

"जब से शरीर लाचार हुआ है, मेरा दिमाग़ तो ज़्यादा सक्रिय हो गया है।"

"यही गड़बड़ है, जो हो जाये उसे शुक्र समझो।"

रतन ने डाइनिंग टेबिल की एक-एक कुर्सी दोनों के बिस्तर की बग़ल में बतौर स्टूल रख दी। उसी पर वह उनका नाश्ता, खाना और चाय रख देता।

जब डॉक्टर बनर्जी उन्हें देखने आये, वितस्ता ने बेसब्री से पूछा, "और कितने दिन की क़ैद रह गयी डॉक्टर? मैं तो लेटे-लेटे थक गयी।"

डॉ. बनर्जी ने हँसकर जवाब दिया, "हमारी दुनिया में दिन नहीं, हफ़्ता गिनते हैं। सर को चार हफ़्ते और आपको छह हफ़्ते लगेंगे ठीक होने में।"

"बाप रे! यानी अट्ठाईस और बयालीस दिन। कैसे बीतेंगे?"

मौसम ने करवट ली थी। दिन लम्बे और अलस हो गये हालाँकि रातें अभी छोटी नहीं हुई थीं। ठण्ड कुछ कम हुई। जब नींद लगती, बदन पर कम्बल नहीं सुहाता, लेकिन आधी रात के बाद इच्छा होती कोई पैरों पर कम्बल उढ़ा दे। घुटना मुड़ता नहीं था, इसलिए पैताने रखा कम्बल भी वैसा ही रखा रह जाता। विवेक भी रोज़ सोचता कि आज वह कम्बल ओढ़कर ख़ुद भी सोयेगा और वितस्ता को भी उढ़ायेगा। रोज़ कर्मठता का वह क्षण हाथ से फिसल जाता।

विवेक दम्पती ने घर पर आनेवाले अख़बारों की संख्या बढ़ा दी ताकि बाहरी दुनिया से कुछ नाता बना रहे। ख़ूब ध्यान देकर ख़बरें पढ़ी जातीं, फिर उन पर तबसिरा किया जाता। शाम के वक़्त कमरे में टी.वी. भी चलता, लेकिन वे दोनों लेटे-लेटे उसे रेडियो की तरह सुनते। कई बार मनोरंजन की जगह इश्तेहारों के शोर से कान भन्ना जाते। वे कहते, "रतन, टी.वी. बन्द कर दो।" जाने रतन और टी.वी. में क्या डोर जुड़ी थी कि एक के बन्द होते ही दूसरा भी काम बन्द कर देता। रतन को ऊपर अपने कमरे में जाने की हड़बड़ी हो जाती।

इस तीन कमरे के मकान के ऊपर छत पर एक कमरा और टॉयलेट उन्होंने यह सोचकर बनवाया था कि इसमें दो-तीन छात्रों को किराये पर रखकर घर की अर्थ-व्यवस्था में ख़ुशहाली लायेंगे। सुरक्षा के लिहाज़ से भी छात्रों को रखना अच्छा रहता। कॉलोनी में सभी ने ऊपर दो-एक कमरे बनवाकर ऐसा इन्तज़ाम कर रखा था। छात्र देर-सवेर किराया दे ही देते। उनके रहने से रौनक़ भी बनी रहती, लेकिन अवकाश-प्राप्ति के बाद विवेक ने देखा, वितस्ता के लिए घर का कुल काम ख़ुद करना मुश्किल होता जा रहा है। हारकर उसने फ़ैसला किया कि किराये का लालच छोड़ कमरे की सुविधा अपने निजी सेवक को अर्पित की जाये। निःशुल्क आवास के प्रलोभन में कोई-न-कोई सेवक उन्हें मिल ही जाता। शुरू में दो-तीन सेवक अपनी किसी-न-किसी अजीबोग़रीब आदत के कारण टिक कर नहीं रहे। लेकिन रतन एक बार आया तो यहीं का होकर रह गया। तनख़्वाह से ज़्यादा उसे यहाँ का वातावरण रास आया—बस दो बन्दे, दोनों कामकाजी, कोई किचकिच नहीं, हर पहली को हाथ पर पैसे। इन सबसे भी ऊपर सुविधा यह कि टी.वी. देखने पर कोई बन्दिश नहीं।

विवेक ने सोच रखा था, इस होली पर नक़द इनाम देने की बजाय वह रतन को एक छोटा-सा टी.वी. सेट दिला देगा। यह लड़का टी.वी. का रसिया था। भोजपुरी चैनल के गानों पर ख़ुद भी मटकने लगता।

उसका इरादा जानकर वितस्ता ने गुस्सा किया, "इसके कमरे में टी.वी. लगवा दोगे तो यह काम करने नीचे क्यों आयेगा? ऊपर बैठकर गाने सुनता रहेगा।"

"उससे कहेंगे कि रात दस बजे के बाद टी.वी. देखे।"

"अगर वह रात भर टी.वी. देखेगा तो सुबह काम कौन करेगा?" वितस्ता ने दलील दी।

"तुम न वित्ती, हर अच्छे इरादे की गर्दन मरोड़ देती हो।" विवेक झुँझला गया था।

चोट लगने से घर का दिनमान पूरी तरह से डगमगा गया। अब तो दोनों बिस्तर से लग गये थे।

हैरानी यही थी कि उन दोनों के लाचार होने पर रतन ने अपनी मुँहज़ोरी, कामचोरी, सीनाज़ोरी सब एकदम छोड़ दी। बड़े अदब से वह खाना लाकर देता। बीच में पूछ जाता, "कुछ और तो नहीं चाहिए?"

एक दिन वह खाना लाया, तो उसमें गुझिया भी रखी थी।

वितस्ता बोल उठी, "रतन, तुमने गुझिया बनायी क्या?"

रतन हँस दिया, "हमें कहाँ फुरसत है, आंटी जी? सामने की गुप्ता बहन जी दे गयीं कि आप तो बना नहीं पायेंगी और होली ऐसे ही बीत जायेगी।"

तभी वितस्ता को ध्यान आया, अरे, आज तो फागुन की पूरे चाँद की रात है यानी आज होली जलेगी और कल खेली जायेगी।

मन उल्लसित हुआ।

बड़े चाव और आभार से उसने गुझिया चखी। गुझिया में खोये की जगह सूजी और नारियल भरा हुआ था।

विवेक बोला, "तुम्हारी बनायी गुझिया तो मक्खन-मलाई होती थी, कहाँ वह, कहाँ यह।"

रतन को समझा दिया कि बाक़ी गुझिया वह ख़ुद खा ले।

अँधेरा घिरने पर वितस्ता लेटे-लेटे याद करती रही कैसे वह खोया मण्डी जा कर खोया लाती थी। एकदम सफ़ेद बुर्राक़ खोया नक़ली माना जाता। वह हल्का बादामी रंग का खोया चुनती। उसके बाद राजस्थान स्टोर से मेवे ख़रीदती। जिस दिन गुझिया का काम चलता, खाने की जगह सिर्फ़ खिचड़ी बना ली जाती। सारा समय और परिश्रम गुझिया में झोंक दिया जाता।

विवेक को याद आया, "चुन्नू और मुन्नू तो गरम गुझिया लेकर भागते। इतना भी सब्र नहीं था कि ठण्डी होने दें।"

वितस्ता ने कहा, "तुम कौन कम थे? तुम्हें भी कड़ाही से उतरती गुझिया ही पसन्द थी। अम्माँ जी लाख झल्लातीं कि गरम गुझिया खाने से पेट चल निकलेगा, पर तुम बाप-बेटे मानते ही नहीं।"

यकायक विवेक ज़ोर-से हँस पड़ा, "यह होली पर याद करने को क्या सिर्फ़ गुझिया ही रह गयी है तुम्हारे पास? और कुछ नहीं याद आता?"

वितस्ता लज्जित होकर चुप हो गयी। बन्द खिड़की से भी चाँदनी उसके बिस्तर तक पहुँच रही थी।

"पहली होली याद करो। तुम मायके चली गयी थीं, मैं मन मसोसकर रह गया। भाभी ने रंग लगाया, मैंने पलटकर उन्हें नहीं रँगा। भाभी बोलीं, "इनकी मिसरी की डली तो कानपुर चली गयी, हम तो ठहरीं ज़हर की पुड़िया।"

"भइया का ब्याह होली का ठहरा था न?" वितस्ता को याद आया।

"अगले साल तुम घर पर थीं। ये बड़े-बड़े हौजों में टेसू का पानी बनाया था हमने। तुम्हें सराबोर करने की तैयारी थी। तुम कमरे में ऐसी दुबकीं कि बाहर निकलने का नाम ही न लो। सबने चुनौती दी, विवेक अपनी दुल्हन को बाहर लेकर आओ तो जानें।"

"मैं अन्दर आया। क्या देखता हूँ कि तुम बिस्तर पर अधलेटी किताब पढ़ने का नाटक कर रही हो।"

वितस्ता ने टोका, "मैं नाटक कर रही थी? तुम्हें पता है, हफ़्ते भर बाद मेरी वार्षिक परीक्षा थी एम.ए. फाइनल।"

"जो भी हो, त्योहार के दिन कौन पढ़ता है? मैंने किताब छीन ली और बाहर चलने का इशारा किया। तुमने मना कर दिया। याद है, फिर क्या हुआ?"

स्मृतियों का गुलाबीपन वितस्ता को गरमा गया। धीरे-से बोली, "तुमने कहा, अच्छा, बाहर नहीं जाना चाहतीं तो कोई बात नहीं।"

"आगे क्यों नहीं बतातीं?" विवेक ने बात पूरी की, "मैंने कहा, चलो हम बिस्तर पर ही खेल लेते हैं होली, वासना की नंगी होली।"

"बाप रे, मैं तो यह सुनकर इतनी घबरा गयी कि बिस्तर से कूदकर बाहर पहुँच गयी।"

"अच्छा, तुम इतना क्यों घबरायीं? बिस्तर की होली से अनजान तो नहीं थीं तुम?"

"इसका क्या मतलब? तुम तो दिन-रात, मौक़ा-बेमौक़ा कुछ देखते नहीं थे, मुझे तो घर में सबके बीच रहना होता था।"

"क्या मैं ज़बरदस्ती करता था?"

"हाँ, नहीं, कभी-कभी।"

"मैं तो हमेशा तुम्हारी मर्ज़ी देख लेता हूँ। अब देखो, कितने दिनों से धीर धरे बैठा हूँ कि नहीं?"

"यह तो एक मजबूरी है।"

"इतना भी मजबूर नहीं हुआ हूँ, बताऊँ?"

"बिल्कुल नहीं। चुपचाप अपने बिस्तर पर लेटे रहो। क्या तुम्हें प्रेम और युद्ध का बेसिक नियम नहीं मालूम, कि जो अपना बचाव न कर सके उस पर वार नहीं करते।"

"प्यार को तुम वार कहने लगी हो?"

"नहीं, पर तुम पुरुष लोग प्यार को अतिचार बना डालते हो। मेरा मन देवकी की त्रासदी से क्षुब्ध हो जाता है। जेल की कोठरी में बन्द उसे वसुदेव का कैसा भयंकर अतिचार झेलना पड़ा। कहने को यह दाम्पत्य धर्म था, पर उस स्त्री के मन की कल्पना करो। एक तरफ़ भाई का अत्याचार, दूसरी तरफ़ पति का संवेदनहीन अतिचार। बच्चों के संहार से एकदम निरपेक्ष उसका ध्यान केवल अपनी भूख-प्यास पर केन्द्रित था। कारावास में सहवास कैसे बरदाश्त किया होगा देवकी ने? इस त्रासदी पर किसी कवि ने नहीं लिखा।"

"तुम्हें यह त्रासदी लगती है? स्त्रियाँ इसे सौभाग्य मानती है," विवेक ने प्रतिवाद किया।

वितस्ता को पीड़ा हुई, "तुम तो ख़ुद लेखक हो विवेक। तुम्हीं सोचो, जेल की दीवारों में कहीं प्रेम पनप सकता है? प्रेम के लिए खुली हवा, उन्मुक्त साँस, निर्बाध गति और हल्का मन भी होना ज़रूरी है।"

"तुम्हारी बात ग़लत लग रही है। द्वापरकाल की बात छोड़ो। आज तो लोग कार और लिफ़्ट में भी प्रेम कर लेते हैं।"

"तुम प्रेम को सिर्फ़ शरीर मानते हो। मैं प्रेम की भावना की बात कर रही हूँ।"

"देखो वितस्ता, भाव और आवेग एक-साथ उमड़ते हैं। तुम प्रेम को विदेह समझने में ख़ुश हो रही हो जबकि देह के बिना गहरे से गहरा प्यार ग़ायब हो जाता है।"

"तुम भी तो पुरुष हो न! तुम पुरुष हम स्त्रियों का मन कभी नहीं समझ सकते।" वितस्ता ने करवट बदली।

विवेक असहमति में बोला, "खेल लिया न तुमने अपना स्त्री कार्ड? बहस करो, तर्क करो, यह क्या कि चल दिया अपना तुरुप का पत्ता!"

परली पार

दोपहर का वक़्त था। सामने के पोखर में भैंसें पानी में पसरी पड़ी थीं। वहीं एक पेड़ के नीचे कई छोटी-बड़ी लड़कियाँ पत्थर मारकर इमली गिरा रही थीं। किशन ने अपनी साइकिल रोककर कहा, "ऐसे पत्थर चला रही हो तुम लोग, किसी के सिर में लगेगी तब?"

एक लड़की जो मटमैला सलवार सूट पहने हुए थी, हाथ का अद्धा निशाने पर मारती हुई बोली, "जिसकी आ गयी होगी उसका सिर फूटेगा ही।" किशन हँस पड़ा, "तुम क्या काल भवानी हो?"

लड़की अँगूठा दिखाकर इमली लपकने भाग गयी।

बाक़ी लड़कियाँ इमली के कटारे किशन के पास लायीं, "बिगड़ते क्यों हो? लो, इमली खाओ।"

"मैं खट्टा नहीं खाता," किशन ने कहा, "ऐ सुनो ज़रा, अर्जुन घोसी का घर कहाँ है?"

मटमैली सलवार वाली काल भवानी बोली, "क्यों, क्या काम है तुम्हें?"

"वह दो दिन से दूध दुहने नहीं आया।"

फ्रॉकवाली एक छोटी लड़की ने कहा, "बाबू गये हैं फूलपुर के मेले, अपनी भैंस लेने।"

काल भवानी ने उसे घुड़का, "तू चुप कर।"

"कहाँ से आये हो?" उसने किशन को सिर से पैर तक ताका।

"चौधरी जी के यहाँ से।"

"बाबू तो जब आयेंगे तब आयेंगे।"

क़स्बे की नीवाँ बस्ती में घोसियों का मोहल्ला था। कछार में उनके पास थोड़े-बहुत खेत थे, जिनमें वे ककड़ी व खरबूज़े उगाते। नीवाँ के घोसी ऊँची

बस्ती के चौधरियों के यहाँ बरसों से दूध दुहने का काम सँभाले हुए थे। इनमें आपसी एका ऐसा था कि एक के काम पर दूसरा मुँह न मारता।

किशन को जैसे एक काम मिल गया। रोज़ स्कूल के बाद वह नीवाँ चल देता, पता लगाने कि अर्जुन लौटा या नहीं। उसे पता चल गया कि अर्जुन की दो बेटियाँ हैं। काल भवानी बड़ी है जिसका नाम है सविता। छोटी का नाम है सरिता। सविता आठवीं पास कर घर बैठ गयी है। सविता की दादी का कहना है, "अहीर की छोरी जब तक दूध-दही में हाथ नहीं बोरेगी, पोथी पढ़कर क्या सीख लेगी?"

घर में मवेशियों की सानी-पानी में सविता तीन साल बिता चुकी है। बदन हल्का है। सत्रह की होकर पन्द्रह की लगती है। यही हाल छोटी बहन सरिता का है। सविता-सरिता के कोई भाई नहीं है।

किशन को नीवाँ के चक्कर लगाते देख माँ ने कहा, "कैसा होनहार छोरा लगे है यह!"

दादी बोलीं, "इस सलूनों पर तुम दोनों जनी किशन को राखी बाँधकर भइया बना लेना।"

सलूनो आया। घर में ढेर-सी सेंवई की खीर बनी। फैनी खाने के लिए एक भगौना दूध अलग धर दिया गया। राखी ख़रीदने लड़कियाँ हाट गयीं। किसी ने मोती की राखी पसन्द की, किसी ने रेशम की। सविता का नखरा देखो, उसे कोई राखी पसन्द ही नहीं आयी। सविता ने मुँह मसकोड़कर कहा, "ऐसी राखी तो हम दुश्मन को भी न पहरायें।"

सरिता ने किशन की कलाई पर राखी बाँधी। सविता खीर और फैनी की ख़ातिरदारी में लगी रही।

ज़रा-सी ओट मिलते ही किशन ने पूछा, "तुमने राखी क्यों नहीं बाँधी?"

सविता ने त्योरी चढ़ाकर उसकी तरफ़ देखा, "नहीं बाँधी, क्या कर लोगे? क्या फाँसी चढ़वाओगे?"

किशन को सविता का तेवर भा गया, वह बिना बोले उसे देखता रहा।

रात भर उसके कानों में सविता का मग़रूर जवाब गूँजता रहा, "नहीं बाँधी, क्या कर लोगे? क्या फाँसी चढ़वाओगे?" एकदम भोर, पौ फटने पर किसी ने उसके कान में जैसे गुपचुप कहा, "एकदम्मै पागल हो क्या किशन। वह लड़की बहन नहीं बनना चाहती तुम्हारी। क्या समझे?"

किशन और सविता का एक नया रिश्ता पनपने लगा। वे दोनों नीवाँ के कछार में देर तक बैठे रहते। पास ही बालू में किशन की साइकिल पड़ी रहती।

दोनों का प्रेम इमली के बूटे से बढ़कर छतनार पेड़ बनता गया। हालाँकि क़स्बे का हवा-पानी प्यार-मुहब्बत के एकदम ख़िलाफ़ था। जिसने भी इन दोनों को सिर से सिर जोड़कर बातें करते देखा, दाँतों तले उँगली दबा ली। हैरानी इस बात की और भी ज़्यादा कि किशन के पिता गाँव के सरपंच और सविता नीवाँ टोले के सबसे इज़्ज़तदार अहीर अर्जुन की छोरी।

बहुत दिनों तक बच्चों के माँ-बाप तक ख़बर पहुँचाने की किसी की हिम्मत ही नहीं हुई। लोग आपस में फुसफुस करें और चुप रह जायें।

इस मुहब्बत में फ़ोन था न डाकिया, बिस्तर न तकिया, पैसा न रुपैया, पर ऊँची बस्ती और नीवाँ टोले का इतिहास भूगोल और समाजशास्त्र एकबारगी हिल गया।

पहले तो चौधरी ने अफ़वाहों पर यक़ीन ही नहीं किया। किशन के चाचा ने कहा, "मैंने अपनी आँख से देखा है। अपना किशन एक छोकरी के साथ गन्ने के खेत से निकल रहा था।"

चौधरी गरजकर बोले, "मेरे घर के गाय बैल भी साफ़ नाँद का पानी पीते हैं, प्यास लगने पर कोई नाली में मुँह नहीं मारता, फिर किसनवा तो मेरा इकलौता है, मेरी मूँछ का बाल।"

चौधरी ने अर्जुन घोसी को हटाकर दूसरे अहीर को गाय-भैंस की सेवा में लगा दिया। उसने किशन से कहा, "बहुत हो गया पढ़ना-लिखना। घर बैठो, खेत-ज़मीन के काम सीखो।"

अर्जुन ने सविता की माँ से कहा, "वक़्त-बेवक़्त छोरियों का बाहर निकलना रोक नहीं सकती? क्या करती रहती है तू सारा दिन?"

रुकमन ने लड़कियों का बचाव किया, "कहीं तो नहीं जातीं, सारे दिन घर के काम में लगी रहती हैं। ऐसी ही मुश्किल हो रही है तो एक-एक कर इनके ब्याह कर दो।"

अर्जुन बोला, "एक से एक अच्छे छोरे अहीरों में हैं। इतनी इज़्ज़त है कि जिससे बात करूँगा, उसका बाप राज़ी हो जायगा।"

अकेले में रुकमन ने लड़की को आँख तरेरी, "ख़बरदार जो उस किशन के साथ दिखी। क्यों तू लट्ठ चलवाने पर उतारू है? नीवाँ और ऊँची बस्ती का मेल न कभी हुआ न होना है।"

दादी बोली, "देख सत्तो, यह तेरी बहन सिर्री किशन को राखी बाँधती है। तूने नहीं बाँधी, इससे क्या? जब छोरा एक बहन का भाई बना, समझो सारे घर का बहनापा उसे मिल गया। मैं तो कहूँ, पूरे नीवाँ टोले का भाई समझो उसे।"

सविता बोली कुछ नहीं। बस, किशन का साथ निभाने की अड़ थोड़ी और पक्की हो गयी। उसने मन में कहा, "हंह, मैं क्या करूँ अगर सरिता ने उसे राखी बाँध दी। वह तो है ही सिर्री। मेरा तो वह वही है, जो राधाजी का बंसी बजैया था।"

इधर सविता और किशन पर परिवारों का शिकंजा कसता गया, उधर उनकी मुहब्बत परवान चढ़ती गयी। किशन की तबीयत बाग़ी होती जा रही थी। एक दोपहर डाकघर पर यकायक सविता दिखी तो किशन ने उससे कहा, "अब और बर्दाश्त नहीं कर सकता। तुम मेरा साथ दो तो आज ही हम घरवालों से कहें कि हमारी शादी कर दें।"

"वे क्यों मानने लगे?"

"नहीं मानेंगे तो बेटे से हाथ धोयेंगे। मैं घर का एकमएक बेटा हूँ, मुझे छोड़ नहीं सकते।"

किशन ग़लत था, यह उसे शाम को ही पता चल गया। उसने सविता को बड़े मान-मनौवल से तैयार किया कि वह उसके घर चले।

जैसे ही वे दोनों घर पहुँचे, उसकी माँ, चाची, चाचा, पिता—सब बाहर निकल आये। सब एक साथ गरजने लगे, "तो यह लड़की पसन्द की है तूने? क्या धरा है इसमें? हम हरगिज़ ये बेशरमाई नहीं होने देंगे।"

"इसमें क्या ख़राबी है?"

"बस हमें नहीं पसन्द। हम अपनी टक्कर के घर में रिश्ता करेंगे।"

चौधरी ने कहा, "तूने एक बार नहीं सोचा, गाँव में मेरी इज़्ज़त को बट्टा लगेगा।"

पिता में चौधराहट ज़माने की भीषण अकड़ थी। फ़ौजदारी मुक़दमे ठोकने में उन्होंने अपने बाप और ताऊ को भी नहीं छोड़ा। वकील और डण्डे के ज़ोर पर वे अनेक खेतों और ज़मीनों के हक़दार बन बैठे थे। बाक़ी रिश्तेदार शहरों की तरफ़ कूच कर गये। अपने घर के वे हाकिम, कचहरी, खाप, पंचायत सब कुछ थे। घर में सुबह शाम का खाना भी उनकी मर्ज़ी पूछकर ही चढ़ाया जाता।

किशन ने बारी-बारी सबकी तरफ़ देखा। इस वक़्त किसी की आँख में नरमी नहीं थी। सबकी आँखें आग बरसा रही थीं। किशन ने सविता से कहा, "ये अपना घर नहीं है, दुश्मनों का घेरा है, चलो यहाँ से भाग लें।"

जैसे ही वे मुड़े, चाचा ने अपनी लाठी अटकाकर सविता को गिरा दिया।

किशन ने ललकारा, "चाचा, चक्कू चल जायेंगे, होश में रहो।"

चौधरी ने कहा, "आटे में चूहामार दवा राँधकर दोनों को टिक्कड़ खिला दे किशन की माँ।"

चौधराइन ने कानों पर हाथ रख लिया, "अपने जीते जी यह पाप तो मैं कभी न करूँ।" चौधरी को यह क़बूल नहीं था कि अपने ही बेटे के ख़िलाफ़ उसे पंचायत बैठानी पड़े।

माँ ने दोनों बच्चों को कोठरी में बन्द करके डाल दिया।

घर में विचार-विमर्श चला। जब रात गहरा गयी, चाचा किशन और सविता को साथ लेकर गंगा जी की तरफ़ चले। उनकी तैयारी पूरी पक्की थी।

घाट पर नाव थी। रामसेवक सिर्फ़ धोती पहने, नंगे बदन नाव पर बैठा इन्तज़ार कर रहा था। नाव के बाँस से एक टिमटिमाती लालटेन लटक रही थी।

चाचा ने कहा, "सेवकवा, जैसा समझाया है वैसा ही करना। वापस आकर हमसे अपना इनाम ले जाना।"

नाव में ईंट-पत्थर से भरे दो बोरे रखे थे और रस्सियाँ भी। ये बोरे किशन और सविता की कमर से बाँध दिये गये। चाचा ने आख़िरी हिदायत दी, "रामसेवक, याद है न, जब काम से फ़ारिग़ हो जाओ तो लालटेन बुझा देना। हम भी जान जायें कि सिधार गये ये सब।"

नाव खुली। चलने लगी।

किशन अभी इस धक्के से ही नहीं उबर पा रहा था कि उसके माँ-बाप, ख़ुद सगे-सम्बन्धियों ने उसे मौत के घाट उतारने का सरंजाम रचा।

सविता होश में थी। उसे अपनी जान की कम, किशन की ज़्यादा फ़िक्र थी।

उसने सबसे पहले अपनी कमर से रस्सियाँ खोलीं। आज़ाद होकर वह नाव के दूसरे कोने पर लाचार बैठे प्रेमी के पास गयी। सविता उसके बदन से रस्सियाँ हटाने लगी।

"क्या फ़ायदा?" किशन ने कहा, "यह जल्लाद हमें डुबो मारेगा।"

सविता ने कहा, "रामसेवक जल्लाद नहीं मल्लाह है। मल्लाह का धरम होता है, लोगों को परली पार पहुँचाना।"

रामसेवक दोनों प्रेमियों की बातें सुन रहा था। उसे लगा, सिर्फ़ दो बीघा ज़मीन पाने के लालच में वह भी कितना जघन्य काम करने जा रहा है? उसके न बाल-बच्चा है न बीवी। दो साल पहले की बाढ़ में सब बह गये। किसके लिए वह लेगा ज़मीन का इनाम?

उसने नाव को मँझधार से थोड़ा आगे पहुँचाकर खड़ा किया। उसने पूछा, "तैरना जानते हो न तुम दोनों?"

किशन और सविता ने गर्दन हिलायी, "हाँ।"

"तो कूद जाओ। गंगा मैया चाहेंगी तो परली पार पहुँचा देंगी। दुनिया बहुत बड़ी है, ऊँचा बस्ती लौटने की ज़रूरत नहीं, समझे न?"

दोनों प्रेमी कूद गये और धारा के साथ परली पार की दिशा में तैरने लगे।

रामसेवक ने लालटेन बुझा दी और नाव अपनी कुटिया की तरफ़ मोड़ दी।

बाज़ार

रात में तो सभी सपने देखते हैं। मेरा, सपने देखने का वक़्त, सुबह जागने पर शुरू होता है। जल्दी उठकर बालकनी पर खड़ी हो जाती हूँ। मन नेक इरादों से भरा होता है। अभी अपने वॉकिंग शूज पहनकर, सामने पार्क में जाकर, तीन चक्कर लगाऊँगी। चाय उसके बाद पिऊँगी। कहानी-कविता उसके बाद पूरी करूँगी। आहा! कितनी बढ़िया व्याधियाँ मैंने पाल ली हैं। इन्हें न गोली की ज़रूरत है न शल्यक्रिया की। तेज़ क़दमों से रोज़ तीन चक्कर लगाओ, थोड़ी देर सुस्ताकर बीस मिनट योगाभ्यास करो, रक्तचाप, रक्त शर्करा, सबसे छुटकारा। यह बात तो सदियों से सर्वविदित है, फिर भी हम डॉक्टरों के चक्कर लगाते हैं और ऐसे उपदेशात्मक उपचार जानने के सैकड़ों रुपये फ़ीस देते हैं।

सामने से एक प्लस साइज़ महिला गुज़री और पार्क में दाख़िल हो गयी। उसके जूतों पर नज़र गयी। उसने बहुत क़ीमती, नये जूते पहने हुए थे जो देखने में भारी, मगर चलने में मखमली, हल्के होते हैं। दरअसल मेरे पास ऐसे जूते होते तो मैं कब की घूमने निकल चुकी होती। दो और प्लस साइज़ लड़कियाँ आपस में बातें करती पार्क में घूमती दिखीं। बाप रे! किस चक्की का आटा खाती हैं ये? घूमने से इनका क्या घटेगा? सीधे लिपोसक्शन सर्जरी करवानी होगी।

मन-ही-मन हल्की हो गयी। मैं इतनी प्लस नहीं कि दौड़-दौड़ कर पसीना बहाऊँ।

यकायक मन पर मनभर का बोझ पड़ गया। अपना वह हाल है कि जीवन में कुछ भी प्लस नहीं, सब माइनस-ही-माइनस है। अगर अपनी जन्मराशि पता होती तो अख़बार में अपना भविष्य पढ़कर तसल्ली कर लेती कि कौन दिन अच्छा बीतेगा, कौन बुरा?

लो अख़बार याद आते ही अख़बारों का बण्डल आकर गमलों के पास गिरा। स्मरण और उपलब्धि के संयोग पर मन प्रसन्न हुआ। कुछ देर अख़बारवालों

की निशानेबाज़ी विस्मित आनन्द से देखी। अब तक सूरज सीधी किरणें फेंक रहा था।

कमरे के अन्दर अभी भी ठण्डक थी। यहाँ पंखा, रौशनी, पसन्दीदा कुर्सी और पानी की बोतल, सब थीं। नया-नकोर अख़बार खोलना अच्छा लगा। गुनगुना था, जैसे अभी मशीन से उतारकर सबसे पहले यहाँ भेजा हो।

सबसे पहले तापमान पर नज़र गयी। बाप रे! कल इतना ऊँचा था पारा। लेकिन कल तो इतनी गर्मी नहीं लगी। 42.9 डिग्री पर शहर धधक रहा था। लड़कियाँ सिर-मुँह-नाक-कान लपेटे काम पर जा रही थीं। उनकी तस्वीर के पास ठण्डक पहुँचाने की गरज़ से ककड़ी-तरबूज़ की रेड़ी की तस्वीर थी।

पहले पृष्ठ पर ख़बरों की बल्लेबाज़ी थी। एक क्रिकेट मैदानों में चल रही थी, एक मीडिया के अन्दर। कुछ घपले और घोटाले सामने आनेवाले थे। यह हमारा राष्ट्रीय मनोरंजन था। हमें पढ़ने के लिए घपले-घोटाले मिलते रहें तो हम बिजली, पानी, महँगाई जैसी अनेक समस्याएँ भूल सकते हैं।

आत्महत्या और बलात्कार की ख़बरें खिन्न कर गयीं। हत्या के कई समाचार विचलित करने लगे। ख़ूनी राजधानी में आ बसे हैं हम! क्या करें, चल दें यहाँ से? पर कहाँ? लगा, कोई गौतम बुद्ध की तरह दाहिना हाथ उठाकर पूछ रहा है, "ऐसा कोई शहर बताओ जहाँ ख़ून, खुदकुशी और बलात्कार न होता हो, वहीं तुम्हें शरण दूँ।"

मनीषा के आने पर सुबह की पहली चाय नसीब हुई। फीकी है तो क्या, चाय तो है। अब अख़बार को फिर से पढ़ना शुरू किया। नहीं, नकारात्मक ख़बरों पर नहीं ठहरना है।

सकारात्मक क्या है? सरकारी-ज्ञापन, विज्ञापन और सूचनाएँ। हटाओ यह सब। अड़सठ पृष्ठों के अख़बार में और भी बहुत कुछ होगा। घड़ी देखी। नौ बज रहे थे। यानी मैं तीन घण्टे से समय की बरबादी कर रही थी। व्यायाम के नाम पर तीन क़दम भी नहीं चली। योगाभ्यास इल्लै। लेकिन यह मेरी जादू की कुर्सी इस बीच कहाँ-कहाँ ले गयी मुझे। दक्षिण दिल्ली से दक्षिण अमेरिका के ब्रासिलिया तक की सैर करवा दी। प्रधानमन्त्री तो वापस आ गये, मैं तो अभी एटलस और एनसाइक्लोपीडिया लेकर ब्राज़ील में बैठी हुई हूँ।

किताबों के बीच रक्तचाप और रक्त शर्करा नापने के उपकरण रखे दिख रहे थे। एक मन हुआ, उठकर अपनी जाँच कर लूँ। तत्काल मन अकड़ और सिकुड़ गया। इसका क्या मतलब है? मरीज़ भी मैं और डॉक्टर भी? केमिस्ट भी और

कम्पाउंडर भी? ख़ुद बीमार हो। ख़ुद अपनी उँगली में सूई चुभोओ, ख़ुद अपना परिणाम पढ़ो। फिर दिन भर कुढ़ो या लड़ो।

घर में इतने सदस्य हैं। सब घोड़े बेचकर सोये पड़े हैं। इनकी नींद को जैसे पता है, आज इतवार है। रोज़ ये सब आठ बजे से उठकर शोर करते हैं। आज इन्होंने भाँग खा रखी है।

दरअसल, स्वपरीक्षणवाले सभी उपकरण उठाकर समुद्र में फेंक देने चाहिए। ये उपकरण बदतमीज़ क़िस्म के सच बोलते हैं जो सीधे जाकर हमारे मनोविज्ञान में घुस जाते हैं। ये हमें जीवन के लिए नहीं, मृत्यु के लिए तैयार करते हैं।

सारा अख़बार खँगालने के बाद मैंने उसका सबसे आरामदेह कोना ढूँढ़ा। क्रॉसवर्ड पहेली। इसके सहारे कितनी ही देर बैठा जा सकता था। आधी पहेली खटाखट हल हो गयी। अब थिसॉरस की ज़रूरत पड़ी। वह मुटल्ला पोथा सबसे ऊपरी खाने में रखा था। कुर्सी में अधलेटे मैं सोचती रही, अब उठूँगी, उचककर पोथा उतारूँगी, तीन-चार शब्द तो निकल ही आयेंगे काम के। बैठे-बैठे चलती रही, उचकती रही।

अचानक लटपट चलते, आँखें मलते, सगुन आ गयी मेरे पास।

"मेरी सुग्गी उठ गयी?"

"हम दूध नहीं पियेंगे, चाय दो।"

"प्यारी सुग्गी चाय से काली हो जायेगी, मेरे हाथ से दूध पियेगी!"

"नहीं।"

"ऐसा है दस बजे हैं, तुम चाय-दूध दोनों छोड़ो, नाश्ते में आलू का पराँठा और लस्सी बनवाते हैं। खाओगी न!"

सगुन ने ख़ुश होकर अपने घुँघराले बाल हिला दिये।

जबसे सगुन आठ साल की होकर चौथी क्लास में गयी है, उसे अख़बार के रंगीन इश्तेहार देखना अच्छा लगने लगा है। वह ध्यान से इश्तेहार देखती है, फिर स्टोर का नाम पढ़ती है। उसने सोफ़े पर ले जाकर सभी अख़बारों की तहें खोल डालीं।

"तेरा पापा उठकर चिल्लायेगा, सगुन।"

"आप पहले अपनी ग्रामर ठीक करो। दादी, आप पापा को बुद्धू क्यों कहती हैं? हमें अच्छा नहीं लगता।"

"ऐसा है, वह बुध के दिन पैदा हुआ था। सबने कहा यह तो गौतम बुद्ध है। बोलते-बोलते नाम बुद्धू पड़ गया।"

धीरे-धीरे सब उठ गये। चाय का दौर चला। नाश्ता तैयार था।

जैसे ही मैंने प्लेट हाथ में ली, जीवन-साथी ने पूछा, "आज ब्लड शुगर नाप लिया था?"

"हाँ," मैंने जल-भुनकर कहा।

"कितना है?" सबको ऐसी जिज्ञासा हुई, जैसे लॉटरी का नम्बर निकलना हो।

"एकदम ठीक है," मैंने अपनी प्लेट में पराँठा रखते हुए जवाब दिया।

पराँठे और परीक्षण में, मैंने पाया है, हमेशा पराँठा ही विजयी होता है।

भरपेट नाश्ते और लस्सी के सेवन के पश्चात् स्वास्थ्य की कुछ चिन्ता आरम्भ हुई। दरअसल, इस समय तक पार्क से धूप खिसक जाती थी। इस ग्यारह बजे के वक़्त ही वह आता है, एक विकलांग मॉर्निंग वॉकर। अपनी दो बैसाखियों के सहारे वह पार्क के पाँच चक्कर लगाता है, बीच में न रुकता है न बैठता है। पास ही कहीं रहता होगा, बिना नागा वह आता है, घूमता है और चला जाता है।

उसे देखकर मैं हमेशा शर्मिन्दा हो जाती हूँ। मेरी टाँगें साबुत हैं पर हिम्मत टूटी। आलस्य से निकम्मी देह। अपना अपराध-बोध अन्दर छुपाकर मैं सगुन से कहती हूँ, "सुग्गी दादी के साथ सैर पर चलेगी न?"

सगुन अपनी माँ से लिपटी बैठी थी!

"कहाँ?" उसने पूछा।

"पार्क में। तू झूला झूलना, मैं चक्कर लगा लूँगी।"

"छिः इस सड़े पार्क में मैं नहीं जाऊँगी।"

सगुन ने मुझे सुस्त पड़ते देखा तो माँ को छोड़कर मेरे पास आयी, "दादी सेंट्रल मार्केट चलो तो ज़रा मज़ा आये। मुझे बहुत सारी चीज़ें लेनी हैं। ममी, मेरी क्लास में सब लड़कियाँ डिस्को हेयरबैंड लगाती हैं। और मुझे वह वाली गुड़िया भी लेनी है जो फ़ोन करके मटकती है, ऐसे, ऐसे, ऐसे।" सगुन ने दायें-बायें घूमकर बताया।

शिखा ने कहा, "अरे, मुझे भी कई चीज़ें लानी हैं। गौतम तुम्हें पता है, मेगामार्ट में तीन हज़ार की शॉपिंग पर एक छतरी मुफ़्त दे रहे हैं।"

गौतम ने कहा, "ड्राइवर के साथ जाओ तुम लोग। मैं अभी और सोऊँगा। शिखा, मेरे लिए डियो और मस्क टॉल्क ज़रूर ले आना।"

बाज़ार के नाम पर घर में स्फूर्ति का संचार हो गया। सबको नहाने, तैयार होने की हड़बड़ी मच गयी गोया आज इतवार नहीं त्योहार हो।

शिखा और सगुन ने तैयार होने में इतनी देर लगा दी कि मुझे बैठे-बैठे झपकी आने लगी। कपिल की नज़र पड़ गयी। वह हँसकर बोला, "यह लड़कपन की उम्र नहीं है कि दिन के बारह बजे चल दीं बाज़ार। बच्चों को जाने दो, तुम चैन की नींद सोओ।"

"नहीं-नहीं," मैंने कहा और सँभलकर बैठ गयी।

आख़िरकार शिखा और सगुन अपने कमरे से निकले। माँ-बेटी ग़ज़ब ढा रही थीं। शिखा ने कहा, "ममी, वहाँ से हम गुड़गाँव चलेंगे। वहाँ भी एक से एक सेल लगी हुई है।"

मैंने बच निकलने की कोशिश की, "मैं इत्ती देर बाहर नहीं रहूँगी।"

"दादी, आप कार में बैठी रहना।"

"लो, फिर बाज़ार जाने का क्या मतलब?"

दरअसल, अब मुझे भरी दुपहर बाज़ार में भटकने का इरादा बेवक़ूफ़ी नज़र आ रहा था, ख़ासकर तब जब मुझे कुछ लेना भी नहीं था। मैंने कहा, "शिखा बेटे, तुम लोग बाज़ार हो आओ। मेरी हिम्मत नहीं हो रही।"

"देख लें मम्मी, आप चलतीं तो अच्छा था।" कहने के साथ ही उसने सगुन का हाथ पकड़ लिया, "बेटे, दादी को सोने दो, अपन चलते हैं।"

सगुन ने मुझे दिलासा दिया, "दादी, मैं आपके लिए आलू टिक्की लाऊँगी।"

इतनी जल्द सगुन ने मेरी ग़ैर-हाज़िरी से समझौता कर लिया, देखकर तबीयत पस्त हो गयी। वह मेरा हाथ पकड़कर ज़िद करती तो मैं चल भी देती।

चलो हटाओ यह खटराग। मैंने अख़बार उठाया। अन्दर के कमरे में ठण्डक और अँधेरा था। मैं अपना टेबिल लैम्प जलाकर तकिये के सहारे अधलेटी हो गयी। क्रॉसवर्ड के कई खाने अभी ख़ाली पड़े थे।

कपिल ने बैठक से लाकर थिसॉरस मेरे बिस्तर पर डाल दी। मैं गद्‌गद हो उठी। प्रेम पगी नज़र से उसे देखा। उसका ध्यान मेरी तरफ़ नहीं था। वह मोबाइल फ़ोन पर किसी से बात कर रहा था। मेरा मन भर आया। आख़िर वही है जो मुझे पल-पल समझता है। हम दोनों के बीच यह कैसा प्यार पनप गया है कि एक-दूसरे के मन को हम पढ़ लेते हैं।

ख़यालों ने अन्दर ही अन्दर सफ़र शुरू कर दिया। पहेली से ध्यान हटा। आँख लग गयी। एक-दो छोटे-छोटे सपने बड़ी रफ़्तार से आ गये। तभी दरवाज़े की कर्कश घण्टी बजी। हड़बड़ाकर मैं उठी। अरे, सुबह की शाम हो गयी, मैंने कुछ भी नहीं किया। कपिल अगले फ़ोन में व्यस्त था।

मैंने जल्दी से बाहर जाकर दरवाज़ा खोला।

लुंगी-कमीज़ में एक आदमी हाथ में छोटा-सा सूटकेस लिए खड़ा था।

"वणक्कम, मैं कोयम्बटूर से आया है साड़ी लेकर।"

कोयम्बटूर शब्द ने मेरी चेतना के सभी द्वार खोल दिये, "आइए आपको मेरे बेटे टिल्लू ने भेजा है?"

अन्दर आकर उसने जूते उतारे और खड़ा हो गया। बैठक से पहले पड़नेवाले छोटे बरामदे में हमने दो मूढ़े और एक छोटी मेज़ डाल रखी थी। वह वहीं ठिठक गया। उसने मेज़ पर सूटकेस रखकर खोला। उसमें रंग-बिरंगी साड़ियों का अच्छा ढेर था।

उसने एक नीली साड़ी निकाली जिस पर नारंगी बॉर्डर था।

"छी! ऐसे रंग तो मैं कभी नहीं पहनती," मैंने कहा। मेरी समझ में आ रहा था कि इसे टिल्लू ने नहीं भेजा है। इससे क्या? है तो यह वहीं का जहाँ मेरा बड़ा बेटा काम करता है।

अब वह आदमी थोड़ा चुस्त हुआ। उसने एक साथ दो साड़ियाँ निकालीं।

"ये देखिये, दक्षिण की पारम्परिक साड़ियाँ, टेम्पिल बॉर्डर, मैरून रंग। सिंगल पीस बचा है मैडम, सिर्फ़ आपके लिए।"

"सुनो, कोयम्बटूर में तुम कहाँ रहते हो? मेरा बेटा आर.एस. पुरम में रहता है।"

उसने अगली साड़ी मेरे आगे फैला दी, "यह देखिये, ऐसी साड़ी अम्माँ को सबसे ज़्यादा पसन्द।"

"अम्माँ मतलब जयललिता न?"

वह हँसा। सभी दक्षिण भारतीयों की तरह इसके भी दाँत एकदम उजले-चिट्टे थे।

"भई, मुझे तो कोई साड़ी नहीं चाहिए।"

"एक मिनट।" उसने मेरी ओर ग़ौर से देखा। मैंने ख़ाकी रंग की हैंडलूम साड़ी पहन रखी थी, जिस पर काले और सलेटी फूलों का प्रिंट था।

"आपको एकदम सोबर साड़ी माँगता क्या? वह भी दिखाता मैं।" उसने सूटकेस के एकदम तल में हाथ डालकर एक साड़ी निकाली। बिस्कुट रंग की साड़ी पर कत्थई धारियाँ थीं। इसका रेशम नरम और हल्का था।

मैंने कहा, "यह साड़ी तो अच्छी है, पर मुझे ज़रूरत नहीं है।"

उस सेल्समैन ने हारना नहीं सीखा था। उसने सूटकेस मेरी तरफ़ सरका दिया। "मैडम, आप ख़ुद छाँट लीजिए। हमने तय किया है आपको एक साड़ी ज़रूर देना माँगता। अभी पैसा नहीं तो कोई बात नहीं। आप साड़ी रखो, हम कल पण आकर, लेगा पेमेंट।"

साड़ियों को उलटते-पलटते मुझे लगा जैसे मैं कोयम्बटूर के साड़ी स्टोर में बैठी हूँ। टिल्लू आग्रह कर रहा है, "माँ, प्लीज़ एक और ले लो न। तुम अपने लिए कभी कुछ नहीं ख़रीदतीं।"

दिवास्वप्न की स्थिति में मैंने दो साड़ियों का चयन किया। मैं साड़ियाँ ले कर अन्दर जाना चाहती थी कि कपिल देख ले।

सेल्समैन ने कहा, "वन मिनिट मैडम!" उसने दोनों साड़ियों का दामवाला कागज़ निकाल लिया।

अन्दर आकर मैंने कपिल को बताया, "कोयम्बटूर का सेल्समैन आया है। टिल्लू को कोई सन्देशा भेजना हो तो पहुँचा देगा।"

कपिल ने अपने तीनों मोबाइल की तरफ़ देखा और कहा, "तुम्हें साड़ियाँ पसन्द हैं तो ले लो।"

कहने के बाद मैं ख़ुद झेंप गयी। बच्चे से दिन-रात कभी भी बात हो जाती है। सन्देशा देना कोई समस्या नहीं है।

लेना तो एक चाहती थी पर लिहाज़ में दोनों ले लीं। सोचा, एक शिखा या प्रज्ञा को दे दूँगी। साड़ियों की क़ीमत अदा करते हुए याद आया दोनों बहुएँ साड़ी पहनती ही नहीं हैं, पर अब क्या हो सकता है? सेल्समैन रुपये अपनी जेब में रख चुका था और सूटकेस बन्द कर जूते पहन रहा था।

मैं उससे पूछना चाहती थी कि क्या कोयम्बटूर में अभी भी सुबह-सुबह फूल बेचनेवाले आते हैं? क्या औरतें दरवाज़ों के सामने रंगोली सजाती हैं? क्या वहाँ के रेस्तराँ में इक्कीस इडलियों का नाश्ता मिलता है?

अन्दर पहुँचकर मैं थकान से भर गयी। दोपहर की एक लम्बी नींद की जगह यह कटपीस झपकियाँ शरीर को निढाल कर रही थीं। साड़ियाँ मैंने सोफ़े पर डालीं और एक बार फिर सोने की कोशिश की। अभी झपकी लगी ही थी कि फिर दरवाज़े की घण्टी बजी। मैंने करवट बदलकर घण्टी अनसुनी करने की कोशिश की।

कपिल ने उठकर दरवाज़ा खोला। शिखा और सगुन सामान के कई थैलों से लदे-फँदे कमरे में दाख़िल हुए।

"दादी-दादी, देखो मेरा मिनी कम्प्यूटर। इसमें 140 प्रोग्राम हैं।" सगुन ने मुझे झकझोर डाला।

मैं आँखें मलती उठी।

शिखा ने बैठक में साड़ियाँ पड़ी देखीं तो हैरान हो गयी, "ममी आप अलग से बाज़ार गयी थीं क्या?"

कपिल ने कहा, "नहीं, बाज़ार ही घर तक आ गया था बेटा।"

फ़रवरी की एक शाम

होता यह हर साल होगा, पर लगता है, इस बार कुछ ज़्यादा है। वसन्त, वेलेंटाइन डे और फागुन ने मिलकर धूम मचा रखी है। इसे कामोत्सव कहें या रागोत्सव, दिल्ली जैसे बौरा गयी है। अपने शहर का सिद्धान्त है, जो भी करो, अति में करो, गति में करो। दिल में कोई तमन्ना बाक़ी न रह जाये। शहर ने अपना दिल हर जगह लटका दिया है, कहीं मख़मल का, कहीं फ़ोम का, कहीं काग़ज़ का, कहीं कपड़े का। कुछ दिल तो इतने नन्हे हैं कि उन्हें मुट्ठी में भींच लो और कुछ इतने विशाल और वज़नी कि दिल उठाने के लिए कुली की ज़रूरत पड़े। पेट्रोल पम्प पर, दुकानों पर, पानवालों के यहाँ, बैंकों में हर जगह चटख लाल सेब की तरह दिल लटकते दिखाई देंगे।

सुबह-सुबह शबनम का फ़ोन आया, "आज शाम तुम क्या कर रही हो?"

दिव्या हँसने लगी, "तुम मेरे बॉस की भाषा कब से बोलने लगीं?"

शबनम बिगड़ी, "टालो मत, ख़ाली हो तो बताओ?"

"तुम मेरा क्या दुरुपयोग करोगी?"

"कूल बेबी, कूल। आज हमारे फार्महाउस पर पार्टी है, तुम्हें आना है। पता याद है न!"

"कोई ख़ास खुशी का मौक़ा?"

"बस, मौसम का जश्न समझो। ज़रूर आना, टालना मत। रास्ता लम्बा लगे तो साथ में एक दोस्त लटका लाना।"

"लड़का या लड़की?"

"कोई भी चलेगा। वैसे इन दोनों के बीच की चीज़ मत लाना, स्ट्रेट लोगों की पार्टी है।"

"शबनम, कुछ शर्म करो। बच्चे बड़े हो रहे हैं। सुनेंगे तो क्या कहेंगे?"

"उपदेश देना बन्द करो। बोलो, आओगी?"

"यस बॉस।"

फ़ोन रखकर दिव्या ने शबनम के फार्महाउस की लोकेशन और भूगोल याद किया। वह दो बार पहले वहाँ जा चुकी थी। महरौली में कुतुब मीनार वाली सड़क से मुड़कर पाँच पेचदार मोड़ और गाँव पार कर शबनम का फार्महाउस 'आनन्दवन' आता था। उसके उद्योगपति पति मनजीत अहलूवालिया को रेस्तराँ की पार्टियाँ उबाऊ और घर की पार्टियाँ फीकी, बेमज़ा लगती थीं। जब भी वह दुबई से लौटता, अपने फार्महाउस 'आनन्दवन' में दोस्तों को इकट्ठा कर पार्टी आयोजित करता। घर से सिर्फ़ सवा घण्टे की ड्राइव कर वह गाँव देहात का आस्वाद ले लेता। चारों तरफ़ फैली हरियाली देख तबीयत प्रसन्न हो जाती। शबनम भी अपने मित्र बुला लेती।

दिल्ली के नवकुबेरों का यह शौक़ था कि शहर में रहते हुए वे शहर से ज़रा हटकर कुछ एकड़ ज़मीन ख़रीदकर उसमें एक बँगला, एक खेत और एक उपवन विकसित कर लेते। इधर प्राकृतिक खाद से उगे हुए अनाज, सब्ज़ी और फल खाने का आग्रह बढ़ गया था। माली और खेतिहर की सेवाएँ लेकर ये शौक़ पूरे किये जाते। घर जाते हुए वे अपनी ज़मीन की पैदावार पालक, गोभी, हरी मटर और मूली ले जाते। मछली मुर्गे से बिगड़ी ज़ुबान को एक दिन घर भर ऑर्गेनिक शाकाहारी खाने से दुलराता और ख़ुश होता। ये फार्महाउस महीने में उन्तीस दिन माली, चौकीदार और वफ़ादार कुत्तों के आसरे ऊँघते रहते। यकायक एक दिन यहाँ चहल-पहल शुरू हो जाती। सुबह से उस दिन छोटी-बड़ी गाड़ियाँ दन्नाती फिरतीं। किसी-न-किसी मशहूर केटरिंग सर्विस के कर्मचारी दावत के इन्तज़ाम में भाग-दौड़ करते नज़र आते। नेपकिन से रगड़कर गिलास चमकाये जाते, ऊँची लम्बी मेज़ें लगाकर अस्थायी बार काउंटर निर्मित किया जाता और उपवन में बारबेक्यू लगाने के लिए माकूल जगह चुनी जाती।

दिव्या ने शाइस्ता ख़ान को फ़ोन मिलाया, "हलो शाइ, आज की शाम ख़ाली हो क्या?"

"पहले प्रोग्राम बताओ।"

"चली आओ। शबनम के उपवन 'आनन्दवन' में चलना है। ग़ज़लों का भी इन्तज़ाम है। खाना-पीना तो होगा ही।"

शाइस्ता ने कोई नख़रा या बहाना नहीं बनाया। अविवाहित लड़कियों की विशेषता होती है कि अगर उन्हें कोई प्रस्ताव पसन्द आ जाये तो वे मानने में देर नहीं लगातीं। बस, एक ताला लगाया और तैयार!

फ़ासले और ट्रैफ़िक जाम से निपटते हुए जब दिव्या और शाइस्ता आनन्दवन पहुँचीं, रात के नौ बजनेवाले थे।

मुख्य सड़क से उतरकर चल रहे कच्चे रास्ते में दर्जनों गाड़ियाँ खड़ी हुई थीं। फाटक से ही फूलों की साज-सज्जा शुरू हो गयी थी। अलग-अलग कोणों से पुष्प-सज्जा पर रौशनी फ़ोकस की गयी थी। इस रौशनी में गुलाब ज़्यादा गुलाबी, गेंदे ज़्यादा सुनहरे और चमेली ज़्यादा सफ़ेद दिख रही थी। फाटक से उपवन तक के पार पथ पर फूलों की पंखुड़ियों की बिछात थी।

"पाँव छू लेने दो, फूलों को इनायत होगी" शाइ के ज़ेहन में 'ताजमहल' फ़िल्म का गीत कौंध गया।

दिव्या ने उसका स्वप्न भंग करते हुए कहा, "जल्दी चलो, पहले ही बहुत देर हो गयी।"

सबसे पहला काम था, मेहमानों के हुजूम से मेज़बान को ढूँढ़ निकालना। यकायक शबनम दिखाई दे गयी, लेडी साहा को सोफ़े पर बैठाती हुई।

"क्या करें? सात बजे के निकले हैं, पर आते-आते नौ बज गये," दिव्या ने अफ़सोस जताया।

शबनम ने कहा, "कोई बात नहीं, अभी तो पार्टी परवान चढ़ी है। हलो शाइ! तुम दोनों यहाँ लेडी साहा के साथ बैठो, मैं कुछ भिजवाती हूँ।"

लेडी साहा पचहत्तर साल की ख़ूबसूरत वृद्धा थीं, जिनकी तस्वीर अक्सर अख़बारों के तीसरे पृष्ठ पर छपा करती। कभी वे किसी ब्यूटी पार्लर का उद्घाटन करतीं, कभी हॉकी टूर्नामेंट का।

दोनों लड़कियों ने अस्फुट स्वर में अपने नाम बताये, लेकिन लेडी साहा ने उनकी तरफ़ ज़रा भी ध्यान नहीं दिया। वे अपने मोबाइल में लगी रहीं।

उपवन इस फार्महाउस का पहला चरण था। आज इसकी धजा निराली थी। यहाँ बीचोबीच एक विशाल बरगद का पेड़ था, जिसकी जटाएँ लटककर फिर उग आयी थीं। बरगद की विशाल शाखाओं पर सफ़ेद और लाल रंग के साटन के पर्दे लापरवाही से लपेटे हुए थे। जटाओं की लम्बाइयों पर गेंदे की फूल-मालाएँ लिपटी थीं। उपवन के विस्तार में जगह-जगह सोफ़े और कुर्सियाँ लाल और सफ़ेद साटन कवर से ढकी हुई रखी थीं, पर बहुत कम लोग बैठे नज़र आ रहे थे।

उपवन के एक कोने में सर्वाधिक चहल-पहल थी। यहाँ अहलूवालिया की मधुशाला थी। ऊँची, लम्बी मेज़ों के पीछे चार बार बालाएँ बड़ी चुस्ती से हर तरह का पेग तैयार कर रही थीं, विस्की, वोदका, व्हाइट और रैड वाइन, जिन, ब्लडी

मैरी। रिन्द पीनेवाले अपने सामने अपना ड्रिंक बनवाते। इस मधुशाला में शलभ ही नहीं, पतंगे भी बेमौत मरनेवाले थे। टेबिल की बायीं तरफ़ मधुबालाओं की भीड़ थी। वे अपनी माँग और गिलास पेश कर रही थीं, "एक वोदका, स्मनार्क, एक व्हाइट वाइन।"

एक तरफ़ मीना गुप्ता अपने दो-तीन प्रशंसकों से घिरी खड़ी थीं। आज उसकी पोशाक निराली थी। उसने काले रंग की धोती मर्दाने स्टाइल में पहनी हुई थी। धोती का किनारा लाल और सुनहरा था। बदन पर छोटी-सी लाल कुरती थी, पैरों में सुनहरी मोजड़ी। उसने सुर्ख़ वाइन का जाम हाथ में थामा हुआ था। मीना गुप्ता आजकल अपने सास-बहू सीरियलों के लिए मशहूर थी। हालाँकि इनसे पहले उसने कुछ अच्छे रोमांटिक सीरियल बनाये थे। सीरियल में रोल पाने के इच्छुक लड़के-लड़कियाँ अक्सर उसे घेरे रहते। जवानी के दिनों में उसने कुछ 'बी' ग्रेड फ़िल्मों में खलनायिका की भूमिका कर शोर बरपा किया था। टी.वी. प्रोग्रामों ने उसके डूबते करियर को पुनर्जीवन दे दिया था। आजकल कुमार नाम का नवोदित युवा अभिनेता हरदम उसके साथ नज़र आता। इसमें अजब कुछ नहीं था। नवीनतम फ़ैशन के अनुसार अधेड़, अमीर औरतों को नौजवान साथी पालने का नशा सवार था। ये नौजवान कभी उनके सेक्रेटरी की भूमिका निभाते, कभी सलाहकार की। ज़रूरत पड़ने पर ये ड्राइवरी भी कर देते।

मीना गुप्ता ने एक भरपूर नज़र दिव्या पर डाली और उसे पहचानने से इनकार कर दिया। यही मीना गुप्ता अपनी कड़की के दिनों में उसकी मैग़जीन 'माधुरी' के कार्यालय में अपना पोर्टफोलियो लेकर आती थी और घण्टों दिव्या के इन्तज़ार में बैठा करती। दिव्या के आते ही वह इसरार करती, "प्लीज़ इस बार एक ख़बर सचित्र लगा दीजिए। मेरी फ़िल्म फ़्लोर पर चली गयी है। मुहूर्त्त की तस्वीर भी लायी हूँ मैं।"

वोदका की वोल्गा में दो-एक डुबकियाँ दिव्या और शाइ ने भी लगायीं।

तभी एक भारी, भड़कीली, भर्रायी आवाज़ ने उन्हें चौंकाया, "हलो दिव्या, पहचान नहीं रही हो क्या?"

यह आस्था चतुर्वेदी थी, हमेशा की तरह अपनी दस उँगलियों में बीस अँगूठियाँ पहने, गले में पत्थर, लकड़ी, स्फटिक और क्रिस्टल की मालाएँ लटकाये और हाथ में सिंगल मॉल्ट का नफ़ीस पेग थामे हुए।

दिव्या ने हँसकर कहा, "तुम्हें पहचानने में चूक कैसे हो सकती है! तुम तो अपने सारे ट्रेडमार्क के साथ मिलती हो।"

शाइ बड़े कौतुक से आस्था को देख रही थी।

आस्था की अँगूठियों के नग लिसौढ़े जितने मोटे थे, जिनसे सुन्दरता की जगह समृद्धि टपक रही थी।

दिव्या ने परिचय करवाया, "ये शाइस्ता हैं, एल.एस.आर. में केमिस्ट्री की लेक्चरर। और आस्था चतुर्वेदी का नाम तो, शाइ, तुमने सुना ही होगा। इनके कई धारावाहिक आ चुके हैं।"

बात करते-करते वे एक ऐसे झुरमुट में पहुँच गयीं जहाँ बेतरतीब बेलों ने हरा शामियाना तान रखा था। पत्थर की बेंचें थीं और बीचोंबीच सन् 1920 के जैसा एक लैम्पपोस्ट, जो मद्धिम रौशनी दे रहा था।

"तुम्हारे नये प्रोजेक्ट का क्या हुआ?" दिव्या ने पूछा।

"वह मन्त्रालय को इतना पसन्द आया, उन्होंने कहा इस पर उन्हें टेलीफ़िल्म नहीं, टेली-सीरियल चाहिए। मैंने बीड़ी मज़दूरिनों पर काम किया था..."

दिव्या ने बीच में रोक दिया, "तुम उनके बारे में कुछ जानती भी हो या बस ऊपर-ऊपर से विषय छूकर उड़नछू हो जाओगी?"

आस्था ने एक लम्बे घूँट में अपना गिलास ख़ाली किया और साथी नौजवान से कहा, "एक बड़ा पेग बनवाना जिओ, बड़ी प्यास लग रही है।"

दिव्या ने बड़ी हसरत से उस सजीले-फुर्तीले नौजवान को देखा जो आस्था का जूठा गिलास इतने प्रेम से थामकर संजीवनी लेने जा रहा था।

ताज़ा जाम हाथ में आते ही आस्था की अभिव्यक्ति में जान आ गयी, "तुम ऐसा कैसे सोचती हो, मुझे बीड़ी मजदूरिनों के बारे में कुछ नहीं पता। दिल्ली तो मैं बहुत बाद में आयी हूँ। जीवन के पचीस साल तो मैंने इलाहाबाद की रानीमण्डी में बिताये, जहाँ मेरी अगल-बग़ल सिर्फ़ बीड़ी-दिहाड़ी पर घर टिके हुए थे। हर घर की औरतें लड़कियाँ सूप में एक तरफ़ तेन्दू पत्ते, दूसरी तरफ़ तम्बाकू का चूरा रखकर, सुबह से शाम बीड़ी बाँधने के काम में लगी रहतीं। घर के मर्द अपनी कमाई औरतों को नहीं देते। रोज़ शाम घर के बच्चे बीड़ी के बँधे बण्डल ले जाकर लालमुहम्मद बीड़ी कम्पनी में जमा कर आते। इसी नक़द पैसे से घर में सब्ज़ी, दूध, आटा और बड़े का गोश्त आता।"

"अरे, तुम इतना जानती हो, तब तो तुम बहुत अच्छा सीरियल बना लोगी।" दिव्या ने कहा।

"मुझे कई दिशाओं में काम करना है। चिकन कढ़ाई करनेवाली औरतें, कुक्कुट पालन में लगी औरतें, कपड़े इस्त्री करनेवाली धोबिनें, ईंटें ढोनेवाली लेबर।"

शाइ ने फ़िक्र जतायी, "अपने टी.वी. चैनल तो बस उछल-कूद दिखाते रहते हैं। इतना यथार्थवाद झेल पायेंगे।"

आस्था ने कहा, "यू आर राइट। निन्यानवे फीसद चांस है कि मेरी फ़िल्म डब्बे में पड़ी रहेगी। इसके लिए मैं क्या कर सकती हूँ।"

तभी मनजीत अहलूवालिया ने आकर खाना खाने के लिए सबको आमन्त्रित किया।

उपवन की एक तरफ़ मेज़ों पर चमचमाते डोंगों और क्रॉकरी की क़तारें लगी थीं। तरह-तरह की ख़ुशबू फ़िज़ा में थी। शबनम कहीं से आकर दिव्या के पास खड़ी हो गयी, "दिव्या आज के लिए तुम अपना घासपात खाना छोड़ दो। ऐसे बढ़िया टँगड़ी क़बाब और बाग़ानी बहार बने हैं, चखकर तो देखो।"

दिव्या ने पालक पनीर और मशरूम मटर अपनी प्लेट में ली और मुस्कुरा दी, "मेरे हिस्से की तुम खा लेना।"

शाइ ने सामिष व्यंजनों से अपनी प्लेट सजायी, "तुम्हारा हिस्सा तो मैं खा रही हूँ।"

कुछ मेहमान बार से हट ही नहीं रहे थे। उन्हें भरोसा दिलाया गया कि वे खाना शुरू करें, जाम उनकी मेज़ तक पहुँच जायेगा।

इस पर भी सबने अलग समय पर खाया।

एक तरफ़ बारबेक्यू से सींक क़बाब भुनने की चिरियाँध आ रही थी।

दिव्या हटकर खड़ी हो गयी।

शाइ ने कहा, "आस्था की बात तो आधी रह गयी।"

दिव्या ने टोका, "रहने दे, अगर फिर चालू कर दी तो दिमाग़ चाट जायेगी। मैं इसे बीस साल से जानती हूँ। हमेशा किसी-न-किसी प्रोजेक्ट पर काम करेगी, प्रोजेक्ट पूरा हो न हो।"

पम्मी अरोड़ा नाम की एक अधेड़ महिला बहुत फ़ैशनेबिल हैट पहने मेहमानों की देखभाल कर रही थी। उसकी एक उँगली में कॉक्रोच जितना बड़ा हीरा जगमगा रहा था। बाक़ी उँगलियों की सज्जा भी देखने लायक़ थी। दिव्या ने कहा, "आज आप बहुत स्मार्ट लग रही हैं।"

पम्मी हँसी, "तुम कितनी अच्छी हो।" वह आगे बढ़ गयी।

"यह रात में हैट क्यों लगा रखा है इन्होंने?" शाइ ने फुसफुसाकर पूछा।

"चुप," दिव्या ने आवाज़ दबाकर बताया, "कैंसर से उबरी हैं। रेडियेशन से सिर के सारे बाल उड़ गये। विग पहन नहीं पातीं।"

उपवन के उत्तरी कोने पर छोटा-सा स्टेज बना हुआ था जिसके आगे लगभग सौ कुर्सियाँ लगी हुई थीं। तबले और सारंगी के संगतकार अपने साज़ मिला रहे थे। उनके बीच हल्दी रंग की साड़ी में सजी प्रिया घोषाल माइक के सामने बैठी खँखार रही थी।

धीर-धीरे एक छोटी भीड़ यहाँ आकर कुर्सियों में धँस गयी। नशे ने शरीर निकम्मा कर दिया था, अब खड़ा होना दूभर लग रहा था। पचासेक श्रोताओं के आने पर प्रिया घोषाल ने पहली ग़ज़ल की शुरुआत ग़ालिब से की, जो लोगों के सिर के ऊपर से गुज़र गयी। प्रिया घोषाल ने अमीर मीनाई की ग़ज़ल पेश की, "अभी से क्यों छलक आये तुम्हारी आँख में आँसू। अभी छेड़ी कहाँ है दास्ताने ज़िन्दगी मैंने?"

शे'र उम्दा था। दिव्या को बहुत पुरानी फ़िल्म 'वह कौन थी' का गाना याद आ गया, "जो हमने दास्तां अपनी सुनायी आप क्यों रोये?" उम्दा ग़ज़ल थी, पर मेहमान न जाने क्या सुनना चाहते थे।

शबनम ने गायिका के पास चिट भिजवायी, "कुछ आसान गाने गाइये।"

प्रिया घोषाल ने महफ़िल का मूड बदला। "छुप-छुप खड़े हो ज़रूर कोई बात है। पहली मुलाक़ात है ये पहली मुलाक़ात है।"

तारीफ़ में तालियाँ तड़-तड़ बज उठीं। कुछ किशोर लड़के-लड़कियाँ उठकर नाचने लगे। एक गाने से महफ़िल का रंग बदल गया। इतने पुराने गाने पर नये ज़माने के लोग थिरक रहे थे।

मेहमानों के पास काश्मीरी लिबास में दो वेट्रेस कहवा पेश करने लगीं। एक सुन्दरी प्याला पकड़ाकर बड़ी अदा से उसमें मेवे और केसर डालती। दूसरी समोवार उठाकर उसमें खौलता पानी भर देती। सारे माहौल में केसर की ख़ुशबू फैल रही थी। जो अभी पी रहे थे, उनकी दिलचस्पी कहवे में नहीं थी।

पीछे से फ़रमाइश उठी, "आज जाने की ज़िद न करो।"

प्रिया घोषाल ने मुस्कुराकर फ़रमाइश क़बूल की।

यह उसका कला-कौशल था कि उसने महफ़िल सँभाल ली। समां बँध गया। जिसने जो चाहा, प्रिया ने सुनाया। उसने कहा, "अब पेशे ख़िदमत है, आज की शाम का आख़िरी कलाम।"

उसने दायें-बायें झुककर अपने साज़िन्दों को कुछ बताया। अब तक की अपनी आवाज़ को थोड़ा बदल और सँभलकर उसने हफीज़ जालन्धरी की नज़्म के बोल उठाये, "अभी तो मैं जवान हूँ, अभी तो मैं जवान हूँ, अभी तो मैं जवान हूँ।"

'वाह-वाह' का ऐसा ज़लज़ला उठा कि प्रिया घोषाल की आवाज़ डूबने लगी। उसने गले में थोड़ा और ख़ुमार मिलाया, "हवा भी ख़ुशगवार है, गुलों पे भी निखार है, तरन्नुमें हज़ार हैं, बहार पर बहार है।

"कहाँ चला ऐ साक़िया, इधर तो लौट, इधर तो आ। अरे ये देखता है क्या, उठा सुबू, सुबू उठा। सुबू उठा पियाला भर पियाला भरके दे इधर। चमन की सिम्त कर नज़र समां तो देख बेख़बर। वो काली-काली बदलियाँ, उफ़क़ पे हो गयीं अयाँ...।"

यह ऐसी नज़्म थी, जिसकी कोई-न-कोई पंक्ति हर एक को याद थी। ऊपर से मलिका पुखराज की आवाज़ स्मृतियों की दराज़ में अभी तक पड़ी हुई थी, जिसमें गायी हुई यह नज़्म, जादू का गीत थी। कई मेहमान हाथ में जाम पकड़े हुए खड़े हो गये और नाचने-झूमने लगे। नौजवान अब तक नाचकर थम चुके थे। अब अधेड़ों की बारी थी। कुछ बैठे-बैठे ही गुनगुना रहे थे। तभी आस्था ने माइक पर आकर कहा, "अब मैं शबनम से गुज़ारिश करूँगी कि वे बाक़ी नज़्म अपनी दिलकश आवाज़ में पूरी करें। हम सब जानते हैं, शबनम कितना अच्छा गाती हैं।"

सबने समर्थन किया, "वी वॉण्ट शबनम, वी वॉण्ट शबनम।" प्रिया घोषाल माइक से थोड़ा हटकर बैठ गयीं और पास रखे कहवे के प्याले का लुत्फ़ लेने लगीं। शबनम ने माइक पर आकर कहा, "दोस्तो, आज मेरा गला थोड़ा ख़राब है, अच्छा हो, हम सब प्रियाजी से नज़्म सुनें। यह मेरी मनपसन्द नज़्म है।"

मनजीत अहलूवालिया ने दोस्तों की आवाज़ में अपनी आवाज़ मिलायी, "कम ऑन शबनम, बी ए स्पोर्ट।" शबनम की आवाज़ में नशीली लरज़िश थी। उसने गाना शुरू किया।

*"चलो जी क़िस्सा मुख़्त*सर, तुम्हारा नुक़्ता-ए-नज़र
दुरुस्त है तो हो मगर, अभी तो मैं जवान हूँ।
अभी तो मैं जवान हूँ, अ*भी तो मैं जवान हूँ।"*

पीछे की कुर्सियों से मीना गुप्ता, पम्मी अरोड़ा उठीं और बीच में खड़ी हो कर नाचने लगीं। आस्था भी अपनी भारी-भरकम देह के साथ उठकर झूमने लगी। एकल गाना अब सामूहिक गान बन गया। जिसको जो पंक्ति याद थी, वही गाने लगा। कई पुरुष भी नाचने लगे।

हल्की, भारी, सुर, बेसुर आवाज़ों के जाल में कभी कोई पंक्ति, कभी कोई पंक्ति उभरकर आती—

“ये मौत इस क़दर क़रीब मुझे न आयेगा यक़ीन
नहीं-नहीं अभी नहीं, नहीं-नहीं अभी नहीं।
अभी तो मैं जवान हूँ, अभी तो मैं जवान हूँ।”

शबनम ने थोड़ा-सा सफ़र साधा, “न मय में कुछ कमी रहे, क़दा से हमदमी रहे। नशिस्त ये जमीं रहे, यही हमा हमी रहे। हर इक लब पे हो सदा, न हाथ रोक साक़िया। पिलाये जा, पिलाये जा, पिलाये जा, पिलाये जा। अभी तो मैं जवान हूँ, अभी तो मैं जवान हूँ।”

आख़िरी पंक्ति सब झूमते हुए दोहरा रहे थे। आलाप प्रलाप में बदल रहा था। सभी गतयुवा और गतयौवनाएँ तसल्ली की आख़िरी डोर की तरह, कीर्त्तन के यान्त्रिक बोल की तरह बुदबुदा रहे थे, “अभी तो मैं जवान हूँ, अभी तो मैं जवान हूँ।” स्वर शिथिल हो रहे थे, जाम हाथों से लुढ़क रहे थे, फ़िज़ा में नज़्म के टुकड़े रह-रहकर तैर रहे थे।

आँखों-ही-आँखों में दिव्या और शाइस्ता ने सलाह की और उठ दीं। उनके होश-ओ-हवास क़ायम थे और उन्हें बड़ी दूर वापस जाना था।

चाभी

सत्या मासी को बड़े आग्रह से बुलाया गया है ताकि घर में थोड़ा-सा पंजाब नज़र आये वरना शहर ने सत्येन्द्र की समस्त पंजाबियत गड्ड-मड्ड कर डाली है। चारु तो है ही उत्तर प्रदेश की। छोटू का ब्याह है। लड़की पंजाब की है। बच्चों के दिमाग़ पर फ़िल्मों का असर है या धारावाहिकों का, वे धूम-धड़ाके का मतलब पंजाबी भाँगड़ा और गिद्दा ही समझते हैं।

मासी के साथ ज़ीती और आशी भी आये हैं। तीनों के डील-डौल ऐसे हैं कि उनसे भाँगड़े की उम्मीद नहीं की जा सकती। चलो, तजुर्बे तो हैं न। ये रस्में बताते चलेंगे।

अपने मुल्क में शादी-ब्याह स्पर्द्धा का समय है। हम किसी से कम नहीं वाली अकड़। सत्ते तो पंजाबी बोलना भी भूलता जा रहा है।

मासी यूपी को जूपी कहती हैं और हिन्दी बोलनेवालों को 'जूपीवाले।'

उन्होंने पहले ही दिन रूबी को खड़काया, "ये क्या चिन्दियाँ वरगी परौठियाँ उतार रही है। खानेवाले को शरम आ जाय, पर टिड्ढ (पेट) न भरे।"

पराँठे विशाल बनने लगे। एक पराँठे पर आधी टिक्की मक्खन रखकर खा लेने पर दूसरे पराँठे की ज़रूरत नहीं।

हलवाई को भी टोका गया, "लड्डू वड्डे होने चाहिए। वरक़ लगा।"

छोटू की बुआ कमलेश रग्बी से चलकर यहाँ पहुँची है। भतीजे की शादी का सबसे ज़्यादा चाव उसी को है। साथ में है उसका ख़ूबसूरत पति विजय।

सारी चहल-पहल के बीच चारु का मन बार-बार पीछे लौट जाता है, जब उसका विवाह हुआ था। चुपचाप रजिस्टर पर दस्तख़त हुए, टैक्सी में बैठे और घर आ गये। न बाजे बजे, न मजमा जुड़ा, न एक भी एक्सट्रा बल्ब कहीं लगा। सत्येन्द्र ने रोज़ दफ़्तर जानेवाले अपने कपड़े पहने। उसने ज़रूर तीस रुपये की नयी हैंडलूम साड़ी पहनी थी, बस। सत्येन्द्र के सादगी-प्रेम के कारण उसने न

बालों में फूल लगाये न नाख़ूनों पर नेलपॉलिश। यहाँ तीन दिन पहले से रस्में शुरू हो गयी हैं।

आराधना आ गयी है। वह अपने को मेहँदी आर्टिस्ट कहती है। शादीवाले घर में उसे काम तो मिल ही जायेगा। सबसे पहले वह चारु को पकड़ती है, "आंटी, आप बेटे की माँ हैं, स्पेशल लगें तो अच्छा है। आप ही से शुरू करूँगी।"

"धत्, बालों में मेहँदी लगाने की उम्र हो गयी, अब हाथों में मेहँदी लगवाती अच्छी लगूँगी?"

"बक-बक ना कर चारु, चल मेहँदी लगवा।" मासी ने आँख दिखाई।

"घर का काम कौन करेगा?"

"आंटी, मेरी मेहँदी घण्टे भर में रच जायेगी।" आराधना ने चारु की हथेली पर अपना हाथ फेरा। छलछल आँख भर आयी। अपनी शादी पर जो चाव नहीं हुए, अब हो रहे हैं, तीस साल देर से।

सब मेहँदी लगाकर बैठ गयीं, चाय कौन चढ़ाये?

—चढ़ा तो मैं दूँ, पिलायेगा कौन?

—देखो जो जिसका दूल्हा, वह पिलाये। नाक पे बैठी मक्खी भगाये, ब्लाउज़ में हाथ डाल खुजली मिटाये।

—और?

—और मुँह न खुलवाओ, बक दूँगी।

—आंटी, मेरे हज़ार रुपये दीजिए, मैं जाऊँ। अभी दो घरों में और मेहँदी लगानी है।

—हाय राम! रेट बढ़ा दिया क्या?

—नहीं तो, सात जोड़ी हाथों में लगायी, पैरों का तो कुछ ले ही नहीं रही हूँ," आराधना ने कहा।

डेढ़ सौ रुपये के हिसाब से माँग रही है पैसे। महीने भर पहले रेट सौ रुपये था। लगन के दिन जो ठहरे। सत्येन्द्र हिसाब चुकता करता है।

बारात का दिन आ पहुँचा। चारु को तो पता ही नहीं। लड़के को भी हल्दी लगायी जाती है।

आशी और कमलेश ने पण्डित बुलाया है। वह बताता जा रहा है।

चारु का जी धड़क रहा है। कम्प्यूटर विज्ञानी लड़का यह पीले लौंदे-सा उबटन लगवायेगा या फिंकवा देगा। इसके पिता ने कोई भी रस्म निभायी नहीं थी।

छोटू को एतराज़ नहीं। हँसते-हँसते आकर पटरे पर बैठ गया।

सबने लगायी उसे हल्दी—पहले भाभी, फिर बहनें, बुआ और अन्त में मासी और माँ।

छोटू चश्मा उतारकर गुसलख़ाने में घुस जाता है। अच्छा-ख़ासा फ़ेशियल हो गया उसका।

बारात का समय आठ बजे का है। पाँच बजे से ही मेहमानों ने तैयारी शुरू कर दी।

मासी ने कभी साड़ी नहीं पहनी, लेकिन यहाँ नयी साड़ी ख़रीदकर लायी हैं। सफ़ेद सिल्क पर चाँदी के तारों का जाल बना है। पता चलता है, ब्लाउज़ तो पंजाब में ही रह गया। अब क्या हो? उनके नाप का ब्लाउज़ घर में मिलना असम्भव है।

-हटाओ मासी, आप सलवार-सूट पहनो। आप उसी में जँचती हो।

मासी थोड़ी सुस्त हो गयी।

ठक-ठक, बाथरूम का दरवाज़ा ढोलक की तरह बजता ही रहता है।

कपड़ों के बाद गहनों का नम्बर। "भई चारु, अलमारी खोलकर सबके गहने दे दो।"

"चाभी कहाँ है? ड्रॉअर में थी।"

"नहीं, मेज़ पर थी।"

"अरे, सिरहाने तो नहीं थी।"

चारु इधर ढूँढ़ती है, उधर ढूँढ़ती है। चाभी नहीं मिलती।

सबके चेहरे फक्क पड़े हैं।

आते ही सबने पहले गहने और रुपये चारु के हवाले कर दिये थे, "तुम घरवाली हो, तुम्हीं सँभालो। जब माँगें तब दे देना।"

"चाभी तुमने देखी? तुमने देखी?"

"भई, तेरी चाभी के हमने तो दर्शन भी नहीं किये। काली-पीली कैसी है?"

"डुप्लिकेट है क्या?"

"डुप्लिकेट भी अलमारी में बन्द है।"

सत्येन्द्र हल निकालता है।

—चलो कपड़े तो सबने पहन लिये। चल पड़ो नहीं तो देर हो जायेगी। "हाय-हाय! शादी के घर में क्या नंगी-बुच्ची जायेंगी सब? गहने इसी दिन के लिए होते हैं।"

मासी कहती है, "अपनी छड्डो, पर दुलहन के गहने भी तो इसी अलमारी में हैं। उसको क्या देंगे?"

सब सोच में पड़ जाते हैं।

"ज़रा याद करो, कहाँ रखी तुमने चाभी?"

चारु रुआँसी हो जाती है, "हर बात मेरे मत्थे आती है। मैंने कब कहा, अपना जोख़िम मेरे पास रखो।"

"रूबी कहाँ गयी? आराधना कहाँ रहती है, कहीं वही तो नहीं ले गयी?"

"रूबी तो मेरे सामने गयी थी। उसके बाद तो अलमारी खोलकर जयमाल निकाली थी।"

"और आराधना?"

"आराधना इस कॉलोनी में दस साल से मेहँदी लगा रही है। वह चोर नहीं है।"

"कोई तो ले गया है वरना चाभी जाती कहाँ?"

जिसको जहाँ जगह मिलती है, वहीं धम्म-से बैठ जाता है।

हर एक के दिमाग़ में अपने नुक़सान का वज़न भारी होता जा रहा है। एक तोले की चेन दो तोले की और दो तोले के कंगन चार तोले के बताये जा रहे हैं।

छोटू तैयार होकर नीचे आया।

उसने कहा, "यह तो तय है, किसी का भी सामान खोया नहीं है। बस, चाभी गुम हुई है। मैं अभी घण्टाघर जाकर चाभी बनानेवाले को ले आता हूँ, पन्द्रह मिनट में चाभी बन जायेगी।"

"काम कर, आज तेरा ब्याह है और तू चोर-उचक्कों को लेने घण्टाघर जायेगा?" मासी ने कहा।

"सच्ची बात है, सब चाभी बनानेवाले असल में चोर ही होते हैं।" सत्ते ने हाँ-में-हाँ मिलायी। उसने एक मौलिक सुझाव दिया, "ऐसा करते हैं, हम लोग चलकर लड़कीवालों को बता दें कि चाभी खो जाने से हम बहू के गहने नहीं ला पाये हैं। बाद में दे देंगे।"

"नहीं जी, नाक कट जायेगी।"

मासी को रोना आ गया, "मेरे हाथों में तो एक छल्ला भी नहीं है। वे लोग सोचेंगे, हम यतीमख़ाने से आ गये।"

छोटू ने रसोई में जाकर सबके लिए चाय बनायी। कुछ तनाव कम हो तो रास्ता निकले। आठ तो घर में ही बज गये।

चारु ने मुँह फुलाकर कहा, "तुम सब जाओ ब्याह में, मुझे नहीं जाना।"

"पागल हुई हो क्या?"

"हम सब गये तो जिसने चाभी उठायी है वही आकर चोरी कर लेगा।"

"तुम्हें किसी पर शक है तो बताती क्यों नहीं?" छोटू चाय थमाता है।

सबका मूड कुछ सँभलता है। विजय कहते हैं, "छोटू तेरी शादी में नंगी चा नहीं पीनी। साथ मट्ठी-अचार कुछ लेकर आ।"

चारु मट्ठियाँ निकालती है।

मासी कहती हैं, "अरे, जो अचार मैं लायी थी गलगलवाला, वह लाना।"

चारु ताक पर से मर्तबान उतारती है। लम्बी कलछी से अचार निकालती है। टन-से कटोरी में कुछ बजता है।

अरे, यह क्या? गलगलों के रस में लिथड़ी हुई चाभी, गाँधी जी के गुच्छे समेत दिखाई दे रही है।

चारु लपकती है।

"चाभी मिल गयी! चाभी मिल गयी!"

सबके चेहरों पर रंग लौटते हैं।

"कहाँ मिली, कैसे मिली?"

"माँ को चाभी छुपाने की जगह बढ़िया मिली।" छोटू हाथ-पर-हाथ मार कर हँस रहा है।

"अचार के अन्दर पहुँची कैसे?"

चारु को याद आया। जयमाल निकालने के बाद उसने चाभी मासी की तरफ़ उछाली थी, "लो मासी, तुसी सँभालो।"

मासी पीपे से निकालकर अचार मर्तबान में डाल रही थीं। तभी गिरी होगी चाभी गलगल के अचार में। गाँधी जी समेत चाभी के गुच्छे ने डिटॉल साबुन से स्नान किया।

अलमारी खुली।

सबने अपने-अपने गहने पहने। सबके चेहरों पर तसल्ली थी, पर तृप्ति नहीं। हर एक को लग रहा था, उसके गहने हल्के हैं। शादी के मौक़े पर भारी गहने ज़्यादा फ़बते।

थोड़ा-सा प्रगतिशील

विनीत ने अपनी सहपाठी चेतना दीक्षित के साथ दोस्ती, मुहब्बत और विवाह की सीढ़ियाँ दो साल में कुछ इस तरह चढ़ लीं कि एक दिन चेतना उसके घर हमेशा के लिए आ बसी। अपनी सफलता पर अभिभूत हो गया विनीत, साथ ही सावधान। प्रेम का प्रथम ज्वार ज़रा धीमा पड़ा तो उसे सबसे पहले यह चिन्ता हुई कि जिस आसानी से उसने चेतना को पटा लिया उतनी ही आसानी से कोई और न उसे पटा ले। साल भर में चेतना की कमनीयता में कोई कमी नहीं आयी, उलटे उसमें इज़ाफ़ा ही हुआ था। शोख़ी अब बातों के साथ-साथ उसकी आँखों में भी उतर आयी थी।

दरअसल, विनीत आज़ाद भारत के अधिसंख्य शिक्षित नवयुवकों जैसा ही था, थोड़ा-थोड़ा सब-कुछ—थोड़ा-सा आधुनिक, थोड़ा-सा पारम्परिक, थोड़ा-सा प्रतिभावान्, थोड़ा-सा कुन्द; थोड़ा चैतन्य, थोड़ा जड़, थोड़ा-सा प्रगतिशील, थोड़ा-सा पतनशील। सभी की तरह उसके सपनों की स्त्री वही हो सकती थी जो शिक्षित हो पर दबकर रहे, आधुनिक हो, लेकिन आज्ञाकारी, समझदार हो लेकिन अलग सोच-विचारवाली न हो।

विनीत देखता चेतना अपना पूरा दिन किसी-न-किसी बात या काम में मगन रहकर बिताती। ऐसा लगता, जीवन की कोई सुर-ताल उसके हाथ लग गयी है और वह एक लम्बी नृत्यमुद्रा में लीन है।

विनीत ने सोचा, उसे तौल लेना चाहिए कि चेतना के दिमाग़ में क्या चल रहा है?

उसने बात कुछ इस तरह शुरू की, “चेतू, तुम्हारे सिवा और किसी से बात करना मुझे बिल्कुल अच्छा नहीं लगता।” उसके कान यह सुनने का इन्तज़ार कर रहे थे कि चेतना कहेगी उसे भी विनीत के सिवा किसी और लड़के से बोलना गवारा नहीं।

चेतना ने कहा, "यह तो गम्भीर समस्या है। कल को मेरे दोस्त घर आयेंगे तो तुम क्या करोगे?"

"मैं दूसरे कमरे में चला जाया करूँगा" उसने जल-भुनकर जवाब दिया।

"देखो, मुझे तो सबसे बोलना अच्छा लगता है, बच्चों से, बड़ों से, यहाँ तक कि मैं किताबों और टी.वी. से भी बोल लेती हूँ।"

"चेतना, दुनिया इस बीच बहुत ख़राब हो चली है। जब भी तुम किसी से बात करो, एक फ़ासले से बोला करो। लोग लड़कियों के खुलेपन का ग़लत मतलब निकालते हैं।"

"निकालने दो। यह उनकी समस्या है, मेरी नहीं।" चेतना ने कन्धे उचका दिये।

मकान में नीचे के कमरे ख़ाली पड़े थे। दरअसल, यह विनीत के बाबा का बनाया हुआ मकान था। इसमें उन्होंने निचली मंज़िल पर आँगन की बाहरी तरफ़ चार कमरे इसलिए बनवाये थे कि उन्हें दुकानों के लिए किराये पर उठा दिया जाये। बाबा तो रहे नहीं, उनके नीति-नियम भी उनके साथ ही विदा हुए। विनीत के माता-पिता यहाँ रहते नहीं थे। उनकी नियुक्ति इन दिनों जम्मू में थी। विनीत को यह पसन्द नहीं था कि घर का कोई भी हिस्सा किराये पर चढ़ाया जाये। वे चारों कमरे ख़ाली पड़े थे। महीने में एक बार सफ़ाई करवाने के लिए इनका ताला खोला जाता। घर की नौकरानी बड़बड़ाते हुए कमरों में झाड़ू लगाती। चेतना फ़ौरन उसे पाँच का नोट पकड़ा देती।

इस साल दिसम्बर में ठण्ड इतनी बढ़ी कि आकाश से सूरज और धरती से धूप उड़न-छू हो गये। लोगों ने अपने कुल जमा गरम कपड़े पहन लिये, लेकिन हर वक़्त यही लगता जैसे हर अंग बर्फ़ में लिपटा हुआ है।

ऐसी एक ठण्डी शाम कॉफ़ी हाउस से लौटते हुए विनीत और चेतना की नज़र अपने रिक्शेवाले पर पड़ी। उसने एक सूती चादर ओढ़ रखी थी, लेकिन रिक्शा चलाने से वह बार-बार उड़ रही थी। चादर के नीचे कमीज़ भी सूती थी।

वे द्रवित हुए। विनीत ने कहा, "घर में इतने पुराने गरम कपड़े पड़े हैं, इसे दो एक कपड़े दे दें।"

चेतना बोली, "नीचे के कमरे में बड़े ट्रंक में होंगे।"

घर पहुँचकर चेतना ने रिक्शेवाले से कहा, "रुको, तुम्हें स्वेटर देते हैं।"

वह ऊपर से कमरे और बड़े ट्रंक की चाभियाँ लायी। ट्रंक में वाक़ई बाबा आदम ज़माने के रज़ाई-गद्दे और पुराने कपड़े भरे थे। उसने अच्छी हालतवाला एक गरम कुरता और ऊनी चादर निकालकर रिक्शेवाले को दी।

रिक्शेवाला उनसे घर पहुँचाने का किराया नहीं लेना चाहता था। वह बार-बार हाथ जोड़ता, "नहीं मालिक, आपने कई दिनों की मजूरी दे दी" पर विनीत और चेतना ने ज़ोर देकर उसे पैसे दिये।

रात को नीचे का मुख्य द्वार बन्द करते हुए चेतना ने देखा, रिक्शेवाला कहीं गया नहीं। वह वहीं उनके घर के आगे रिक्शे में ऊनी चादर ओढ़कर गुड़ी-मुड़ी हुआ पड़ा था।

उसने विनीत को बताया। विनीत चिन्तित हो गया, "यह बर्फ़ानी रात में अकड़कर मर जायेगा, देख लेना।"

चेतना ने सुझाया, "विनीत, क्यों न इसे नीचे के कमरे में रात काटने दें? सब के सब ख़ाली तो पड़े हैं।"

विनीत ने नीचे जाकर रिक्शेवाले को उठाया और कमरा दिखा दिया।

शरण का आश्वासन मिलने पर रिक्शेवाले ने हाथ जोड़कर विनीत के आगे झुककर धन्यवाद किया। फिर उसने हाथ ऊपर उठाकर परवर दिगार का भी शुक्र अदा किया। विनीत ने उसका नाम पूछा। उसने बताया 'रहमत'।

यह सब सिर्फ़ एक रात का इन्तज़ाम था जो सारी सर्दियाँ जारी रहा।

इतनी ठण्ड में उससे यह कहना कि 'जाओ, अपना रास्ता नापो' बड़ा कठिन था। ख़ासकर तब जब रहमत सुबह उठकर चारों कमरों के साथ आँगन, ड्योढ़ी की भी झाड़ू लगा देता, पौधों में पानी डालता और बड़ी ख़ुशी-ख़ुशी विनीत को दफ़्तर छोड़ आता। कभी-कभी चेतना भी उसके रिक्शे में बाज़ार चली जाती।

एक रात बहुत ज़्यादा ठण्ड पड़ी। पहाड़ी क़स्बों में बर्फ़ गिरी तो मैदानी क़स्बे भी जमने लगे। चेतना को लगा, रहमत को ठण्ड लग रही होगी। उसने अपने कमरे की खिड़की से आवाज़ लगायी, "रहमत, तुम्हें ठण्ड तो नहीं लग रही?"

रहमत ने जवाब दिया, "नहीं, मालकिन।"

विनीत की नींद टूट गयी। उसने चिढ़कर चेतना की तरफ़ देखा, "यह बात दिन में भी पूछी जा सकती थी।"

"दिन में तो धूप की रज़ाई होती है। पाला तो रात में ही पड़ता है।"

"अगर उसे ठण्ड लग भी रही है तो क्या करोगी? क्या अपनी रज़ाई उसे दे दोगी?"

"तुम तो बात का बतंगड़ बना देते हो। वह ऐसा कहेगा ही नहीं।"

विनीत बड़बड़ाया, "मेरी अच्छी-भली नींद चौपट कर दी।"

दफ़्तर की तरफ़ से स्कूटर ख़रीदने के लिए विनीत ने छह महीने से अर्ज़ी लगा रखी थी। इसमें यह सुविधा थी कि सरकारी कर्मचारियों को निर्धारित मूल्य पर दस प्रतिशत की रियायत मिल जाती और माँगने पर प्राविधि खाते से पैसे निकालने की अनुमति भी।

जिस दिन स्कूटर आवंटन की ख़बर आयी विनीत ख़ुश हुआ। उसने शाम को घर पहुँचकर चेतना को बताया।

चेतना के मुँह से तत्काल निकला, "बेचारे रहमत का क्या होगा?"

"इसका क्या मतलब? हमने क्या उसका ठेका ले रखा है? जाये वह जहाँ से आया था।" विनीत झुँझला गया।

"यकायक वह कहाँ सिर छुपायेगा? छह महीने से यहाँ टिका हुआ है।"

"स्कूटर आने के बाद हम रिक्शेवाले का क्या करेंगे? हमने कोई सरकारी रैनबसेरा तो खोला नहीं है।"

"इन्सानियत भी कोई चीज़ होती है।" चेतना बोले बिना नहीं रही।

"तुम उसकी इतनी फ़िक्र क्यों कर रही हो? तुम्हारा वह क्या लगता है? मैंने सोचा था, तुम स्कूटर की ख़बर से ख़ुश होगी।"

"ख़ुश तो मैं हूँ, पर एक ग़रीब का आसरा छिनेगा। यह बात ख़राब है।"

"तो क्या करें? क्या हम एन.जी.ओ. खोलकर बैठ जायें और अपने इलाक़े के सारे भूखे-नंगों को शरण दें?"

"इसके लिए बड़ा कलेजा चाहिए। हम तो एक अदद बेघर के सिर पर छत नहीं दे पा रहे जबकि वह अपने पैरों पर खड़ा है।"

विनीत बहुत चिढ़ गया। उसने मन-ही-मन तय किया आने दो आज रहमत को। उसे ऐसी झाड़ पिलाऊँगा कि ख़ुद ही अपना बोरिया-बिस्तरा उठाकर भाग जायेगा।

यह चिढ़ केवल रिक्शेवाले तक सीमित न थी। छोटी-छोटी बातों में विनीत को ढेर-सा ग़ुस्सा उमड़ता।

कई बार वह अपने दफ़्तर के दोस्तों को घर लाता। वे तय करते, विनीत के घर बैठकर बियर-वियर पीकर थोड़ा रिलैक्स हुआ जाये। बाक़ी साथियों के घर में एकान्त का अभाव था। किसी के यहाँ माँ-बाप की मौजूदगी, तो किसी के घर में बच्चों की चिल्लपों आराम का माहौल न बनने देती। विनीत का घर इस मामले में निरापद था।

इस तरह के कार्यक्रम के लिए सब ख़ुशी से ख़र्च में हिस्सा बँटाते। चेतना नमकीन और सलाद का इन्तज़ाम कर देती, लेकिन नमकीन की प्लेटें रखने के साथ-साथ वह ख़ुद भी आ बैठती। विनीत किसी-न-किसी बहाने उसे उठाता रहता, "नमक लाओ, नीबू लाओ, बर्फ़ लाओ।" वह फ़ौरन सामान लाकर पुनः बैठ जाती। किसी तरह अपने गुस्से पर ज़ब्त कर, विनीत रात में चेतना को समझाने की कोशिश करता, "देखो चेतू, तुम मेरे दफ़्तर के लोगों के सामने न बैठा करो, ये अच्छे लोग नहीं हैं।"

"मुझे तो उनमें कोई ख़राबी नहीं दिखती। कितनी इज़्ज़त से बात करते हैं।" चेतना असहमत होती।

"यह सब दिखावा है। दफ़्तर में ये लोग दूसरों की बीवियों पर भद्दे कमेंट करते हैं।"

"अगर ये इतने ख़राब लोग हैं तो तुम्हें भी इनसे दूर रहना चाहिए।"

"मुझे उपदेश देने की ज़रूरत नहीं। मेरा कर्त्तव्य है कि तुम्हारी रक्षा करूँ।" विनीत ने बात समाप्त की।

विनीत ने पाया, बाज़ार में कितनी ऐसी दुकानें थीं जिनके दुकानदार चेतना से हँसकर बात करते। उसके कहने पर दो-चार रुपये की छूट भी दे देते। कुछ विक्रेता तो उसकी पसन्द ऐसे समझते कि उसके बोलने से पहले उसकी मर्ज़ी का सामान निकालकर काउण्टर पर रख देते।

विनीत ने एक दिन कहा, "चेतू तुम क्यों बाज़ार जाकर परेशान होती हो? ऑफ़िस से वापस आते हुए मैं ही ला दूँगा, जो लाना हो। तुम सुबह लिस्ट बना कर मेरी जेब में रख दिया करो।"

अपने प्रेमी पति को तकलीफ़ नहीं देना चाहती थी चेतना, लेकिन उसे अपनी आज़ादी भी प्रिय थी। अब वह बिना विनीत को बताये दोपहर में बाज़ार के लिए निकल पड़ती। कई बार बिना कुछ लिए लौट आती, पर बाहर निकलने का सुख अपनी जगह था। दुकानों में सजे सामानों का वह पत्र-पत्रिकाओं में दिये गये सामानों से मिलान करती और मन-ही-मन तय करती कौन-सी जगह पिछड़ी है तो कौन-सी अधुनातन?

घर में आनेवाले अख़बार और पत्रिकाओं की संख्या मज़े की थी क्योंकि दोनों पढ़ने के शौक़ीन थे। विनीत जहाँ हर पत्रिका एक बार पलटकर सरसरी तौर पर पढ़ता, चेतना उसे आद्योपान्त पढ़ती। उनमें प्रकाशित लेख, कहानी, कविता पर विचार करती और अपनी सहेलियों से या विनीत से उन पर चर्चा करती। विनीत कहता, "देखो, रचनाओं में तर्क से ज़्यादा तन्मयता देखी जाती है।"

चेतना कहती, "तर्क के बिना जीवन में कुछ भी स्वीकार नहीं किया जा सकता, साहित्य भी नहीं।"

सहेलियाँ समझातीं, "तुम क्यों सारा दिन माथा-पच्ची करती हो? कहानियों में झूठ-ही-झूठ होता है।"

चेतना अपनी सहमति और असहमति व्यक्त करने में ज़रा देर न लगाती। वह सम्पादकों को लम्बे-लम्बे पत्र लिखती। जिन रचनाओं में लेखकों के फ़ोन नम्बर या पते दिये होते, वह उनसे भी सम्पर्क करने की कोशिश करती।

ज़्यादातर तो किसी का उत्तर नहीं आता, लेकिन हाँ, एक बार एक कहानी लेखक ने उसे जवाब दिया था। उसने बड़ी सादगी से चेतना के तर्क मान लिए और कहा, "जहाँ तक मेरी बुद्धि की पहुँच थी, मैंने कहानी लिखी। आप मुझसे ज़्यादा प्रखर हैं।"

पति-पत्नी दोनों ने यह पत्र पढ़ा। दोनों की प्रतिक्रिया अलग थी।

विनीत ने कहा, "कितना बड़ा लेखक है और कितना विनम्र? उसने तुम्हारे आगे हथियार डाल दिये।"

चेतना बोली, "ग़लत। विनीत, यह लेखक बड़ा चालाक है। उसने ऐसा लिख कर अपना पीछा छुड़ाया है।"

"चलो छोड़ो, तुम्हें भी क्या पड़ी जो तुम लोगों को चिट्ठी लिखती फिरो या फ़ोन करो? कहानियाँ पढ़कर भूल जाने के लिए होती हैं।"

चेतना ने पाया, इधर रोज़ रात विनीत उसका फ़ोन उलट-पुलट करता है। ध्यान देने पर उसे समझ में आया कि वह यह देखता है कि पत्नी के पास किसका फ़ोन आया और उसने किसको फ़ोन किया?

कितनी ओछी हरकत है यह? मैं तो इससे दफ़्तर के हर मिनट का हिसाब नहीं लेती। उसे महसूस हुआ।

चेतना का मन कुछ बुझ गया। उसे लगा, जैसे उसके ऊपर एक अनदेखा कैमरा लगा हुआ है।

उसने किताबों की बजाय कम्प्यूटर में मन लगाना शुरू किया। यह क्या? चेतना को जैसे घर बैठे नयी-निराली दुनिया मिल गयी। हर विषय पर इतनी जानकारी और इतनी विविधता। सत्य और तथ्य जानने की उसकी उत्कण्ठा अब कहीं सन्तुष्ट होने लगी। विनीत हैरान रह गया। वह जैसे ही कोई बात कहता, चेतना उसके दस पहलू सामने रख देती। विनीत ने उसे नया नाम दे दिया, मिनीपीडिया।

चेतना की प्रखरता से विनीत प्रभावित भी था और प्रताड़ित भी। उसे लगता, ज़िन्दगी की दौड़ में चेतना उसे बहुत पीछे छोड़ सकती है।

फ़ेसबुक पर चेतना के हज़ारों दोस्त बन गये। वह अब घर ही घर में एकदम मगन रहती। वह रात में जागकर इंटरनेट पर कुछ-न-कुछ पढ़ती रहती।

आजकल विनीत कुढ़ रहा है और मना रहा है कि कहीं चेतना नौकरी करने का इरादा न कर ले। लगता है, वहाँ भी वह उसे पछाड़ गिरायेगी।

पटकनी

हिन्दू कॉलेज की तस्वीर छपी थी 'हिन्दुस्तान' अख़बार में। कॉलेज पहले से बहुत विशाल और विस्तृत हो गया था। हरा-भरा भी ज़्यादा दिखाई दे रहा था। वितस्ता को याद आ गये अपने पढ़ाई के दिन। पीछे के गलियारे में एम.ए. इंग्लिश की क्लास लगती थी। वहाँ से कॉलेज कैंटीन दिखता था। हमारा मन पढ़ने में कैसे लगे? प्रोफ़ेसर आर.पी. गुप्ता तो यन्त्रवत् पढ़ाते रहते, कोई सुने चाहे न सुने। प्रोफ़ेसर कँवर और सूद को यह बर्दाश्त नहीं था। कँवर साहब देखते कि विद्यार्थी मन नहीं लगा रहे। वे कहते, "चलो, कैंटीन में क्लास लेते हैं आज। कॉफ़ी के साथ कोलरिज जल्दी समझ आयेगा।"

हम सब उछल पड़ते।

लम्बा-चौड़ा मैदान चटपट पारकर हम कैंटीन के लॉन में डेरा जमा लेते। रोमी बत्रा काउण्टर पर कॉफ़ी का ऑर्डर दे आता। हमारे लिए प्रोफ़ेसर कँवर उस वक़्त दुनिया के सबसे अच्छे गुरु होते। प्रोफ़ेसर सूद का घर कॉलेज परिसर में ही था। वे कई बार पूरी क्लास को घर पर बुलाकर चाय पिलाते और चॉसर पढ़ाते जाते। तब हमें लगता हमारे विद्यार्थी-दिन कभी ख़त्म न हों। इसी तरह हम विश्वविद्यालय में व्याख्यान और कॉलेज में ट्यूटोरियल करते रहें, कॉफ़ी के प्याले और कोक की ठण्डक में दिन-घड़ी बीतती रहे। क्लैरिसा, सन्तोष, आशा, सुशील, विनोद, दिनेश और रोमी के साथ वितस्ता रिज रोड पर घूमने निकल जाती। पता ही न चलता, कितनी दूर चल लिये? लौटते में चार बज जाते।

इतनी मस्ती और आज़ादी के बावजूद, उन सबके ऊपर आधुनिक साहित्य का एक नकारवादी प्रभाव पड़ा हुआ था। वे हर धारा के विरुद्ध रहने को तैयार रहते। वे कवियों, कथाकारों की अजीबोग़रीब जीवनियाँ पढ़ते और उन्हें लगता, सीधी-सादी ज़िन्दगी भी कोई ज़िन्दगी है? जीवन होना चाहिए सनसनाता, खलबलाता, उठा-पटक से भरपूर।

ऐसे में जब सन्तोष ने मित्र-मण्डली को सूचना दी कि उसकी शादी अमृतसर के एक मेवा व्यवसायी के बेटे से तय की जा रही है, उन सबने एक साथ कहा था, "ओ नो सन्तोष, व्हाट ए फ़ॉल माय क्लासमेट!"

सन्तोष ने चमकते चेहरे से कहा, "कोई छोटा-मोटा ठेलेवाला नहीं है जनाब, अमृतसर में उनके चार स्टोर और छह मकान हैं। साल में चार बार विदेश जाते हैं वे!"

मित्र-मण्डली ज़रा भी प्रभावित नहीं हुई। चन्द्र प्रकाश ने स्त्रियों के पालतूकरण पर पन्द्रह मिनट का प्रवचन दिया था।

सन्तोष ने बड़े यथार्थवादी ढंग से अपने बालों को झटककर उसे नकार दिया, "ये सब निराश लोगों के नाटक हैं। मैं बाईस साल की हूँ, शादी की उम्र है यही।" हम सबने शोर मचाया था, "अगर यह शादी की उम्र है तो बग़ावत की कौन-सी उम्र होगी। तुम तो सगाई से भी पहले परायी बन गयीं।"

"बताऊँगी, जब तुम्हें कोई पसन्द करेगा। अभी तुम सब क्या समझोगे?" सन्तोष ने कहा।

दरियागंज के मोती महल में उसकी सगाई की पार्टी हुई थी, जिसमें हम सब पहुँचे थे। हम सब ज़रा जल्दी पहुँच गये। नौ नम्बर बस उस दिन बहुत तेज़ रफ़्तार से चली या लाल बत्ती चौराहों ने हरा रंग पसन्द कर लिया, जो भी हो, अभी वहाँ के खुले प्रांगण में दरियाँ बिछायी जा रही थीं और लम्बी मेज़ों पर बेयरे सफ़ेद चादरें तानकर ऑलपिनों की मदद से कस रहे थे। सन्तोष के पिता मित्र-मण्डली देखकर बड़े ख़ुश हुए, "बड़ा अच्छा किया बच्चो, अब मेहमानों का वेलकम-शेलकम तुमने ही करना है। लो, पहले कोक पियो तुम लोग।"

सन्तोष अभी तैयार होकर साहिब सिंह एंड सन्स के यहाँ से लौटी नहीं थी। हमें बड़ी उत्कण्ठा थी उसे देखने की। सिर्फ़ साहिब सिंह एंड सन्स के यहाँ शहर की सबसे बढ़िया हेयर स्टाइलिस्ट उपलब्ध थी। सन्तोष वैसे ही सुन्दर थी, नयी केश सज्जा और रूप-शृंगार से आज चार चाँद लगनेवाला मुहावरा सार्थक होते देखना था।

हालाँकि वितस्ता, क्लेरिसा और आशा नये कपड़े पहनकर आयी थीं, मोती महल के रौशन माहौल में उनके कपड़े साधारण दिखाई दे रहे थे। आशा थोड़ी आशंकित भी थी। उसने वितस्ता से कहा, "सन्तोष तो पार लग गयी, मेरी बेड़ी जाने कहाँ तरनी है? मैं तो पूरे तेईस की हो गयी हूँ मई में।"

वितस्ता ने वीरता से कहा, "रिज़ल्ट निकलते ही अपन लेक्चररशिप के लिए एप्लाय करते हैं। मैं तो साथ की साथ डी.फिल. में भी दाख़िला लूँगी। सब्जेक्ट भी सोच लिया है।"

उसकी बात अधूरी छोड़ आशा सन्तोष की बड़ी बहन से मुख़ातिब हो गयी जो बम्बई से ख़ास इस जश्न के लिए आयी थी। उसकी तीन साल पहले शादी हुई थी।

उसने प्रसन्न मुद्रा में बताया, "मेरी शादी भी मोती महल से हुई थी। इसी जगह सारी रस्में हुईं।" रोमी पास ही खड़ा था। उसने कहा, "आपकी शादी में भी वही मैकूलाल का बैंड बजा होगा जो दिल्ली की हर शादी में बजता है?"

"हाँ जी, पर तुम ऐसा क्यों बोल रहे हो?" बहन ने हैरानी से रोमी को देखा।

"शट अप रोमी, शट अप!" कई आवाज़ें उठीं। दोस्त नहीं चाहते थे कि रोमी अपने सिड़ीपने से आज के रंग बेरंग करे।

सन्तोष-परिवार की प्रसन्नता, सम्पन्नता और उदारता पग-पग पर प्रकट हो रही थी।

समय पर अमृतसर वाले आये। उनके प्रवेश पर फूलों और फुल्लियों की ऐसी बरसात की गयी कि दरियाँ ढँक गयीं।

सन्तोष का मंगेतर रेमण्ड सूट में जँच रहा था। अँगूठी की रस्म पर दोनों पर आशीर्वादों की झड़ी लग गयी। वितस्ता ने देखा, गौरव कपूर का क़द उसकी क्लास के सभी सहपाठियों से ज़्यादा था और रंग साफ़। उसके नाक-नक्श भी सुन्दर थे।

क्लैरिसा ने कहा, "मेरी समझ नहीं आता, जब इतना ताम-झाम फैलाया गया है तो सन्तोष के माँ-बाप आज शादी भी क्यों नहीं निपटा देते।"

सन्तोष की माँ ने कहा, "नहीं जी, शादी पर तो हम सारी दिल्ली को न्योता देंगे। यहाँ कहाँ समायेगी इतनी भीड़? किसी फार्महाउस में करनी पड़ेगी शादी की रस्म!" दोस्तों ने सन्तोष को खुले दिल से बधाइयाँ दीं, दावत खायी और गोलचा से आख़िरी बस पकड़कर अपने घर लौट गये।

और तो सब सो गये उस रात, लेकिन मॉडल टाउन और शक्ति नगर के दो घरों में दो लड़कियों की रात करवटों में बीती। उनके दिमाग़ में बेहिसाब सवाल थे। उनकी कक्षा के माहौल और पाश्चात्य विचारधारा का कहना था कि विवाह एक प्रतिगामी संस्था है। यह स्त्री को सीमित, संकुचित और बाधित करती है। विवाह को नकार कर सार्त्र और सिमोन द बोवुआ साथ रहे थे कि सहजीवन समानता का पहला सबक है।

लेकिन आज सन्तोष और उसके मंगेतर के चेहरे पर जो चाव और उमंग दिखी, उसे झूठ या ग़लत मानने का भी मन नहीं हो रहा था। वितस्ता और आशा के मन में खलबली थी, वे आख़िर किसे सही मानें?

वितस्ता ने घर में कह-कह कर कि मैं शादी नहीं करूँगी। शादी का मतलब है बरबादी, मर्द की ग़ुलामी और रूढ़ियों का क़ारावास। अपने माता-पिता को इस हद पर पहुँचा दिया था कि वे सोचने लगे थे कि चलो, कोई बात नहीं। एक सन्तान बिन ब्याही रह जाये तो कोई आसमान नहीं टूट पड़ेगा। फिर वितस्ता पढ़ने में ज़हीन है। आज नहीं तो कल इसे अच्छी नौकरी मिल जायेगी। हो सकता है, आगे इसकी मानसिकता बदले और यह ख़ुद अपना जीवनसाथी चुन ले।

आशा की समस्या थोड़ी विकट थी क्योंकि अभी उससे बड़ी एक बहन और एक भाई अविवाहित थे। आशा को लगता, वह अगर शादी के विषय में सोचे भी तो उसका नम्बर तभी आयेगा जब वह अधेड़ हो जायेगी। अंग्रेज़ी साहित्य से उसे कोई घनघोर लगाव नहीं था। बी.ए. में इंग्लिश में अच्छे अंक आ जाने से उसका प्रवेश एम.ए. इंग्लिश में आसानी से हो गया था। दोनों लड़कियों को लग रहा था, शादी की सम्भावना में ज़रूर कोई जादू-मन्तर छिपा होता है जो लड़के-लड़कियों की सोच को पलट देता है। अभी पिछले महीने तक सन्तोष लाइब्रेरी में कामू की किताबों की दीवानी थी। 'द स्ट्रेंजर', 'द आउटसाइडर' जैसी पेपर बैक थामे वह वैन्गर्स में दाख़िल होती और बहस करती कि कामू सार्त्र से भी बड़ा अस्तित्ववादी है।

सन्तोष की सहेलियों ने देखा, आगामी दिनों में सन्तोष के पास उनसे बात करने की ज़रा भी फुर्सत नहीं थी। वे उसे 'ओडियन' में लगी फ़िल्म के बारे में बताना चाहतीं, पर सन्तोष कहती, उसे तो फ़ैशन डिज़ाइनर के पास जाना है। न जाने कितने अच्छे नाटक, कमानी में मंचित होकर उतर गये, पर सहपाठियों के झुण्ड में सन्तोष शामिल न हो पायी। अब तक प्रोफ़ेसरों को भी अन्दाज़ा हो गया था कि जल्द सन्तोष की शादी होने जा रही है।

प्रोफ़ेसर सूद ने एक दिन कहा, "सालाना इम्तहान से ज़रा पहले तुम्हारी शादी की तारीख़ पड़ी है। तुम इम्तहान दोगी या ड्रॉप आउट करोगी?"

सन्तोष ने कहा, "नहीं सर, मैं इम्तहान देने आऊँगी।"

"अगर नहीं आ पायीं तो तुम्हारी साल भर की मेहनत बेकार चली जायेगी।"

"मुझे पता है सर, मैं ज़रूर आऊँगी।"

चन्द्र प्रकाश ने गर्दन दायें-बायें हिलाते हुए कहा, "यह तय करने की तुम्हारी आज़ादी तब तक छिन चुकी होगी कि तुम्हें एम.ए. करना है या महज़ सन्तोष बी.ए. रह जाना है?"

"सर, देखिये यह कैसे बोल रहा है? यह कोई अठारहवीं शताब्दी है जो मुझे अपनी आज़ादी को कुर्बान करना पड़े!"

रोमी बोला, "सन्तोष, तुम्हें जितने हाई होप्स हैं न, आई मीन ऊँची आशाएँ अपनी शादी से, मैं बताना चाहता हूँ कि तुम फ़ूल्ज़ पैराडाइज़ में रहती हो। क्या तुम्हें अपने देश में फ़्लॉप मैरिजेज़ की संख्या बिल्कुल नहीं पता? एक सर्वेक्षण के अनुसार हमारे यहाँ हर तीसरी शादी फ़ेल होती है।"

प्रोफ़ेसर सूद ने लड़कों को रोका, "यह अनैतिक चर्चा कर रहे हो तुम। जिस लड़की का दो हफ़्ते बाद विवाह होनेवाला है, उससे तुम ऐसी नकारात्मक बातें कैसे कर सकते हो? यह अनैतिक ही नहीं अमानवीय है।"

चन्द्र प्रकाश ने कहा, "सर, आप उस उम्र में पहुँच गये हैं जब लोग इसी तरह लीपा-पोती कर आदर्शवाद की शरण में जाते हैं।"

"मेरी समझ नहीं आता कि तुम लड़के लोग सन्तोष को शादी के ख़िलाफ़ भड़काने में क्यों लगे हो? इन लड़कियों को देखो, कोई नेगेटिव नहीं बोल रही?" प्रोफ़ेसर सूद ने कहा।

"इन सबके लिए ज़िन्दगी के सवालों से पलायन के लिए शादी एक अच्छा बहाना है" चन्द्र प्रकाश ने गहरी उसाँस भरी, "सन्तोष की स्वाधीनता ख़त्म होने के मौक़े पर मैं एक शोक गीत लिखूँगा।" सन्तोष सब कुछ सुन रही थी और मन-ही-मन बुरा मान रही थी। उसे हैरानी हो रही थी कि ऐसे हृदयहीन साथियों के साथ उसने कैसे ये दो साल बिता लिये? इनके लिए आधुनिकता का मतलब केवल नकार और धिक्कार था। जीवन के अनिवार्य पड़ावों की इन्हें चेतना भी नहीं थी।

सन्तोष की शादी ख़ूब धूमधाम से हुई। उसकी विदाई में घर-परिवार के लोग लिपट-लिपटकर रोये। वह भी रोयी, इतनी कि पास खड़ा उसका दूल्हा धीरे-से बोला, "तुम्हें इतना रोना आ रहा है तो मैं अकेला चला जाता हूँ, तुम बाद में आ जाना।"

इस बात पर सन्तोष को रोते-रोते भी हँसी आ गयी। उसका रोना कुछ थमा और वह अन्दर जाकर अपना मेकअप ठीक करने लगी। गौरव सुन्दर तो है ही, उसमें सेंस ऑफ़ ह्यूमर भी है। उसे लगा, उसकी निभ जायेगी।

दिल्ली में मार्च का महीना ठण्डा नहीं होता। धूप तबीयत से निकलने लगती है और सिर्फ़ रात में रज़ाई की ज़रूरत पड़ती है, लेकिन अमृतसर मार्च में बेहद ठण्डा था। सन्तोष अपने साथ गर्म कपड़े नहीं ले गयी थी। उसने कहा, "मेरे साथ बाज़ार चलो तो मैं अपने लिए एक-दो ऊनी कपड़े ले लूँ।"

गौरव ने हँसकर कहा, "क्या करोगी? दिन में सभी कमरों में हीटर चलता है और रात में मैं हूँ न।" सन्तोष शर्म से लाल हो गयी। उसने पाया, उसका पति मस्तमौला है। वह हर बात हँसी में उड़ाना चाहता है। कभी सन्तोष को किताबों में उलझते देखता तो कह देता, "मेरी रक़ीबों को बिस्तर पर से हटा दो।"

"जो मैं फ़ेल हो गयी तो? सोचो, तुम्हारी भी बेइज़्ज़ती होगी कि नहीं?"

गौरव कहता, "जब मैं शॉप पर चला जाऊँ तब पढ़ा करो। नहीं तो ऐसा करो, इस साल इम्तहान ड्रॉप कर दो।"

"नहीं गौरव, इम्तहान तो मैंने ज़रूर देना है। मेरी दो साल की मेहनत चौपट हो जायेगी नहीं तो।"

सन्तोष ने मानो संकल्प ले लिया। उसने दिन-दिन भर किताबों का रट्टा लगाया। रात में जब भी उसकी नींद खुलती, वह चुपके-से बग़लवाले कमरे में अपनी किताब लेकर बैठ जाती। यह और बात है कि वह ज़्यादा देर पढ़ न पाती। गौरव की जैसे ही आँख खुलती और वह बिस्तर ख़ाली पाता, वह देवदूत की तरह उठकर आता और सन्तोष को बाँहों में भरकर वापस बिस्तर पर ले आता।

आख़िरकार अप्रैल का दूसरा सप्ताह ख़त्म होने को आया। सन्तोष दिल्ली आ गयी। सोलह अप्रैल से परीक्षाएँ होनेवाली थीं। उसने योजनाबद्ध ढंग से पढ़ाई की। हर पेपर के बिन्दुवार नोट्स बनाये और पिछले वर्ष के पेपर देखकर अनुमान लगाया क्या कुछ नहीं पूछा जायेगा। यह मानी हुई बात थी कि प्रश्न-पत्र में आवृत्ति की जगह आकस्मिकता ही ज़्यादा होती थी।

अमृतसर से फ़ोन आते रहते। गौरव कहता, "तुम्हें डिस्टर्ब कर रहा हूँ। तुम्हारे बिना वक़्त कटता ही नहीं।" सन्तोष मुदित मन कहती, "तुम्हारा फ़ोन नहीं आता तब डिस्टर्ब होती हूँ। जिस दिन पेपर ख़त्म होंगे, मैं उसी दिन चल पड़ूँगी।"

सन्तोष के सभी पेपर्स अच्छे हुए। उसकी कक्षा के कई लड़के कहते पाये गये, "सन्तोष का क्या है? फ़ेल भी हो गयी तो क्या फ़र्क़ पड़ेगा?"

चन्द्र प्रकाश ने कहा, "वह पास भी हो गयी तो कौन-सा तीर मार लेगी?"

आशा ने उसकी बात काटी, "ध्यान दो, सन्तोष के सारे पेपर्स अच्छे हुए हैं। उसको कमज़ोर कड़ी मत समझो।" चन्द्र प्रकाश ने हँसी उड़ायी, "आशा, लगता है, उसने तुम्हें ख़ूब काजू-पिस्ता खिलाया है, वही बोल रहा है।"

सन्तोष तो वापस अमृतसर चली गयी। पन्द्रह जून तक का वक़्त बाक़ी विद्यार्थियों के लिए भारी पड़ा। परीक्षा परिणाम आने में देर थी। कभी वे अख़बार में रिक्तियों के विज्ञापन देखते, कभी सिविल सर्विसेज़ का आवेदन-पत्र लाने की भाग-दौड़ करते।

जैसे-जैसे पन्द्रह जून पास आ रही थी, लड़के-लड़कियों की बेचैनी बढ़ती जा रही थी।

अन्ततः वह दिन भी आ गया। परीक्षा-फल घोषित होते ही यूनिवर्सिटी ऑफ़िस के नोटिस बोर्ड पर विद्यार्थियों की भीड़ उमड़ी। वहाँ नाम, पिता के नाम के साथ-साथ अनुक्रमांक लिखे हुए थे, जिसके आगे प्राप्तांक और श्रेणी अंकित थी।

हमेशा की तरह लड़कियों के प्राप्तांक लड़कों से बेहतर थे। हिन्दू कॉलेज के बैच के सिर्फ़ तीन लड़कों को द्वितीय श्रेणी मिली थी, दस को तृतीय और दो अनुत्तीर्ण थे। लड़कियों में सबकी उच्च द्वितीय श्रेणी आयी थी। इनमें सर्वाधिक प्राप्तांक सन्तोष के थे। उसने कॉलेज में प्रथम स्थान पाया, हालाँकि प्रथम श्रेणी उसके भी हाथ नहीं आयी।

परीक्षा परिणाम देखकर सब ठगे-से रह गये। आशा और क्लैरिसा ने कहा, "देखा, हमने बताया था न सन्तोष की तैयारी अच्छी थी और उसकी परीक्षा भी ठीक हुई थी।"

रोमी बोला, "ख़ामख़्वाह इम्तहान दिया उसने।"

"अपने दिमाग़ की घड़ी ठीक करो तुम लोग।" आशा ने लड़कों को डपट दिया, "खुद अपना दिमाग़ तुम लोगों ने कामू काफ़्का पढ़-पढ़कर ख़राब कर लिया, अब लड़कियों पर दोष क्यों डाल रहे हो?"

लड़कों की समझ में फिर भी नहीं आया। उनकी यह धारणा और पक्की हो गयी कि लड़कियों को नम्बर इसलिए ज़्यादा मिलते हैं क्योंकि वे लड़कियाँ हैं।

जून-जुलाई के बीच बहुत-से कॉलेजों में व्याख्याता पद के लिए साक्षात्कार हुए। वितस्ता, आशा, क्लैरिसा—तीनों किसी-न-किसी कॉलेज में पद पा गयीं। सन्तोष का अमृतसर के स्वरूपरानी नेहरू कॉलेज में प्रवक्ता पद के लिए चयन हो गया।

लड़के सब टापते रह गये।

ठसक

- मुश्किल खेल
- निरा निरर्थक दिन
- मेरी बेवक़ूफ़ियाँ
- शुक्र है, शुक्र है
- कान्दिवली की लड़कियाँ
- फ़र्क़
- विश्वास
- सु. कर्मी शेरसिंह
- हरज़ाई
- सेकेंड हैंड
- ठसक
- बहनें
- कॉर्डिलिया कहाँ हो तुम?
- नौकरी

मुश्किल खेल

पुराने समय में रईस और आरामपसन्द लोग अपनी कोठी या बँगले से सटी हुई कच्ची जगह में बग़ीची बनवाते। यह एक तरह से उनकी आरामगाह हुआ करती। यहाँ बैठकर वे हुक़्क़ा गुड़गुड़ाते, आनेवालों से मुलाक़ात करते, भंग मिली ठण्डाई घुटवाते और कभी-कभी मूरतगंज से मुन्नीबाई को बुलवाकर मुजरा करवाते। यह बग़ीची पूरी तरह से वयस्क-मनोरंजन का केन्द्र हुआ करती।

आज़ादी मिलने के बाद सरकार ने सैर और मनोरंजन की सार्वजनिक जगहों पर नीति निर्धारित की और जगह-जगह पब्लिक पार्क बनाये गये। बच्चों का मन लगाने के लिए उनमें झूले, सी-सॉ और गोल चक्कर भी लगाये।

जब हम छोटे थे, हमारे घर की हर छुट्टी इन्हीं पार्कों में मनती। सुबह जल्दी उठकर हम पूरी-सब्ज़ी और हलवा बनाने में माँ की मदद करते, थर्मस में गरम चाय भरते और एक बड़ी चादर बग़ल में दबाकर बुद्ध जयन्ती पार्क के लिए निकल पड़ते। इस पिकनिक का आधा मज़ा वहाँ तक पहुँचने के सफ़र में था। बाक़ी आनन्द वहाँ की हरियाली, रंग-बिरंगे फूल और लोगों की चहल-पहल पूरा कर देती। शाम चार बजे जब पापा कहते, “चलो बच्चो पैक अप, देर हो रही है।” हमारा जी धक् से रह जाता, “अरे अभी मेरी बारी तो पूरी ही नहीं हुई और वापसी का वक़्त हो गया। प्लीज़ पापा, दस मिनट और ठहर जाओ।”

आजकल के बच्चे इस तरह के पार्कों में जाना पसन्द नहीं करते। उन्हें पार्क से ज़्यादा बाज़ार आकर्षित करता है। बाज़ार कितना रंगीन भी तो है। बाज़ार को हर त्योहार मनाना आता है। वसन्त आये तो बाज़ार हमसे पहले वासन्ती हो जाता है। हर दुकान की सजावट पीली। हलवाई भी वासन्ती पेड़े बनाकर दुकान सजा लेते हैं। फूलवाले पीले शेवन्ती के फूल सबसे ऊपर रख कर बेचते हैं। जौहरियों के शोरूम में इस दिन पीला पुखराज सफ़ेद हीरे और लाल माणिक से जीत जाता है। आजकल बच्चों के लिए बाहर घूमने का मतलब है बाज़ार घूमना।

मनोरंजन के कारोबारी कभी हार नहीं मानते। जब उन्होंने देखा कि बड़े-बड़े एकल सिनेमा हॉल ख़ाली पड़े रहते हैं, दर्शक उनमें जाना पसन्द नहीं करते। उन्होंने बड़े सिनेमाघर तोड़कर पीवीआर स्थापित कर दिये, ड्राइव इन थियेटर बनवा डाले और पूरे परिसर को वातानुकूलित कर दिया। कारोबारियों ने अन्य कारोबारियों से गठबन्धन कर पीवीआर परिसर में पॉपकॉर्न और स्वीटकॉर्न की मशीनें लगवायीं, शीतल और गर्म पेय बेचने का प्रबन्ध किया और समूचे परिसर को कुल्फ़ी की तरह ठण्डा बना दिया। अब सिनेमा जाना एक महँगा, मगर मनभावन मनोरंजन हो गया। शहर वही था, लोग वही थे और कारोबार दिन पर दिन मलाईदार होता जा रहा था।

मोठा सेठ अहमदाबाद से नये इरादे और इंजीनियर लेकर आया था। बहुत-से और लोग भी उसकी टीम में थे, टेक्नीशियन, मैकेनिक, वास्तुविद् और विक्रय प्रबन्धक। इन हुनरमन्दों ने रूस और जापान में मनोरंजन पार्क लगाने का प्रशिक्षण पाया हुआ था। मोठे सेठ ने मुम्बई की घिचपिच भीड़ से हटकर मुम्बई लोनावला रोड पर एक सुरम्य स्थान चुना। पश्चिमी घाटों से घिरे इस इलाक़े में जगह-जगह प्राकृतिक झरने झर-झर बहते थे। पानी इफ़रात में उपलब्ध था और राज्य सरकार ने यहाँ कारोबार जमाने के लिए बहुत-सी सुविधाएँ करमुक्त कर रखी थीं।

छह महीने की मेहनत से यहाँ मनोरंजन पार्क बनकर तैयार हो गया। इसमें बच्चों के खिलवाड़ के लिए विशाल मशीनें लगवायी गयीं। इसके साथ ही बच्चों के लिए सूचना और शिक्षा सम्बन्धी खेल भी रखे गये। मोठे सेठ को हर काम परफ़ेक्ट करने की सनक थी। सनक में व्यवसाय-बुद्धि भी जा मिली थी। रेडियो, टीवी, अख़बार के ज़रिये इस बच्चा पार्क का जमकर प्रचार-प्रसार किया गया। शुरू के एक सप्ताह बच्चों और उनके माँ-बापों को निःशुल्क प्रवेश दिया गया। थोड़े ही दिनों में सबकी ज़ुबान पर इसका देसी नाम चढ़ गया 'गम्मत जम्मत।' अंग्रेज़ी नामों से हटकर यह नितान्त घरेलू नाम 'गम्मत जम्मत' लोगों को बिल्कुल अपना लगने लगा, अप्पूघर जैसा।

इसकी टिकट बहुत ऊँचे दर की थी, 1,500 रुपये। किन्तु एक बार आप 'गम्मत जम्मत' में प्रवेश कर गये तब आपसे शहनशाह और शहज़ादे की तरह का सलूक किया जाता। बड़े और बच्चों को सँभालने, सहायता करने, सुरक्षा करने और सही राह दिखाने के लिए पग-पग पर गाइड थे। आपके पास जितना समय और धीरज है, आप घूमिये, सरकारामा में कुर्सी पर बैठे-बैठे देश भ्रमण कीजिए,

ठण्डी गर्म हवाओं की बाज़ीगरी झेलिये और खेलिये; झूले झूलिये, पर्वतारोहण कीजिए या रोलर कोस्टर राइड में चढ़ाई-उतराई का उलटा-पुलटा आनन्द लीजिए। अक्सर ख़ुशहाल परिवारों के बच्चे अपनी सालगिरह मनाने दोस्तों के बड़े झुण्ड के साथ आते। उनके माँ-बाप यह ख़र्च सहर्ष कर देते क्योंकि इस खेल नगर में बर्थडे ब्यॉय या गर्ल के उत्सवार्थ चॉकलेट केक से ले कर उपहार तक का इन्तज़ाम उपलब्ध रहता। बच्चे के जन्म पर पचास-साठ हज़ार रुपये ख़र्च करना माँ-बाप को वाज़िब दाम दिखाई देता। दरअसल कॉरपोरेट जगत् में लोगों के वेतन इतने ऊँचे हो गये थे कि हर आय-व्यय का मानक बदल गया था। नयी अर्थव्यवस्था में समय के सिवा और किसी चीज़ का अभाव नहीं बचा था। मोठे सेठ ने बड़े मौक़े से यह समस्या ताड़ ली और तदनुरूप वह अपने मनोरंजन पार्क का समय सुबह नौ से रात ग्यारह बजे तक रखता।

'गम्मत जम्मत' बहुत कामयाब हो रहा था, इसका पता बॉक्स ऑफ़िस के आँकड़ों से चलता। मोठा सेठ दिन में कई बार बॉक्स ऑफ़िस के कर्मचारियों को तलब करता। वे नगदी से फूले हुए ब्रीफ़केस लेकर आते और मोठे सेठ की मेज़ पर ख़ाली कर देते।

समस्त लोकप्रियता और भीड़ के बावजूद 'गम्मत जम्मत' अभी नुक़सान में चल रहा था क्योंकि इसे बनवाने में कई करोड़ रुपया मोठे सेठ ने उधार लिया, कभी बैंकों से तो कभी रिश्तेदारों से। इन सबका सूद सहित मूल चुकाना तभी मुमकिन था जब इस खेलपार्क को 24x7 खोला जाये। मोठा सेठ यह भी कर लेता लेकिन श्रम क़ानून के नियमों के मुताबिक़ हर कर्मचारी को साप्ताहिक अवकाश देना ज़रूरी था। इसलिए सारी कामयाबी के बावजूद मोठे सेठ का पारा हरदम चढ़ा रहता। मार्च के महीने में वह चीख़ता, "आज इतवार में अपने पार्क में सिर्फ़ 1,200 मानुस आये। क्यों? मैं पूछता हूँ, कहाँ गये मुम्बई के एक करोड़ बन्दे? सब के सब मर गये या तुम लोग घर जाकर सो गये? तुम 1,500 मानुस काम करते हो इधर में। अगर हर आदमी एक मानुस पकड़कर लाये, तब भी 1,500 माँगता। मैं किदर से पगार भरेगा तुम सबकी?"

बड़ी-बड़ी संस्थाओं से पढ़े-गढ़े इवेंट मैनेजर यह सुनकर तिलमिला जाते। मोठा सेठ यह भी नहीं समझता कि बच्चों के सालाना इम्तहान शुरू हो गये हैं, बच्चे पढ़ाई करें या 'गम्मत जम्मत' जायें? फिर ज़्यादातर बच्चे कामकाजी दम्पतियों के हैं। उन्हें सिर्फ़ एक इतवार मिलता है। इसमें वे आराम करें, कपड़े धोयें या बच्चों को लेकर 'गम्मत जम्मत' आयें?

कारोबार के सन्दर्भ में मोठा सेठ न सोमवार देखता न मंगल, वह सब दिन चिल्लाता। सभी इवेंट मैनेजरों, विक्रय प्रबन्धकों को उलटी उँगली के इशारे से बुलाकर कहता, "इदर सुनो, अगले संडे मेरे को 2,400 नहीं 24,000 फुटफॉल माँगता है पार्क में कैसे भी आयें लोग, पण आने माँगते। तुम लोग स्कूलों में जाओ, कॉलेजों में जाओ ग्रुप डिस्काउंट दो, फुटफॉल बढ़ना माँगता, समझे?"

मैनेजरों को मोठा सेठ बम का गोला लगता। उनका दोपहर का खाना बरबाद हो जाता। जो घर से टिफ़िन नहीं लाते, वहीं के रेस्तराँ में खाना खाते। यह भी उन्हें निःशुल्क नहीं मिलता, केवल 20 प्रतिशत की रियायत बिल में दी जाती। उन्हें इस खाने का स्वाद बेस्वाद लगता, लेकिन आध घण्टे के लंच टाइम में और कहीं जाने का अवकाश भी न होता।

मोठा सेठ का दबाव इतना था यहाँ कि स्टाफ़ के लोग टॉयलेट जाने में भी डरते। पिछले हफ़्ते एक कर्मचारी दिनेश दिघे इसी चक्कर में निलम्बित हो गया। दिनेश दिघे की ड्यूटी टिकट खिड़की यानी बॉक्स ऑफ़िस पर थी। वह अकेला नहीं था। बॉक्स ऑफ़िस पर हमेशा दो कर्मचारी तैनात किये जाते। दिनेश अपने साथी सदानन्द राणा को समझाकर टॉयलेट गया कि वह उसकी खिड़की का भी ध्यान रखे, वह अभी आता है।

उस दिन भीड़ ज़रा मज़े की थी या राणा सुस्त था कि एक अमीर ग्राहक जो अपने साथ आठ बच्चों-बड़ों की टोली लाया था, एकदम-से उबल पड़ा, "इधर हम खेल का टिकट माँगता कि रेल का टिकट, जो हमको धूप में खड़ा कियेला है। अपना क्या है? बग़ल के एसिल पार्क में चला जायेगा। ख़ाली-पीली 'गम्मत जम्मत' काय कू आयगा?" संकट और शोर पहचानते ही दो विक्रय अधिकारी उसकी ओर 'सर' 'सर' कहकर दौड़े। उन्होंने ख़ुद उसे टिकटें पकड़ायीं और देर तक साथ चलते हुए 'सॉरी' कहते रहे।

दिनेश दिघे अपनी सीट पर लौटा तो सबसे पहले सुपरवाइज़र की, फिर विक्रय अधिकारी की लताड़ उस पर पड़ी। उसने पीले मुँह और काँपती आवाज़ से बताया, "वेरी सॉरी सर, टॉयलेट में छोटा काम करने गया तो बड़ा काम आ गया। मैं क्या करता?"

उस दिन की कम बिक्री का सारा दोष दिघे का मानकर मोठा सेठ ने शाम तक उसे एक हफ़्ते के लिए निलम्बित कर दिया। मुँह ज़ुबानी यह भी कह दिया, "घर बैठकर अपना पोटा साफ़ कर लो।"

'गम्मत जम्मत' परिसर में बहुत तरह के खेल तमाशे थे। यहाँ जो बच्चे एक बार आते, बार-बार आना चाहते। उनके अभिभावक भी इस खेलपार्क के गुणगान करते।

"मत पूछो इस 'गम्मत जम्मत' की भाऊ? इत्ती तरह का खेला होता इदर। कहीं शिव जी की जटाओं से पानी टपकता है; कहीं किशन जी गोपियों के साथ रास रचाता है। उदर गुफा में बोलें तो आँधी में दीये जलते हैं। वो बाले मैदान में पाउस पड़ता (बारिश होती) पण मानुस सूखे खड़े रहते हैं। कभी ऊपर से ट्रेन चलती है तो कभी नीचू से, कभी उलटी पलटी मारती घूमती है। अपने ज़माने के मेरी गो राउंड से बहुत आगे चला गया है बच्चों का खेला भाऊ।"

सही में यह खेल पार्क 'गम्मत जम्मत' ऐसा था कि यहाँ आनेवाले हर ग्राहक को लगता कि उसे अपने पैसों का भरपूर मज़ा मिला। सबसे ज़्यादा मज़ा रोलर कोस्टर राइड में आता। उसमें बैठकर डेढ़ मिनट में पूरी कायनात उलट-पुलट देखने का रोमांच मिलता। जो बच्चे विज्ञान के विद्यार्थी थे, रोलर कोस्टर को देखकर चकित होते कि बिना इंजन के यह छोटी-सी खुली कार केवल गति, ऊर्जा और गुरुत्वाकर्षण के तिकोने तर्क पर किस रफ़्तार से उलटी-पुलटी दौड़ती है। वह जितनी ऊँचाई से नीचे लुढ़कती है, उतनी ही उसमें गतिज ऊर्जा पैदा होती है।

पाँच साल में 'गम्मत जम्मत' की धूम मच गयी। फ़िल्मी हस्तियों के परिवारों, उद्योगपतियों के ख़ानदानों, ऊँचे कॉरपोरेट घरानों ने इसे ख़ूब अपनाया। आसपास बने अंग्रेज़ी नामोंवाले खेल पार्क इसके सामने पिछड़ने लगे।

मोठा सेठ मोगेम्बो अन्दाज़ में ख़ुश हुआ। यकायक एक दिन यह ग़ज़ब हो गया।

नहीं, कोई मरा नहीं। घायल भी नहीं हुआ। शनिवार की दुपहर, जब मेला और खेला अपने चरम बिन्दु पर था, रोलर कोस्टर अपनी डेढ़ मिनट की राइड पूरी कर अपने पैड पर रुका, मगर कुछ ऐसे झटके-से कि तीसरे कोच के दोनों बच्चे हल्के-से लुढ़क गये। वहाँ मौजूद सुरक्षाकर्मियों ने उन्हें तत्काल सँभाल लिया और फ़र्स्टएड कक्ष में ले आये। दोनों बच्चे घबराये हुए थे, लेकिन उन्हें कोई चोट नहीं लगी। बच्चों को शक्तिवर्द्धक पेय दिया गया। वे जल्द सँभल गये, लेकिन उनके परिवार के सदस्यों ने हंगामा खड़ा कर दिया। वे ज़ोर-ज़ोर से चिल्लाने लगे, "हमारा लड़का को कुछ हो जाता तो तुम क्या करता मोठा सेठ? होश में आओ मोठा सेठ। कण्डम मशीनों से खेला करवाता मोठा सेठ।"

स्थिति की नज़ाकत भाँपकर मोटे सेठ ने अपनी निजी कार से बच्चों और उनके परिवारी जनों को उनके घर भिजवाया। साथ ही, उसने लिफ़ाफ़े में रख कर दो-दो हज़ार रुपया दोनों परिवारों को दिया कि ये बच्चों की दवा, दूध और फल के लिए रखिये।

आनन-फानन में ख़बर कई गुना फूल और फैलकर अख़बारवालों को पता चल गयी। दनादन सभी चैनलों की ओ.बी. गाड़ियाँ 'गम्मत जम्मत' परिसर में पहुँच गयीं। मोठे सेठ को इसका कुछ अन्दाज़ था। उसने तत्काल सारे खेल रुकवा दिये, टिकट बिक्री पर रोक लगवा दी और बहुत-से लोगों को टिकट का पैसा वापस किया। खेल प्रबन्धक ने 'गम्मत जम्मत' के बाहरी फाटक पर तख़्ती लगवा दी, "रुकावट के लिए खेद है।" फिर भी न जाने कैसे खोजी पत्रकार परिसर में आ पहुँचे। उन्होंने प्रश्नों की बौछार लगा दी। कॉफ़ी, कोल्डड्रिंक की तरफ़ ताके बग़ैर ये पत्रकार दुर्घटना स्थल का मुआयना करना चाहते थे। अन्त में मीडियावाले असन्तुष्ट और निराश वहाँ से वापस लौटे क्योंकि इस ख़बर में हंगामा तत्त्व नहीं मिला।

लेकिन प्रतियोगी खेल पार्कों ने 'गम्मत जम्मत' के ख़िलाफ़ काफ़ी दुष्प्रचार किया। उन्होंने अपने इश्तेहारों में इस बात को उछाला कि उनके यहाँ आज तक किसी बच्चे को हल्की-सी खरोंच भी नहीं आयी। एक खेल पार्क ने सीपी और मोती की तस्वीर लगाकर लिखा, "हमारे खेल पार्क में आपका बच्चा ऐसे सुरक्षित है जैसे सीपी में पड़ा मोती।"

मोठे सेठ ने अपने कर्मचारियों पर फिर से चिंघाड़ना शुरू कर दिया। उसने इवेंट मैनेजर, पार्क अधीक्षक, ऑपरेटर सबको डाँटा, "किसकी ग़लती से रोलर कोस्टर झटका मारा? इसका कौन टेक्नीशियन है? उसको बुलाकर दिखाओ। जो मेरा बिज़नेस खोटी करेगा, उसको मैं ज़िन्दा नईं छोड़ेगा।"

उलटी उँगली के इशारे से उसने उस दिन ड्यूटी पर लगे हर कर्मचारी को बुलाया और उस पर चिल्लाया, "कैसे हुआ एक्सीडेंट? अगर तुम लोगों में से किसी की शरारत है तो ऐसा नईं सोचना मेरे को पता नईं चलेगा। मशीन कैसे झटका मारा?"

मीटिंग में तय हुआ कि जिस नियन्त्रण यन्त्र से रोलर कोस्टर चालित होता है, उसकी जाँच करवायी जाये। अन्य पार्कों के मैकेनिकों को भरोसेमन्द न मान कर एक ऐसे मैकेनिक को बुलाया गया जो दुबई के मनोरंजन पार्क में रोलर कोस्टर का संचालन सँभाल चुका था। आफ़ताब अहमद ने आकर एक-एक

पुर्ज़ा जाँचा। हर हिस्से की सफ़ाई ऑयलिंग नये सिरे से करवायी। उसने अल्लाह परवर से दुआ के लिए हाथ उठाकर यन्त्र चलाया। जुईं कर के रोलर कोस्टर हरकत में आ पहले नीचे गया, फिर ऊपर आया और लगातार उसकी ख़ाली कारें ऊँचे-नीचे, उलट-पुलट, चढ़ाई-उतराई पर गतिज ऊर्जा का करिश्मा दिखाती रहीं। जब वह वापस अपनी जगह पर आकर धीमी हुई कोई झटका नहीं लगा। मोठा सेठ यह देखकर ख़ुश तो हुआ मगर अब भी उसके मन में शंका थी। उसने आफ़ताब से कहा, "अबी तो ख़ाली कार घुमाया न। मानुस बैठाकर ऐसई चलेंगा, इसका क्या गारंटी देता?" आफ़ताब बिगड़ गया, "मशीन के काम में कोई गारंटी नहीं माँगने का। मशीन इन्सान के दिल की माफ़िक होती है। कब चलना बन्द कर दे, कोई नहीं बता सकता।" मोठे सेठ ने कहा, "चलो, फिर भी कोई तरीक़ा ढूँढ़ निकालो न।"

आफ़ताब ने बालू के 24 बोरे मँगवाये। उन्हें उसने रोलर कोस्टर की बारह कारों में बिल्कुल ऐसे रखवाया जैसे 24 सवारी बैठी हों। हर कार में दो। अब उसने फिर स्विच दबाया। तमाम उलट-पुलट का सफ़र डेढ़ मिनट में तय करके, बालू के बोरे सुरक्षित अपने अड्डे पर लौट आये। आफ़ताब अपनी फ़ीस लेकर रवाना हो गया।

मोठे सेठ ने रोलर कोस्टर खेल से जुड़े कर्मचारियों से कहा, "कल आप अपना बच्चा लोग को लेकर आना माँगता। सबको कल मैं रोलर कोस्टर में घुमायेगा। डरो नहीं, कोई टिकट नहीं लगेगा। कल का खाना भी तुम लोग इदर रेस्तराँ में खा सकता। कोई पैसा नहीं लगेगा। आ गया न तुम्हारी समझ के बीच में? कल नौ बजे अपना बाल-बच्चा के साथ आना। तुम्हारी वाइफ़ लोग आना चाहें तो कोई बाँधा नहीं। कल 'गम्मत जम्मत' का दिन तुम लोगों के नाम।"

मोठा सेठ यह लेक्चर पिलाकर अपनी कार में सर्र-से बाहर चला गया। रोलर कोस्टर के कर्मचारी, मैकेनिक और ऑपरेटर सोच में पड़ गये। इतना उन्हें समझ आ गया कि मोठे सेठ के इरादे नेक नहीं थे। बालू के बोरों की टेस्ट राइड से वह सन्तुष्ट नहीं था। जनसाधारण के लिए 'गम्मत जम्मत' दुबारा खोलने से पहले वह ज़्यादा पुख़्ता प्रमाण चाहता था।

कर्मचारी विवश थे। आगे कुआँ, पीछे खाई वाली हालत थी उनकी। उन्हें पता था, अगर उन्होंने मोठे सेठ का कहना न माना तो वह उन्हें नौकरी से निकाल बाहर करेगा। मैकेनिक कार्तिक कुलकर्णी सबसे ज़्यादा परेशान था। उसकी पिछले साल शादी हुई थी और उसकी पत्नी गर्भवती थी। उसे सातवाँ

महीना चल रहा था। टेस्ट राइड में अगर उसकी पत्नी देवबाला बैठती है तो दो ज़िन्दगियाँ दाँव पर लगेंगी। ऑपरेटर संजय पाण्डेय के दो बच्चे आठ और दस साल के थे। अगर वह घर पर टेस्ट-राइड के बारे में खुलासा करेगा तो उसकी पत्नी बच्चों को कभी नहीं भेजेगी। पत्नी क्या, उसकी माँ भी यही कहेगी कि भाड़ में जाये ऐसी नौकरी, पर नौकरी इतनी आसानी से मिलती भी तो नहीं। घर का ख़र्च लम्बा-चौड़ा है और कमानेवाला अकेला वह। उस जैसे अनेक बेरोज़गार घूम रहे थे।

सुरक्षाकर्मी उपाध्याय और चिटनिस भी परेशान थे। उपाध्याय के तीन लड़कियाँ थीं, जो अब सयानी हो चली थीं। वह उन्हें आठवीं के आगे पढ़ा नहीं पाया। उसकी बड़ी लड़की घर के सामनेवाली कोठी में खाना बनाने का काम कर तीन हज़ार की कमाई करती थी। मँझली लड़की माँ के साथ मिलकर तीन घरों का झाड़ू-पोचा करती। उसके घर की अर्थव्यवस्था इन सबके कारण सँभली हुई थी। कल इन सबको 'गम्मत जम्मत' ले जाने का मतलब था, सबके काम की नागा।

चिटनिस के चार बच्चे थे। उसकी बीवी सॉफ़्ट टॉय बनानेवाली कम्पनी में सिलाई का काम करती थी। उसका बड़ा लड़का विनायक एक दर्ज़ी के यहाँ काम सीख रहा था। दो छोटे लड़के स्कूल जाते। लड़की दिव्या अभी तीन साल की थी। वह अपनी दादी के पास रहती।

चिटनिस के लिए यह तय करना असम्भव था कि वह इनमें से किसको अपने साथ ले जाय, किसे छोड़े? पत्नी के काम के घण्टे भी बड़े लम्बे थे। उसके लिए छुट्टी लेना मुश्किल था। चिटनिस का मन हो रहा था, माँ समेत वह सबको अपने साथ टेस्ट राइड में ले चले। वह ख़ुद भी कल रोलर कोस्टर में सवार हो जाये। जो भी होना है, सारे घर को एक साथ हो।

एक भी कर्मचारी ने घर जाकर सच्चाई नहीं बतायी। बस इतना कहा, "कल मालिक तुम सबको पार्क में मुफ़्त घुमाने को बोला। खिलायेगा, पिलायेगा भी वह।"

ताज्जुब सबके बच्चे ख़ुशी से उछल पड़े।

"आहा जी, कल तो हम पिकनिक मनायेंगे। पापा, आप हमको मना मत करना। हम हर गेम खेलेंगे।"

सुबह जब छहों कर्मचारियों के परिवार 'गम्मत जम्मत' खेल पार्क पहुँचे तो छोटे-बड़े सदस्य मिलाकर उनकी संख्या उन्नीस थी।

मोठा सेठ ठीक नौ बजे अपनी टोयोटा में 'गम्मत जम्मत' आ गया। बच्चे इधर-उधर दौड़ रहे थे। मोठे सेठ ने कहा, "चलो बच्चा लोग, पहले रोलर कोस्टर का मज़ा ले लो, बाद में धूप बढ़ जायेगी।"

उन्नीस लोगों के बैठने से मोठा सेठ सन्तुष्ट नहीं हुआ। उसने ऑपरेटर को छोड़कर बाक़ी कर्मचारियों को भी बैठने का हुक्म दिया।

उपाध्याय और चिटनिस बोले, "सर हमारा काम तो इनकी देखभाल करना होगा न?"

मोठे सेठ ने कहा, "देखभाल करने को हम हैं न इदर में। कार पूरा भरना माँगता।"

सबको बैठना पड़ा। कार में दो-दो की जोड़ी में बच्चे चहक रहे थे और बड़े सहम रहे थे। वे बार-बार बच्चों को पीठ टिकाकर बैठने की हिदायत दे रहे थे।

ऑपरेटर संजय पाण्डेय ने सिर के ऊपर हाथ ले जाकर जोड़े और कहा, "ओ३म् गणेशाय नमः" और काँपते हाथों से स्विच दबा दिये। जीवन में पहली बार उसने यन्त्र के लिए मन्त्र बोला। उसे केवल दो मन्त्र आते थे। उसने वही बोले,

ॐ त्रयम्बकं यजामहे सुगन्धिम पुष्टिवर्धनम्
ऊर्वारुकमिव बन्धनान् मृत्योर्मुक्षीय मामृताम्

इस मन्त्र को वह तीन बार बोल गया।

इसके बाद उसने गायत्री मन्त्र का उच्चारण किया, "ओ३म् भूर्भुवः स्वः तत्सवितुर्वरेण्यं भर्गो देवस्य धीमहि धियो यो नः प्रचोदयात्।"

उसके पास ज़्यादा समय नहीं था। उसने एक हाथ आकस्मिक नियन्त्रण बटन पर रखा हुआ था ताकि वह कभी भी रोलर कोस्टर को रोक सके। दूसरे हाथ से उसे कई स्विच चालित करने और बदलने थे। लाल-हरे-पीले सब नॉब (बटन) उसके सामने थे। शीशे से वह रोलर कोस्टर की गति और दिशा देख सकता था पर उसे लग रहा था, आज उसे साफ़ दिखाई नहीं दे रहा है। ख़ास तौर पर तीसरे नम्बरवाली कार, जिसमें उसके बच्चे बैठे थे, जैसे उसे दिखनी बन्द हो गयी। उसे लगा वह युगों-युगों से ये लाल-हरे-पीले बटन दबाते हुए यहाँ बैठा है।

अभ्यासवश सब कुछ यथासमय सम्पन्न हुआ, इसका पता उसे तब चला जब उसके बेटे पलाश और प्रमोद कूदते हुए उसके पास आये और बोले, "पापा, बड़ा मज़ा आया। हमको लगा जैसे हमने आसमान छू लिया।" तभी मोठे सेठ की मोटी आवाज़ कानों में पड़ी, "संजय बाबू, तुम आज पास हो गया। आज

बाल-बच्चा के साथ 'गम्मत जम्मत' करो, कल से ड्यूटी चालू।" संजय पाण्डेय ने तीखी नज़र से मोठे सेठ को देखा, फिर अपने दोनों बच्चों को अपने से लिपटा लिया। सभी उपस्थित कर्मचारी और अधिकारी एक-दूसरे को शाबाशी दे रहे थे। मोठे सेठ का चेहरा भी खिला हुआ था।

कल से खेल पार्क जनता के लिए खोला जाना था। सफ़ाईकर्मी आज मुस्तैदी से पार्क का कोना-कोना चमका रहे थे। इवेंट मैनेजर बाक़ी खेलों के ऑपरेटरों से जानकारी ले रहे थे कि उनका यन्त्र दुरुस्त हाल में है या नहीं। बॉक्स ऑफ़िस और गिफ़्ट शॉप को नये सिरे से सजाया जा रहा था। मोठा सेठ बड़े जोश में अख़बार में भेजने के लिए खेल पार्क का इश्तेहार प्रबन्धक से बनवा रहा था।

पलाश और प्रमोद खाकर और खेलकर अब तक थक चुके थे। वे संजय के पास आकर बोले, "पापा, घर चलो। तीन बज गये हैं।"

संजय पाण्डेय ने बच्चों से कहा, "दो मिनट रुको, एक ज़रूरी काम याद आ गया।"

संजय मोठे सेठ के केबिन में गया। वहाँ पर खेल पार्क के सभी अधिकारी बैठे हुए थे। उसको देखते ही मोठा सेठ बोला, "संजय बाबू वैल डन। कल से एकदम नौ बजे कंट्रोल पैनल पर बैठना है तुमको।"

संजय पाण्डेय ने जेब से एक तह लगा काग़ज़ निकालकर मोठे सेठ को थमाया। उसने इतना इन्तज़ार भी नहीं किया कि मालिक काग़ज़ पढ़ ले। वह बाहर चला गया।

मोठे सेठ ने काग़ज़ खोलकर पढ़ा। उसमें लिखा था, "आप जैसे जालिम मालिक के साथ मेरा गुज़ारा नहीं है। यह मेरा इस्तीफ़ा है। आप इसे मंजूर करें चाहे नामंजूर, मैं कल से काम पर नहीं आऊँगा।"

निरा निरर्थक दिन

कितनी बार तय किया है कि महीने में सिर्फ़ एक बार पैसे निकालकर ख़र्च चलाऊँ, पर ऐसा कभी नहीं हो पाता। इस बार तो नये साल के इरादों में भी यह मंशा शामिल की थी। फिर इसमें थोड़ा संशोधन डाला। महीने के तीन भाग किये 10+10+10। धनराशि भी तीन हिस्सों में विभाजित की। ठीक। 10 हज़ार पहली को निकालें, 10 हज़ार 10 तारीख़ को और आख़िरी 10, बीसवीं तारीख़ को। इसी में महीना चलाना है। इससे अधिक तो आय भी नहीं है।

महीने इतने लम्बे क्यों होते हैं? अब जनवरी को ही देखो। 30 की जगह 31 दिन। ऊपर से ठण्डे। सोसाइटीवाले महीने में दो बार बिजली का अग्रिम भुगतान ले गये। गरम बनियानों, पाजामों और मोजों ने बजट का अलग कबाड़ा किया। फल, सब्ज़ी, दूध की बढ़ी क़ीमतों ने अच्छे दिनों का बैंड बजा दिया। रक्तचाप, रक्त शर्करा, चयापचय की अराजकता ने दवाइयों की दुकान के काफ़ी चक्कर लगवाये। 28 जनवरी आते-आते तक अपनी अर्थव्यवस्था ध्वस्त हो गयी। जीवनसाथी ने बराबर का ख़र्च सम्हाला लेकिन मेरी ज़िद, दैनिक ख़र्च मेरे ज़िम्मे। आकस्मिक तुम्हारे। मुझे पता है, पिछले कई दिनों से साथी मेरे पर्स में चुपके-से रुपये डाल देता है।

तबीयत नहीं मानी। कमानेवाले दिनों की अकड़ पीछा नहीं छोड़ती भले ही कमाई घटकर एक तिहाई रह जाय।

निकल पड़ी घर से।

“कहाँ चलीं?” साथी ने अख़बार में से सिर उठाया।

“बैठे-बैठे हड्डियाँ जाम हो रही हैं, ज़रा घूमकर आती हूँ।” नीचे आकर फाटक तक जाने में काफ़ी पराक्रम ख़र्च हो गया। फाटक के बाहर ही ऑटो रिक्शा दिखाई दिया।

“चलो ज़रा क्रॉसिंग्स तक, एटीएम जाना है।” मैंने कहा।

ऑटोवाला भला था। ख़ुद ही बोला, "रेट तो सौ रुपये है, पर मैं अस्सी ही लूँगा। वापस घर छोड़ दूँगा।"

हवा ठण्डी थी, लेकिन धूप भी खिली हुई थी। ऑटो की रफ़्तार में मेरे दुपट्टे के साथ-साथ मेरी आज़ादी भी फरफरा रही थी।

एटीएम पर तीन-चार ग्राहकों की क़तार थी। अन्दर दो मशीनें थीं जिन पर दो ग्राहक खड़े हुए देर लगा रहे थे। बाहर खड़े ग्राहकों ने सोचा कि ये लोग ज़्यादा रुपये निकाल रहे होंगे जो क़िस्तों में निकलते हैं।

देर होती देख क़तार का पहला ग्राहक अन्दर पहुँचा। मशीन पर जूझते आदमी ने मायूसी से कहा, "मशीन ख़राब है, मगर कह रही है, आपका कार्ड अमान्य है।"

नये ग्राहक ने उसके कार्ड की तरफ़ तरस से देखा और ख़ुद मशीन पर खड़ा हो गया। उसने अपना कार्ड मशीन में डाला। सभी निर्देशों का पालन कर जब वह रुपयों के लिए आस लगाये था, अचानक स्क्रीन पर लिखा आया, "आपका कार्ड अमान्य है।"

खीझ गया ग्राहक, "एटीएम में नगदी नहीं है, ऐसा बोलने की जगह मशीन क्या बकवास कर रही है?"

क़तार में खड़े रहना फ़िज़ूल था।

वापस ऑटो में आकर मैंने कहा, "गैलेरिया की तरफ़ दूसरी बैंक का एटीएम है, वहाँ ले चलो।"

सरकारी बैंक का एटीएम अपने हरे नामपट्ट में दूर से चमक रहा था। पास जाकर पता चला, उसका शटर गिरा हुआ है। एटीएम बन्द पड़ा था।

अब थोड़ी फ़िक्र हुई। क्या किया जाय?

ऑटो ड्राइवर ने कहा "मैडम जी आगे की गली में एक नहीं दो-दो एटीएम हैं। वहाँ ले चलें। आप 80 की जगह 100 दे देना बस।"

"चलो भई, चलो", मैंने कहा।

हमारी बस्ती से सटे गाँव ढूँढ़ा हेरा की गली गोया इलाहाबाद की रानीमण्डी की गली। क्या सब गलियाँ एक-सी होती हैं। सड़क के नाम पर गड्ढे ही गड्ढे। धूल, गन्दगी और दुर्गन्ध। साँप जैसी पतली, ल़म्बी गली के आख़िरी छोर पर दो बैंकों के एटीएम सगे सहोदर की तरह सट कर बने हुए थे। मैं आह्लादित हो उठी। मार दिया पापड़वाले को, दिल से एक स्कूली जुमला निकला, हालाँकि इसका मतलब कभी पता नहीं चला।

ऑटोवाले ने मुझे उतार कर कहा, "मैं आगे से गाड़ी मोड़ कर लाता हूँ। आप अपना काम कर लो।"

एटीएम तक पहुँचने के लिए तीन तकलीफ़देह सीढ़ियाँ थीं जो ईंटों पर पटिये रखकर बनायी गयी थीं। किसी तरह उन पर चढ़कर मैं जैसे ही एक एटीएम में घुसी, अन्दर बैठे सुरक्षाकर्मी ने कहा, "एटीएम बन्द है। बिजली नहीं है।"

"फिर खोलकर क्यों बैठे हो?"

"क्या पता बिजली कब आ जाय? खोलना तो पड़ता ही है यहाँ।"

"अक्सर जाती है बिजली यहाँ?"

सुरक्षाकर्मी ने मेरी बात का जवाब देना ज़रूरी नहीं समझा।

बग़ल के एटीएम का भी यही हाल था।

अँधेरा और मनहूसियत आपस में लुकाछिपी खेल रहे थे। कुछ बच्चे नाली पर फ़ारिग़ होने को बैठे थे जो गली में आगन्तुक को देख उठ खड़े हुए। ऑटो रिक्शा को वापस आने में कुछ देर हुई। मेरी सूरत देखकर समझ गया वह।

"यहाँ भी काम नहीं बना न?" उसने कहा और बिना हार माने मुझे हौसला दिया, "बैठिये मैडम। इधर पीछे एक इंजीनियरिंग कॉलेज है। वहाँ फाटक पर एटीएम है। हज़ारों बच्चे वहाँ से पैसे निकालते हैं। हमने ख़ुद कई बार निकाला है वहाँ से।"

एक बार फिर धूल और हवा का सफ़र झेलकर हम इंजीनियरिंग कॉलेज पहुँचे।

बाहर दो-तीन विद्यार्थी क़तार में इन्तज़ार कर रहे थे। उनके चेहरे पर कोई बेसब्री नहीं थी। सब अपने मोबाइल में मगन थे। अन्दर दो विद्यार्थी एटीएम मशीनों पर थे। अपनी बेचैनी के चलते क़तार का उल्लंघन कर मैं अन्दर घुस गयी। लड़के एटीएम मशीन के ढाँचे को ठोक रहे थे। एक लड़का मशीन पर पैर मारने लगा।

"यह क्या हो रहा है?" मैंने बिगड़कर पूछा।

"इस मशीन ने मेरा कार्ड निगल लिया है। न पैसा निकला न कार्ड वापस आया।"

दूसरे लड़के ने अपना कार्ड जेब में वापस डालकर कहा, "ग्राहक सेवा को फ़ोन लगाओ।"

"वह सब तो बाद की बात है, पहले मेरा कार्ड तो मिले। मैं वापस कैसे जाऊँ?"

दूसरे ने कहा, "गार्ड को बता दो। और क्या हो सकता है?"

"पीछे से जो एटीएम लुट गया तो समझो, मेरा वीज़ा कार्ड भी गया," पहले ने कहा।

वाक़ई इन दिनों एटीएम लूटे जाने की ख़बरें आम हो चली थीं। आये दिन अख़बार में पढ़ने को मिलता चोर समूची एटीएम मशीन उखाड़कर ले गये या एटीएम के कैशबॉक्स को ख़ाली कर गये। फ़र्ज़ी कार्ड के ज़रिये लाखों की नगद राशि निकाल लेने के समाचार भी आते रहते।

मैं सहम गयी। यह कार्डभक्षी मशीन थी। क्या पता, मैं कार्ड डालूँ और यह निगल जाये। मैं कोई ख़तरा मोल नहीं लेना चाहती थी।

बाहर बैठे सुरक्षाकर्मी से पूछा, "एटीएम में पैसे हैं?"

"कल तक तो थे, आज का क्या बतायें?" उसने कहा।

मैंने इंजीनियरिंग कॉलेज के विशाल भवन पर नज़र डाली। इतने बड़े कॉलेज का, इस कण्डम एटीएम से काम कैसे चलता होगा?

पैर पटकती मैं वापस अपने ऑटो रिक्शा तक आयी। ऑटो ड्राइवर कानों में फ़ोन ठूँसे गाना सुन रहा था।

इत्मीनान से उसने पूछा, "घर चलें, मैडम?"

"पैसे तो मिले ही नहीं।" मैंने लगभग क्रन्दन शैली में जवाब दिया। ड्राइवर अपराजेय क़िस्म का व्यक्ति था। उसने कहा, "घबराइये नहीं मैडम, अपन लाल कुआँ चलते हैं। यहाँ से बस तीन किलोमीटर। हाँ, सड़क ख़राब है, आप सँभल कर बैठना। मैडम, सौ रुपया और लगेगा। आपका काम होना चाहिए।"

चल दिये हम लाल कुआँ।

घिचपिच बाज़ार, पटरी-दुकानें, रिक्शा, ऑटो, भीड़ धुआँ, धूल और कानकाटू शोर ने घोषणा की कि लाल कुआँ आ गया। यहाँ की अराजकता देखकर सोचना पड़ता है कि क्या यहाँ नगरपालिका जैसी कोई चीज़ है भी या नहीं? चप्पे-चप्पे पर दुकानें थीं जो अन्दर छोटी, मगर बाहर को फैली हुई थीं। हर दुकानवाले ने दुकान के बाहर तक अपना सामान रख छोड़ा था। पैदल चलनेवाले केवल अपने पराक्रम के सहारे राह निकालते। यहीं एक एटीएम अपने लाल नामपट्ट में सजा, इठलाता खड़ा हुआ था। द्वार पर सुरक्षाकर्मी नहीं था। अन्दर जाकर जैसे ही मशीन में अपना कार्ड छुआया, स्क्रीन पर एक रोंदू चेहरा आ गया, "ऊप्स नो कैश।"

लाल कुएँ पर कई एटीएम थे। हर जगह जाकर देखा। सभी वैसे ही खुक्ख पड़े थे जैसे क्रॉसिंग्स के।

यहाँ रुकने का कोई लाभ नहीं था। कहीं कोई सुरक्षाकर्मी भी नहीं बैठा था जो कोई सूचना देता।

वापस ऑटो में बैठ मैं अपने पाँचों कार्डों को ताश के पत्तों की तरह फेंट रही थी। सच में, अगर एटीएम ख़ाली पड़े हों तो ये कार्ड क्या हैं, गत्ते के बेजान टुकड़े। इन्हीं के बल पर हम देश-विदेश के भ्रमण पर निकल पड़ते हैं, क़ीमती चीज़ें पलक झपकते पसन्द कर लेते हैं। अगर पूरे शहर के एटीएम ख़ाली हो जायें तो शहर की रफ़्तार ठप्प पड़ जाय।

रास्ते में विशालकाय भवन और बस्तियाँ पड़ रही थीं। क्या इतने सारे परिवारों में किसी को एटीएम की ज़रूरत नहीं पड़ती। मैंने सोचा, क्या सबके पास काले धन का अक्षय कोष खुला है या सब जनधन योजनाओं में मालामाल हो गये हैं?

इस बार ऑटो ड्राइवर मौन है। वह बार-बार अपनी घड़ी देख रहा है। मैं घर पर उतरकर उसे दो सौ रुपये थमाती हूँ और ऊपर आ जाती हूँ।

जीवनसाथी अख़बार में से सिर उठाकर पूछते हैं, "घूम आयीं?" मेरा सूखा चेहरा, बेतरतीब बाल और परेशान अन्दाज़ देखकर वे चुपचाप अन्दर के कमरे में चले जाते हैं।

मैं चाय बनाने को रसोई का रुख़ करती हूँ। मूड सँभालने का अचूक उपाय—चाय!

रसोई के ताकों पर विहंगम दृष्टि डालते हुए, दार्शनिक अन्दाज़ में मैं सोचती हूँ, अगर पर्स में पैसे न भी हुए तो क्या है? घर में इतना सामान है कि महीने भर दालरोटी की दिक़्क़त न आये।

जीवनसाथी वापस अपनी कुर्सी पर बैठे हैं।

उनकी मुद्रा बता रही है, वे प्रसन्न हैं।

मुझे पता है, इस बीच उन्होंने अपना बटुआ मेरे पर्स में ख़ाली कर दिया है। ऐसे ही मौक़ों पर साथी को जीवनधन कहा जाता है। कई जगह तो पति को 'धनी' संज्ञा से जाना जाता है। इस समय वे मेरा बैंक, एटीएम, चेकबुक और बचत खाता बने बैठे हैं। समझ नहीं आ रहा मेरे लिए यह कृतज्ञ होने का मौक़ा है या कुढ़ने-खलबलाने का?

मेरी बेवक़ूफ़ियाँ

तारीख़ों पर मत जाइये। ये आगे-पीछे होती रहेंगी। हर दिन अपने साथ नये ज़लज़ले लाता है। आइज़ैक न्यूटन अगर अण्डे की जगह घड़ी उबाल देते थे तो विज्ञान के नये द्वार भी प्रशस्त करते चलते थे। ऐसे किसी चमत्कार की आशा मुझसे करना व्यर्थ है।

24/4/2008

सफ़ाई का भूत सिर पर सवार था। ड्रेसिंग टेबिल पर नये-पुराने डिब्बे, डिब्बी, शीशी, ट्यूब, कंघे, पिन वग़ैरह का अम्बार लगा था। गीले नरम कपड़े से सब चीजें साफ़ कीं, चमकायीं। कई विलुप्त चीज़ें बरामद हुयी। आइलाइनर और आइब्रो पेन्सिल के कई टोटे मिले। शॉर्पनर भी वहीं पड़ा धूल खा रहा था। पेन्सिलें गढ़ीं। ताज्जुब, सब गढ़ी गयीं, एक भी न टूटी न अटकी। शॉर्पनर को शाबाशी दी। पेन्सिल गढ़ने से शॉर्पनर काला हो गया था। वॉशबेसिन पर खुले पानी से धोया, साबुन लगाया। अन्दर की कलौंस हटाने के लिए दायें हाथ की पहली उँगली अन्दर डालकर घुमा दी। उँगली पेन्सिल की ही तरह कतरती चली गयी। जब कालिख़ की जगह ख़ून गिरने लगा तब चेत आया, अरे, यह तो मेरा ही ख़ून है। बहुत बड़ा चीरा लग गया। ख़ून बहना बन्द नहीं हुआ। वॉशबेसिन लाल हो गयी। घबराहट में न रूई मिली न डेटॉल। ढूँढ़ने के चक्कर में जो भी चीज़ छुई, वही रक्तरंजित हो गयी। सफ़ाई में दुगनी मेहनत पड़ गयी।

घर में कोई नहीं था, मेरे और मेरी मूर्खता के सिवाय। रवि को फ़ोन नहीं किया। क्या फ़ायदा? पहले घबरा जाते, फिर डाँट लगाते। चुपचाप आर्निका की चार गोली खा लीं। ठण्डे पानी की पट्टी चोट पर बाँध ली। याद आया, दादी ऐसी पट्टी को पनचोरा कहती थीं।

थोड़ी देर के लिए सफ़ाई अभियान रोककर बिस्तर पर पड़ गयी। सोचा तो महसूस हुआ, मेरा पूरा जीवन बेवकूफ़ियों की एक लम्बी लड़ी रहा है। फिर भी कैसे सही-सलामत हूँ, यह एक ताज्जुब है।

रात को बच्चों ने पिता की कसर निकाल ली। जब से बच्चे दूर हुए हैं, वे नसीहत देने की हैसियत में आ गये हैं। बड़े बेटे ने मुझे इतना डाँटा कि उसका बेटा डरकर रोने लगा। उसने कहा, "दादी, पापा आप पर गुस्सा कर रहे हैं। मेरे दिल में आपके लिए दर्द हो रहा है। आप सारी पेन्सिलें फेंक दो, शॉर्पनर भी फेंक दो। शॉर्पनर में उँगली नहीं डालनी चाहिए।"

छोटे बेटे ने कहा, "घर में आपसे चुपचाप नहीं बैठा जाता। लोहे से चोट लगी है, सबसे पहले टैटवैक की सूई लगवाओ।"

मधुमेह की वजह से मुझे चोट की चेतना कुछ घण्टों बाद होती है जब वह चस-चस करने लगती है।

कुछ बलाएँ ऐसी होती हैं जो बेआवाज़ आती हैं और जमकर बैठ जाती हैं। जाते-जाते अपने पंजों के निशान छोड़ जाती हैं।

15/6/1946

हम लोग दिल्ली के लाल दरवाज़ा मोहल्ले में वैद्य जी के मकान में ऊपरी मंज़िल पर रहते थे। नीचे भूतल पर वैद्य जी ख़ुद अपने छह बच्चों वाला परिवार ले कर रहते।

मैं काफ़ी कमज़ोर थी। अभी पैरों पर चलना शुरू नहीं किया था। घुटनों के बल खिसक-खिसककर मैं कमरों और बरामदे का चक्कर लगा लेती। इसी तरह खिसक-खिसककर मैं सीढ़ियाँ उतर जाती।

वैद्यजी के छह में से चार बच्चों को छोटी माता निकली हुई थी। वैद्य जी ने उन चारों को एक कमरे में लिटा रखा था। उनका बदन लाल दानों से भरा हुआ था। एक दिन मैं लुढ़कती-पुढ़कती उस कमरे में पहुँच गयी और उन बच्चों के बीच बैठकर खेलने लगी।

काफ़ी देर बाद जब मेरी माँ को लगा मुन्नी कहाँ गयी, तब मेरी खोज ख़बर ली। उन्होंने नीचे आकर पूछा, "बहन जी, मुन्नी नीचे आयी है क्या?"

माँ कमरे में आयी तो बच्चों का दानों और फफोलों से भरा बदन देखा। घबराकर उन्होंने वैद्याइन से कहा, "बहन जी, आपके घर में माता निकली हुई हैं आपने हमें बताया भी नहीं। इसे तो कमरे में न जाने देतीं।"

वैद्याइन ने जवाब दिया, "हम अपने बच्चे सँभालें या तुम्हारे?"

माँ ने ऊपर आकर मेरे हाथ लाल दवा के पानी से ख़ूब धोये, बदन पोंछा, लेकिन चौथे रोज़ मुझे बुख़ार चढ़ गया और पेट पर लाल दाने निकल आये। छोटी माता का प्रकोप मुझ पर ऐसा हुआ कि आँख, नाक, कान, जिह्वा, हथेली, तलवे अर्थात् शरीर का कोई अंग उससे अछूता न बचा। सीताराम बाज़ार में डॉ. टोपा का दवाख़ाना था। उन्हें घर बुलाया गया। उन्होंने देखकर कहा, "अब तो माता निकल आयी हैं। इसका कोई उपचार नहीं है। आप नीम के पानी से इसका बदन धोयें। बच्ची के आस-पास सफ़ाई रखें। इस रोग में यह अन्धी, बहरी, गूँगी, कुछ भी हो सकती है।"

17/10/1948

यह दुर्घटना भी लाल दरवाज़े की है।

यहाँ ऊँचे-नीचे मकान थे। हमारी छत पर पीपल का पेड़ तना हुआ था, आधे शामियाने की तरह, हालाँकि उसकी जड़ थी कौमुदी, कम्मो के घर के पिछवाड़े।

दीदी और मैं शाम के वक़्त छत पर खेल रही थीं। हम पीपल के पत्तों की पीपनी बनाकर बजा रही थीं। कम्मो ने अपनी छत पर से पुकार लगायी "एक पत्ता मुझे भी दो।" मैंने सोचा, इतनी हवा चल रही है। पत्ता फेंकूँगी तो कहीं का कहीं उड़ जायेगा। क्यों न उसके हाथ में दे दूँ?मैं मुँडेर पर से झुकी। अपनी छत पर खड़ी कम्मो उचक रही थी। पत्ता उसे पकड़ाने की कोशिश में, मैं ही लद्द-से कम्मो की छत पर गिर पड़ी।

पापा कहीं बाहर जाने के लिए तैयार हो रहे थे। धमक सुनकर उनके मुँह से निकला, "ज़रूर मुन्नी गिरी है।"

वे ऊपर लपके।

बेबी ने होंठ बिसूर दिये, "मुन्नी अपने आप गिरी। हमने कुछ नहीं किया।" पड़ोस के घर से पापा मुझे उठाकर लाये। बायाँ हाथ लुंज होकर लटक आया। डॉक्टर टोपा के यहाँ दिखाने पर पता चला एक्स-रे करवाना होगा। शायद हड्डी टूटी है। डॉक्टर टोपा एकदम सही थे। बायीं बाँह पर प्लास्टर चढ़ गया। डॉक्टर ने एक पट्टी गले में डालकर, बाँह को मोड़कर बाँध दिया। पट्टी बँधे हाथ से ही कुछ दिन बाद मैंने स्कूल जाना शुरू कर दिया। स्कूल में लड़कियाँ चिढ़ातीं, "चना ज़ोर गरम बाबू मैं लायी मज़ेदार चना ज़ोर गरम।"

मैं चिढ़कर कहती, "आने दो मेरी दीदी को, मैं तुम्हें मरवाऊँगी।" लड़कियाँ और हँसी उड़ातीं "तू हमें जान से मरवायेगी?"

20/9/1947

हम दोनों बहनें ग़ाज़ियाबाद के कन्या वैदिक विद्यालय में पढ़ती थीं। पापा शम्भूदयाल इंटर कॉलेज के प्रिंसिपल बन गये थे। उनके अनुशासन में हम ही नहीं, कॉलेज भी थर्राता था।

दीदी और मैं मुकुन्दनगर से स्कूल तक पैदल आतीं और जातीं। दूरी बहुत ज़्यादा थी, बस्ता तब भी भारी हुआ करता था। चूँकि हमारा स्कूल घण्टाघर के पास था, मम्मी का आदेश था कि वापसी में हम घण्टाघर से ताज़ी सब्ज़ी ख़रीद कर साथ लाया करें। वे सुबह हमारे बस्ते में कपड़े का थैला और उसके अन्दर कभी एक रुपया, कभी अठन्नी रख देतीं कि ध्यान से ख़र्च करना। दो दुकानों पर भाव पूछकर तीसरी दुकान से सब्ज़ी लेना। वापसी में हम आधी-आधी दूर तक सब्ज़ी का थैला उठातीं। हमें स्कूल में ख़र्च करने के लिए दो पैसे रोज़ मिलते। जब मम्मी छेदवाले पैसे देतीं, मैं उन्हें सेफ़्टीपिन से अपनी फ्रॉक पर लटका लेती। दीदी को ऐसी नुमाइश पसन्द नहीं थी। वह अपने पेन्सिल बॉक्स में पैसे डाल देती।

इधर कुछ दिनों से हम दोनों को बुख़ार-खाँसी हो रहा था। दो-तीन दिन स्कूल भी नहीं जा पाये। चौथे दिन बुख़ार उतर गया, लेकिन खाँसी बाक़ी थी। पापा ने कहा, "स्कूल जाना ज़रूरी है, आज चली जाओ।" मम्मी ने रोज़ की तरह हमें सब्ज़ी के पैसे, थैला और हमारे जेब ख़र्च के दो-दो पैसे देकर कहा, "कोई खट्टी-मीठी चीज़ मत खाना, खाँसी बढ़ जायेगी।"

दिन सकुशल बीत गया। वापसी में सब्ज़ी ख़रीदी और घर चले। इस रास्ते पर कई फ़ाटक आते थे। शायद वह डासना गेट था, जिसके कोने पर एक गै़रेज में आशा आइसक्रीम फ़ैक्टरी थी। वहाँ दो पैसे में बढ़िया आइसकैंडी मिलती थी। हम दोनों ने आइसकैंडी ख़रीदी और उसे चूसते हुए चलने लगे। तभी दीदी को दूर से पापा आते दिखाई दिये। उसने मुझसे कहा, "हाथ पीछे कर ले। पापा ने आइसकैंडी देख ली तो यहीं सड़क पर मारने लगेंगे।"

हमने हाथ पीछे कर लिये। पापा पास आकर अपनी साइकिल से उतरे। उन्होंने पूछा, "स्कूल में तबीयत कैसी रही, खाँसी तो नहीं उठी, क्या होमवर्क मिला है?"

देर लगती देख मुझे लगा कि इतनी देर में तो मेरी आइसकैंडी पिघल कर ख़त्म हो जायेगी। मैंने हाथ आगे किया और आइसकैंडी चूसने लगी।

पापा एक क्षण को चौंके फिर बोले, “अच्छा तो छुप-छुपकर कैंडी खायी जा रही है।”

पापा साइकिल पर सवार हो आगे बढ़ गये।

दीदी ने मेरे कान खींचे, “तुझसे सबर नहीं हुआ? अब देखना, घर पहुँचकर अपनी वो पिटाई होगी कि कैण्डी-वैण्डी सब भूल जायेगी।”

पूरी शाम और रात हम सहमे रहे। पता नहीं पापा क्या सज़ा दें? घर में सन्नाटा रहा।

अगले दिन जब मम्मी हमें स्कूल के लिए तैयार कर रही थीं, पापा ने कहा, “बच्चो, गन्दी वाली आइसक्रीम मत खाना। हम तुम्हें घण्टाघर ले जाकर अच्छी वाली आइसक्रीम खिलायेंगे।”

18/3/1949

स्कूल में सुबह प्रार्थना के समय तक पहुँचना अनिवार्य था। प्रार्थना के बाद सब बच्चे क़तार बनाकर अपनी कक्षाओं में जाते। मेरी कक्षा दूसरी मंज़िल पर थी। एक दिन जब मैं सीढ़ियाँ चढ़ रही थी, किसी लड़की के धक्के से बस्ता मेरे कन्धे से सरका और सीढ़ियों में गिर गया। मुझे कुछ ख़बर नहीं हुई। थोड़ी देर बाद चपरासी कक्षा में आया और उसने अध्यापिका को एक पर्ची दी। प्रिंसिपल ने मुझे अपने कार्यालय में बुलाया था।

जब मैं नीचे पहुँची, प्रिंसिपल बहुत-से कामों में फँसी थीं। सभी कामों से फ़ारिग़ होकर उन्होंने मुझे अपने सामने बुलाया। मुझसे मेरा नाम पूछा। बस्ते से किताब कॉपी निकालकर नाम का मिलान किया, फिर बोलीं, “होश में नहीं रहती हो, बस्ता गिर गया, तुम्हें पता नहीं चला?”

मैं चुप!

बड़ी बहन जी फिर गरजीं, “बोलती क्यों नहीं, पता चला या नहीं?”

मैंने गर्दन हिलायी, “नहीं, पता नहीं चला।”

“सोयी हुई थीं या भांग खाकर आयी हो? सारी किताब-कॉपी हैं, टिफ़िन बॉक्स है। तुम्हें पता ही नहीं चला ऐं? ले जाओ बस्ता। आगे कभी गिराया तो नहीं मिलेगा, समझीं?”

मैं बस्ता लेकर ऊपर कक्षा में भागी और अपनी सीट पर आकर ही दम लिया।

15/9/1954

छमाही परीक्षा सिर पर थी। मुझे बुख़ार चढ़ गया, ऊपर से गला ख़राब। अँधेरी की जे.बी. नगर बस्ती में डॉ. मेढेकर के दवाख़ाने में मम्मी मुझे ले गयीं। पीठ, छाती की तपास के लिए डॉक्टर ने मुझे एक्ज़ामिनेशन टेबिल पर लिटाया। जैसे ही उसने स्टेथेस्कोप मेरी छाती पर रखा, मुझे बेहिसाब हँसी और खाँसी आ गयी। डॉक्टर व्यस्त प्राणी था, उसने घुड़का, "क्या करती हो बेबी? चुप करके लेटना, आवाज़ एकदम नहीं माँगता।"

जैसे ही उसका ठण्डा स्टेथेस्कोप मेरे गरम शरीर को छुए, मुझे गुदगुदी लगे और हँसी, खाँसी का दौरा पड़ जाये। तंग आकर डॉक्टर ने मेरी फ्रॉक के ऊपर से ही मेरा जैसे-तैसे परीक्षण किया और दवा लिख दी।

छुटपन की बेवकूफ़ियों के प्रति समाज और परिवार में जो क्षम्यता हमें अधिकार की तरह मिल जाती है, बड़े होने पर इतनी आसानी से नहीं मिलती। हर मूर्खता से हमारी ज़िम्मेदारी कुछ और वज़नी हो जाती है। परिवार की नज़र में हम एक मुसीबत और तबालत बनते जाते हैं। कुछ लोग हमें सनकी समझने लगते हैं तो कुछ लोग ख़ब्ती।

कट टु इलाहाबाद सन् 1985

जीवन में कभी-कभी पुरस्कार भी मिले। बड़े नहीं, छोटे-छोटे। ऐसा ही एक पुरस्कार हिन्दी परिषद्, पंजाब ने दिया। इसकी विशेषता यह थी कि न तो मैंने इसके लिए पुस्तक भेजी न वहाँ किसी को जानती थी। संस्था का पत्र आया, "हम आपको सम्मानित करना चाहते हैं। संस्था की आर्थिक सीमाएँ हैं। सम्मानस्वरूप हम मात्र 1,500 रुपये देने की स्थिति में हैं। आने-जाने का व्यय नियमानुसार देय होगा। कार्यक्रम दिसम्बर की अमुक तिथि को त्रिवेणी कला सभागार, दिल्ली में है।"

उन दिनों मेरे माता-पिता ग़ाज़ियाबाद में रहते थे। वे एकाकी और अस्वस्थ थे। मम्मी को मस्तिष्क आघात का एक झटका लग चुका था। तब से वे बिस्तर से लग गयीं।

मैं दिल्ली आने का छोटे-से छोटा बहाना भी लपक लेती थी। मम्मी-पापा को देखने की ख़ातिर कोई भी बुलावा मुझे वरदानस्वरूप लगता।

दिल्ली से दूर रहनेवालों को दिल्ली सुहानी लगती है। दिल्ली आने का प्रोग्राम बनते ही कभी एक तो कभी दोनों बच्चे मेरे साथ चिपक लेते।

—हमें अपनी स्कूल प्रोजेक्ट का सामान लेना है।

—हमें लाजपतराय मार्केट से इलेक्ट्रॉनिक चीज़ें लेनी हैं।

बच्चों के पास एक न एक बहाना होता। नाना-नानी के घर में अलग कमरा, स्वादिष्ट खाना और ढेर-सी आज़ादी तो मिलती ही, साथ ही सामने लम्बा-चौड़ा मैदान खेलने के लिए। उन दिनों प्रयागराज एक्सप्रेस गाड़ी ग़ाज़ियाबाद पर नहीं रुकती थी। नयी दिल्ली पहुँचकर हम वहाँ से स्थानीय गाड़ी ई.एम.यू पकड़कर ग़ाज़ियाबाद पहुँचते।

पापा को रोज़ की तरह अख़बार पढ़ते और मम्मी को बिस्तर पर पड़े पड़े टीवी रिमोट से खेलते देख मैं एकदम तृप्त हो जाती—सबसे बड़ा पुरस्कार तो यही था। वे भी मुझे और बच्चों को देख निहाल हो जाते।

इस बार भी यह सब हुआ। शाम को त्रिवेणी कला संगम में आयोजन था, जिनके कारण मेरे लिए दिल्ली बिल्कुल अपनी और अज़ीज़ थी, वे सभी आत्मीय, आयोजन में उपस्थित थे—राजेन्द्र जी, नन्दन जी, चित्रा मुद्‍गल, हिमांशु जोशी। और भी सभी सगे और स्नेहपगे चेहरे थे। आयोजकों ने शॉल, श्रीफल, पत्र-पुष्पम् के साथ काफ़ी वजनी सरस्वती की प्रतिमा भी सम्मान स्वरूप दी। बहुत जल्द रात के नौ बज गये। बच्चे जो मेरे साथ आये थे, अन्दर-बाहर दौड़-भागकर थक गये थे और अब घर जाना चाहते थे। हमने बाहर आकर ऑटो किया और नयी दिल्ली के पहाड़गंज पहलू पर आ गये। लोकल टिकट खिड़की कुछ फ़ासले पर बनी थी। सामने प्लेटफ़ॉर्म नम्बर एक पर ग़ाज़ियाबाद की तरफ़ जानेवाली गाड़ी खड़ी थी। बड़े बेटे अन्नू ने कहा, "टिकट के चक्कर में यह गाड़ी छूट जायेगी। चलो माँ ग़ाज़ियाबाद, पर आजतक तो कभी किसी ने टिकट माँगी नहीं।"

थकी मैं भी थी। ऊपर से सरस्वती का बोझ सँभल नहीं रहा था। छोटा बेटा मन्नू भी थकान के मारे लस्त हो रहा था। "देखी जायेगी" सोचकर हमने वह गाड़ी पकड़ ली। भीड़ के बावजूद हमें बैठने की जगह मिल गयी। मन्नू मेरे कन्धे से सटकर सो गया और अन्नू अपने साथ लाया कॉमिक पढ़ता रहा।

ग़ाज़ियाबाद, पर हम उतरे। प्लेटफ़ॉर्म पर अन्नू थोड़ा आगे-आगे चल रहा था। मैं मन्नू और सरस्वती के कारण थोड़ी पिछड़ गयी थी।

अन्नू ने प्लेटफ़ॉर्म की सीढ़ियाँ अभी पूरी चढ़ी नहीं कि बीच की चौड़ी सीढ़ी पर महिला टिकट चेकर ने उसे रोका, "टिकट दिखाओ।"

अन्नू को जो सूझा उसने कह दिया, "हम तो स्टेशन पर मैगज़ीन देखने आये थे, हम रेल से थोड़े ही उतरे हैं।"

मैं लपककर पास आयी। अब तक मुझे कुछ गड़बड़ी का अन्दाज़ लग गया। काला कोट पहने टिकट चेकर ने कहा, "मैंने आप लोगों को गाड़ी से उतरते देख लिया है। टिकट कहाँ हैं आपके?"

मेरी सारी अकड़ पर घड़ों पानी पड़ गया। अब सच बोलने में ही निस्तार था।

मैंने कहा, "देखिये, आज मेरा सम्मान समारोह था। हम वहीं से आ रहे हैं।" पुष्टि के लिए मैंने सरस्वती की प्रतिमा उसके आगे हिलाई, शॉल दिखाया और फिर बताया, "टिकट खिड़की तक नहीं जा सके, गाड़ी छूट जाती।" सम्मान चिह्न देखकर टिकट चेकर थोड़ी-सी पसीजी। तुरन्त उसने वापस कठोर मुद्रा बना ली, "सम्मान-वम्मान तो ठीक है, पर ज़रा अपने बच्चे को सच बोलना सिखाओ।"

टिकट चेकर ने हमें छोड़ दिया। हम पर जुर्माना भी नहीं लगाया। मैंने उसे शॉल देने की बड़ी कोशिश की, उसने नहीं लिया। वह बोली, "मैं इस वक़्त ड्यूटी पर हूँ, आप लोग जायें। आगे से कभी बिना टिकट सफ़र करना नहीं, समझीं?"

28/9/2010

हमें ज़रूरी काम से गोआ जाना था। सुबह की उड़ान थी। यह झमेले की बात थी। हम दोनों का हाल यह है कि रात को हमारी शक्ति बड़ी प्रबल और दिमाग़ प्रखर रहता है, सुबह इन सब अंगों के नवीकरण यानी रिचार्ज होने में कुछ वक़्त लगता है। एक तो चाय पिये बिना वैसे ही अंग-प्रत्यंग शिथिल रहता है, ऊपर से अन्तिम क्षण की पैकिंग—टूथब्रश रखा कि नहीं, साबुन कहाँ है, अरे, जूते तो रखे ही नहीं-कि लो बोलो, समय भारी हो गया। अब तो रवाना होना ही था। तैयार होकर अपने कमरे में बुकरैक के नीचे रखी चप्पलें पहनीं और बाहर आकर ताला लगाया।

एयरपोर्ट पर जाँच-पड़ताल से गुज़रकर अन्दर पहुँचे। अख़बार उठाये और अपने प्रिय क्रॉसवर्ड पहेलीवाले पृष्ठ पर जम गये। मैं रवि को सुझाव देती रही कि यहाँ बहुत अच्छी दार्जिलिंग चाय मिलती है, लाऊँ?रवि का मौन ही इनकार होता है। तबीयत अन्दर तक जल-भुन गयी। कोई चाय जैसी चीज़ को कैसे इनकार कर सकता है, वह भी सुबह के समय। रवि ने जब से शराब सिगरेट छोड़ी है, तब से बाक़ी पेय पदार्थों में उनकी दिलचस्पी शून्य हो गयी है अन्यथा रवि वह

इन्सान थे कि जब पूछो नाश्ता क्या बनेगा, वे कहते, "पहले एक बढ़िया-सी चाय और हो जाये।" दरअसल, चाय के हर प्याले के साथ सिगरेट पीने का सुख भी नत्थी था।

सही समय पर हवाई सफ़र शुरू हुआ। गनीमत कि यहाँ, ज़मीन से हज़ारों फ़ीट ऊपर, गर्म चाय मिल गयी। इस बार रवि ने साथ दिया। इस बीच अख़बार नीचे गिर गया। उसे उठाने के लिए झुकी तो अपने पैर देखकर चौंक पड़ी। मैं दोनों पैरों में अलग क़िस्म की चप्पल पहन आयी थी। बुक रैक के नीचे चप्पलों के दो जोड़े थे। अँधेरे में पता ही नहीं चला। अभ्यासवश पैर नीचे डाला और चप्पलें पहन लीं।

मैंने रवि से कहा, "ग़ज़ब हो गया, मैंने ग़लत चप्पलें पहनी हैं। एक काली है, एक भूरी। अब क्या हो?"

रवि हँसे, बोले "हवाई जहाज़ रुकवाऊँ क्या?"

"तुम्हें मज़ाक़ सूझ रहा है, अब मैं गोआ एयरपोर्ट पर कैसे उतरूँगी? इतने लोग अगवानी पर आयेंगे। वे क्या कहेंगे, हिन्दी के लेखक के पास चप्पल तक नहीं है?"

"वे तुम्हारे पैरों की तरफ़ बाद में देखेंगे" रवि ने कहा, "मैं इसीलिए कहता हूँ, एक से ज़्यादा जोड़ी जूते बवाल होते हैं।"

रवि की नसीहतों से मेरी मुश्किल का कोई हल नहीं निकला। गोआ पहुँच कर एयरपोर्ट से होटल का रास्ता जो इतना हराभरा, सुन्दर और सुहाना था, मुझे नहीं दिखा। मेरी आँखें सिर्फ़ जूतों की दुकान ढूँढ़ रही थीं।

5/10/2013

एक फ्री लान्सर के जीवन में आह्लाद के गिने-चुने पल होते हैं। रचना छप जाये, पुस्तक प्रकाशित हो जाये और वक़्त पर रॉयल्टी मिल जाये। जब हम हिन्दी के लेखक उन भारतीय लेखकों की तरफ़ देखते हैं जो अंग्रेज़ी में लिख रहे हैं और हर महीने बेस्ट सेलर घोषित हो रहे हैं, छह के आँकड़े में रॉयल्टी बटोर रहे हैं और सातवें आसमान पर चढ़कर बोल रहे हैं, हमें एकबारगी यक़ीन नहीं होता क्या वास्तव में लेखन से धन कमाया जा सकता है?

फिर भी कभी-कभी रॉयल्टी का चेक आ ही जाता है। उस दिन तबीयत बाग-बाग रहती है। ढेर-सी नयी रचनाएँ दिमाग़ में अनार की तरह छूटती हैं। मन होता है, समस्त काम मुल्तवी कर दूँ। एक रीम काग़ज़ लेकर बैठूँ और अपना

अधूरा पड़ा उपन्यास, नाटक, यात्रा संस्मरण—सब पूरे कर डालूँ। यह ऐसा ही दुर्लभ दिन था। केरल की हरियाली अपनी आँखों में बसाकर हम सुबह ही लौटे थे कि दोपहर की डाक से रॉयल्टी का चेक आ गया। धनराशि न इतनी कम थी कि शिकवा शिकायत हो, न ही इतनी ज़्यादा कि अंग्रेज़ी लेखक की तरह इतराया जाये। तत्काल बैंक की डिपॉजिट स्लिप भरी और चल दी जमा करने। लाजपत नगर में हमारे ब्लॉक में तो नहीं किन्तु बी-ब्लॉक में क़दम-क़दम पर एटीएम कॉर्नर हैं जहाँ चेक जमा करने की सुविधा है। बी ब्लॉक भीड़-भड़क्केवाला बाज़ार है जहाँ किसी भी दुकान तक पहुँचने से पहले कार, मोटर साइकिल, रिक्शे और ठेले के पहिया जाल से निकलना लाजमी है। अपनी बैंक का नामपट्ट देखा, गाड़ी रुकवायी और एटीएम के ड्रॉप बॉक्स में चेक डाल दिया। जब मैं वापस अपनी गाड़ी पर पहुँची, ड्राइवर ने हैरानी से पूछा, "आपने अपना बैंक बदली किया है क्या?"

"क्यों?" मैंने पूछा।

"आपने बग़ल के एटीएम में चेक डाला है।"

धत् तेरे की! चेक डालते समय मुझे लगा तो था कि यह चेक-पेटी कुछ अलग ढंग की है। दरअसल, दो बैंकों के एटीएम अगल-बग़ल थे। मैंने दूसरेवाले बैंक में चेक डाल दिया।

फिर वहाँ जाकर सुरक्षा कर्मचारी को ढूँढ़ा। हमेशा की तरह वह आज भी नदारद था।

झींकती हुई घर आ गयी। बैंक में अपनी परिचित को फ़ोन करके पूछा कि क्या करना चाहिए। उसने बताया ग़लत जगह डला हुआ चेक डेड लैटर की तरह होता है। किसी को इतनी फुरसत नहीं होती कि वह उसे वापस भेजे या सही बैंक में पहुँचाये। यह भी उसी ने बताया कि जिसने चेक दिया, उससे उसका भुगतान रुकवाओ और नया चेक मँगवाओ।

बैंक अधिकारी को क्या पता कि रॉयल्टी का चेक लेखक के लिए क्या अहमियत रखता है? ज्यों पपीहे के लिए पावस में अमिय बिन्दु त्यों लेखक की रॉयल्टी। बिन माँगे मिला था यह। माँगना मतलब, याचना करना होगा। अभी कुछ दिन तो इसका सोग मना लूँ। मूर्खताएँ अभी और भी हैं। दरवाज़े पर भीड़ लगाये खड़ी हैं, सोमवारवाली, मंगलवारवाली, वह सुबह की, वह शाम की, वह घर की, वह बाज़ार की लेकिन क़लम की स्याही सूख रही है, बन्द करती हूँ यह राग।

शुक्र है, शुक्र है

सुबह नौ बजे तक घर ख़ाली हो जाता। सुयश के तीन कार्यालय थे। कभी उसे नोयडा जाना होता जहाँ भीड़ और लाल-पीली बत्तियों का हुक्म मानते हुए पहुँचने में एक घण्टा लगता। कभी उसे ओखला जाना होता जहाँ सिर्फ़ बीस मिनट में वह कार्यालय पहुँच जाता। कभी उसे गुड़गाँव जाना पड़ता जहाँ का मार्ग सीधा होते हुए भी सुगम नहीं था।

"यह कौन तय करता है कि आज कहाँ जाना है?" विधा हैरान होकर पूछती।

बेटा कार्यालय जाते समय बहुत कम बात करता। ज़्यादातर इशारों की भाषा इस्तेमाल करता।

वह बायें हाथ का अँगूठा अपनी तरफ़ कर बताता कि वही अपना गन्तव्य तय करता है। उसके दायें हाथ में फ़ोन होता जो अक्सर कान से चिपका होता।

विधा उसके आगे नाश्ता रखती। सुयश की कोई दिलचस्पी खाने में न होती। जब फ़ोनवार्त्ता समाप्त होती, वह घड़ी देखता, दूध का गिलास उठाकर एक साँस में पी डालता और अपने पेट पर हाथ रखकर इशारा करता, "यहाँ बिल्कुल गुंजाइश नहीं है।"

दुःखी हो जाती विधा। इतनी मेहनत से बनाया ऑमलेट और टोस्ट कुछ ही देर बाद लीचड़ और चीमड़ हो जाता है, यह तय था।

जय के पास नाश्ते से बचने का और भी तगड़ा बहाना था। नाश्ते की प्लेट देखते ही वह उससे विमुख हो जाता। इससे ज़रा पहले जब बाप-बेटे अख़बार पढ़ रहे होते, विधा पूछती, "नाश्ते में क्या बनायें?"

अव्वल तो कोई जवाब नहीं मिलता अथवा आदर्श जवाब हाज़िर होता, "वही जो रोज़ बनता है।"

नाश्ते के वक़्त जय धीमी आवाज़ में कहता, "सुनो, मुझे दूध में थोड़े से कॉर्नफ़्लेक्स दे दो तो अच्छा हो। यह नाश्ता ख़राब मत करना। मंजू खा लेगी।"

न चाहते हुए भी झींक पड़ती विधा, "मुझे कोई शौक़ नहीं है सुबह-सुबह उठकर प्याज़-मिर्चा काटने का। जब मैं पूछती हूँ तो बाप-बेटे बता क्यों नहीं देते कि आज कुछ नहीं खायेंगे।"

जय और भी नरम आवाज़ में कहता, "क्यों बेकार अपना रक्तचाप बढ़ा रही हो, आज तुमने गोली खायी?" बात नाश्ते से खिसककर स्वास्थ्य पर चली जाती। "तुम आज मेट्रो क्लिनिक में चेकअप करवा लो। खाना बनाने के चक्कर में मत पड़ना।"

सुयश जाते-जाते कहता, "मेरा तो आज बिज़नेस लंच है। माँ, तुम आराम करना।"

उन दोनों के रवाना होने पर घर में दो अण्डों की ठण्डी लाशें, चार चीमड़ टोस्ट और चन्द जानलेवा नसीहतें होतीं। विधा तभी तय कर लेती, "मैं उनकी हिदायतें क्यों मानूँ जब वे मेरा कहा नहीं सुनते? बढ़ने दो रक्तचाप और रक्तशर्करा। आज ख़ूब नमक खाऊँगी और चीनी।"

बारह बजे तक जय का फ़ोन आ जाता, "देखो विधि, अगर क्लिनिक न जा पाओ तो घर में ही अपना ब्लडप्रेशर और शुगर जाँच लेना।"

विधा सकपका जाती। जय उसकी नस-नस पहचानता है। कार्यालय में बैठे हुए उसे पता है, विधा डॉक्टर के पास नहीं जायेगी। उसने घर में दोनों चीज़ों की जाँच के उपकरण रखे हुए हैं। मुश्किल यह है कि विधा को इन दोनों यन्त्रों से नफ़रत है। ये यन्त्र उसे भी यन्त्र समझते हैं। यह क्या कि मरीज़ ख़ुद अपने मर्ज की जाँच करे? ख़ुद अपनी उँगली में सूई चुभोकर ख़ून निकाले और ख़ुद बटन दबाकर देखे ख़ून में कितनी शक्कर शामिल है? उसके बाद निर्देश पुस्तक पढ़कर देखे, सामान्य से कितनी ऊपर या नीचे है? रक्तचाप नापना तो और भी टेढ़ा काम है। पहले तो पट्टा सही जगह बँध नहीं पाता। अकेले हाथ पट्टा बाँधना, यन्त्र को थोड़ी दूर रखकर बटन दबाना और रक्तचाप संख्या को सीढ़ी चढ़ते देखना जाँच नहीं, जादूगरी का काम लगता है। दोनों तबालतों का स्तर बढ़ा मिले तो दिन का अलग कबाड़ा हो।

क्या जय और सुयश नहीं जानते कि उनकी हरकतें ही विधा की बीमारियों की जड़ हैं। सोमवार से गुरुवार तक घर में खाने के नाम पर हंगामा मचा रहता है। विधा पक्ष और जय-सुयश प्रतिपक्ष बने रहते। पक्ष, व्यंजन विधि बदल-बदलकर

भोजन बनाता। प्रतिपक्ष कभी पेट पकड़कर, कभी गला थामकर अपना प्रतिरक्षण करता। उससे भी नागवार यह कि प्रतिपक्ष रात के समय-असमय किसी-न-किसी रेस्तराँ से अपनी पसन्द का खाना मँगवाकर खा लेता। उनका मँगाया शाही पनीर या तन्दूरी मुर्ग पक्ष के बनाये भोजन से कहीं अधिक गरिष्ठ होता, लेकिन उनके अपने तर्क थे। सुयश कहता, "ममी, इसे एक हाथ से खा सकते हैं। एक हाथ लैपटॉप के लिए खुला रहता है।"

"खाने के समय लैपटॉप बन्द भी कर सकते हैं।" विधा तपाक से कहती।

सुयश जवाब नहीं देता।

जय कहता, "चलो, खाने दो जो खाता है।"

विधा का ध्यान जय की तरफ़ घूम जाता, "वह तो खाये, पर तुम यह छोकरोंवाला खाना क्यों खा रहे हो? मेरे पीछे लगे रहते हो, अपनी सोचो, तुम्हारे रक्तचाप और कोलेस्ट्रॉल का क्या होगा?" "डियर, अपनी बीमारियाँ भी असाध्य हैं और बदपरहेज़ियाँ भी। तुम कभी खानपान के अलावा जीवन की अन्य ज़रूरतों पर भी ध्यान दिया करो।"

भन्ना जाती विधा। वह खुद उकता चुकी है रसोई पक्ष से। कॉलेज के दिनों में जब उसने शरतचन्द्र के उपन्यास पढ़े थे, अपने दोस्तों से कहा था, "शरत् की नायिकाएँ अपना आधा जीवन तो रसोई में बिता देती हैं। जब देखो, तब बाल खोलकर खाना परोसती रहती हैं।"

उसे क्या पता था कि एम.ए. तक की पढ़ाई की उसके जीवन में कोई भूमिका नहीं रहने वाली। उसे अपना अल्हड़पन और असहमतियाँ अलमारी में बन्द कर रखनी पड़ेंगी और रसोई की राह पकड़नी होगी।

नहीं, ये ग़लत सलत बातें हैं। उसके ऊपर आत्मदया का दौरा नहीं पड़ा जो अब वह अपने जीवन के झाड़ फानूस भी दिखा दे। इन झूमरों में उसके परिवार के शुक्र, शनि और इतवार जगमगाते हैं और सार्वजनिक छुट्टियाँ भी। इन दिनों इस घर का माहौल एकदम खुशगवार होता है। न कोई झल्लाता है, न भुनभुनाता। न किसी को खाने से अरुचि होती है न अपच। फ़ोन ज़रूर अपनी घुसपैठ करता रहता है, लेकिन उस पर मित्र संवाद ही ज़्यादा होता है उन दिनों।

शुक्रवार की सुबह विधा-परिवार के लिए सुहानी होती है। सुबह की चाय के साथ ही यह सिम्फ़नी शुरू हो जाती है।

जब पिता-पुत्र उसकी चाय की तारीफ़ करते हैं, विधा को ख़याल आ जाता है, अरे, आज शुक्रवार है, टी.जी.आई.एफ. तभी न। थैंक गॉड इट्स फ्राइडे।

ख़ुदा-ख़ुदा करके शुक्रवार आया यानी आज शाम हफ़्ते भर की भाग-दौड़, उठा-पटक और आपा-धापी से निजात मिलेगी। शुक्र की शाम से रवि की शाम तक वे सुकून की ज़िन्दगी जियेंगे। सुबह नौ बजे तक सोयेंगे, मनपसन्द गाने सुनेंगे। तीनों दिन तीनों लोग साथ बैठकर "कौन बनेगा महाकरोड़पति" देखेंगे और जो भी खाना घर में बनेगा, जम कर खायेंगे।

सुयश कहेगा, "मेरी माँ के तीन मदर्स डेज़ हैं, ममा के दिन।" जय कहेगा, "मेरी बीवी के तीन वाइफ़्स डेज़ हैं।"

विधा कहेगी, "मेरे जीवन के तीन ख़ुश दिन हैं।"

शुक्र की सुबह वही ऑमलेट होता है वही डबलरोटी, लेकिन पिता-पुत्र, कोई नाक भौं नहीं सिकोड़ता। उनका दोपहर का भोजन दफ़्तर की मेज़ पर होता है, लेकिन वह भी राज़ी-ख़ुशी खा लिया जाता है। शाम को घर में हौसले बुलन्द रहते हैं। सीधी-सादी मूँग की दाल भी लज़ीज़ लगती है जब उसमें विधा के हाथ का स्पेशल तड़का हो। देह, दिल, दिमाग़ की समस्त शिरायें आराम के मूड में होती हैं। पिता-पुत्र की विनोदप्रियता एक के ऊपर एक होती है। विधा उनकी श्रोता, दर्शक और दोस्त होती है। ऐसे में कोई दोस्त या परिचित आ जाये तो उसे भी ख़ूब स्वागत मिलता है।

सोमवार की सुबह फिर घर में चुप्पी और तनाव की रस्सियाँ तननी शुरू हो जाती हैं। दुनिया भर में चल रही आर्थिक महामन्दी ने दिल्ली के हर कार्यालय और उद्योग में अपने ठण्डे पंजे गड़ा दिये हैं। जय और सुयश भी उसकी चपेट में हैं। दोनों के पास कम्पनी की दी हुई गाड़ी है, पर पिछले माह से ड्राइवर की सुविधा ख़त्म कर दी गयी है। कम्पनी अपने ख़र्चों में कटौती कर रही है। प्रधान प्रबन्ध निदेशक के कमरे से जब भी काली डायरी लेकर राजाराम प्रकट होता है, स्टाफ़ कहता है, "यमराज का बही-खाता आज फिर खुला है। ख़ुदा ख़ैर करे।" कुछ कटौतियाँ तुच्छ होते हुए भी नसों को तिनतिना रही हैं। कार्यालय के फ्रिज में शीतल पेय की क़तारें लगी रहती थीं। कोई गिनती नहीं थी, कितने आपने पिये, कितने आगन्तुकों को पिलाये। अब कार्यालय की पैण्ट्री में सौदागर मशीन लग गयी है। पैसे डालो, बटन दबाओ, तभी बोतल बाहर निकलेगी। कॉफ़ी और चाय बिना दूध-शक्कर के मिलने लगी है क्योंकि कम्पनी का कहना है कि ये दोनों चीज़ें सेहत के लिए हानिकारक हैं। कुकीज़ और बिस्किट भी नदारद हैं। कुछ कार्यालय कर्मी इन सुविधाओं के छिनने से इतने नाराज़ हैं कि दूसरी नौकरी ढूँढ़ने की सोच रहे हैं।

नवीना जौहरी और फ़रीदा ने कहा, "इससे तो अच्छा है किसी सरकारी स्कूल में टीचर बन जायें। वहाँ कम-से-कम मिड डे मील तो मिलेगा।"

सुयश ने कम्पनी का पक्ष लेते हुए कहा, "हाँ, वहाँ खाने के साथ छिपकली और तिलचट्टे भी मिलेंगे।"

मन्दी के दौर में दूसरी नौकरी मिलना दुष्कर था। थोड़ा-बहुत बड़बड़ाने के बाद सब शान्त होकर काम में लग गये।

अभी बहुत दिन नहीं गुज़रे कि एक बार फिर बवण्डर उठ गया। पिछली शाम इसका कोई अन्देशा नहीं था। गुरुवार की शाम घर में मंसूबे बाँधे जा रहे थे कि शनिवार को पी.वी.आर. में जाकर "भाग मिलखा भाग" देखी जाये और खाना, सौ साल पुरानी साख़वाले पेशावरी ढाबे से मँगवाकर खाया जाये। सुयश की गर्लफ्रेंड सिमरन भी चण्डीगढ़ से आनेवाली थी। काम की जकड़बन्दी में उन दोनों का मिलना बहुत कम हो पाता। उसके कॉलेज में शनिवार की कोई छुट्टी नहीं थी। कभी-कभी वह शनिवार की छुट्टी लेकर शुक्रवार की शाम दिल्ली आ जाती। ऐसे सप्ताहान्त पर सुयश का मूड बढ़िया रहता। वह जमकर खाता, बोलता, सोता या जागता। उसके मूड से समूचा घर विहँस उठता। जय और विधा भी बच्चों को ख़ुश देख नवजीवन पाते। कभी-कभी सुयश चण्डीगढ़ चला जाता, लेकिन वहाँ सिमरन के ऊपर परिवार की बन्दिशें थीं। परिवार का मानना था कि शादी के पहले लड़के-लड़की का मिलना ठीक नहीं। अब जब से ड्राइवर की सुविधा ख़त्म हो गयी, सुयश के लिए चण्डीगढ़ जाना मुश्किल हो गया। उसे लगता, जैसे कम्पनी ने उसे मैनेजर नहीं ड्राइवर के पद पर रखा हुआ है। सुबह-शाम दिल्ली की सड़कों के ट्रैफ़िक जाम से निपटना आसान नहीं था।

कुछ लैपटॉप पर काम हुआ, कुछ फ़ोन पर, जिसके बाद सुयश का चेहरा तमतमा गया। उसने अपने आप से कहा, "आज ही नेट पर दूसरा काम ढूँढ़ता हूँ।" उधर जय भी कार्यालय से परेशान लौटा। विधा ने एक बार फिर कहा, "छोड़ क्यों नहीं देते इस पचड़ेवाली नौकरी को? आराम से घर बैठकर पढ़ो-लिखो।"

जय गुर्राया, "मेरा नाम जय है। पराजय कैसे स्वीकार कर लूँ? यहीं रहूँगा और सारे हक़ लड़ भिड़कर लूँगा।"

सुयश बोला, "पापा, अगर आप किसी छोटे-मोटे पद पर होते तब तो बग़ावत आपको सूट करती। यहाँ तो यह कड़वा आदेश आप ही के हस्ताक्षर से घोषित होगा।"

"अच्छा, तो तुम्हें एक-दूसरे का राई-रत्ती पता है, बस मैं ही बुद्धु हूँ।" विधा ने कहा।

"नहीं माँ, तुम्हें बतानेवाले थे हम। हमारी कम्पनी ने अपना घाटा कम करने के लिए काम के घण्टों में बढ़ोतरी करने का फ़ैसला लिया है। सब के लिए शनिवार की छुट्टी ख़त्म। अब हमें हफ़्ते में छह दिन काम करना होगा, जैसे सिमरन करती है।"

जय बोला, "मेरी कम्पनी में भी सन्देश आ गया है, शनिवार को पूरे दिन काम होगा। अब शुक्रवार की मस्ती भूल जाओ।"

विधा कुछ देर दोनों का सन्ताप देखती रही। अफ़सोस उसे भी था। कहाँ तो सप्ताहान्त भी कम पड़ता था मौजमस्ती के लिए, कहाँ यह ज़ुल्मी फरमान।

प्रकट उसने कहा, "चलो कोई बात नहीं। ऐसा सोचो कि अब हम शुक्रवार की मौजमस्ती शनिवार को मनायेंगे। TGIF नहीं TGIS होगा अब। शुक्र है शनि है।"

कान्दिवली की लड़कियाँ

"हाय ऊपरवाली, नीचेवाली, सब पिक्चर चली गयीं। हम भी चलें? आज इतवार है न।" सरला ने शरद की बाँह पकड़कर इसरार किया।

"क्यों, इतवार आते ही पिक्चर जाना ज़रूरी है क्या?"

"बिल्कुल।"

"इतनी फ़िल्में केबिल टी.वी. पर देखती हो, पेट नहीं भरता?"

"घर की पिक्चर की मत पूछो। यह कोई देखने में देखना है? कभी बच्चे उठा देते हैं, कभी तुम्हारे दोस्त आ टपकते हैं, कभी बिजली चली जाती है।"

"यह तो तुम्हारी क़िस्मत है। देखो, कल इतवार है। मैं जी भरकर सोऊँगा। इतवार आना कोई सज़ा नहीं है जो मैं तीन घण्टे दमघोटू गर्मी में तुम्हारे साथ सिनेमा हॉल में फँसूँ। मैं पिक्चर नहीं जाऊँगा।"

"फिर मैं मंजू को लेकर चली जाऊँ?"

"तुम्हारी अक्ल का दीवाला निकल गया है? बाई के साथ पिक्चर जाओगी?"

"वैसे तो तुम बड़े प्रोग्रेसिव बनते हो। मंजू के साथ जाने में क्या बुराई है?"

"क्या मंजू मेरा विकल्प है?"

"तुम्हें करना कुछ नहीं है, बस बैठे-बैठे बहस।" सरला ने मुँह फुला लिया।

शरद बेफ़िक्र हो गया। यह तय है कि अब सरला मंजू को लेकर भी फ़िल्म देखने नहीं जायेगी। दरअसल, यह एक फ़ॉर्मूला ज़िन्दगी जीना चाहती है, जिसमें आराम ही आराम है। जड़ आराम। मंगल को व्रत रखेगी, बुध को मठरी बनायेगी, बृहस्पतिवार को फिर व्रत रखेगी, शुक्र को बाँसवाली झाड़ू से घर भर के जाले उतारेगी, शनि को पतिदेव से प्यार करेगी और इतवार को, बाप रे बाप, पिक्चर चलने की ज़िद।

शरद कितने वर्षों से इस फ़ॉर्मूले से बाहर जीने के लिए हाथ-पाँव मार रहा है। उसके लिए नौकरी और विवाह दोनों फ़ॉर्मूलागत मजबूरियाँ रहीं। उसका

अलमस्त कलाकार मन लगातार इन दोनों फ़ॉर्मूलों को उलाँककर एक तरोताज़ा तरंगमय दुनिया में क़दम रखना चाहता है। उसके मनोजगत् में इतना कुछ घटित होता रहता है कि कमरे में अपनी प्रिय कुर्सी पर बैठे-बैठे वह पूरे संसार का नेतृत्व सँभाल सकता है। इस काम के लिए उसे किसी नौटंकी नेतागीरी की दरकार नहीं। अगले चुनाव में कौन जीतेगा; अगला नाटक कैसे लिखा जायेगा, अगली कला समीक्षा का रुख़ कैसा होगा; बिजली और पानी के संकट का समाधान कैसे हो, इन सब समस्याओं पर उसका अपना मौलिक नज़रिया है।

लेकिन सरला को ये सब बातें फ़िज़ूल की माथा पच्ची लगती हैं।

ऐसा नहीं कि सरला अच्छी पत्नी नहीं। उसने उसकी समस्त प्राकृतिक ज़रूरतें पूरी कीं। उसने समय पर दो स्वस्थ, सुन्दर बेटों को जन्म देकर इस घर में खुशियों की झड़ी लगाई। वह परिवार के हर संकट में काम आयी। उसके कारण यह घर सुख-समृद्धि से भरा रहा। पढ़ी-लिखी है। हिन्दी के साथ अंग्रेज़ी का भी बेहतर ज्ञान है, लेकिन उसका सोच-विचार वही है जो उसकी नानी-दादी या शरद की नानी-दादी का रहा होगा।

दफ़्तर में स्थिति और भी जानलेवा है। शरद के दायें बड़े बाबू और बायें छोटे बाबू बैठते हैं। इस लिहाज़ से वह बिचला बाबू है। दफ़्तर पहुँचते ही अक्सर बड़े और छोटे बाबू की 'तू तू मैं मैं' हो जाती है। इसके बाद उन दोनों में शीतयुद्ध जारी रहता है। बड़े बाबू स्पष्टीकरण माँगते हुए मेमो शरद की मेज़ पर रख देते हैं। शरद मेमो छोटे बाबू की मेज़ पर सरका देता है। चपरासी बैठा खैनी मलता रहता है। छोटे बाबू जवाब लिखकर काग़ज़ शरद की मेज़ पर रख देते हैं। शरद की कोशिश रहती है, उसकी मेज़ पर कोई काग़ज़ पड़ा न दिखे। वह काग़ज़ बड़े बाबू की मेज़ पर डाल देता है। जब शरद को लगता है, वह और अधिक बर्दाश्त नहीं कर सकता, वह उठकर फ़ाइल सेक्शन में चला जाता है। वहाँ धूल, मच्छर, गन्दगी और गर्मी है, पर युद्ध नहीं है।

जून में तबादलों की सूची में शरद का भी नाम आ गया। उसे पदोन्नति पर मुम्बई भेजा जा रहा था। शरद का मन झूम उठा। आख़िर जड़ता का ताला टूटा तो। बड़े बाबू ने जानकार की तरह कहा, "मेडिकल सर्टिफ़िकेट लगाकर तबादला रुकवा लो।"

शरद ने कहा, "बड़ी मुश्किल से कुएँ में से निकल रहा हूँ। आप मुझे वापस कुएँ में धकेलना चाहते हैं।"

"नयी जगह में नयी मुसीबतें आयेंगी" बड़े बाबू ने कहा, "कुएँ से निकल कर खाई में न पड़ जाना।"

"बड़े बाबू, नयी ख़ुशियाँ भी तो आयेंगी। तबादले से क्या डरना? नयी जगह का डर होता तो सेंट्रल सर्विस में आता ही क्यों?"

मन-ही-मन शरद को लगा, बड़े बाबू उससे जल रहे हैं। आख़िर वह मुम्बई की वरली शाखा का डीलिंग क्लर्क होगा, यह क्या कम बड़ी बात है? नयी जगह नये लोग मिलेंगे, नये तजुर्बे होंगे और फिर वेतन भी बढ़कर मिलेगा।

"ख़ाली महँगाई भत्ते का फ़र्क़ पड़ेगा", उसके साथियों ने समझाया। "इससे क्या? तबादले और तरक़्क़ी का चोली-दामन का साथ है। अपनी जगह से हिलेंगे नहीं तो आगे कैसे बढ़ेंगे?" शरद ने सबको चुप कर दिया।

घर का मोर्चा जीतना दफ़्तर से ज़्यादा विकट था।

सरला ने समाचार सुनकर कहा, "यहाँ अच्छी-भली कट रही थी, सरकार को भी क्या सूझी?"

शरद चिढ़ गया, "तुम्हारे फ़ॉर्मूले से सरकार नहीं चलती। कोई ख़ासियत देखी होगी मुझमें, तभी तो भेज रही है।"

"कैसे रहोगे वहाँ? तुम्हें तो चाय भी बनानी नहीं आती। यहाँ तो मैं तुम्हें गुड्डे की तरह तैयार करके दफ़्तर भेज देती हूँ।"

"तुम मुझे घर का तीसरा मुन्ना मानती हो, यह भी मुझे सख़्त नापसन्द है।"

"मेरा तो तुम्हें सब नापसन्द है। दो रोज़ अकेले रहोगे तो पता चलेगा।"

"पिण्ड छूटेगा।" मन-ही-मन कहा शरद ने। ऊपर से बोला, "डार्लिंग जाकर देखने में क्या हर्ज़ है? तरक़्क़ी पर जा रहा हूँ, यह भी तो सोचो।"

"हम लोग भी चलें साथ?"

"पागल हो? यहाँ बच्चे पढ़ रहे हैं, उनका जमा-जमाया स्कूल है। फिर मुम्बई में एक अकेले को ठिकाना तो शायद मिल भी जाय, पूरे लश्कर का इन्तज़ाम कहाँ से होगा?"

बच्चे शाम को खेलकर लौटे। जब उन्होंने सुना, पापा मुम्बई जा रहे हैं, वे बिसूरने लगे, "पापा, हम भी चलेंगे।" शरद ने अण्टू-बण्टू को घुड़क दिया, "कोई नहीं जायेगा। मन लगाकर पढ़ाई करो। अगर ममी से तुम्हारी शैतानी की ख़बर मिली तो आकर बहुत मारूँगा।"

शरद ने हिसाब लगाकर देखा, घर पर आधा वेतन भेजने के बाद भी उसके हाथ में दस हज़ार बचेंगे। उसके एक सहकर्मी ने बताया था कि दादर के कोहेनूर लॉज में हज़ार रुपये में एक बेड भर जगह मिल जाती है। सुबह की चाय और नाश्ता इसमें शामिल है।

शरद ने सरला की सारी दिक़्क़तें मुँह ज़ुबानी हल कर दीं।

"बच्चों की स्कूल की फ़ीस वे ख़ुद जमा कर दिया करेंगे।"

"बिजली का बिल सोनी साब ले जायेंगे।"

"मकान का किराया बैंक में डाल देना, मैं मित्तल का एकाउंट नम्बर बता दूँगा।"

"बच्चों को विज्ञान पढ़ाने के लिए कोचिंग क्लास में भेज देना।"

नये शहर में अपना रहने का ठिकाना जमाकर शरद ने अपने दफ़्तर पर नज़र डाली। दफ़्तर तक़रीबन वैसा ही था जैसा वह अपने नासिक में छोड़ आया था। फ़र्क़ था तो इतना कि यहाँ कलह और सुलह इतनी साफ़-साफ़ दिखाई नहीं पड़ रही थी। तीन महिला कर्मचारी भी थीं—नीरा देसाई, पृथा कुलकर्णी और मारिया डिसूज़ा। नीरा और मारिया विवाहित थीं और हमेशा घर जाने की जल्दी में रहतीं। पृथा कुलकर्णी कम्प्यूटर ऑपरेटर थी। उसकी नज़र ज़्यादातर अपने डैस्कटॉप पर एकाग्र रहती। वह ऊँची एड़ी की सैण्डिल पहनती। जब वह ऑफ़िस के लकड़ी के फ़र्श पर चलती तो ऐसा मालूम होता कि वह अपनी एड़ियों से फ़र्श पर 'टक टक' टाइप कर रही है। वह कान्दिवली से आती और लंच में कान्दापोहा लाती।

शरद को यह देखकर धक्का लगा कि दफ़्तर में तीनों महिलाएँ पुरुषों की उपस्थिति से तटस्थ और उदासीन थीं। वे मशीनी अन्दाज़ में नपी तुली बोली बोलतीं। जहाँ नीरा का तकियाकलाम था 'सारू' (अच्छा) वहाँ मारिया बात-बात में "आई मीन" कहा करती। पृथा कुलकर्णी कम बात करती, इसलिए उसके शब्द-भण्डार का पता जल्द नहीं लग पाया। वह तो एक दिन उसके सिस्टम में वायरस ढूँढ़ने और निकालने में शरद ने उसकी मदद कर दी तब जाकर उसने नज़रें उठाकर उसे देखा। उसने मुँह से धन्यवाद नहीं दिया, मगर उसकी आँखों में आभार छलक रहा था। लंचटाइम पर उसने शरद के पास आकर पूछा,

"कान्दापोहा खाओगे?"

"कान्दापोहा क्या?"

"कान्दापोहा मंजे कान्दा पोहा।"

थोड़े दिनों के परिचय के बाद वे वापसी के वक़्त साथ-साथ बाहर निकलने लगे। शरद को अफ़सोस होता कि उसे लोकल की जगह बी.ई.एस.टी. की बस में सवार होना पड़ता। एक बार शरद ने पृथा से पूछा, "तुम कहाँ रहती हो?" पृथा ने हँसते मुख जवाब दिया, "कान्दिवली में रहती हूँ, कान्दापोहा खाती हूँ।"

"कान्दा माने क्या?"

पृथा मुँह पर हाथ रखकर हँस दी, "अइयो, कान्दा मंजे नहीं जानता? कान्दा मंजे अनियन, अनियन।"

"क्या कांदे से ही तुम्हारे गाँव का नाम बना है?" शरद ने पूछा। उसे मुम्बई का इतिहास-भूगोल जानने की उतनी ही हड़बड़ी थी, जितनी पृथा को जानने की।

पृथा ने कहा, "पहले यहाँ खाण्डोली गाँव था। अंग्रेज़ों ने नाम बिगाड़कर कान्दिवली कर दिया।"

"बहुत दूर है क्या?"

"दूर तो है, पण एक बार लोकल में बैठ जाओ तो देर नहीं लगती।"

"तुम कहाँ रहते हो?"

"यहीं दादर।"

"कितना लकी है न आप। बस-ट्रेन का कोई बांधा नहीं।"

शरद को पृथा अच्छी लगी। उसे अपना मुम्बई में होना अच्छा लगा। उसे अपना दफ़्तर भी अच्छा लगने लगा जहाँ पृथा कुलकर्णी काम करती है।

जब सरला का फ़ोन आता, वह जानना चाहती कि शरद अपने खाने नाश्ते का इन्तज़ाम कैसे कर रहा है। शरद बताता कि जिस लॉज में वह रहता है, वह थोड़े और रुपये लेकर हर सुविधा जुटा देता है। शरद कहता "बस, तुम्हारे सिवा और यहाँ कोई कमी नहीं है।"

सरला सुनकर निहाल हो जाती।

बहुत जल्द इंटरनेट और परिचितों की मदद से शरद ने कान्दिवली के बारे में अनेक तथ्य इकट्ठे कर लिए। उसने शुक्रवार को कहा, "पृथा, कल शनिवार है। मैं कल तुम्हारी कान्दिवली में एम.जी. मार्ग पर काले मारुति को देखने आऊँगा। उसका चारों तरफ़ बड़ा प्रताप फैला हुआ है।"

"तुम बड़ी मुश्किल हिन्दी बोलता, पण तुम आना।"

शरद हिन्दी भाषी था। उसे अपनी भाषा के लिए अक्सर यह टिप्पणी सुनने को मिलती। नासिक में भी मराठी का बोलबाला था। मुम्बई में सभी भाषाएँ सुनने को मिल जातीं। कोहेनूर लॉज भी एक तरह का मिनी भारत था। उसके बग़ल के बेडवाले निरंजन वागले ने ही उसे बताया था कि कान्दिवली में काला मारुति मन्दिर में एक काला पण्डित रहता है जो घोड़ों की रेस का नम्बर एकदम सही बताता है। शनिवार को उससे मिलो तो ज़्यादा अच्छा रहता। उसने कहा, "अक्खा हिन्दुस्तान में उससे असरदार पण्डित नहीं होगा।"

शरद की मन्दिरों और पण्डे पण्डितों में कोई आस्था नहीं थी, लेकिन उसने वागले की बात का अनुसन्धान करने का मन बनाया तो सिर्फ़ इसलिए कि उसके दिमाग़ पर आजकल कान्दिवली छायी हुई थी। जिज्ञासा का दूसरा बिन्दु यह भी था कि सारी दुनिया में सिन्दूर पुते लाल हनुमान स्थापित नज़र आते हैं, यह काले हनुमान का क्या चक्कर है?

शुक्रवार की रात बेचैनी में कटी। कल वह क्या कपड़े पहनेगा, कौन-सा डियो लगायेगा से लेकर उसके ख़यालों में यह भी था कि उसे वहाँ पहुँचकर पृथा को मिस्ड कॉल देनी है। पृथा ने बताया कि शनिवार को उसके कामकाजी भाई-भाभी घर में होते हैं और उन्हें फ़ोन पर फ़ालतू की बातचीत बिल्कुल गवारा नहीं।

सुबह पौने चार बजे उसे नींद आयी। जब वह सोकर उठा, नौ बज रहे थे। चाय का वक़्त ख़त्म हो चुका था और नाश्ता भी साढ़े नौ के बाद मिलना असम्भव था। शरद ने डाइनिंग हॉल में जाकर जल्दी से दो स्लाइसों पर मिक्स्ड फ्रूट जैम लगाया और खाते-खाते वापस अपने बिस्तर पर आ गया। वागले अपने बिस्तर पर नहीं था। वह या तो नहा रहा था या नहा-धोकर कहीं निकल गया था। यह विचित्र था कि शनिवार या इतवार, कोई भी रहवासी दिन में बिस्तर पर लेटा रहना पसन्द नहीं करता था। भले ही वह जाकर शिवाजी पार्क के समुद्री मैदान में वक़्त काटे या दाना चुगते कबूतरों को देखने में घण्टों बरबाद करे, वह लॉज के बिस्तर पर से ग़ायब रहता।

लोकल ने बड़ी जल्द शरद को कान्दिवली स्टेशन पर ला पटका। स्टेशन के अगल-बग़ल सजी दुकानों से अच्छा-ख़ासा मार्केट बना हुआ था। शरद ने सोचा, वह वापसी में यहाँ से सरला और बच्चों के लिए कुछ सस्ते, मगर अच्छे कपड़े ख़रीदेगा।

ऑटो में महात्मा गाँधी मार्ग पर जाते हुए शरद को ख़ुशी हो रही थी कि उसके शरीर पर ऐसा कोई चिह्न नहीं था जो दर्शाये कि वह विवाहित है। क्या होता अगर स्त्रियों की तरह पुरुषों के लिए भी मंगलसूत्र पहनना अनिवार्य होता। अब तो कुछ लोगों में एक अँगूठी भर का चलन है, वह भी अनिवार्य नहीं ऐच्छिक है। शरद ने शादी पर दी अँगूठी की रस्म नकार दी। उसने अँगूठी सरला को दे कर कहा, "यह भी तुम्हीं पहनो, मुझे तबालत लगती है।"

शरद छह फुट का सुन्दर स्वस्थ नौजवान था। स्कूल के दिनों में कबड्डी और कॉलेज के दिनों में कसरत से उसके शरीर में कसाव और चुस्ती बनी हुई थी। उसे अपने डील-डौल पर थोड़ा गुरूर भी था।

मन्दिर के आगे कारों, स्कूटरों की बेतरतीब भीड़ थी। लगता था, यहाँ निःशुल्क पार्किंग है अथवा सब भगवान भरोसे अपनी गाड़ी छोड़कर अन्दर चले गये थे। मन्दिर की ऊपरी मंज़िल में, काले चिकने चट्टानी पत्थर से तराशे गये हनुमान की प्रतिमा भगवान की कम, पहलवान की ज़्यादा लग रही थी। अनुपम केवल वह सफ़ेद सिल्क के फूलों का हार था, जो विलोम होने के साथ विलक्षण भी था। वातावरण में चन्दन के साथ कुछ सस्ती सुगन्ध की अगरबत्तियाँ भी गन्धायित थीं। गर्भगृह से सटे हुए कक्ष में काले मारुति समान ही आबनूसी चेहरेवाला एक व्यक्ति मस्तक पर टीका धारण किये, शुभ्र धोती कमीज़ में अपने पॉज़िटिव का नेगेटिव दिखाई दे रहा था। यह यहाँ का पण्डित था। उससे मिलनेवाले लोग एक गोल घेरे में बैठे हुए थे। सभी समृद्ध और विशिष्ट नज़र आ रहे थे। शरद ने देखा, हर आदमी उठकर उनके पास जाता, कान में कुछ खुसफुस मन्त्रणा करता। पण्डित आँख बन्द कर चौथाई मिनट ध्यान करता, फिर हाथ की उँगलियों से कोई संख्या बताता। आगन्तुक उन्हें साष्टांग प्रणाम करता और उनके सम्मुख रखे दानपात्र में कई नोट ठूँस देता। पण्डित पास रखी लुटिया से एक घूँट जल पीकर अगले आगन्तुक को इशारा करता। "इसकी प्रेक्टिस अच्छी चल रही है," शरद ने मन में सोचा। वह बाहर प्रांगण में निकल आया। उसे कुछ पूछना नहीं था। तभी उसे दूर से पृथा कुलकर्णी आती दिखाई दी। वह यह देखकर निराश हुआ कि वह ख़रामा-ख़रामा पैदल चली आ रही थी। उसके चेहरे पर मित्र-मिलन की कोई उत्कण्ठा या उत्साह नहीं दिखा। दरअसल, यह काफ़ी मामूली क़िस्म की लड़की है, शरद को लगा और उसका अहम् इस बात से प्रसन्न हुआ कि यह शरद की उदारता है कि वह पृथा को अपनी मित्रता का अवसर प्रदान कर रहा है।

आते ही पृथा ने पूछा, "देवदर्शन झाला क्या?"

"वॉट इज़ झाला? शरद हँसा।

पृथा ने माथे पर हल्का-सा हाथ मारा, "देवा रे देवा, झाला नहीं समझते क्या? झाला मंजे हुआ।"

"हुआ, हुआ, अब यहाँ से निकल चलें?"

पृथा ने यकायक कहा, "रघुलीला में नयी पिक्चर आयी है, चलो चलते हैं।"

शरद को धक्का लगा। उसे पिछले शहर और अपनी शरीक़ेहयात का ध्यान आ गया। इस पिक्चर नाम के बवाल पर उसने कितनी बार पत्नी का दिल तोड़ा था। उसने भरसक ठण्डेपन से कहा, "तीन घण्टे पिक्चर में चुपचाप बैठकर क्या

करेंगे? इससे अच्छा है, मॉल में घूमें। तुम्हें पसन्द आये तो मैं तुम्हें कोई गिफ़्ट देना चाहूँगा।"

"ना बाबा, मेरा भाई दस सवाल पूछेगा, कौन दिया, कायको दिया? मेरे को झूठ बोलना अच्छा नहीं लगता।"

"ओके, न सही गिफ़्ट, ऐसे ही मॉल में घूमेंगे। कॉफ़ी पियेंगे। पिज़ा भी खा सकते हैं।"

"आइ हेट पिज़ा। कॉफ़ी तो रघुलीला में भी मिलेगी।"

मजबूरन शरद को पिक्चर जाने पर राज़ी होना पड़ा। पी.वी.आर. की पाँच सौ रुपये की दो टिकट ख़रीदने पर शरद को कष्ट हुआ। नासिक में इतने पैसों में दो फ़िल्में देख सकते थे, लेकिन वहाँ गर्लफ्रेण्ड कहाँ मिलती?

पी.वी.आर. में 'पी.के.' लगी हुई थी, शरद की देखी हुई। शरद ने कहा, "यह तो मेरी देखी हुई फ़िल्म है।"

"तो क्या? मैंने भी दो बार देखी। बहुत मस्त मूवी है।"

उन्हें काफ़ी पीछे कोनेवाली कुर्सियाँ मिलीं तो शरद ख़ुश हुआ। पृथा ने बैठते ही उचककर कहा, "अरे पॉपकॉर्न तो लाये ही नहीं।"

शरद पॉपकॉर्न लेने बाहर बरामदे में आया। सादा पॉपकॉर्न सत्तर रुपये का था और मसाला पॉपकॉर्न एक सौ बीस का। शरद ने सादे पॉपकॉर्न का एक ठोंगा ख़रीदा।

पृथा ने बड़ी उमंग से पॉपकॉर्न दोनों के बीचवाले खाने में फँसाया और एक मुट्ठी भरकर बोली, "अब आयेगा पिक्चर का मज़ा।"

ताज्जुब कि दो बार देखी हुई 'पी.के.' पृथा इतनी तल्लीनता से देख रही थी जैसे पहली बार हो जबकि शरद के अन्दर इन्तज़ार, ऊब और बेचैनी तूफ़ान उठाये हुए थीं। एक फ़ीलिंग उसका फ़ोकस गड़बड़ा रही थी। बार-बार उसे लग रहा था, वह नासिक के नॉवेल्टी थिएटर में सरला के साथ बैठा हुआ है। वह अपना चश्मा साफ़ करता और वर्तमान में लौटता। जब पृथा अपना हाथ पॉपकॉर्न लेने को ठोंगे में डालती, उसी समय वह भी अपना हाथ पॉपकॉर्न लेने के लिए बढ़ाता। पृथा विद्युत् गति से अपना हाथ हटा लेती। वह एक-दो पॉपकॉर्न उठाकर हाथ बाहर निकाल लेता। पृथा फिर, मुट्ठी भर पॉपकॉर्न निकालकर अपनी नज़र स्क्रीन पर टिका देती और 'पी.के.' की हरेक हरक़त पर हँसती जाती। कुढ़ जाता शरद। कितने पिटे हुए लतीफ़ों पर हँस रही है पृथा। इसका बुद्धिविकास अवरुद्ध है शायद। अगली बार फिर यही हुआ। पृथा ने जैसे ही

पॉपकॉर्न के लिफ़ाफ़े में हाथ डाला, शरद ने भी अपना हाथ फँसा दिया। एक बार भरपूर स्पर्श हो गया।

"सॉरी", पृथा ने कहा और बिना पॉपकॉर्न लिए अपना हाथ अलग कर लिया।

शरद ने उसकी मुट्ठी में पॉपकॉर्न देना चाहा। उसने नहीं लिया।

"बस।" पृथा ने हाथ के इशारे से कहा।

तभी मध्यान्तर हो गया।

शरद ने कहा, "मैं तो बोर हो रहा हूँ। इससे इच्छा है कहीं बाहर बैठें।"

"मैं अभी आयी," कहकर पृथा तेज़ी-से बाहर की तरफ़ लपकी।

उसकी रफ़्तार देखकर शरद को लगा, उसे वॉशरूम जाने की ज़रूरत है।

मध्यान्तर नाममात्र को था। अभी उठनेवाले वापस आकर कुर्सियों पर बैठे भी नहीं थे कि 'पी.के.' फिर शुरू हो गयी। पृथा उतनी ही रफ़्तार से वापस आयी। अँधेरे में टॉर्च की रौशनी के सहारे वह अपनी सीट पर पहुँच गयी।

उसके हाथ में पॉपकॉर्न का एक और ठोंगा था। उसने पहलेवाले अधभरे ठोंगे में नये ठोंगे से थोड़ा पॉपकॉर्न उँड़ेला और उसे शरद को देकर इशारे से कहा, "इसे अपने सीट के गोल छेद में रखना।"

नये पॉपकॉर्न का ठोंगा वह अपनी सीट के गोल खाने में फँसाकर एक बार फिर पॉपकॉर्न और पी.के. का आनन्द लेने लगी।

शरद को इस बार पॉपकॉर्न बेस्वाद लगी। उसे 'पी.के.' भी बेस्वाद लग रही थी।

'पी.के.' ख़त्म होने से दस मिनट पहले पृथा ने कहा, "चलो, बाहर निकल चलें।"

"छुट्टी मिली" के भाव के साथ शरद उठ दिया। 'रघुलीला' में ही बड़ा-सा फूडकोर्ट बना हुआ था। पृथा बोली, "मैं तुमको ट्रीट देगी। कान्दापोहा और कॉफ़ी चलेगा न?"

"रोज़ कान्दापोहा खाकर पेट नहीं भरा क्या?" शरद ने शरारत से कहा।

"अरे नहीं शरद जी, अगर आप आकरा (ग्यारह) जगह कान्दापोहा खायेगा, आपको आकरा तरह का स्वाद आयेगा। अपना-अपना हाथ का अलग टेस्ट होता।" पृथा ने जानकार की तरह बताया।

वाक़ई 'रघुलीला' में कान्दापोहा की प्लेट में कान्दा और वटाना (प्याज़ और मटर) के साथ-साथ काजू-किशमिश भी पड़े हुए थे। स्वाद अलग था।

अचानक पृथा ने पूछा, "आप अपना फ़ैमिली कभी लाते शरद जी?"

"फ़ैमिली?" शरद ने अबूझ उत्तर दिया।

"मंजे बीवी-बच्चा लोग। ले आइए न। इधर कान्दिवाली में कई नये मकान ख़ाली पड़े हैं। मैं एजेंट से बात कर लूँगी।"

शरद कुछ शर्मसार सा हो गया। उससे कहते न बना, "कैसी फ़ैमिली, किसकी फ़ैमिली?"

उसे बड़ी ज़ोर-से यह चेतना आयी कि पृथा जैसी कम्प्यूटर ऑपरेटर के लिए उसका स्टेटस ढूँढ़ निकालना कोई मुश्किल नहीं रहा होगा।

पृथा ने काउंटर पर जाकर बिल चुकाया। शरद अभी विचलित ही था।

हालाँकि अँधेरा हो चुका था, पृथा के चेहरे पर घर जाने की कोई हड़बड़ी नहीं थी।

औपचारिकता में शरद ने मरी-मरी ज़ुबान में कहा, "मैं तुम्हें छोड़ने घर चलूँ?"

"नको-नको, मैं चली जाऊँगी। घर नगीच ही है।"

"आजकल सड़क पर ख़तरा रहता है।"

"मैन, ख़तरा तो हर जगह रहता है। अपन ने कराटे सीखा है तो किसलिए?" पृथा ने कहा और पूरे आत्मविश्वास से 'रघुलीला' से बाहर निकल ली।

"तुमको ऑटो माँगता क्या?" वह शरद से पूछ रही थी। "मैं आगे जाकर बस पकड़ूँगा।" शरद ने कहा और दायीं तरफ़ मुड़ गया।

चलते-चलते शरद ने पाया कि फ़ॉर्मूलों से बाहर निकलना आसान नहीं होता है।

फ़र्क़

जब से हनुमान मन्दिर का जीर्णोद्धार हुआ, उसमें प्रतिष्ठित प्रतिमा की साख़ भी बढ़ गयी थी। एकाएक मंगलवार और शनिवार को भीड़ बढ़ गयी, न केवल भक्तों की, वरन भिखारियों की भी। पहले मन्दिर के टूटे फाटक के पास इक्के-दुक्के भिखारी अपना टाट फैलाये बैठे रहते थे। अब भिखारियों की क़तार मन्दिर के दरवाज़े से शुरू होकर फाटक तक ख़त्म न होती। भक्त हनुमान जी के दर्शन करते और प्रसाद का दोना लेकर जैसे ही बाहर आते, भिखारियों की आवाज़ें कोरस में हाँक लगती, "ए बहन जी प्रसाद तो देती जाओ, तोहार सुहाग बना रहे, बाल-बच्चे राज़ी रहें।" अक्सर भक्त एकाध भिखारी को थोड़ा-सा प्रसाद देकर फाटक की ओर तेज़ क़दमों से लपक लेते। उनके जाते ही शुरू होती भिखारियों की गाली-गलौज और कोसना। यह सिलसिला रात दस बजे तक चलता रहता। फिर मन्दिर की बत्तियाँ एक-एक कर बुझने लगतीं। मिठाईवाले अपनी दुकान बढ़ा देते, हनुमान जी और उनके संरक्षक विश्राम के लिए चले जाते। देखते-देखते मन्दिर के अन्दर और बाहर सन्नाटा छा जाता।

मिसेज़ भार्गव को शहर के हर भगवान से शिकायत थी। दिक़्क़त यह नहीं कि भगवान उनकी सुनता नहीं था बल्कि यह थी कि ग़लत सुनता था। जो नियामतें वे अपने लिए माँगतीं, भगवान उनके पड़ोसियों सम्बन्धियों को दे डालता और उनकी तबालतें उनके गले डाल देता। मिसाल के तौर पर, मिसेज़ भार्गव चाहती थीं, उनका बेटा विश्वास अपनी क्लास में अव्वल आये। इस आकांक्षा के लिए उन्होंने क्या-क्या नहीं किया? बच्चे के लिए दो-दो ट्यूशन रखे, पति से झगड़कर वीडियो उठाकर ताले में रखा और स्वयं हफ़्ते में तीन दिन उपवास किया, लेकिन जब रिजल्ट आया तो उनका विश्वास छह विषयों में फ़ेल था। मिसेज़ भार्गव बिलख-बिलखकर रोयीं। उन्हें बेटे के फ़ेल होने के साथ-साथ इस बात का दुहरा सदमा पहुँचा कि उनके पड़ोसी का बेटा राकेश अपनी क्लास में

फ़र्स्ट आया। राकेश के पिता की हौज़री की छोटी-सी दुकान थी। राकेश बिना किसी ट्यूशन के सहारे पढ़ता था और खेल में अक्सर विश्वास के हाथों पिटता था। इसी तरह उन्होंने अपने पति के लिए बालू का नया ठेका माँगा, मगर उनको न मिलकर उनके पुराने प्रतिद्वन्द्वी जयनारायण को मिल गया। इस सब बातों ने मिसेज़ भार्गव की शक्ल पर एक मुकम्मल किचकिचाहट भर दी थी और वे यह मानने लगी थीं कि भले आदमियों की आजकल भगवान के यहाँ भी सुनवायी नहीं है।

मिसेज़ भार्गव से उनकी महरी ने शहर में बने नये मन्दिर की महिमा बखानी तो वे एक बार फिर आशान्वित हो गयी। पिछले दो-तीन सालों में शहर में नये मन्दिरों की भरमार हो गयी थी। अचानक किसी पेड़ के नीचे पहले एक सिन्दूर लगा पत्थर रखा जाता, फिर उस पर फूल चढ़े दिखाई देते और देखते-देखते आते-जाते लोगों की श्रद्धा उसे मिलने लगती। आस-पास रहनेवाले लोग भी जो रिक्शेवाले से अठन्नी के लिए भी झगड़ने में परहेज़ न करते, मन्दिर के नाम पर ख़ुशी-ख़ुशी चन्दा दे देते और बहुत जल्द वह छोटा-सा स्थल एक अच्छा-ख़ासा देवालय बन जाता। लाल सड़क का हनुमान मन्दिर इसी तरह बना था और अब वहाँ बाक़ायदा मिठाई की दुकान, फल बेचनेवाले और टिकुली-सिन्दूर के बिसाती बैठने लगे थे। मिसेज़ भार्गव को एक बार मन में संकोच हुआ कि इतने नये और अपेक्षाकृत छोटे मन्दिर में वे माथा टेकने कैसे जायें? अब तक वे शहर के सबसे भव्य मन्दिर में ही अपनी माँगें लेकर जाती रही थीं। सिविल लाइंस में बने इस मन्दिर की विशाल इमारत थी और उससे बड़ा था उसका परिसर। वहाँ प्रसाद की बीसियों दुकानें थीं। मंगल और शनि को वहाँ की रौनक़ देखने लायक़ होती। शहर के प्रतिष्ठित लोग वहाँ कभी न कभी दिख जाते। महिलाएँ अपने सर्वश्रेष्ठ कपड़े पहनकर मन्दिर आतीं और उनमें ज़्यादा से ज़्यादा प्रसाद चढ़ाने की होड़ लगती। फिर उन्होंने सोचा, मतलब तो उनका है, मन्दिर और प्रतिमा की विशालता का वे क्या करें जब उनका कार्य ही सिद्ध नहीं होता। हो सकता है, छोटे हनुमान उनके बड़े-बड़े काम पूरे कर दें। उन्होंने तय किया वे अँधेरा होने पर अपनी कार में जायेंगी। ज़्यादा क़ीमती साड़ी और आभूषण नहीं पहनेंगी ताकि पहचान न ली जायें। बस, माथा टेककर 'चालीसा' के दो-चार शब्द बोलकर, प्रसाद चढ़ाकर अपनी माँग भगवान के आगे रखकर आ जायेंगी।

उन्होंने ऐसा ही किया, लेकिन जब वे मन्दिर पहुँचीं, वहाँ उनके स्तर और परिचय की बहुत-सी स्त्रियाँ मौजूद थीं। हल्के संकोच और विस्मय के बाद सभी

नॉर्मल होने की कोशिश करने लगीं। उन्होंने अपने-अपने तर्क ढूँढ़े हुए थे। मन्दिर से क्या होता है, अपना मन देखना चाहिए। जो सुन ले वह भगवान। “मेरी कामना पूरी होगी तो सबसे पहले इसकी सीढ़ी पर संगमरमर लगवाऊँगी।”

मंगलवार और शनिवार को महिलाओं का मेला अब लाल सड़क पर लगने लगा। मिसेज़ भार्गव भी अब दिन-दहाड़े आने लगीं। साथ की सभी स्त्रियाँ नयी-नयी सजधज में आतीं। शीश झुकाने का कार्यक्रम पाँच मिनट में निपट जाता, लेकिन वे सब मन्दिर के अहाते में काफ़ी देर तक बतियाती रहतीं।

एक दिन मिसेज़ भार्गव हनुमान दर्शन कर मन्दिर से निकल रही थीं कि उनकी नज़र अपनी महरी पर पड़ी। वह अपने छोटे बेटे की उँगली पकड़े, मन्दिर में जा रही थीं।

“नमस्ते बहन जी।” महरी ने कहा।

मिसेज़ भार्गव को धक्का लगा। उन्होंने उम्मीद नहीं की थी कि महरी यहाँ मिल जायेगी।

“तुम भी यहाँ आती हो दर्शन करने?”

“और क्या? हमारी बड़ी सिरदा है हनुमान जी पर। हमारे आगे तो यह मन्दिर खड़ा हुआ है, बहन जी।” साथ की स्त्रियाँ खिंची हुई मुस्कान से मिसेज़ भार्गव को देख रही थीं। मिसेज़ भार्गव ने महरी को उसकी सही जगह पहुँचाने के ख़याल से कहा, “क्या माँगने आती हो यहाँ तुम? कुछ दिया भी है तुम्हें तुम्हारे भगवान ने?”

“क्यों नहीं बहन जी? मैं सिर्फ़ दो वक़्त की रोटी माँगने आती हूँ और वह मुझे भगवान बराबर दे रहा है, और क्या चाहिए?” कहते हुए महरी ने अपने बेटे को गोद में उठाकर उचका दिया, “लो बेटे, घण्टा बजाकर जय कर लो।”

मिसेज़ भार्गव और उनके साथ की औरतें निरुत्तर खड़ी की खड़ी रह गयीं।

विश्वास

पहले-पहल उसे लगा, यह उसका भ्रम है, लेकिन उसने आज़माकर देखा, यह सच था।

कई दिनों से वह ठीक से खाना नहीं खा पा रहा था। जैसे ही वह खाने पर बैठता, उसे रोटी में से पेट्रोल की गन्ध आने लगती। घर में पहले आटा बदला गया, फिर गेहूँ और फिर गल्ले की दुकान। कोई लाभ नहीं हुआ। गेहूँ धोकर पिसाया गया—आशीष की परेशानी फिर भी कम नहीं हुई। उसकी पत्नी अब झुँझलाने की बजाय घबराने लगी। उसका पति अपने व्यवसाय में इतनी मेहनत करता था, दिन-दिन भर काम करता और कई बार तो रात के भी कई घण्टे इसी काम की भाग-दौड़ में निकल जाते।

घर में बच्चियाँ थीं—तीन। बेटों से भी प्यारी और होनहार। तीनों पढ़ाई में शिखर पर रहतीं। घर में धन की कोई कमी नहीं थी। फिर भी आशीष अपने भविष्य को लेकर निश्चिन्त नहीं था। जिस तेज़ी से रुपये की क़ीमत घटती जा रही थी, उसी तेज़ी से उसकी फ़िक्र भी बढ़ती जा रही थी। इसी फ़िक्र में वह और भी तेज़ी से अपने को काम में झोंक देता।

आशीष 'वर्मा ट्रांसपोर्ट कम्पनी' का मालिक था। उसकी सात टैक्सियाँ थीं और दो ट्रक। इनमें से तीन टैक्सियाँ तो सरकारी संस्थानों में ठेके पर चलती थीं। उन्हें लेकर कोई खिचखिच नहीं थी, लेकिन चार टैक्सियाँ अलग-अलग रूटों पर उसने छोड़ी हुई थीं। ये पैसेंजर टैक्सी थीं। इन्हें लेकर आशीषचन्द्र के दिमाग़ में हर वक़्त एक तूफ़ान उठा रहता। उसे लगता, इनके ड्राइवर सब झूठे हैं, चोर और बेईमान हैं। वे कभी उसे पूरा हिसाब नहीं देते, पेट्रोल चोरी करते हैं और मरम्मत का झूठा बिल पेश किया करते हैं। इन ड्राइवरों से उसकी हमेशा झिकझिक हुआ करती। दुःखी होकर वह पत्नी से कहता, "एक बड़ा बेटा होता तो इन सब चोरों की चेकिंग कर लेता। मैं अकेला आख़िर क्या-क्या कर सकता हूँ?"

आशीषचन्द्र की पत्नी बड़े मधुर स्वभाव की औरत थी। वह हँसकर कहती, “अब अगर बेटा होगा भी तो छोटा होगा। इसलिए तुम तसल्ली रखो और दूसरों पर भरोसा करना सीखो।”

आशीषचन्द्र पत्नी की बात पर अमल करना चाहता, लेकिन कुछ न कुछ ऐसा हो जाता कि उसका हौसला पस्त हो जाता। मंगलवार को प्रतापगढ़ रूटवाली टैक्सी लौटी थी। ड्राइवर कमाल ने आकर हिसाब दिया। हिसाब में अस्सी रुपये कम थे। आशीषचन्द्र भड़क गया, “टैक्सी चलाते हो या ठेला! कहाँ फेंक दिये रुपये?”

कमाल ने उत्तर दिया, “बाबू जी, गाड़ी का डायनमो फ़ेल कर गया था, नया लगवाना पड़ा।”

“किससे पूछकर तुमने नया डायनमो लगवा लिया?”

“जी, बत्ती के बग़ैर गाड़ी रात में कैसे चलती?”

आशीषचन्द्र को लगा, कमाल उसे बेवकूफ़ बना रहा है, तभी बात करते हुए उसकी एक आँख बार-बार दब रही है।

“तुम्हारी ही गाड़ी का डायनमो फ़ेल हुआ करता है? बाक़ी गाड़ियों में न कभी मरम्मत होती है, न डायनमो लगता है?”

कमाल पर इस फटकार का कोई असर नहीं हुआ। वह आराम से खड़ा कान खुजाता रहा।

जब आशीष उठकर अन्दर जाने लगा, कमाल ने बड़ी हिमाक़त से कहा, “बाबू जी तनखा!”

आशीष को बेहद चिढ़ लगी। उसे पहली तारीख़ को तनख़ा माँगनेवालों से वैसे भी नफ़रत थी। “छुट्टा नहीं है, कल लेना।” आशीष ने कहा।

अन्दर पत्नी और बच्चे खाने पर उसका इन्तज़ार कर रहे थे। खाना जब तक परोसा गया, आशीष ने टी.वी. को ठीक तरह से सेट किया। जैसे ही उसने सब्ज़ी में डुबोकर पहला कौर मुँह में डाला, वह ‘थू-थू’ करता हुआ वॉशबेसिन की ओर लपका। उसे उबकायी आयी। कुछ देर वह बेसिन के पास झुका खड़ा रहा। फिर वहीं से उसने झुँझलाकर पत्नी को देखा, “यह तुम पेट्रोल से आटा गूँधती हो क्या? देखती नहीं, रोटी में पेट्रोल की जानलेवा बू बसी है।”

“कहाँ पापा? रोटी में तो बिल्कुल बू नहीं है,” उसकी छोटी बेटी रुचि ने कहा। बड़ी लड़की कविता ने ‘हाँ’ में ‘हाँ’ मिलायी, “पापा, आज तो खाना बेहद

स्वादिष्ट बना है। देखिये, आपका मनपसन्द पालक पनीर है और यह गाजर का हलवा ख़ुद मैंने बनाया है।"

आशीष के आगे से सारी प्लेटें हटा ली गयीं। "मैं सिर्फ़ गाजर का हलवा खाऊँगा।" उसने कहा।

कविता ने एक छोटी जगमगाती प्याली में हलवा परोसा। आशीष ने दो कौर खाये, लेकिन तीसरे कौर पर फिर उसे पेट्रोल का बेक़ाबू भभका महसूस हुआ।

वह फिर उठ खड़ा हुआ। पूरे परिवार का भोजन ख़राब हो गया। लड़कियाँ चकरायी हुई-सी एक-दूसरे से धीमे स्वर में पूछती रहीं, "क्या, तुझे खाने में बू लगी?"

"नहीं तो!"

"तुझे?"

"बिल्कुल नहीं। पापा को वहम हो गया है।"

आशीष की पत्नी ने अब बच्चों को अलग से खाना खिलाना आरम्भ कर दिया। बच्चे पिता के आने से पहले खा-पीकर अपने कमरे में चले जाते, लेकिन उनकी चेतना डाइनिंग रूम में लगी रहती।

दस दिनों के दौरान आशीष का स्वास्थ्य काफ़ी झटक गया। इस बीच वह दवा, चाय और कॉफ़ी के सिवा कुछ नहीं ले पाया। उसने डॉक्टर से कहा, "डॉक्टर साहब, दवा तो मैंने बराबर ली, पर फ़ायदा नहीं हो रहा।"

डॉक्टर बोले, "दरअसल यह कोई मनोवैज्ञानिक ग्रन्थि है तुम्हारी। इसका इलाज तुम मनश्चिकित्सक से करवाओ! मैं एक-दो को जानता हूँ, बताऊँ?"

आशीष को यह सुझाव अच्छा नहीं लगा। उसे लगता था कि मनोचिकित्सक के पास सिर्फ़ मानसिक रूप से असन्तुलित व्यक्ति ही जाया करते हैं। उसने बात टाल दी, लेकिन घर में उसे अपने प्रति सबके व्यवहार में एक बदलाव नज़र आ रहा था। बच्चियाँ अब पहले की तरह उसके आस-पास न मँडरातीं, न ही उससे किसी चीज़ की फ़रमाइश करतीं। पत्नी बिल्ली की तरह चुपके-से न जाने कब खाना खा लेती, क्योंकि वह कभी उसे खाते-पीते नहीं देखता। वैसे वह आशीष को बड़ी मनुहार से अलग से खाना खिलाने की कोशिश करती। अक्सर वह उसके लिए बदल-बदलकर खाना बनाती और खाने में कई विकल्प रखती। अगर वह रोटी देखकर नाक सिकोड़ता तो पत्नी फ़ौरन रोटी हटाकर उसे चावल पेश करती।

इस सबके बावजूद आशीष के मन में परिवार के लिए कोई कृतज्ञता का भाव नहीं था। अक्सर रात में जागते हुए वह ईर्ष्या से सोचता, "ये साले सब के

सब चैन से सो रहे हैं, इसीलिए न क्योंकि इनके पेट में रोटी है! इन्हें क्या पता भूख रहते हुए भी न खा सकना, कितना बड़ा ज़ुल्म होता है?"

वर्षों से परिवार में चल रहा भोजनकालीन सद्भाव और संग-साथ ख़त्म हो गया था। बच्चे चुपचाप स्कूल जाते और चुपचाप लौट आते। आशीष की पत्नी भी बुझी-बुझी रहने लगी। अब उसका मन शृंगार करने का भी न होता। नहा-धोकर मेकअप करना उसका शौक़ और नियम रहा था। अब उसमें व्यवधान आने लगा। यकायक उसे लगने लगा, वह अधेड़ हो चली है। कभी वह बिन्दी लगाना भूल जाती, तो उसका चेहरा बेहद सूना, सूखा और सिकुड़ा-सा लगता। वह चाहती थी, आशीष उससे कहे कि वह ठीक से सज-धज के रहे, लेकिन आशीष कुछ न कहता। वह रोगी की तरह मुँह लटकाये बैठा रहता।

इस बीमारी की ख़बर आशीष के जिस भी दोस्त को लगी, पहले तो उसने इसे ठहाके में उड़ाने की कोशिश की, पर फिर आशीष की सूरत देखकर उसके घर का सन्नाटा भाँपकर वे गम्भीर और चिन्तित हो गये।

दोस्तों और उनके परिवारों ने तरह-तरह की सलाह दी—पानी बदलने से ले कर धन्धा बदलने तक की।

श्रीवास्तव ने कहा, "यह धन्धा आपकी धमनियों तक धँस गया है, इसलिए आपको हर चीज़ में से पेट्रोल की बू आती है। इसे छोड़ दीजिए। मेरी मानिए, प्रकाशन शुरू कर लीजिए या छापाख़ाना डाल लीजिए।"

"जिस ट्रेड के बारे में मुझे कुछ पता ही नहीं, उसे मैं कैसे कर सकूँगा?" आशीष ने सुस्ती से कहा।

शर्मा साहब की बिस्कुट-बेकरी थी। उन्होंने कहा, "अरे आशीषचन्द्र जी, आप मेरे साथ 'फ़िफ़्टी-फ़िफ़्टी' की पार्टनरशिप कर लीजिए। बेच डालिए गाड़ियाँ।"

आशीष आश्वस्त नहीं हो पाया। वह ऐसी हालत में था कि न अपना धन्धा छोड़ना चाहता था और न करना। किसी तरह वह ड्राइवरों से गाड़ी का हिसाब ले लेता और बिना हुज्जत-हीले के उन्हें उनका हिसाब दे देता। उसका मन ही नहीं होता था कि अब वह किसी से लड़े।

पहले हर ड्राइवर के लौटने पर उसकी 'तू-तू मैं-मैं' हुआ करती थी। अब वह निढाल हो उनकी बातें सुन लेता।

ड्राइवर आशीष के इस बदले हुए व्यवहार से बहुत हैरान थे।

कमाल, जमालुद्दीन, नबी और भानुप्रताप—चारों को लगा, यह कोई दूसरे बाबू जी हैं, आशीष बाबू जी नहीं।

एक दिन पास की वर्कशॉप में वे लोग टीन की कुर्सियों पर बैठे चाय सुड़क रहे थे। कमाल ने कहा, "बाबू जी तो आजकल पहचाने नहीं जाते। जो हिसाब देता हूँ, चुपचाप मान जाते हैं। पहले तो मार चिल्ला-चिल्लाकर दिमाग़ ख़राब कर देते थे।"

भानुप्रताप ने कहा, "इसका मतलब तुम पहले गड़बड़ हिसाब देते थे?"

कमाल ने तमककर कहा, "गाड़ी क़सम, हमने कभी हिसाब में गड़बड़ नहीं की। वे तो ख़ामख़ाह शक किया करते थे! अब गाड़ी बिगड़ेगी तो हम पल्ले से तो लगायेंगे नहीं!"

जमालुद्दीन ने कहा, "कुछ भी कहो, आदमी भले हैं। और ट्रांसपोर्ट कम्पनियों को देखो। दस चोरी के धन्धे करवाती हैं ड्राइवरों से। उनके ड्राइवर रोते ही रहते हैं। अभी उस दिन ड्राइवर नारायण रो रहा था कि मालिक ख़ुद उसकी गाड़ी में गाँजा भिजवाये। जब गाड़ी पकड़ी गयी तो जवाबदेही से साफ़ इनकार कर दिये। पुलिस हिरासत में मार खा-खाकर उसकी कमर अकड़ गयी है।"

कमाल ने कहा, "यह तो मानी हुई बात है, अपने बाबू जी का धन्धा एकदम साफ़ है। पैसेंजर ले जाओ, पैसेंजर लाओ। और कोई चीज़ से उन्हें मतलब नहीं।"

तभी उन लोगों ने देखा, ज़रा अन्दर को मैनेजर की मेज़ के पास आशीष बैठा हुआ था। वह वर्कशॉप का माहवारी बिल अदा कर रहा था। भानुप्रताप ने पास जाकर सलाम किया और आग्रह से उन्हें बाहर सबके बीच ले आया।

"धूप खा रहे हो तुम लोग?" आशीष ने पूछा।

"जी बाबू जी, बैठिए, आज हमारे साथ चाय पीजिए।" वर्कशॉप के अन्दर से कार की धुलाई की "छर्र्-छर्र्" और इंजन मरम्मत की 'घुर्र्-घुर्र्' आ रही थी। बाहर तक वर्कशॉप में कालिख ही कालिख थी।

भानु लपककर पाँच चाय का ऑर्डर बग़ल के ठेलेवाले को दे आया। उसने गर्म समोसे तले जाते देखे तो उनका ऑर्डर भी दे दिया।

चाय आने पर आशीष उठ खड़ा हुआ।

कमाल, जमाल और नबी ने कहा, "नहीं नहीं बाबू जी, आपके लिए चाय मँगाई है। बिन पिये नहीं जा सकते!"

"अरे भई, मैं बीमार हूँ, नहीं पी पाऊँगा।" आशीष ने कहा।

भानुप्रताप ने कहा, "चाय से नुक़सान नहीं होगा, लीजिए!"

चायवाले छोकरे ने अपने मैले कालिख लगे हाथों से चाय का धुँधला गिलास आशीष बाबू को पकड़ा दिया।

नबी ने समोसे का लिफ़ाफ़ा उनके आगे किया, "समोसा खाइए बाबू जी!"

अपने कर्मचारियों का दिल रखने के लिए आशीष ने समोसा थाम लिया। पहले उसकी हिम्मत न हुई कि वह उसे मुँह तक ले जाये। किसी तरह उसने हिम्मत जुटायी, पर यह क्या? आशीष के नथुनों में सोंधी सुगन्ध भर गयी और उसने समोसे का एक बड़ा-सा टुकड़ा मुँह में लिया।

ख़ुशी से उसका मुँह भुने हुए आलू, मसाले और घी की ख़ुशबू से महक गया। उसने एक ही साँस में चाय-समोसा ख़त्म किया और उत्फुल्ल चेहरे से उठ खड़ा हुआ। उसने कहा, "आप लोग मेरे लिए बहुत मेहनत करते हैं। मैं आप से बेहद ख़ुश हूँ। जाइए, आज आप छुट्टी मना लीजिए। बाल-बच्चों के साथ कहीं घूम आइए।"

आशीष लपकता हुआ घर की तरफ़ चला। उसे बड़ी तेज़ भूख लगी हुई थी। सारी सड़क उसे सुन्दर और सुगन्धित लग रही थी। उसने अपने को पूरी तरह स्वस्थ महसूस किया। उसने चौराहे पर गजरेवाले से गजरा ख़रीदा और अठन्नी की जगह उसे एक रुपया दे डाला। इतनी मीठी सुगन्ध! घर जाकर उसने ज़ोर से आवाज़ लगायी, "मीना, जल्दी खाना लाओ। मुझे बड़ी तेज़ भूख लगी है।"

दिन के सिर्फ़ बारह बजे थे। पत्नी ने हैरानी से उसकी ओर देखा और जल्दी-जल्दी फुल्के सेंकने लगी। अभी सिर्फ़ एक सब्ज़ी बनी थी। आशीष रसोई में ही पटरे पर बैठ खाना खाने लगा। इतना स्वादिष्ट खाना उसने जीवन में कभी न खाया था। वह खाना खाता जा रहा था और उसे लग रहा था, उस पर कोई नशा चढ़ता चला आ रहा है। रोज़ से बहुत ज़्यादा खाकर उसने भरपूर पानी पिया और मन-ही-मन ईश्वर को नमस्कार किया, जिसने उसे इतना अच्छा परिवार और कारोबार दिया! उसे फ़ौरन नींद आ गयी।

स्कूल से बच्चे लौटकर आये तो पिता को सोते देख चकित रह गये। इस वक़्त तो पापा दफ़्तर में बैठे हिसाब चैक किया करते थे। माँ ने उन्हें बताया, "पापा ने आज महीनों बाद खाना खाया है।"

"उन्हें बू तो नहीं आयी?" रुचि ने डरते-डरते पूछा।

"बिल्कुल नहीं", माँ ने चमकती आँखों से कहा, "बू की उन्होंने कोई बात ही नहीं की। सारी सब्ज़ी चट कर डाली। अब तुम लोगों के लिए सिर्फ़ दाल बची है।"

"अरे ममी, हम तो अचार से भी खा लेंगे।" लड़कियों ने कहा। उनके सिर पर से जैसे कोई प्रेत उतरा। माँ और बेटियों ने मिल-जुलकर खाना खाया, जैसे कोई विशेष भोज हो। कविता अपनी क्लास के क़िस्से सुनाती हुई सबको हँसाती रही। खिलखिलाहट से कमरा खनकने लगा।

सु. कर्मी शेरसिंह

यह साठ साल पहलेवाला ग़ाज़ियाबाद नहीं था, जहाँ हलचल के नाम पर धूल और धुएँ के अम्बार और गुब्बार हुआ करते थे। तब का शहर बस एक ई.एम. यू. लोकल गाड़ी के पहियों पर अपनी गति-प्रगति आँकता। नौकरी करनेवाले, व्यापार चलानेवाले सुबह की लोकल से दिल्ली जाते और शाम की लोकल से लुढ़कते-पुढ़कते वापस आते। आलम यह था कि स्कूल में किसी बच्चे के बस्ते में नये ढंग की पेन्सिल या टिफ़िन बॉक्स भी होता तो पता चलता यह उसके पापा दिल्ली से लेकर आये हैं।

अब का ग़ाज़ियाबाद बदला हुआ शहर था। बदलाव अभी लगातार चल रहा था। सबसे बड़ा बदलाव तो यह कि उसके आस-पास के गाँव और खेत ग़ायब होते जा रहे थे। उनकी जगह उन ऊँची इमारतों ने ले ली थी, जिन्हें 'टाउनशिप' या रिपब्लिक जैसे नामों से अलंकृत किया जा रहा था। भूपति धीरे-धीरे भवनपति बनते जा रहे थे और भवनपति अपने नाम से बस्तियाँ खड़ी करते जा रहे थे। राजमार्ग पर सबसे ज़्यादा आवाजाही सीमेंट, सरिया, सिलिका, बालू और संगमरमर की थी। उसी अनुपात में सीमेंट मिक्सर, क्रेन, टैंकर, डम्पर और ट्रकें दौड़तीं। सुबह आठ बजे से शाम पाँच बजे तक अनगिनत मज़दूर, मिस्त्री, बिजली कारीगर और सुरक्षाकर्मी लोहे का टोप लगाये अपने काम में भिड़े रहते। जिस करोड़पति या अरबपति बिल्डर के लिए ये काम करते, उनसे इनका कोई प्रत्यक्ष सम्पर्क नहीं होता। सारा काम कुशल ठेकेदारों और एजेंसियों से संचालित रहता।

सुवर्ण टॉवर्स में कई वर्षों से काम चल रहा था। 100 एकड़ की सुवर्ण नगरी में 40 टावर बनने थे जिनमें से 20 बनने की विभिन्न अवस्था में थे। किसी की 10 मंज़िलें पूरी हो चुकी थीं किसी की 15। पन्द्रहवीं मंज़िल के ऊपर भी सरिये निकले हुए दिखते थे, जो इस बात का संकेत थे कि अभी इमारतें और ऊँची बनेंगी। कभी लगता कि कहीं यह मंज़िलों का खेल बादलों के पार न चला जाये।

सुवर्ण टावर्स में एक टावर तैयार हो गया था। सबसे पिछवाड़े के इस टावर में 39 फ़्लैट थे। मालिकों के हिसाब से सबके सब बिक चुके थे, लेकिन केवल सात फ़्लैटों में बसावट हुई थी। ख़बर ऐसी उड़ी हुई थी कि बाक़ी फ़्लैट या तो दलालों ने ख़रीद लिए हैं या ऐसे लोगों ने, जो पूँजी निवेश के लिए मकान को सोने अथवा शेयर से .ज़्यादा भरोसेमन्द मानते हैं।

राष्ट्रीय राजमार्ग से ज़रा परे हटकर बनी सुवर्ण नगरी की सुरक्षा का ज़िम्मा उन कर्मचारियों के सिर पर था जिन्हें 'कवच' रक्षा एजेंसी ने नियुक्त किया था। सुरक्षा एजेंसी से लिए गये सुरक्षाकर्मियों का फ़ायदा यह था कि ये परिसर की सुरक्षा सम्बन्धी हिदायतों से वाक़िफ़ रहते और अपने काम में मुस्तैद। इनमें .ज़्यादा संख्या नवयुवकों की थी। एजेंसी द्वारा दी गयी ख़ाकी वर्दी में लैस ये सुरक्षाकर्मी दूर से देखने पर पुलिस विभाग के सिपाही नज़र आते। वर्दी में सबसे शानदार और चमकदार दो चीज़ें थीं, उनकी बेल्ट और कैप। बेल्ट का बकिल और टोपी का बिल्ला सोने की तरह चमकता। उनकी कमीज़ पर एजेंसी का लोगो 'कवच' कढ़ाई से बना हुआ था। कुछ शौक़ीन सुरक्षाकर्मी घर से रंग-बिरंगी कमीज़ पहनकर आते, किन्तु काम पर पहुँचते ही सबसे पहले अपनी वर्दी धारण करते। वर्दी पहनते ही जैसे उनका कायाकल्प हो जाता। वे तनकर खड़े होते, उनकी चाल में चुस्ती होती और आँखों में चौकन्नापन। दुपहर के भोजन तक यह चुस्ती बरक़रार रहती। उनके रहते न कोई कामचोरी कर सकता न मालचोरी। काम के घण्टे ख़त्म होने तक उनमें हल्की शिथिलता आ जाती। कोई-कोई सुरक्षाकर्मी अपने कानों में इयरफ़ोन लगाकर गाना सुनने में मशगूल हो जाता तो कोई प्लास्टिक के स्टूल पर बैठे-बैठे हल्की झपकी लेता। फिर भी इनकी मौजूदगी के चलते कोई बाहरी आदमी यहाँ प्रवेश न कर पाता। सुवर्ण नगरी के प्रशासनिक कार्यालय में सूचनापट्ट पर इनकी साप्ताहिक ड्यूटी का चार्ट लगा रहता– सु. कर्मी का नाम, टावर संख्या, हफ़्तावार ड्यूटी। यह 'सु. कर्मी' शब्द इतना .ज़्यादा अपना लिया गया था कि अब किसी भी सुरक्षाकर्मी को सुकर्मी बुलाया जाता, सुकर्मी शिवराज, सुकर्मी इलियास, सुकर्मी बेटूसिंह, सुकर्मी शेरसिंह। आख़िरी टावर में चूँकि सात परिवार बस गये थे, वहाँ दो सु.कर्मी हर वक़्त तैनात रहते थे। जो टावर अभी अधबने थे, वहाँ दिन में दो और रात में एक सु.कर्मी की तैनाती रहती।

शेरसिंह की नाइट ड्यूटी इस हफ़्ते पन्द्रहवें टावर पर लगी थी जिसकी ग्यारह मंज़िलें तैयार थीं तथा बारहवीं पर काम चल रहा था। अन्दर-बाहर तमाम तरह का सामान रखा और बिखरा था। नीचे की लॉबी तैयार थी। वहीं सीसीटीवी

कैमरे के सामने प्लास्टिक स्टूल पर वह बैठा हुआ था। आस-पास सन्नाटा ही सन्नाटा था। पास की मज़दूर बस्ती में लगी सर्च लाइट और फॉग लाइट की कुछ रौशनी यहाँ तक पहुँचती थी, पर .ज्यादा नहीं क्योंकि बीच में कई और अधबनी इमारतें थी। लॉबी के चार कोनों पर चार छोटे बल्ब थे, जो उजाले से अधिक छाया फेंक रहे थे। शेरसिंह ने दो बार अपनी लम्बी टॉर्च के सहारे टावर की सीढ़ियाँ और गलियारे जाँच लिए थे। उसने बाहर निकलकर टॉर्च की तीखी रौशनी चारों तरफ़ घुमायी। कड़ाके की ठण्ड थी और कोहरा भी कम न था। सत्रहवें टावर से भी टॉर्च की चकाचौंध आयी। इसका मतलब सु. कर्मी इलियास भी मौजूद था। यह इन सु. कर्मियों का आपसी संवाद का तरीक़ा था। टॉर्च की एक चकाचौंध का मतलब था "मैं हूँ न।" दो बार टॉर्च चमकानेवाला सन्देश था "मैं तुम्हारे पास आ रहा हूँ।" चारदीवारी की दूसरी तरफ़ ढूँढाहेरा गाँव था, जहाँ के बाशिन्दे बहुत जल्द सोने के आदी थे। वहाँ की कच्ची सड़क की इक्का-दुक्का रौशनी कोहरे में नामालूम लगती। सत्रहवें टावर से टॉर्च दो बार चमकी।

शेरसिंह को अच्छा लगा।

आज उसका जी उदास और भारी था। दिन भर उसे घर की याद आयी। वह सो भी नहीं पाया। शाम को जैसे-तैसे उसने चार रोटियाँ थोपीं। कल की लहसुन-हरी मिर्च की चटनी पड़ी थी। एक प्याज़ और लहसुन चटनी के साथ वह खाना ले आया। उसका टिफ़िन बॉक्स लॉकरों के ऊपर रखा था। नीचे लगे नल से उसने बिसलेरी की बोतल में पानी भर लिया था।

इलियास भी अपना टिफ़िन बॉक्स ले आया। दोनों ने अपनी पुरानी जैकेट की जेबों में हाथ ठूँसते हुए तक़रीबन एक साथ कहा, "कितनी बेहूदा सर्दी है।"

इलियास ने हाथ बाहर निकालकर आपस में रगड़े, "मेरा ख़याल है, रोटी खाने से थोड़ी गर्मी आये।"

लॉबी में लकड़ी के लम्बे पटरे बीचोंबीच पड़े थे। उन्हीं पर बैठ दोनों ने अपना टिफ़िन बॉक्स खोला।

शेरसिंह ने ताज्जुब से कहा, "अरे, तुम भी वही लाये हो?"

इलियास के डिब्बे में भी चार रोटी और लहसुन मिर्च की चटनी थी।

इलियास हँसा, "लोग समझते हैं, हम रोज़ क़बाब पराँठा उड़ाते हैं। शेरे, असलियत यह है कि ईद-बकरीद पर भी क़बाब मिल जाये तो नसीब है। बकरे का गोश्त तो ख़्वाब बन गया है। अब तो मीठी सेंवइयाँ चखकर ही त्योहार मना लेते हैं।"

"यहाँ भी यही हाल है। साढ़े तीन हज़ार घर भेजने के बाद मुश्किल से ढाई हज़ार बचता है हाथ में। बारह घण्टे की ड्यूटी में पेट कई बार बिलबिला जाता है। कभी बिस्कुट तो कभी चाय-समोसा इसमें डालना पड़ जाता है।"

खाना एक-सा था। फिर भी उन्होंने एक-दूसरे से बाँटा। हाथ बदल जाये तो स्वाद बदल जाता है। इलियास के घर से आयी चटनी में मिर्च-मसाला चटख़ और चटपटा था, जबकि शेरसिंह की बनायी चटनी में नमक की कमतास थी। इलियास दूसरी तरफ़ के गाँव चिपियाना में अपने बीवी-बच्चों के साथ रहता था। माली हालत उसकी भी बेहतर न थी, लेकिन उसकी बीवी सूखी रोटी में भी स्वाद डालना जानती थी।

उसने देखा, शेरसिंह उसकी लायी रोटी चाव से खा रहा है। उसने धीरे-से चारों रोटियाँ उससे बदल लीं। मन में सोचा, मेरा क्या है? मैं कल घर की रोटी खा लूँगा।

शेरसिंह इलाहाबाद के गाँव मलाक हरहर का रहनेवाला था। वह भूमिहीन किसान मोतीसिंह का चौथा बेटा था जो सातवीं कक्षा में फ़ेल होकर कई साल घर में बैठा रहा। दूसरों के खेतों पर मज़दूरी कर मोतीसिंह अपनी गुज़र करता। उसके तीन बड़े बेटे भी काफ़ी-नाकाफ़ी के बीच का जीवन जीते, अपने-अपने ढंग से मशक़्क़त करते। मोतीसिंह थककर चूर होता तो शेरसिंह पर झल्लाता, "लट्ठ जवान होकर घर में पड़े हो। अरे मजूर का बेटा मजूरी से जी चुरायेगा तो भूखों मर जायेगा। कौनो काम नहीं मिलता तो सहर जाकर हाड़-गोड़ चलाओ।"

शेरसिंह ने बहुत दिन ताने सुने। एक दिन उससे नहीं सुना गया और वह घर से निकल पड़ा।

वह क़द-काठी का तगड़ा था, अपने हिस्से की भूख-थकान झेल गया। एक ठेकेदार ने उसे अपने माल की हिफ़ाज़ती में ट्रक में सवार कर दिया और वह ग़ाज़ियाबाद पहुँच गया। साल भर वह डेली लेबर बना इस ट्रक से उस ट्रक घूमता रहा। 'कवच' कम्पनी का रास्ता इन्हीं ट्रकवालों की मदद से दिखा। एजेंसी के अफ़सर ने जब पूछा, "क्या-क्या चला लेते हो तुम, शेर सिंह?"

"जी चक्कू चला लेते हैं, एकाध बार बम भी चलाये हैं।"

"गोली-बन्दूक दाग़नी आती हैं?"

"सीख जायेंगे जी; आप सिखा दें।"

"जंगल में, मैदान में, सुनसान में घबराओगे तो नहीं?" अफ़सर ने पूछा और ख़ुद ही कहा, "अरे, तुम्हारा तो नाम ही शेरसिंह है। कैसे पड़ा यह नाम?"

शेरसिंह जब छह महीने का था, उड़ती मक्खी को हथेली के झटके से मार डालता था। माँ उसकी बलाएँ उतारती कहती, "यह तो मेरा शेर बच्चा है।" इसी से उसका नाम शेरसिंह पड़ गया।

शेरसिंह ने यह सुनी-सुनायी बात ज्यों की त्यों बता दी।

एजेंसी का अफ़सर ठहाका मारकर हँसा, "अबे तुम्हारा नाम तो मक्खीसिंह होना चाहिए था।"

शेरसिंह को बुरा लगा, लेकिन बरदाश्त कर गया। दरअसल घर से निकल कर वह एक साल में कई साल बड़ा हो गया था।

दस दिन की ट्रेनिंग में वह अपने साथियों के साथ सुरक्षा के कई करतब सीख गया। उन सबकी फ़ोटो और उँगलियों के निशान एजेंसी की फ़ाइलों में नत्थी किये गये। इन चीज़ों की एक प्रति पुलिस थाने में दर्ज़ की गयी। उसके साथ ट्रेनिंग पाये आठ जवान सुवर्ण नगरी में तैनात किये गये। कुछ साथी नोयडा की एक कॉलोनी में भेजे गये तो कुछ ग्रेटर नोयडा में। इलियास भी कवच एजेंसी से आया था। इससे पहले वह 'मारुति सुरक्षा सर्विसेज़' में काम कर चुका था। तब उसकी ड्यूटी नोयडा की एक बस्ती में लगी थी। एक बार वहाँ बड़ी ज़ोर का बम विस्फोट हुआ, जिसमें तेरह लोगों की जान गयी। अफ़वाह थी कि यह विस्फोट अल्पसंख्यक समुदाय के लोगों ने किया। बस्ती के बिल्डर ने फ़ौरन सभी अल्पसंख्यक कर्मचारियों को काम से अलग कर दिया। बेरोज़गारी का एक लम्बा दौर बिताने के बाद इलियास को 'कवच' का सहारा मिला।

इलियास ने कई बार की तरह आज भी शेरसिंह से कहा, "शादी कर ले तो तेरी मनहूसियत कम हो जाये। जो आयेगी, कम-से-कम रोटी तो पकाकर खिलायेगी।"

शेरसिंह दिन में पहली बार मुस्कुराया, "यह काम मेरा है या मेरे बुज़ुर्गों का?"

"अबे बुज़ुर्ग नहीं सोचेंगे तो क्या सारी उमर छड़ा का छड़ा घूमेगा? उन्हें लगता होगा, तेरी शादी करेंगे तो उन्हें महीना मिलना बन्द हो जायेगा।"

शेरसिंह चौंका। यह तो उसके दिमाग़ में आया ही नहीं था। वह माँ के नाम साढ़े तीन हज़ार का मनीऑर्डर भेज रहा था। उसके मन में था कि माँ घर गृहस्थी का ख़र्च चला चुकने के बाद चार पैसे बचाकर उसकी गुल्लक में डालती रहती होंगी। इलियास की बात उसे चाकू की नोक की तरह चुभी। उसका मन हुआ, तुरन्त माँ से बात करे। इधर उसने फ़ोन में पैसे नहीं डलवाये थे। वह

फ़ोन सुन तो सकता था, कर नहीं सकता था। गाँववाले घर में सिर्फ़ बाबू के पास मोबाइल फ़ोन था। वे सारे दिन बाहर रहते, इसलिए माँ से बात सिर्फ़ रात में हो सकती थी, वह भी थोड़ी देर क्योंकि शेरू को फ़ोन में पैसे ख़त्म होने की चिन्ता रहती। वह माँ की तबीयत पूछता जबकि माँ उसे घर की हर मुसीबत से वाक़िफ़ कराना ज़रूरी समझती। मँझले के जूते मन्दिर में चोरी हो गये, बारिश में सबकी दिहाड़ी मारी गयी, भूरी गाय का दूध सूख गया। घर के लोग ऐसा मानने लगे थे कि महज़ नौकरी मिल जाने से शेरसिंह की समस्त समस्याओं का निवारण हो गया है। वे कभी नहीं जानना चाहते कि वह कहाँ रहता है, क्या खाता है तथा उसकी मुश्किलें क्या हैं?

तभी कुत्तों का भौंकना सुनाई दिया। इस अधबनी बस्ती में कुत्तों की अच्छी-ख़ासी भीड़ थी। जब एक भौंकता तो कई दिशाओं से कई कुत्ते भौंकने लगते। कभी ये सारे कुत्ते एक साथ राउंड लगाने निकलते। सु.कर्मियों के डण्डों से इन्हें कोई डर नहीं लगता। उलटे, डण्डा देखकर ये काटने को लपकते। इलियास ने कुत्तों पर टॉर्च चमकायी, शेरसिंह ने भी अपनी टॉर्च की चकाचौंध उन पर मारी। कुत्ते चुप हो गये। " 'दिन में दो और रात में सिर्फ़ एक गार्ड' यह बेहूदा क़ायदा किसने बनाया?" इलियास बोला।

"मुझे तो लगता है, रात में एक भी गार्ड ज़रूरी नहीं है। ख़ाली मकानों में क्या भूत-प्रेत चोरी करने आयेंगे?"

"चोरी इन्हीं के आदमी करते या करवाते हैं। अगर तुम चुप बैठो तो काग़ज़ों में ये लोग रिकॉर्ड ठीक करना जानते हैं।"

"हमारे मूँड़ पर तो मैनेजर, सुपरवाइज़र, टावर इंचार्ज जाने कौन-कौन बिठाया है?"

"सबको सलाम मारा कर।" अपना टिफ़िन बॉक्स समेट इलियास सत्रहवें टावर पर अपने ठिकाने चला गया।

शेरसिंह ने थैले से अपना शॉल निकालकर अच्छी तरह अपने को लपेटा। सिर और कान ढकने पर कुछ राहत मिली, लेकिन पैर अब भी ठिठुर रहे थे। 'कवच' एजेंसी की गरम वर्दी भी इस वक़्त सर्द लग रही थी। लॉबी का दरवाज़ा बन्द करने की मनाही थी। रात में दरवाज़ा उढ़का दिया जाता, लेकिन वहाँ से हवा आती रहती। आज भी शेरसिंह ने सोचा तनख़ा मिलते ही इस बार एक कम्बल ज़रूर लूँगा।

काँपने, ठिठुरने और ऊँघने के बीच रात कटी। सुबह की दिक़्क़तें अलग और अनोखी थीं। इतने बड़े परिसर में सुरक्षाकर्मियों के शौच व स्नान आदि नित्यकर्मों से निवृत्त होने की कोई निर्धारित जगह नहीं थी। अधबने मकानों के टॉयलेट इस्तेमाल में लेने पर सख़्त बन्दिश थी। वहाँ अभी पानी की व्यवस्था भी नहीं पहुँची थी। निबटने के लिए हर सु. कर्मी को अपने स्तर पर ख़ुद जतन करना होता। वे बिसलेरी की बोतल में पानी लेकर उस तरफ़ चल देते, जहाँ भूमिगत पार्किंग बनाने के लिए गहरी खुदाई की जा रही थी। अक्सर यहाँ भी कोई डम्पर या क्रेन अपने काम में मशगूल दिखाई देती। बिसलेरी की बोतल झुलाते हुए सु.कर्मी सुवर्ण नगरी के फाटक से बाहर निकल आते, जहाँ बग़ल में गन्दा नाला बहता। वर्षों से यह नाला यहाँ के रहनेवालों का शौचालय और मूत्रालय बना हुआ था। सुबह चार बजे से आठ बजे तक यहाँ पुरुषों और बच्चों की आवाजाही लगी रहती। किसी ने कभी यह पता लगाने की कोशिश नहीं की कि इस इलाक़े की महिलायएँ कहाँ निवृत्त होती होंगी? ख़बर फैली हुई थी कि शीघ्र ही इस नाले का सुन्दरीकरण करने की योजना है। इस पर एक पुलिया बनायी जायेगी और इसका बड़ा हिस्सा पाट दिया जायेगा। सु.कर्मियों को इस ख़बर से फ़र्क़ नहीं पड़ रहा था। उनके जीवन में सब कुछ अस्थिर और कामचलाऊ था। नौकरी अस्थायी थी, रहने की जगह अस्थायी थी, खाने का इन्तज़ाम भी गड़बड़ था। सुपरवाइज़र हर हफ़्ते ही उन्हें फटकार लगा देता, "होश में काम करो। खड़े-खड़े निकाल बाहर करूँगा।"

सुपरवाइज़र का मानना था कि ये सुरक्षाकर्मी वर्दी पहनकर टहलने के सिवा और करते ही क्या हैं या धूप में बैठे मक्खी मारते हैं। इन्हें संकट कालीन स्थितियों के लिए रखा जाता है, पर संकट कौन रोज़-रोज़ आता है? सुवर्ण नगरी में घुसने में चोर-डकैत भी घबराते हैं। मालिकों ने यह बात सब जगह फैला रखी है कि इस परिसर के चप्पे-चप्पे पर सीसीटीवी कैमरे लगे हुए हैं। आजकल के चोर-लुटेरे डण्डे और बन्दूक से कम, इस घुमन्तू कैमरे से ज़्यादा ख़ौफ़ खाते हैं। इसमें उनका फ़ोटो जो आ जाता है। सुपरवाइज़र को लगता, उसकी नौकरी ज़्यादा जोखम की है। परिसर में होनेवाली हर घटना की जवाबदारी उस पर है। पीछे के टावर में जो सात परिवार रहते हैं, वे अलग उसे दौड़ाते रहते हैं। शिकायतें भी उनकी अजब होती हैं—गीजर में पानी ठण्डा आ रहा है; लिफ्ट में पंखा नहीं चल रहा है; आज फ़व्वारा बन्द पड़ा है; इंटरकॉम बज रहा है, कोई उठाता नहीं है; खिड़की का शीशा तिड़का हुआ है। सुपरवाइज़र जीतराम खीझ

जाता है, "अरे, बिजली की शिकायत है तो बिजली मिस्त्री को बोलो, पानी की मुश्किल प्लम्बर से कहो। इतने कर्मचारी हैं, अकेले सुपरवाइज़र की ज़िम्मेदारी कैसे बनती है।"

जीतराम ने सु.कर्मी से कहा, "पाँचवें मालेवाले फ़ोन कर रहे हैं, तू उठाता क्यों नहीं है?"

सु.कर्मी ने जवाब दिया, "वो हमको बाज़ार से दूध लाने को कह रहे हैं। आपने तो कहा न कि किसी का निजी काम नहीं करने का।"

सुपरवाइज़र कायल हो गया। सुकर्मी से ख़ुश होकर उसने सोचा, मेरा कितना दबदबा है इन सु. कर्मियों पर।

प्रत्येक सुरक्षाकर्मी को छह हज़ार पगार मिलती थी। बहाली के वक़्त यह पगार बहुत मोटी लगी थी, लेकिन शहर के रहने-खाने के ख़र्च में यह हल्की लगने लगी। जिनके पास रहने के लिए माँ-बाप का दिया घर था वे तो फिर भी ठीक थे, मुसीबत शेरसिंह जैसे नौजवानों की थी जो गाँव से उठकर आ तो गये, लेकिन अभी यहाँ उखड़े हुए ही थे। एक दिन जीतराम ने शेरसिंह को उदास-हताश ड्यूटी पर बैठे देखकर कहा, "का हो? इतना मनहूस चेहरा बनाये बैठे हो। घरवाली से लड़ भिड़ कर आये हो का?"

शेरसिंह ने कहा, "अपने पास न घर है न घरवाली। हम का दीवार से सिर फोड़ लें?"

जीतराम को इस प्यारे से दुबले-पतले सींकिया नौजवान पर प्यार उमड़ा, "अरे तो शादी कर डालो न।"

शेरसिंह को जीतराम की चिन्ता और सलाह अच्छी लगीं। उसका मन तेज़ी-से योजना बनाने लगा। शाम को ड्यूटी से फ़ारिग़ होकर वह घर फ़ोन करेगा। छूटते ही माँ को बतायेगा कि उसे रोटी की कितनी तकलीफ़ हो रही है। बाज़ार के खाने से पेट भरता ही नहीं। दूसरे, शाहबेरी और चिपियाना गाँवों में कोई भी मकान मालिक बिन ब्याहे नौजवानों को किराये पर कमरा नहीं देते हैं। अभी भी वह एक और सु. कर्मी के साथ आधे कमरे में रह रहा है। न सिर पर छत अपनी है न ज़मीन। बुख़ार आ जाये तो दो घूँट पानी पिलानेवाला भी नहीं है यहाँ। इतना दुखड़ा सुनने पर माँ समझ तो जायेगी कि लड़का क्या चाहता है। गाँव-जवार में माँ के इतने जान-पहचानवाले घर हैं, क्या किसी घर में एक ठो कन्या न होगी? शेरसिंह को लगा, माँ उसकी बात से ख़ुश ही होंगी।

साढ़े सात बजे वह उतावली से अपनी जगह लेनेवाले रात के सुरक्षाकर्मी मुन्नासिंह का इन्तज़ार करने लगा। शेरसिंह की ड्यूटी तभी ख़त्म होती जब

मुन्नासिंह आकर अपनी जगह लेता। मुन्नासिंह पन्द्रह मिनट देर से आया।

शेरसिंह ने शिकायत की, "ड्यूटी पर आने की फिकर नहीं है तुमको? सोचते हो, शेरसिंह का क्या है? घण्टे दो घण्टे और बैठ लेगा।"

मुन्नासिंह ने बुरा-सा मुँह बनाकर कहा, "ऐसा नहीं है शेरा, मेरे बच्चे को उलटी-दस्त हो रहे हैं। डॉक्टर साढ़े सात बजे बैठता है। अभी दवाई दिलाकर आया हूँ।"

शेरसिंह को अपने अक्खड़पन पर अफ़सोस हुआ। उसने मुन्नासिंह से कहा, "सॉरी यार, मेरे को क्या मालूम था?"

घर आकर ठीक नौ बजे उसने फ़ोन मिलाया। उधर से पिता की आवाज़ आयी, "का हो शेरू, बहुत फ़ोनबाज़ी करे लगे हो?"

"कहाँ बाबू, हफ़्ते में एक बार ही तो करता हूँ।"

"पइसा नहीं खरच होता का?" ये पिता के शब्द थे।

तभी माँ ने फ़ोन पकड़ लिया, "अरे मोरा बचवा कइसा है रे तू?" माँ की आवाज़ ने पिता की रुख़ाई पर ठण्डा लेप कर दिया।

"माँ, तेरी बड़ी याद आती है।" माँ से बात करते हुए शेरसिंह हमेशा छोटा बच्चा बन जाता, जिसे माँ के हाथ की बजरी को रोटी और गुड़ की हुड़क उठती, जो माँ की धोती की गिठान में से पैसे चुराकर मेला देखने दौड़ जाता और जिसे इस वक़्त माँ की झिड़की कम और लाड़ ़ज्यादा याद आता। घर फ़ोन करते हुए उसे वहाँ की ख़ुशी और ख़ुशहाली याद आती, कैसे होली पर उनके यहाँ हरे चने के बूँटों से आँगन भर जाता, कैसे होलिका पूजन पर सबसे लम्बी माला उनके घर की होती, कैसे उसकी मामियाँ सबसे ़ज्यादा रंग उसी पर डालतीं। घर से दूर आकर घर उसके और नज़दीक खिसक आया था।

"अम्माँ, तूने तिल गुड़ के ख़ूब पुए पकाये होंगे अबकी बार। सोमवार को सकट थी न?" शेरसिंह ने ललककर पूछा।

"कहाँ बेटा? मैं कहती रह गयी, किसी ने तिल ही ना लाये। एक तू था जो बाज़ार दौड़ जाता था।" माँ ने बताया।

"हियाँ तो अम्माँ ड्यूटी के मारे पता ही नहीं चलता परब-वार का। वह तो मुन्नासिंह ने बता दिया।"

"चल, तेरा जी लगा हुआ है न?" माँ को तसल्ली हुई कि बेटे के यार दोस्त बन गये हैं।

"कहाँ अम्माँ? मुझे तो सारा दिन घर की हुड़क उट्ठे है। मेरे कने न चूल्हा न चाकी। तीन ईंट जोड़ कर लिट्टी बनाऊँ, वह भी मरी कच्ची-पक्की। इत्ती ठण्ड

में कोई एक कप चाय पूछनेवाला नहीं है। मेरा मन करे, तेरे कने आ जाऊँ।"

माँ को भय हुआ, "तेरी नौकरी का का होगा? छुट्टी मिलेगी?"

"अरे अम्माँ, मेरी कौन सी पक्की नौकरी है? छूट जाय तो क्या?"

"अइसन नई बोलते, बच्चा। घर-गिरस्ती कइसे चलब?" माँ-बेटे की बातचीत सुन रहे बाबू से न रहा गया। उसने लपक कर फ़ोन पकड़ लिया।

शेरसिंह यही समझे बैठा था कि माँ के हाथ में फ़ोन है।

उसने कहा, "अम्माँ, मैं तिल-गुड़ लेता आऊँगा। तू बोइया भर के पुए पकाइयो। मैं भी घर में पैर फैला के चैन की नींद सो लूँ ज़रा।"

बाबू से और बरदाश्त नहीं हुआ। उसने डाँट पिलायी, "घर आने के सुपने ले रहा है ससुरा। तेरी अम्माँ ने जे नई बताओ कि अन्दरवाली कोठरी अबकी बरखा में पूरी भचक गयी है। घर आने की कौनो ज़रूरत नायँ, शेरा। पइसा भेज दे तो कोठरी रहिबे ख़ातिर बना लें।"

बाबू की घुड़की शेरसिंह ने सुनी-नहीं सुनी, पर फ़ोन उसके हाथ से फिसल गया।

बाबू की गुस्सैल आवाज़ अभी भी गिरे हुए फ़ोन से निकलकर आ रही थी, "हलो, हलो, बोलता नहीं है पट्ठा। चुप-चालाकी दिखाय रहा है।"

हरजाई

वह कपड़ों पर इस्त्री चला रही थी, लेकिन उसे लग रहा था, वह अपने कलेजे पर इस्त्री चला रही है।

आज छठा रोज़ था। बालकराम का कहीं पता नहीं था। छह रोज़ पहले की बात है। उसने 303, 306, 308, 310 और डी ब्लॉक के चार घरों के कपड़े इस्त्री कर सबके अलग-अलग पैकेट बना कर रखे हुए थे। बालकराम ने बड़े प्यार से कहा, "भाभी, मैं जाकर दे आऊँ?"

"जा, चला जा। पैसे ध्यान से लेइयो। कम ज़्यादा न लेना। छोटा कपड़ा 3 रुपये, साड़ी 15 पन्द्रह रुपये, कोट 30।" कलावती ने ताक़ीद की।

सभी घरों से पैसे वसूल कर बालकराम ने वे पैसे भी ले लिए जो कार साफ़ करने के वह कॉलोनी के लोगों से लेता था।

बस, उसकी साइकिल हवा से बात करने लगी।

मन्दिर के चौतरे पर तीन पत्ती की फड़ जमी थी। वह वहीं रम गया। आज क़िस्मत साथ दे रही थी। खेलते-खेलते उसके पास 1,600 रुपये हो गये।

वह तो अभी फड़ और जमती पर पुजारी के लड़के ने आकर बताया—"भाग लो, पुलिस का छापा पड़नेवाला है। जीप चल पड़ी है चौकी से।" आनन-फानन में सब तितर-बितर हो गये। बालकराम की साइकिल के कैरियर पर छज्जू भी बैठ गया। दोनों ने देसी ठेके पर जम कर चढ़ायी। छज्जू को उसकी गली में छोड़ कर बालकराम बसन्ती के फ़्लैट में पहुँचा। पहले उसने उसे मिस्ड कॉल मारा। जवाब भी मिस्ड कॉल से मिला। इसका मतलब, रास्ता साफ़ था। बसन्ती जिस घर में काम करती थी वहाँ पति-पत्नी दोनों डॉक्टर थे। दोनों अलग अस्पतालों में काम करते। कभी-कभी दोनों को घर से बाहर रहना होता। ऐसे दिनों बसन्ती घर में अकेली होती।

बालकराम को याद आया, बसन्ती ने उससे बढ़ियावाला शैम्पू मँगवाया था। एक जगह साइकिल रोककर उसने पाँच पाउच शैम्पू ख़रीदा और ताबड़तोड़ बसन्ती के घर पहुँचा।

बसन्ती ने उसे मान से धकेला, "इतनी देर करके आया है। जा, मैं तेरे से नईं बोलती। अब तो डॉक्टर या डॉक्टरनी किसी भी टैम वापस आ सकते।"

बालकराम ने जेब से शैम्पू की लड़ी निकाली।

बसन्ती चहकने लगी, "ये डव है न? येई लगाती डॉक्टरनी।"

बालकराम ने उसका वक्ष सहलाया। उसने हाथ झटक दिया, "इत्ती फ़िज़ूल-सी गिफ़्ट देकर मेरे को पटायेगा क्या? रियल की झुमकी दिला न?"

बालकराम के ज़ेहन में भाभी की झुमकी कौंध गयी जो अभी पिछले महीने वह बाज़ार से लायी थी। दोनों कानों में पहन उसने आईने में चेहरा दायें फिर बायें देखा था और पूछा, "बालक, कैसी लग रही हूँ मैं, बता तो?"

"ज्यासती चमक मार रही है। इसके साथ तू ठीक से कंघी करे, सलवार-सूट बदले तब तो अच्छी लगे।"

भाभी ने झल्लाकर कहा, "बीस घरों के खेप पड़े हैं इस्त्री के लिए। जे तू आधे भी निपटा दे तो मुझे नहाने-खाने का टैम मिले। पर तेरा तो पता ही नहीं लगता कहाँ उड़ा उड़ा फिरे?"

"भाभी मेरी प्यारी भाभी, जज साब ने कहा है, आजकल उनका नौकर छुट्टी गया है। उनके कुत्ते को टहलाना-नहलाना, सब मेरे ज़िम्मे है। उसी में देर लग जाये।"

भाभी चुप रह गयी। उसकी और अम्माँ की यही सोच थी कि घर में कम-से-कम एक प्राणी के पास मुकम्मल नौकरी हो तो अच्छा। धोबीगीरी के धन्धे में अब कुछ रखा नहीं था। गर्मियों में तो लोग ठण्डे सूती कपड़े रोज़ इस्त्री के लिए देते, पर चौमासों और सर्दियों में काम हल्का पड़ जाता। यह ठीक है, वह कोट-पैंट का तीस-तीस रुपया इस्त्री कराई लेती, पर एक बार इस्त्री करवाकर बाबू लोग इसी में महीना भर निकाल लेते। चौमासों में लोग नाइलॉन और जाने कौन-कौन सी टेरिलीन-वैरिलीन पहनते कि कपड़े इस्त्री करने की ज़रूरत ही न पड़ती। वह तो उन्होंने बहुतों की कार साफ़ करने का काम लिया हुआ था, नहीं तो गुज़ारा मुश्किल था।

जानता वह सब काम था। भाभी ने ही उसका हाथ पकड़कर सिखाया, समझाया था, "धोबी की जात है। तू कपड़ा सीधा करना नहीं सीखेगा तो खायेगा

क्या? यह देख, सूती कपड़े पर एकदम तत्ती इस्त्री फेर, रेशमी पर कम तत्ती। ज़्यादा मुचड़े लत्तों पर पानी छींट दे। सीवन पर ध्यान दे। कपड़ा सीवन से मोड़ा जाये। पैंट की क्रीज़ पे ध्यान दे।"

उसके बाद भाभी खड़ी होकर उसके काम का मुआयना करने लगी।

भैया की मौत पर उसकी क्या उम्र रही, यही कोई 14 साल। कितना रोना आया था जब अम्माँ ने उसके सिर पर पगड़ी रखी थी, "बालक, आज से तू बड़ा हो जा। तू ही खेवैया है इस नैया का। जाने कौन-सा सराप लगा है इस घर को?" बुढ़ऊ गये तो 39 साल के, भोलानाथ गया तो 28 वें साल में। कौन जाने नाले में हाड़ गल जाते हैं धोबियों के? तभी अम्माँ ने तय कर लिया, अब से कपड़ों की धुलाई एकदम बन्द। बस, कपड़े इस्त्री करेंगे। दादरी में दो बिसवा ज़मीन है। थोड़ा-बहुत नाज पानी वहाँ से आता है।

भोलानाथ की घरवाली भी भोला की ही उम्र की थी कलावती। नाम कलावती, लेकिन माँ-बाप ने किसी कला में पारंगत नहीं किया। बस इतना था कि कपड़े बहुत अच्छे इस्त्री करती। तह तो ऐसी जमाकर लगाती कि लगे, कपड़ा अभी दुकान से ख़रीदकर लाया गया है। भोलानाथ से ब्याह हो गया तो दिनचर्या में कोई फ़र्क़ नहीं आया। पहले अपने माँ-बाप के घर इस्त्री फेरती थी, अब ढूँढ़ाहेरा में पति के घर इस्त्री फेरने लगी। हाँ, निशिचर्या में फ़र्क़ आ गया, जिसका नतीजा यह निकला कि उसके गर्भ से पाँच साल में तीन बच्चे निकले—तीनों लड़के। इसके बाद डॉक्टरनी ने कलावती की बच्चेदानी निकाल दी। कलावती का जीवन वही का वही रहा। वह कपड़े इस्त्री करती रही, बच्चों को दूध पिलाती रही और घर-घर जाकर कपड़ों की खेप पहुँचाती रही।

भोलानाथ के गुज़र जाने से ज़िन्दगी थोड़ी बदल गयी। घर में चार बच्चे और दो औरतें। पिछवाड़े झगड़ू चौधरी का घर था। झगड़ू सचमुच झगड़ालू था। जब वह अपने भाइयों से झगड़ता तब भी भोलानाथ के तीनों बच्चे डर के मारे कथरी में दुबक जाते। बालक भी उन्हीं के साथ चिपक जाता। रातों में कभी बच्चे डर या ठण्ड से कँपकँपा जाते, कलावती चारों को बारी-बारी से थपक देती। कलावती के माँ-बाप उसे वापस ले जाना चाहते थे, पर उसके तीनों बच्चे ले जाने की ज़िम्मेदारी उन्हें रास नहीं आयी। उन्हें पता था कलावती तो जहाँ बैठेगी, कमा कर खायेगी। पर इन लंगूर जैसे बच्चों को कमाऊ बनने में कम-से-कम पन्द्रह साल लगेंगे। तब तक बैठाकर खिलाने की तबालत कौन पाले? बच्चों के बिना कलावती ने मायके जाने से साफ़ इनकार कर दिया।

सास की जान में जान आयी। समधियों के हमले से उसे लगा था, उसके घर की नाव अब डूबी तब डूबी।

कलावती ने अपने आपको घर के कामों में झोंक दिया। अम्माँ थोड़ा बहुत चौका सँभालती, कलावती दिनभर खेप की खेप कपड़े इस्त्री करती, कॉलोनी के घरों में खाना बनाती, कार साफ़ करती। अम्माँ के कहने पर बालकराम कार पोंछने में मदद कर देता, कपड़े उससे सँभलते नहीं। इस्त्री करना उसे देर में समझ आया। एक दिन अम्माँ ने कलावती से कहा, "देख बेटी, मेरे पास तुझे देने को रुपयों से भरी पोटली तो है नायँ यह लड़का है बालकराम। तू इसे अपना मालिक धार ले। मैं तेरे ऊपर ओढ़नी डलवा दूँ। तू इस घर में आयी, यहीं की होकर रह।"

कलावती ने माथे पर हाथ धरकर कहा, "अम्माँ कैसे बोल निकाल रही हो? वह 14 साल का मैं 28 की हो गयी।"

"इससे क्या कलावती? तेरा देवर है। आज इसे बालक की तरह पाले-पोसेगी, देखते-देखते यह जवान पट्ठा हो जायेगा। इसे प्यार कर साथ ही काम भी सिखा। जब हमारा दोनों का जाँगर थक जायगा, ये ही बच्चे काम आयेंगे।"

"अम्माँ, मेरा रमेश बालकराम से सिर्फ़ चार साल छोटा है।"

"कलावती, छोट-बड़ाई उमर से नहीं रिश्ते से होती है पगली।"

कई दिन कलावती का दिल दिमाग़ उड़ता रहा। क्या करे? सास की बात मान भी ले तो टोले बिरादरी में थू-थू होगी, फिर सब उसे देवर-लीलनी कहेंगे।

बालकराम क्या समझेगा? यों वह सारा दिन 'भाभी-भाभी' कहता उसके आगे-पीछे डोलता है। आगे से आगे दौड़कर कारें साफ़ करता है। ओढ़नी डालने पर उसकी नज़र कैसी हो जायेगी, कौन जाने। उसे भी तो शरम आयेगी?

कुछ नहीं हुआ। अम्माँ ने बिरादरी में किसी को नहीं बुलाया। एक इतवार जब बालकराम नहाकर अँगोछा लपेटे आँगन में आया, अम्माँ ने पुचकारकर कहा, "बलकवा, ज़रा जे ओढ़नी अपनी भाभी को उढ़ा दे रे।"

चटख गुलाबी ओढ़नी पर गोटा लगा हुआ था। बालकराम देखकर मचल गया "हम लेंगे यह नया कपड़ा।"

"तेरा ही है" अम्माँ ने कहा। बालकराम ने ओढ़नी भाभी के सिर पर डाल दी। कलावती हँसने लगी। बालकराम ख़ुश होकर बोला, "अम्माँ, भाभी आज हँस रही है, कित्ते दिन बाद हँसी है भाभी?"

इसके बाद बालकराम तो भाभी को 'भाभी' ही कहता रहा, पर कलावती बालकराम पर ज़्यादा ध्यान देने लगी। खाने के समय नज़र बचाकर उसकी दाल में थोड़ा ज़्यादा घी डाल देती। उसके लिए आदरसूचक क्रियापद इस्तेमाल करने लगी—

"बालक अन्ते गये हैं, कल आयेंगे।"

"बालक गाँव जानेवाले हैं।"

कहती अभी भी बालक थी, पर मन में मनाती, "हे भगवान, मेरे बूढ़े होने से पहले ये जवान हो जाय।" अगले सात वर्षों में दो बातें ख़ास हुईं। एक तो ढूँढ़ाहेरा गाँव में जगह-जगह बड़ी-बड़ी बस्तियाँ बन गयीं, जिनमें बहुमंज़िली इमारतें खड़ी हो गयीं। खेतों, टूटी-फूटी सड़कों और गड्ढों के ऊपर ऐसी शानदार, जगमगाती बस्तियाँ बस गयीं कि ढूँढ़ाहेरा की तंग गलियाँ, कच्ची दुकानें और ढहते मकान नज़र आने भी बन्द हो गये। इन इमारतों में ऊँचे दामों पर मकान तैयार होते और हाथोंहाथ बिक भी जाते। ज़्यादा लोग दिल्ली या गुड़गाँव जाने के लिए घर से निकलते और साँझ ढले वापस आते। दिल्ली से पच्चीस-तीस मील की दूरी दिन में दो बार नापना उन्हें भारी नहीं लगता क्योंकि दिल्ली के मुक़ाबले यहाँ हवा और रौशनी साफ़ थी। घर पहुँचने पर राजधानी का शोरगुल, धूल और धुआँ सब भूल जाता। हर बस्ती के अन्दर वाहन खड़े करने के लिए विशाल पार्किंग की जगह थी, तरणताल था। कई बस्तियों में तो क्लब, जिम, ब्यूटी पार्लर और नर्सरी स्कूल भी खुल गये थे। ढूँढ़ाहेरा के श्रमिक वर्ग को इन बस्तियों में तरह-तरह के काम मिल गये।

दूसरी ख़ास बात यह हुई कि बालकराम ने पास के स्कूल में पाँचवीं कक्षा पास करने के बाद पढ़ाई छोड़ दी। उसे थोड़ी शर्म इसलिए भी आती थी क्योंकि कक्षा में वही सबसे लम्बा और उम्र में बड़ा लड़का था। अध्यापक उसे कक्षा में सबसे पीछे बैठाते और सबसे पहले सज़ा देते। उसकी मुश्किल यह थी कि पढ़ाई शुरू होते ही उसे नींद आने लगती। वह दीवार से सिर टेककर ऊँघने लगता। मास्टर उसे फुट रूलर से मारकर बार-बार जगाते, वह बार-बार ऊँघ जाता।

उसकी समस्या यह थी कि भाभी और अम्माँ उसे सुबह छह बजे जगा देतीं। एक-दो बार करवट लेकर वह सोने की कोशिश करता, पर अम्माँ मक्खी की तरह उसके सिर पर भिन-भिन्न करती जातीं, "पन्द्रह गाड़ियाँ साफ़ करनी हैं ए ब्लॉक में, सात गाड़ियाँ बी ब्लॉक में। साब लोगों को जल्दी रहती है सवेरे। तू काम नहीं करेगा तो कैसे होगा?"

बालक भुनभुनाता, "भाभी कर देगी न?"

अम्माँ चिल्लाती, "पोट की पोट कपड़े पड़े हैं, वोई तो इस्त्री फेर रही है भोरे से। फिर सबके घर पहुँचाने भी जायेगी।"

बालकराम उठता। थोड़ा-सा भीगा चना चबाकर पानी पीता, फिर बालटी और झाड़न लेकर बस्ती की ओर लपकता। दो-ढाई घण्टे की मशक़्क़त में वह सब गाड़ियाँ चमका डालता।

कलावती कई घरों के कपड़े ख़ुद पहुँचाती। लोग पुरानी चादर या तौलिये में लपेटकर कपड़े इस्त्री के लिए देते। उसी चादर या तौलिये में सलीक़े से तैयार किये, तहाये हुए कपड़ों की खेपें वह दुपहर तक पहुँचाती रहती। इस काम के पैसे तुरन्त मिल जाते, जिनसे घर के रोज़मर्रा के ख़र्चे निकलते।

बस्ती के लोगों को कलावती दूर से दिख जाती। न जाने किस कला-कौशल से वह तीन खेप सिर पर और चार पाँच खेप बाँहों पर थामे अपनी गली से चल कर बस्ती की लम्बी सड़क पारकर सूर्य किरण टावर्स तक आती। यहाँ पहुँचकर राहत यह थी कि उसे सीढ़ियाँ नहीं चढ़नी पड़तीं। हर ब्लॉक में स्वचालित लिफ़्ट लगी थी। वह मिनटों में तेरहवें, चौदहवें, ग्यारहवें माले पर कपड़ों की खेप पहुँचाकर पैसे ले लेती। फिर भी कभी-कभी कुछ कपड़े इस्त्री होने से रह जाते। उन पर इस्त्री फेर वह शाम को बालकराम को खेप पकड़ा देती कि वह साइकिल से पहुँचा कर आये। बालकराम यह काम ख़ुशी-ख़ुशी करता। कभी कपड़े ज़्यादा हुए तो वह साइकिल के कैरियर पर भतीजे महेन्द्र को बैठाकर, दो-तीन खेप उसे पकड़ा देता। वापसी में वह घरों से इस्त्री होनेवाले कपड़ों की पोट भी इकट्ठी कर लाता।

कभी-कभी घर लौटने में दोनों लड़कों को देर हो जाती। बस्ती से बाज़ार काफ़ी दूर था। सूर्य किरण के मकानों की गृहिणियों को कोई-न-कोई ज़रूरी काम याद आ जाता, "बालकराम, ज़रा बाज़ार से दूध ला दो।" "महेन्दर, नीबू ख़त्म है, जल्दी से ला दो।" किसी को समोसे मँगवाने होते तो किसी को केले। लड़के बिना बहाना बनाये सबकी फ़रमाइश पूरी करते। बदले में कभी उन्हें कोई दस का नोट पकड़ा देता या पुरानी टी-शर्ट। चटपट काम निपटाकर लड़के घर के रास्ते में एक जगह रुककर गुटके के पाउच ख़रीदते, मुँह में उँडेलते और थूकते, खँखारते मज़े-मज़े से घर पहुँचते। घर में अम्माँ और भाभी बिगड़तीं "तीन घण्टे में आये हो, यह क्या तरीक़ा है?"

भाभी कहती, “मैं तो पैदल जाकर भी घण्टा भर में लौट आऊँ तुम्हारी साइकिल भी मरी तीन घण्टे लगाये।”

बालकराम जेब से पैसे निकालकर अम्माँ के हाथ पर रख देता।

अम्माँ का पारा कुछ उतरता, पर भाभी मुँह फुलाये रोटी सेंकती रहती।

बालक ने देखा, अम्माँ कभी गिनकर हिसाब न लेती। वह जो ला देता, उसे माथे से छुआकर धोती के पल्ले में बाँध लेती।

भाभी हिसाब के मामले में ज़ालिम थी। उसको मुँह ज़ुबानी याद रहता किस घर के कितने कपड़े थे। वह बालक की जेब से पैसा-पैसा झड़वा लेती।

बालक की कोशिश रहती कि हिसाब अम्माँ के हाथ में दे।

दस-बीस रुपयों की हेराफेरी की आदत इसी तरह लगी थी बालकराम को। कार-पोंछाई के काम में जो गिनती बढ़ी, उसका भी खुलासा करना बालक को मंजूर नहीं था। वह सोचता, ‘मेहनत तो मेरी लगी, फिर मेहनताना भी मेरा।’

बालकराम का क़द छह फ़ीट हो गया था। उसका रंग साँवला था, मगर चेहरे पर जवानी की चमक थी। लगातार मेहनत से शरीर कसरती हो गया था। सूर्य किरण के घरों में रसाई होने की वजह से कई अंग्रेज़ी के शब्दों की जानकारी भी उसे हो गयी। हालाँकि उनका उच्चारण वह अपनी समझ से करता। जैसे फ्रिज को वह ‘फिरिज’ और ब्रेड को वह ‘बरैड’ कहता। मारुती उसके लिए ‘मारती’ थी तो होण्डा को वह हाण्डा कहता। कई घरों में टुकड़ा-टुकड़ा टी.वी. कार्यक्रम देख कर उसे हीरोगीरी, मारधाड़ और रोमांस का भी अन्दाज़ा लगने लगा था। कुछ परिवारों ने सेविकाएँ या आया रखी हुई थीं। वहाँ कपड़े लेने और देने का काम यही वर्ग करता। कुछ घरों में, जैसे ज़ैदी डॉक्टर और डॉक्टरनी के यहाँ चौबीस घण्टों की हाउसकीपर बसन्ती जैसी लड़कियाँ थीं। यह सेविका प्लेसमेंट एजेंसी को तगड़ी फ़ीस देकर मँगायी गयी थी, जिससे ग्यारह माह के लिए डॉक्टर दम्पति निश्चित हो गये थे। बसन्ती झारखण्ड के आदिवासी क्षेत्र की लड़की थी, लेकिन इससे पहले वह कई घरों में काम कर चुकी थी। डॉक्टर ज़ैदी के यहाँ का काम उसे पसन्द था लेकिन जब पति-पत्नी दोनों अस्पताल चले जाते, वह बहुत बोर होती। इस्त्रीवाले कपड़े देने और लेने के सिलसिले में उसी ने बालकराम को छेड़ने में पहल की। एक दिन वह कपड़े लेने गया तो बसन्ती ने कहा, “अपना मोबाइल दिखा तो?”

“क्या काम है तेरे को?”

“पहले दिखा न, मैंने बोला।”

बालकराम ने अपना मोबाइल उसके हाथ में दिया।

बसन्ती ने शोख़ी से कहा, "हः यह तो बण्डल फ़ोन है, नोकिया।"

"तेरे पास कौन-सा है?"

बसन्ती ने अपना मोबाइल दिखाया। डॉक्टरनी ने उसे अपना पुराना सैमसंग मोबाइल दे रखा था ताकि बीच-बीच में घर का हालचाल ले सके। यह हैंडसेट नोकिया से थोड़ा बड़ा और चौड़ा था।

बालकराम ने बुद्धि लड़ायी, "मेरे मोबाइल में सारा दिन गाना बजता। दोनों कानों में इसका पिलग लगाकर मैं मज़े से सुनता।"

"मेरे को भी सुना न?"

"अभी मैं पिलग नहीं लाया। तू जल्दी कपड़े दे मेरे को, देर हो रही है।"

"पहले अपना मोबाइल नम्बर दे। जभी कपड़े होंगे मैं तेरे को मिस्ड कॉल मारूँगी।"

दोनों ने मोबाइल नम्बरों की अदला-बदली की।

बसन्ती दिन में कई बार बालकराम को मिस्ड कॉल मार देती।

घर में भाभी डपटती, "क्या है बालक, बहुत फ़ोनबाज़ी करे लगा है तू?"

"नहीं भाभी, जज साब के घर से फ़ोन आया लगता है। मैं आज गया नहीं न, वई मारे।"

बालकराम बहाना बनाकर बाहर निकल जाता। हिसाब में हेराफेरी, घर लौटने में देरी और देसी दारू की पन्नी पीने की लत इन्हीं दिनों लगी थी उसे।

जब पन्नी पीकर आता उसे बेतहाशा भूख लगती। कभी वह आधा पतीला चावल खा डालता, कभी आठ रोटियाँ। कलावती ख़ुश होती कि बालकराम में मर्दोंवाली आदतें आ रही हैं, पर उसके मुँह से आती अजब गन्ध उसे नागवार लगती। ऐसे दिन कलावती अपना बिस्तर उससे दूर, बच्चों के पास बिछाती। घर में एक ही कोठरी सोने लायक थी। सब इकट्ठे सोते। अम्माँ बालकराम की हरकतें देखती, पर चुप लगाये रहती। बेटा ऐन-मैन अपने बाप पर पड़ा था। बुढ़ऊ भी तम्बाकू और ताड़ी पर जान देता था। अन्त समय में जब वह पेट की पीर से दोहरा हो रहा था, घर के लोगों ने उसे डॉक्टर के यहाँ चलने का इसरार किया। बुढ़ऊ ने तड़पते हुए कहा, "डॉक्टर क्या कर लेगा, जल्दी से पउआ मँगा दो।"

अम्माँ का सोचना था कि पढ़े-लिखे घरों की बस्ती में काम करने से बालकराम अपने आप सुधर जायेगा। कभी वह उसे समझाती "देख बालकवा,

ज़िम्मेदारी से काम किया कर। घर में तीन बच्चे हैं, इन्हें हीले से लगावेगा या ये ऊँट की तरह बड़े होते जायेंगे? तू तो इधर जा, उधर जा। तेरा पता ही नहीं चलता।"

"स्कूल जा तो रहे हैं ये तीनों। भेजा होगा तो आपेई सीखेंगे।" बालकराम बात टाल जाता।

उसकी पीठ पीछे कलावती सास से कहती, "बालकराम के लच्छन अच्छे नायँ। सारा दिन बस्ती के घरों में क्या करता है? घर में टिककर बैठना नहीं होता इसपे।"

"अभी गधाबीसी की उमर है, तू धीरज रख। एक दिन येई तेरे काम आयेगा।"

दिन-रात की जी तोड़ मेहनत से कलावती का जिस्म थकने लगा था। कभी टाँग में दर्द उठता तो कभी दाँत में। खड़े-खड़े कपड़ों पर इस्त्री फेरने में कमर अलग अकड़ जाती। कभी ऐसी हालत हो जाती कि घरों में कपड़ों की खेप पहुँचाना उसके बस की बात न होती। धीरे-धीरे यह काम बालकराम और महेन्द्र के ज़िम्मे हो गया। कलावती दोनों पर चिल्लाती रहती "सैंकड़े कपड़े से कम नहीं रहे और तुम ये ढाई सौ रुपल्ली लेकर आये हो?" पहली तारीख़ को वह गाड़ियों के पैसे वसूली पर भी गुस्सा करती। एक गाड़ी की सफ़ाई-पोंछाई का तीन सौ रुपये महीना मिलता। बालकराम और महेन्द्र मुश्किल से चार साढ़े चार हज़ार लाकर उसके हाथ पर रखते। कभी कहते, चार घरों ने मना कर दिया। कभी कहते, जेब कट गयी। अम्माँ भी किचचिकाती। बालकराम कहता, "कई साहब लोगों ने कहा है बाद में लेना।"

हालत यह थी कि कच्चे कोयले का दाम चढ़ता चला जा रहा था, पर इस्त्री की दर वही तीन रुपये चल रही थी। लोहे की भारी इस्त्री उठा-उठाकर कपड़ा दबाना और तहाना थकाऊ और उबाऊ काम था। अम्माँ किसी तरह चौके का काम लश्टम-पश्टम पार लगाती। छोटे लड़के राजू और बिरजू स्कूल से आकर गली में गेंदतड़ी खेलते। महेन्द्र ने भी पाँचवीं पास कर स्कूल छोड़ दिया, पर वह कभी-कभार चार-पाँच कपड़े इस्त्री करता। वह कपड़ों की तह इतनी ख़राब लगाता कि ग्राहक खरी-खोटी सुनाने लगते। कई लोग तो कपड़े वापस भेज देते कि फिर से इस्त्री करवाकर लाओ। ऐसे कपड़ों पर दूनी मेहनत पड़ती।

एक शाम कलावती के दाँत में दर्द का ज़ोर बढ़ गया। दाँत के नीचे लौंग दबाई, फिर भी कोई आराम नहीं पड़ा। हारकर वह महेन्द्र और बालकराम के

सहारे घण्टाघर पर दाँत के डॉक्टर के पास गयी। डॉक्टर ने दाँतों की जाँच कर बताया, "ऊपर नीचे की दो दाढ़ों में कीड़ा लगा है। निकालनी पड़ेंगी।" डॉक्टर ने दवाई लिखी और कहा, "तीन दिन सुबह-शाम यह दवा खाओ। इससे दर्द कम हो जायेगा, पर दाढ़ तो निकालनी पड़ेगी।"

उस दिन कलावती से कोई काम नहीं हुआ। मेज़ पर कपड़ों का अम्बार लगा था। बहुत कहने पर बालकराम ने एक बार इस्त्री गरमायी और बीस-बाईस कपड़े करने तक वह पसीने से बेहाल हो गया। अभी इस्त्री में इतनी गरमाई थी कि छोटे कपड़े वह निपटा सकता था, पर वह इस्त्री ईंट पर रखकर बाहर हवा खाने चला गया। साइकिल पर इधर-उधर घूमते उसके पाँव अपने आप सूर्यकिरण टावर तक पहुँच गये। उसने डॉक्टर के घर की घण्टी बजायी। दरवाज़ा खुलने में देर हुई। उसने एक बार फिर घण्टी बजायी। इस बार दरवाज़ा खुला। बसन्ती ने अपने खुले बाल पीछे बाँधते हुए कहा, "तू कायको आया? मैंने तो तेरे को नहीं बुलाया।"

तभी घर के अन्दर से पहली मंज़िल वालों के घर का ड्राइवर सादिक़ निकल कर सीढ़ियों के रास्ते नीचे उतर गया।

बालकराम को धक्का लगा। उसने कहा, "कितने लोगों से दोस्ती रखती तू? शरम नहीं तेरे को?"

बसन्ती ने हिमाकत से जवाब दिया, "तू अपनी भाभी के पल्ले से बँधा रहता है तो मैं क्या किसी से बात भी न करूँ?"

बालकराम को बुरा लगा। उसे झिड़की खाने की आदत नहीं थी। सूर्यकिरण टावर के घरों में वह सबके छोटे-बड़े काम पार लगाता था, कोई भी उससे बिगाड़ नहीं करता था। किसी के भी घर में बसन्ती जैसी मुँहफट और बददिमाग़ नौकरानी भी नहीं थी। घर में माँ और भाभी के बीच उसे प्यार ही प्यार मिलता।

वह नीचे उतर गया और उसने सोचा, अब डॉक्टर लोगों के कपड़े लेना बन्द कर देगा। उनकी गाड़ी साफ़ करने से भी इनकार कर देगा। अगर वे पूछेंगे तो साफ़ कह देगा कि उनकी काम करनेवाली बदमाश है, उनकी ग़ैरहाज़िरी में लड़कों को घर बुलाती है। हालाँकि वह खुद भी उन्हीं में से एक था, उसे यह जानकर ही चोट लगी कि बसन्ती के और भी दोस्त हैं। कहाँ तो वह सोच रहा था कि किसी दिन भाभी की आँख बचाकर उनकी बकसिया में से झुमकी निकाल कर बसन्ती की नज़र कर देगा, कहाँ उसे अब बसन्ती के नाम से भी चिढ़ हो रही थी। भाभी और माँ के प्यार-दुलार के बीच पला बालकराम अन्दर ही अन्दर अकड़ू और अक्खड़ भी कम नहीं था।

डॉक्टर ने कलावती की ऊपर और नीचे की कीड़ा खायी दाढ़ें निकाल दीं। उसे दर्द से तो निज़ात मिली, पर मुँह एक तरफ़ से पोपला हो गया। कलावती अपनी उम्र से ज़्यादा बड़ी लगने लगी। सास ने बहू में होते सब ढलान देखे और चुपके-चुपके बालकराम के लिए किसी लायक़ लड़की की तलाश में लग गयी। गाँव-बिरादरी के रजक समाज में भी उसने खोजबीन शुरू की।

कलावती को यह सब पता ही न चलता अगर उस दिन वह सूर्यकिरण टावर्स की दूसरी मंज़िल पर कपड़ों की खेप देने न गयी होती। उनके यहाँ क्वालिटी लॉण्ड्रीवालों का कर्मचारी राजू बरामदे में रख कर सोफ़ा ड्राईक्लीन कर रहा था। राजू बालकराम का दोस्त था। उसने कलावती से कहा, "बड़ी कड़ी धूप में तुम चक्कर लगाती हो भाभी। बालकराम का ब्याह कर दो तो बहू करे ये सारे काम। तुम आराम से घर बैठे इस्त्री फेरा करो।"

कलावती बोली, "मेरे पाँवों में क्या मेहँदी लगी है जो मैं घर बैठूँ?"

राजू ने कहा, "फिर भी भाभी। अब तुम्हारी उमर हो चली।" कलावती को बुरा लगा, पर चुप साध गयी। लौंडे-लपाड़ों के मुँह कौन लगे? कलावती को तो यह भी ख़बर नहीं थी कि इस टावर में परिवारों के बीच उसको और बालकराम को लेकर क्या लतीफ़ा चलता था। उसकी पीठ पीछे सब यह बात सुनाकर अपना मनोरंजन करते कि बालकराम उसके लिए 'भाभी' सम्बोधन इस्तेमाल करता है जबकि वह बालकराम के लिए 'वो' कहती है। जब वह तैयार कपड़ों की खेप लाती, लोग उसी चक्कर उसे अगले कपड़ों की पोट पकड़ाने की कोशिश करते। वह पसीना पोंछती हुई कहती, "शाम को वो आयेंगे तो साइकिल पर कपड़े ले जायेंगे।" बालकराम को जब गाड़ी पोंछने का मेहनताना वसूलना होता वह आकर कहता, "हमारी भाभी ने पैसे मँगाये हैं, आज ज़रूर से दे दें। उन्हें बीसी जमा करनी है।"

इधर कलावती को घर के रंग-ढंग कुछ बदले नज़र आ रहे थे। अम्माँ आस-पड़ोस में जाकर लम्बी बैठकी लगाती और चौके की तरफ़ ध्यान न देती। हारकर कलावती को इस्त्री छोड़ कर चौका-चूल्हा करना पड़ता। वह अपने बच्चों से काम में मदद को कहती, वे भी बहाना बनाकर बाहर सटक जाते। बालकराम आधे-पौने पैसे लाकर देता। जब कलावती हिसाब माँगती वह कहता, "अम्माँ ने सौदा मँगाने को ले लिये।" कलावती का जी कुढ़कर रह जाता। मेहनत-मशक़्क़त के सारे काम उसके मत्थे पड़ गये थे। अम्माँ उससे लड़ाई-झगड़ा तो न करती, पर कोई सहयोग भी न करती। कभी गाँव चली जाती तो महीना भर वहीं रह

जाती। कलावती की भाग-दौड़ इस्त्री और बटलोई के बीच बढ़ जाती। ज़्यादातर वह दाल भात या खिचड़ी बना डालती। रोटी पकने में देर लगती। एक बार इस्त्री तपाने के बाद वह पच्चीस-तीस कपड़े तो कर ही डालती। किसी दिन उसका ख़ुद का मन दाल-भात से ऊब जाता तो वह नमक-अजवायन डालकर पराँठे सेकती और पतीला भर चाय बना लेती। बालकराम को ज़बरदस्ती इस्त्री थमाती और लाड़ से धमकाती—"धोबी की जात, इस्त्री से दूर भगेगा तो खायेगा क्या? मुझे देख, दिन भर में डेढ़-दो सौ कपड़े करती हूँ। ज़रा मेरे हाथ देख, कैसे कर्रे हो गये हैं लोहा पकड़ते।"

बालकराम थोड़ी देर काम में चित्त लगाता। तभी उसका कोई फ़ोन आ जाता और वह कान पर फ़ोन लगाये-लगाये बाहर चला जाता। एक बार तो गाहक की कमीज़ ही जल गयी इस फ़ोन के चक्कर में। बालकराम घर में हो तो उसे डाँटा जाये। उसका तो शाम तक अता-पता ही नहीं मिलता। कलावती महेन्द्र से पूछती, "तेरा चाचा कहाँ चला गया, जाकर देख तो।" मेहेन्दर, मन्दिर के चौंतरे तक जाकर लौट आता और बताता, "चाचा अपने पते-ठिकाने पर ही नायँ।"

कलावती ने तय किया, इस बार अम्माँ गाँव से आयेगी तो वह बालक को सामने बिठाकर साफ़ बात करेगी। घर में सब अपनी मनमर्ज़ी कर रहे थे। कलावती के ऊपर तिहरी मार पड़ रही थी। वह कपड़े इस्त्री करे, बस्ती में घर-घर पहुँचाने जाये और चूल्हा-चौका भी वही सँभाले। न सास का पता न उसके सपूत का।

अगले दिन धूप चढ़े ढूँढ़ाहेरा में कलावती के घर के दरवाज़े एक टैम्पो आ कर ठहरा। टैम्पो खचाखच भरा हुआ था। उसमें से सबसे पहले बालकराम कूद कर उतरा। उसके बाद नयी, छींट की पीली धोती पहने अम्माँ उतरी। बालकराम ने कच्चे बरामदे में पड़ा तख़त दिखाते हुए मेहमानों को बैठने को कहा।

अम्माँ के हाथ में लम्बा-सा टाट का थैला था। उसने आवाज़ लगायी, "कलावती, नैक सामान पकड़ ले और पानी पिला। अभी चैत से ही कैसी कर्री धूप पड़ रई है।"

महेन्दर आकर दादी के हाथ से थैला ले गया। टैम्पो से उतरे लोग तख़त पर बैठ गये। बालकराम लपककर बग़ल की दुकान से पेप्सी की बड़ी बोतल और काग़ज़ के गिलास ले आया।

अम्माँ मेहमानों को पेप्सी भरकर गिलास देते हुए कहने लगी, "हमारी बड़ी बहू बड़ी कमेरी है। एक मिनट ख़ाली नायं बैठे। आप जानो कपड़े का काम बड़ा

जाँगर वाला होवै। मैं तो कहूँ बहू, अब तू दो घड़ी आराम कर। मैं और छोटी बहू मिलकर सकेर लेंगे सब काम, पर वह मानै तब न?"

कलावती के मन में तूफ़ान उठा। आख़िर जिस बात का इत्ते दिनों से खटका था, वह ड्योढ़ी पर आ ही गयी। महीना भर गाँव में रहकर सास ने भाड़ नहीं झोंका। वह बालकराम का रिश्ता ढूँढ़कर लायी। कलावती का दिमाग़ गुस्से और गरमी से घूमने लगा। इतने लम्बे समय तक अम्माँ ने उसे झूठे सपने दिखाकर, मेहनत से हिलगाये रखा। घर की घर में उसका जाँगर लुट गया। उसने इस गृहस्थी को चलाने में रात-दिन बीस-बीस घण्टे काम किया। बालकराम को जवान करने में वह आप अधेड़ हो गयी।

इस बीच बालकराम ने खरबूज़े और तरबूज़ काटकर थाली में सजाये। भाभी के पास आकर उसने हँसते हुए भाभी से पूछा, "भाभी, तुम जाओगी कि मैं देने जाऊँ?" कलावती ने जलती आँखों से बालकराम को देखा। एक झटके में कलावती ने गरम इस्त्री उठायी और भरपूर बालकराम के मुँह पर दे मारी, "तेरे को सरम न आये। मेरे मुँह के आगे दाँत काढ़कर हँस रहा है। हरजाई कहीं का!"

"हाय अम्माँ री, बचइयो। मोय भुरस दियो भाभी ने।" चिल्लाते हुए बालकराम मुँह पर हाथ रखता कमरे की पड़हरी की तरफ़ भागा, जहाँ पानी से भरे घड़े रखे हुए थे। महेन्दर, चाचा के पीछे लपका।

कलावती ने इस्त्री ईंट की बनी पटिया पर पटकी और अन्दर जाकर कोठरी में बन्द हो गयी।

गड़बड़ी भाँपकर मेहमान अम्माँ के साथ ही अन्दर चले आये।

"गरम इस्त्री छू गयी लड़के को। क्या हुआ! कोई कहासुनी हो गयी क्या?" मेहमानों ने पूछा।

अम्माँ फ़ौरन सिल पर कच्चा आलू पीसने बैठ गयी। साथ में महेन्दर को समझाने लगी, "पानी न डाल, मुँह पर फफोला पड़ जायगा।" आँखों ही आँखों में सलाह कर मेहमान वापस बाहर चले गये।

थोड़ी ही देर में टैम्पो की घर्र-घर्र सुनायी दी। मेहमानों को लेकर टैम्पो खड़-बड़ करता वापस जाता सुनाई देने लगा।

सेकेंड हैंड

नया घर तैयार था अर्थात् उसकी क़िस्तें दे दी गयी थीं और उसका पंजीकरण हो चुका था। ब्राह्मण दोस्त अजित शुक्ल ने एक सुबह आकर गृह प्रवेश का अनुष्ठान भी कर डाला। अब हमें अपने टीन-टपारे के साथ यहाँ पहुँचना भर था। जब पुराने घर से सामान बँधने लगा तो पाया कि कई चीज़ें ऐसी दशा में थीं कि वहीं जमी रहतीं तो अभी कुछ वक़्त साथ देतीं, लेकिन उठाकर पैक करवाने में उनकी हड्डी-पसली चरमरा जाती। कष्ट तो बहुत हुआ, पर अपने प्यारे मूढ़े, गुसलख़ाने के रैक, ज़मीन पर बिछनेवाली दरी और डबलबेड वहीं छोड़ना पड़ा। पलँग पास न हो तो गद्दे और भी भद्दे लगते हैं। देखकर अचरज हुआ इतने बदरंग गद्दों पर ऐसे रंगीन सपनोंवाली सुखकर नींद कैसे लेते रहे।

ख़र्च पहले ही बहुत हो चुका था। लव सिनहा का ही नहीं उसके संगी-साथियों का भी। एक दोस्त ने नये घर में पंखा लगवा दिया और पर्दे। दूसरे दोस्त ने गीजर फ़िट करवा दिया। एक दोस्त ने चार मूढ़े भेंट कर दिये। पलँग का सवाल अभी भी मुँह उठाये खड़ा था। रोली सिनहा 'टाइम्स ऑफ़ इण्डिया' में रोज़ विज्ञापनोंवाला पृष्ठ निकालकर देखती। एक से एक नायाब फ़र्नीचर के उपकरण उपलब्ध थे। बस उनकी क़ीमत उसकी पहुँच से परे थी। कोई भी उपकरण तीस-पैंतीस हज़ार से नीचे नहीं था।

अन्दर के कमरे में रोली ने ज़मीन पर दरी बिछायी और उस पर गद्दे डाल कर चादर बिछा दी। कमरा बुरा नहीं लग रहा था, लेकिन मन में यह खटकता रहा कि आज तक कभी ज़मीन पर बिछे बिस्तर पर नहीं सोये। आधी रात में पानी पीने की तलब या बाथरूम जाने की ज़रूरत होती तो ज़मीनी बिस्तर से उठना तकलीफ़देह होता। हर सुबह यह भी अहसास होता कि कामवाली बाई आधे कमरे का झाड़ू-पोचा कर पूरे कमरे की दर से तनख़ा झटक रही है।

जो भी कोई मित्र हितैषी फ़ोन पर पूछता, "कहिये, नये घर में जम गये आप लोग?"

रोली के मुँह से निकलता, "अभी कहाँ? अभी तो डबल बेड ही नहीं आया है।"

यों तो बहुत-सी चीज़ों का घर में अभाव था। बैठक में सोफ़े की जगह बस चार मूढ़े और दो प्लास्टिक की कुर्सियाँ थीं। एक छोटी गोल मेज़ थी, जिस पर अख़बार पड़े रहते। चाय पीते समय काफ़ी असुविधा होती। रोली ने इसका हल इस तरह निकाला कि वह रसोई से ही चाय ढालकर ले आती। बिस्किट की प्लेट वह गोल मेज़ पर अख़बारों के ऊपर रख देती कि जिसकी मर्ज़ी हो, उठकर ले ले। लेकिन अख़बारों पर कुछ भी रखते ही लव भड़क जाता, "फ़ौरन उठा लो यह मुसीबत। नये अख़बार पर कैसे तुम रख डालती हो कोई भी चीज़? यह आज का अख़बार है। रात भर जागकर तैयार किया जाता है इसे।"

पत्रकार ठहरा लव सिनहा। अख़बार उसे दुनिया की सबसे ज़रूरी और क़ीमती चीज़ लगता। वह ख़बर से ख़बर तक का सफ़र रोज़ तय करता और अपना जीवन सार्थक मानता। घर में क्या है और क्या नहीं, इसके प्रति वह बेफ़िक्र रहता।

एक सुबह जब रोली ने उसे चेतावनी दे दी कि वह ज़मीनवाले बिस्तर पर और नहीं सो सकती, लव ने लापरवाही से कहा, "उसमें क्या है? शाहबेरी में पुराने फ़र्नीचर की एक से एक दुकान है। कहीं से भी सेकेंड हैंड डबलबेड ख़रीद लाओ।"

"नहीं..." रोली ने इतनी ज़ोर से चिल्ली मारी कि लव एकदम हक्का-बक्का रह गया।

"अब मैं तुम्हारे लिए लकड़ी ख़रीदकर ख़ुद तो बिस्तर बनाऊँगा नहीं।" कहकर वह दफ़्तर चला गया।

रोली मूढ़े पर त्रस्त, ध्वस्त बैठी रह गयी। सेकेंड हैंड चीज़ों से चिढ़ के पीछे एक पीड़ादायक इतिहास छुपा था। उसे बड़ी ज़ोर-से यह तथ्य तलवार की तरह चुभा कि लव सिनहा ने उसे अपनी पहली शादी के बारे में बताये बिना उससे शादी की थी। 'दिल्ली समाचार' के दफ़्तर में वह लंच के समय अकेला बैठा कॉफ़ी और मसाला दोसा खाता गोया उससे खेलता। रोली जब भी कभी उसकी तरफ़ ध्यान देती तो उसे लगता, कितना अभागा अकेला है यह शख़्स, जिसे घर से दो पराँठे सेंककर देनेवाला भी कोई नहीं है।

एक दिन उसने पूछ ही लिया, "क्या बात है, घर से खाना क्यों नहीं लाते हो?"

लव का गोरा चेहरा लाल हो गया। सँभलकर उसने नाटकीय अन्दाज़ में कहा, "मैं तो बेघर हूँ।"

रोली को कौतूहल हुआ। तीन साल से इस संस्थान में है, उससे पहले भी कहीं काम किया होगा। मतलब, तीस-बत्तीस का होकर भी बेघर यानी बिन ब्याहा। लव ने जैसे उसके प्रश्न पढ़ लिए और कहा, "क्या करूँ? एक हेडलाइन से दूसरी हेडलाइन का पीछा करते कभी वक़्त ही नहीं मिला कि अपनी लाइफ लाइन का पीछा करूँ।" रोली भी कुछ-कुछ इन्हीं कारणों से अब तक अविवाहित थी। पहले पढ़ाई, बाद में नौकरी ने इतना वक़्त छीन लिया कि अपने बारे में सोच नहीं पायी। अब तीस की होने आयी तो पाया, उसकी उम्र के सभी लड़के शादी करके पहले ही घर बसा बैठे हैं। 'दिल्ली समाचार' में भी उसकी नौकरी अस्थायी थी।

अपना-अपना अकेलापन लेकर लव और रोली क़रीब आये। दोनों को लगा कि अलग-अलग पतों के मकानों में अकेले पड़े रहने से अच्छा है वे एक ही मकान में रहने लगें। दफ़्तर एक है तो घर भी एक हो सकता है। घर-बार की जानकारी न उन्होंने माँगी न चाही। रोली ने जब-जब कहा, "पता नहीं, तुम्हारे घर के लोग हमारा रिश्ता मानेंगे या नहीं।"

लव ने कहा, "सबसे अच्छा है, किसी को ख़बर ही न करो। जब शादी हो चुके और कोई ज़रूरत ही पड़ जाये तभी बताओ। फिर वे क्या कर लेंगे? तुम भी ऐसे ही करो।"

रोली के मन में तड़-फड़ हुई। हर लड़की अपनी शादी की कल्पना धूमधाम, उत्सव और भीड़-भड़क्के से करती है, लेकिन उसके अपने परिवार में यह सब आयोजित करने वाला कोई नहीं था। रोली अपने परिवार की लाचारी जानती थी। माँ चलने-फिरने में असमर्थ और भाई उनकी सेवा की आड़ में अपनी बेरोज़गारी छुपाने में माहिर। बस, यही दो थे उसके परिवार में। अन्य सभी रिश्ते-नाते पापा की मौत के बाद ठण्डे पड़ गये थे।

"तुम्हारे घर में कौन-कौन है?" जैसे सवाल पर लव ने हँसकर कहा, "मेरे घर में कबूतर हैं, गौरैया है, दो-चार गिलहरी भी हैं, एक मिट्ठू तोता है और अब तुम आ जाओगी तो घर पूरा हो जायेगा यानी बस जायेगा। कुछ पौधे हैं जो सूख रहे हैं। तुम्हारे आने से सबको दाना-पानी मिलेगा।"

बड़ा लाड़ उमड़ा था रोली के मन में। इस आदमी का घर इतना वीरान और उजाड़ है कि वहाँ पंछियों ने डेरा बसा लिया है। अगर बिजली चली जाये तो इसके घर में मोमबत्ती जलानेवाला भी कोई नहीं है।

यह भावना बढ़ते-बढ़ते करुण प्रेम बनती गयी। उसने अपनी बाई से लव के लिए भी खाना बनवाना शुरू कर दिया। रोली को जैसे इसमें सुख मिलने लगा कि

वह हर काम सिर्फ़ अपने लिए न कर, लव के लिए भी करे। यहाँ तक कि वह डबल रोटी ख़रीदती तो एक की बजाय दो ख़रीद लेती। दुकान पर अपने लिए गरम कपड़ा लेने जाती तो लव के लिए भी ले आती। लव सिनहा मौन भाव से सभी सौगात स्वीकार कर लेता। कभी किसी महँगी चीज़ पर बोल पड़ता, "तुमने मेरे ऊपर इतना ख़र्च क्यों किया? मुझे ज़्यादा सामान बवाल-ए-जान लगता है।"

रोली हँस पड़ती " 'यह एक ख़रीदो एक मुफ़्त पाओ' वाला है।"

चन्द दोस्तों और सहकर्मियों की मौजूदगी में वे विवाह बन्धन में बँध गये। दफ़्तर की मेज़ पर चाय-बिस्किट से उन सबने मुँह मीठा किया और रोली अपने घर की बजाय लव के घर चली गयी। बहुत जल्द समस्त फेर-बदल हो गये। उसकी बाई अब गाँधीनगर की जगह कविनगर में आकर खाना बनाने लगी। बैंक के खाते एकल की जगह संयुक्त हो गये और बसों की क़तार में खड़े होने की बजाय रोली लव की मोटरबाइक पर नज़र आने लगी।

ज़िन्दगी आराम से गुज़र रही थी कि यकायक एक दिन बाई ने उसे डाक लाकर दी। कई पत्र-पत्रिकाओं के अलावा उसमें एक पोस्टकार्ड था। रोली ने ग़ौर किया कि बिना विराम चिह्नों के टेढ़ी-मेढ़ी इबारत में लिखा यह ख़त लव को सम्बोधित था। दूसरे का ख़त पढ़ना अनुचित है, जानकर भी रोली अपने आप को ख़त पढ़ने से रोक न सकी। ख़त में लिखा था—"परम प्यारे लब्बू बेटा, तुझे गये ज़माना बीत गया। तू लौटा नहीं। तेरी बहुरिया बड़ी बीमार है। उसे दिक हो गयी है। हम सबकी बिनती है कि जीते जी तो नहीं, पर मरने पर तो उसे सुहागन का मान दे जा। एक बार आकर शकल दिखाने में तेरा क्या जाता है तेरा ससुर गया प्रसाद।"

रोली का दिमाग़ चकरघिन्नी हो गया। इस आदमी की यह हिम्मत कि एक पत्नी के होते दूसरी शादी कर आराम से रह रहा है? इतना धोखा? रोली बौखलायी हुई इस कमरे से उस कमरे में घूमती रही। उस वक़्त उड़नछू हो गया सारा प्यार। उसके मन में हाहाकार शुरू हो गया यानी पाँच साल से वह एक सेकेंड हैंड रिश्ते में फँसी हुई है।

रात जब लव सिनहा घर आया, घर का मिज़ाज बदला हुआ था। रोली क्रन्दन कक्ष में पड़ी हुई थी। बाई काम करके जा चुकी थी। मेज़ पर गया प्रसाद का ख़त पड़ा था।

उसने ख़त पढ़ा, एक नहीं दो बार। वह अन्दर कमरे में गया। उसने कहने की कोशिश की कि यह ख़त झूठा है। वह किसी गया प्रसाद को नहीं जानता।

ज़रूर यह किसी दोस्त बनाम दुश्मन की हरक़त है। रोली धुएँ का बादल बनी हुई थी। "तुमने मुझसे झूठ बोला। तुमने दो औरतों पर ज़ुल्म किया। तुम धोखेबाज़, तुम मक्कार हो।"

लव ने रोली को ज़बरन उठाया।

"सुनो, पहले मेरी बात सुननी पड़ेगी तुम्हें। जब मैं बारह साल का था, मेरी शादी इस तेरह साल की बेला से हुई थी। मुझे ठीक से याद भी नहीं उसकी सूरत। उसके पिता का नाम भी मैंने उड़ता-उड़ता सुना था।"

"मैं तो स्कूल में पढ़ता था। शादी के दिन मैं ख़ूब रोया कि मेरा पढ़ना छूट जायेगा। मेरे पिताजी बोले, "अभी हम गौना नहीं लेंगे। तू आराम से पढ़।"

"मेरी सच मानो, मैं पढ़ते-पढ़ते ही बाहर चला गया। आज तक मेरा कोई सम्बन्ध इस लड़की से नहीं हुआ। मुझे तो उसकी सूरत भी याद नहीं। रोली सुन कर थोड़ी-सी शान्त हुई, पर कई दिन शॉक में रही। वह रात में ध्यान-से लव के चेहरे को देखती, कहीं यह कुछ और छुपा तो नहीं रहा? यह भाव तो उसके अन्दर बैठ ही गया कि उसे नया नकोर नहीं, सेकेंड हैंड जीवन साथी नसीब हुआ।

तभी से रोली को सेकेंड हैंड चीज़ों से चिढ़ हो गयी।

ठसक

हम सभी युवा थे। सभी पढ़ रहे थे। सबको लिखने की धुन सवार थी। दरअसल, लिखना अभी हमारे लिए एक निजी खिड़की बना हुआ था जिसके रास्ते हम अपने सुख-दुःख, गुस्सा-ख़ुशी, उदासी, प्रेम और नफ़रत देख सकते थे। इधर हम अख़बार नियम से पढ़ने लगे थे। अब ख़बरें हम पर गहरा असर छोड़तीं। हम घण्टों ख़बरों पर बहस करते और अपने आपको क्रान्तिकारी बुद्धिजीवी मानते।

एक अजीब बात यह थी कि अक्सर जो लोग कम लिख रहे थे, ज़्यादा लिखनेवालों को हिकारत की नज़र से देखते और जो ज़्यादा लिख रहे थे, कम लिखनेवालों को। कुछ ऐसे लेखक थे जो जितना कुल लिखते, सब का सब छपवा लेते। वे अन्य साथियों को ग़ैर कामयाब समझते। हम लोग उन्हें लिक्खाड़ व्यावसायिक और दुनियादार कहकर उन अख़बारों की खिल्ली उड़ाते, जिनमें वे छपते। वे अपने मानदेय और रॉयल्टी की रक़म बढ़ा-चढ़ाकर बताते और हम मन-ही-मन कुढ़ते हुए अपनी बस की टिकट और कॉफ़ी का वज़न उन पर डाल देते। बस्ती में कोई प्रकाशक या सम्पादक आता तो इन लोगों की चुस्ती देखने क़ाबिल होती। ये गोष्ठी आयोजित करते, जिसमें हम कुछ इस अन्दाज़ में शामिल होते कि हमें छेड़ करके तो देखो। आजकल अजीब रास्तों से साहित्य व संस्कृति के दाख़िले की ख़बरें आ रही थीं। यहाँ की नगरपालिका ने निर्णय लिया कि वह कुछ अच्छी कविताएँ और सूक्तियाँ अपने सार्वजनिक मूत्रालयों, रैनबसेरों और कूड़ाघरों पर सुन्दर अक्षरों में लिखवा देगी, जिससे लोगों का ज्ञानवर्द्धन हो और वे इन स्थानों का सदुपयोग व सम्मान करना सीखें। इस अभियान में तुलसी-मीराँ-सूर-कबीर तो काम आये ही, कुछ नये और युवा कवियों की रचनाएँ भी माँगी गयीं। ऊँचे मानदेय पर कविताएँ ली गयीं। कपिल आर्य और साहिल मिर्ज़ा ने अपनी रचनाएँ दे दी थीं। दोस्तों के बीच उनका मज़ाक़ उड़ा, लेकिन उन्होंने तर्क दिया, "जब महाकवि दीवारों पर छप सकते हैं तो हम क्यों नहीं?

इसी बहाने लोग हमें पढ़ेंगे तो सही।" कुशाग्र की दृष्टि में यह साहित्य का बाज़ारीकरण था। वह कहानी लिखता था और उसे बाज़ार की शर्तें कुबूल नहीं थीं। मुट्ठी भर जमात ऐसे कलाकारों की थी जो इस ख़िलाफ़ हवा में भी अपने सफ़र में आगे बढ़ रहे थे। ये ज़रा मरजीवड़े क़िस्म के इन्सान थे—कोई लेखन के क्षेत्र का तो कोई चित्रकला और संगीत के इलाक़े का। इनमें दो रंगकर्मी भी शामिल थे। किसी-न-किसी बात पर ये आये दिन खलबलाते।

"नहीं बेचूँगा अपनी तस्वीर बीड़ी किंग लालजी भाई को। वह दस हज़ार की बोली लगा रहा है।" राजन सिर को झटकता हुआ अपना गुस्सा जताता। "तुम नहीं दोगे तो कोई और देगा" उसके चाचा समझाते। "मैं तीन साल से आर्ट्स कॉलेज में झख मार रहा हूँ तो किसी बड़े मक़सद के लिए, चाचा। मैं बिकने के लिए नहीं निकला हूँ।" चाचा को दुनिया के धक्कों ने दुनियादार बना दिया था। वे सोचते, भतीजा फ़िज़ूल में फाँय-फाँय कर रहा है। इसकी इतनी तस्वीरें हैं, अगर एक बीड़ी के बण्डल पर छप गयी तो कौन-सी आफ़त आ जायेगी। उनका बस चलता तो वे ख़ुद जाकर लालजी भाई को राजन की तस्वीर दे आते। राजन के गुस्से से वे घबराते थे। वे धीरे-से तर्क करते, "ज़ाकिर हुसैन चायपत्ती का इश्तेहार करते हैं, फिर भी ज़ाकिर हुसैन ही रहते हैं। तुमको क्या डर है?"

राजन कहता, "पहले वे ज़ाकिर हुसैन बने, बाद में उन्होंने चाय बिकवायी। सिलसिला अगर उलटा होता तो वह बस चाय की केतली का ढक्कन बजाते रह जाते उम्र भर।"

चाचा निरुत्तर हो जाते।

हम सब अपने सपनों का पीछा कर रहे थे। इसके साथ ही जीवन यापन के कच्चे-पक्के साधन भी ज़रूरी थे, इसका अहसास हमें था। दोनों की खींचातानी से बौखलाकर हम कला केन्द्र पहुँच जाते।

कलाकेन्द्र चिन्तन जी के घर का नाम था। वे जिस कॉलोनी में रहते थे, उसका नाम भी कलाकुंज था। वे 'नयी सदी' नाम से अनियतकालीन पत्रिका निकालते थे। इससे उनका मन लगा रहता और युवा रचनाकार उन्हें घेरे रहते। चिन्तन जी के पास गाँव में कुछ खेत थे जो उनके छोटे भाई की देख-रेख में चल रहे थे। वहाँ से साल भर में दो बार उनके यहाँ गेहूँ-चना और धान आ जाता। असली किल्लत नगद राशि की थी। यों तो चिन्तन जी की प्रकाशित पुस्तकों की संख्या अच्छी-ख़ासी थी लेकिन प्रकाशकों से रॉयल्टी के नाम पर नगण्य राशि ही मिला करती। लम्बे समय से लेखन में रहने के कारण वे प्रकाशन जगत् की

नस-नस पहचानते। प्रकाशकों के व्यवहार को लेकर उनके अन्दर कड़वाहट भरी रहती। वे हम सब को समझाते, "लिखो, बेधड़क होकर लिखो, लेकिन कभी लेखन को अपनी जीविका मत बनाओ। आज का लेखक नाम कमायेगा, इनाम पायेगा, पर रॉयल्टी के नाम पर ठगा जायेगा। प्रकाशक रॉयल्टी तभी देगा जब आप उसके दफ़्तर में जाकर गिड़गिड़ायेंगे, "मेरी पत्नी का गर्भपात हो गया है, मेरे बच्चे का नाम स्कूल से, फ़ीस न देने के कारण कट गया है और मेरे फेफड़ों में पानी भर गया है।" हम कहते, "सर, इतना तो यूपी और विदर्भ के किसानों को भी कलपना नहीं पड़ता।"

चिन्तन जी हँस देते, "तभी तो कहता हूँ उम्र रहते किसी-न-किसी नौकरी से चिपक जाओ। अच्छी नहीं तो कम अच्छी सही, पर लेखन से अपने घर का चूल्हा मत जोड़ो।"

चिन्तन-घर में किताबों का अद्‌भुत भण्डार था। वे विद्यार्थियों के बीच खुले दिल से अपनी लायब्रेरी की सहूलियत परोस देते। हर आगन्तुक को चाय उनकी पत्नी पिला ही देतीं। उनके अपने बच्चे पढ़-लिखकर आर्थिक रूप से स्वतन्त्र हो चुके थे।

आज की बहस का मुद्‌दा कुशाग्रसिंह की कहानी 'मनहूस रात' था। 'नयी सदी' के नवीनतम अंक में इस कहानी को चिन्तन जी ने प्रमुखता से छापा था।

कुशाग्र ने 16 दिसम्बर सन् 2013 की त्रासदी पर आधारित रचना लिखी थी। इस मनहूस तारीख़ को एक लड़की यौन हिंसा की शिकार हुई थी। उसका नाम प्रतीकात्मक रूप से 'दामिनी', 'निर्भया' आदि रखा गया। उसके असली नाम तक पहुँचकर भी उसके सम्मान की रक्षा हेतु मीडिया ने यह ख़याल रखा कि उसके नाम को वैसे न घसीटा जाये जैसे उसकी देह वहशियों के हाथों घसीटी गयी। कई अस्पतालों में निर्भया का निष्फल इलाज हुआ। अन्ततः महीना ख़त्म होते न होते उसने दम तोड़ दिया। इस ख़बर की आँच अख़बारों के पन्नों पर महीनों धुँधुआती रही। कुशाग्र को लगा, यह वारदात उससे लिखित कार्यवाही की माँग कर रही है। उसकी याद में केवल इंडिया गेट पर मोमबत्ती जलाने से कुछ नहीं होगा। कई ख़बरें हमारी चेतना में सूराख़ कर जाती हैं। ये ख़बरें बेचैन करती हैं। कुशाग्र की यही बेचैनी 'मनहूस रात' में उतरी थी।

कहानियों के साथ मुश्किल यही है। अगर वे ख़बरों की नींव पर खड़ी होती हैं तो उनकी इमारत बहुत दिन पुख़्ता नहीं रहती। ख़बर की विस्मृति के साथ लोगों की चेतना पर से वह त्रासदी भी विस्मृत होने लगती है जो ख़बर का

आधार बनी थी। कहा जाता है, अगर हमारे अन्दर भूलने की यह सामर्थ्य न हो तो अपनी यादों के चलते हम भस्म हो जायें।

लिखते वक़्त कुशाग्र को लगा था, यह भुला देनेवाली ख़बर नहीं है। यह हर उस लड़की के साथ घटित हो सकती है जो घर से बाहर निकलती है। कहानी क्या, वह एक तरह की श्रद्धांजलि थी जो कुशाग्र को देनी ही देनी थी। आधुनिक समय में पुरुष, स्त्रियों के विरुद्ध जो बर्बर अतिचार करता है, 'मनहूस रात' में उन सबका उल्लेख और माफ़ीनामा था। दोस्तों के बीच कुशाग्र ने जब यह कहानी सुनायी, बहुत सराही गयी। कई साथी रचनाकारों की आँख नम हो आयी।

"कुश लगता है तुमने एक बैठक में यह कहानी लिख ली है। कहीं कोई जोड़ या झोल है ही नहीं।"

कुशाग्र को अच्छा लगा था। ये सब मिलकर जैसे निर्भया को सामूहिक श्रद्धांजलि अर्पित कर रहे थे। शैवाल ने अपने मोबाइल से इस बैठक की तस्वीर खींचकर फ़ेसबुक पर भी डाल दी। पलक झपकते 415 लाइक्स आ गयीं। कुछ लड़कियों का ग़ुस्सा भी फ़ेसबुक पर प्रकट हुआ कि यह क्या कहानी लिखने का विषय है?

कुशाग्र ने चिन्तन जी से अपनी कहानी पर राय माँगी। अन्य रचनाकार भी उनकी तरफ़ उम्मीद से देखने लगे। चिन्तन जी बड़ी धीमी आवाज़ में ठहर-ठहर कर बोलते। होंठों ही होंठों में मुस्कराते हुए उन्होंने कहा, "कहानी पर प्रतिक्रियाएँ तो बहुत आ रही हैं। यह इस कहानी की सफलता का सबूत है।"

विजय ने हस्तक्षेप किया, "सर सफलता एक चीज़ है, सार्थकता दूसरी। क्या इसे आप सार्थक कहानी कहेंगे?"

"तुम्हें लिखते हुए कितने साल हुए हैं?" चिन्तन जी ने कुशाग्र से पूछा।

"चार-पाँच साल।"

"इसका मतलब अभी तो तुम्हारा अन्नप्राशन भी नहीं हुआ है। मैं साठ साल से लिख रहा हूँ और दस साल से चुप बैठा हूँ। लेखन लम्बी दौड़ का काम है, ऊँची कूद का नहीं।"

"आपकी बात सही हो सकती है, पर आपने इसे 'नयी सदी' में स्थान दिया, इसका मतलब यह आपको अच्छी लगी।" कुशाग्र ने कहा। "तुम कई ग़लतफ़हमियों के शिकार हो, कुश। तुमसे किसने कहा कि पत्रिका में सब कुछ सम्पादक की पसन्द का छपता है। कभी-कभी तो दस प्रतिशत मैटर भी उसकी पसन्द का नहीं होता।"

"बाक़ी नब्बे प्रतिशत क्यों छपता है?"

"पत्रिका के पन्ने तो पूरे करने होते हैं। दस पन्नों की पत्रिका तो निकलेगी नहीं।"

"मुझे नहीं लगता, आपने मेरी कहानी उसके पेटभराउ गुण की ख़ातिर छापी। स्वीकृत करने से पहले आपने पढ़ी थी?"

"मैं कब कह रहा हूँ नहीं पढ़ी? मेरी नज़र से पूरा मैटर कई बार गुज़रता है।" तभी चिन्तन जी ने दरवाज़े से कली सिनहा को आते देखकर आवाज़ लगायी, "अरे कली, कहाँ थीं तुम इतने दिन? आओ बैठो। बात इस समय 'नयी सदी' के नये अंक पर हो रही है।"

" 'मनहूस रात' का विषय एकदम समसामयिक है, लेखक की पक्षधरता भी साफ़ है। 16 दिसम्बर, अपनी पूरी भयावहता में ज़िन्दा हो उठी है इस कहानी में" कली ने कहा।

कुशाग्र को अच्छा लगा कि कली ने उसकी कहानी पढ़ रखी थी।

कली सिनहा ने अब तक कविताएँ लिखी थीं। और अब वह कहानी के इलाक़े में दाख़िल होना चाहती थी। उसके बारे में यह बात प्रचलित थी कि वह रोज़ चार कविताएँ लिखने के बाद ही सोती है। जिस तरह इन दिनों महिला लेखन की धूम मची हुई थी, उसमें कली सिनहा की ऊर्जा की ख़बर कोई अतिशयोक्ति नहीं थी। सम्पादक उसे ख़ूब प्रोत्साहन दे रहे थे।

चिन्तन जी ने पूछा, "तुम्हें कहानी अच्छी लगी?"

"यह मैंने कब कहा, सर? मैं तो बता रही थी कि कहानी यथार्थ के कितने क़रीब है। हम रात के वक़्त किसी से लिफ़्ट माँगें और हमें गिफ़्ट में हिंसा, बलात्कार और हत्या मिले, यह एकदम मुमकिन है।"

विजन भड़ककर बोला, "सर, लेकिन कुशाग्र ने क्या किया है? कहानी के नाम पर दस दिन के अख़बारों की कतरनें परोस दी हैं। आप ही कहते हैं, हर ख़बर कहानी नहीं होती।"

"होती है", कुशाग्र भिड़ पड़ा, तभी तो पत्रकार अपनी ख़बर को 'स्टोरी' कहता है।"

चिन्तन जी ने टोका, "ध्यान से सुनो। विजन ने अनजाने एक बड़ी बात कही है। हर ख़बर कहानी नहीं होती, उसी तरह जैसे हर कहानी ख़बर नहीं बनती।"

अब तक कई सदस्य और आ गये।

विचार-विमर्श में नयी उत्तेजना आ गयी। सभी जानना चाहते थे कि सच्ची ख़बर कहानी क्यों नहीं बन सकती जब लेखक जीवन भर यथार्थवाद का ढोल पीटता है। सुबह से अपने तख़्त पर बैठ-बैठे चिन्तन जी थक और ऊब गये थे।

वे उठ खड़े हुए, "चलो, कॉफ़ी हाउस चलकर यह बहस जारी रखेंगे। शाम की सैर भी हो जायेगी और रुद्र जी से इस मसले पर बात कर लेंगे।"

पूरी टोली तैयार हो गयी, "जी हाँ चलिये, कॉफ़ी हाउस चला जाये।"

शहर के सिविल लाइंस इलाक़े में कॉफ़ी हाउस अभी भी गुलज़ार रहता था। एक चौड़े से अहाते में बड़ी-सी इमारत का एक हिस्सा, वर्षों से कॉफ़ी सहकारी बोर्ड ने किराये पर ले रखा था। वहाँ सफ़ेद वर्दी और हरी पेटी से सुसज्जित वेटरों की चुस्ती, दक्षिण भारतीय फिल्टर कॉफ़ी की ख़ुशबू और चहल-पहल से भरे हॉल को देख तबीयत ताज़ी हो जाती। कॉफ़ी हाउस में लोगों की सिगरेटों का धुआँ बेहिसाब था, पर किसी को इससे तकलीफ़ नहीं होती। यहाँ खुलकर बतकही होती। मेज़ों के इर्द-गिर्द कुर्सियों के घेरे बड़े होते जाते। कॉफ़ी के प्यालों की खनक, चमचों की पटपटाहट और बातों का शोर बढ़ता जाता। कॉफ़ी हाउस आने में किसी को एतराज़ न होता क्योंकि यहाँ का लोकतन्त्र सर्वश्रेष्ठ था। हर ग्राहक अपनी कॉफ़ी का बिल ख़ुद अदा करता। कोई किसी पर बोझ न डालता न ढोता। इसलिए जब एक मेज़ के गिर्द जमावड़ा बढ़ता तो किसी का भी रक्तचाप न चढ़ता। वेटर भी हिसाब रखने में उस्ताद थे। बिल चाहे एक कॉफ़ी का हो या चार, वे उसी मुस्तैदी से वसूलते और तत्काल काउंटर पर जमा करते। प्रायः यहाँ वेटर को बख़्शीश देने का रिवाज़ नहीं था। फिर भी कभी कोई ख़ास आदमी बख़्शीश दे डालता तो वह भी वेटर द्वारा काउंटर पर जमा कर दी जाती। हफ़्ते में एक दिन मैनेजर द्वारा सभी वेटरों के बीच बख़्शीश की धनराशि समान रूप से बाँट दी जाती। ज़माने की दुनियादारी से अलग कॉफ़ी हाउस सच्ची सहकारिता का नमूना था जिसे कई लेखक यूटोपिया कहा करते। यहाँ कोई अपनी डायरी भूल जाये या बटुआ, सब सही-सलामत वापस मिल जाता।

रुद्र जी की मेज़ पर पहले से ही काफ़ी मित्र मण्डली जमी हुई थी। कुछ स्थानीय रचनाकार थे और कुछ उत्तराखण्ड से आये थे।

चिन्तन जी ने वहाँ पहुँचकर कहा, "आज शनिवार है तो यूटोपिया में रुद्रवीणा बजेगी ही बजेगी, यह तय है।"

रुद्र जी ने बड़े स्नेह से अपने पहलू में एक कुर्सी खींची, "आओ गुरु, तुम्हारी कमी खटक रही थी।"

पुरानी पीढ़ी के लेखकों में दोस्ताना बरक़रार था, हालाँकि नरमी गरमी यहाँ भी लगी रहती। संवाद कभी बन्द न होता। रुद्र जी उम्र में चिन्तन जी से दो साल बड़े थे, लेकिन उन्होंने लम्बे समय तक साहित्यिक पत्रिकाओं का सम्पादन किया था। उनका दावा था कि वे सभी लेखकों की ख़ूबियों और ख़ामियों से वाक़िफ़ हैं। युवा पीढ़ी के रचनाकारों को वे नाम और काम से पहचान रहे थे।

उन्होंने कहा, "कितनी अजीब बात है कि बीस-पच्चीस लेखकों के बीच सिर्फ़ दो लेखिकाएँ नज़र आ रही हैं जबकि पत्र-पत्रिकाओं में वे बेशुमार हैं।"

कली 'चिन्तन ग्रुप' के साथ आयी हुई थी और विशाखा काठगोदाम से आज ही पहुँची। वह यहीं रहकर रिसर्च कर रही थी। बीच-बीच में वह अपने घर काठगोदाम चली जाती। विशाखा की एक कहानी चर्चित रही थी। कभी-कभी वह पुस्तक समीक्षा भी कर डालती।

"सर, घर में बैठी-बैठी वे लिख रही होंगी। दुनिया कहाँ जा रही है इससे उन्हें कुछ लेना-देना नहीं है। लेखिकाएँ आजकल मशीन बन गयी हैं।" शैवाल ने कहा। उसे शिकायत थी कि जो भी पत्रिका उठाओ, उसमें महिलाओं का बोलबाला रहता है।

कली ने तुरन्त हस्तक्षेप किया, "तुम्हें इसमें क्या तकलीफ़ है? सीधी-सी बात है, जो लिखेगा वह छपेगा।"

"बहुत-सा कूड़ा भी छपा करता है आजकल?" विजन बोला।

कली और विशाखा ने जैसे साथ-साथ कहा, "आप लोगों के पास तो कूड़े का भी अभाव है।"

रुद्र जी ने उनकी बहस को विराम दिया, "देखो, साहित्य की दुनिया में स्त्री-पुरुष जैसा विभाजन नहीं होता। जो कुछ भी लिखा जाता है, वह अपने वक़्त का आईना होता है।"

विजन ने समर्थन किया, "सर, आपने बिल्कुल सही कहा।"

विशाखा उससे उलझने लगी, "विभाजन तो होता है। स्त्री की संवेदनाएँ अलग होती हैं। कुशाग्र की कहानी अगर कोई लड़की लिखती तो उसमें स्त्री-विमर्श का तेज़ दिखाई देता। इसने तो निर्भया की दुर्दशा दिखाई है, बस।"

"समाधान बताना कहानी का काम नहीं। आज का लेखक अगर समाधान बताने लगेगा तो साहित्य समाज का एन.जी.ओ. बन जायेगा।"

विशाखा ने इसरार किया, "फिर भी साहित्य की कुछ ज़िम्मेदारी तो बनती ही है।"

विजन को उसका कुतर्क नागवार लगा। उसकी कुछ रचनाएँ चर्चा में आ चुकी थीं। वह उड़ीसा के गाँवों-क़स्बों का आख्यान अपनी अटपटी हिन्दी में बयान करता। उसकी रचनाओं में बंगाल और उड़ीसा की ख़ुशबू थी। उसे पढ़ते हुए कई बार रेणु की याद आ जाती।

चिन्तन ने रुद्र से पूछा, "आपने कुशाग्र की कहानी पढ़ी?" रुद्र जी ने कहानी पढ़ रखी थी। होंठों पर आयी टिप्पणी उन्होंने रोक ली; कुशाग्र उन्हीं की तरफ़ देख रहा था।

रुद्र बोले, "मुझे कहानी अधूरी लगी।"

"वह कैसे?"

" 'मनहूस रात' कहानी वहाँ शुरू होती है, जहाँ उसमें घटना ख़त्म होती है। घटना के बाद कहानी आगे जाती, तब यह एक पूरी रचना होती।"

"आपका आशय सन्देश से है?" कुशाग्र का सवाल था।

"बिल्कुल नहीं, लेकिन एक वीडियोग्राफर की तरह सिर्फ़ ब्यौरे रिकार्ड करना कहानी की कला को सीमित करना है।"

"सर, आपने अब तक अपने लेखों में, कॉफ़ी हाउस में, व्याख्यानों में यही सिखाया है कि कहानी की ज़मीन यथार्थ में है।"

"उससे मैं कहाँ मना कर रहा हूँ, पर यथार्थ के साथ एक ख़बरनवीस और एक अफ़सानानिगार का सलूक एकदम अलग होता है।"

"सर, आपकी बात स्पष्ट नहीं है। एक मुकम्मल कहानी में क्या होना चाहिए?"

"देखो, कहानी में कथ्य के साथ तीन 'क' और होते हैं—कला, कल्पना और कौशल। जब तक इनका इस्तेमाल न हो, कहानी बेजान रहेगी।"

चिन्तन ने कहा, "यह मार्के की बात कही है तुमने। नौजवान रचनाकारों को इस पर ग़ौर करना चाहिए।"

विशाखा ने कहा, " 'मनहूस रात' की एक और ख़ामी यह है कि वह मुख्य पात्र निर्भया की फ़ज़ीहत का ब्यौरा देती है, उसकी बहादुरी का नहीं। आख़िर उस लड़की ने अपना मोर्चा बनाये रखा। वह जीत नहीं पायी, यह अलग बात है, लेकिन मरकर उसने अपना प्रतिरोध दर्ज कर दिया।"

कली ने भी कहा, "पुरुष लेखकों की रचनाओं में हमें संघर्षधर्मी आधुनिक नारी दिखती ही नहीं। उनके यहाँ सहनशीलता एक गुण की तरह उभरती है।"

कुशाग्र के लिए अपनी रचना की इतनी शल्य-क्रिया झेलनी भारी बल्कि असह्य थी। उसने कहा, "अब बहुत हो गया। बात किसी और विषय पर की जाये। मैं मान लेता हूँ मेरी कहानी फ़्लॉप है।"

वेटर को बुलाकर कुशाग्र ने अपनी कॉफ़ी का बिल अदा किया और बाहर आ गया।

दोपहर में उसने सोचा था, आज रात का खाना किसी दोस्त के साथ सिविल लाइंस में खायेगा, लेकिन इस वक़्त उसकी भूख एकदम मर गयी। पास से गुज़रता एक ऑटो उसने रोका और घर के लिए रवाना हो गया।

उधर कॉफ़ी हाउस में भी बत्तियाँ गुल होने का समय हो गया था यानी 10 बजे। वेटर एक के ऊपर एक कुर्सियाँ रखने लगे थे।

बाहर निकलते वक़्त सभी युवा एक तरफ़ हो गये। विजन, विशाखा, कपिल और कली को लगा कि कुशाग्र के साथ आज ज़्यादती हो गयी। चिन्तन और रुद्र अपने-अपने रिक्शे पर घर के लिए जा चुके थे।

विजन ने कहा, "कुछ भी कहो, कुशाग्र ने आख़िर एक ज्वलन्त समस्या पर कहानी लिखने की पहल तो की।"

कली ने कहा, "रुद्र सर की नसीहतों से कुशाग्र का चेहरा एकदम उतर गया।"

"हम भी पुराने दबंगों का प्रमाण-पत्र क्यों चाहते हैं अपने लिखे-पढ़े पर। यह छात्रकालीन आदत छूटनी चाहिए।" कपिल ने कहा।

सबने तय किया कि इस वक़्त तो बहुत देर हो गयी है, अगले दिन कुशाग्र के घर चला जाये।

कुशाग्र से किसी की दुश्मनी या स्पर्द्धा नहीं थी। युवा लेखन आजकल अजब खींचातानी का शिकार था। एक ओर दिल्ली के व्यावसायिक सम्पादक थे जो स्त्री-विमर्श के नाम पर सनसनी बेच रहे थे, दूसरी ओर शेष भारत का साहित्य जगत् था जो गम्भीर और सामान्य विषय और जनजीवन को स्पर्श करती रचनाशीलता की क़द्र करता था। युवा लेखक की समस्या यह थी कि वह विभिन्न दबावों को महसूस कर रहा था। समय के विवर्त में कोई बड़ा स्वप्न उसके सामने नहीं था। छोटे सरोकारों से घिरे कालचक्र में लिखना-पढ़ना चुनौतीपरक अध्यवसाय था।

अगले दिन जब चारों दोस्त कुशाग्र के घर पहुँचे, वे अपने स्वागत को ले कर सशंकित थे।

कमरे का दरवाज़ा बन्द था, लेकिन चटकनी नहीं लगी थी। अन्दर कमरा ख़ाली था। बिस्तर पर 'मार्केटिंग पॉलिसीज़' नाम की किताब अधखुली पड़ी थी। बाथरूम बन्द था।

बहुत देर लगाकर कुशाग्र बाथरूम से बाहर निकला। उसकी आँखें हल्की लाल और पनीली लग रही थीं। उसके चेहरे पर थोड़ी-सी हँसी आयी और लौट गयी।

उसने कहा, "फ़्लॉप कहानीकार से मिलने आये हो तुम लोग?"

"नहीं हम दोस्त कहानीकार के पास आये हैं" कली सिनहा ने कहा।

कुशाग्र ने एक पल उसकी तरफ़ देखा, फिर अपनी बात जारी रखी, "कल धोनी बारह रन पर आउट हो गया।

कल विराट ज़ीरो पर चला गया।

कल मैं भी क्लीन बोल्ड हो गया।

कल युवा ताक़तों की हार का दिन था।"

कपिल ने बात काटी, "ग़लत, ग़लत, एकदम ग़लत। कल हमारे लिए कुछ नये फ़ैसले लेने का दिन था।"

"जैसे?" कुशाग्र ने पूछा।

"जैसे वरिष्ठ लेखकों की गरिष्ठता से अपने को बचाकर रखना है। वे हमारी हार-जीत तय नहीं करेंगे। कहानी कोई कबड्डी प्रतियोगिता नहीं है, जिसमें तुरन्त चित-पट हो।" विशाखा ने कपिल की बात आगे बढ़ायी, "यह भी तय करने का दिन आ गया है कि स्त्री-विमर्श के नाम पर सनसनी फैलाना बन्द हो। इससे महिलाओं का कोई भला नहीं होता।"

विजन ने कुशाग्र के कन्धे पर हाथ मारा, "हटाओ यार यह रोनी सूरत। कुछ दारू-वारू रखी है या नहीं कमरे में? आज अपन सब जश्न मनायें, हम उनके एक्सटेंशन नहीं हैं। हमें अपने हिस्से की नादानियाँ करने की आज़ादी चाहिए।"

"आमीन।" सबने एक साथ कहा।

बहनें

तीन दिन तीन रात हाथों में खुजली ऐसी कि चमड़ी निकल आये, चैन न पड़े। अलर्जी की दवाएँ बेअसर। बेनू अपना हाउसकोट बार-बार उतार दे। कपड़ा बदन पर काटता है। बेनू के हाथ खुजाते-खुजाते थक गये। थोड़ी देर लस्त पड़ी रही। अब पीठ में चिनचिनी उठी। उसने कंधे से पीठ खुजाना शुरू किया।

तभी रेनू ने आकर टोक दिया, “बस कर, क्या ख़ून निकालना है? थोड़ा सह लिया कर।”

बेनू ने चिढ़कर जवाब दिया, “तेरे मचे खुजली तो पता चले। मुझे लेक्चर मत दिया कर।”

“दवाई की आधी गोली और दूँ?”

“मेरी जान लेगी क्या? पहले ही डेढ़ गोली सेटज़ीन खा चुकी।”

“मेरी मान तो होम्योपैथी ले ले। अलर्जी की बहुत अच्छी दवाइयाँ हैं उसमें।”

पुतुल ने सिरहाने के ताक पर से उठाकर दिखाईं। “ये देखिये, आर-23, पल्सेटिला 200 और सल्फर।” रेनू ख़ुश हुई, “सब एक से एक दवाइयाँ हैं तो सही तेरे पास? ला, मैं दूँ। पुतुल, एक कटोरी ला। पानी तो रखा है ही।

मैं नईं लूँगी। मरी होम्योपैथी लद्धड़ साइंस। आज खाओ, अगले साल असर हो।”

“तुझे अपने बचपन की बात याद आ रही है। हमको पापा होम्योपैथी की मीठी गोलियाँ देते थे। किताब पढ़कर दवाई बनाते।”

“उससे कभी आराम नईं आया। पापा को ख़ुश करने को हम कह देते कि खाँसी कम हो गयी, नाक बहनी बन्द हो गयी।”

रेनू भी याद कर हँसने लगी, “सबसे ज़्यादा मज़ा तो मम्मी के इलाज में था। इधर पापा उन्हें गला ठीक करने की दवा देते, उधर वे आँख बचाकर फिर मिर्ची का अचार खा लेतीं। शाम को दफ़्तर से आकर पापा देखें मम्मी का गला वैसे

का वैसा। वे फिर होम्योपैथी की मोटी-मोटी किताबें लेकर बैठ जायें। रेनू ने याद किया, एक दिन मैंने फटाक से कह दिया, "पापा, मम्मी तो सारे दिन मिर्ची का अचार खाती हैं।" पापा आगबबूला हो गये। लगे मम्मी को डाँटने, "तभी मैं कहूँ दवाई असर क्यों नहीं कर रही? अरे होम्योपैथी में खट्टा, तीखा एकदम मना है। कॉफ़ी भी नहीं पीनी। दवा के पन्द्रह मिनट पहले और पन्द्रह मिनट बाद तक पानी भी नहीं पिओ। करती हो ये सब इनी?"

"अगले दिन जो चाँटे पड़े मम्मी से वे भी याद होंगे तुझे? सच्ची। अब लगता है हमारे मम्मी पापा डिक्टेटर थे।" रेनू ने कहा।

"उस ज़माने में शायद ऐसे ही मम्मी-पापा होते थे।"

"सबको अपने मम्मी-पापा ख़राब लगते हैं, अपने राजकुमारों से पूछकर देख ले।" बेनू ने पीठ खुजाते हुए कहा।

रेनू झमक गयी। पलटकर वह दीदी से नहीं कह सकती "और तेरे राजकुमार, राजकुमारी?"

दीदी के दोनों बच्चे विदेश में हैं। साल में दो बार आते हैं। उनके प्यार का ब्रांड अलग है। वे दस दिनों में घर को इतनी सुविधाओं और साधनों से भर देते हैं कि दीदी का घर छोटा-सा अमरीका बन गया है। उसके बच्चे अपनी ग़ैरहाज़िरी की प्रतिपूर्ति सामान से करते रहते हैं। उन्होंने पुतुल और सनी को माँ की सेवा में तैनात कर रखा है। पुतुल दीदी की रसोइया, नर्स, ब्यूटीशियन, टेलिफ़ोन ऑपरेटर है। सनी झाड़ू बर्तन, पोचा, पौधों का काम और कार की सफ़ाई करता है। रेनू के बच्चे दिल्ली में उसके घर के पास रहते हैं। वह अलग कॉलोनी के अलग मकान में हैं। दोनों के दफ़्तर दूर हैं। रात होने पर घर लौटते हैं। शनिवार-इतवार में से किसी एक दिन वे माँ के पास आते हैं। रेनू को तब चुस्त-दुरुस्त दिखना होता है। ज़रा भी ढिलाई से काम नहीं चलता। बड़ा रिकी फ्रिज खोलकर हर चीज़ का मुआयना करता है, "माँ यह सड़ा, खट्टा दही क्यों रखा है फ्रिज में? फिर से बीमार पड़ना है क्या? फेंको इसे कूड़ेदान में।" वह दही फेंक देता है। इसी तरह वह आधा कटा तरबूज़, खरबूज़ा फेंक देता है। "डबलरोटी भी बासी लग रही है" कहते हुए वह डबलरोटी भी कूड़ेदान के हवाले करता है।

छोटा विकी दफ़्तर से परेशान है। आकर गुमसुम बैठ जाता है। वह खुलता नहीं है। रेनू उसे सहज करने के लिए चाय पूछती है।

वह फट पड़ता है, "घर में क्या ज्यॉर्जिया मशीन लगी है जो सारे दिन चाय-कॉफ़ी पूछती रहती हो? मेरा खाना चौपट करना है तो पिला दो, ज़हर भी पी लूँगा।"

रेनू पिनक जाती है, "इतना एक्स्ट्रा क्यों बोले? अकल नहीं हैं माँ से बात करने की?"

"मेरा बोलना भी बुरा लगता है तुम्हें। सारा प्यार बस भैया के लिए है।" दोनों बच्चे बबर शेर हैं जिनसे रेनू मेमने की तरह डरती है। उसे दीदी का जीवन बढ़िया लगता है। उसके बच्चे माँ से कोई जवाब-तलबी नहीं करते। घर-संचालन और रोगी माँ की देखभाल के लिए उन्होंने ये दो सेवक रख दिये हैं–पुतुल और सनी। दीदी शाही मरीज़ की तरह बिस्तर पर पड़ी रहती है। डॉक्टर की बतायी दवा खाने का दीदी का तरीक़ा नायाब है। पुतुल पानी का गिलास लेकर खड़ी होती है तो सनी पाचक अजवायन की कटोरी। दीदी एक गोली खाकर बुरा-सा मुँह बनाती है, खाँसती है फिर छोटी चमची से थोड़ी-सी अजवायन मुँह में डालती है। सुबह दोपहर शाम यह अनुष्ठान होता है। रेनू ने एक दिन कहा, "दीदी कैप्सयूल का तो कोई स्वाद नहीं होता न?" बेनू ने डपट दिया, "चुप कर। तुझे दिन भर में नौ गोलियाँ और चार सीरप निगलने पड़ते तो पता चलता।"

सन् 2003 में हुए मस्तिष्क आघात से बेनू बच तो गयी, पर शरीर अशक्त हो गया। दिमाग़ का स्नायुतन्त्र आंशिक रूप से सचेत हुआ है। अख़बार नहीं पढ़ सकती, पर टीवी कमरे में हर वक़्त चलता रहता है। पुतुल और सनी उसे धारावाहिकों की पिछली घटनाएँ सुनाते हैं और ख़ुद भी अगली क़िस्त देखने दीदी के कमरे में जमे रहते हैं।

रेनू जानती है, वह बीमारी की ऐय्याशी नहीं झेल सकती। उसके नौकरीपेशा बच्चे आख़िर कितनी छुट्टी लेंगे। उसकी बहुएँ अपनी गृहस्थी छोड़कर कितनी दौड़भाग करेंगी। रेनू को लगता है, मिर्ज़ा ग़ालिब उसी के लिए लिखकर रख गये यह शे'र–

"पड़िएये ग़र बीमार तो कोई न हो तीमारदार।
औ' अगर मर जाइये, नौहा ख्वाँ कोई न हो।"

अब तो रेनू सोचने लगी है कि अपने अन्तिम संस्कार के पचड़े से बच्चों को बचाने के लिए अपनी देहदान की घोषणा कर दे। एक फ़ोन से उसकी निष्प्राण देह, अस्पताल वाले अपनी एम्बुलेंस में ले जायेंगे। बेनू ने ज़रा ज़ोर से कहा, "रेनू, तू बैठी-बैठी कहाँ खो जाती है? कब से पुकार रही हूँ।"

"बोल"

"तबीयत ठीक नहीं लग रही। रात भर नींद नहीं आयी। खुजली जान ले रही है। तू डॉक्टर को फ़ोन कर कि आकर देख जाय।"

रेनू बोली, "दीदी, डॉक्टरों ने तो बरसों पहले घर आकर मरीज़ देखना छोड़ दिया। तुझे पुरानी बात याद होगी जब हम पढ़ती थीं।"

"कलकत्ते में डॉक्टर घर आते हैं। कई बार डॉक्टर झाला यहाँ से फ़ीस ले कर गये हैं।"

बेनू के छोटे-से फ़ोन में उसने झाला लिखा तो देखा था, पर समझ नहीं पायी।

उसने नाम निकालकर सम्पर्क किया।

फ़ोन पर डॉक्टर के 'हलो' बोलते ही फ़ोन पुतुल ने ले लिया और कहा, "नमस्ते डॉक्टर साब, आंटी की तबीयत अच्छी नहीं है। आप आज आकर देख लेंगे तो बहुत अच्छा होगा।"

डॉक्टर झाला की मोटी भारी आवाज़ फ़ोन के बाहर निकलकर सुनायी दी, "अभी क्लिनिक में काफ़ी मरीज़ हैं। 12:30 बजे क्लिनिक बन्द करने के बाद आऊँगा।" 'थैंक यू' कहकर पुतुल ने फ़ोन रख दिया। बेनू ने बेचैनी से पूछा, "क्या कहा डॉक्टर ने?" रेनू बोली, "हाथी जैसा चिंघाड़ रहा था फ़ोन में, तूने सुना नहीं?" बेनू चिढ़ी, "तू हरदम करेलामुखी क्यों बनी रहती है? तू तो चार दिन को आयी है। ये डॉक्टर, पुतुल और सनी न हों तो मैं तो मर जाऊँ।"

रेनू बुरा-सा मुँह बनाकर अपने कमरे में चली गयी। कोई ग़ैरहाज़िर हो जाये, यह बेनू को गवारा नहीं। आँख मूँदकर लेटे हुए उसे दस मिनट भी नहीं हुए कि उसने पुकारना शुरू कर दिया, "रेनू-रेनू कहाँ चली गयी? डॉक्टर आनेवाले हैं और तुम लोगों को कोई फिकर ही नहीं।" उसे सोया हुआ समझ पुतुल खाना बनाने चली गयी थी, और सनी साफ़ बैठक को झाड़-पोंछकर और भी सुथरा करने में लगा था।

बेनू की आवाज़ पर तीनों भागे आये।

"रेनू, तू एक काग़ज़ पर सारे पॉयंट लिख ले जो डॉक्टर साब से पूछने हैं। पुतुल, तू बिजली की केतली में चाय का पानी गरम करने रख दे। डॉक्टर साब क्लिनिक से थके-भूखे आते हैं।"

"आंटी नीचे से सिंघाड़ा (समोसा) ले आऊँ? इस वक़्त क़दम गरम छन रहा है।" सनी ने पूछा।

रेनू ने टोका, "डॉक्टर साब बाज़ार की खुली चीज़ कभी नहीं खायेंगे।"

बेनू बोली, "तू डॉक्टर साब से हमारे रिश्ते जानती नहीं है। वह परिवार के सदस्य जैसे हैं। पुतुल, इससे अच्छा है, तू प्याज़ की पकौड़ी का बेसन घोल ले। उन्हें चाय-पकौड़े दे देंगे।"

रेनू याद कर तरतीबवार सब सवाल लिखने लगी।

अगर मरीज़ को नींद न आये तो क्या किया जाय?

अगर ज़्यादा नींद आय तो क्या होना चाहिए?

अगर दवा से भी खुजली दूर न हो तो क्या करें?

अगर रक्तचाप बढ़ जाय?

अगर रक्तचाप गिर जाय?

घबराहट, बेचैनी की दवा?

बेहोश होने पर क्या किया जाय?

बेनू ने सामने घड़ी देखी और सनी को पुकारा, "सनी, ज़रा देख, घड़ी रुक तो नहीं गयी? थोड़ी देर पहले भी बारह बजे हुए थे।" प्लास्टिक की कुरसी पर चढ़कर सनी ने कान लगाकर सुना, "आंटी, घड़ी चल रही है। मोबाइल से मिलाता हूँ।"

पुतुल बेसन सने हाथ से कमरे में आयी, "टीवी में घड़ी आती तो है, उससे मिला।"

बेनू ने पुतुल को घुड़का, "अभी बेसन भी नहीं घोला तूने? इतनी सुस्त चाल है तुम सबकी।"

रेनू को याद आया, दीदी को एक ज़माने में लोग 'फ्रंटियर मेल' कहते थे। वह इतनी रफ़्तार से काम करती कि साथी दंग रह जाते। दफ़्तर में दीदी दनादन पेंशन और प्रॉविडेंट-फंड के हिसाब बना डालती, मेडिकल बिलों की गड़बड़ी पकड़ लेती और चार्जशीट बनाने की तो विशेषज्ञ थी। घर और दफ़्तर, हर जगह उसकी पैनी निगाह रहती। अब तो कई बरसों से वह बिस्तर पर है, पर जब-तब पुरानी तेज़ी अपनी झलक दिखा देती है।

डॉक्टर साब ने अन्दर आते ही अपनी भारी मोटी आवाज़ में कहा, "मिसेज़ बेनू कहाँ हैं?"

बेनू ने धीमे स्वर में कराहना शुरू कर दिया। रेनू ने डॉक्टर को नमस्कार कर, अपना लिखा कागज़ देना चाहा।

बेनू ने डपट दिया, "कागज़ तू अपने पास रख, पहले मुझे बताने दे। डॉक्टर साब, आप क्लिनिक से आ रहे हैं। पहले चाय पी लें। एकदम तैयार है।"

डॉक्टर के तेवर और तबीयत में कोई नरमी नहीं थी। उसने कहा उसे और दूसरे मरीज़ भी देखने जाना है। उसने कहा उसे जल्दी से मिसेज़ बेनू की तकलीफ़ बतायी जाय।

डॉक्टर ने बेनू का रक्तचाप जाँचा, आँखें देखीं, धड़कन गिनी और उसकी शिकायत सुनने लगे।

पुतुल जिस वक़्त ट्रे में चाय-पकौड़े लेकर कमरे में प्रविष्ट हुई, डॉक्टर झाला बेनू से उसकी बेतरह खुजली का विवरण सुन रहे थे।

डॉक्टर ने चाय की तरफ़ लालसा भरी नज़र डालकर कहा, "आज नहीं, आज बहुत जगह जाना है। हाँ, इनकी देखभाल कौन करता है? आप?"

उन्होंने पुतुल और रेनू की तरफ़ देखा, "खुजली के रोग में सफ़ाई सबसे ज़रूरी है। इन्होंने रेशमी गाउन पहना हुआ है। इनको सूती कपड़े पहनाओ। बिस्तर की चादर, तकिये का गिलाफ, तौलिया नेपकिन—सब रोज़ बदली करना है। नाख़ून एकदम काटकर रखें। इनकी उँगलियाँ डिटॉल वाले पानी से कई बार धोयें। बाल रोज़ शैम्पू करें। कमरे में ख़ुशबू क्यों आ रही है। बेनू जी के पास कोई भी गन्ध नहीं आनी चाहिए। आप लोग भी कोई स्प्रे वग़ैरह नहीं लगायें। यह लोशन और डिबिया मँगा लें। इनको स्नान कराने के बाद यह लोशन पूरी बॉडी में लगायें। रात में नौ बजे से पहले एक टिकिया दवा दें।"

डॉक्टर ने जल्दी से पर्चा लिखा। उसने स्टेथेस्कोप और रक्तचाप यन्त्र अपने ब्रीफकेस में रखे और उठकर खड़ा हो गया। पुतुल चाय की जगह छोटी ट्रे में एक गिलास पानी लेकर हाज़िर हुई।

"नहीं, प्यास नहीं है", डॉक्टर झाला ने अपनी मोटी भारी आवाज़ में कहा।

बेनू ने अपने तकिये के नीचे से निकालकर दो बड़े नोट डॉक्टर को पकड़ाये।

इस बार संक्रमण की चिन्ता किये बग़ैर डॉक्टर झाला ने फ़ीस स्वीकार की और भारी क़दमों से कमरे के पार चले गये।

सभी मरीज़ों की तरह बेनू भी अब कुछ हल्की लग रही थी। उसने डॉक्टर का पर्चा सनी को देकर कहा, "ताड़ाताड़ी यह दवाइयाँ ला दे।"

पुतुल कुछ कहे, उससे पहले बेनू बोली, "थोड़ी पकौड़ी बनाकर हम बहनों को दे दे, फिर चाय बना डाल।"

रेनू ने अपने हाथ का काग़ज़ दिखाकर कहा, "दीदी ये बातें तो डॉक्टर ने पढ़ी ही नहीं।"

बेनू ने हल्के-से मुस्करा दिया, "मार गोली काग़ज़ को। अब कुछ आराम लग रहा है।"

कॉर्डिलिया कहाँ हो तुम?

दीवाली आने में अभी देर थी, पर अग्रवाल जी का मन उमंग से भरा हुआ था। इस बार कार्तिक लगते ही उनकी दोनों बेटियों का फ़ोन आ गया था कि अबकी वे दीवाली पापा के पास आकर मनाएँगी। बड़ी लोनी ने कहा, "पापा नीरू जापान जा रहा है, कम्पनी का नया कॉण्ट्रेक्ट तय करने। बाबू और बबली दो दिन के लिए हॉस्टल छोड़कर कहाँ भाग-दौड़ करेंगे? मैंने सोचा, मैं आपके पास आ जाऊँगी।" अग्रवाल जी पुलकित हो गये, "वाह बेटी, यह तूने बड़ी अच्छी सोची। आज ही अपनी टिकट करा ले, बाद में सीट मिलने में दिक़्क़त होगी।" अग्रवाल जी, जो अब तक त्योहार के नाम पर मुँह लटकाये बैठे थे, जोश में आ गये। तुरन्त क्लिपबोर्ड में लगे काग़ज़ पर लिस्ट बनाने लगे, "सौ मिट्टी के छोटे दीवे, सात बड़े दीवे, खील, बताशे, खाण्ड के खिलौने, लक्ष्मी गणेश, लाल कपड़ा।" उन्हें याद आया उनकी पत्नी छोटी दीवाली पर हनुमान की नयी मूर्ति भी स्थापित करती थी। लिस्ट बढ़ती गयी, "हनुमान जी, धूप, दीप, अगरबत्ती, नया बर्तन, फल फूल मिठाई।"

रसोई में मंजू खाना बना रही थी। उसके पास जाकर अग्रवाल जी ने कहा, "मंजू तुम्हें बेसन, चीनी, घी और मेवा ला दूँ तो लड्डू बना दोगी। बेटी आ रही है दीवाली पर।"

मंजू अपना काम मुस्तैदी से करती, किन्तु अतिरिक्त काम का बोझ उसे नागवार था। उसके पास समय का भी टोटा था। उसने कहा, "बाऔजी, दीदी आ रही हैं तो ख़ुदई बना लेंगी जो कहोगे आप। हम उनसे बढ़कर थोड़ी जानते हैं? दीवाली पर हम दो दिना की छुट्टी लेंगे। कायसे कि हमें भाइयों को टीका करने बुलन्दशहर जाना है।"

अग्रवाल जी वापस बैठक में आ गये। थोड़े चिन्तित हो गये थे। लोनी के घर में दो सेवक हैं। उसे ज़्यादा काम करने का अभ्यास नहीं है। कहीं खीझ न जाय।

रात को उन्होंने छोटी बेटी सोनी से बात की "कैसी हो सोनू? कभी पापा की याद नहीं आती?"

सोनी तपाक से बोली, "पापा, आपको तो मैं रोज़ याद करती हूँ, पर ये चुन्नू मुन्नू इतनी साँस नहीं लेने देते कि फ़ोन तो घुमा लूँ। कैसे हैं पापा? आपकी खिदमतगार सब आ रही हैं न, शकुन और मंजू?"

"मैं कह रहा था, इस बार तुम लोग यहीं आ जाते मेरे पास। मिल बैठ कर त्योहार मन जाता, घर का सन्नाटा भी टूटता।"

"पापा, मैं तो आ जाऊँ, पर इनका प्रेस तो कभी बन्द ही नहीं होता। जब देखो काम, काम। मशीनों के शोर से कान के पर्दे फट जाते हैं। इनसे पूछना पड़ेगा। चुन्नू-मुन्नू तो बहुत ख़ुश होंगे नानू के पास आकर।"

"जल्दी बताना। तेरी बहन भी प्लान बना रही है।"

"जी पापा।"

यह पड़ गया न खीर में कंकड़? सोनी और लोनी की आपस में ज़रा नहीं पटती। बचपन से ही दोनों उत्तर-दक्खिन रहीं। लोनी जो रँगोली बनाये, सोनी उसे 'बण्डल' कहकर मिटा दे। लोनी हर बात में कहे, "हमारी मुम्बई में तो ऐसा होता है।" सोनी मुँह फुलाकर कहे, "सारा फ़ैशन तुम्हीं ने देखा है। हमारा इलाहाबाद तो गाँव है, हम तो देहाती हैं।" जब भी कभी दोनों कहीं इकट्ठी हुईं, ताना-चिकोटी चलती रही। अग्रवाल जी और इन्दु को लगता, उनकी बेटियों की कैसी अजब जोड़ी है। लोगों के यहाँ पाँच-पाँच बहनें होती हैं, सब हिल-मिलकर रहती हैं। "माँ के सामने ये सिरचढ़ी थीं। वह तो रही नहीं। अब मेरी तो इज़्ज़त करेंगी न।" अग्रवाल जी ने अपने को समझाया। लोनी पाककला में तेज़ थी। शादी से पहले वह रसोई के कामों में माँ की मदद करती। सोनी बाज़ार के काम निपटाने में एक्सपर्ट थी।

अग्रवाल जी ने क्लिपबोर्ड के एक और काग़ज़ पर लिस्ट बनायी, लोनी से क्या-क्या बनवाया जाये? हालाँकि उनका पेट इजाज़त नहीं देता था। अग्रवाल जी का मन उन सब खानों का स्वाद याद करता जो इन्दु उन्हें खिलाया करती। उड़द दाल की बेड़मी, आलू की रसेदार सब्ज़ी, दही बड़े, खीर, पूरी और बेसन के लड्डू। "मैं सब सामान लाकर रख दूँ तो इतना सब बनाना मुश्किल तो नहीं है।" अग्रवाल जी ने सोचा। रात में जब वे बिस्तर पर लेटे तो अपने लावा फ़ोन पर यूट्यूब खोलकर खाना बनाने की व्यंजन विधियाँ पढ़ने लगे। हर विधि के साथ व्यंजन की तस्वीर लगी हुई थी। मोबाइल के स्क्रीन पर छोटे-छोटे मच्छर मँडराने

लगे, तब अग्रवाल जी को फ़ोन बन्द करना पड़ा। वे यह सोचकर मुस्करा दिये कि मच्छर कितने मासूम हैं, मिठाई की फ़ोटो पर ही धावा बोल दिया।

सुबह घर के दर-ओ-दीवार देखकर उन्हें लगा कि घर बड़ा पुराना और बेरौनक़ लग रहा है। छत पर जाले भी दिखाई दे रहे हैं। शकुन के आते ही उन्होंने फटकार लगायी, "तुम्हारा काम बहुत रद्‌दी हो रहा है आजकल। देखो, कितने जाले लगे हुए हैं?"

"बौजी, दो-चार दिन में साफ़ कर दूँगी, अभी तो दीवाली को कइयौ रोज़ हैं।" शकुन ने कहा।

अग्रवाल जी में ना सुनने की ताब कहाँ? उन्होंने आँगन से छोटी झाड़ू उठायी और उसे छड़ी के छोर पर नाड़े से बाँधने लगे। उनका इरादा था कि वे ख़ुद जाले साफ़ कर शकुन को शर्मिन्दा कर देंगे। महज़ नाड़ा लपेटने में ही वे इस क़दर पस्त हो गये कि लद्‌द-से मूढ़े पर बैठ गये।

शकुन ने उनके हाथ से बेंतवाली झाड़ू ले ली, "रुक जाओ बौजी, हबड़ियाये काहे हो? हम धीरे-धीरे सब कर देंगे।"

पाँच-छह रोज़ में घर साफ़-सुथरा हो गया।

धनतेरस से बाज़ारों में भीड़ बढ़ गयी। सड़क पर भी खील-खिलौने बेचनेवालों ने दुकानें जमा लीं। अग्रवालजी का मन आज न अख़बारों में लग रहा था न टीवी में। वे बार-बार अपना मोबाइल उठाकर देखते कोई मिस्ड कॉल तो नहीं है?

ऊपर से पता नहीं चलता, पर मन-ही-मन वे एक अकड़ू पिता थे। उनका सिद्धान्त था कि बच्चे आ रहे हैं तो अपनी पहुँच की सूचना उन्हें देनी चाहिए। यह भी सच है कि वे किसी को भी लेने या छोड़ने कभी स्टेशन या एयरपोर्ट नहीं गये। जब उनकी पत्नी जीवित थीं, वे उनसे कहते, "देखो, बच्चों की अगवानी और विदाई हमारी दहलीज से शुरू होती है और दहलीज से ही ख़त्म। दोनों बेटियाँ पढ़ी-लिखी हैं, स्मार्ट हैं। हम उनके पीछे मालगाड़ी की तरह कहाँ हँकेंगे।"

इन्दु की विशेषता या विवशता यह थी कि वह पति की किसी बात पर अपनी राय ज़ाहिर नहीं करती। उनकी 'हाँ' और 'ना' का पता ही नहीं चलता। अब तो उनकी वह गऊ जैसी मौजूदगी भी नहीं बची थी। अग्रवाल जी ने मोबाइल और लैंडलाइन हैंडसेट पूरा चार्ज कर अपने पास स्टूल पर रख लिया।

मंजू आज का खाना बना गयी। एक चक्कर बाज़ार का लगाकर उसने ब्रेड, बिस्किट, फल लाकर रख दिया। बचे पैसों से वह स्टील की दो कटोरियाँ भी ख़रीद लायी।

"बौजी, कल मैं एक ही टैम आऊँगी। अपने घर में भी मुझे साफ़-सफ़ाई करनी है। परिवा को तो बुलन्दशहर चली जाऊँगी।"

इन्तज़ार ने भूख ठप्प कर दी। रात नौ बजे वे गैस पर रखा खाना फ्रिज में रख ही रहे थे कि फ़ोन बजा।

"आया", अग्रवाल जी ने ऐसे आवाज़ लगायी, जैसे वह फ़ोन के अन्दर चली जायेगी। फ़ोन पर लावण्या उर्फ़ लोनी बोल रही थी, "पापा, क्या कर रहे हैं?"

"तुम लोगों का रास्ता देख रहा हूँ। पहुँच गये तुम एयरपोर्ट?"

"कहाँ पापा, इसीलिए तो फ़ोन कर रही हूँ। इनका जापान जाना टल गया। बाबू और बबली भी घर आने का प्लान बना रहे हैं। हॉस्टल के सब बच्चे घर जा रहे हैं।"

"सीधी तरह क्यों नहीं बताती आ रही है या नहीं?" अग्रवाल जी का स्वर तीखा हुआ।

"बता तो रही हूँ पापा। इन्होंने कहा, छोड़ो लोनी, बच्चों को लेकर कहाँ दिल्ली की दलदल में धँसोगी? बड़ी मुश्किल से छुट्टी हाथ आयी है।"

"तो तू नहीं आ रही।"

"क्या करूँ पापा, मजबूरी है, सॉरी पापा, मुझे बहुत तकलीफ़ हो रही है बताते।"

"क्लिक," अग्रवाल जी ने फ़ोन काट दिया। गुस्से और असन्तोष ने दिमाग़ को चूने का खौलता कड़ाह बना दिया।

बाक़ी कमरों की बिजली जली हुई थी लेकिन अपने कमरे में उन्होंने बिजली बुझा दी। उन्हें रह-रहकर लोनी की लापरवाही और मतलबीपन पर गुस्सा आ रहा था। खिड़की से बाहर पटाखों की धूम-धड़ाम चल रही थी, लेकिन अग्रवाल जी इस सबसे निरपेक्ष बैठे रहे। उन्हें वे सब हताशाएँ एक-एक कर क़तारबद्ध याद आने लगीं जो लावण्या ने उन्हें और इन्दु को दी थीं। लोनी अनुपम रूप से सुन्दर थी। जब से वह पैदा हुई और बड़ी होने लगी, उसकी चौकीदारी में ही माता-पिता का जीवन बीता। सच पूछो तो उसकी शादी के बाद ही वे चैन की नींद सोये। जब कभी वह घर आती ऐसा लगता, जैसे किसी मन्त्री का दौरा हो। घर की एक-एक चीज़ चमकाई जाती। लावण्या एक नज़र में उनका सारा इन्तज़ाम नापास कर देती और अपने घर की तारीफ़ में कसीदे पढ़ने लगती। छोटी बहन सोनी को तो अपनी नौकरानी समझती।

'टन्न', अग्रवाल जी के दिमाग़ में छोटी लड़की सोनी का नाम गूँजा। उन्होंने सोचा, उसे फ़ोन करके देखें वह आ रही है या नहीं? उन्होंने मोबाइल में समय देखा। उफ़ ख़यालों में डूबे-डूबे डेढ़ बज गया रात का। इस वक़्त फ़ोन करना तो ठीक न होगा। उसने कहा था, वह बतायेगी। कहाँ बताया उसने?

अग्रवाल जी ने नींद की गोली खायी, फिर भी नींद चार बजे तड़के लगी। करवटें बदलते रहे।

सुबह देर से उठे। आज किसी सेविका के आने का अन्देशा नहीं था। उन्होंने गैस जलाकर एक पॉट चाय बनायी और बालकनी से अख़बार लाकर बैठ गये मेज़ पर। कुछ भूख महसूस हुई। सामने बिस्किट का पैकेट था। वे चाय में डुबोकर चार बिस्किट खा गये। नौ बजनेवाले थे। फ़ोन करने के लिए यह एकदम सही समय था।

नम्बर मिलाते हुए भी उनका एक मन कह रहा था, फ़ोन मत करो। छोटी ने कहा था, वह सूचना देगी।

फिर उँगलियों की जीत हुई और छोटी का नम्बर मिल गया।

फ़ोन चुन्नू ने उठाया। उनकी आवाज़ सुनते ही बोला, "नमस्ते नानू, हैप्पी दीवाली।"

अग्रवाल जी निहाल हो गये, "तुम तो नानूघर आ रहे थे चुन्नू? क्या हुआ।"

"पता नहीं, आप मम्मा से बात करो।" चुन्नू ने फ़ोन छोटी को पकड़ा दिया।

"पापा सॉरी, मेरे दिमाग़ से एकदम निकल गया कि आपको फ़ोन करना है। ऐसा है पापा, प्रेस में ओवरटाइम चल रहा है। कक्षा दो की पाठ्यपुस्तक लाखों में छपनी है। इन्होंने कह दिया, बाहर कहीं नहीं जाना है। ऑर्डर कैंसिल हो गया तो लेने के देने पड़ जायेंगे। चलो, जीजी तो आपके पास आ गयी है न।"

"क्लिक" अग्रवाल जी ने फ़ोन काट दिया। उनकी इतनी भी इच्छा नहीं हुई कि वे छोटी को बतायें कि बड़ी लड़की भी नहीं आयी है।

फ़ोन रखकर वे अख़बार का पन्ना खोलकर बैठ गये।

दिमाग़ एक भी ख़बर ग्रहण करने से इनकार कर रहा था। दोनों बच्चों की वादाख़िलाफ़ी उन्हें भीतर तक तोड़ गयी। छोटी इतनी बेसलीक़ा है कि उसने 'सॉरी' भी नहीं बोला।

बैठे-बैठे वे ऊँघ गये। नींद के पहले झोंके में उन्हें जाने कब का पढ़ा हुआ शेक्सपियर का नाटक 'किंग लियर' याद आया। उन्हें लगा, वे स्वयं किंग लियर हैं जो अपनी दोनों बेटियों गोनेरिल और रीगन के हाथों अपमानित हो रहे हैं।

वे तीसरी सन्तान को पुकार रहे हैं, "कॉर्डिलिया, कॉर्डिलिया कहाँ हो तुम? मुझे बचाओ।" इस बिन्दु पर अग्रवाल जी की झपकी खुल गयी। सपना याद था। उन्होंने फिलॉसफराना अन्दाज़ में सोचा, मैं ऐसा किंग लियर हूँ जिसके जीवन में तीसरी सन्तान कॉर्डिलिया आयी ही नहीं। मुझे गॉनेरिल और रीगन की क्रूरता, कठकरेजी और कमीनेपन के साथ ही ज़िन्दा रहना होगा।

नोट—शेक्सपियर के विश्वविख्यात नाटक 'किंग लियर' के पात्रों के नाम हैं—गोनेरिल और रीगन जो अपने पिता के प्रति ज़ालिमपन के लिए बदनाम हैं। कॉर्डिलिया किंग लियर की तीसरी बेटी थी जो पिता के प्रति वत्सल भाव रखती थी।

नौकरी

'ग' वर्ग की नियुक्तियाँ होनी थीं।

पिछले सत्रह साल से कॉलेज के प्रबन्धक और सर्वेसर्वा वकील साब थे। पता नहीं क्यों उनको सब 'राजाबाबू' कहते, हालाँकि शक्ति कपूर की भौंडी कॉमेडी से उनका कोई रिश्ता नहीं था। उनके चेहरे पर हँसी कभी-कभार आती। उनका नाम न तो राजाराम था न रामराज। फिर भी वे सर्वसाधारण के लिए राजाबाबू थे। इस शहर में सब अपने स्कूली नामों से नहीं वरन् पुकारे जानेवाले नामों से पहचाने जाते थे। गैस एजेंसी का मालिक खुन्नू बाबू था तो पेपर एजेंसी का पूँजीपति पुन्नू बाबू। खाटू श्याम का घनघोर भक्त ठेकेदार, खट्टू भैया कहलाये जाने में गर्व महसूस करता। ये तथ्य पुराने थे, लेकिन प्रतिभा मौर्य के लिए नये और मनोरंजक। यों तो 'ग' वर्ग की नियुक्तियों का सम्पूर्ण अधिकार प्राचार्य का था किन्तु राजाबाबू ने कहा, "तुम इस शहर और कॉलेज में नयी हो। प्रिंसिपल भी पहली बार बनी हो। कोई तजुर्बा तो है नहीं प्रिंसिपली का। शहर गाँव के जितने चोर-उचक्के होते हैं, सब चपरासी, चौकीदार पदों के दावेदार होते हैं। उनमें से सही आदमी छाँटना तुम्हारे बस की बात नहीं। जो भी उम्मीदवार आये, उसे मेरे पास भेज दिया करो। तुम्हें मालूम ही है शाम 5 से 7 तक मैं गद्दी पर मिलता हूँ।"

राजाबाबू वकालत करते थे, लेकिन हर वणिक की तरह उनसे और उनके परिवार से आढ़त का काम अभी छूटा नहीं था। दलहन, तिलहन की आढ़त का समस्त लेन-देन इसी गद्दी से होता। जब वे कचहरी में होते, उनका पोता भैरोबाबू गद्दी सँभालता। मुट्ठीगंज की घिचपिच गली में उनकी बड़ी-सी हवेली थी, जिसके नीचे की बैठक में वे शाम को, एक काठ के बक्से के पीछे बैठे अपनी चौकन्नी नज़र से सारा हिसाब-किताब देखते रहते। स्कूल-कॉलेज के लेन-देन, मास्टर-मास्टरनियों पर माकूल कार्यवाही, पल्लेदारों का हिसाब और मुवक्किलों की अगली तारीख़—सब इसी ठीये से तय होती। मुहल्ले के बल्लीसिंह ने सुना, सनातन कॉलेज में भरती होने वाली हैं।

शाम के वक़्त वह पहुँच गया प्रतिभा मौर्य के घर। चौक की एक ही गली लोकनाथ में उसका भी घर था।

जाकर उसने कहा, "साब, आप प्रिंसिपल हो गयी हैं तो हमहु का मौक़ा मिला चाही आपकी सेवा का।"

प्रतिभा ने हँसी दबाते हुए पूछा, "तुम कौन काम करोगे?"

"लो बोलो। अरे, हम आपकी, आपके कॉलेज की चौकीदारी करब। हमार रहते, जौन माखी भी उड़कर अन्दर आ जाब तो हम आपन नाम बदल लेब।"

"नाम तो तुम्हें वैसे भी बदल लेना चाहिए, बल्लीसिंह।"

"अइसा है, हमार पैदाइसी नाम था नछत्तरसिंह। जब हम सोलहवें में लगे, एक रात सोय के जो उट्ठे तो एक हाथ ऊँचे हो गये। हमार माई आपन मूड़ पर हाथ रख कर रोबै लगी, नछत्तर तो बाँस की बल्ली नाईं बढ़ गवा। एकरे पजामे-कमीज़ सब छोट गये। अब हम करी तो का करी।"

हमार बाबू बोले, "लोगन की औलाद मूस जइसी रह जात है। जे तो खुस होने की बात है अपना बालगुपाल बाँसबरेली जइसा लम्बा हो गया।"

"सबने हमें बाँस की बल्ली बुलाना शुरू कर दिया। नछत्तर नाम बिसर गया। अइसे भए हम बल्लीसिंह।"

"देखो बल्लीसिंह, इन क़िस्से-कहानियों से नौकरी नहीं मिलेगी। दर्जा पाँच तक पढ़े हो?" प्रिंसिपल गम्भीर हुई।

"ये लो, हम तो दर्जा आठ तक पढ़े हैं। काग़ज़ लाय के दिखाएँ?

"हमें नहीं, मैनेजर साब को दिखाना, वही भरती करेंगे।"

"अरे, आप प्रिंसिपल हैं। आपके ऊपर भी हाकिम-हुक्काम हैं।"

"तुम अब जाओ" प्रतिभा ने रौब से कहा...

बल्लीसिंह ने अनजाने उसकी दुःखती रग पर हाथ रख दिया था।

इस प्रसंग पर प्रतिभा परिवार में ख़ासी बहस हो चुकी थी। पति राकेश मौर्य और बेटी सुमेधा ने बड़ी मुश्किल से प्रतिभा का दिमाग़ इस ज़्यादती की तरफ़ से मोड़ा था। प्रतिभा कहती, "आज मुझे इस बात पर दबायेंगे तो आगे और भी बातों पर दबना पड़ेगा।"

राकेश मौर्य भी सरकारी सेवा में था। उसने कहा, "हम दिन में दस बार 'सॉरी' बोलते हैं जबकि पाँच बार ग़लती हमारी नहीं, सामनेवाले की होती है। याद रखो, हम जीतने के लिए झुकते हैं।"

"यहाँ कोई जीत नहीं है। कॉलेज के कामकाज में टाँग अड़ाना है यह।"

"ममी, तुम भी बस बात की टाँग पकड़कर बैठ जाती हो।" सुमेधा ने कहा, "मैनेजर पाँच कॉलेज चलाते हैं, आपकी क्या बिसात?"

प्रतिभा रुआँसी हो गयी, "एक आदमी अनीति कर रहा है। कोई उसे ग़लत नहीं कह रहा। सब मुझे ही समझाने में लगे हैं।"

अब राकेश फ़िक्रमन्द हो गया। प्रतिभा पर प्रिंसिपली का नया नशा चढ़ा हुआ था।

राकेश को याद आया, "तुम्हें पता नहीं है प्रीति, इस तरह की भरती-सरती में ख़ून-ख़राबा भी हो जाता है। भूल गयीं, अभी दो-तीन साल पहले हमारे जिले के एक प्रिंसिपल को हत्यारों ने काट फेंका था। यही चतुर्थ श्रेणी की भरती का मामला था वहाँ।"

"ममी प्लीज़ तुम इस पचड़े में मत पड़ो, मेरी क़सम।" सुमेधा ने कहा।

रात भर जाग कर प्रतिभा ने परिवार की ख़ातिर यह मन बनाया कि वह इस काम पर ध्यान न दे।

तीन हफ़्तों में कॉलेज कार्यालय में अर्ज़ियों का अम्बार लग गया। प्रारम्भिक जाँच में यह साफ़ हो गया कि इंटर, बी.ए. पास अभ्यर्थियों ने भी चतुर्थ श्रेणी की नौकरी के लिए दरख़्वास्त दी है। इतना उन्हें अहसास था कि इस पद पर भी उन्हें बारह से पन्द्रह हज़ार तक तनख़ा मिलेगी, लेकिन उनमें से किसी को यह जानकारी नहीं थी कि उनका काम किस स्तर का होगा? उन्हें कक्षाओं की झाड़-पोंछ, डाकघर, बिजलीघर, बैंक और स्टेशन के चक्कर और चारों तरफ़ पेड़-पौधे लगाने के लिए फावड़ा और कुदाल भी चलाना होगा। इन कामों की इन्हें न्यूनतम जानकारी भी होगी, ऐसा इनकी अर्ज़ियों से पता नहीं चल रहा था। हर एक अर्ज़ी में यह ज़रूर लिखा था, "मैं आपकी तन-मन-धन से सेवा करना चाहता हूँ।"

भरती सम्बन्धी मोटी फ़ाइल वकील साब की गद्‌दी पर भेज दी गयी। उनका उसूल था, हर काम ख़रामा-ख़रामा करना। उन्होंने एक अभ्यर्थी को बुला भेजा।

नाम—भोलासिंह

उम्र—25 साल

गाँव—मलाक हरहर।

राजाबाबू ने भोलासिंह से पूछा, "मान लो, तुम्हारे पास साइकिल नहीं है। हम तुम्हें सूबेदारगंज से एक बोरी खाद लाने को कहें तो तुम क्या करोगे?"

"जी, बस से चले जायेंगे।"

"हम तुम्हें बस के पैसे नहीं दें तो क्या करोगे?"

"जी, हम पैदल चले जायेंगे।"

"दस मील आना दस मील जाना पैदल करोगे?"

"और क्या मालिक? आपका हुक्म जो हुआ।"

मन-ही-मन हँसते हुए राजाबाबू ने कहा, "मूर्ख है" और उसे ख़ारिज कर दिया।

एक और अभ्यर्थी की अर्ज़ी उन्होंने फ़ाइल में से ढूँढ़ निकाली। उन्होंने अर्ज़ी पर कुछ लाल निशान लगाये और बोलना शुरू किया—

"तुम्हारा नाम शीतला है?"

"जी मालिक।"

"पिता का नाम?"

"लालचरन त्रिपाठी।"

"ऐसा है पण्डित, हमारे कॉलेज में सभी मेल के बच्चे पढ़ने आते हैं। यही हाल पढ़ानेवालियों का है। कितने ही तो कोटे से आये हैं। तुम इनको पानी, चाय पिलाने का काम कर लोगे? इनके जूठे प्लेट-प्याले भी धोने पड़ेंगे।"

शीतला त्रिपाठी के नथुने फूल गये। उसने तनकर कहा, "राजाबाबू आपके लिए जान भी हाज़िर है, पर जूठा धोना हमसे न होगा।"

कॉलेज में सबके अन्दर असन्तोष कुलबुला रहा था। जब कॉलेज अस्थायी था तब मैनेजर ने वहाँ तीन सौ रुपये महीने पर पाँच चतुर्थ श्रेणी कर्मचारी रखे थे। आम तौर पर वे अपना काम बड़ी मुस्तैदी से करते लेकिन जब से उन्हें पता चला कि कॉलेज के स्थायी होने के कारण, अब उनकी जगह पक्की नौकरीवाले रखे जायेंगे, वे बेचैन हो गये।

"इत्ते दिनन से हम काम कर रहे हैं, कौनो सिकायत हो तो बतावें। हम तो न जाब आपन काम छोड़ के।"

दूसरा जोड़ता, "आधी उमिर इहाँ गुजार दीन। इब कहाँ जाब?"

ननकी बताती, "हम लोगन की उमिर जियादा हो गयी, येई कारन हमें पलमामेण्ट नईं न करिहैं, बड़ी गुरुजी को अब जवान मनई चाही काम करे के बदे।"

सब पुराने कर्मचारियों को यही बहाना टिकाया गया था कि तुम्हारी उम्र बत्तीस के ऊपर है, इसलिए तुम्हारे नाम पर विचार नहीं होगा।

फूलमती ने कहा, "झाड़ू-बुहारू करे में क्या बत्तीस क्या छत्तीस? असल बात कोई और है। जमादारजी बतइहैं पता लगा के।"

बल्लीसिंह राजाबाबू तक पहुँच गया। उसके लम्बे-चौड़े क़द को देखकर दुबले-मरियल राजाबाबू एक पल को तो सहम ही गये। उन्होंने फ़ाइल में से उसकी अर्ज़ी निकाली। बल्लीसिंह ने चौकीदारी के लिए अर्ज़ी लगायी थी। पहली नज़र में उन्हें आदमी यह जँचने लगा। बल्लीसिंह ने अपनी अर्ज़ी पर घर का पता बड़े अक्षरों में लिखा हुआ था। राजाबाबू की नज़र उस पर अटक गयी।

"तुम प्राचार्या जी के पड़ोस में रहते हो?"

"जी, साब।"

"उन्हें जानते हो?"

"जी, देखे हैं। बगलई में रहती हैं।"

"उनसे बात की थी तुमने?"

"जी साब, आपके घर का पता-ठिकाना पूछे रहे।"

"और क्या बात हुई?"

"कौनो बात नाहीं भई। ऊ बोलीं, मनीजर साब से मिलो।"

"पहले कभी चौकीदारी की है?"

"जी, हमार खानदानी पेशा समझें। हमारे बाबू निरंजन टाकीज का साइकिलिया स्टैंड का ठेका लेत हैं। आप जानो, कइसा इलाक़ा है वो। तीन-तीन घण्टे के चार शो। ऊपर से सारे नशेड़ी, गँजेड़ी उहाँ चौकड़ी मारें। मुला एक भी साइकिल न कभी खोयी न पायी। हिसाब एकदम टिच्च।"

"यह तो तुम्हारे पिताजी का काम है। तुमने क्या काम किया है?"

"हमरे बूते ही तो ठेका उठावत है, बाबू।"

"तुमको बन्दूक़ चलाना आता है? कॉलेज की चौकीदारी ज़रा क़ायदे का काम होती है।"

"जी चलाये तो नहीं, पर हाथ पड़े जो आज़मा सकित है।"

"तुम क्या-क्या हथियार चला लेते हो।"

"जी, चक्कू चला लेत हैं। बम भी फोड़ लेइत हैं। कुस्ती में हमें चन्दगीराम भी पटकनी नईं दे सकत।"

"हमारे कॉलेज के आस-पास गुण्डे बदमाश रहते हैं, उनसे निपट लोगे?"

"नाम बतावें, अबहिन ठिकाने लगाना सुरू कर दें।"

राजाबाबू सहम गये। साथ ही, उन्हें अद्भुत सुरक्षाबोध हुआ। मुट्ठीगंज इलाक़े में दो-तीन लोगों से उनकी पुरानी अदावत थी। उन्हें लगा, यह आदमी उन्हें भी होश दिला देगा।

राजाबाबू ने पहलू बदलकर प्रसंग बदला, "निरंजन का ठेका कितने में उठाते हो?"

बल्लीसिंह सँभला, "ई सब हमार बाबू का लेन-देन है। हमें इन चक्करों से कौनो मतलब न।"

"कुछ अन्दाज़ा तो होगा।"

"ऊ ठेका महीना का होत है कि हफ़्ता का, हम नईं जानत। ओमें पुलिस का भी हफ़्ता रहबे करी।"

"इसका मतलब, बड़ा काम है।"

"ऐतना बड़ा नाहीं न। दिन भर के चार शो में 400 गाड़ी भी नईं आवत। ज़्यादा लोग पाँव पैदल वारे हैं।"

"देखो, जब साइकिल स्टैंड का ठेका उठाने का भी पैसा भरते हो तो सोचो, पक्की सरकारी नौकरी लेने के लिए कुछ तो ख़र्चा करोगे न?" बल्लीसिंह को लगा, काम बन रहा है। उसने कहा, "हम आपन बाबू को भेजब। आप बात कर लें।"

राजाबाबू ने अपनी चतुराई से ऐसे नवरत्न ढूँढ़ निकाले जो उन्हें अपनी साल भर की तनख़्वाह नगद एडवांस देने को तैयार हो गये।

एक दिन सवेरे प्रतिभा मौर्य कॉलेज पहुँची तो देखा, कैंटीन से बड़ा शोर आ रहा है। पता चला, नवनियुक्ति कर्मचारियों की चाय-पार्टी चल रही है। उन्होंने स्टाफ़ रूम में शिक्षिकाओं के लिए मिठाई, नमकीन और कोल्डड्रिंक रखवा दिये हैं।

इस पार्टी में नये के साथ पुराने कर्मचारी भी जश्न मना रहे थे।

"मूर्ख कहीं के" प्रतिभा मौर्य ने मन-ही-मन उन्हें कोसा, "इन्हें यह भी नहीं पता कि ये नये लोग इनकी नौकरियाँ निगल जायेंगे।" सबने बड़ी तमीज़ से उपस्थिति रजिस्टर में अपने नाम के आगे दस्तख़त किये और हाथ जोड़ते हुए कमरे से बाहर निकले। "बड़े बाबू से अपनी ड्यूटी समझ लो।" प्रिंसिपल ने ताक़ीद की।

दिन के काफ़ी घण्टे अन्य कामों में निकल गये। प्रतिभा मौर्य दोपहर के राउंड पर निकली तो पाया, पुरानी सेविका ननकी और फूलमती ख़ाली कक्षाओं में झाड़ू लगा रही हैं।

"तुम्हें पता नहीं, तुम्हारी नौकरी अब ख़त्म है? घर जाकर आराम करो, क्यों फ़िज़ूल में थक रही हो?" ननकी ने हँसते हुए कहा, "नईं गुरु जी, ये नये मनई बड़े भले हैं। हमका कै गइन हैं कि तुम आपन काम रोज़ की तरह करो, तुमरी तनख़ा हम देबै।"

"नॉनसेंस" प्रतिभा मौर्य के मुँह से निकला, "मैं ऐसी मनमानी चलने थोड़ी दूँगी? उन्होंने हमारी शर्तों पर नौकरी मंजूर की है।"

"देख लें गुरु जी" कहकर ननकी और फूलमती वापस अपने काम में लग गयीं।

नौ के नौ नवरत्न कॉलेज परिसर में हों तो नज़र आयें?

छुट्टी के समय तक प्रतिभा मौर्य गुस्से से खलबलाती रही। एक-दो नहीं, नौ के नौ कर्मचारी कार्यभार ग्रहण करने के दिन से नदारद। इन्हें किसी अधिकारी का डर ही नहीं रहा है। सबकी नियुक्तियाँ नापास कर देगी तो समझ आ जायेगी हिमाकत।

घर पहुँचकर भी प्रतिभा मौर्य को चैन नहीं मिला। खाने का नाम कर प्लेट सरका दी। पति लखनऊ में काम करते थे। उनसे देर शाम को ही बात हो सकती थी।

किसी तरह घड़ी ने पाँच बजाये। प्रतिभा मौर्य एक बार फिर रिक्शा मँगा कर मैनेजर की गद्‌दी के लिए निकली।

राजाबाबू की कोठी के आगे उनकी दोनों कारें खड़ी हुई थीं। अन्दर के रास्ते में कई लोग इधर-उधर दीवार की टेक लगाये अधखड़े-अधबैठे थे। तभी चबूतरे पर से एक कड़क आवाज़ सुनायी दी, "हटा, हटा मनई लोग! प्रिंसिपल साब का आवादें" यह बल्लीसिंह था, जिसके कन्धे पर पुराने मॉडल की राइफिल लटकी थी और कमीज़ के ऊपर कारतूस की क़तार।

प्रतिभा मौर्य पलक झपकते माजरा समझ गयी। उसने मन-ही-मन हिसाब लगाया, यह तो हुआ एक कर्मचारी, बाक़ी आठ रतन कहाँ गये?

मैनेजर की गद्‌दी पर वह पहुँची। बड़ी मुश्किल से गद्‌दी तक बैठी। बढ़ती उम्र के साथ ज़मीन पर बैठने में उसे घुटनों में दर्द होता था।

मैनेजर बहुत अच्छे मूड में थे। उन्होंने सिर हिलाकर कहा, "वाह प्रिंसिपल साब, आपने 'ग' नियुक्तियाँ तो बढ़िया कर डाली हैं। पुराने कर्मचारियों की छुट्‌टी तो कर दी न आपने?"

बात की धूर्तता पहचानते हुए प्रतिभा मौर्य मन्द-मन्द मुस्कराने लगी।

राजाबाबू उसके जवाब के मुन्तज़िर भी नहीं थे। उन्होंने हाँक लगायी, "अरे कोई है, प्रिंसिपल साहबा के लिए एक जोड़ा सादा पान लेकर आओ।" पान मुँह में दबाकर बोलना प्रतिभा मौर्य को हमेशा बेढब लगता था। पान पेश होने से पहले ही उसने कहा, "राजाबाबू, इन नये लोगों की हाज़िरी भी रोज़ाना चाहिए होगी, यही नियम है।"

"इनका हाज़िरी रजिस्टर अलग बनाकर आप मेरे पास भिजवा दीजिए, मैं सब करवा लूँगा। आप बेफिकर होकर प्रशासन कीजिए।"

प्रतिभा मौर्य जब मैनेजर की गद्‌दी पर से उठी और बाहर आयी उसके पैरों का दर्द बढ़ गया था, माथे पर पसीना छलक आया और चेहरे पर चार चाँटे खा जाने का भाव था। उसका मन हो रहा था अभी वापस अन्दर जाकर बोलकर आये, "सँभालिये अपना कॉलेज, मुझे नहीं करनी ऐसी प्रिंसिपली।"

कहाँ दिखा पायी वह ऐसी दिलेरी।

उसने वहाँ से गुज़रता रिक्शा रोका, उसमें किसी तरह लद गयी और निहायत मरियल आवाज़ में कहा, "चौक चलो।"

रास्ते भर अमिताभ बच्चन की किसी फ़िल्म का एक गाना शब्द बदलकर उसका पीछा करता रहा, 'नौकरी इम्तहान लेती है।'

परिशिष्ट

- कहाँ मैं, कहाँ मेरी कहानियाँ
- मैं क्यों लिखती हूँ?

कहाँ मैं, कहाँ मेरी कहानियाँ

रचना हमारी प्रतिनिधि होती है अथवा हम रचना के प्रतिनिधि होते हैं, यह मैं आज तक तय नहीं कर पायी। कहानी लिखते समय कभी अहसास नहीं होता कि यह हमारी या हमारे समय की पहचान बनेगी। रचना-प्रक्रिया के अपने आन्तरिक दबाव होते हैं, जैसे भूख, प्यास और नींद के। लड़कपन से अब तक मेरे साथ एक बात है—मुझे जो कुछ भी होता है, बड़ी ज़ोर से होता है। भूख लगेगी तो इतनी ज़ोर से, प्यास लगेगी तो गला चटक जायेगा, नींद आयेगी तो बैठे-बैठे सो जाऊँगी। यही हाल कहानी लिखने का है। दिमाग़ में अनार की तरह छूटती है कहानी। उसके लाल, हरे, पीले, नीले रंग उड़ रहे हैं, ऐसे कि गिनने में नहीं आ रहे। एक कहानी के चार-चार शीर्षक सूझ रहे हैं—कहानी रसोई में सब्ज़ी जला रही है, संवाद में श्रवणशक्ति चुका रही है, बिस्तर पर नींद उड़ा रही है। एकदम सुनामी लहरों की तरह प्रलयंकारी वेग से आती है कहानी और फिर उतनी ही तीव्रता से वापस हो जाती है। सुबह मस्तिष्क का तट ऐसा वीरान पड़ा होता है कि वहाँ घोंघे और सीपियों के सिवा कुछ नहीं होता। जब मैंने लिखना शुरू किया था तब इस क़िस्म के फ़्लैशेज़ बहुत अधिक आते थे और मैं सोचती थी, एक दिन मैं अख़बार निकालूँगी—'ममता टाइम्स'। हमने प्रेस भी लगाया, अख़बार भी छापे, लेकिन वहाँ से 'ममता टाइम्स' नहीं निकला। मैंने भी अपना इरादा ताक पर रख कर अपनी आधी ऊर्जा नौकरी में लगा दी। मेरे दिल-दिमाग़ का बावलापन ही मेरी रचनाओं का सबसे बड़ा कारण और कारक रहा है। जब मैं अन्य रचनाकारों का स्टडीरूम देखती हूँ तो दंग रह जाती हूँ—दुर्लभ एकान्त, क़रीने से लगी पुस्तकें, सलीक़े से बिछा बिस्तर, कम्प्यूटर और इंटरनेट सुविधा, कॉफ़ी का इन्तज़ाम।

मैंने अपनी कहानियों को ऐसी पृष्ठभूमि का ठाठ-बाट नहीं दिया, लेकिन हर हाल में लिखा—घर में, कॉलेज में, रेल में, रिक्शे पर; हर उस जगह, जहाँ

आस-पास जीवन था। बहुत अधिक साफ़-सुथरे, सलीक़ापसन्द माहौल में मेरी रचना-प्रक्रिया ठिठुर जाती है।

मेरे विचार से एक लेखक अपनी सृजनात्मक प्रक्रिया को जितना समझता है, उससे कहीं ज़्यादा उसे उसके अग्रज रचनाकार समझते हैं। समय-समय पर कई वरिष्ठ और साथी लेखकों ने मेरी रचना-प्रक्रिया पर आश्चर्य और आक्रोश, दोनों प्रकट किये हैं। श्री उपेन्द्रनाथ 'अश्क' में यह विशेषता थी कि वे नये से नये लेखक को पढ़ते थे और अपनी राय देते थे। उनके शब्दों में—"मैं यही कह सकता हूँ कि ममता की रचनाओं में अपूर्व पठनीयता रही है। पहले वाक्य से उसकी रचना मन को बाँध लेती है और अपने साथ बहाये लिए चलती है, कुछ उसी तरह जैसे उर्दू में कृशन चन्दर और हिन्दी में जैनेन्द्र की रचनाएँ। यथार्थ का आग्रह न कृशन चन्दर में था, न जैनेन्द्र कुमार में, लेकिन ममता रूमानी या काल्पनिक कहानियाँ नहीं लिखती, उसकी कहानियाँ ठोस जीवन के धरातल पर टिकी हैं। निम्न मध्यवर्गीय जीवन के छोटे-छोटे ब्योरों का गुम्फन, नश्तर का-सा काटता तीखा व्यंग्य और चुस्त-चुटीले जुमले उसकी कहानियों के प्रमुख गुण हैं। ममता की बहुत अच्छी कहानियों में तीन-चार कहानियों का मैं विशेष रूप से उल्लेख करना चाहूँगा—'वसन्त सिर्फ़ एक तारीख़', 'लड़के', 'माँ' और 'आपकी छोटी लड़की'।"

अगर सूचना विज्ञान में ऐसा कम्प्यूटर निकल आये जो हमारी दिमाग़ी प्रक्रिया को ज्यों का त्यों मॉनिटर पर उतार दे, तो यक़ीन मानिए, मेरी रचना-प्रक्रिया का ऐसा पेचीदा संजाल सामने आये कि मैं ख़ुद उसका विश्लेषण न कर पाऊँ। कोई ऊर्जा-तरंग है, जो चलती चली जाती है। दिमाग़ में एक बार में पाँच-पाँच कहानियाँ लिखी जा रही हैं, तीन उपन्यास साथ-साथ चल रहे हैं, दो नाटक मंच पर अभिनीत किये जा रहे हैं।

प्रस्तुत कहानियों में कुछ ऐसी हैं, जो अपने आप मुझ तक चली आयी हैं। इलाहाबाद में रसूलाबाद घाट पर क़तार से खड़ी सरकारी जीपों को देख कर रवीन्द्र और मेरे मुँह से एक साथ यही बात निकली, "भारत सरकार नहाने आयी है।" घर लौट कर रवि तो चैन की नींद सो गये, पर मेरे मन में वह दृश्य चक्कर लगाता रहा। यूनिवर्सिटी में छात्रों ने हड़ताल कर रखी थी। दोनों अनुभव 'लड़के' कहानी में काम आ गये। इस कहानी पर बासु चटर्ज़ी ने 'रजनी' सीरियल का अन्तिम एपिसोड बनाया था, जो सरकार को इतना नागवार गुज़रा कि उन्हें यह धारावाहिक ही बन्द कर देना पड़ा। 'आपकी छोटी लड़की' मेरे अपने लड़कपन

की कहानी है। इस लम्बी कहानी को लिखने में ज़रा भी श्रम नहीं पड़ा। एक बार यादों की डिबिया खोली तो सारे पात्र बाहर निकल पड़े। जब यह कहानी पहली बार 'साप्ताहिक हिन्दुस्तान' में छपी तो पाठकों के इतने पत्र आये कि तत्कालीन सम्पादक मनोहर श्याम जोशी को इस कहानी पर सम्पादकीय लिखना पड़ा। उन्होंने कहा कि ममता कालिया की कहानी 'आपकी छोटी लड़की' में संकेत हैं कि साहित्यिक रचना भी लोकप्रिय हो सकती है। हिमांशु जोशी ने मुझसे कहा, "आपकी कहानी छाप कर हमारा काम बहुत बढ़ जाता है। हर डाक में डाकिया सिर्फ़ आपकी कहानी पर चिट्ठियों के बण्डल डाल जाता है।" इन सब बातों से बड़ी हौसलाअफ़ज़ाई हुई, वरना लिखना तो सागर में सुराही उँडेलने के समान होता है। इतना विशाल हिन्दी साहित्य का कोष—इसमें कहाँ मैं, कहाँ मेरी कहानियाँ?

अपनी प्रारम्भिक कहानी 'एक अकेली तस्वीर' मैं इसलिए दे रही हूँ कि उसमें कच्ची धान की बाली की गन्ध है। मैंने जब लिखना शुरू किया था, प्रायः उस उम्र में आजकल लेखिकाएँ नहीं लिखतीं। आजकल प्रौढ़ अवस्था में वे लिखना शुरू करती हैं, जब क़लम-कलाई में चौकन्नापन आ जाता है। मेरे लिए लेखन साइकिल चलाने जैसा एडवेंचर रहा है, डगमग-डगमग चली और कई बार घुटने, हथेलियाँ छिला कर सीधा बढ़ना सीखा। समस्त ग़लतियाँ अपने आप कीं, कोई गॉडफ़ादर नहीं बनाया। बिल्ली की तरह किसी का रास्ता नहीं काटा और किसी को गिरा कर अपने को नहीं उठाया। हमारे समय में लिखना, मात्र जीवन में रस का अनुसन्धान था; न उसमें प्रपंच था न रणनीति। निज के और समय के सवालों से जूझने की तीव्र उत्कण्ठा और जीवन के प्रति नित-नूतन विस्मय ही मेरी कहानियों का स्रोत रहा है।

प्रायः विवाह के बाद लड़कियों का परिवेश बदलता है। मेरे साथ ऐसा हुआ होता तो मैं कहीं की न रहती। रवि के और मेरे जीवन में लिखना और पढ़ना, प्रेम करने और लड़ने जितना ज़रूरी है। इस घर में भी पापा-घर की तरह किताबें ज़्यादा हैं, अन्य साज़-सामान कम। वैसे घर में किताबें गुम होने की रफ़्तार भी मज़े की है। खुद अपनी लिखी किताबें नहीं मिलतीं। मेरे प्रकाशक पहले की छपी मेरी अप्राप्य पुस्तकों के नये संस्करण छापना चाहते हैं, पर किताबें हैं कि मिल नहीं रहीं। कई बार घर की अलमारियों में दफ़न हो जाती हैं, कभी किसी साहित्य-प्रेमी को अन्तिम प्रति भी भेंट चढ़ जाती है।

मेरा लिखने का कोई निश्चित समय नहीं है। बिना सोचे-समझे कहानी शुरू कर देती हूँ, मानो शून्य आसमान में सितारा चिपका रही हूँ। पहले तो एकान्त ही नहीं मिलता। अगर मिल भी गया तो बजाय लिखने के टी.वी. चैनलों के ऊटपटाँग उत्पात में समय नष्ट करती हूँ। न लिखा जाये तो रसोई की ओर कूच कर जाती हूँ और रसोई में कोई काम बिगड़ जाये तो पाँव पटकती कमरे में आ जाती हूँ, जहाँ हरदम मेरे काग़ज़ फैले रहते हैं। कई बार दो-चार काग़ज़ उड़ कर ग़ायब भी हो जाते हैं। लोग जीवन में अराजक होते हैं, मैं लेखन में अराजक हूँ। इस सबके बावजूद, जब भी, जो भी मैंने अब तक लिखा, उसे मैं स्वीकार करती हूँ। मैं अपनी हर कहानी पर यह शपथ-पत्र लगा सकती हूँ कि यह मैंने बड़ी शिद्दत से महसूस करते हुए लिखी। हर कहानी को अपने कलेजे की गर्मी से सेंका और पकाया। कितना ही यथार्थ अपनी नसों पर झेला, कितना कुछ औरों को झेलते देखा। जिस वक़्त जो लिखा, उसमें अपनी पूरी ऊर्जा लगा दी। हर हाल में लिखा, हर मूड में लिखा। अपना गुस्सा, अपना प्यार, अपनी शिकायतें, अपनी परेशानियाँ तिरोहित करने में लेखन को हरसू मददगार पाया। जो कुछ रू-ब-रू कहने में सात जनम लेने पड़ते, वह सब रचनाओं में किसी-न-किसी के मुँह में डाल दिया। मेरा यक़ीन है कि लेखन से अच्छा जीवनसाथी मुझे क्या, किसी को भी नहीं मिल सकता।

—ममता कालिया

मैं क्यों लिखती हूँ?

कवि मुक्तिबोध की शैली में इस सवाल का जवाब देने से पहले मेरा भी एक सवाल है—यह पूछने में इतनी देर क्यों की पार्टनर?

अब जब मुझे लिखते हुए पचास साल बीत गये, अब जब मैंने सैकड़ों रीम काग़ज़ काले कर डाले, पचासों क़लम की स्याही सुखा डाली और पैंतीस पुस्तकें प्रकाश में आ गयीं, इस सवाल का जवाब आसान नहीं मुश्किल मालूम पड़ता है।

कोई ऊर्जा तरंग है जो चलती चली जाती है। दिमाग़ में एक बार में पाँच-पाँच कहानियाँ लिखी जा रही हैं, कविताएँ तो इतनी धकापेल से आ रही हैं कि पूरा कविता-संग्रह आँखों के सामने छप जाता है, शीर्षक और ब्लर्ब सहित। दिमाग़ में तीन उपन्यास एक साथ चल रहे हैं।

जब मैंने लिखना शुरू किया, बिल्कुल विद्युत की चकाचौंध की तरह आती थी रचना, फुलझड़ी की तरह। मैं कहीं भी लिख डालती थी, हथेली पर, दीवार पर, रद्दी लिफ़ाफ़ों के पीछे। मेरे दिल की पेनड्राइव में न जाने कितनी घटनाएँ-दुर्घटनाएँ, स्वप्न-दुःस्वप्न, अनुराग-विराग और आशंकाएँ ठसाठस भरी रहतीं। शुरू में यह विश्लेषण करना जटिल था कि मेरे लिखने में कल्पना अधिक सक्रिय है या भावना? दोनों ही स्थितियाँ तड़-फड़ करती काग़ज़ पर उतरतीं।

जितना यह सच है, उतना ही यह भी कि केवल भाव-बोध के सहारे नहीं टिकी रहती रचना, जब तक उसमें बृहत्तर समय-समाज का सरोकार और दृष्टिबोध न हो। मेरी कहानियों के पीछे वे समस्त विसंगतियाँ हैं, जिनकी मूकदर्शक बनकर बैठना मुझे गवारा न हुआ। समय के सवालों से जूझने की चुनौती और उत्कण्ठा तथा जीवन के प्रति नित-नूतन विस्मय ने ही रचनाओं का लिखना सम्भव किया है।

कई बार मैं सोचती हूँ कि होती मैं हुसैन मक़बूल फ़िदा तो अपनी बेचैनियों को इतने ऊँचे बुर्ज पर लटका देती यों। ऐसी तड़-फड़ तबीयत से कोई क्या

बताये कि कौन-सी कहानी कब लिखी, क्यों लिखी, कहाँ लिखी? कई बार सुबह के अख़बार के साथ कोई कहानी मेरे पास चली आयी कतरन की तरह, कभी-कभी किसी जुमले के साथ रिबन की तरह खुलती गयी कहानी, कभी दुःखती उँगली की तरह रात-भर चस-चस करती रही तो कभी हालात बनकर हिला गयी आपबीती।

कहानी लिखना एकल साधना और एकाकी कला है। चाहे कितने आधुनिक साधन और संजाल आपके सामने बिछे हों, लिखना आपको अपनी नन्ही क़लम से ही है। कई-कई दिन कहानी दिल-दिमाग़ में पड़ी करवटें बदलती रहती हैं। अन्ततः जब कहानी लिख डालने का दबाव होता है, अपने को अपने ही बहुरंगी घर-संसार से निर्वासित कर लेना पड़ता है। पता है कि अन्य कमरों में दोस्तों के ठहाके गूँज रहे हैं या तेज़ वॉल्यूम में मेरे प्रिय गाने सुने जा रहे हैं, पर यहाँ तो काग़ज़ पर उतर आये चन्द नामों के अन्दर जान डालनी है। बड़ा अजीब लगता है कि कहानी में पहले अपने यथार्थ को कल्पना बनाओ, फिर उसे कथा-यथार्थ बनाकर ऐसे लिखो कि वह अकेले एक की नहीं, हर एक की कथा लगे। इस प्रक्रिया में यथार्थ से एक जायज़ दूरी हासिल करनी होती है और उन स्मृतियों से भी छुटकारा मिलता है, जो आपके मन पर बैठी रहती हैं।

हर रचनाकार के मन में उपन्यास लिखने की इच्छा जब-तब सिर उठाती रहती है। रचनात्मक जीवन में प्रायः हम कविता से अपना सफ़र शुरू करते हैं और संस्मरण से समाप्त। कविता, कहानी, नाटक, निबन्ध और संस्मरण के बीच उपन्यास एक महत्त्वपूर्ण पड़ाव है, जिस पर कुछ रचनाकार ठहरते हैं, तो कुछ उसे उलाँक कर डायरी-वायरी लिखकर अपनी तसल्ली कर लेते हैं। दरअसल, जब तक हम केवल अनुभव के आसरे लेखन टिकाते हैं, कहानी लिखना सबसे मुमकिन-सा काम है। अनुभव के आधार पर कहानी प्रामाणिक, यथार्थपरक, जीवन के निकट और सच्ची मानी जाती है। ऐसी कहानियाँ रिपोर्ताज की तरह इकहरी, छोटी और आसान होती हैं। ओ. हेनरी की तरह उनमें सत्य का सांगोपांग शीर्षासन हो तो क्या कहने! कहानी जम जाती है। आत्मकेन्द्रित से आत्मकेन्द्रित व्यक्ति कहानी सम्भव कर सकता है। निजी अनुभवों को प्रायः चुनौती भी नहीं दी जा सकती। किसी एक के साथ ऐसा घटा होगा, यह गुंजाइश हमेशा बनती है।

उपन्यास लिखने की सबसे बड़ी चुनौती यही है—'स्व' से निकलकर 'पर' की दुनिया में प्रवेश। उपन्यास के लोक में हमारा काम केवल अनुभव से नहीं चल सकता। एक लम्बी कथा में आख़िर आप कितने अनुभव डालेंगे? अनुभवों

का टोटा पड़ जायेगा। उपन्यास लिखने के लिए रचनाकार को बार-बार अपने स्मृतिकोश और कल्पनाकोश का सहारा लेना पड़ता है, बल्कि उपन्यास में वही अनुभव काम आते हैं, जो स्मृतिकोश का अनिवार्य अंग बन जायें। इसके साथ हमें यह भी चुनना पड़ता है कि हमारे निकट समय और समाज के बाह्य संघर्ष ज़्यादा महत्त्वपूर्ण हैं अथवा आन्तरिक संघर्ष? जीवन के एक समय प्रवाह में घुसना और सही दिशा में तैरते हुए किनारा छू सकना बिरले रचनाकार सम्भव कर पाते हैं। रचनाकार समय को मनमर्ज़ी से तोड़-मरोड़ नहीं सकता, क्योंकि उसके पाठकों में हमेशा कुछ ऐसे लोग मौजूद रहते हैं, जो उस समय खण्ड के साक्षी रहे हैं। उपन्यास यह विधा है, जिसमें न तो देर तक बुद्धि-विलाप किया जा सकता है, न बुद्धि-विलास।

समय और समाज हर दशक में थोड़े बदल जाते हैं, दोनों की टिक-टिक कभी तेज़, कभी धीमी, कभी सरल, कभी जटिल तो कभी कुटिल जान पड़ती है। एक ही समय में इतनी गतियाँ अस्तित्व में रहती हैं कि भगदड़-सी मची रहती है। हमें लगता है, समय सरल तो कभी भी नहीं रहा। कभी वक्र हुआ तो कभी अष्टावक्र। ऐसे समय के प्रवाह में उपन्यासकार एक केन्द्रीय चरित्र को ला खड़ा करता है, गोया भँवर में अपनी नाव डाल देता है। रचना में उपस्थित उपचरित्र जैसे छोटे-छोटे टापू हैं, जहाँ पल-दो पल साँस ली जा सकती है। मुश्किल यही है। हम लाख उपन्यास-लेखन की सैद्धान्तिकी बघारें, ई एम फॉर्स्टर के 'एसपेक्ट्स ऑफ़ द नॉवल' का रट्टा लगायें, रॉल्फ फॉक्स की 'द नॉवल एंड द पीपल' का पारायण कर लें, इससे उपन्यास लिखने में ज़रा मदद नहीं मिलती। मैंने अपनी कोशिशों से पाया है कि कोई भी रचना लिखना नये सिरे से चुनौती होती है। लिखने के वक़्त पहले का लिखा-पढ़ा सब भूल जाता है, सारे चुस्त वाक्य और शब्द दिमाग़ से ग़ायब हो जाते हैं, यहाँ तक कि पात्रों के नाम देने के वक़्त अपने नाम के सिवा और कोई नाम तक याद नहीं आता। मन-मस्तिष्क में कँपकँपाती एक धुँधली, मामूली तस्वीर को हम अपने डार्करूम में डिवेलप करने की कोशिश करते हैं। सच तो यह है कि लिखने से पहले दिमाग़ में बेतरह धुन्ध, धकापेल और दिल में धुकधुकी रहती है। कहीं रचना मुकम्मल न हुई तो फ़िज़ूल एक-दो साल की मेहनत पर पानी फिर जायेगा, अगर पूरी होकर एक 'फुस्स'-सी किताब निकली तो अपनी रही-सही छवि भी चौपट हो जायेगी। पाठकों का हम पर इतना हक़ तो बनता है कि वे हमें बुरा-भला कहें। मतलब की बात यह कि एक ख़राब रचना लिखना भी ख़ासा मशक़्क़त का काम है।

मेरे लिए यह विस्मय की बात है कि मेरी कुछ पुस्तकें पिछले पैंतीस-पचास वर्षों से जीवित हैं, अर्थात् पढ़ी जा रही हैं, उन पर शोध हो रहे हैं और कभी भी देश के किसी कोने से कोई पत्र या फ़ोन पहुँच जाता है कि आपने 'बेघर' उपन्यास में संजीवनी को इतना ट्रेजिक पात्र क्यों बनाया या यह कि 'नरक दर नरक' क्या आपके अपने जीवन पर लिखा गया उपन्यास है? पिछले दिनों कलकत्ते में एक दिन कवि एकान्त श्रीवास्तव का फ़ोन आया, "ममता जी, हमने 'नरक दर नरक' पढ़ा। मेरा और मेरी पत्नी मंजुल का मानना है, आपने हमारी कहानी लिख दी है। ऐसा कैसे हुआ?" मुझे एकान्त की बात से ख़ुशी और आश्चर्य के साथ-साथ आश्वस्ति भी हुई। पढ़ो तो लगे जैसे झेला हुआ और झेलो तो लगे जैसे पढ़ा हुआ, इससे बढ़कर यथार्थवाद की कसौटी और क्या हो सकती है? एकान्त समझ सकते हैं कि पिछले तीस वर्षों में आज़ाद हिन्दुस्तान में युवा वर्ग की जीवन स्थितियाँ ज़्यादा नहीं बदली हैं। हर एक के सामने है जीवित रह सकने का संघर्ष, कार्यजगत् की यान्त्रिक स्पर्द्धा, तालमेल के तनाव और स्वप्नों के टूटते तारे। इन सबके बीच अपनी परस्परता बचाये रखना प्रेमियों के लिए वास्तव में चुनौती की तरह आता है।

यही रही है 'नरक दर नरक' लिखने की पृष्ठभूमि तथा प्रेरणा। जीवन की उथल-पुथल में इसका उत्स छुपा है। कल्पना और यथार्थ की लुका-छिपी एक बार चली तो इसमें औरों का जीवन संघर्ष भी शामिल होता गया। 'नरक दर नरक' 1975 में लिखा और उसी वर्ष के अन्त तक यह प्रकाशित हो गया।

इस उपन्यास पर सबसे पहले मुझे अपने प्रिय रचनाकार यशपाल जी का पत्र मिला तो मैं कई दिनों तक रोमांचित रही। इस महान् उपन्यासकार ने मेरे जैसी नयी लेखिका की पुस्तक न सिर्फ़ पढ़ी, वरन् उस पर पत्र लिखकर अपनी सराहना व्यक्त की, इस गर्व और सुख का बयान मैं शब्दों में नहीं कर सकती। यशपाल का पत्र मैंने प्रमाण-पत्र की तरह पिछले तीस वर्षों से सँभालकर रखा हुआ है। जब कभी लिखने का विश्वास डगमगाने लगता है, यह पत्र ध्रुव तारे की तरह मुझे रास्ता दिखाता है। यशपाल के ही शब्दों में—"उपन्यास की भाषा संक्रमण काल के उफनते, खलबलाते जीवन की संवेदनाओं की अभिव्यक्ति के अनुरूप सरल ओजस्वी लगी, विशेषकर उषा या माँ की सामाजिकता और आवरणरहित स्वाभाविकता। कथानक और उसके अनुषंग मर्म स्पर्श के साथ नये जीवन में सन्तुलन की चेतना को भी कुरेदते हैं।

'नरक दर नरक' नाम की चोट चौंका कर ध्यान खींचती है, परन्तु पाठक की यात्रा सहारा के नरक की वीरानगियों में दम छूट जाने से पहले ही बाग़े अदन की संजीवनी वायु का आभास महसूसती जान पड़ती है। 'नरक दर नरक' से घोर बचाव की आशा जगने लगती है। सफल रचना के लिए बधाई।"

1965 से 1970 के बीच बम्बई में तरह-तरह के लोग सम्पर्क में आते गये। कभी वे प्रभावित करते, कभी वे प्रताड़ित करते। रवि और मैं दिल्ली से अपनी-अपनी स्थायी नौकरियाँ छोड़ कर नये सिरे से अगली नौकरियों में संघर्ष कर रहे थे। उषा और जोगेन्द्र साहनी के जैसा बस एक कमरे का फ़्लैट था हमारे पास। प्रेम और संघर्ष के सिवा और कोई जमा पूँजी पास नहीं थी। हम दोनों के पास कुल मिलाकर माँ-बाप के दो सेट थे, लेकिन उनका हमारे जीवन में कोई स्थान नहीं था। हमें उनका हस्तक्षेप स्वीकार्य नहीं था, उन्हें हमारा विद्रोह। जिया हुआ यह समय 1975 में काम आया, जब मैंने 'नरक दर नरक' लिखना शुरू किया।

उपन्यास का शीर्षक मैं कभी नहीं सोच पाती। 'नरक दर नरक' शीर्षक भी रवीन्द्र कालिया ने रखा। उन दिनों इलाहाबाद में कथाकार दूधनाथ सिंह अपना उपन्यास 'चौंतीसवाँ नरक' लिख रहे थे, जिसके पूरे होने के आसार नज़र नहीं आते थे। कभी सुनने में आता, 'राधाकृष्ण प्रकाशन' से उनके उपन्यास के दस अध्याय छप गये हैं, पाँच अभी लिखे जाने हैं। कभी शोर मचता, एक भी अध्याय छपा नहीं है, केवल अनुबन्ध हुआ है। लेखकों की मित्र-मण्डली में रवि ने मुझसे कहा—"ममता, तुम अपने उपन्यास का नाम 'नरक दर नरक' रख दो। देखते हैं, कौन नरक से पहले निकलता है। तुम या दूधनाथ?" इस तरह उपन्यास का नामकरण हुआ। बीच में वर्षों में एक प्रकाशक की पसन्द पर इस उपन्यास का नाम बदल कर 'साथी' कर दिया गया। इसी शीर्षक से इसका दूसरा संस्करण छपा, लेकिन तब तक पाठकों, छात्रों और शोधकर्ताओं के बीच 'नरक दर नरक' शीर्षक जड़ पकड़ चुका था। मैं स्वयं शीर्षक बदलने के पक्ष में नहीं थी, इसलिए वापस यही शीर्षक कर दिया गया।

इतने शहरों में हम इतनी बार रहे, उनके तीखे प्रभाव हम पर पड़ते रहे। उन दिनों मैं बम्बई के एस.एन.डी.टी. यूनिवर्सिटी के हॉस्टल में रह रही थी और रवि इलाहाबाद में अपना प्रिंटिंग प्रेस जमाने के लिए संघर्ष कर रहे थे। उनके बिना बम्बई में अकेले घूमना मुझे नागवार था। दिन लम्बे और उदास थे। रातें फीकी और एकाकी। ऐसे में एक दिन मैंने फ़ोन पर रवि से कहा—"सारी लड़कियाँ शाम को अपने ब्वॉयफ्रेण्ड्स से मिलने चली जाती हैं, मैं अकेली क्या करूँ?"

रवि ने सोचते हुए जवाब दिया—"तुम एक नॉवल लिखो।" मेरे दिमाग़ में बात फ़्लैश कर गयी। वाक़ई, मैं इस संसार की चुनौती एक प्रतिसंसार रच कर झेल सकती थी, अन्यथा हॉस्टल में मेरी स्थिति विसंगत थी। अविवाहितों के बीच मैं विवाहित, विवाहितों के बीच मैं निर्वासित। जो भी सम्पर्क मैं बनाती, वह पहले मेरा इतिहास जानना चाहता। ऐसे में उपन्यास के ज़रिये अपना एक ख़ुद का संसार रच लेना मुझे बेहद सुकून देनेवाला ख़याल लगा।

जाने क्यों 1970 में मुझे प्रत्येक सम्बन्ध की एक व्यंग्यात्मक परिणति ही तार्किक लगती थी। उसी के तहत मैंने 'बेघर' लिखना आरम्भ किया। गर्मी की छुट्टियों में मैं इलाहाबाद गयी। रवि को मैंने अपने लिखे कुछ पन्ने सुनाये। रवि बोले—"यह तुम क्या लिख रही हो? हर पात्र तुम्हारी तरह बोल रहा है, किसी का अपना वजूद नहीं। दूसरे हर पात्र को तुम व्यंग्य से देख रही हो। क्या एक भी पात्र ऐसा नहीं, जिससे तुम्हें हमदर्दी हो?" मैं बहुत शर्मिन्दा हुई। मैं सोच रही थी, रचना का स्मार्ट होना बहुत ज़रूरी होता है। रवि ने बताया, "रचना का मानवीय होना ज़्यादा ज़रूरी होता है।" हालाँकि यह मेरी फ़ितरत में नहीं, मन मार कर मैंने 'बेघर' लिखना शुरू किया, नये सिरे से। संजीवनी, उसकी माँ, केकी जैसे पात्रों का प्रवेश तभी मुमकिन हो सका।

'नरक दर नरक' उपन्यास लिखना अपेक्षाकृत सहज था। वह मेरी ज़िन्दगी के क़रीब का वृत्तान्त है। उसमें मैंने अपने कुछ संशय और स्वप्न डाल दिये, बस। 'प्रेम कहानी', 'लड़कियाँ', 'एक पत्नी के नोट्स' उन वर्षों की रचनाएँ हैं, जब स्त्री-विमर्श के हक़ में मेरा आक्रामक रुख़ रहता था। मैं चाहती थी, क्रान्ति हो और हमें अपने सामने घटित होती दिखे।

'दौड़' उपन्यासिका का लिखा जाना पूरी तरह अखिलेश के खाते रहा। वे 'तद्भव' के लिए एक लघु उपन्यास की माँग करने लगे। मेरी डायरी में उस वक़्त तीन उपन्यासों का ख़ाक़ा था। मैंने सुनाया। अखिलेश ठहरे पारखी। उन्होंने पहले दो ख़ाक़ों के लिए कहा—"ये तो आप जब चाहेंगी, लिख डालेंगी। यह तीसरा आप मेरे लिए पूरा कीजिए।" मुझे टारगेट मिल जाये। फिर शुरू हो जाती है मेरी दौड़। मैंने दिन-रात लगाकर रिकॉर्ड समय में 'दौड़' लिख कर दिया। जब 'तद्भव' में यह प्रकाशित हुआ, मेरे पास 325 पाठकों के पत्र व फ़ोन आये, जिसमें कई साथी लेखकों के थे।

फिर कई साल सन्नाटा रहा। कहानी-कविता चलती रही। अगला उपन्यास न शुरू करने का सबसे बढ़िया बहाना था कि मैं नौकरी करूँ या लेखन? दोनों

काम पूरे वक़्त की मसरूफ़ियत चाहते। 2001 में नौकरी से निज़ात मिली। अब तो वह ओट भी ग़ायब हो गयी, जिसमें रहकर लिखना टालती रही। ऊपर से संस्कृति मन्त्रालय की वरिष्ठ अध्येतावृत्ति मिल गयी, जिसके अन्तर्गत उत्तर प्रदेश की स्त्री-शिक्षा को केन्द्र में रखकर एक उपन्यास लिखना था। यह काम मेरे लिए मुश्किल नहीं था। जीवन का एक बहुत लम्बा हिस्सा यूनिवर्सिटी कॉलेजों में पढ़ते-पढ़ाते बिता दिया। इतनी क़िस्म के छात्र-छात्राएँ और सहकर्मी मिले कि अगर डायरी रखी होती तो कमरे भर गये होते। हर चार माह में मन्त्रालय को एक अध्याय लिखकर भेजना था। 'अँधेरे का ताला' उपन्यास शुरू कर दिया। यह उपन्यास जेट स्पीड से पूरा हुआ। इसमें मुझे ज़्यादा परिश्रम नहीं करना पड़ा। करना ही क्या था? जिये हुए को जामा पहनाना था। लेखन के साथ सबसे अजूबी चीज़ यही है। कभी तो इतना सरल लगता है कि मलाई की तरह क़लम से आखर अनन्त निकलते चले आयें और कभी इतना कठिन कि काग़ज़ मुझे घूर रहा है, मैं काग़ज़ को घूर रही हूँ। चाय, कॉफ़ी, किसी से क़लम का ताला नहीं खुल रहा। ऐसे समय में अपने को किचन में इतना व्यस्त कर लेती हूँ कि काग़ज़-क़लम की याद ही न आये।

माना, ऐसे दिन बहुत थोड़े होते हैं। इन दिनों को मैं पशुवत् जीवन मानती हूँ। यह क्या कि बस खाया, खिलाया, टी.वी. चलाया और सो गये? ऐसे दिनों नींद अच्छी नहीं आती। स्वप्न की जगह दुःस्वप्न आते हैं। तबीयत कटखनी रहती है। आत्मविश्वास लड़खड़ाया रहता है। ऐसा लगता है, अपने साथ कोई दुर्घटना घटने जा रही है। I die on a wordless day. ऐसी तड़-फड़ तबियत में छोटी-सी बात भी सूई की तरह चुभ जाती है, घर भर में भन्नायी घूमती हूँ, काल्पनिक कलह का नक़्शा खींचती हूँ और तय कर लेती हूँ कि दुनिया जाये भाड़ में, अभी काग़ज़-क़लम लेकर बैठूँगी। ऐसे जलते हुए शब्द लिखूँगी कि काग़ज़ में सूराख़ हो जायें। समय के साथ हमारे अन्दर न जाने कितनी रचनाएँ बनती-मिटती और फिर बनती हैं। स्मृति के चिप में बेशुमार घटनाएँ-दुर्घटनाएँ, स्वप्न-दुःस्वप्न, राग-विराग और आशंकाएँ ठसाठस भरी पड़ी हैं। लेखन में हम इनमें से बहुत थोड़े संवेगों का प्रयोग कर पाते हैं। कभी-कभी ऐसा होता है कि कोई स्मृति बिम्ब हमारे ऊपर हावी हो जाता है। कई बार हमारी रचनाओं में टुकड़े-टुकड़े आता है। यह उस बिम्ब को पूरा करने की हमारी रफ़्ता-रफ़्ता कोशिश कहलाती है।

मैं मथुरा की हूँ। मथुरा मेरी रचनाओं में जब-तब धड़कती रही है—कभी आवेश बनकर कभी परिवेश बनकर। मुश्किल से ग्यारह साल की उम्र तक मथुरा

से ताल्लुक़ रहा, लेकिन बचपन की मथुरा मेरे अन्दर उतर गयी। जहाँ-जहाँ मुझे उसका भूगोल भूल गया, मैंने अपनी कल्पना से पूरा कर लिया।

बात उठी है 'दुक्खम-सुक्खम' की, अपने इस नवीनतम उपन्यास में मैंने वे स्मृति-चित्र पकड़ने की कोशिश की है, जो लम्बे समय से मेरे अन्दर चलते रहे हैं। अब से क़रीब पन्द्रह साल पहले मैंने मथुरा के लुटेरे हनुमान वाले कथा-प्रसंग के कुछ पृष्ठ लिखकर एक दिन रवि और अमरकान्त जी को सुनाये थे। मैं यह जाँचना चाहती थी कि आधे-अधूरे तथ्यों के साथ कोई कथा-प्रसंग खड़ा हो सकता है अथवा नहीं? मुझे बड़ा अचरज और आह्लाद हुआ जब अमरकान्त जी और रवि, दोनों ने एक स्वर में कहा—"यह है रचना की असली ज़मीन। तुम क्या फ़ैशनेबिल रचनाएँ लिखती रहती हो। इस कथा को इसी तरह लिखो, पारम्परिक और गाथा रूप में।"

उस समय सोचा था, अगले चार महीने में उपन्यास पूरा कर लूँगी, पर नहीं कर पायी। बार-बार यह लगता कि मथुरा तो अब तक बदल गयी होगी, जमुना जी के सिवा कुछ भी तो पहले जैसा नहीं बचा होगा। पचास-साठ पृष्ठ लिख कर हिम्मत हार गयी।

इस बीच कई शहरों और देशों की धूल फाँकी। नोट्स लिये, जो बिल्कुल काम नहीं आये। चित्रों पर धूल पड़ गयी। लोगों के फ़ोन नम्बर बदल गये। बहुत-सा अन्य लिखा तक़ाज़ों में, दबावों में, सनकों में, तनावों में। रवि कई बार पूछते—"उपन्यास का क्या हुआ जो तुम मथुरा पर लिख रही थीं?" कैसे बताती कि मेरे पास तथ्य थोड़े हैं, कल्पना ज़्यादा। लेखक की कोई एक मुश्किल हो तो बयान करे। एक बार अपने पापा को इस नॉवल की शुरुआत पढ़वायी थी, वे बिगड़कर बोले—"मुन्नी, तेरे पास लिखने की कोई अच्छी बात नहीं होती क्या? तू यह लिखेगी तो सब जान जायेंगे मेरी माँ का पैर ख़राब था।" क्या कहती पापा से। ज़ाहिर है, उन्होंने पाठक की तरह नहीं, पक्षधर पुत्र की तरह रचना पढ़ी थी। कुछ वर्षों के लिए और दब गयी यह अधूरी रचना। अधूरी रचना को अन्तराल के बाद हाथ लगाना बड़ा कठिन काम होता है। पहले का लिखा फ़ालतू और फेंकने योग्य लगता है। नये सिरे से पुराने समय को याद करना पड़ता है। कितने सिरे छूट जाते हैं, कितने सिरे कच्चे निकलते हैं। यही अच्छा है कि घर में दो लेखक होने से हौसला दोगुना हो जाता है। कोई किसी से यह नहीं कहता कि नहीं लिखा जा रहा है तो मारो गोली। किसी भी समस्या से जूझने की हिम्मत हम एक-दूसरे से पा लेते हैं।

❑❑❑